Lina Frisch

Falling Skye

Für meine Eltern – weil ihr mich immer ermutigt habt, meinen Träumen zu folgen.

MIX
Papier aus verantwortungsvollen Quellen
FSC® C083411
FSC www.fsc.org

5 4 3 2 1

ISBN 978-3-649-63344-0

Text: Lina Frisch
Covergestaltung: Frauke Schneider
Lektorat: Frauke Reitze
Satz: Sabine Conrad, Bad Nauheim
Printed in Germany
www.coppenrath.de

Das @book erscheint unter der ISBN 978-3-649-63641-0.

LINA FRISCH

FALLING SKYE

Kannst du deinem Verstand trauen?

COPPENRATH

1

Es ist ein eigenartiges Gefühl, wenn man genau weiß, was gleich passieren wird – und man das Unausweichliche trotzdem nicht verhindern kann. Der Boden fliegt auf mich zu und ich schließe die Augen. Es war nur ein falscher Schritt! Winzige Steinchen zerkratzen meine Handflächen, bevor ich aufschlage und mit pochendem Kopf liegen bleibe. Der Rhythmus von siebzehn Paar Füßen lässt den Rasen des Stadions unter mir vibrieren und ich betrachte die störrischen Grashalme zwischen meinen Fingern.

»Sie ist hingefallen!«, schrillt Fionas Stimme über den Platz.

Mein Körper fühlt sich schwer an, als würde das Gewicht des Universums mich auf die harte Erde des Stadions drücken.

»Skye Anderson, was dauert da so lange?«, höre ich den Coach rufen.

Ich richte mich auf. Die anderen Läufer sind schon bei der nächsten Marke angelangt, ich werde das Feld niemals wieder aufholen. Aber Coach Verse hat recht: Es ist nicht das Fallen, vor dem wir uns fürchten sollten, das hat er uns oft genug eingebläut. Es ist das Liegenbleiben.

Meine Füße beginnen, sich in gewohnter Gleichmäßigkeit vom Boden abzustoßen. Ich bin nicht dazu gemacht, einfach aufzugeben, auch wenn ich heute keine Chance mehr habe, meinen Rekord zu halten. Die Gruppe der Läufer ist mittlerweile am Ende des Stadions angelangt. Kurz hintereinander ertönen siebzehn durchdringende Signale, als Jasmine und die anderen wenden, um nun auf das Ziel in meinem Rücken zuzulaufen. Ich hebe den Blick und sehe sie dicht an dicht auf mich zusprinten. Ihre Gesichter sind gerötet. Es sieht komisch aus, wie manche vor Anstrengung ihre Augenbrauen zusammenziehen. Niemand macht Anstalten, eine Lücke für mich zu lassen, aber das habe ich auch nicht erwartet. Trotzdem weigern sich meine Beine, langsamer zu werden. Wenn ich jetzt ausweiche, lande ich am Ende der Liste! Das kann ich nicht zulassen. Die anderen kommen immer näher, eine Mauer aus Menschen, und so langsam spüre ich Panik in mir aufsteigen.

»Du musst einfach einen kühlen Kopf bewahren.« Ich lächle, als ich an Elias' Universallösung für jede Situation denke, so aussichtslos sie auch scheinen mag. Es wäre ein Fehler, jetzt zur Tribüne hinüberzusehen, aber ich weiß auch so, dass er am Rand der vierten Bank sitzt: beinahe direkt hinter der Bande, doch nicht zu nah, um wirklich interessiert zu wirken; seine kurzen Haare wie immer noch feucht vom Wasser der Schwimmhalle, dunkel glänzend wie in den Sommern, in denen wir uns mit Seilen vom Felsen aus ins Wasser des verbotenen Sees geschwungen haben. *Lianensee.*

Mit einem Mal weiß ich, was zu tun ist. Vielleicht bin ich verrückt geworden, aber alles ist besser, als einfach stehen zu bleiben. Entschlossen taxiere ich den Abstand zwischen mir und den Läufern, dann treffe ich meine Wahl. *Es ist nicht verrückt,* korrigiere ich mich. *Was ich vorhabe, ist rational.*

Ich brauche zwei Seitwärtsschritte, um mich zwischen den beiden stärksten Sprintern zu positionieren. Alle anderen wären nicht kräftig genug, so viel ist sicher. Jasmines Augen verengen sich zu Schlitzen. Colin hingegen scheint das Hindernis auf seinem Weg nicht einmal zu bemerken. Sein Blick ist auf die Anzeigetafel fixiert. Wahrscheinlich versucht er in den letzten Sekunden noch, seinen Rekord zu brechen. Rationale streben nach mehr, wollen sich ständig verbessern. Colin weiß das, und genau wie ich tut er schon jetzt alles, um zu beweisen, zu welchem Trait er gehört.

Als nur noch wenige Meter zwischen mir und den anderen liegen, beschleunige ich mein Tempo. Ich strecke die Arme aus, stütze mich nur für einen winzigen Moment auf Jasmines knochiger und Colins muskulöser Schulter ab, bevor ich meine Beine durch die Lücke zwischen ihren Oberkörpern schwinge. Ohne zurückzublicken, lasse ich meine rechte Hand eine Minute und drei Sekunden später gegen die Marke knallen, wende und sprinte als Letzte auf das Ziel zu. Ich zwinge mich, die Blicke der anderen auszublenden, die hinter der Anzeigetafel nach ihren Wasserflaschen greifen und jeden meiner Schritte verfolgen. Manche von ihnen werden hoffen, dass ich ein zweites Mal falle.

»Es war die einzige Möglichkeit«, keuche ich noch in der Sekunde, in der ich die Lichtschranke passiere und mein Name grün auf der Anzeige über unseren Köpfen aufleuchtet. Mit tiefen Zügen hole ich Luft, um das stechende Gefühl aus meiner Lunge zu vertreiben.

Colin wirft mir einen seiner üblichen herablassenden Blicke zu. »Sieh mal einer an, sie hat ein schlechtes Gewissen!« Er grinst. »Nur Anfänger entschuldigen sich für Leistung. Oh warte, das stimmt nicht – Anfänger und Emotionale.«

Ich krame genervt nach meiner Wasserflasche und schlucke meinen Ärger hinunter, während Elias' bester Freund sich neben den anderen Jungen auf den Boden fallen lässt. *Ich bin keine Emotionale!*

»Vielleicht fühlt sie sich ja auch mit gutem Grund schuldig.« Die Lautstärke seiner Stimme verrät, dass der Kommentar nicht für die anderen Jungen gedacht ist. Ich beiße die Zähne zusammen in der festen Absicht, mich nicht provozieren zu lassen. »Immerhin hätte niemand von uns ihre Lösung nutzen können.« Colins

Blick wandert von einem seiner Freunde zum nächsten. Jeder einzelne von ihnen wiegt mindestens doppelt so viel wie ich. »Und das, wo unserer Miss Frauenpower doch Gleichberechtigung so wichtig ist.« Colins Freunde lachen, als er bei den letzten Worten meine Stimme imitiert. Idioten.

Auf der Anzeigetafel erscheint die heutige Rangliste und die Gespräche um mich herum verstummen. Nur Jasmine redet weiter auf den Coach ein, doch auch der schaut zur Tafel. Ich folge seinem Blick und traue meinen Augen kaum, als ich meinen eigenen Namen an seinem angestammten Platz an der Spitze der Mädchen stehen sehe. *Wie kann das sein?*

»Gut gemacht.« Ich zucke zusammen, weil ich nicht bemerkt habe, wie Fiona sich zu mir gestellt hat. »Ich wünschte, ich wäre nur annähernd so schnell wie du.«

Vielleicht hättest du dich einfach nicht umdrehen sollen, als ich hingefallen bin, denke ich und fühle mich sofort schlecht. Es war freundlich von ihr, sich um mich zu sorgen. Manchmal muss ich mich selbst daran erinnern, dass nicht jeder rational sein kann.

Ein Wutschrei lässt uns herumfahren, und ich sehe gerade noch, wie Jasmine nach einem Blick auf die Anzeige fluchend in der Umkleide verschwindet. Mit einem Anflug von schlechtem Gewissen wende ich mich ab, denn immerhin bin ich für die Zehntelsekunden verantwortlich, die sie heute ihren Rekord gekostet haben. Jasmine hat nie einen Zweifel daran gelassen, dass nach der Testung ein R auf ihrem Handgelenk landen soll, und ein paar der Mädchen werfen sich vielsagende Blicke zu, als ausgerechnet sie mit Wucht die Tür der Umkleide hinter sich zuknallt.

»Okay, Leute, ich will kein Gejammer über Muskelkater hören. Wer sich nicht dehnt, ist selbst schuld«, durchbricht Coach Verse die Stille.

Ich stehle mich ein paar Meter von der Gruppe weg und tue so, als müsste ich mich an der Bande festhalten, während ich auf einem Bein stehend nach meinem Fußgelenk greife. Die angenehme Müdigkeit, die sich nach dem Laufen über mich zu legen pflegt wie eine Decke, verschwindet, als eine kühle Hand beiläufig meine warme streift. Wir wechseln einen kurzen Blick, dann verliere ich das Gleichgewicht und Elias grinst.

»Ich warte an der Bushaltestelle auf dich, in Ordnung?«

Er lässt mir keine Zeit zu antworten und nimmt zwei Stufen auf einmal, als er die Treppen der Tribüne hinaufläuft, bevor irgendjemand seine Anwesenheit bemerkt hat. Ich sehe ihm nach und spüre ein Pochen in meiner Brust, das nichts mit dem anstrengenden Training zu tun hat.

»Skye?«

Ich bin froh, dass der Sprint eine Erklärung für die alberne Hitze liefert, die meine Wangen garantiert schon wieder puterrot gefärbt hat. Hastig zwinge ich mir das Lächeln vom Gesicht, gegen das ich in Elias' Nähe so wenig unternehmen kann, und drehe mich zu Coach Verse um. Seine Züge sind wie immer undurchschaubar, während er darauf wartet, dass sich der Platz um uns herum leert.

»Das war eine reife Leistung heute«, sagt er schließlich und bückt sich, um die Markierungen aus dem Rasen zu ziehen.

»Aber ich bin hingefallen«, erwidere ich verwirrt. Ich habe damit gerechnet, einen Verweis wegen der Behinderung der anderen Läufer zu bekommen – kein Lob.

»Du hast die Situation bestmöglich gerettet. Alles glasklar analysiert. Was glaubst du, warum dein Name an der Spitze gelandet ist?« Der Coach richtet sich auf und wirft die Markierungen in einen Eimer. »Laufen ist ein rationaler Sport. Es geht nicht nur um Zeiten, sondern vielmehr darum, die eigenen Grenzen zu überwinden.«

»Und einen kühlen Kopf zu bewahren«, füge ich hinzu.

Coach Verse nickt.

»Ganz Samuel Andersons Tochter, nicht wahr? Grüß deinen Vater von mir und richte ihm aus, dass wir für die neue Trackbahn sehr dankbar sind.«

Ich nicke, während mein Blick noch einmal zur Anzeigetafel flackert. Ich weiß, was von mir erwartet wird. Durch den Namen meines Vaters wird eben nicht alles einfacher.

»Du schaffst das schon, Skye.« Coach Verse ist meinem Blick gefolgt und schaltet die Anzeige mit einem Befehl seines Smartphones aus, sodass die Rangliste des Teams vor meinen Augen verschwindet.

»Es ist bloß …« Ich zögere. *Rationale zeigen keine Unsicherheit!* »Das Laufen erhöht meine Chancen auf einen Platz an der Cremonte-Uni nur dann, wenn ich meine Bestzeit halte oder mich steigere. Dieser Patzer hat mich heute eine Minute gekostet, ganz egal, wie rational ich meinen Fehler ausgebügelt habe.«

Coach Verse schiebt sein blaues Schweißband aus der Stirn, das er immer trägt, obwohl niemand ihn jemals laufen gesehen hat. Ich erwarte eine Strategie, wie ich noch mehr aus mir herausholen kann, doch stattdessen weicht er meinem Blick aus. Wenn ich nicht wüsste, dass ich mich irren muss, würde ich den merkwürdigen Ausdruck in seinem Gesicht als Traurigkeit deuten.

»Coach?«, frage ich zaghaft und er zuckt zusammen.

»Die Cremonte-Uni, hm? Mach dir darum keine Sorgen. Ich habe selten eine Schülerin trainiert, die sich so sicher war, zu welchem Trait sie gehört.« Coach Verse verzieht seine Mundwinkel zu einem unverbindlichen Lächeln, als würden wir über das Wetter sprechen, doch es erreicht seine Augen nicht. Er wirft einen Blick über seine Schulter, bevor er hastig mit gesenkter Stimme fortfährt: »Hör zu, Skye. Das Konsilium interessiert sich nicht dafür, wie schnell du läufst. Du hast rational gehandelt, und das ist alles, was zählen wird.«

Das Konsilium. Ein ehrfürchtiger Schauer zieht sich über meinen Rücken. Niemand weiß etwas Genaues über den Vorgang der Testung im Athene-Zentrum, außer, dass diese Gruppe hoch ausgebildeter Psychologen dafür verantwortlich ist, die Ausrichtung unserer Persönlichkeit zu bestimmen – unseren Trait. Das Konsilium wird darüber urteilen, welches Leben zu mir passt: das einer Rationalen oder das einer Emotionalen.

Coach Verse presst seine schmalen Lippen aufeinander. »Denk an meine Worte. Und pass auf dich auf.«

Ich nicke, verwirrt von der plötzlichen Ernsthaftigkeit in seiner Stimme.

»Bis morgen, Coach.« Ich lächle ihm zu, bevor ich mich in die Umkleideräume begebe und die zum Glück noch weit entfernte Testung aus meinen Gedanken vertreibe.

2

Mittlerweile müssten die Duschen leer sein, überlege ich, während die Gummisohlen meiner Sportschuhe unangenehm auf den Fliesen quietschen. Ich sollte mich beeilen, denn Dad hat mich gebeten, heute pünktlich zu Hause zu sein, damit wir zusammen essen können. In letzter Zeit kommt er oft so spät aus dem Büro, dass ich längst schlafe, und morgens ist alles, was ich von ihm sehe, die leere Kaffeetasse auf der Anrichte. Er glaubt, ich würde unter seiner ständigen Abwesenheit leiden, aber ich verstehe, wie wichtig seine Arbeit im Parlament ist. Und außerdem bin ich nicht allein. Ich muss unwillkürlich lächeln, als ich an die Abende neben Elias auf der breiten Fensterbank seines Zimmers denke. Gegen nichts in der Welt würde ich diese Stunden eintauschen wollen! Ich schlängele mich an den Mädchen in Handtüchern und Flip-Flops vorbei, schnappe mir meine Sporttasche und steuere auf die Duschen zu.

»Pass auf, mit wem du dich anlegst.«

Überrascht schaue ich auf.

»Wie bitte?« Die Dampfwolken um mich herum machen es schwer, den Schatten vor mir zu identifizieren.

»Glaub bloß nicht, dass ich deine kleine Sabotageaktion einfach so hinnehme.« Jasmine deutet mit dem Finger auf mich. »Ich werde Jahrgangsbeste sein, dieses und auch nächstes Jahr. Ich werde einen Platz an der Cremonte-Uni bekommen. Steh mir dabei besser nicht im Weg!«

Ich sehe mich um, doch Jasmine und ich sind allein im Duschraum.

»Auf dem Campus gibt es mit Sicherheit Platz genug für uns beide«, sage ich versöhnlich, denn ich habe wirklich keine Lust, auch noch meine Studienzeit in einem unfreiwilligen Zickenkrieg zu verbringen.

»Da wäre ich mir an deiner Stelle nicht ganz so sicher.« Jasmine mustert mich. »Die Cremonte ist eine Uni für die zukünftigen Führer dieses Landes. Für Rationale, die unter Druck nicht nachgeben. Du hast vorhin die richtige Entscheidung getroffen, indem du meine Zeit deinem Erfolg geopfert hast.« Mit honigsüßer Stimme flüstert sie mir ins Ohr: »Aber du hast ein schlechtes Gewissen, nicht wahr?« Jasmine richtet ihr Handtuch. Was fällt ihr ein, mich darüber zu belehren, was Rationalität ausmacht! Als wüsste ich nicht selbst, was ein R von seiner Trägerin verlangt. »Und pass besser auf, dass du dich nicht zu sehr mit Fiona anfreundest«, raunt sie mir zu, während sie sich zum Gehen wendet. »Nicht, dass ihre Emotionalität noch auf dich abfärbt – oder ihr lahmarschiger Laufstil. Dieses Team kann wirklich keine zwei Loser vertragen.«

Die Summe von Jasmines kleineren und größeren Gemeinheiten wird in meiner Erinnerung lebendig. Ich straffe meine Schultern.

»Rationale sind vielleicht ehrgeizig«, sage ich leise und deutlich. »Aber sie sind keine kaltherzigen Menschen.«

Jasmine dreht sich noch einmal um. Spöttisch verzieht sie die frisch nachgeschminkten Lippen. »Danke für den Ratschlag der Expertin. Sonst noch was?«

»Ja, allerdings«, zische ich. »Du solltest an deiner Impulsivität arbeiten. Es wäre ja schließlich blöd, wenn dir so ein Ausrutscher wie eben im Athene-Zentrum passiert und du am Ende mit einem E dastehst.«

Jasmine starrt mich ungläubig an, aber ich bin die Regeln der Highschool-Monarchie leid, die sie zu unserer selbst gewählten Königin machen. Und ich bin es leid, die Klappe zu halten, damit Elias sich nicht zwischen seinen Freunden entscheiden muss. »Ach, noch etwas: Lass gefälligst endlich Fiona in Ruhe!«

Ich kann mir ein triumphierendes Lächeln nicht verkneifen, als ich der erstarrten Jasmine den Rücken zukehre und sie ohne ein weiteres Wort im Eingang des Duschraums stehen lasse.

Unter der Dusche spüre ich plötzlich, wie erschöpft ich eigentlich bin. Die Prüfungen zum Ende des Schuljahres, das ungewöhnlich anstrengende Training und mein herannahender sechzehnter Geburtstag fordern ihren Tribut. Seufzend schließe ich die Augen, lege den Kopf in den Nacken und lasse das heiße Wasser auf mein Gesicht prasseln. Ich muss mir dringend noch eine Ausrede zurechtlegen, warum ich dieses Jahr wieder keine Party gebe. Elias wird enttäuscht sein, aber es geht nun mal nicht. Das kann ich Dad nicht antun. Meine Gedanken wandern von meinem Vater zu Coach Verse, dem Dank, den ich Dad ausrichten soll – und der seltsamen Verabschiedung. *»Pass auf dich auf.«* War das nur eine einfache Floskel? Es klang fast wie eine Warnung. Ich schüttle den Kopf. Das kann nicht sein. Wovor müsste ich schon gewarnt werden?

Ein Scheppern lässt mich aufschrecken. Ich drehe das Wasser ab und taste nach meinem Handtuch, doch als sich der Dampf auflöst, ist niemand im Raum zu sehen. Schulterzuckend trockne ich mich ab, als meine nackten Füße beinahe über meine Wasserflasche stolpern. Der Inhalt meiner Tasche liegt kreuz und quer auf dem Boden verteilt, und ich bücke mich fluchend, um mein Tablet, das zum Glück in seiner Hülle geschützt ist, die leere Papiertüte, in die mein Sandwich eingewickelt war, und die nun klitschnasse Schuluniform wieder hineinzustopfen. Die Tasche an mich gedrückt, laufe ich zurück in die Umkleide und ziehe mich an, ohne mir etwas anmerken zu lassen. Über die Jahre habe ich schon viele Rachemanöver von Jasmine gesehen, nur bin ich bisher selten ihr Opfer gewesen. Zumindest dann nicht, wenn Elias in der Nähe war.

Nach einem Blick auf meine durchnässte Uniform schließe ich meine Jacke kurzerhand direkt über meinem Sport-BH und will schon den Reißverschluss der Tasche zuziehen, als mir das leere Seitenfach auffällt, in dem normalerweise mein Handy steckt.

Ich schaue mich um, doch mittlerweile ist nur noch eine Hand voll Nachzüglerinnen in der Umkleide. Fiona verabschiedet sich mit ihrem üblichen Lächeln, und ich antworte abwesend, ohne wirklich gehört zu haben, was sie gesagt hat. Wo ist mein Handy? Ich fahre mir durch die nassen Haare. Was, wenn meine Fotos und die Chatverläufe mit Elias in falsche Hände geraten? Nicht, dass er mir jemals etwas geschrieben hätte, aus dem mehr herauszulesen wäre, aber man würde zweifellos bemerken, wie oft ich mir die Bilder von uns ansehe. Und was ich dem Onlinetagebuch *Tell Your Story* anvertraue, obwohl ich schon seit Jahren behaupte, die App gelöscht zu haben. Langsam werde ich nervös. Dad wäre außer sich, wenn er wüsste, was in mir vorgeht! Laut meinem Vater ist es nie zu früh, sich Gedanken darüber zu machen, womit man sich seine Zukunft ruiniert. Ganz zu schweigen von dem Spießroutenlauf, zu dem Jasmine und ihr Gefolge mein Leben an der Serenity-Highschool machen würden, wenn sie von meiner geheimen Schwäche wüssten.

Mit wachsender Unruhe laufe ich zurück in den Duschraum, doch auf den nassen Fliesen ist nichts zurückgeblieben. Panik macht sich in mir breit, während ich die Fächer absuche – aber dann stoße ich erleichtert den Atem aus und greife nach dem schwarzen Handy in der hintersten Ecke der Ablagen. Es muss aus meiner Tasche gerutscht sein, als ich sie in das Fach geschoben habe.

Eine gelbe Servicemeldung ploppt auf und ich lösche sie vom Bildschirm, ohne die Nachricht zu lesen. Für nervige Updates habe ich jetzt wirklich keine Geduld mehr übrig. Langsam beginnt mein Puls, sich zu beruhigen. Es ist alles gerade noch einmal gut gegangen. Mein Geheimnis ist sicher.

Die grüne Linie ist wie immer zu voll, um noch einen Sitzplatz zu ergattern. Als wir den Lincoln Tunnel durchquert haben und der Bus viel zu schnell durch die engen Straßen von Upperlake braust, verliere ich das Gleichgewicht und stolpere gegen Elias.

»Entschuldige.«

Sein Gesicht ist keinen Zentimeter von meinem entfernt und ich halte den Atem an. Ich sollte nach einer der Stangen greifen, um mich festzuhalten, aber meine Arme haben aufgehört, meinem Gehirn zu gehorchen. Spürt er, was mit mir los ist?

»Hier.« Elias schiebt mich ein Stück von sich und hebt meine zu Boden gefallene Tasche auf.

Ich lächle und wende mich ab, als wäre nichts geschehen. Der Bus öffnet seine Türen und ich springe auf den Bürgersteig.

Elias und ich sind Freunde, weise ich mich zurecht. Mehr als das, wir sind die besten Freunde. Meine verwirrenden Gefühle dürfen das nicht kaputt machen!

»Mum und Dad wollen am Samstag im Central Park picknicken«, sagt Elias, während wir an den gepflegten Vorgärten unserer Straße entlanglaufen. »Zumindest, wenn das Wetter so schön bleibt.« Als ich nichts erwidere, fügt er hinzu: »Das war eine Einladung. Mum sagt, sie macht auch ihre Zitronenlimonade. Ich weiß doch, wie sehr du das künstliche Zeug von *eatdaily* hasst.«

Er zwinkert mir zu und ich beschließe, den seltsamen Moment im Bus zu vergessen. Wahrscheinlich hat Elias mich noch nicht einmal mit Absicht von sich geschoben.

»Wie sollte ich bei einer so herzlichen Bitte Nein sagen?«, lache ich.

Elias räuspert sich und springt mir in den Weg. »Skye Anderson, würdest du mir die Ehre erweisen, mich auf einen unendlich langweiligen Familienausflug zu begleiten und damit meinen freien Tag zu retten?«

»Solange es sich dabei nicht um eine Tarnung für eine Überraschungsparty handelt, gern.«

Beim Anblick von Elias' zerknirschtem Gesichtsausdruck stöhne ich auf. Jedes Jahr stelle ich klar, dass ich meinen Geburtstag nicht feiern will, und jedes Jahr sucht Elias nach einem Weg, um mich zu überreden.

»Wenigstens den sechzehnten, Skye.«

Ich schüttle den Kopf. Das Lachen ist mir vergangen. »Ich glaube nicht, dass sich Dads Meinung zum Thema Geburtstagspartys geändert hat.«

»Deshalb feiern wir ja auch bei mir!« Elias legt seine Hand auf meinen Arm und sagt leise: »Du kannst dich nicht bis in alle Ewigkeit für etwas bestrafen, das nicht deine Schuld ist.«

Woher willst du wissen, dass es nicht meine Schuld war?, denke ich bitter.

»Nächstes Jahr, okay?«, verhandele ich. »Außerdem klingt ein Picknick im Grünen viel mehr nach dem, was ich mir unter einem schönen Tag vorstelle, als eine bescheuerte Party.«

Vor allem, wenn Jasmine auf der Gästeliste steht, füge ich in Gedanken hinzu.

Elias gibt sich mit erhobenen Händen geschlagen. »Dann fange ich wohl besser an, Backen zu üben, damit ich auch etwas zum Picknick beisteuern kann.«

»Dabei würde ich wirklich gern zusehen, aber heute muss ich zu Hause essen. Dad hat versprochen, ausnahmsweise pünktlich Feierabend zu machen.«

Wir sind an der Hecke angekommen, die unser Grundstück und das von Elias' Familie voneinander trennt.

»Vielleicht lässt Samuel dich ja später noch rüberkommen«, meint Elias. »Colin, Jas und ein paar von den anderen kommen vorbei. Nichts Großes, wir wollen nach den Prüfungen nur ein bisschen entspannen.«

Jas. Wie alle Jungen ist Elias blind, wenn es darum geht, Jasmines Fassade zu durchschauen.

»Mal sehen. Ich bin ziemlich kaputt.«

Meistens reiße ich mich bei solchen Treffen zusammen, lächle und unterhalte mich mit Kelly über den Unterschied zwischen Bronzer und Rouge, während ich Colins schneidende Kommentare und Jasmines falsche Freundlichkeit ignoriere. Aber nach dem seltsamen Training heute habe ich dafür einfach nicht mehr genügend Energie.

»Dann sehen wir uns morgen. Kelly und Zahra werden dich vermissen.«

Elias dreht sich um, und auf einmal wünsche ich mir, unseren Abschied noch ein paar Sekunden hinauszögern zu können.

»Grüß die anderen von mir, ja?«, sage ich und winke ihm zu, bevor ich schweren Herzens die Stufen zur Veranda unseres Hauses hinaufeile.

Dreieinhalb Stunden und ein steifes Abendessen später schlüpfe ich in meinen Schlafanzug und trete ans Fenster. Draußen ist es dunkel geworden, und der Lichtkegel, der sich von Elias' Haustür bis zur Straße erstreckt, zieht meinen Blick an wie Lampen eine Motte. Ich beobachte die kleine Traube von Leuten auf dem Gehweg. Elias verabschiedet sich von einem nach dem anderen per Handschlag, bis Colin ihm als Letztes gegen den Arm boxt und zu Jasmine ins Auto steigt. Keiner der beiden wohnt weiter als ein paar Querstraßen entfernt, aber Jasmine hat vor ein paar Monaten ihren Führerschein gemacht und lässt seitdem keine Gelegenheit aus, um ihr weißes Cabrio zu präsentieren.

Bevor mich jemand entdeckt, trete ich vom Fenster zurück und lasse mich auf mein Bett fallen. Dads Schreibtischstuhl wird im Raum nebenan hin und her geschoben. Selbst für Dad ist es eigentlich zu spät, um noch zu arbeiten. Als ich ihm beim Essen von meiner Matheprüfung erzählt habe, hat er nur hier und da zerstreut genickt und wahrscheinlich nicht einmal gehört, dass ich eine halbe Stunde vor der Zeit fertig geworden bin. Er wird immer so, wenn mein Geburtstag herannaht, den wir seit vier Jahren nicht mehr gefeiert haben.

Ich drehe mich auf die Seite und entriegle den Sperrbildschirm meines Smartphones. »Bist du noch wach?«, tippe ich, lösche die Buchstaben aber gleich wieder. Natürlich ist er noch wach.

»Kannst du nicht schlafen?«

Eine kleine Welle Glück durchströmt mich, als Elias' Nachricht aufleuchtet.

»Zu viele Gedanken«, antworte ich, obwohl ich eigentlich etwas anderes schreiben will. *Dad fängt wieder an, meine Mum zu vermissen.*

»Die Ergebnisse sind da«, reißt Elias' nächste Nachricht mich aus der Vergangenheit.

Jetzt schon? Ich setze mich auf. »Gucken wir morgen zusammen?«, tippe ich mit fliegenden Fingern und Elias' Antwort trifft gleichzeitig mit meiner ein.

»Komm zum Frühstück rüber, dann sehen wir zusammen nach.«

Danke, dass du für mich da bist.

»Gute Nacht«, tippe ich stattdessen gerade noch rechtzeitig, bevor das Internet zur Sperrstunde abgeschaltet wird, und schließe mit dem unvermeidlichen Lächeln auf meinen Lippen die Augen.

3

Bei der Regressionsgeraden von Y auf X müssen wir die additive Konstante a und die Steigung b berechnen, bevor …«

Ich male mit meinem Fingernagel unsichtbare Muster auf den Tisch, während Mr. Fernandez eine Gerade durch das Streudiagramm auf dem Smartboard zeichnet. Die jährlichen Prüfungen sind vielleicht vorbei, aber das ist aus der Sicht unserer Lehrer noch lange kein Grund, uns bis zu den Sommerferien eine Verschnaufpause zu gönnen.

Mein Blick wandert zu Elias, der eine Reihe weiter vorne aufmerksam den Worten unseres Mathematiklehrers folgt. Seine Haut trägt einen von der Maisonne verursachten Rotschimmer und ich lasse meine Gedanken zu dem versprochenen Picknick im Central Park abschweifen. Vielleicht wird mein Geburtstag dieses Jahr ausnahmsweise ja doch mal ein schöner Tag.

»Miss Anderson?« Fiona stößt mich leicht in die Seite und ich schrecke auf. Mr. Fernandez steht vor unserem Tisch. »Ich habe Sie gerade gefragt –«

Hastig analysiere ich die Informationen auf dem Smartboard. »Das Minimum. Die Summe der quadrierten Residuen muss minimal sein, damit die Regressionsgerade eine optimale Vorhersage trifft.«

Mr. Fernandez nickt anerkennend, doch der Rest des Kurses scheint keines meiner Worte mitbekommen zu haben. Wie die anderen starrt Jasmine auf der anderen Seite des Ganges entgeistert auf ihr Handy. Fiona entfährt ein erstickter Laut, und ich bemerke überrascht, dass ihr Tränen über das Gesicht laufen.

Colin dreht sich zu uns um. »Bitte nicht schon wieder ausflippen«, stöhnt er. »Oh Mann, nie im Leben würde ich was mit einer Emotionalen anfangen. Das ganze Drama …«

»Halt die Klappe, Colin!«, entfährt es mir lauter als beabsichtigt. Ich ziehe mein eigenes Handy aus der Tasche und überfliege die Überschrift des Artikels, der in diesem Moment vermutlich auf jedem Bildschirm in den Gläsernen Nationen gelesen wird:

Reform des Bildungssektors beschlossen.

Es dauert einen Moment, bis sich die Seite von *CrystalClear News* vollständig aufbaut, und ich erwische meine Finger dabei, wie sie nervös auf die Tischplatte trommeln. Normalerweise erzählt mir Dad von anstehenden Abstimmungen des Parlaments, besonders wenn es um etwas so Wichtiges geht wie die Ordnung, die vor fünf Jahren unsere Verfassung abgelöst hat.

Zur Lösung des wachsenden Problems hoher Studienabbrecherzahlen und immer schlechteren Examensergebnissen an unseren Universitäten stellte der Rat heute seine Reformpläne vor.

»Wir werden die Ressourcen des Bildungssektors bestmöglich auf junge Leute konzentrieren, die das Ziel haben, unsere Gesellschaft voranzubringen. Fehlt schon im Elternhaus der Rückhalt dafür, haben junge Menschen es schwer, den Anforderungen einer Universität gewachsen zu sein und die nötige Arbeitsmoral zu entwickeln.«

Ich überfliege den Rest des Interviews mit Ratsmitglied Edward McCarty, der eine Reihe von Studien zitiert, dann bleibt mein Blick an zwei Sätzen am Ende des Artikels hängen:

Die vorgeschlagene Ordnungserweiterung wurde heute Vormittag einstimmig angenommen. Damit ist die Kristallisierung

der Eltern mit sofortiger Wirkung eine Voraussetzung für den Besuch einer berufsqualifizierenden Schulform jeglicher Art.

»Wir können nicht darauf vertrauen, dass Unkristallisierte ihren Kindern – den zukünftigen Berufsanfängern und Studienanwärtern – die richtigen Werte vermitteln. Werte, die wir brauchen, um die Gläsernen Nationen zu stärken und zu entwickeln«, so Chloe Cremonte nach der Abstimmung. Hören Sie den Kristall heute Abend persönlich bei CCN Talk über die Vorteile dieser neuen Regelung für die Gläsernen Nationen sprechen.

Fiona nimmt mit zitternder Stimme einen Anruf entgegen und stürzt aus dem Klassenzimmer, woraufhin Colin die Augen verdreht.

»Die muss doch gar nicht mehr zur Testung«, murmelt er, während Mr. Fernandez verzweifelt versucht, sich Gehör zu verschaffen. »Die kommt doch sowieso als Emotionale aus dem Zentrum zurück. Und E's brauchen wirklich keinen Studienplatz.«

»Ach ja?«, werfe ich ihm entgegen. »Fiona will auf die Hochschule für Erziehung. Da werden Emotionale händeringend gesucht.«

Zum Glück hat Fiona Colins Kommentar nicht mehr gehört. So sensibel, wie sie ist, würde sie sich seine dämlichen Bemerkungen viel zu sehr zu Herzen nehmen. Eine Welle der Wut auf Colin durchströmt mich. Es sind Kommentare wie seine, die dazu beitragen, dass es noch immer Unkristallisierte gibt. Zweifler, die den Traits nicht vertrauen und die Erschaffung einer Zwei-Klassen-Gesellschaft fürchten. Ich werfe Colin einen zornigen Blick zu. Er hält sich für so wahnsinnig klug und witzig, dabei hat er einfach den Sinn der Kristallisierung nicht verstanden! Rationale und Emotionale ergänzen sich und sollten einander achten. Die Welt braucht kühle Köpfe genauso wie sanftes Einfühlungsvermögen, um zu funktionieren – nur eben beides an seinem Platz.

»Jetzt mach nicht so ein Gesicht, Prinzessin«, raunt Colin mir zu. »Dein Vater ist nicht nur kristallisiert, sondern sogar im Parlament. Du bist bei der neuen Ordnungserweiterung doch eh aus dem Scheider.«

Ich versuche, seine Stimme zu ignorieren, und packe mein Tablet in meinen Rucksack. Zusammen mit dem Rest des Mathekurses trete ich auf den Gang. Mr. Fernandez hat eingesehen, dass sich heute niemand mehr auf Statistik konzentrieren wird, und uns früher als üblich in die Mittagspause entlassen.

Mit sofortiger Wirkung ist die Kristallisierung der Eltern Voraussetzung für den Besuch einer berufsqualifizierenden Schulform jeglicher Art.

Mein Vater ist vor fünf Jahren einer der Ersten gewesen, der bei der Administration einen Antrag stellte und wenig später seinen Trait zugewiesen bekam. Colin hat recht, an meinen Chancen auf einen Studienplatz ändert die Erweiterung nichts – aber das ist es auch nicht, was mich beunruhigt. Ich sehe zu Elias hinüber, der neben mir den Gang hinabschlendert, und suche nach Anzeichen von Sorge in seinem Gesicht. Als hätte er meine Gedanken erraten, wirft er mir ein beruhigendes Lächeln zu.

»Mum und Dad sind wahrscheinlich in diesem Moment schon auf dem Weg in die Innenstadt, um ihre Anträge zu stellen«, sagt er und knufft mich in die Seite. »Du und ich an der Cremonte-Uni, das ist der Plan. Und daran kann auch keine Ordnungserweiterung etwas ändern.«

Zögernd lächle ich zurück. Ein Platz an der Cremonte-Universität auf Long Island, die ausnahmslos rationale Studierende aufnimmt und ihren Absolventen eine glänzende Zukunft garantiert, ist der Traum jedes Serenity-Schülers, der auf ein R hofft. Ich taste nach dem Kristall-Anhänger an der Kette unter meiner Schuluniform, den Dad mir letztes Jahr geschenkt hat. Es ist unser Traum,

Elias' und meiner. Und ihm stünde nichts im Wege, wenn seine Eltern nicht so unglaublich störrisch wären, was die Kristallisierung angeht! *Deirdre und Tom müssen jetzt einfach erkennen, welcher Weg der richtige ist,* beruhige ich mich. Immerhin setzen sie die Zukunft ihres Sohnes aufs Spiel, wenn sie nicht endlich einlenken.

Colin überholt uns und wirft mir im Vorbeigehen einen langen Blick zu.

»Sieh mal einer an. Sie hat ein schlechtes Gewissen!« Seine Worte vom gestrigen Training hallen durch meinen Kopf, während ich zusehe, wie er sich vor uns in die Schlange der Cafeteria einreiht. *»Nur Anfänger entschuldigen sich für Leistung. Oh warte, das stimmt nicht – Anfänger und Emotionale.«*

»Skye?« Elias wedelt mir mit der Hand vor der Nase herum. »Wir sind nicht die Einzigen, die Hunger haben.«

Hastig greife ich nach einem abgepackten Sandwich und einer Flasche Orangensaft, obwohl mir der Appetit vergangen ist.

Elias nimmt mir mein Tablett ab und trägt es zu unserem gewohnten Tisch am Fenster.

»Du und ich an der Cremonte-Uni«, hat er gesagt. Der Uni, die nur Menschen aufnimmt, die ihre Gefühle jederzeit unter Kontrolle haben. Auf die ein Land sich verlassen kann – Menschen wie Elias und mich.

Bist du dir da wirklich sicher?, flüstert eine gemeine Stimme in meinem Kopf, während ich mich setze. Was, wenn Colin und Jasmine recht haben? *Was, wenn du doch eine Emotionale bist?* Ich schüttle den Gedanken ab. Unmöglich. Meine Finger krampfen sich um mein Handgelenk und ich spüre meinen Herzschlag durch die Adern pulsieren. Ich habe Gefühle, das stimmt. Aber das macht mich noch lange nicht zu einer Emotionalen! Ich kann meine Gefühle zurückstellen, sie je nach Notwendigkeit unterdrücken. Habe ich das nicht bewiesen, als Mum uns verließ?

Elias schiebt mir die Hälfte von seinem Schokoriegel zu, und ein Stromschlag durchfährt mich, als unsere Hände sich berühren. *Ich bin keine Emotionale.* Ich darf es nicht sein, denn wenn die Testung in zwei Jahren mit einem E auf meinem Handgelenk endet, dann werden wir zwangsläufig in verschiedenen Welten landen. Als Emotionale müsste ich vor jedem Verlassen der Nationen einen Antrag stellen, zu meinem eigenen Schutz, während Elias in jedes Land der Erde reisen, forschen und die spannendsten Dinge lernen würde. Wir könnten niemals richtig zusammen sein. Selbst wenn wir es wollten.

Wenn ER es wollte, korrigiere ich mich in Gedanken.

Elias neigt seinen Kopf zur Seite, und mein Blick bleibt an dem herzförmigen Muttermal hängen, das unter dem Kragen seines Uniformhemdes sichtbar wird. Hätte ich doch nur die Gewissheit, dass ich meinen besten Freund mit der Wahrheit über meine Gefühle nicht verlieren würde …

»Colins Kommentar vorhin war bestimmt nicht so gemeint«, sagt Elias und tunkt eine Pommes in Ketchup.

Erstaunt sehe ich ihn an und begreife, dass er glaubt, es wäre der blöde Spruch über meinen Vater, der mich beschäftigt.

»Doch, das war er«, erwidere ich kühl. Allein die Andeutung, dass ich Vorteile haben könnte, weil mein Vater im Parlament sitzt, ist ungeheuerlich.

»Du weißt doch, wie er ist. Colin kann es nicht leiden, ausgestochen zu werden. Und du bist nicht nur schneller als er, sondern auch noch klüger. Ich meine, deine Prüfungsergebnisse …« Elias zieht grinsend einen unsichtbaren Hut, doch seine nett gemeinten Worte fühlen sich bitter an, als wäre mein Erfolg auf einmal etwas Schlechtes.

»Selbst Colin sollte mittlerweile gemerkt haben, dass die Vereinigten Staaten von Amerika der Vergangenheit angehören«, sage ich. Er sollte wissen, dass mit der Gründung der Gläsernen Nationen nicht nur Sexismus und Rassismus von der Tagesordnung verschwunden sind, sondern auch Korruption und Vetternwirtschaft. Wir trennen nicht mehr zwischen Schwarz und Weiß oder Frauen und Männern und allein durch persönliche Beziehungen kommt erst recht niemand mehr nach oben. »Nur die Traits bestimmen, wozu wir fähig sind«, fahre ich wütend fort, »und nicht einmal Idioten wie dein bester –«

»Du hast recht«, unterbricht mich Elias. »Und wenn wir erst einmal auf die Cremonte gehen, wird Colin wissen, dass er sich mit dir nicht anlegen sollte.« Als ich nicht reagiere, greift Elias über den Tisch und nimmt meine eiskalte Hand. »Aber es ist nicht bloß Colin, oder?«

Er folgt meinem Blick zu dem Bildschirm über der Essensausgabe, auf dem sich die CCN-Seite mit dem Tagesmenü abwechselt. Das Bild einer Hand, die einen Doktorhut in die Luft wirbelt, strahlt auf die Schlange von Schülern herab. Auf dem Handgelenk des Studenten ist ein fein gestochenes R zu sehen.

»Wir beide wissen doch schon längst, wer wir sind«, sagt Elias leise. »Und kein Konsilium der Welt könnte anders entscheiden.« Ich betrachte die feinen Linien der Adern, die unter der Haut meines Handgelenks verlaufen wie blaue Flüsse.

»Glaubst du, es tut weh?«, frage ich. »Das Traitmark.«

»Bestimmt nicht.« Elias steht auf. »Und immerhin fahren wir zusammen ins Athene-Zentrum, wenn also am Ende bei der Zeremonie jemand deine Hand halten soll …«

Ich werfe ihm einen vernichtenden Blick zu und die bedrückte Stimmung zwischen uns verschwindet wie Wolken an einem Sommerhimmel.

»Sehen wir uns nach dem Training?«, frage ich.

Elias nickt. »Versuch, heute auf den Beinen zu bleiben.«

Ich strecke ihm die Zunge raus, während ich mir meine Tasche über die Schulter schwinge und die Cafeteria mit dem Rest meines Sandwiches in der Hand verlasse.

Elias hat recht. Obwohl wir unsere Traits erst mit achtzehn zugewiesen bekommen, benehmen wir beide uns schon ganz von allein wie Rationale. Wir wählen Naturwissenschaften und Leistungssportarten anstelle von Kunst und Sozialwissenschaften. Wir sind zielstrebig, weil wir wissen, dass wir das Potenzial haben, die Gläsernen Nationen mitzugestalten. Beweist das nicht, wer wir wirklich sind? Ich streiche noch einmal über mein Handgelenk und stelle mir das feine R vor, das man mir in zwei Jahren mit weißer Tinte dort stechen wird. Dann wird uns nichts mehr im Weg stehen.

4

Sie kommt in ihrer Sporthose aus der Kabine und wirft sich hastig eine Jacke über. Das Training der Laufmannschaft ist also schon vorbei, früher als gewöhnlich. Skyes sonst so blasses Gesicht ist gerötet, und sie kaut auf ihrer Unterlippe, als würde sie irgendetwas beschäftigen. Ich seufze innerlich. Mein Auftrag ist auch ohne Teenager-Probleme schon kompliziert genug!

Wenn man vom Teufel spricht, denke ich, als der Junge mit den breiten Schultern am Tor auftaucht. Die beiden verbringen jede freie Minute zusammen, obwohl sie sich anstrengen, ihre offensichtliche Zuneigung zueinander zu verbergen. Darin sind sie ungefähr so gut wie Romeo und Julia, doch ihre vorsichtige Zurückhaltung wundert mich nicht. Ihre Familien mögen zwar nicht gerade verfeindete Clans sein, aber als Tochter eines Parlamentariers weiß Skye, was von einer Rationalen erwartet wird. Und dass sie glaubt, zum kalten Trait zu gehören, ist sonnenklar. Ich entfalte das Blatt Papier, das Beth mir gegeben hat, und streiche es glatt.

»Glaubst du diesem Coach?«

Auf meine skeptische Frage hin hatte Beth genickt. Sie war dünner geworden, noch dünner als beim letzten Mal, als sie mich zurück in ihr modriges Gefängnis rief.

»Sie werden sie holen. Es ist zu früh dafür, aber wir müssen Verse vertrauen. Er arbeitet nicht erst seit gestern als Informant für den Ring.« Sie sah mich scharf an. »Ich verlasse mich auf dich.«

Ich stecke die verhängnisvolle Nachricht zurück in meine Hosentasche und richte meine Aufmerksamkeit wieder auf meinen Auftrag. Skyes Schultern hängen unmerklich herab, als sie neben dem Jungen durch das Schultor geht und über die Straße läuft. Während ich den beiden in einigem Abstand folge, wünschte ich auf einmal, sie warnen zu können. Skye hat es nicht verdient, derart ins kalte Wasser gestoßen zu werden. *Sie hat nichts von dem verdient, was geschehen wird,* denke ich bitter. *Keiner von uns beiden hat das.* Doch ich tue, was Beth von mir verlangt, und lasse mich zurückfallen. Heute Abend wird Skye es sowieso erfahren, meine Warnung würde ihr bloß die letzten sorgenfreien Stunden stehlen. Zumindest rede ich mir das ein, um den kümmerlichen Rest, der von meinem Gewissen übrig geblieben ist, zu beruhigen.

Anstatt in die grüne Buslinie nach Upperlake zu steigen, gehen Skye und der Junge an der Haltestelle vorbei, die Straße hinab in Richtung Innenstadt. Auch das noch! Hastig klappe ich mein altes Motorola-Handy auf. Die Dinger werden kaum noch verkauft, aber ich sammle sie auf Flohmärkten und in kleinen, verstaubten Eckläden, die irgendwo im letzten Jahrzehnt hängen geblieben sind. Im Gegensatz zu Smartphones ist es beinahe unmöglich, sie zu orten. Ich drücke auf die Kurzwahltaste, passe nicht richtig auf und stoße prompt mit einem Mädchen zusammen. Sie trägt eine ordentlich gebügelte Uniform, ohne Zweifel eine Studentin. Trotz des Kaffeeflecks auf ihrem Shirt, den ich verursacht haben muss, wirft sie mir ein Lächeln zu, das ich nicht erwidere.

»Ich bin's«, sage ich gepresst, als am anderen Ende abgenommen wird, und wechsle die Straßenseite. »Planänderung. Ich brauche jemanden am Times Square, und zwar jetzt. Ja ja, ich meine das Spiegelkarree.« Ich klappe das Handy zu und schiebe es fluchend zurück in die Brusttasche meiner Lederjacke. So langsam läuft mir die Zeit davon.

Elias hat keine Fragen gestellt, als ich ihn gebeten habe, statt der zwanzig Minuten langen Safari im Schulbus heute die U-Bahn zu nehmen. Nach zwei Stunden Ausdauertraining, bei dem mich alle außer Coach Verse und Fiona wie Luft behandelt haben, will ich Jasmines Gefolge wenigstens auf dem Heimweg entgehen. Ich flechte meine nassen Haare rasch zu einem Zopf und seufze. Welche Geschichte Jasmine den anderen wohl erzählt hat, um sie gegen mich aufzubringen? Was es auch ist, es hat sie überzeugt. Eigentlich sollte mich das nicht wundern, denn Jasmine war schon immer eine Meisterin im Gerüchteverbreiten. Elias und ich passieren die vier hohen Türme der Administration, wo alle Arten von Anträgen bearbeitet und die Einsätze der Ordnungswahrer koordiniert werden. Schweigend mischen wir uns unter die Menschen, die auf dem Weg nach Hause die gefegten Bürgersteige entlangeilen. Eine Frau in Jeans drängt sich an uns vorbei, und ich weiche auf die Straße aus, auf der sich gefühlt gestern noch hupende Taxis gestaut haben und die heute nur noch von den wenigen Autos befahren wird, die in diesem Monat eine Nutzungserlaubnis bekommen haben.

Hinter dem Bürokomplex taucht das Spiegelkarree auf, trotz seines neuen Namens noch immer das unangefochtene Herz der Stadt. Auf den fassadenhohen Monitoren, die sich so nahtlos über die Häuserwände ziehen, als hätte man sie wie Wasser darübergegossen, wetteifern Aktienkurse, Wetterberichte und die neuesten

Bekanntgebungen des Parlaments um die Aufmerksamkeit der Passanten. Wir werden langsamer, als immer mehr Leute um uns herum stehen bleiben.

Auf dem größten Bildschirm, der sich über drei Häuserfronten erstreckt, flimmert die Videoaufnahme einer schlanken jungen Frau, die vor der Flagge der Gläsernen Nationen lächelnd die Hand eines gut aussehenden Mannes schüttelt.

Chloe Cremonte und Norman Adams besiegeln Kanadas Eintritt in den Staatenbund der Gläsernen Nationen.

Die Bildunterschrift zieht geräuschlos vorbei, doch die Stimmen um uns herum verkünden die Worte lauter als jeder Nachrichtensprecher. Applaus brandet auf.

»… sind wir stolz darauf, was wir in diesen wenigen Jahren erreicht haben.« Chloe Cremontes Ansprache wird nun live übertragen.

Elias hat schützend seinen Arm um mich gelegt, während die Menge uns immer weiter an den Rand des Spiegelkarrees drängt. Über die Köpfe der Menschen hinweg sehe ich Bilder von goldgelben Weizenfeldern, sauberen Vorstädten und lächelnden Kindern im Grünen.

»In den Gläsernen Nationen lernen wir, in perfekter Symbiose zu leben. Unsere Traits helfen, die Stärken und Schwächen jedes Bürgers zu klären und das volle Potenzial einer Gemeinschaft auszunutzen, in der niemand mehr Einzelkämpfer sein muss.« In Chloe Cremontes Stimme schwingt trotz ihres jungen Alters von gerade einmal 28 Jahren eine Autorität mit, die in jedem Zuhörer den Wunsch weckt, sie nicht zu enttäuschen. »87 Prozent unserer Bevölkerung sind bereits kristallisiert, eine Rate, die mit der seit vier Jahren verbindlichen Testung unserer Jugendlichen steigt. Schon jetzt ernten wir die Früchte unserer Bemühungen: sinkende Kriminalitätsraten, weniger Arbeitslosigkeit und ein stärkeres

Miteinander. Es ist ein großes Kompliment, nun auch unseren Nachbarn Kanada zu den Gläsernen Nationen zählen zu dürfen!« Der Kristall, wie Chloe Cremonte genannt wird, macht eine kurze Pause, um Norman Adams ein zweites Mal die Hand zu schütteln. »Die Arbeit der Kristallisierung ist noch lange nicht zu Ende, und wir freuen uns auf die Veränderungen, die die Zukunft bringen wird!« Die Kamera zoomt auf ihr Gesicht, das von ihrem kinnlangen Haar umrahmt wird. »Für Klarheit und Weitsicht«, schließt der Kristall in feierlichem Ton und nickt uns strahlend zu.

Ich lächle automatisch zurück und auch Elias' Gesicht leuchtet.

»Das ist es also, was Dads Abteilung in letzter Zeit so beschäftigt hat«, sprudelt es auf den Treppen zum U-Bahn-Schacht aus mir heraus. »Kanada!«

»Meinst du, er hatte etwas mit dem Beitritt zu tun?«, fragt Elias, neugierig wie immer, wenn es um das Parlamentarieramt meines Vaters geht.

»Möglich ist es.«

Wir gelangen zu den Terminals, ohne anstehen zu müssen, und Elias scannt sein Smartphone. Er verschwindet hinter der Absperrung, während ich mit fahrigen Fingern in meiner Jackentasche herumkrame. In meiner *leeren* Jackentasche.

»Elias?«

Doch über dem Stimmengewirr im U-Bahn-Schacht hört er mich nicht. Verzweiflung steigt in mir auf, während die Schlange der Wartenden hinter mir immer länger wird. Ich durchsuche meine Tasche, aber mein Handy ist nirgendwo zu finden. Das kann doch nicht wahr sein, nicht schon wieder!

»Ist das hier vielleicht deins?« Ein Mädchen an dem Terminal neben mir hält mir fragend ein schwarzes Smartphone hin. Sie ist älter als ich und sicher keine Studentin, aber ich glaube auch nicht, dass sie in einem der Büros in den Türmen der Administration arbeitet. Ihre dunklen Haare haben sich aus dem unordentlichen Knoten gelöst und auch sonst wirkt ihre Erscheinung zwischen den akkurat geknöpften Hemden und faltenfreien Mänteln um uns herum eigentümlich deplatziert. Ich nicke erleichtert und will mich gerade bedanken, da verschwindet das Lächeln des Mädchens. Ich bemerke, wie ihr Körper sich anspannt. Misstrauisch fahre ich herum und entdecke einen glatzköpfigen Mann, der sich durch die Menge der Fahrgäste auf uns zubewegt. Einen Moment lang scheint es, als hätte er es auf mich abgesehen, doch dann streckt er den Arm nach dem Mädchen aus, das mir hastig mein Smartphone zusteckt und mir bedeutet, durch die Absperrung zu verschwinden.

»Wer sind Sie?«, wende ich mich jedoch empört an den Glatzkopf, der den Arm des Mädchens festhält, als wäre es eine Verbrecherin.

Er mustert mich und hält mir dann, als wäre das eine völlig überflüssige Frage, seine Identifikation entgegen, die ihn als Ordnungswahrer ausweist. Hat er geglaubt, ich sei bestohlen worden? Aber selbst dann ergibt sein Einschreiten wenig Sinn, denn Ordnungswahrer sind keine Polizisten. Und normalerweise sind sie freundlich. »Routinemäßige Ausweiskontrolle«, sagt er und überfliegt die Identifikation auf meinem Smartphone, ohne meine Retterin loszulassen.

Der Ärmel ihres groben Wollmantels ist hochgerutscht, und mein Blick flackert zu dem weißen E auf ihrem rechten Handgelenk, das ich im ersten Moment für eine schlecht verheilte Narbe gehalten habe. Die Nadelstiche sind nicht annähernd so fein, wie ich es von den Traitmarks aus der Werbung gewöhnt bin. Und da ist es wieder, dieses lähmende Gefühl, das mich durchströmt hat, kurz bevor ich gestern auf den Boden des Stadions geknallt bin. Das Gefühl, etwas nicht aufhalten zu können, obwohl ich es kommen sehe.

Ich weiß, dass ich von hier verschwinden sollte, aber meine Füße bleiben stehen.

»Kannst du dich ausweisen?«, wendet sich der Ordnungswahrer an die Emotionale und betont dabei jede Silbe, als spräche er mit einem Kleinkind.

Mittlerweile hat sich ein Knäuel von Menschen vor den Terminals gebildet und unwilliges Gemurmel wird laut. Die junge Frau, die ihre Haltung wiedergewonnen hat, fährt mit ihrer freien Hand in die Tasche ihres Mantels, dann reicht sie dem Mann ein zerknittertes Stück Papier.

»Bitte, ich muss mich beeilen, ich bin auf dem Weg zu meinem Bruder. Er liegt im Krankenhaus.«

»Immer mit der Ruhe.« Der Ordnungswahrer dreht den Ausweis prüfend in seinen Fingern hin und her und ich betrachte das Gesicht der Emotionalen. Der Pony und ihre feste Stimme täuschen darüber hinweg, dass sie kaum älter als neunzehn Jahre sein kann.

»Du bist Yana Faray?«

»Ja.« Sie deutet auf das zerfledderte Dokument in seiner Hand, verkneift sich aber einen Kommentar.

Der Mann gibt ihr wortlos den Ausweis zurück, dann wendet er sich an mich. »Hat sie versucht, Ihnen etwas zu klauen?«

Ich schüttle hastig den Kopf. »Nein. Nein, Sir«, füge ich hinzu und schließe meine Finger fest um mein Smartphone.

Nach einem prüfenden Blick nickt der Ordnungswahrer mir zu und dreht sich wieder zu der Emotionalen. »Pass auf, dass du dich im Krankenhaus unter Kontrolle hast. Dein Bruder kann Hysterie jetzt am wenigsten gebrauchen.« Er wirft noch einen letzten Blick auf Yanas narbenhaftes E, bevor er zurücktritt und wieder bis zur Unkenntlichkeit mit der Wand in seinem Rücken verschmilzt.

Yana Faray steckt hastig einen gelben Transportchip in den Schlitz, der früher einmal für Münzen benutzt wurde, und schiebt sich durch die Absperrung neben mir, noch ehe sie sich ganz geöffnet hat.

»Geht das da vorne mal weiter?«, schimpft eine Stimme hinter mir und ich scanne mit einem entschuldigenden Blick meine Identifikation, bevor ich nach Elias' Arm greife, der hinter den Terminals beunruhigt auf mich gewartet hat.

»Lass uns nach Hause fahren.«

Ich folge ihm zu unserem Gleis, ohne mich noch einmal umzudrehen. Ein flaues Gefühl macht sich in meinem Magen breit. Seit der Gründung der Gläsernen Nationen vor fünf Jahren habe ich mich in New York noch nie unsicher gefühlt. Ich frage mich, ob Yana Faray das Gleiche behaupten kann.

Es klopft an der Tür und ich springe auf. Endlich!

»Sorry. Ich konnte nicht direkt herkommen, die Ordnungswahrer haben mich angehalten, und ich musste erst meinen *Bruder* im Krankenhaus besuchen, um keinen Verdacht zu erregen. Ich hasse sie, sie alle mit ihrer herablassenden Art!«

Ich ziehe Yana in das kleine Hotelzimmer, bevor sie weiter den ganzen Flur unterhalten kann. Mit einem raschen Blick vergewissere ich mich, dass uns niemand beobachtet hat, obwohl ich mir diese Mühe in einer Absteige wie dem Maddie wahrscheinlich sparen könnte. Hier hört jeder nur das, was er hören soll.

Yana lässt sich erschöpft auf die Pritsche fallen und befreit ihr Haar aus dem strengen Dutt, den sie sich gemacht hat, um in New York City nicht noch mehr aufzufallen, als sie es sowieso schon tut. »Ich meine es ernst. Diese Art von Aufträgen bringt mich eines Tages noch um!«

Stumm nehme ich ihr das Smartphone ab, das wir für solche Einsätze benutzen. Ich betrachte die erfolgreich kopierte ID, bevor ich meine Partnerin mustere. Die dunklen Schatten unter ihren Augen erzählen eine andere Geschichte als ihr lockeres Lächeln. Wut steigt in mir auf. Es war ein Anfängerfehler, den Ordnungswahrer in der U-Bahn zu übersehen, aber daran trägt Yana keine Schuld. »Beth hätte dich so kurz nach dem Vorfall in Arizona nicht wieder einsetzen dürfen, erst recht nicht für einen so gefährlichen Auftrag wie diesen hier«, sage ich.

»Entspann dich.« Yana steht vom Bett auf und kniet sich vor die Minibar. »Der Ordnungswahrer hat mich garantiert schon längst vergessen. Für ihn bin ich nichts weiter als der lebende Beweis dafür, dass Emotionale nicht alle Tassen im Schrank haben.« Sie nimmt sich eine Flasche Bier aus dem winzigen Kühlschrank und öffnet sie gekonnt mit einem Schlüssel. Ihre Fassade ist taff, aber ich habe schon zu oft Angst in den Augen von Menschen gesehen, um sie nicht zu erkennen, wenn sie mir ins Gesicht starrt. Da kann Yana so viele Sprüche klopfen, wie sie will, immerhin habe ich dieses Spiel quasi erfunden.

»Und du bist sicher, dass das Mädchen nichts bemerkt hat?«

»Wenigstens das ist nach Plan gelaufen«, erwidert Yana. »Du solltest allerdings wissen, dass ich nicht die Einzige war, die in ihren Daten rumgeschnüffelt hat. Anscheinend wurden ein paar Fotos kopiert, alle von ihr mit einem dunkelhaarigen Jungen. Ganz süß, wenn du mich fragst.«

Ich verbinde das Smartphone mit meinem Laptop, ohne auf ihren Kommentar einzugehen.

»Man merkt es ihnen an, wenn sie noch nie Grund dazu hatten, anderen Leuten zu misstrauen«, redet Yana weiter. »Du wirst es diesmal leicht haben. Na ja, nicht dass du dich ansonsten schwertun würdest.« Sie grinst.

Ich betrachte das Foto des blassen Mädchens mit den beinahe unnatürlich blauen Augen. Es sind exakt diese Augen, in denen ich zum allerersten Mal in meinem Leben gesehen habe, was Angst bedeutet.

»Sie ist es doch, oder?«, fragt Yana verunsichert.

Ich reiße meinen Blick los und versuche, die Erinnerung an Skyes schneeweiße Wangen und den Knall der Pistole aus meinen Gedanken zu verdrängen.

»Ja, sie ist es.«

»Und für die lässt Beth dich also ins offene Messer laufen?«, sinniert Yana vor sich hin. »Ehrlich, sie wird in letzter Zeit immer seltsamer. Wenn sie das Mädchen unbedingt haben will, warum bringen wir sie nicht direkt zu ihr?«

»Wenn dir nicht mehr erzählt wurde, weißt du alles, was du wissen sollst«, antworte ich schroff.

Du hast es versprochen! Und du bist es mir schuldig. Den letzten Satz hat Beth nie gesagt, aber seine Botschaft klingt aus jedem Wort heraus, das sie zu mir spricht. Als würde ich das nicht selbst wissen.

Nur noch dieser eine letzte Auftrag, sage ich zu mir selbst und starre hasserfüllt auf das Kristallsymbol neben Skyes Identifikation. Dann bin ich endlich frei, mein Leben für die eine Sache zu riskieren, für die es sich zu sterben lohnt.

»Bist du nervös?« Yanas Hand liegt auf meiner Schulter, aber ich bemerke es kaum.

»Nein.« Ich klappe den Computer zu, nachdem ich alle Informationen überflogen habe, und strecke mich. »Du berichtest den anderen, wie weit wir gekommen sind. Sag Beth, sie soll auf keinen Fall versuchen, mich zu erreichen. Und besteh zur Hölle noch mal darauf, dass sie dir eine Pause gönnt!«

»Was passiert als Nächstes?«

»Bis morgen früh nichts.«

Zumindest für Yana. Ich hingegen muss bis morgen für den diskreten Ausfall eines Testleiters gesorgt haben, aber das kann ich ihr genauso wenig auf die Nase binden wie den Grund dafür, dass Skye Anderson eine Rationale werden muss, koste es, was es wolle. Im Zweifelsfall auch mich.

Ich überlege kurz, ob ich mir ein paar Minuten Schlaf gönne und vielleicht eine Dusche, obwohl das im Badezimmer des Maddie wirklich ein Akt der Verrücktheit wäre. Doch ein Blick auf meine Uhr verrät mir, dass keins von beidem drin ist.

Yanas Lippen nähern sich meinem Ohr. »Das heißt, ich kann heute Nacht hierbleiben?«

Ich stehe auf und stecke den Laptop in meine Tasche. »Was auch immer du willst.« Ich werfe ihr den Zimmerschlüssel zu. »Aber bleib im Hotel, das hier ist nicht gerade eine sichere Gegend.«

»Das erklärt, warum *du* hier bist.«

Ich ignoriere sie standhaft, während ich mir die Schuhe zubinde. Yanas Gesichtsausdruck wirkt verletzt, und es tut mir leid, dass ich der Grund dafür bin. Sie kennt meinen Ruf, nicht gerade wählerisch zu sein, aber ich habe mir geschworen, damit aufzuhören. Es ist die Leere nicht wert, die unweigerlich folgen würde. Und außerdem ist Yana für mich wie eine Schwester.

An der Tür drehe ich mich ein letztes Mal um. »Pass auf dich auf.« Es ist die einzige Freundlichkeit, zu der ich fähig bin.

Zu Hause angekommen, stecke ich mein Smartphone in die Ladestation an der Wand im Flur. Der Bildschirm des Synchrons blinkt kurz bestätigend auf. Er wird meinem Vater später verraten, dass ich nicht den Bus genommen habe, und ich bereite mich innerlich auf eine Predigt vor. Dad hält die U-Bahn für gefährlich, so wie er alles für gefährlich hält, was nicht die Serenity oder Upperlake ist.

In der Küche steht das braune *eatdaily*-Paket noch auf der Anrichte. Ich öffne es und bin gerade dabei, Brot und Müslipackungen in die Schränke zu sortieren, als die vertraute Stimme meines Vaters durch das offene Küchenfenster hereinweht. Er klingt beunruhigt, aber bevor ich erfahren kann, worum es geht, beendet er sein Telefonat mit einer knappen Verabschiedung und schließt die Haustür auf. Ich höre das harte Geräusch seiner Anzugschuhe auf den Fliesen im Flur, wo er seinen Mantel aufhängt und sein Smartphone neben meins in die Ladestation steckt. Wie immer wirft Dad zuerst einen Blick auf den Synchron, der unsere Smartphones miteinander verbindet. Einzig und allein meine Chatverläufe und Fotos bleiben geheim, und ich überprüfe regelmäßig, ob mein Vater diese Einstellung auch nicht geändert hat.

»Pasta oder Curry?«, frage ich und halte beide Behälter hoch, in der Hoffnung, so von meinem nachmittäglichen Ausflug in die Innenstadt abzulenken.

Ich betrachte meinen Vater mit seinen ordentlich zurückgekämmten, grau melierten Haaren. Manchmal nervt mich sein Kontrollwahn, aber ich kann ihn verstehen. Er will sichergehen, dass er nicht auch noch mich verliert.

»Dad?«

Er löst seinen Blick vom Synchron. Für einen Moment sehe ich Sorge in seinen Augen aufblitzen und etwas, das ich gestern schon in Coach Verses Blick bemerkt habe. Aber wovor sollte Dad Angst haben? Mein Vater strafft sich und hält mir mit unlesbarer Miene den Bildschirm meines eigenen Smartphones entgegen.

»Ich fürchte, das ist dein Bescheid.«

5

Dass mein Handy zu Boden gefallen ist, bemerke ich erst, als Dad sich danach bückt. Anstatt es zurück in meine zitternde Hand zu legen, führt er mich zu unserem Sofa und wartet geduldig, bis ich mich hingesetzt habe. Er trägt noch immer sein Jackett und sieht darin auf einmal eigentümlich schmal aus.

»Was bedeutet das?« Die Stimme aus meinem Mund klingt nicht wie meine eigene, und ich wende den Blick ab, damit Dad nicht sieht, dass mir Tränen in die Augen steigen.

Bescheid zur Testung für Skye Anderson. Anreise zum Athene-Zentrum erfolgt per Zug. Finden Sie sich am Samstag an der Central Station ein. Das muss ein Fehler sein. Es ist die einzig logische Erklärung, die mir einfällt – schließlich bin ich noch nicht einmal volljährig! Wahrscheinlich wurde ich bloß mit jemandem aus der Abschlussklasse verwechselt.

»Wir sollten besprechen, was jetzt zu tun ist«, sagt mein Vater mit ernster Stimme und mein Herz sinkt.

Die Administration macht keine Fehler. Mein Vater weiß das und tief in mir drin weiß ich es ebenfalls.

»Aber Cara wurde doch auch erst nach ihrem Achtzehnten getestet«, bringe ich stockend heraus. Wie neidisch ich auf das ältere Mädchen aus der Nachbarschaft war, als sie vor einem Jahr zur Testung aufbrach! Jetzt fühle ich mich einfach nur überfahren. »Man wird mit achtzehn getestet, nach dem Abschluss. So sind die Regeln. So steht es doch in der Ordnung!«

»Ab diesem Jahr nicht mehr«, erwidert mein Vater mit steinerner Miene. »Dein gesamter Jahrgang ist einberufen worden.«

Jetzt weiß ich, warum Dad sein Telefonat so abrupt beendet hat, als er zur Tür hereinkam, und warum seine Stimme so ungläubig klang. Vermutlich hat er dem Kollegen, der ihn vorwarnen wollte, nicht geglaubt, bevor er den Bescheid seiner Tochter mit eigenen Augen gesehen hat. Für einen Moment meine ich, so etwas wie Mitleid in seinem Blick zu erkennen.

»Das Verfahren ist gerade einmal vier Jahre alt, da können rasche Änderungen schon mal vorkommen.« Dad legt seine kühle Hand auf meine Schulter. »Hör zu, Skye. Ich weiß nicht, was den Rat zu dieser Entscheidung bewogen hat, aber wir müssen jetzt das Beste daraus machen. Verstehst du das?«

Nein. Ich verstehe das nicht, denn so sollte mein Leben nicht verlaufen. Ich sollte mich noch zwei Jahre lang über Jasmine ärgern und Sprintwettbewerbe laufen. Ich sollte Elias endlich sagen, was ich für ihn empfinde. Ich sollte ein Abendkleid für unseren Abschlussball kaufen und mit Elias eine passende Krawatte aussuchen. Ich bin noch nicht bereit, eine erwachsene Traitträgerin zu werden!

»Wir können nichts dagegen tun.« Mit seinen hängenden Schultern und den Falten im Gesicht sieht mein Vater auf einmal erschreckend alt aus.

Als ich an diesem Abend meine Patchworkdecke über mich ziehe, bringe ich es einfach nicht über mich, die Augen zu schließen. Starr auf der Seite liegend, betrachte ich den leuchtenden Miniglobus in der Steckdose neben meinem Schreibtisch, den Dad vor vier Jahren installiert hat. Er fängt an zu leuchten, sobald draußen die Dämmerung aufzieht. Die meisten Kinder werden ihr Nachtlicht mit zwölf Jahren los, anstatt eins zu bekommen, aber sein schwacher Schein war das Einzige, was half, meine Albträume zu verdrängen. Dad glaubt, Mums Verschwinden sei der Auslöser für den Horror meiner Nächte gewesen. Ich habe es in seinem Gesicht gesehen, wenn er mich schweißgebadet und zitternd in meinem Bett gefunden hat und wissen wollte, was ich geträumt habe. Doch auf diese Frage konnte ich ihm nie eine Antwort geben.

Ich presse mein Kissen an mich und nehme mein Smartphone vom Nachttisch, aber das Internet hat sich schon ausgeschaltet. Unten wird ein Stuhl zurechtgerückt, dann der Fernseher ausgeschaltet.

Übermorgen.

Schwere Schritte erklingen auf der Treppe, gehen vom Arbeitszimmer ins Bad und vom Bad ins Schlafzimmer. Ungeduldig werfe ich mich unter meiner zu warmen Decke hin und her, aber an Schlaf ist nicht zu denken, und so schlüpfe ich schließlich aus meinem Bett und trete ans Fenster. Die Straße unter mir ist ausgestorben und die Häuser sind dunkel. Nur direkt nebenan, in dem Fenster, nach dem ich gesucht habe, brennt noch Licht.

Bescheid zur Testung für Skye Anderson. Anreise zum Athene-Zentrum erfolgt per Zug. Finden Sie sich am Samstag an der Central Station ein.

Dann kamen Hinweise über Gepäckbegrenzungen und eine Erklärung, dass die Serenity-Highschool automatisch alle verfügbaren Daten übersendet.

Auf einmal weiß ich nicht mehr, wie ich Dads gut gemeinte Ratschläge, die fast schlimmer waren als sein hilfloses Schweigen, und meine eigenen erstickenden Gedanken so lange ertragen konnte. Ich horche ein letztes Mal ins Haus hinein, aber mittlerweile ist alles still. Leise schlüpfe ich in meine weichen Sandaletten und greife nach einer Strickjacke, bevor ich mein Fenster so weit wie möglich öffne und die frische Nachtluft ins Zimmer strömen lasse. Ich setze mich auf die Fensterbank und schwinge meine Beine über den Sims. Nicht einmal der Gedanke an die Dunkelheit da draußen hält mich zurück.

Meine Füße finden Halt auf der glatten Oberfläche des Vordachs. Es ist einfacher als beim letzten Mal, an das ich mich erinnern kann, aber immerhin muss ich seitdem auch um mindestens zehn Zentimeter gewachsen sein. Ich rutsche bis zum äußersten Ende des kleinen Vordachs, dann springe ich herunter und lande mit beiden Füßen auf dem harten Rasen unseres Vorgartens.

Das leise Tappen meiner Schritte ist das einzige Geräusch, als ich über den Bürgersteig laufe. Kurz darauf presse ich mich gegen die hölzerne Wand des Nachbarhauses. Vielleicht ist es leichtsinnig, was ich hier tue, aber ich kann nicht anders. Nicht, nachdem drei furchtbar nüchterne Sätze mein ganzes Leben auf den Kopf gestellt haben.

»Elias?« Es ist nur ein Flüstern, doch sein Fenster steht auf Kipp. »Elias!«

Als sein Gesicht über mir auftaucht, bekomme ich zum ersten Mal, seitdem ich meinen Bescheid gelesen habe, wieder richtig Luft. Er wirft einen hastigen Blick über die leere Straße.

»Gib mir eine Viertelstunde. Wir treffen uns am Baumstamm.«

Das Fenster schließt sich mit einem Klack. Elias hasst Regelverletzungen beinahe so sehr wie ich die Dunkelheit, aber das hier kann nicht bis morgen warten. Ich laufe die Straße entlang, in der ich groß geworden bin, und weiche den Lichtkegeln der Laternen dabei aus, so gut es geht. Einmal bleibe ich stehen, weil ich mir einbilde, das Geräusch von Schritten in der nächtlichen Stille zu hören, doch dann schüttle ich den Kopf über mich selbst. Die Administration würde keinen Ordnungswahrer darauf verschwenden, um in Upperlake die Einhaltung der Sperrstunde zu kontrollieren. Die haben genug damit zu tun, die Clubs und Bars in der Innenstadt zu schließen, deren Betreiber ein paar der lästigeren Ordnungserweiterungen gern mal umgehen.

Am Ende der Straße grenzt der Bürgersteig an eine hohe Hecke, hinter der sich das Niemandsland rund um den See verbirgt. Die Bewohner der hübsch gestrichenen Häuser gegenüber wollen nicht an den tödlichen Unfall erinnert werden, nach dem das Paradies meiner Kindheit vor einigen Jahren für Fußgänger und Badegäste verschlossen wurde. Hinter der letzten Laterne biege ich ein paar störrische Zweige auseinander und schlüpfe durch die Öffnung.

»Bist du sicher, dass wir das schaffen?«

»Gib mir deine Hand.«

Ich lächle, als sich der Nachmittag zurück in meine Gedanken drängt, an dem wir diesen Geheimgang entdeckt haben. Damals passten wir noch mühelos durch die Lücke, für die ich nun die Luft anhalten muss.

Hinter der Hecke umfängt mich eine undurchdringliche Dunkelheit. Die tiefe Schwärze der Nacht lässt mein Herz panisch schlagen, und ich wünschte, ich könnte die Taschenlampe meines Handys aufleuchten lassen. Aber es wäre leichtsinnig gewesen, das Smartphone mitzubringen. Seine Ortungsfunktion erfasst jeden meiner Schritte, und das Letzte, was ich jetzt brauche, ist Ärger wegen eines Ausflugs in eine gesperrte Zone. Langsam gewöhnen sich meine Augen an die Dunkelheit, und ich erkenne das wilde Gebüsch, das die alten Wege überwuchert. Der Wald, der den See umgibt, ist mit den Jahren dichter geworden und ich muss meine Strickjacke immer wieder von einer widerhakenden Ranke lösen.

Nach ein paar Schritten stehe ich vor einem mächtigen Baumstamm. Er liegt quer über dem Weg, der mal zum Steilufer geführt hat. Ich streiche über das morsche Holz und atme den moorigen Geruch ein, den der See verströmt. Mit geübten Bewegungen klettere ich auf den Stamm. Während ich den klaren Himmel durch die Baumwipfel über mir betrachte, spüre ich, wie die Enge in meiner Brust verschwindet, je weiter mein Blick über die vertraute Umgebung wandert. *Es gibt nichts, wovor ich mich fürchten müsste.* Zumindest nicht hier.

Ich höre dem Rauschen des Flusses zu, der ganz in der Nähe in den See fließt und dem Gewässer seine tückische Strömung verleiht. Vielleicht ist es ja sogar gut, nicht mehr zwei ganze Sommer lang warten zu müssen, bis sich das Geheimnis der Testung endlich lüftet. Es ist wie mit einem Pflaster: Man kann es langsam und qualvoll abziehen oder es so schnell abreißen, dass man den Schmerz kaum spürt.

Ein knackender Zweig lässt mich vor Schreck beinahe vom Baumstamm fallen. Für einen Moment ist alles still, doch dann höre ich etwas näher kommen. Oder jemanden?

»Elias?«

Keine Antwort. Es hätte mich auch gewundert, denn die hastigen Bewegungen klingen nach Kopflosigkeit, nicht nach der Vorsicht, mit der Elias sich früher hier bewegt hat – schon mit elf Jahren darauf bedacht, nicht in einer gesperrten Zone erwischt zu werden. Ich lasse mich leise auf der anderen Seite des Baumstamms hinabgleiten und schleiche geduckt in das Dickicht der Bäume. Wenige Meter von dem Ort entfernt, an dem ich gerade noch gesessen habe, läuft jemand vorbei, ohne sich umzuschauen. Verwirrt starre ich dem Schatten hinterher. Wer sich auskennt, umrundet den See rechts herum, in der Sicherheit des Waldes, und gelangt nach einem Marsch von zehn Minuten zu den sanften Buchten, in denen man bedenkenlos schwimmen kann. Ich kneife die Augen zusammen. Die Schneise, die mein Vorgänger durch den Wildwuchs geschlagen hat, führt nach links. Damit steuert der Unbekannte geradewegs auf das Steilufer zu!

»Hallo?«

Unsicher lausche ich in die Dunkelheit. Die Bäume verdecken die meterhohen Klippen. Ein falscher Schritt genügt ... Ich sollte zurück zum Baumstamm gehen und auf Elias warten. Wer weiß, ob jemand, der nachts durch eine gesperrte Zone sprintet, nicht gefährlich ist. Ich habe mich schon umgedreht, als ein dumpfer Aufprall ertönt. Es folgt ein erstickter Schrei, der meine Sinne gesammelt Alarm schlagen lässt. Wer auch immer sich da draußen herumtreibt, er ist in Gefahr!

So schnell ich kann, renne ich zwischen den Bäumen hindurch und gelange innerhalb von wenigen Minuten zum Ufer. Anders als in unserer kleinen Bucht neigt es sich hier steil hinunter zum See, dessen Strömungen Elias und ich an dieser Stelle aus gutem Grund immer gemieden haben. Ich bleibe stehen und klammere mich gerade noch rechtzeitig an einem Ast fest, um nicht den Halt zu verlieren. Der Vollmond wirft seinen Schein auf die Schwärze unter mir. Ein paar losgetretene Steine rollen dumpf den Abhang hinunter. Und da höre ich es. Ein Keuchen, dann schlagende Geräusche, als würde sich jemand mit rudernden Armen verzweifelt über Wasser halten. Mit angehaltenem Atem erkenne ich eine Gestalt. Sie wird vom Sog des durch den See führenden Flusses hinausgetrieben, dahin, wo der Staudamm das offene Wasser in eine Todesfalle für ungeübte Schwimmer verwandelt. Ein paar Sekunden lang lähmt mich der Anblick des immer wieder untergehenden Körpers. **Rentnerin im Upperlake-See ertrunken: Naturparadies wegen tödlicher Strömung zur Sperrzone erklärt.** Das war die Schlagzeile, nach der niemand je wieder einen Fuß in das Gebiet des Sees gesetzt hat. Niemand außer Elias und mir. Zumindest bis heute.

Die Spitzen meiner Sandalen ragen über den Abgrund. Ich sollte Hilfe holen, aber die Bewegungen des Menschen da draußen werden immer schwächer. Bevor ich es mir anders überlegen kann, springe ich in die Tiefe.

Das kühle Wasser des Sees umfängt meinen Körper. Für einen kurzen Moment verliere ich die Orientierung, aber als meine Finger den sandigen Boden berühren, stoße ich mich mit aller Kraft nach oben ab. Augenblicke später durchbreche ich die Wasseroberfläche und schnappe nach Luft. Wo ist er? Ich recke den Hals, während die Strömung mich in die Richtung ihres ersten Opfers treibt. Da! In einiger Entfernung sehe ich seine Arme. Meine Strickjacke hat sich mit Wasser vollgesogen und zieht mich nach unten. Ich habe nicht daran gedacht, sie auszuziehen.

Ich habe überhaupt nicht nachgedacht.

Halt durch, flehe ich den Ertrinkenden innerlich an, während ich verbissen gegen die Strömung ankämpfe, die mich zum Staudamm zieht. Doch die rudernden Arme werden immer weiter von mir fortgetrieben und Panik schnürt meine Kehle zu. Wenn ich denjenigen, der da draußen um sein Leben ringt, noch rechtzeitig erreichen will, muss ich mich mitreißen lassen. Das bedrohliche Rauschen des Staudamms in meinen Ohren, beginne ich, mit der Strömung zu schwimmen. Ein Kopf taucht vor mir auf, blonde Haare glänzen im Mondlicht, aber der Junge hat aufgehört zu kämpfen. Energisch stoße ich mich vorwärts und gelange schließlich auf seine Höhe. Ich bekomme seinen Arm zu fassen und ziehe den bewegungslosen Körper mit aller Kraft zu mir heran. Panisch versuche ich, zu Atem zu kommen, während der Fluss uns immer schneller mit sich forttreibt. Wir müssen aus der Strömung heraus! Ich schlucke Wasser, während ich den Jungen um den Bauch fasse und seinen Kopf auf meine Schulter lege. Der Blonde ist schlank, doch sein Gewicht ist zu viel für mich. Wir beginnen zu sinken, aber ich weigere mich aufzugeben, obwohl ich das Gefühl in meinen Beinen schon lange verloren habe. *Das ist nur ein weiterer Wettkampf,* rede ich mir ein.

Wenn Elias doch nur hier wäre!

Verzweifelt versuche ich, mich an die Rettungsgriffe des Schwimmteams zu erinnern. Ich bringe uns beide mühsam in Rückenlage und halte den Kopf des Blonden mit einer Hand. So kräftig es geht, stoße ich uns mit den Beinen Richtung Ufer. Ich schaffe es, nicht weiter abgetrieben zu werden. Langsam, entsetzlich langsam strample ich uns aus dem Sog heraus. Minuten dehnen sich zu Stunden, als ich endlich eine der Baumwurzeln zu fassen bekomme, die vom Ufer aus in den See ragen. Ich setze meine Füße auf festen Grund und versuche keuchend, meinen Atem zu beruhigen, während ich meine Last an Land ziehe. Wenigstens wurden wir weit genug abgetrieben, um am flachen Ufer zu landen. Doch meine Erleichterung darüber verschwindet, als ich in das kalkweiße Gesicht unter mir im Sand blicke.

»Colin!«, flüstere ich und schlage ihm gegen die eiskalten Wangen, während ein erneuter Strudel droht, mir den Boden unter den Füßen wegzureißen. Nur langsam beginne ich zu begreifen, wen ich gerade aus dem verbotenen See gefischt habe. »Verdammt, Colin!«

Elias' bester Freund trägt noch immer den hellblauen Pullover der Serenity-Schuluniform. Ich denke an gestern Abend, als ich ihn von meinem Fenster aus beobachtet habe. Den arroganten Colin, den Goldjungen unserer Schule, den ich noch nie leiden konnte. Zitternd vor Anstrengung, reiße ich den Stoff seines engen Pullovers am Kragen auf und ziehe ihn ihm über den Kopf. Dann lege ich meine Hände auf seine Brust und drücke ruckartig zu. Einmal, zweimal.

»Komm schon«, flüstere ich, doch Colin rührt sich nicht.

Eine ungekannte Art von Angst steigt in mir hoch, schlimmer als alles andere, was ich jemals empfunden habe. Colin könnte sterben. Er könnte tot sein, weil ich nicht gut genug war, um ihn zu retten. Ich muss mich konzentrieren. Ich muss es schaffen. Ich muss! Ich lege meine Hand unter sein Kinn und beuge mich über ihn, um ihn zu beatmen. Da spüre ich mit einem Mal, wie die Kontrolle zurück in seinen Körper fährt. Hustend übergibt er das Wasser, das er geschluckt hat, während ich seinen Kopf hastig zur Seite drehe.

»Es ist okay, alles ist gut«, höre ich mich stottern und weiß nicht, ob ich ihn oder mich selbst meine.

Colins Finger krallen sich in meine Schultern, als würde er noch immer sinken, und ich bin nicht herzlos genug, um mich zu befreien. Langsam begreift sein Körper, dass Luft in seine Lungen strömt, und Colin lässt mich los. Sein Brustkorb hebt und senkt sich in kurzen Abständen, während er allmählich zu sich kommt.

»Der Bescheid.« Colins Stimme ist kaum hörbar, doch ich lese die Worte von seinen farblosen Lippen.

Plötzlich steigt eine schreckliche Vorstellung in mir auf. Hat Colin sich absichtlich in den See gestürzt? Hat ihn der Testungsbescheid so sehr aus der Bahn geworfen, dass er sein Leben aufgeben wollte? Nein, das kann nicht sein. Colin ist der rationalste Mensch, den ich kenne. Er braucht keine Angst vor dem Urteil des Konsiliums zu haben.

Aber wenn er so rational ist, wie du glaubst – was macht er dann halb ertrunken am Ufer eines gesperrten Sees?

»Skye?«

Bei dem entfernten Klang von Elias' besorgter Stimme fahre ich zusammen und schaue an mir herunter. Meine Schlafanzughose klebt an meinen von Schrammen übersäten Beinen, aus meiner Strickjacke und meinen Haaren tropft das Seewasser.

»Dir ist klar, dass niemand erfahren darf, was heute Nacht passiert ist?« Colin rappelt sich mühsam auf. »Nicht einmal Elias.« Seine Stimme klingt noch ein wenig rau vom Wasser, doch das kaschiert ihren drohenden Unterton nicht im Geringsten.

»Skye!«

Ich höre, wie Elias uns immer näher kommt, und wünsche mir, seinen Namen in die Nacht rufen zu dürfen, damit er mich findet und das alles hier ein Ende hat.

Ich fixiere Colin. »Bist du gefallen?«, bricht es aus mir heraus.

»Was denkst du denn?«, erwidert Colin. »Ich wollte bloß den Kopf frei kriegen und habe die Kante übersehen. Selbstmord ist was für Emotionale.«

»Natürlich.«

Rationale finden für alles eine Lösung. Colin würde nicht einmal daran denken, sich derart von seinen Gefühlen überwältigen zu lassen.

Und warum war er dann überhaupt hier?

Ich streiche mir die nassen Haare aus der Stirn.

»Hör mir zu, Skye. Niemand von uns sollte in einer gesperrten Zone sein. Du hast eine gewaltige Dummheit begangen.« Colin scheint nicht zu bemerken, dass er meinen Arm gepackt hat. Sein fester Griff schmerzt.

»Ich habe eine Dummheit begangen? Ich habe dich gerettet!« Aufgebracht reiße ich mich los. Behandelt Colin mich ab und an herablassend? Ja. Sieht er mich nur, wenn ich im Doppelpack mit Elias auftauche? Normalerweise. Trotzdem hat er noch nie versucht, mir Angst zu machen. Ich weiche einen Schritt zurück.

»Sie werden erfahren, dass wir emotional gehandelt haben.« Colin senkt seine Stimme zu einem Flüstern. »Wenn Elias es weiß, werden sie es erfahren.«

Ich spüre dasselbe Adrenalin zurück in meine Adern fließen,

das mich gegen die Strömung gewinnen ließ. Colins Worte ergeben keinen Sinn, aber warum fühle ich mich dennoch, als wäre ich jetzt in größerer Gefahr als in den Strudeln des Sees? Durch das Unterholz dringen eilige Schritte an mein Ohr.

»Halte dich links, wenn du ihm nicht begegnen willst«, sage ich tonlos und Colin nickt.

»Ich nehme das als Einverständnis.« Er ist schon fast zwischen den Büschen verschwunden, als er sich noch einmal umdreht. »Skye? Danke.«

Unsere Blicke kreuzen sich. Während ich beobachte, wie er geräuschlos im Wald verschwindet, frage ich mich, ob Colins Worte weniger eine Drohung als eine Warnung waren. Er mag über dem Bescheid die Beherrschung verloren haben, aber Hals über Kopf in einen See mit tödlicher Strömung zu springen, wie ich es getan habe, war nicht weniger impulsiv. Eine Rationale hätte nicht zwei Leben riskiert, sie hätte Hilfe geholt, klar gedacht, die Situation analysiert. Schaudernd schlinge ich meine Arme um meinen Oberkörper.

Nie zuvor in meinem Leben habe ich ernsthaft daran gezweifelt, wer ich bin. Bis jetzt.

6

Skye!«

Elias tritt aus dem Schatten der Bäume und ich laufe ihm entgegen. Er nimmt mich wortlos in den Arm, und für eine Sekunde durchströmen mich Elias' Wärme und ein Gefühl von Sicherheit, bevor er den Reißverschluss seiner Jacke aufzieht und sie mir um die Schultern legt.

»Warum hast du nicht am Baumstamm gewartet?« Seine Stimme überschlägt sich nicht mehr, seit er sieht, dass es mir gut geht.

»Ich habe ein Geräusch gehört«, sage ich zögernd. *Niemand darf erfahren, was wir getan haben. Nicht einmal Elias.* »Dem bin ich gefolgt.«

»Jemand anders war hier?«, fragt Elias alarmiert und schiebt mich ein wenig von sich, um mir in die Augen sehen zu können.

»Nein. Es muss ein Tier gewesen sein. Und dann bin ich ausgerutscht.« Ich vertreibe das Bild von Colins totenblassem Gesicht gewaltsam aus meinem Kopf.

»Ein Glück, dass du nicht in die Strömung geraten bist. Da wärst du allein nie wieder rausgekommen.« Elias reibt mit beiden Händen über meine Arme. »Wird dir langsam wieder warm?«

Ich beiße mir auf die Innenseite meiner Wangen, um die Tränen zurückzuhalten, die in mir aufzusteigen drohen. Wenn das Konsilium von den Ereignissen dieser Nacht erfährt, könnte ich alles verlieren. Elias' samtgraue Augen suchen meine, doch ich weiche seinem besorgten Blick aus. Ich könnte *ihn* verlieren.

»Willst du zurückgehen?« Ich schüttle den Kopf. Allein sein ist das Letzte, was ich jetzt will. Elias denkt einen Moment nach, dann greift er nach meiner Hand. »Komm. Ich kenne einen Ort, der dich den Schreck vergessen lässt.«

Ich folge ihm über Wege, die mit bloßem Auge nicht erkennbar sind. In meinem Gedächtnis sind sie jedoch noch genauso tief eingegraben wie in seinem. Langsam lichten sich die Bäume um uns herum, und wir gelangen zu einer kleinen Bucht, die von Felsen gesäumt in den See mündet. Ich ziehe Elias' Jacke enger um mich und fühle mich auf einmal wieder wie die Zwölfjährige, die diesen versteckten Strand zum ersten Mal sieht.

»Wir können hierbleiben. Sie werden uns nicht finden.«

»Meine Eltern machen sich bestimmt Sorgen. Und dein Dad wird ja schon wahnsinnig, wenn du zehn Minuten zu spät von der Schule nach Hause kommst.«

»Vielleicht hast du recht.«

In dem Sommer, als meine Mutter uns verließ, schien in meiner Erinnerung an jedem einzelnen Tag die Sonne. Es war das Jahr nach dem großen Skandal. Während Dad vor dem Fernseher im Wohnzimmer saß und mit starrem Blick die Wiederholung der Parade verfolgte, zog ich einen widerwilligen Elias hinter mir her durch die Lücke in der Hecke, entschlossen, meinem freudlosen Zuhause zumindest für ein paar Stunden zu entfliehen. Früher an diesem Tag hatte Dad den großen Kleiderschrank im Schlafzimmer ausgeräumt und Mums Bilder in die Mülltonne geworfen.

»Sie kommt nicht zurück. Nie wieder.« Es ist das einzige Gespräch, das wir jemals zu diesem Thema geführt haben.

Für einen Moment flackert mein Blick zu den beiden ineinander verkeilten Felsen am Rande der Bucht, die weit genug von der Wasserkante entfernt liegen, um vor den Wellen geschützt zu sein.

Sicher in dem Felsspalt verborgen befindet sich eine Kiste, die ich damals ohne Elias' Hilfe versteckt habe, denn ihr Inhalt war selbst für meinen besten Freund zu privat: meine einzigen Andenken an Mum, die ich vor Dads Wut retten konnte.

»Bist du sicher, dass alles in Ordnung ist?«

Ich löse meinen Blick von den Felsen. Jetzt ist nicht der richtige Zeitpunkt, um Erinnerungen nachzuhängen.

»Ja«, erwidere ich. »Es war bloß der Schreck, wie du gesagt hast.«

Wir laufen eine Weile am Ufer des Sees entlang. Als wir das Ende des kleinen Strandes erreichen, klettert Elias als Erster auf die Klippe. Ich fahre mit den Fingern über den kühlen grauen Stein, dessen Plateau uns früher so hoch erschienen ist, bevor ich mich ebenfalls heraufziehe. Elias lässt seinen Blick über den See schweifen, in den sich das Licht des Vollmonds wie flüssiges Silber ergießt.

»Übermorgen ist verdammt bald«, sagt er in die Stille hinein.

Ich nicke und hoffe, dass er glaubt, der vorgezogene Testungsbescheid wäre alles, was mich so durcheinanderbringt.

»Ich wünschte nur, wir wüssten mehr darüber, als dass wir vier Wochen lang mit einer Gruppe von Psychologen im Athene-Zentrum eingesperrt werden, irgendwo im Nirgendwo«, sage ich.

Genau wie die Aufgaben selbst wird auch der Standort der Zentren geheim gehalten. Es gibt in jedem Bezirk eines und alles, was ich aus Cara herausquetschen konnte, ist, dass sich unseres ein wenig außerhalb von New York befindet, mit dem Zug kaum eine halbe Stunde von Manhattan entfernt.

»Wenigstens bleiben wir zusammen.« Ich betrachte Elias' ruhigen Gesichtsausdruck und setze mich neben ihn auf die Felskante. »Die Testung macht dir keine Angst, oder?«

Elias schüttelt den Kopf. »Und sie würde dir auch keine Angst machen, wenn du bei den ganzen Horrorgeschichten weghören würdest«, fügt er lächelnd hinzu.

»Kelly hat sich ziemlich besorgt angehört, als sie von dem Geländemarsch erzählt hat.«

»Vielleicht stimmt das tatsächlich«, sagt Elias mit todernster Miene. »Ich schätze, die Testleiter setzen uns mitten in der Einöde aus, bis wir so einen Durst haben, dass wir in einer Fata Morgana unseren Trait erkennen.«

Ich boxe Elias gegen den Oberarm. »Ich meinte es ernst!«

Unser Gerangel hat einen Schwarm Vögel aufgeschreckt, der sich flügelschlagend in die Luft erhebt. Elias sieht mir fest in die Augen.

»Die wollen dir doch nur helfen zu verstehen, wer du bist! Das ist alles. Niemand wird uns irgendwo aussetzen, und ich bin mir sicher, dass ein Überlebenstraining im Großraum New York kläglich an den vier Supermärkten pro Straßenecke scheitern würde.«

Mühsam bringe ich ein Lächeln zustande. Wie gern würde ich Elias sagen, warum die Horrorgeschichten über das Zentrum nicht mehr das Einzige sind, was mich beunruhigt. Aber er würde nicht verstehen, warum ich es getan habe. Er, der immer einen kühlen Kopf bewahrt, hätte niemals bei einer gedankenlosen Rettungsaktion sein Leben riskiert.

Schweren Herzens gestehe ich mir ein, dass ich Elias seit heute Nacht nicht mehr alles anvertrauen kann.

»Selbst wenn es furchtbar wird und wir nur Schullandheimessen bekommen oder schreckliche Zimmernachbarn haben«, sagt Elias, »es sind nur vier Wochen, okay? Und danach fängt unser Leben erst richtig an.«

Ich erlaube mir, für einen Moment zu glauben, dass er sich das Gleiche vorstellt wie ich: dass er davon träumt, neben mir durch die Gänge der Cremonte-Universität zu schlendern. Dass er in mir mehr als nur eine Freundin sieht. Dann dürfte es auch endlich offiziell sein, schließlich haben wir ja bei der Testung bewiesen, dass wir unsere Gefühle zurückstellen können. Später werden wir uns erst Ringe und dann Häuser ansehen. Wer weiß, vielleicht verreisen wir zur Feier unserer Verlobung, obwohl Elias zu diesem Zeitpunkt bestimmt schon furchtbar mit seinem Parlamentarieramt beschäftigt ist und ich als Volontärin bei *CrystalClear News* alle Hände voll zu tun habe …

Eine Welle berührt meinen herabbaumelnden Fuß, und ich schnappe nach Luft, als die Erinnerung an Colins schlaffen Körper mich erneut unter Wasser zu ziehen droht. Die Bilder meines Kampfes mit der Strömung prasseln auf mich ein. Gefangen im Sog, höre ich Elias nach mir rufen, dann hallt Coach Verses Stimme durch meinen Kopf. *»Pass auf dich auf.«*

Ich versuche, mich an die Oberfläche zu kämpfen, um den Coach zu fragen, wovor ich mich in Acht nehmen muss. Die Welt vor meinen Augen dreht sich, doch ich schwimme und schwimme. Und dann sinke ich.

»Skye?« Elias' besorgtes Gesicht beugt sich über mich und ich spüre den Felsen unter meinem Rücken. »Was ist denn los?«

»Es ist nichts«, lüge ich ein zweites Mal an diesem Abend und atme tief durch. Ich habe einem Ertrinkenden das Leben gerettet. Das ist nicht emotional, das ist menschlich! »Ich habe mich nur gefragt, wann wir das nächste Mal die Chance haben werden hierherzukommen.«

Das ist immerhin die Wahrheit.

Ich spüre Elias' Blick auf mir ruhen. »Ich kann mich noch an das letzte Mal erinnern, als wäre es gestern gewesen.« Ein Lächeln liegt in seiner Stimme, und ich stütze mich auf meinen Ellbogen, um ihm in die Augen zu sehen. »Du hattest schreckliche Angst vor dem ersten Tag an der Serenity.«

»Angst ist übertrieben«, korrigiere ich ihn. »Aber ich war trotzdem froh, dass du da warst.«

»Ich werde immer da sein, falls du das noch nicht gemerkt hast.« Elias rückt ein wenig näher an mich heran. »Was würdest du auch ohne mich machen?«, flüstert er in mein Ohr.

Ich öffne den Mund.

»Du musst jetzt nichts sagen.« Elias nimmt meine Hand, doch auf einmal wird mir seine Nähe zu viel.

Ich greife an ihm vorbei und ziehe ein altes Tau heran, das neben uns von einem dicken Ast herunterbaumelt. »Sieh mal«, lenke ich ab. »Glaubst du, das ist unseres?«

Ich atme auf, als Elias aufsteht und mir das Tau aus der Hand nimmt. *Was ist nur los mit mir?* Es muss an Colins Unfall liegen und allem, was zuvor geschehen ist.

»Ich wüsste nicht, wer außer dir sonst auf die Idee gekommen wäre, hier Tarzan zu spielen«, lächelt er.

Ich entspanne mich, als ich daran denke, wie wir das Seil an einem Julimorgen vor vier Jahren an den Baum geknotet haben. In diesem Sommer haben wir nichts anderes gemacht, als vom Felsen um die Wette in den See zu springen, um uns nachher von der Sonne trocknen zu lassen.

Elias zieht prüfend an dem altersschwachen Tau.

»Du willst doch nicht etwa –« Ich versuche ein Lachen, doch der Gedanke, zurück ins dunkle Wasser des Sees zu springen, schnürt mir die Kehle zu.

Elias bemerkt nichts davon. Er zieht mich auf die Beine und legt seinen Arm um meine Taille. Funken strömen durch meinen Körper, die für einen Moment jeden Zweifel in mir auslöschen. *Elias ist meine Zukunft. Elias und das R, das uns beide verbinden wird.* So habe ich es mir immer vorgestellt und so wird es passieren. Mit seiner freien Hand greift er nach dem Tau.

»Elias –«, beginne ich panisch, doch da rennt er schon los und zieht mich mit sich über die Kante des Felsens. Das Seil reißt mit einem hässlichen Geräusch und ich tauche zum zweiten Mal an diesem Abend in den kühlen See. Wild schlage ich um mich. *Ich muss hier raus!* Eine Hand zieht mich nach oben und ich spüre steinigen Boden unter meinen Füßen.

»Wie früher, oder nicht?« Elias lächelt mich an, während ich huste.

»Und wie früher mag ich keine Überraschungen!«, werfe ich ihm wütend entgegen, als ich wieder atmen kann.

»Mit irgendetwas musste ich dich doch von der Testung ablenken.« Elias greift nach meiner Hand, die im nassen Ärmel seiner Jacke beinahe verschwindet. »Weißt du noch, wie du dachtest, der Karpfen an deinem Bein sei ein Hai?«, fragt er.

»Stell dir vor, ich weiß auch noch, wie du so getan hast, als wärst du untergegangen, und das, obwohl ich unter Wasser meine Augen nicht aufmachen kann!« Ich schaue ihn böse an, doch er bemerkt meine Wut nicht.

»Du hast dich blind durch den See getastet. An einer mindestens fünf Meter tiefen Stelle.« Er grinst und streicht mir die Strähne aus dem Gesicht, die nass an meiner Wange klebt.

Ein Zittern fährt durch meinen Körper, obwohl mir nicht mehr kalt ist. Ich hebe den Blick und schaue ihm in die Augen, deren Farbe im Mondschein einem Gewittertag ähnelt. So wie jetzt hat er mich noch nie angesehen. Bewundernd, als wäre ich ein seltenes Wesen, das ihm noch nie zuvor begegnet ist.

»Die anderen halten dich vielleicht für unnahbar, aber ich wünschte, sie könnten dich so sehen, wie ich es tue«, murmelt Elias. Er hat seine Hand nicht von meiner Wange genommen und lässt sie nun langsam hinunter zu meinem Hals wandern. Ich spüre meinen Herzschlag unter seinen Fingern pulsieren.

»Ich kann mir nicht vorstellen, jemals ohne dich zu sein«, flüstert er.

Sind es nicht diese Worte, die ich mir so oft aus seinem Mund vorgestellt habe? Unter Wasser verschränken sich unsere Finger ineinander und ich spüre Elias' Daumen über mein Handgelenk streichen. Dasselbe Handgelenk, auf dem bald zu sehen sein wird, was für ein Mensch ich bin. Rational. Emotional. Ich schließe die Augen. Und dann sehe ich mich, wie ich in den See springe, ohne auch nur eine Sekunde lang nachzudenken. Mich, die ich mitten in der Nacht in eine gesperrte Zone schleiche, weil meine Nerven mit mir durchgehen.

Wie weit kann ich gehen, bis das Konsilium mir die Kontrolle über meine Gefühle abspricht?

Elias zieht mich enger an sich heran, doch meine Beine stolpern instinktiv zurück.

»Alles in Ordnung?«

Weg. Ich muss weg.

Der verwirrte Ausdruck seiner grauen Augen ist das Letzte, was ich sehe, bevor ich mich mit hastigen Bewegungen ans Ufer kämpfe. *Nichts ist in Ordnung.*

»Skye!«

Am Strand angekommen, ziehe ich seine Jacke aus und werfe einen Blick zurück. Elias steht bis zur Hüfte im Wasser, unschlüssig, ob er mir folgen soll oder nicht. Im Mondlicht erkenne ich den verletzten Ausdruck seiner Augen.

»Ich muss nach Hause«, bringe ich heraus und wende mich zum Gehen, bevor meine Stimme endgültig versagt.

7

Sie läuft so schnell über die Trackbahn, dass mir schon vom Zusehen schwindelig wird. Ihre langen rabenschwarzen Haare fliegen in einem geflochtenen Zopf hinter ihr her. Es ist kein Geheimnis, wovor sie davonlaufen will. *Bescheid zur Testung für Skye Anderson.*

»Ich bin genauso wenig bereit für diese Sache wie du«, murmele ich, während sich meine Polaroidbilder auf der vom Morgentau feuchten Bank der Tribüne entwickeln. Samuel Anderson sah vorhin gar nicht glücklich aus, als die hübsche Läuferin aus Skyes Team sich zu seinem Autofenster herunterbeugte, direkt nachdem seine Tochter durch das Schultor verschwunden war. Ich nehme die Schnappschüsse in die Hand und sehe mir noch einmal an, wie Jasmine Samuel triumphierend ihr Handy entgegenstreckt, wie Skyes Vater es ihr aus der Hand reißt und ein angespannter Wortwechsel beginnt. Womit auch immer sie Skye bei ihrem Vater anschwärzen wollte, Jasmine hat ihre Rechnung ohne Samuel Anderson gemacht. Skye könnte gegen jeden einzelnen Artikel der Ordnung verstoßen – für ihren Vater wäre sie nie die Schuldige. Er wird sie schützen. Und vor allem wird er nichts und niemanden zwischen seine Tochter und das R auf ihrem Handgelenk kommen lassen. *Zumindest eine Sache, bei der wir uns einig sind.*

Ich betrachte das letzte Foto, auf dem Samuel Jasmine mit einem verkniffenen Gesichtsausdruck die Hand schüttelt. Ihr

Lächeln lässt mich stutzen. Es sieht nicht so aus, als hätte das mächtige Parlamentsmitglied sie eingeschüchtert, sondern fast, als wäre vor Schulbeginn am Fenster des Elektroautos ein Plan entstanden.

»Mach deine Sache gut, Skye«, höre ich die Stimme des Coachs durch das Stadion hallen. »Die Cremonte-Uni zählt auf neue Talente.«

Skye lächelt, und ich frage mich, was in ihr vorgeht. Ist ein Leben, das von einem Buchstaben bestimmt wird, wirklich alles, was sie will?

»Ich werde mein Bestes geben«, erwidert sie.

Enttäuscht schüttle ich den Kopf und versuche, die Stimme zu ignorieren, die mir zuflüstert: *Wer hat ihrem Vater denn die Gelegenheit gegeben, sie zu einer Puppe des Systems zu erziehen?*

Ich nehme die Polaroidkamera und springe von der Tribüne, bevor Beths Informant und Skye mich bemerken können. Grimmig betrachte ich beim Überqueren des Schulhofs den Kristall auf dem Logo der Serenity-Highschool. Ich werde wiedergutmachen, was in der Juninacht vor vier Jahren geschehen ist. Und dann werde ich aufhalten, was niemals hätte beginnen dürfen.

Während ich mich ungesehen aus dem Tor der Serenity stehle, streiche ich über meine neue Kleidung und spüre mit einem Anflug von schlechtem Gewissen den fremden Schlüssel in meiner Tasche. Es war ein notwendiges Übel, Alexander Dome aufzulauern. Immerhin wird er es in einer unserer sicheren Wohnungen besser haben, als es ein Testleiter verdient.

Erschöpft von der langen Nacht, will ich gerade in Richtung Innenstadt verschwinden, als ich das silberne Elektroauto bemerke, in dem Skye von ihrem Vater zur Schule gebracht worden ist. Samuel ist nirgendwo zu sehen. Was macht er noch hier?

Schritte dringen an mein Ohr. Mir bleiben nur Sekunden, um mein Gesicht abzuwenden, als hinter der Ecke eine Stimme erklingt, die ich nur zu gut kenne. Samuels Stimme.

»Ich habe gehört, deine Eltern sind endlich zur Vernunft gekommen und lassen sich kristallisieren?«

»Ja.«

Ich riskiere einen Blick und bin nicht überrascht, den dunkelhaarigen Jungen zu sehen, der Skye niemals von der Seite weicht. Also sind seine Eltern nicht ganz so blind wie er selbst. Das erklärt Samuels Kälte gegenüber dem besten Freund seiner Tochter. Der Sohn von Unkristallisierten ist in seinen Augen wohl nicht gerade der beste Umgang für Skye.

»Du weißt, dass ich den ganzen Prozess ein wenig beschleunigen könnte. Schließlich haben wir Erwachsene nicht das Glück einer Testung, und Ämter brauchen ja immer ihre Zeit, sogar bei der Kristallisierung. Seit gestern wird die Administration von Anträgen überschüttet.« Samuels Lachen klingt unecht. »Und so lange ist es ja jetzt nicht mehr hin, bis du dich an der Cremonte-Universität bewerben willst.«

»Meine Eltern wissen, dass sie sich einem Trait zuordnen lassen müssen, damit ich studieren kann. Das ist ein nettes Angebot, Sir.«

»Ich bin ein netter Mensch. Aber es gibt etwas, worum ich dich bitten muss. Im Gegenzug, sozusagen.«

Ein Summton ertönt in meiner Jackentasche, und ich fluche leise, während ich mich hastig von der Ecke entferne.

»Nicht jetzt«, zische ich in das Klapphandy. »Wir sprechen später.«

Ich lege auf und blicke zurück. Weder Samuel noch der Junge scheinen mich bemerkt zu haben. Gut so. Aber etwas ist zwischen ihnen geschehen.

»Ich verstehe das nicht.« Die Wangen des Jungen haben sich vor Aufregung rot gefärbt. »Sir, Skye bedeutet mir alles, Ihre Tochter ...«

Samuel schneidet ihm das Wort ab. »Du hast gehört, was ich gesagt habe. Skye kann jetzt kein zusätzliches Risiko gebrauchen.« Seine Stimme hat einen drohenden Klang angenommen. Es ist dieser Ton, dessen Schärfe sich bis zum heutigen Tag in mein Gedächtnis eingebrannt hat.

»Ja, Sir.«

Ohne mich zu bemerken, geht Samuel an mir vorbei, öffnet die Tür seines Wagens und lässt mit zufriedenem Gesichtsausdruck den Motor an. Der Junge sieht dem davonfahrenden Auto hinterher, bevor er mit ratloser Miene durch das Schultor verschwindet.

Meine Finger fahren auf der Suche nach einer Zigarette in die Tasche meiner Jacke, finden aber keine. Ich erinnere mich, vor zwei Wochen beschlossen zu haben, mit dem Rauchen aufzuhören. Eine wirklich dumme Idee. Ich krame das Klapphandy hervor, das ich eigentlich gestern schon entsorgt haben wollte, und wähle die Nummer, die meinen kleinen Spionageausflug unterbrochen hat.

»Sorry wegen eben. Aber ja, ich habe alles, was ich brauche. Es kann losgehen.«

Nachdenklich sehe ich dem Jungen hinterher, während ich begreife, wozu Skyes Vater ihren Freund zwingt. Nichts soll seine Tochter von der Testung ablenken. Und was verdreht Teenagern schon leichter den Kopf als eine Romanze?

Ich hole die Polaroidkamera wieder aus meiner Tasche und schleiche mich ein zweites Mal an diesem Morgen durch das Schultor der Serenity. Es tut mir leid für Skye, aber Samuel Anderson und ich verfolgen bei ihrer Testung das gleiche Ziel, zumindest vorläufig. Es kann also nicht schaden, seinem Plan ein wenig nachzuhelfen - so niederträchtig er auch sein mag.

In der Cafeteria stelle ich mein Tablett auf unseren Tisch neben dem Fenster. Der Riemen meiner Tasche schneidet dabei in die Blutergüsse auf meiner Schulter und ich hole scharf Luft. Meine hochgeschlossene Uniform verdeckt die Spuren des Überlebenskampfes im See, doch die Beweise meiner gefährlichen Kopflosigkeit spüre ich bei jeder Bewegung. Vorsichtig lasse ich mich auf den Stuhl sinken und öffne meinen Joghurt. Wenn ich die Zeit doch nur um vierundzwanzig Stunden zurückdrehen könnte! Zurück zu einem Leben, in dem ich noch nicht wusste, was das Wort Problem eigentlich bedeutet.

Immer mehr Schüler strömen durch die geöffneten Doppeltüren der Cafeteria, doch der einzige, den ich sehen will, ist nicht unter ihnen. Ich lehne meine Stirn gegen die kühle Fensterscheibe. Elias wollte mich küssen … Was ist nur in mich gefahren, als ich gestern Nacht einfach weggelaufen bin? Elias und ich, das ist das perfekte Leben, das ich mir immer ausgemalt habe. Ich will ihn, genauso wie ich das R auf meinem Handgelenk will. Aber ich musste uns vor einem Fehler bewahren, der vielleicht unsere Zukunft zerstört hätte. Küsse in einer gesperrten Zone sind schließlich alles andere als zurückhaltend und kontrolliert – und das ist es, was die Gläsernen Nationen von Rationalen erwarten. Ich nicke, wie um diese Erklärung für meine überstürzte Flucht zu bestätigen. Eine andere kann es schließlich nicht geben, oder?

Meine Fußspitze wippt auf und ab. Sobald Elias kommt, werde ich ihm die Wahrheit sagen. Über alles, was gestern Nacht geschehen ist. Über ihn, mich, Colin. Er wird mich verstehen. Und er wird uns eine zweite Chance geben. Schließlich ist er in mich verliebt, oder nicht?

»Ist der Platz noch frei?«

Klirrend fällt meine Gabel zu Boden. Ich hebe sie hastig auf, während mein Blick von Fionas fragendem Gesicht zur Essensausgabe huscht, wo nur noch wenige Schüler anstehen. Die Pause ist fast zu Ende. Wo bleibt Elias?

»Klar«, seufze ich.

Fiona setzt sich und beißt in ihr Sandwich. »Coach Verse war ganz schön gnadenlos – dafür, dass heute sowieso unser letztes Training war.« Sie lächelt mir zu, schon wieder oder immer noch, und ich frage mich, wie Fiona so ruhig bleiben kann. Aber wahrscheinlich hätte auch ich mich längst von dem Schock der vorgezogenen Testung erholt, wenn ich noch dieselbe wäre, die gestern auf diesem Stuhl gesessen hat. Wenn ich inzwischen nicht wüsste, dass ich in den vier Wochen im Zentrum alles verlieren kann, was mir wichtig ist. Ich muss herausfinden, was mich gestern dazu gebracht hat, in eine tödliche Strömung zu springen. Ich muss diesen gefährlichen Teil von mir unter Kontrolle bringen, und zwar, bevor ich morgen früh in den Zug steige!

»Ist es wegen Jasmine?«, fragt Fiona, die bemerkt hat, dass etwas nicht stimmt. »Mach dir keine Sorgen. Sie wird sich schneller ein anderes Opfer suchen, als du glaubst.«

Ich mache eine vage Bewegung mit dem Kopf. Soll Fiona doch glauben, dass es mir etwas ausmacht, wenn Kelly, Zahra und der Rest von Jasmines Hofstaat hinter meinem Rücken über mich lästern. Ich wusste, was ich mir einhandele, als ich ihr im Duschraum die Meinung gesagt habe.

»Wenn sie nicht aufpasst, wird diese Impulsivität noch ihre Testung ruinieren«, fährt Fiona nachdenklich fort. »Für euch kommt ein E auf dem Handgelenk ja einem Weltuntergang gleich.«

Ich mustere Fionas rundes Gesicht und ihre blonden Korkenzieherlocken. Ihre Stimme klang fast, als würde sie sich über uns lustig machen.

»Ich hoffe bloß, dass meine Eltern bald ihre Anträge auf Kristallisierung stellen, sonst kann ich die Hochschule für Erziehung vergessen.« Fionas Lächeln verschwindet, und zum ersten Mal frage ich mich, welche Alternativen denjenigen bleiben, deren Eltern kein Einsehen haben. Fast alle Berufe, ob im emotionalen oder rationalen Sektor, verlangen ein Studium oder eine schulische Ausbildung.

»Bestimmt tun sie das.« Ich drücke Fionas Hand.

Dad hat mir beigebracht, dankbar für die Emotionalen zu sein. Ohne ihre natürliche Fürsorge würde unsere Gesellschaft nicht funktionieren, genauso wie niemand ohne die Leitung und den Weitblick der Rationalen zurechtkäme. Trotzdem kann ich mir ein Leben nicht vorstellen, das zum Schutz vor meinen eigenen Gefühlen von anderen gelenkt wird. Ein Leben ohne Elias an meiner Seite. Zum hundertsten Mal an diesem Morgen kontrolliere ich mein Handy, aber er hat mir keine Nachricht geschrieben. Ein Kloß formt sich in meinem Hals.

»Sag mal, weißt du, wie das jetzt mit unserem Abschluss geregelt wird?«, fragt Fiona. »Normalerweise werden ja nur fertige Absolventen zur Testung einberufen. Wir haben doch noch gar nicht alle Prüfungen –« Sie stockt und auf einmal verstummen auch die anderen Gespräche um uns herum.

Mit pochendem Herzen drehe ich mich zu dem großen Bildschirm über der Essensausgabe um, auf dem stumm die Morgennachrichten laufen. Jemand stellt den Ton an.

»Teile einer Schuluniform der Serenity-Highschool wurden in der gesperrten Zone des Upperlake-Sees gefunden. Wird ein Schüler vermisst?«

Es erscheint ein Bild desselben himmelblauen Pullovers, den jeder Junge hier im Raum trägt. Nur wurde dieser hier vom Kragen abwärts aufgerissen. Und zwar von mir.

»Wir müssen davon ausgehen, dass ein Junge am See in Gefahr geraten ist. Unsere Ordnungswahrer werden in Kooperation mit der Polizei alles tun, um den Fall aufzuklären.« Der Mann, der diese Worte in das Mikrofon spricht, ist mein Vater. Er steht auf den Stufen des Weißen Hauses, oder besser gesagt seiner detailgetreuen Nachbildung im Herzen unserer neuen Hauptstadt. Eine Windböe fährt durch die Baumwipfel des Central Park und die Reporter halten ihre Mikrofone noch dichter vor Dads Gesicht. **»Der See ist ein unsicheres Gebiet, aber sollte es einen Vermissten geben, haben wir noch eine realistische Chance, ihn lebend zu bergen.«**

Das Summen von hundert Stimmen erfüllt die Cafeteria, während ich wie gelähmt auf meinem Stuhl sitze. Ist der See doch nicht so unbeobachtet, wie ich immer geglaubt habe? Am Nebentisch starrt Colin mit schreckgeweiteten Augen auf den Bildschirm, obwohl der Bericht längst durch das Wetter ersetzt wurde. Ich weiß, dass er sich die gleiche Frage stellt wie ich: Welche Schlüsse werden die Behörden ziehen, wenn sie herausfinden, dass es gar keinen Vermissten gibt?

»Es ist nichts«, fährt er Kelly an, die ihre Hand besorgt nach ihm ausgestreckt hat und sie nun erschrocken zurückzieht.

»Fiona, hast du Elias heute schon gesehen?«, frage ich mit blecherner Stimme. Was auch immer er über gestern denkt, ich brauche ihn jetzt.

Fiona nickt. »Klar, du nicht? Ich dachte, ihr nehmt immer den Bus zusammen.«

»Mein Vater hat mich heute mit dem Auto gebracht«, erkläre ich und schlucke bei dem Gedanken an Dad. Ist es purer Zufall, dass er heute darauf bestanden hat, mich zur Schule zu fahren, oder ahnt er, was ich getan habe?

»Elias ist auf jeden Fall nicht vom See verschlungen worden, mach dir keine Sorgen«, sagt Fiona und lächelt schon wieder. »Wir hatten heute Morgen zusammen Chemie. Er wirkte ein bisschen mitgenommen, wenn du mich fragst.«

»Hat er irgendetwas zu dir gesagt?«

Fionas Lächeln gefriert und ich senke den Blick. Was für eine dumme Frage. Natürlich spricht Elias nicht mit ihr. Oft genug habe ich mich darüber geärgert, wie er sich von seinen Freunden beeinflussen lässt, die auf alle herabsehen, die keine Rationalen sein werden. *Oder keine Rationalen werden wollen,* füge ich nach einem Blick auf Fiona hinzu.

»Er hat Colin gefragt, wann unser Training vorbei ist«, sagt sie mit undurchdringlicher Miene. »Er muss dich danach wohl verpasst haben.«

Der Gong beendet die Pause, und meine Hände zittern vor Erleichterung, als ich mein Tablett in die Ablage für das dreckige Geschirr schiebe. Elias will mit mir reden. Er hat nach mir gesucht! Vielleicht habe ich gestern Nacht ja doch nicht alles zwischen uns ruiniert. Ich folge Fiona zum Ausgang der Cafeteria.

»Hoffentlich schaffen wir es noch rechtzeitig in die Aula«, sagt sie und wirft einen besorgten Blick auf die Schülermassen, die sich durch die Gänge drängen.

Ich hätte die Versammlung fast vergessen, obwohl Coach Verse beim Training angekündigt hat, dass deshalb für unseren Jahrgang heute die letzte Unterrichtsstunde entfällt. Jetzt wird der Direktor uns also erklären, was aus unserem Abschluss wird. Angespannt rücke ich meine Uniform zurecht. Wir müssen eine Chance bekommen, an die Serenity zurückzukehren. Ich habe doch nicht jahrelang mein Bestes gegeben, nur um am Ende nach der zehnten Klasse von der Schule abzugehen! Ich schiebe mich hinter Fiona durch den überfüllten Flur, dann biegen wir ab und laufen hastig die Treppenstufen in den zweiten Stock hinauf. Auf einmal wird Fiona langsamer. Sie wirft mir einen besorgten Blick zu, und als ich zum Ende des Flurs sehe, weiß ich auch, warum. Vor uns stolziert Jasmine, gefolgt von Kelly und Zahra, durch die Tür der Aula. Früher hätten sie auf mich gewartet, aber jetzt würdigen sie mich keines Blickes. Doch seltsamerweise macht es mich nicht traurig, auf einmal die Geächtete zu sein. Im Gegenteil, ich fühle mich, als könnte ich endlich ein schlecht sitzendes Kostüm ausziehen.

»Komm, wir wollen doch nicht den Anfang verpassen«, sage ich und gehe, ohne zu zögern, auf die Holztür der Aula zu. Ob Elias schon da ist? Ich werfe Fiona einen ungeduldigen Blick zu, die einem Jungen den Vortritt lässt, bevor sie selbst durch die wuchtige Holztür tritt. Wenn ich ihm erst einmal alles erklärt habe, schwöre ich mir in diesem Moment, werde ich ihm auch von Jasmines miesem Verhalten erzählen. Vielleicht sieht er dann endlich, dass ich über all die Jahre seine einzige echte Freundin gewesen bin. *Die Einzige …*

Fiona winkt mir von einem Platz in der vorletzten Reihe aus zu. Gedankenversunken bin ich mitten in der Tür stehen geblieben. »Skye? Hier drüben.«

Ich gehe durch den Mittelgang. Auf der Bühne steht unser Direktor schon am Rednerpult, doch es ist nicht sein tadelnder Blick, der mich mit einem Mal mitten in der Bewegung einfrieren lässt. Nur ein paar Schritte von mir entfernt haben sich Jasmines sorgfältig manikürte Finger mit denen eines großen dunkelhaarigen Jungen verschränkt. Halt suchend greife ich nach der Lehne eines Stuhls vor mir. Das kann nicht wahr sein! Der Junge neigt sich zu Jasmine, um ihre gewisperten Worte besser zu verstehen, und ich erkenne dieselben grauen Augen, in denen sich gestern Nacht das Mondlicht gespiegelt hat.

Ich bemerke das Ende der Versammlung erst, als Fiona sich vorsichtig räuspert. Um mich herum sind die anderen Expektanten, wie wir ab jetzt bis zu unserer Kristallisierung genannt werden, längst aufgestanden.

»Entschuldigung«, murmele ich und recke den Hals, um Elias in der Menge nicht zu verlieren. *Sieh mich an!* Ich konnte mich auf keines der Worte des Direktors über die regulär stattfindende Zeugnisverleihung im Juli konzentrieren, und der Gedanke, dass unser Jahrgang nach der Testung an die Serenity zurückkehren wird, beruhigt mich lange nicht so sehr, wie er sollte. Aber anstatt zu fragen, warum niemand uns erklären kann, weshalb unsere Testung vorverlegt wird, habe ich eine Stunde lang Löcher in Elias' Hinterkopf gestarrt und an seine Hand in Jasmines gedacht. Es muss irgendein grausames Missverständnis sein. Eine andere Erklärung will ich nicht zulassen.

Um mich herum strömen die anderen Expektanten zielstrebig zu den Ausgängen, und ich fühle mich, als würde ich einer fremden Spezies angehören, die nichts zwischen den anderen Schülern verloren hat. Normalerweise genügt ein Lächeln von Elias, eine zufällige Berührung, und ich weiß, dass er mich versteht. Aber jetzt muss ich zusehen, wie er seine Hand um Jasmines Taille legt, während sie nebeneinander durch die Menge zum Ausgang gehen, und etwas in mir erstarrt, als hätte jemand einen Eimer Eiswasser über mein Herz geschüttet.

8

»Wir sollten uns beeilen, wenn wir den Bus noch erwischen wollen«, sagt Fiona wenig später und räumt den Inhalt ihres Spindes eifrig in ihre Tasche.

Ich hingegen lehne apathisch an der Wand. Wie oft habe ich mich darüber geärgert, dass mein Spind in einem anderen Korridor liegt als der von Elias. Heute bin ich dankbar für diese Fügung, denn er ist der letzte Mensch, den ich im Moment sehen will. *Vielleicht ist ja gar nichts zwischen ihnen passiert.* Ein Teil von mir klammert sich an diese Hoffnung, aber trotz allem hat Elias mich gedemütigt. Egal, was gestern Nacht zwischen uns geschehen oder wohl eher nicht geschehen ist – wir sind immerhin beste Freunde. Und beste Freunde rächen ihr verletztes Ego nicht mit den Erzfeinden des anderen.

Ich stelle meine Zahlenkombination ein, doch das Schloss meines Spindes öffnet sich nicht. Entnervt rüttle ich an der klemmenden Metalltür.

»Probleme?« Colin lehnt sich an den Spind neben meinem, ausgerechnet Colin. Er stemmt sich ungefragt gegen die Tür und öffnet die widerspenstige Verriegelung ohne Aufwand. »Kein Grund zur Dankbarkeit.« Colins gewohntes, überhebliches Grinsen ist zurück, als hätte er nicht vor weniger als vierundzwanzig Stunden halbtot in meinen Armen gelegen. Im Gegensatz zu mir kann er verdammt gut schauspielern.

Während Fiona damit beschäftigt ist, den Reißverschluss ihrer vollgestopften Tasche zu schließen, ziehe ich Colin hinter die Tür meines Spinds.

»Ich werde dafür sorgen, dass mein Vater die Ermittlungen einstellt«, flüstere ich. Niemand darf diesen Fall mit uns in Verbindung bringen. *Nicht, wenn wir mit einem R aus dem Zentrum zurückkehren wollen.*

Colin wirft einen raschen Blick über seine Schulter. »Ich habe nicht die geringste Ahnung, wovon du sprichst.« Der drohende Unterton seiner Stimme ist zurück. Er dreht sich um und wäre fast auf einem rechteckigen Stück Pappe ausgerutscht. Er bückt sich. »Das muss aus deinem Spind gefallen sein.« Einen Moment lang berühren sich unsere Hände. »Dann sehen wir uns am Zug.« Nach einem Blick auf seine Armbanduhr fügt er hinzu: »In ziemlich genau dreizehn Stunden. Fiona.« Mit einem Nicken in unsere Richtung dreht Colin sich um und geht davon, als würden wir morgen in einen Sommerurlaub aufbrechen.

Ich nehme meine Tasche aus dem Spind und will das heruntergefallene Papier gerade in den Mülleimer werfen, als ich bemerke, dass es ein Polaroidfoto ist. Ich stocke. Solche Bilder habe ich zuletzt vor vier Jahren gesehen, als ich die Sachen meiner Mutter aus dem Müll gerettet habe. Ich betrachte das Foto und hätte es beinahe fallen gelassen.

»Ist alles okay?« Fionas besorgtes Gesicht erscheint hinter der Spindtür und ich presse das Polaroidfoto reflexartig an meine Brust.

»Ja. Lass uns gehen.«

Hastig räume ich meinen Spind aus und folge ihr die Treppen hinunter zum Ausgang. Als niemand hinsieht, riskiere ich einen zweiten Blick, aber meine Augen haben sich nicht getäuscht. Noch einmal sehe ich dabei zu, wie Elias Jasmine küsst, die Hand an ihrer Wange. Genau, wie er mich gestern Nacht gehalten hat.

Die U-Bahn wäre eine gute Möglichkeit, den Blicken der anderen aus dem Weg zu gehen, aber nach dem seltsamen Erlebnis von gestern steht mir nicht gerade der Sinn nach einem erneuten Ausflug in die New Yorker Unterwelt. Stattdessen gebe ich vor, etwas in der Schule vergessen zu haben, während die anderen in den Bus steigen. Endlich allein, lasse ich mich auf einen der Metallgittersitze an der Haltestelle sinken und starre auf das Foto. Auf seine Finger in ihren Haaren, auf ihre Lippen, die mit seinen verschmelzen. Es interessiert mich nicht, wie das Polaroid in meinen Spind gelangt ist und wer mich offensichtlich genauso sehr verletzen will wie Elias selbst.

Als der letzte Schulbus vor mir hält, steige ich ein und lasse mich auf einen Fensterplatz fallen. Ich setze meine Kopfhörer auf, ignoriere die Lautstärkewarnung und lasse die Musik meine Gedanken betäuben, während draußen die Hochhäuser Manhattans an mir vorbeiziehen. Ich mag die Wolkenkratzer meiner Heimat, in denen niemals jemand stillzustehen scheint. Die vier symmetrischen Türme der Administration erstrecken sich hinter der schmutzigen Fensterscheibe des Busses ebenso wie das Spiegelkarree, dessen Bildschirme noch bis zum Beginn der Sperrstunde in die Nacht scheinen werden. Ich denke an das New Yorker Athene-Zentrum, das in den nächsten vier Wochen mein Zuhause ersetzen wird. Die Zentren sollen an Modernität nicht zu übertreffen sein, habe ich gehört. Wenn dort nicht gerade Testungen stattfinden, werden sie genutzt, um die neueste Technologie zu entwickeln und Dinge Wirklichkeit werden zu lassen, die vor Kurzem noch der Stoff von Filmen waren. Und ich bin eine der Ersten, die an diesem Ort kristallisiert wird. Ich, Fiona, Colin, Jasmine – und natürlich Elias, der in diesem Moment ganz sicher keinen einzigen Gedanken an mich verschwendet.

Die Ansagestimme verkündet meine Ankunft in Upperlake. Draußen atme ich den schweren Fliederduft ein und lasse meinen Blick über die akribisch gepflegten Vorgärten schweifen, über die Elias und ich uns immer lustig gemacht haben. Wer werde ich sein, wenn ich sie das nächste Mal sehe?

Vor den Stufen unserer Veranda bleibe ich stehen, unfähig, zum letzten Mal hineinzugehen.

»Skye?«

Elias' Mutter setzt die Gießkanne ab und winkt mich in ihren wild wuchernden Garten herüber, in dem überall Wasserschalen für die Vögel stehen.

»Hallo, Deirdre!«

In diesem Moment ist es mir egal, was zwischen Elias und mir vorgefallen ist. Deirdre und Tom sind für mich noch immer so etwas wie eine zweite Familie. Ich lasse meine Tasche fallen, laufe den Gartenweg entlang und falle in Deirdres feste Umarmung.

»Du dachtest wohl, du kannst einfach so verschwinden, ohne dich zu verabschieden!« Deirdre lässt mich los und hält mich eine Armeslänge von sich entfernt. »Du siehst erschöpft aus, Liebes. Versuch, heute Nacht ein wenig Schlaf zu kriegen. Und versprich mir, im Zentrum genug zu essen, ja?«

Ich nicke und Deirdre nimmt meine Hand in ihre. Rauer Verbandsstoff streift meine Haut, und ich drehe ihren Arm, sodass ein quadratisches Pflaster mit dem provisorisch aufgedruckten E zum Vorschein kommt. Erst als Deirdre mir ihr Handgelenk entzieht, merke ich, wie starr ich den Buchstaben fixiert habe, vor dem ich mich am meisten fürchte.

»Ihr wart also bei der Administration?«, stottere ich.

Die Testung der Erwachsenen verläuft weit weniger aufwendig

als unsere, immerhin kann man die arbeitende Bevölkerung nicht einen Monat lang in ein Zentrum stecken. Nein, Erwachsene müssen ihre Kristallisierung lediglich bei der Administration beantragen und eine Menge Fragebögen ausfüllen. Von Dad weiß ich, dass zusätzlich der komplette Lebenslauf der Antragsteller analysiert wird: Welchen Job haben sie gewählt und wie erfolgreich sind sie darin? Neigen sie zu Wutausbrüchen oder emotionaler Fragilität? Wie unabhängig leben sie? Sechzehn Lebensjahre reichen dagegen noch nicht aus, um die Persönlichkeit eines Menschen auf diese Weise einzuordnen. Leider.

Ich höre auf, an mich selbst zu denken, als ich bemerke, wie Deirdre das E auf ihrem Verband unbewusst mit der anderen Hand verdeckt. Ich habe nie daran gezweifelt, dass Deirdre und Tom Rationale sind. Aber wenn ich darüber nachdenke, ist es gar nicht mal so abwegig, denn seitdem ich denken kann, vertraut Deirdre ihrem Bauchgefühl mehr als jedem klaren Gedanken. Sie kennt keine Grenzen zwischen sich und der Welt. Wenn jemand weint, weint sie mit, und wenn Elias und ich einen Wettkampf gewannen, freute sie sich, als wäre es ihr eigener Erfolg. Forschend sehe ich sie an. Sie wirkt nicht unglücklich.

»Uns blieb nichts anderes übrig, als den Antrag auf Kristallisierung zu stellen«, erklärt Deirdre, als sie meinen Blick bemerkt. »Ich würde niemals etwas tun, was Elias schadet, auch wenn …« Sie stockt, als würde sie sich auf einmal daran erinnern, mit wem sie spricht. Ihr rasch aufgesetztes Lächeln kommt nicht gegen die feinen Sorgenfalten an, die sich um ihre Augen ziehen. »Vielleicht willst du noch mit reinkommen?« Deirdre deutet auf ihre Veranda. »Samuel hat mich gebeten, dir auszurichten, dass es heute spät wird. Sie haben den armen Jungen nirgendwo in der Umgebung des Sees finden können und folgen jetzt dem Flusslauf.«

Bei dem Gedanken daran, dass Dad die Suchaktion in der Sperrzone leitet, breitet sich ein flaues Gefühl in mir aus. Was, wenn ihm ein Ordnungswahrer meldet, dass die Schülerlisten der Serenity überprüft wurden und niemand fehlt? Wird er die Ermittlungen fallen lassen, oder wird er herausfinden wollen, wer sich in der Nacht des Bescheids in eine gesperrte Zone geschlichen hat?

»Danke, aber ich muss noch packen«, bringe ich heraus.

Deirdre nickt. »Na gut. Wenigstens geht ihr beiden dann ausnahmsweise einmal früh ins Bett, anstatt noch Ewigkeiten auf der Fensterbank zu sitzen.« Sie wirft einen Blick die leere Straße hinunter. »Zumindest, solange Elias bald mal auftaucht.«

Ich stelle mir vor, wie er in diesem Moment mit Jasmine in ihrem weißen Cabrio sitzt.

»Du bist ein kluges Mädchen. Du musst ab jetzt an dich denken, hörst du?« Deirdres Parfum umfängt mich, als sie mich erneut in den Arm nimmt. »Nicht an deinen Vater, nicht an uns, auch nicht an Elias.« Ihre Haare kitzeln meine Wange. »Du wirst im Zentrum merken, dass die Wahrheit nicht so einfach ist, wie wir sie uns wünschen. Sei vorsichtig, Skye. Und vergiss da drinnen nicht, wer du wirklich bist, in Ordnung?« Sie lässt mich los und presst die Lippen aufeinander, als müsste sie sich davon abhalten, noch etwas hinzuzufügen. Ich nicke abwesend.

»Wenn Elias nach Hause kommt –« Ich atme tief ein, um den Knoten in meiner Brust zu lösen. »Sag ihm, ich warte auf ihn. Am Baumstamm. Er wird wissen, was ich meine.«

Elias schuldet mir die Wahrheit. Ob sie mir gefallen wird oder nicht.

Die Nachtluft fühlt sich wärmer an als gestern, als hätte ein einziger Tag den Frühling mit aller Macht heraufbeschworen. Nie hätte ich geglaubt, dass mein Leben in nur zwei Tagen so unwiederbringlich aus den Fugen geraten könnte.

Zu Hause habe ich den Inhalt meines Kleiderschranks eher

schnell als ordentlich in einen der Koffer vom Dachboden geworfen. Meine Lieblingsshirts, ein paar der Jeans ohne Löcher und Unterwäsche haben zusammen einen beachtlichen Berg ergeben, schließlich weiß ich nicht, ob es im Zentrum einen so banalen Alltagsgegenstand wie eine Waschmaschine überhaupt gibt.

Ich rutsche vom Baumstamm, laufe den Pfad zu unserem Strand entlang und klettere auf den Felsen.

»*Ich werde immer da sein*«, hat Elias gestern hier zu mir gesagt. Wie rasch sich Versprechen in Luft auflösen können. Der Rest des Seils, mit dem wir uns in den See geschwungen haben, hängt noch an dem Baum, sein abgerissenes Ende flattert lose im Wind. Ich wickle grübelnd die harten Fasern um meinen Zeigefinger, bis sie mir das Blut abschnüren. Nichts von alldem, was seit gestern Abend geschehen ist, ergibt einen Sinn. Elias ist ein aufmerksamer, nachdenklicher, sanfter Mensch. Er würde mir niemals absichtlich wehtun. Ich taste nach dem verfluchten Polaroidfoto in meiner Hosentasche, als müsste ich mich davon überzeugen, dass ich mir seine Existenz nicht bloß eingebildet habe, und springe vom Felsen hinunter in den Sand. Auf einmal kann ich diesen Ort nicht mehr ertragen, an dem ich so glücklich war und dessen Erinnerungen mir nun den Boden unter den Füßen wegziehen. Jedes Blatt, jeder Stein um mich herum trägt Elias' Spur, sein Lächeln, seine Witze. Es gibt nur eine einzige Sache am See, die ganz allein mir gehört.

Ich bin nicht wegen dieser Bilder hergekommen. Ich sollte das nicht tun! Meine Füße bewegen sich eigenmächtig, zählen die Felsen ab, bleiben vor dem dritten von rechts stehen. Angespannt schiebe ich meinen Arm in die Öffnung im Stein und drehe mein Handgelenk, bis ich die scharfen Kanten der Plastikbox spüre, dann ziehe ich sie hervor. Mit dem Rücken gegen den Stein lasse ich mich zu Boden sinken und kümmere mich nicht darum, dass die Nässe des Sandes durch meine Jeans tritt. Das Klebeband verschließt die Box, in der ich damals wahllos alles versteckte, was ich von Mums Sachen aus der Mülltonne retten konnte, nach vier Jahren nur noch lose. Meine Fingernägel ziehen es mühelos ab. Als ich den Deckel anhebe, spüre ich den Schmerz wieder so frisch wie in jenem Frühling, den Dad und ich so angestrengt versuchen zu vergessen.

Das Gummiband, das den Stapel Polaroids zusammenhält, zerbröselt bei meiner Berührung. Die Fotos sind ein wenig verblasst, aber ansonsten sehen sie noch genauso aus wie damals, als Mum und ich in einem Meer aus Bildern auf dem Boden saßen und sie der Reihe nach ansahen: ein Marienkäfer auf den Metallstreben der Brooklyn Bridge, ein einzelnes Rosenblatt im Wasserbecken des Ground Zero Denkmals. Mum hat ihre alte Polaroidkamera überallhin mitgenommen, und ich habe es geliebt, die Bilder zu beobachten, während die Dunkelheit ganz langsam Konturen wich und sich in Farben verwandelte. Die monströse Profikamera, die sie für ihre Arbeit bei der *Times* nutzen musste, würde den Aufnahmen die Seele rauben, hat sie gesagt.

Je mehr Fotos ich herausnehme, desto enger zieht sich mein Magen zusammen. Dabei sind nicht einmal welche von uns dreien dabei. Bilder von meiner Einschulung oder von Dad und mir, wie wir verunglückte Geburtstagskuchen an Mums Bett bringen, hat er damals als Erstes weggeworfen.

Die unteren Fotos sind noch nicht so stark verblichen. Sie müssen zu einer von Mums Recherchearbeiten gehören, für Voraufnahmen hat sie auch oft ihre eigene Kamera benutzt. Das erste Bild zeigt eine gertenschlanke Dame um die siebzig, die aufrecht hinter einem wuchtigen Schreibtisch sitzt und der strengen Schuldirektorin in jedem Kinderroman gleicht. Auf dem nächsten lächelt eine Frau mit streichholzkurzem Haar selbstbewusst in die Kamera. Ich blättere mich durch weitere Fotos, bis ein Porträt mich innehalten lässt. Die dunklen Haare der Frau fallen locker auf ihre Schultern, und ihre Lippen verziehen sich zu einem Lächeln voller ehrlicher Zuneigung, das jeden Betrachter sofort dasselbe empfinden lässt.

Mum.

Ich fahre zusammen, als ein Rascheln ertönt und mich daran erinnert, weshalb ich mich noch einmal zum See gewagt habe. Ich stehe auf und spähe ins Unterholz, aber trotz der Stunden, die ich nun schon hier draußen bin, ist noch immer keine Spur von Elias zu sehen. Das Bild meiner Mutter zittert in meiner Hand.

Sie hat dich verlassen, genau wie Elias dich verlassen hat.

Ich schleudere die Box von mir und schlage mir die Hände vors Gesicht. Es war eine dumme Idee, die Kiste zu öffnen. Es war eine dumme Idee, überhaupt wieder hierherzukommen!

Hastig sammle ich die verstreuten Fotos ein, als mir ein hauchdünnes Papier in die Hände fällt, das an der Oberfläche eines der Polaroids haftet. Ein Zeitungsausschnitt aus der *New York Times*, mehrfach gefaltet, sodass die gedruckten Buchstaben an manchen Stellen schon nicht mehr lesbar sind. Ich halte mir den Artikel dicht vor die Augen.

»*Kristallisierungsprozess gelangt ins Rollen*«, flüstere ich, während ich den Artikel im Schein des Mondes überfliege. »*Das Weiße Haus bestätigt erste Gespräche über die Klärung von Traits, den bleibenden Persönlichkeitseigenschaften eines Menschen, anhand derer individuell angepasste Lebensmodelle geschaffen werden könnten. Führende Psychologen sind der Ansicht, dass politische Eklats wie der Cremonte-Skandal durch die Einordnung der Bevölkerung in Rationale und Emotionale in Zukunft vermieden werden könnten. Aber mit welcher Konsequenz? Was würde eine solche Regelung für das Recht jedes Einzelnen auf freie Entfaltung der Persönlichkeit bedeuten?*«

Unter dem Artikel steht der Name meiner Mutter, Elizabeth Anderson. Dabei war Mum doch Fotografin! Ich will den Zeitungsartikel gerade zurück in die Kiste legen, als ich meine geschwärzten Finger bemerke. Verwirrt drehe ich das zerknitterte Blatt um und entdecke mit Kohlestift gekritzelte Buchstaben auf der Rückseite. Eine Namensliste. Sie ist ein wenig verwischt, aber ich kann sie trotzdem lesen:

Marike Donalds, 25. August

Anna Nebrova, 11. November

Sofia Smith-Carlson, 4. Dezember

Sol Riviera, 26. Januar

Und schließlich:

Elizabeth Anderson, 4. Juni

Was hat das zu bedeuten? Ich ziehe den Karton heran und kippe mir den Inhalt erneut in den Schoß, wühle mich noch einmal durch die Aufnahmen auf der Suche nach einem weiteren Zeitungsblatt oder einer Erklärung. Doch bis auf einen einsamen Kohlestift in der Ecke der Box finde ich nichts. Keinen Hinweis darauf, warum meine Mutter, eine Fotografin, Artikel für die *Times* geschrieben hat oder wer diese Frauen sind. Und was soll der seltsame Zusatz über die Konsequenzen der Kristallisierung am Ende des Berichts bedeuten?

Ich falte den Zeitungsartikel vorsichtig zusammen, sodass die Namen auf der Rückseite nicht noch mehr verwischen, und stecke ihn zusammen mit dem Stift in meine Jackentasche. Vorsichtig streiche ich über das Lächeln meiner Mutter auf dem Polaroid.

»Wer bist du?« Kopfschüttelnd lege ich das Bild zurück in die Schachtel.

Ich wünschte, ich könnte mit jemand anderem als einem Gesicht auf einem modrigen Foto sprechen. Meine Gedanken schweifen automatisch zu Elias, doch die Vorstellung, mich ihm anzuvertrauen, fühlt sich nun falscher denn je an. Ich werfe einen letzten Blick auf den See, in dessen Wasser das Mondlicht einen schwankenden Weg zum Horizont zeichnet. Mein bester Freund – der Junge, der mein Herz so beängstigend leicht in der Hand hält – wird nicht mehr kommen, so viel steht fest. Doch anstelle von Verzweiflung spüre ich plötzlich ein Feuer in mir aufsteigen, ein wütendes Brodeln, das rein gar nichts mehr mit dem zarten Flattern von gestern Abend zu tun hat.

Ich laufe den Pfad zurück, schwinge meine Beine über den quer liegenden Baumstamm und ducke mich schließlich unter dem Absperrband vor der Hecke hindurch, die die Sperrzone von der Siedlung trennt. Ab morgen werde ich dem Konsilium beweisen, dass meine Gefühle für mich zweitrangig sind. Durch meine Mutter, die sich dafür entschieden hat, mich zurückzulassen, und meinen besten Freund, der mich aus gekränktem Stolz verletzt hat, habe ich heute Abend endlich verstanden, was Rationalität wirklich bedeutet. Es geht nicht nur um einen Job mit viel Verantwortung oder einen Platz an einer besonderen Uni. Es geht darum, mich selbst vor dem Schmerz zu bewahren, in dem Gefühle unweigerlich enden, wenn ich ihnen die Macht dazu gebe.

Eilig gehe ich die Straße hinunter, ohne einen Blick zurückzuwerfen. Deirdre hat recht. Jetzt ist die Zeit, um an mich selbst zu denken.

9

Regen prasselt auf den sauberen Asphalt und färbt die Straße dunkel. Ich ziehe meine Jacke enger um mich, während Dad mit meinem Koffer zum Auto eilt.

»Der einzige Haken an der neuen Hauptstadt ist ihr Wetter«, seufzt er und zieht hinterm Steuer seinen Regenüberwurf aus.

New York hat Washington im selben Moment als Sitz des Präsidenten abgelöst, in dem Amerika zu den Gläsernen Nationen wurde. Seitdem gibt es auch keine Bundesstaaten mehr, sondern Bezirke. Für mich ist es normal geworden, von F und J und L zu reden, aber die meisten Erwachsenen tun sich schwer damit, die alten Namen zu vergessen.

Mein Vater tritt aufs Gaspedal und ich werde in den Sitz gepresst. Sobald sich der Autopilot eingeschaltet hat, erscheinen auf der Windschutzscheibe die Frühnachrichten.

»Hat die Suche am Fluss etwas Neues ergeben?«, frage ich beiläufig.

Mein Vater schüttelt den Kopf. »Wir haben die Fahndung noch heute Nacht eingestellt. Es gab ja auch keine Vermisstenmeldung. Der Junge muss also überlebt haben, aber ich mache mir trotzdem Sorgen um ihn.« Auf der Windschutzscheibe schaltet das Studio zu den anstehenden Beitrittsfeierlichkeiten in Kanada, doch Dad beachtet sie nicht. Stattdessen sieht er mich forschend an. »Wenn du diesen Jungen kennst, Skye –«

»Tue ich nicht«, falle ich ihm ins Wort.

Mein Vater nickt. »Ich weiß, dass du deine Freunde für Rationale hältst. Aber es ist nicht jeder wie wir. Wer sich von dem Bescheid so sehr aus der Bahn werfen lässt, dass er sein Leben aufs Spiel setzt, ist ein Musterbeispiel für die Impulsivität, die ihn selbst und andere gefährdet. Vor der wir und bald auch du ihn schützen müssen. Ein Rationaler hätte sich niemals in solch eine Gefahr gebracht.« Dad wendet seinen Blick nicht von mir ab, während das Auto sich selbst durch die Straßen manövriert. »Der Administration läge viel daran, so bald wie möglich mit ihm zu sprechen. Du weißt also wirklich nicht, wer er ist?«

Ich denke an Colins starren Blick auf den Monitor der Cafeteria, während die Regentropfen auf das Autodach prasseln. Die Testung ist seine Chance zu beweisen, wer er wirklich ist. Genau wie meine.

»Nein«, sage ich und bemühe mich um einen lockeren Tonfall. »Ich habe keine Ahnung.«

Die Central Station nimmt hinter den dichten Regenschleiern langsam Gestalt an und Dad parkt ein wenig abseits vom Eingang des alten Gebäudes.

»Hier steht, dass du zu Gleis 4 musst«, sagt er mit einem Blick auf den Bescheid auf meinem Smartphone.

Meine Fingerknöchel umklammern den Griff meines Rucksacks so fest, dass sie weiß werden. Um uns herum halten immer mehr Autos, Eltern steigen mit ihren Kindern aus und bleiben mit unterschiedlichen Gesichtsausdrücken zurück. Stolz, Selbstsicherheit, Besorgnis. Ich beobachte die anderen Expektanten, beladen mit Koffern und Taschen, die Lippen fest zusammengepresst. Sie sehen ebenso nervös aus, wie ich mich fühle. Meine Finger tasten nach dem Kohlestift in meiner Jackentasche. Ich hasse meine Mutter nicht. Auf ihre seltsame Weise hat sie mich geliebt, glaube ich, genauso wie mein Vater mich liebt, obwohl er es nicht zeigen kann. Bestärkt von dieser Gewissheit, öffne ich die Autotür.

Dad hält sich zum Schutz vor dem prasselnden Regen die Hand über die Augen, während er meinen Koffer vom Rücksitz auf die Straße hebt. »Soll ich ihn für dich reintragen?«, fragt er, aber ich schüttle den Kopf.

»Ist nicht nötig, danke.«

Einen Moment lang stehen wir uns unschlüssig in der Dämmerung des frühen Morgens gegenüber. Ich weiß nicht, wann wir uns zum letzten Mal umarmt haben, aber selbst in diesem Moment würde es sich unpassend anfühlen. Zum Glück scheint mein Vater das ähnlich zu empfinden. Doch als ich schon den ersten Schritt in Richtung der roten Markisen vor dem Bahnhof gemacht habe, hält seine feste Stimme mich noch einmal zurück.

»Als meine Einwanderung nach Amerika bewilligt wurde, habe ich mich sofort an der Cremonte-Uni beworben. Natürlich hieß sie damals noch anders, aber ihren guten Ruf hatte sie schon zu meiner Zeit. Ich musste mit drei Koffern vier Mal umsteigen und zwei Stationen hatten auch noch defekte Rolltreppen.« Dad lächelt. »Habe ich dir jemals erzählt, wie nervös ich war? Damals hatte ich noch einen ordentlichen schwedischen Akzent und glaubte, niemals mit dem Tempo der Professoren mitzukommen.«

Du hast mir nie etwas von alldem erzählt, denke ich mit einem Anflug von Traurigkeit. Auf einmal spüre ich die Hand meines Vaters auf meiner Schulter.

»Du bist wie ich, Skye, das warst du immer schon. Du schaffst alles, was du dir vornimmst. Wenn du willst, fahren wir in den Sommerferien zusammen nach Long Island und schauen uns schon mal auf dem Campus um. Die Aufnahme an der Cremonte-Uni könnte unsere Familientradition werden, was hältst du davon?«

Eine Lautsprecherdurchsage dringt aus dem Inneren des Bahnhofs heraus, und ich greife nach meinem Koffer, um die Hitze auf meinen Wangen zu verbergen.

»Klingt gut, Dad. Aber wenn ich jemals an der Cremonte landen will, sollte ich den Zug jetzt nicht verpassen.« Ich lächle ihm zu.

Mein Vater tritt zurück und öffnet die Fahrertür, bevor er es sich doch noch einmal anders überlegt und mich über das regennasse Autodach hinweg mit einem ernsten Blick bedenkt. »Sie werden es euch nicht leicht machen, Skye, aber du darfst nicht vergessen, wer du bist. Was auch immer im Zentrum passiert, verteidige deinen Platz. Nur weil –« Er stockt und sieht mich an. »Gib ihnen einfach keinen Grund, an dir zu zweifeln, in Ordnung?«

Diese kryptischen Andeutungen passen so gar nicht zu meinem Vater, der mich normalerweise mit seinen überkorrekten Befehlen nervt. Er steigt ins Auto.

»Dad?« Ich hämmere gegen das Fenster der Beifahrertür und kümmere mich nicht um die dicken Regentropfen, die mir in den Nacken laufen. »Was soll das heißen, Dad?«

Der Motor des Wagens brummt ungeduldig, aber mein Vater lässt die Fensterscheibe noch einmal herunter. »Geh in den Bahnhof.«

Ich rühre mich nicht vom Fleck, obwohl der Regen nun mit voller Wucht auf meinen Kopf prasselt. »Warum soll ich meinen Platz verteidigen? Was passiert im Zentrum?«

Mein Vater löst meine klammen Finger von der Scheibe. »Wir wollen doch nicht so aussehen, als würden wir aus diesem Abschied eine Szene machen, oder?« Sein vertraulicher Ton von eben ist fort und seine Stimme klingt so nüchtern wie immer. Frustriert schultere ich meinen Rucksack.

»Skye?« Ich drehe mich ein letztes Mal um. »Herzlichen Glückwunsch zum Geburtstag.«

Das Auto fährt mit den Antworten auf meine Fragen davon und lässt mich inmitten einer Herde von Expektanten zurück, die mich schicksalsergeben mit sich ins Bahnhofsinnere zieht.

»Bescheid und Identifikation.« Zwei Mal pro Eingang hallt diese Anweisung durch die weitläufige Bahnhofshalle. »Bescheid und Identifikation.« Ich halte der Frau, auf deren Anorak ein rundes O prangt, mein Smartphone mit den geöffneten Dokumenten entgegen.

»Gleis 4, der Zug nach Bezirk F«, sagt die rothaarige Ordnungswahrerin und gibt mir mein Smartphone zurück.

Bezirk F?

»Ich komme aus New York«, stelle ich verwirrt klar. »Ich werde hier getestet.«

»Das ist wegen der dreifachen Anzahl von Expektanten in diesem Jahr nicht möglich«, erwidert die Ordnungswahrerin gelangweilt, als hätte sie diesen Umstand heute schon tausend Mal erklären müssen. »Hier in Bezirk A bleiben nur die Expektanten, die dieses Jahr regulär zur Testung einberufen worden wären. Die Sechzehn- und Siebzehnjährigen mussten wir aufteilen. Sieh es positiv, in F scheint wenigstens die Sonne.« Sie tritt zur Seite und winkt den Jungen hinter mir heran, sodass mir keine andere Möglichkeit bleibt, als weiterzugehen.

Um diese frühe Uhrzeit brummt es in der Ankunftshalle sonst von Pendlern, doch heute sehe ich nur Jungen und Mädchen in meinem Alter, die alle zu wissen scheinen, wo sie hinmüssen, während mein Koffer und ich völlig durchnässt in unserer eigenen Regenwasserpfütze stehen. Auf einer Anzeige wechseln sich das Wetter, die Zeit und das Datum ab. Der dritte Juni. *Du bist jetzt sechzehn Jahre alt,* denke ich und dränge die heißen Tränen zurück. Entschlossen laufe ich los und steuere auf den Bahnhofsplan zu, vor dem sich bereits eine Traube von Expektanten versammelt hat.

Einige von ihnen tragen das Logo der Serenity auf ihren Rucksäcken oder Jacken, und ich klammere mich an die Hoffnung, nicht als Einzige nach F geschickt zu werden. Ein paar bekannte Gesichter würden allem, was hier vorgeht, wenigstens einen Hauch von Normalität verleihen.

Helles Licht blendet mich von oben. Mein Blick fällt auf die Ordnungswahrer, die von der Ballustrade aus auf uns hinabschauen. Durch die exakt gleichen Abstände, mit denen sie sich postiert haben, erinnern sie mich an Spielfiguren, die ein besonders ordentliches Kind aufgestellt hat. Jeder zweite von ihnen kehrt uns den Rücken zu, und ich begreife, dass die Hälfte von ihnen die Parkstreifen rund um den Bahnhof beobachtet, wo wir uns von unseren Eltern verabschiedet haben. Auf einmal ergeben Dads Eile und die fehlende Umarmung einen Sinn. Ich senke meinen Kopf und tue so, als hätte ich die Augenpaare über uns nicht bemerkt. Wir sind zwar noch nicht im Zentrum angekommen, aber unsere Testung hat schon längst begonnen.

Ich folge den Pfeilen, die mir den Weg zu Gleis 4 weisen. Um mich herum werden Reiserucksäcke und Koffer durch die Gegend getragen. Ich klammere mich an den Griff meines eigenen, bis ich vor den Stufen einer Rolltreppe stehen bleibe.

»Zweifel in letzter Minute?«

Beinahe wäre ich gestolpert, aber jemand schiebt meinen Koffer und mich auf das Band und ich finde gerade noch rechtzeitig mein Gleichgewicht wieder. Als ich mich umdrehe, empfängt mich ein breites Lächeln.

»Manchmal ist ein kleiner Anstoß alles, was nötig ist«, fügt das blonde Mädchen auf der Stufe unter mir augenzwinkernd hinzu.

Ich werfe einen Blick zurück auf die Traube von Expektanten unter uns. »Es tut mir leid, wenn ich den Verkehr aufgehalten habe«, entschuldige ich mich.

Sie macht eine wegwerfende Handbewegung. »Kein Problem. Ich habe es nicht besonders eilig, für unbestimmte Zeit in einen Zug voller aufgedrehter Jugendlicher gesperrt zu werden.« Sie grinst mich verschwörerisch an, als würden wir beide nicht zu dieser verwerflichen Gruppe zählen, und ich lächle zurück. Eine Art träumerische Selbstsicherheit umgibt sie, die überhaupt nicht angeberisch wirkt. Ich mag sie auf Anhieb.

Wir folgen einem langen Gang, durch dessen Fenster die ersten Sonnenstrahlen des Tages fallen.

»Bezirk F, nehme ich an?«, fragt das Mädchen und ich nicke. »Ich bin übrigens Luce.«

Mit ihrer durchscheinend hellen Haut und den weißblonden Haaren, die ihr wirr über den Rücken fallen, gibt es keinen Namen, der besser zu ihr passen würde.

»Skye«, sage ich und halte Luce die Hand hin, was mir im selben Moment furchtbar albern vorkommt. Doch Luce ergreift sie mit völliger Selbstverständlichkeit.

»Na dann, auf in den Kampf«, verkündet sie, als sich die letzte Schiebetür zum Bahnsteig öffnet und einen silbernen Schnellzug enthüllt, der auf den Schienen liegt wie eine gigantische schlafende Schlange.

Ich folge Luce hinaus und kontrolliere ein letztes Mal, ob wir am richtigen Gleis angelangt sind. Hier draußen in der kühlen Morgenluft, fernab der klammen Abschiedsstimmung der Halle, fühle ich ein Kribbeln in mir aufsteigen. Ich werde verreisen, vielleicht sogar das Meer sehen – auf jeden Fall aber an einen Ort kommen, an dem mich nichts an die Vergangenheit erinnern wird. Und nach diesen vier Wochen bin ich eine Traitträgerin. *Eine Rationale*, ergänze ich in Gedanken. Eine Rationale, die endlich frei von jedem Zweifel sein kann.

»Da vorne ist der Gepäckwagen.«

Luce verschwindet zwischen den anderen Expektanten, die mehr oder weniger aufgeregt umherlaufen oder in Gruppen zusammenstehend auf die Abfahrt des Zuges warten. Ich versuche, sie nicht aus den Augen zu verlieren, als mein Koffer an einem fremden Fuß hängen bleibt.

»Entschuldigung«, murmele ich und will mich weiter durch die Menge schieben, doch eine Hand hält mich fest.

»Skye!«

Beim Klang von Elias' Stimme erstarre ich. In verwirrender Folge strömen Wut, Sehnsucht und Scham durch meinen Körper. Und die traurige Gewissheit, dass es zwischen uns nie wieder so werden wird wie vor der Nacht am See, selbst wenn ich es wollte. Dafür hat sein dummer Stolz gesorgt.

»Können wir reden?« Elias sieht mich flehend an, und für einen Moment spüre ich meine mühsam errichtete Barrikade bröckeln, bis eine gehässige Stimme in mir fragt: *Hat er Jasmine genauso angesehen?* »Skye, bitte! Ich habe einen Fehler gemacht, aber nichts ist so gewesen, wie es aussieht –«

Ich reiße meinen Arm los. »Weißt du was?«, unterbreche ich ihn mit so viel Kälte, wie ich zustande bringe. »Rede doch mit Jasmine. Aber ihr beide verschwendet wahrscheinlich nicht so viel Zeit mit *Reden,* oder?«

Ohne auf eine Antwort zu warten, stürme ich davon und lasse ihn in der Menge stehen.

»Was war das denn gerade?« Luce, die nicht weit entfernt auf mich gewartet hat, zieht überrascht eine Augenbraue hoch.

»Nichts, was noch etwas bedeuten würde«, sage ich und brauche zwei Anläufe, um meinen Koffer auf den Gepäckwagen zu hieven. Als er endlich verstaut ist, streiche ich mir eine verschwitzte Haarsträhne aus dem Gesicht.

»Wie der erste Eindruck doch täuschen kann.« Luce hakt sich

bei mir unter. »Ich hätte dich eher als eine der Vorsichtigen eingeschätzt.«

»Vorsichtig?«

»Zu bedacht, um sich kurz vor der Testung noch in Jungsgeschichten zu verwickeln.«

Wir gelangen zu der einzigen offenen Waggontür, vor der eine Frau in einer grauen Bluse steht, die Namen auf einer Liste abhakt. Sie ist keine Ordnungswahrerin, aber ihr durchdringender Blick, mit dem sie mein Gesicht mit dem Foto auf meiner Identifikation abgleicht, flößt mir mehr Respekt ein als alle im Bahnhof stationierten Beamten zusammen.

»Ich habe mir vorgenommen, Jungsgeschichten ab sofort zu ignorieren«, sage ich an Luce gewandt, als wir eingestiegen sind.

»Wahrscheinlich die klügste Option.«

Wir grinsen, und ich spüre, wie das Lächeln diesmal in meinem Inneren ankommt.

10

Ich halte die Augen nach freien Plätzen offen, während ich mit meinem Rucksack durch den Mittelgang des Großraumabteils laufe. Luce lässt ihre Finger bewundernd über den weichen Samt der Sitze fahren und deutet auf die Tische, die sich automatisch ausklappen. »Definitiv kein Vergleich mit der stinkenden U-Bahn«, staunt sie und ich nicke.

Diese Modelle müssen extra für die Testung konzipiert worden sein, denn sie ähneln unseren normalen, altersschwachen Langstreckenzügen nicht im Geringsten. Luce und ich passieren eine Glastür und landen im nächsten Waggon, in dem wir von plärrender Musik empfangen werden. Ein paar der Mädchen haben ihre Beine quer über die Lehnen der Sitze gelegt.

»Ich brauche keine Testung«, stöhnt eine von ihnen. »Ich weiß, wer ich bin, auch ohne dafür um fünf Uhr morgens in einen verdammten Zug steigen zu müssen. Amira!«, ruft sie plötzlich und hebt den Kopf. »Mach endlich diese schreckliche Musik aus. Ein paar von uns versuchen zu schlafen.«

»Schön, wie ihr das neue Album meiner Band zu schätzen wisst«, grummelt Amira, dreht den Lautsprecher jedoch leiser und versteckt ihr Gesicht wieder hinter einem Buchdeckel.

»Bands und Fantasyromane als Vollzeitbeschäftigung«, schmunzle ich, als Luce und ich das Abteil verlassen. »Um was wetten wir, dass die halbe Abschlussklasse der Beauvoir in dem Waggon saß?«

Wir betreten das nächste Abteil, in dem erst wenige Plätze besetzt sind. Durch das Fenster sehe ich Colin gefolgt von Elias in den Zug steigen. Elias dreht sich noch einmal um und hebt Jasmines Tasche an Bord. Es tut weh, aber ich wende mich energisch ab. Es war die richtige Reaktion, mir seine Erklärungen am Bahnsteig zu ersparen. Er hat sich entschieden, und Lügen sind das Letzte, was ich von ihm hören will.

»Fehlt nur noch der Süßigkeitenwagen und ich fühle mich wie Harry auf dem Weg nach Hogwarts.« Luce lässt sich auf den Fensterplatz eines freien Vierers fallen. Hinter uns sitzen ein paar Mädchen, die ich nicht kenne.

»Ich dachte, Zauberer fliegen überall auf Besen oder so was hin«, bemerke ich und ziehe meine Jacke aus.

»Sag bloß, du hast die Bücher nicht gelesen!« Luce mustert mich mit einem gespielt kritischen Blick. »Ich weiß ja nicht, ob ich jetzt noch mit dir befreundet sein kann.«

»Fantasy ist eben nicht so mein Ding«, sage ich, amüsiert von ihrer Leidenschaft, und setze mich auf den Platz ihr gegenüber. »Aber deins, oder?«

»Wir haben die letzten zwei Bände in der achten Klasse durchgenommen, als uns die Bücher von der alten Bibliothek gespendet wurden«, erklärt Luce.

»Ihr lest solche Geschichten in der Schule?«, staune ich.

Die Serenity bietet vielleicht einen oder zwei Literaturkurse an, aber alles in allem ist sie bekannt für ihre analytische Ausrichtung. Nicht umsonst haben wir die höchste Rationalenquote unter den Absolventen in ganz New York. Lesen und Filme schauen können wir in unserer Freizeit, dafür ist in unserer Ausbildung kein Platz.

»An der Beauvoir High sind Bücherwürmer und Querdenker eben nicht in der Unterzahl«, sagt Luce und grinst, als meine Augen sich erschrocken weiten.

»Ich wusste nicht, dass du –«, stammle ich, doch Luce wischt meine Erklärungen beiseite.

»Schon gut, ich bin nicht beleidigt. Die meisten Rationalen verstehen nicht, dass in Büchern, Bildern und Gesprächen genauso viel Wert stecken kann wie in den Gewinnen irgendeiner Firma.«

Der Zug setzt sich in Bewegung und die riesigen Fensterscheiben werden dunkel. Beeindruckt sehe ich zu, wie auf jeder einzelnen das ernste Gesicht der Frau in der grauen Bluse erscheint, die beim Einsteigen unsere Identifikation überprüft hat.

»Willkommen an Bord des Transregion. Mein Name ist Caroline. Soeben haben wir New York City hinter uns gelassen, unsere erste Station auf dem Weg ins Athene-Zentrum F, wo Ihre Testung beginnen wird. Bitte verlassen Sie den Zug an keiner der folgenden Haltestellen, um zur raschen Weiterfahrt beizutragen. Sollten Sie Fragen haben, wenden Sie sich an mich oder die anderen Testleiter hier im Zug.«

Ein statisches Knistern ertönt aus dem Lautsprecher und anstelle des Gesichts der Frau erscheinen auf der Scheibe nun grüne Hügel unter einem strahlend blauen Himmel. Ich lehne mich zurück, ein wenig enttäuscht darüber, keinen letzten Blick auf meine Heimatstadt werfen zu können.

»Eis?« Luce hält mir einen geöffneten Becher unter die Nase und ich wende mich von der künstlichen Landschaft ab. »Habe ich mitgebracht. Dank des abscheulichen Wetters ist es wenigstens noch nicht komplett geschmolzen.«

»Eis zum Frühstück?«, frage ich grinsend, nehme den mir angebotenen Löffel aber, ohne zu zögern. »Was soll's. Hört sich nach einer angemessenen Mahlzeit zur Feier unseres neuen verantwortungsvollen Lebensabschnitts an.«

Luce flucht, als das Eis prompt von ihrem Löffel tropft. Während wir kichernd die Spuren von den grauen Sesselpolstern kratzen, löst sich ein Knoten in meiner Brust, der sich seit der Nachricht von meinem Bescheid immer enger zugezogen hat. Zwar habe ich keine Ahnung, was im Zentrum auf uns zukommt, aber wenigstens werde ich es nicht allein durchstehen müssen.

Der Eisbecher ist viel zu schnell leer und ich krame in meinem Rucksack herum. »Ich fürchte, ich habe bloß Sandwiches oder Äpfel zu bieten.«

»Deine Mutter ist also deutlich pflichtbewusster als meine.« Luce quetscht die Eisverpackung in den kleinen Mülleimer neben uns.

Ich schnaube. »Meine Mutter hat mich und meinen Vater am Tag nach meinem zwölften Geburtstag verlassen.«

Luce wirft mir einen überraschten Blick zu und bemerkt nicht, dass der Mülleimer die Pappe schreddert und sich automatisch wieder leert. Nach vier Jahren kommen mir diese Worte so leicht über die Lippen, als würde ich erzählen, dass ich mir als Kind den Arm gebrochen habe. Sie können mich nicht mehr ersticken, das habe ich mir abtrainiert. Trotzdem schleicht sich jedes Mal dieselbe Frage hartnäckig zurück in meinen Kopf: *Was hast du getan, um sie zu vertreiben?* Meine Mutter hatte keinen Grund, einfach abzuhauen. Irgendjemand muss ihr also einen gegeben haben.

»Und damit rückst du einfach so heraus?« Luce schüttelt den Kopf. »Aber wer der mysteriöse Gentleman auf dem Bahnsteig ist, willst du mir verschweigen!«

Der Zug biegt um eine Kurve und ich erkenne Spuren von Regentropfen hinter dem Landschaftsfilm auf der Fensterscheibe.

»Elias ist kein Gentleman.«

»Na, immerhin haben wir einen Namen.« Luce stupst mich an. »Hey, du musst nicht drüber reden. Ich wollte bloß ein Thema finden, das nichts mit dem zu tun hat, was heute Abend anfängt. Ich bin echt ein bisschen aufgeregt.«

»Glaub mir, ich auch«, gebe ich zu. Auf einmal kommt mir eine Idee. »Vielleicht können wir ja sehen, ob der Zug den Süden oder Norden von F ansteuert.« Ich hole mein Handy aus meiner Hosentasche und öffne die Navigation. »Seltsam«, murmele ich. »Ich bekomme hier kein Netz. Willst du es mal probieren?«

Luce schüttelt den Kopf und seufzt, als ich sie fragend ansehe. »Ich habe kein Handy, okay?«

Erst jetzt erinnere ich mich, dass sie der Testleiterin beim Einsteigen einen Ausweis aus Papier hingehalten hat anstatt der ID, die wie meine auf dem Smartphone gespeichert ist.

»Es ist eben nicht so einfach, wenn deine Mutter wegen des E's auf ihrem Handgelenk ihren Job verliert.«

Für einen Moment verstummen die Gespräche der anderen Mädchen um uns herum, bevor sie umso lauter weitergehen. Ich runzle die Stirn. Emotionale können nicht die gleiche Verantwortung tragen wie Rationale, das ist klar. Aber wenn sie aus diesem Grund ihre Stelle verlieren, wird ihnen geholfen. Die Traits wurden doch gerade aus dem Grund geschaffen, um soziale Ungerechtigkeiten auszugleichen! Nicht, um neue herbeizuführen.

»Ich dachte immer, E-Care reicht auch für so was wie Handys«, sage ich, ehrlich erstaunt. Immerhin hat Dad die Unterstützung für arbeitslose Emotionale dem Parlament selbst vorgeschlagen.

»E-Care?« Luce verzieht den Mund. »Glaub mir, E-Care verschwindet ganz schön schnell, wenn man nicht den nächstbesten Job annimmt, den die Administration einem vorschlägt. Und von der Chirurgin zur Tagesmutter – das ist nicht gerade die Karriere, für die man zehn Jahre lang in Yale studiert hat.«

»Ich wollte nicht unsensibel sein«, entschuldige ich mich, obwohl ich Luces Ärger nicht wirklich verstehe. Als Emotionale muss ihre Mutter eben einen Beruf annehmen, der besser zu ihrer Persönlichkeit passt. Ihre Ausbildung war unglücklicherweise verschwendete Zeit. Aber damit genau so etwas nicht mehr vorkommt, nehmen Universitäten für Fächer wie Medizin, Wirtschaft und Politik ja auch nur noch Rationale auf.

»Was meinst du«, lenke ich ab. »Wollen wir mal zu einer kleinen Erkundungstour aufbrechen?«

Luce nickt und keine von uns spricht mehr über Traits, während wir über den weißen Teppich auf die Glastür zugehen. Wir gelangen in den zugigen Einstiegsbereich, in dem sich die Außentüren befinden. Dahinter erwartet uns kein neues Abteil, sondern ein lang gezogener Tresen aus dunklem Holz. Ein Mann füllt Kaffee aus einer lautlosen Maschine in zwei Becher und reicht sie den vor uns wartenden Mädchen.

»Was für ein Luxus!«, raunt Luce mir zu.

Die Mädchen drehen sich zu uns um. »Schön, dass ich mich nicht als Einzige fehl am Platz fühle«, erwidert eins von ihnen und nickt Luce zu. »Beauvoir High?«

»Schuldig im Sinne der Anklage«, antwortet Luce.

Das Mädchen lächelt, wobei ihre Augenbrauen nach oben wandern und der silberne Ring, der durch eine von ihnen gestochen ist, unter ihren Ponyfransen verschwindet.

»Komisch, du bist mir da nie aufgefallen«, sagt die Nachbarin des Piercingmädchens, die mit ihrem mausbraunen Haar und der etwas rundlichen Figur neben ihrer Freundin ziemlich unscheinbar wirkt. Mein Blick bleibt an dem tätowierten Schriftzug hängen, der unter ihrem Pulloverärmel hervorlugt. »Komm, Tonya«, sagt sie und greift nach der Hand des Piercingmädchens. »Die anderen warten bestimmt schon.«

Tonya wirft uns ein entschuldigendes Lächeln zu und folgt der Brünetten durch die Glastür.

»Wir sehen uns!«, ruft sie noch, bevor die beiden endgültig verschwinden.

Ich lehne mich an einen der festgeschraubten Barhocker vor dem Tresen. Mein Vater würde den Kopf schütteln, wenn er wüsste, dass meine neuen Freundinnen ausgerechnet auf die Beauvoir gehen! Die Highschool in Chelsea ist bekannt dafür, emotionales Denken geradezu zu fördern.

Luce dreht sich mit zwei Muffins in der Hand zu mir um. »Willst du Schokolade oder Blaubeere? Es gibt auch Sandwiches, aber keine ohne Tomaten. Und Gemüse ist nicht so mein Ding.«

Ein kühler Luftzug streift meinen Nacken. Als ich aufblicke, tritt ein Typ durch die Glastür, der ein paar Jahre älter sein muss als ich. Seine aschblonden Haare sind ein wenig zu lang und locken sich in seine Stirn, aber sein ernster Gesichtsausdruck passt nicht zu meiner spontanen Vorstellung von ihm als Surfer auf den Wellen der Goldküste. Er wirkt wie ein … Nein, mir fällt partout keine Kategorie ein, in die er sich einordnen ließe. Sein düsterer Blick trifft mich und ich zucke unmerklich zusammen. Es ist, als wäre irgendwo tief verborgen in meinem Inneren eine Alarmglocke losgegangen.

»Einen Kaffee, schwarz.«

Während er wartet, sieht er aus dem Fenster, als könnte er hinter den Bildschirm schauen. Verwundert folge ich seinem Blick und bemerke, dass die künstliche Landschaft auf der Scheibe verschwunden ist. Der Zug steht, und wir schauen auf das Gleis eines Bahnhofs, der beinahe identisch ist mit dem, den wir vor Stunden verlassen haben. Während die neuen Expektanten geordnet einsteigen, nimmt der Junge – oder sollte ich besser sagen, *Mann?* – seinen Kaffee und geht geradewegs an uns vorbei, ohne uns auch nur eines einzigen weiteren Blicks zu würdigen.

Die Lichter haben sich innerhalb der letzten Stunde eingeschaltet. Luce lehnt sich im Schlaf an die Kopfstütze ihres Sitzes und das Muffinpapier fällt von ihrem Schoß. Mittlerweile sind alle Gespräche in unserem Waggon verstummt und auch mich lässt das gleichmäßige Geräusch des Zuges auf den Schienen gähnen. Ich beobachte, wie die Expektanten des Bezirks E an einem der südlicheren Bahnhöfe zusteigen. Ein warmer Windzug kommt mit ihnen an Bord. Meine Stirn sinkt gegen das kühle Fensterglas.

Ich liege in einem Kofferraum. Wenn ich versuche, meine Augen zu öffnen, sehe ich nichts als bunte Sternchen. Sie tanzen wie ein Feuerwerk durch den Nebel vor mir. Kalte Panik macht sich in mir breit, als ich begreife, dass ich nicht wach sein soll. Das Auto kommt ruckartig zum Stehen. Irritierend grüne Augen fixieren meine, beruhigen mich. Doch nur eine Sekunde später ertönt ein Knall und das Blut in meinen Adern gefriert zu Eis. Die Kofferraumklappe öffnet sich und Dämmerlicht dringt in mein Gefängnis.

»Ich komme zurück!«

Schweißnass schrecke ich auf und bemerke, dass Luce meine Schultern schüttelt. Mein Herz schlägt so schnell, als hätte ich gerade einen Sprint hinter mir.

»Skye, da draußen!« Luce deutet aus dem Fenster.

Die falschen grünen Hügel sind noch nicht zurück auf der Scheibe und ich erkenne eine menschenleere Bahnhofsplattform in der Abendsonne. Menschenleer, bis auf …

»Jasmine?« Mit einem Schlag bin ich hellwach. Ich springe auf und versuche, das Fenster zu öffnen, vor dem meine Erzfeindin mit geröteten Wangen zu mir aufsieht.

Jasmine deutet verzweifelt auf die Türen und hört nicht auf, gegen mein Fenster zu hämmern. Die Scheibe ist zu dick, um ihre Worte hindurchzulassen, aber die Panik in ihrem Blick spricht Bände.

»Die Türen sind schon geschlossen!«, rufe ich. Auf dem Gleis ist niemand mehr zu sehen, alle Expektanten dieses Bezirks sind zugestiegen. Unser Zug wird jede Sekunde weiterfahren, und zwar ohne Jasmine. Ich werfe einen Hilfe suchenden Blick durch den Waggon, doch die Mädchen hinter mir starren bloß irritiert zurück.

Jasmines Mund formt das Wort *Bitte.* Ich beiße mir auf die Lippen. Die Testleiterin hat uns befohlen, den Zug nicht zu verlassen. Ich könnte einfach zurück in meinen Sitz sinken und zusehen, wie Jasmine für diesen Regelbruch bezahlt. Verdient hätte sie es! Aber anders als meine Erzfeindin habe ich ein Gewissen. Und Jasmines Testung zu ruinieren, würde Elias' Verrat auch nicht rückgängig machen.

Als der Zug sich wie in Zeitlupe in Bewegung zu setzen beginnt, bedeute ich ihr zu rennen.

»Hol einen Testleiter!«, rufe ich Luce zu und laufe durch den Gang, so schnell der schmale Abstand zwischen den Sitzreihen es mir erlaubt.

Atemlos stürme ich durch die Glastür in den Einstiegsbereich. Meine Sorge, dass die Zugtüren sich während der Fahrt nicht öffnen lassen, ist unbegründet. Zwar ertönt ein surrendes Alarmgeräusch, als ich den schweren Hebel nach unten drücke, doch die Tür gleitet widerstandslos zur Seite. Ich halte mich mit beiden Händen an einem Griff fest und setze vorsichtig einen Fuß auf die Außentreppe. Wenn Jasmine es schaffen will, muss sie sich an mir festhalten. Der Zug nimmt langsam Fahrt auf, und meine Haare flattern im peitschenden Wind, sodass ich den an mir vorbeifliegenden Bahnsteig kaum noch erkennen kann.

»Jasmine?« Ich löse eine Hand vom Griff und strecke die andere nach ihr aus. Mein Puls rast. Wenn ich jetzt den Halt verliere … »Jasmine!«, rufe ich verzweifelt in die aufziehende Dämmerung, aber ich bekomme keine Antwort.

Endlich schaffe ich es, mir meine Haare aus den Augen zu streichen – und als ich klar sehe, weiß ich, warum nur die Sirenen in meinen Ohren schrillen.

Jasmine konnte mir keine Antwort geben, denn der Bahnsteig ist leer.

Komplett leer.

»Was denkst du, was du da machst?«, brüllt eine Stimme hinter mir.

Ich werde mit Wucht zurück in den Waggon gerissen und schreie auf, als ich stürze und auf dem Boden lande. Der Typ aus dem Servicewagen zieht die widerstrebende Zugtür zu.

»Vor meinem Fenster stand ein Mädchen, eine Mitschülerin von mir«, stammle ich. Mein Kopf pocht schmerzhaft. »Sie muss ausgestiegen sein, als wir gehalten haben, und die Türen hatten sich schon geschlossen, bevor sie wieder einsteigen konnte.«

Ich richte mich auf, wobei er keine Anstalten macht, mir zu helfen. Stattdessen tippt er auf etwas herum, das aussieht wie ein überdimensionales Armband. Das durchdringende Alarmgeräusch verstummt und der enge Raum um uns herum kommt mir trotz des Maschinenlärms auf einmal still vor. Er dreht sich um. Ich bemerke die silberne Anstecknadel in Form einer Waage auf seinem Hemd, die mir schon bei Caroline aufgefallen ist, der Frau mit den Namenslisten. Ein Testleiter! Auch das noch.

»Ich weiß nicht, warum sie auf einmal nicht mehr auf dem Bahnsteig stand.« Ich atme tief durch. Mein Gestammele klingt alles andere als ruhig und besonnen. »Sie muss hinunter in die Bahnhofshalle gelaufen sein. Ich kenne ihren Namen, falls –«

Die Art, mit der er mich mustert, lässt mich verstummen. »Alle Expektanten sind zugestiegen«, sagt der Testleiter in einem Ton, der unmissverständlich das Ende dieses Gesprächs bedeuten soll.

»Das meine ich nicht«, setze ich noch einmal an und reibe meinen Ellenbogen, der das meiste von meinem Sturz abbekommen hat. »Jasmine kommt aus New York, wie ich. Sie ist zurückgelassen worden!«

Der Testleiter blickt sich um, dann beugt er sich vor, bis uns kaum noch eine Handbreit stickiger Luft voneinander trennt und ich die blonden Bartstoppeln auf seiner gebräunten Wange erkennen kann. Seine Nähe macht mich nervös, als ginge eine unbestimmte Bedrohung von ihm aus.

»Wir haben euch gesagt, dass ihr nicht aussteigen sollt, richtig?«

Ich nicke hastig.

»Wenn jemand die Regeln verletzt, ist das für dich noch lange kein Grund, dich selbst und andere in Gefahr zu bringen.« Er macht einen Schritt zurück, als hätte er gemerkt, dass ich während seiner Belehrung den Atem angehalten habe. Die senkrechte Falte auf seiner Stirn verschwindet jedoch nicht. »Wie wäre es, wenn du jetzt zu deiner Freundin zurückgehst und für den Rest der Fahrt auf deinem Platz bleibst? Ich bin mir sicher, es gibt irgendeine Realityshow oder so was, über das ihr euch unterhalten könnt, bis wir in F angelangt sind.«

Ich schnappe empört nach Luft. »Weil emotionale Zeitverschwendung alles ist, was uns Mädchen interessieren könnte?«, werfe ich ihm entgegen. *Was tust du denn da?*, frage ich mich gleich darauf erschrocken. Er ist ein Testleiter, ich sollte meine Zunge hüten! »Was geschieht mit Jasmine?«, wage ich dennoch zu fragen.

Der Testleiter lehnt sich mit provozierender Ruhe gegen die Wand und verschränkt die Arme vor der Brust. »Interessant. Ich mache dir einen neuen Vorschlag: Geh zurück zu deinem Platz und denk die restlichen zwei Stunden darüber nach, was wirklich *emotionale Zeitverschwendung* ist.« Sein Blick wandert betont langsam von mir zu der verschlossenen Zugtür und zurück. »Dein Vater ist im Parlament, nicht wahr? Samuel Anderson?«

Ich nicke mit einem Kloß im Hals. Mein Vater ... Derselbe Mann, der heute Morgen noch voller Stolz mit mir über die Cremonte-Uni gesprochen hat. Der fest daran glaubt, dass ich eine Rationale bin.

Der Testleiter lässt mich nicht aus den Augen. »Kümmere dich im Zentrum um deine eigenen Angelegenheiten.« Jede Spur eines Lächelns ist aus seinem kantigen Gesicht verschwunden. »Zumindest, wenn du es mit dem richtigen Buchstaben verlassen willst.«

Er wendet sich erneut dem Armband zu, mit dem er den Alarm gestoppt hat, und eine dunkle Ahnung macht sich in mir breit. Hat er Luce und mich etwa belauscht? Woher sonst sollte er wissen, dass ich alles tun werde, um zu beweisen, dass ich eine Rationale bin? Ich reiße meinen Blick von den Locken los, die ihm in die Stirn fallen. Das Schlimmste ist, dass er recht hat, zumindest zum Teil. Rationale helfen, aber sie handeln nicht impulsiv, wie ich es getan habe.

Schon wieder.

Als ich mich an ihm vorbeischiebe, bemerke ich die weiße Narbe, die sich über seine rechte Schläfe zieht und seine helle Augenbraue nur knapp verfehlt. Wo hat sich jemand, der gerade mal neunzehn Jahre alt sein kann, eine Verletzung zugezogen, die solche Spuren hinterlässt?

»Viel Erfolg, Skye«, höre ich ihn sagen, als sich die Glastüren öffnen. Dann fliehe ich so schnell zurück in meinen Waggon, wie es mit Würde gerade noch möglich ist.

11

Alexander?«

Es dauert eine Sekunde zu lange, bis ich schalte und mich umdrehe. »Alle Jungen sind in den letzten drei Waggons, die Mädchen in den vorderen«, melde ich in geschäftsmäßigem Ton, der hoffentlich dem eines Testleiters gleicht.

Caroline nickt zufrieden, während sie abwesend nach ihrer Anstecknadel tastet. »Gut. Wie verhalten sich Ihre Expektantinnen in den ersten Prüfungen?«

»Bisher ist niemand in irgendeiner Weise aufgefallen«, antworte ich. *Zumindest nicht, nachdem mein kleiner Systemabsturz alles vernichtet hat, was Ihre neugierigen Augen besser nicht zu Gesicht bekommen sollten.* Ich setze ein gewinnendes Lächeln auf, das mir schon ganz andere Türen geöffnet hat. »Aber wir werden wohl noch früh genug herausfinden, was in ihnen vorgeht.«

»Oh, das werden wir!« Caroline lächelt und etwas an dem Glanz ihrer dunklen Augen gefällt mir nicht.

Während ich meinen Becher festhalte, damit er in der Kurve nicht vom Tresen des Servicewagens rutscht, frage ich mich, was Beth mir noch alles über die Testung verschwiegen hat.

»Wir dürften bald da sein. Ich werde veranlassen, dass Sie von einem Ihrer neuen Kollegen zu Ihrem Quartier gebracht werden, sobald die Begrüßung vorbei ist.« Die oberste Testleiterin nickt mir zu, bevor sie durch die Glastür verschwindet.

Der beflissene Ausdruck tropft von meinem Gesicht wie die Schweißperlen, die sich in der aufgeheizten Luft auf meiner Stirn sammeln. Leute wie Caroline stoßen mich ab mit ihrer selbstgerechten, oberflächlichen Art. Es kostet mich eine Menge Beherrschung, nicht am nächsten Bahnhof aus diesem lächerlich edlen Zug zu springen und irgendwo hinzufahren, wo mich niemand finden würde.

Ich lasse meinen Becher stehen, durchquere den Servicewagen und werfe einen Blick durch die Glastür. Wie erwartet sitzt Skye auf ihrem Platz, neben ihr ein zart gebautes Mädchen, dessen betont lässige Miene nicht über eine tiefe Ernsthaftigkeit hinwegtäuschen kann, die sie älter wirken lässt, als sie ist. Ich betrachte die roten Flecken auf Skyes Wangen. Sie hat keine Ahnung, wer ich bin - aber wie sollte sie sich auch erinnern? Seufzend drehe ich ihrem Waggon den Rücken zu. Wenn ich geglaubt habe, dass es einfach werden würde, Beths Auftrag zu erfüllen und Skye zu einem R zu verhelfen, habe ich mich getäuscht. Die Art, wie sie ausgerechnet dieser Jasmine zu Hilfe geeilt ist, war im besten Falle unüberlegt, im schlimmsten jedoch impulsiv. Wider Willen breitet sich ein Lächeln auf meinem Gesicht aus. Dieser Anflug von Unbeugsamkeit kann für uns beide verdammt gefährlich werden, aber das war es nicht, woran ich denken musste, als ich Skye vorhin dabei erwischt habe, wie sie sich gegen jede Regel des Verstands aus der Zugtür lehnte. Ich dachte nur daran, dass sie noch keine von ihnen geworden ist, trotz allem, was man ihr in den letzten vier Jahren eingetrichtert haben muss.

Ich verriegle die Toilettentür hinter mir, öffne mit einem Befehl meines Checks das automatische Fenster einen Spaltbreit und zünde mir eine Zigarette an. Woher nimmt sie nur diesen Mut?

Kopfschüttelnd nehme ich einen Zug. Niemand darf die Verbindung zwischen uns erkennen, besonders nicht Skye selbst. Ich muss mich von ihr fernhalten. Ich blase den Zigarettenrauch aus dem schmalen Spalt nach draußen und schwöre mir, vorsichtig zu sein. Wenn ich dieses Mal versage, steht auch mein eigenes Leben auf dem Spiel.

»Der Bahnsteig war leer?«

Ich nicke und Luce zieht ungläubig die Augenbrauen zusammen. Ihre Finger spielen abwesend mit der geschliffenen Glasscherbe, die an einem schwarzen Lederband um ihren Hals hängt.

»Du hast Jasmine doch auch gesehen, oder?« Ich deute auf das Fenster, auf dem die künstliche Landschaft uns wieder von der realen Welt abschirmt. »Wir haben uns das doch nicht eingebildet!«

Luce beugt sich vor. »Ich habe sie gesehen, aber …« Sie deutet auf die Sitze hinter uns. »Aber die anderen nicht.«

Ich stehe auf und die Blicke der Mädchen in den Reihen hinter uns schnellen nach oben.

»Stimmt das?«, frage ich laut. »Keine von euch hat Jasmine auf dem Bahnsteig gesehen?«

Eine Rothaarige lässt ihre Zeitung sinken. »Als du losgelaufen bist, haben wir durchs Fenster geguckt, um zu schauen, was passiert«, erklärt sie und faltet raschelnd die Blätter zusammen. »Aber es war niemand zu sehen.«

»Durch das Fenster neben deinem Platz?«

Die Rothaarige nickt.

Ich berühre den flimmernd blauen Himmel auf der Scheibe neben meinem Sitz. Ein projiziertes Bild, keine Wirklichkeit. Aber an den Bahnhöfen wurde die Kunstlandschaft doch abgeschaltet!

Immerhin haben wir die Expektanten in den anderen Bezirken zusteigen sehen. Und Jasmine wirkte so echt, von den zerzausten Haarsträhnen bis zu den verzweifelt aufgerissenen Augen. Ich lege meine Handfläche gegen die kalte Scheibe. Das kann nicht sein! Dafür ist doch wohl selbst die ausgefeilte Technik des Zuges nicht gut genug.

»Ich brauche frische Luft«, bringe ich heraus, bevor ich durch den Gang hinausstürme. Jemand kichert in meinem Rücken. Sie müssen mich für völlig verrückt halten – aber ich weiß, was ich gesehen habe, und einer Sache bin ich mir sicher: Jasmine ist nicht mehr in diesem Zug.

»Ist es nicht ein bisschen zu früh für einen Nervenzusammenbruch?«

Ich höre Luce hinter mir einen erstaunten Laut von sich geben und bleibe stehen, während meine Gedanken rasen. Wie ist das möglich? Langsam drehe ich mich um, doch ich habe mich nicht getäuscht. Es ist Jasmine, die langsam den Gang hinunterschreitet und mich kühl mustert. Ihr Pferdeschwanz ist so ordentlich wie immer, in ihren Augen liegt keine Panik.

»Aber du warst –« Ich blicke zurück zu unserem Fenster und stocke, als ich verstehe, dass Jasmine selbst nie draußen auf dem Bahnsteig stand. Ihr Bild war meine erste Prüfung. Ich denke an den Testleiter mit den blonden Locken, der mich zurück in den Zug gezogen hat, und schlucke. Ich habe versagt, bevor ich das Zentrum überhaupt betreten konnte.

»Und dich habe ich für Konkurrenz gehalten.« Jasmine hebt abfällig die gezupften Augenbrauen. Dass ich sie mit offenem Mund anstarre, merke ich erst, als sie mir mit der Hand vor dem Gesicht herumwedelt. »Dabei verlierst du vor Aufregung ja schon im Zug die Nerven. Echt traurig, Skye!« Ihr spöttisches Lächeln verrät mir, dass sie keine Ahnung von der Projektion auf meiner Fensterscheibe haben kann. »Wenn ihr mich entschuldigt, ich bin auf der Suche nach dem Servicewagen, bevor es da kein Abendessen mehr gibt. Oh, und bevor ich es vergesse, Elias mag doch Zitronenlimo lieber als Orange, oder?«

Der Klang seines Namens aus Jasmines Mund macht mich so wütend, dass mir die Stimme versagt. Zitronenlimonade, die Elias mir für unser Picknick versprochen hat – das Picknick, mit dem wir heute im Central Park meinen Geburtstag feiern wollten …

»Wie auch immer. Wir sehen uns im Zentrum!« Jasmine drängt sich an mir vorbei.

Ich bleibe starr wie eine Salzsäule im Korridor stehen, bis sich die Türen hinter ihr geschlossen haben. Da habe ich meine Antwort auf die Frage, warum Jasmine seit dem ersten Tag an der Serenity versucht, mir das Leben schwer zu machen. Es ging ihr nie bloß um Noten. Sie wollte Elias. Und er … Er will eine andere als mich.

Luce legt mir einen Arm um die Schultern und führt mich zurück zu unseren Plätzen.

»Das ist also der Grund für das Jungsproblem«, sagt sie verständnisvoll, als der Zug urplötzlich zum Stehen kommt. Wir können uns gerade noch an den Sitzen festhalten, um nicht zu fallen.

»Was war das?«

Wir schauen aus den Fenstern, doch es ist nichts als die künstliche Landschaft zu erkennen.

»Sieht nicht so aus, als wären wir wieder in einen Bahnhof eingefahren«, meint ein Mädchen in der Reihe neben uns.

»Vielleicht nur ein kurzer Stromausfall«, vermutet Luce und setzt sich zurück auf ihren Platz.

Hinter mir öffnen sich die Glastüren noch einmal. Das Mädchen, das nun unseren Waggon betritt, stolpert, als ein erneuter Ruck durch den Zug geht und er wieder Fahrt aufnimmt.

»Fiona!«

Ich bin so erleichtert, ein freundliches bekanntes Gesicht zu sehen, dass ich mich zurückhalten muss, um ihr nicht um den Hals zu fallen.

»Ich bin bloß auf der Suche nach einem Waschraum.« Fiona deutet auf einen nassen Fleck an ihrem Ärmel. »Wisst ihr, warum der Zug so plötzlich gestoppt hat?«

Ich schüttle den Kopf und deute auf einen der freien Plätze neben uns, als die erste Ansage seit Stunden durch den Waggon hallt: »Wir erreichen das Athene-Zentrum F in wenigen Minuten. Bitte vergessen Sie kein Handgepäck, da dieser Zug umgehend in die Hauptstadt zurückfährt. Um Ihre Koffer kümmert sich unser Servicepersonal für Sie.«

Fiona lächelt mich bedauernd an. »Ich sollte wohl besser zurückgehen.«

Doch bevor sie sich abwenden kann, lege ich meine Hand auf ihren Arm. »Ist in deinem Waggon irgendetwas Seltsames passiert?«, frage ich mit gesenkter Stimme.

Fiona sieht sich um, dann macht sie einen Schritt auf mich zu. »Zahras Handy hat auf einmal geklingelt, obwohl ansonsten niemand von uns Netz hatte«, flüstert sie hastig. »Niemand hat gehört, was der Anrufer gesagt hat, aber Zahra ist nach ein paar Sekunden mit dem Handy aus dem Waggon gelaufen. Seitdem habe ich sie nicht mehr gesehen.«

Wir schauen uns an und Fiona hebt hilflos die Schultern, bevor sie sich zum Gehen wendet. Langsam beginne ich zu verstehen. Ich bin nicht die Einzige, die schon getestet worden ist! Für einen Moment frage ich mich, was mit Zahra geschehen ist. Und was mit mir geschehen wäre, wenn der Testleiter mich nicht zurück in den Zug gezerrt hätte.

»Ach, Skye!« Kurz vor der Glastür dreht Fiona sich noch einmal um und lächelt mir verschwörerisch zu. »Ich habe vorhin gehört, was Jasmine zu dir gesagt hat. Das mit der Limonade für Elias war eine glatte Lüge. Er hat während der ganzen Fahrt noch kein Wort mit ihr geredet. Er sitzt nicht einmal in unserem Waggon.«

Um uns herum beginnen alle, ihre Jacken anzuziehen und herumliegendes Zeug in ihre Taschen zu packen.

»Danke«, erwidere ich und sehe Fiona nachdenklich hinterher, bis Luce mich anstupst.

»Auf geht's!« Sie drückt mir meinen Rucksack in die Arme.

Aus der Seitentasche lugt eine Ecke des Polaroidfotos von Elias und Jasmine hervor, das ich hastig zurückstopfe. Fester als nötig ziehe ich den Reißverschluss zu. Ich weiß nicht, warum ich es überhaupt mitgenommen habe. Vielleicht sollte es mich daran erinnern, was Elias getan hat, falls mein törichtes Herz mich dazu überredet, ihm zu verzeihen.

Unser Zug hat nicht an einem Bahnhof gehalten. Ich springe die Stufen hinunter und blicke mich um, aber viel zu sehen gibt es nicht: keine Straßen, keine Häuser. Selbst von Bäumen und Sträuchern, die in dem feuchtwarmen Klima von Bezirk F doch nur so sprießen müssten, ist auf der nackten schwarzen Erde keine Spur. Sollten die Zentren nicht der Gipfel der Modernität sein? Stattdessen wirkt die Gegend, als befänden wir uns außerhalb der Zivilisation. Fast ein bisschen enttäuscht folge ich Luce und stoße dabei mit dem Fuß gegen einen Baumstumpf, der von einer abgeholzten Pinie stammen muss. Also ist die Einöde, in der wir hier gelandet sind, nicht naturgegeben. Ich lasse meinen Blick erneut über die Umgebung schweifen. Bis auf den Lichtstreifen am Horizont, wo die Sonne untergegangen ist, gibt es keinen einzigen Orientierungspunkt in der flachen Landschaft. Allein wäre ich hier draußen wohl völlig verloren. Rasch schüttle ich den Gedanken an die Gerüchte aus meinem Kopf. Uns wird hier nichts passieren.

»Skye! Das musst du dir ansehen.« Luce winkt mich auf die andere Seite des Zuges. Ich folge ihr und halte den Atem an.

In der Ebene unter uns erstreckt sich ein kreisförmiger Campus über eine Fläche, die bestimmt doppelt so groß ist wie das Gelände der Serenity. Seine Lichter strahlen als einzige weit und breit in die Dämmerung. Umgeben wird das Gelände von einer Mauer, die mich an die alten Schallschutzwände neben den Highways erinnert – nur das diese hier aus undurchsichtigem, beinahe milchigem Glas besteht statt aus Beton. Ein beeindrucktes Gemurmel erhebt sich unter den Expektanten, die wie Luce und ich auf das Athene-Zentrum hinunterstarren. Hinter uns ruckt der Zug an. Er fährt auf dem gleichen Weg zurück, den wir gekommen sind, und lässt uns mit der strengen Testleiterin namens Caroline mitten im Nirgendwo zurück.

»Folgen Sie mir geordnet und zügig«, weist sie uns an.

Ich schultere meinen Rucksack und setze mich zusammen mit den anderen in Bewegung. Feuchte Erde bleibt an meinen Schuhen kleben. Ein Stück hinter Caroline sehe ich Jasmines hohen Zopf wippen und recke den Hals. Ist Elias bei ihr? Ich kneife die Augen zusammen, entdecke aber weder ihn noch Colin in Jasmines Nähe. Ein zufriedenes Lächeln schleicht sich auf mein Gesicht. *Elias hat sich entschieden*, rufe ich mich jedoch sofort innerlich zur Ordnung. *Als er Jasmine geküsst hat, hat er sich gegen dich entschieden.* Ich hebe das Kinn und verbiete der kleinen Stimme in mir, die sich an Fionas Worten festklammert, den Mund. Kein Junge ist es wert, sich demütigen zu lassen!

Vor der gigantischen Mauer bleibt Caroline schließlich stehen, und der Gedanke an das, was uns dahinter erwarten wird, vertreibt Elias endgültig aus meinem Kopf. Der Glaswall sieht ziemlich massiv aus, und ich frage mich gerade, wie wir hindurchgelangen sollen, als ein Raunen durch die stillen Reihen geht. Vor unseren Augen beginnt die Mauer, sich in zwei Hälften zu teilen. Stumm sehe ich dabei zu, wie sich das Glas auf einer Seite lautlos ineinanderschiebt und ein Tor bildet.

Eine Frau mit krausem Haar tritt uns entgegen. »Sie werden erwartet.« Mit einer einladenden Handbewegung weist sie auf einen terracottafarbenen Sandsteinweg, der sich hinter dem Tor in der Mauer durch makellos grüne, sanft gewellte Wiesen zieht.

Die Testleiterin trägt eine Laborjacke, grau wie Carolines Bluse. Die Farbe ist das Einzige, was sie von der Arbeitskleidung der Ärzte in der psychiatrischen Beratungsstelle unterscheidet, zu der Dad mich schleppte, als meine Albträume mit vierzehn noch immer nicht aufhören wollten.

»Das ist der Wahnsinn«, flüstert Luce mir zu, als wir den ersten grünen Hügel erklommen haben und von der Anhöhe auf ein gläsernes Gebäude in Form einer liegenden Acht hinunterblicken. Ich zähle mehrere Stockwerke und frage mich, wie oft ich mich in den ringförmigen Fluren wohl verlaufen werde.

In der Dämmerung leuchtet das Milchglas der Mauer bläulich in unserem Rücken und taucht die Baumgruppen und Sitzbänke des Parks um uns herum in ein unwirkliches Licht. Das Tor hat sich hinter den letzten Expektanten schon wieder geschlossen. Ich betrachte die undurchsichtige Oberfläche mit einem mulmigen Gefühl im Bauch.

»Bestimmt ist die Mauer nur dazu da, um Schaulustige fernzuhalten«, höre ich das rothaarige Mädchen, das während der Fahrt hinter uns gesessen hat, ihren Freundinnen zuflüstern.

Ich fange Luces Blick auf. Ihre gerunzelte Stirn beweist, dass sie dasselbe denkt wie ich: Wenn der Glaswall errichtet wurde, um

Unbefugte vom Zentrum fernzuhalten, warum biegt er sich dann nach innen?

Wir folgen den beiden Testleiterinnen in ungewöhnlicher Stille. Je näher wir dem Zentrumsgebäude kommen, desto höher wirkt es. Seine gläserne Fassade leuchtet wie die Mauer bläulich unter dem Abendhimmel. Als wir am unteren Ende der Acht angelangen, bleibt Caroline stehen. Ihre kerzengerade Haltung und die eckigen Bewegungen können nicht über ihr Alter hinwegtäuschen, das sich in tiefen Falten um ihren zusammengepressten Mund gegraben hat. Sie nestelt an ihrer grauen Bluse herum, unter deren Achseln ein dezenter Schatten andeutet, dass auch Testleiter nicht gegen Hitze immun sind, und richtet ihre Anstecknadel.

»Ist alles bereit?«, fragt sie einen wachsam um sich blickenden Mann, der vor den hohen Doppeltüren Stellung bezogen hat.

Er nickt ehrerbietig. Und so folgen Luce und ich den klappernden Absätzen der Testleiterin mit einem Gemisch aus Nervosität und Neugier im Bauch hinein ins Innere des Athene-Zentrums.

12

Drinnen ist alles so glänzend weiß, dass ich geblendet die Augen zusammenkneife. Wir durchqueren einen breiten Flur und gelangen in einen kreisrunden Saal. Seiner Größe nach zu urteilen, nimmt er die gesamte Mitte des Gebäudes ein, um die sich die Flure der oberen Etagen ringförmig erheben. Wenn ich meinen Kopf in den Nacken lege, kann ich den Abendhimmel durch die gläserne Decke hoch über unseren Köpfen sehen.

Auf der gegenüberliegenden Seite des Saals flankieren zwei exakt identische Statuen eine Bühne. Ich betrachte die aus hellem Stein gemeißelten Figuren, die mit ihren altertümlichen Gewändern inmitten all dieser Modernität ein wenig fehl am Platz wirken. Sie tragen in einer Hand eine Eule, in der anderen einen Speer und ich erkenne Athene, die griechische Göttin der Weisheit.

Die beiden Testleiterinnen haben sich mittlerweile zwischen den Statuen postiert und weisen uns an, näher zu treten. Zögerlich bildet sich ein Halbkreis von Expektanten vor der Bühne. Das aufgeregte Tuscheln verstummt.

»Herzlich willkommen im Athene-Zentrum.«

Mein Blick sucht die Sprecherin, doch keine der Testleiterinnen hat das Wort an uns gerichtet. Stattdessen bemerke ich das schmal geschnittene Gesicht von Chloe Cremonte auf der Saalwand hinter der Bühne. »Wir freuen uns, mit Ihnen den mittlerweile fünften Jahrgang von Expektanten begrüßen zu können. Die Gläsernen Nationen mögen noch jung sein, aber schon jetzt schaut man von Europa bis Australien voller Hoffnung auf die ehemaligen Vereinigten Staaten von Amerika. Wir hingegen – das Parlament, der Rat, Ihre Lehrer und Eltern – blicken voller Hoffnung auf Sie, unsere Expektanten.« Chloe Cremonte lächelt wohlwollend. »Ihr Bescheid hat Sie, anders als Ihre Vorgänger, in diesem Jahr unvorbereitet getroffen, aber seien Sie gewiss, dass jeder Schritt, den Ihre Regierung unternimmt, nichts anderem dient als der Optimierung Ihrer Kristallisierung und damit dem Wohle der Gläsernen Nationen.«

Ich betrachte den starken, entschlossenen Ausdruck des Kristalls und spüre, wie meine Sorgen schwinden. Das Zentrum ist auch das Werk von Chloe Cremonte – derselben Kämpferin, die ich auf jeder Parade zum Kristallfest gefeiert habe wie andere Teenager einen Popstar. Ich atme tief durch. Mir kann nichts passieren, solange ich den Rat des Testleiters mit der Narbe befolge und dafür sorge, dass ich diese Mauern in einem Monat mit dem richtigen Buchstaben verlasse.

»Als erste jungkristallisierte Generation werden Sie die Grundpfeiler einer großen Symbiose aus Führern und Geführten, Denkern und Machern bilden – jede von Ihnen an dem Ort, wo Sie gemäß Ihres Traits am richtigen Platz sind. Seien Sie stolz auf diese Aufgabe. Ihre Testleiter werden nun alles Weitere erklären.« Wie bei der Beitrittsverkündung Kanadas auf dem Spiegelkarree nickt Chloe Cremonte uns zum Abschied lächelnd zu, und ich habe das Gefühl, als würden ihre hellen Augen auch jetzt wieder direkt in meine blicken. »Ich wünsche Ihnen alles Gute.«

Die strenge Testleiterin tritt in die Mitte der Bühne vor das Gesicht des Kristalls, das kurz darauf von der Wand verschwindet. »Die Testung setzt sich aus fünf Aufgabengebieten zusammen, für die wir Sie in Gruppen einteilen werden«, beginnt Caroline übergangslos. Ihr Gesichtsausdruck macht in seiner Starrheit dem der Athene-Statuen Konkurrenz. »Jedes Aufgabengebiet gibt dem Konsilium Aufschluss darüber, ob Ihre Persönlichkeit zum emotionalen oder zum rationalen Trait tendiert.«

Hinter uns stößt jemand geräuschvoll die Tür des Saals auf, und ich bin nicht die Einzige, die überrascht herumfährt. Unfreiwillig folgt mein Blick dem jungen Testleiter mit den Locken, als würde er meine Augen magnetisch anziehen. Ich sehe zu, wie er den Platz neben der anderen Testleiterin einnimmt und Caroline entschuldigend zulächelt. Also hat der Zug ihn nicht wieder mit zurück nach New York genommen. Ich denke an seine harsche Zurechtweisung. Warum ist ein Teil von mir froh, ihn zu sehen?

»Wie Ihnen vielleicht schon aufgefallen ist, werden Sie getrennt von den männlichen Expektanten kristallisiert«, fährt Caroline fort und bringt meine Gedanken zurück ins Hier und Jetzt. »Diese Maßnahme dient dazu, dass alle neunzig von Ihnen sich während der Zeit im Athene-Zentrum ganz auf sich selbst und die Erkundung Ihrer Persönlichkeit konzentrieren können, ohne dabei verfälschenden Einflüssen ausgesetzt zu sein.«

Ich blicke mich um. Warum ist mir nicht früher aufgefallen, dass nicht nur Elias und Colin fehlen, sondern auch alle anderen Jungen? Ich denke an den unerklärlichen Halt des Zuges kurz vor unserem Ziel, an unseren Waggon, in dem kein einziger Junge saß: Wir sind getrennt worden, ohne es überhaupt bemerkt zu haben.

»Das muss eine neue Regelung sein«, murmelt Luce neben mir. »In den letzten vier Jahren war das anders!« Zum ersten Mal, seit ich sie kennengelernt habe, ist jede Spur eines Lächelns aus ihrem herzförmigen Gesicht verschwunden.

»Woher willst du das wissen?«, frage ich. Cara hat nie ein Wort über das verloren, was im Zentrum geschehen ist.

Doch Luce ignoriert meine Frage. »Ich wüsste gerne, was der wirkliche Grund für diesen Unfug ist!«

Ihre Stimme ist so laut geworden, dass ein paar der anderen Mädchen sich zu uns umdrehen. Überrascht schaue ich sie an. Also ist Luce wohl doch nicht so immun gegenüber Jungsgeschichten, wie sie im Zug vorgegeben hat.

»Was denn?«, fragt sie aufgebracht, als sie meinen Blick bemerkt. »Ist doch wahr. Tonya wird schließlich auch nicht von ihrer Freundin getrennt. Was für ein Schwachsinn!«

Zu meiner Erleichterung geht Luces Tirade im allgemeinen Stimmengewirr unter.

»Es wird schon seine Gründe haben«, flüstere ich beschwichtigend und beuge mich noch etwas weiter zu ihr herüber. »Denkst du, das Mädchen mit dem Tattoo und diese Tonya sind …?«

»Das hat doch ein Blinder gemerkt«, meint Luce wegwerfend.

»Oh«, ist alles, was mir dazu einfällt, bevor die strenge Testleiterin mich und die anderen Mädchen in herrischem Ton um Ruhe bittet.

»Während der Testung werden Sie das Gelände des Zentrums nicht verlassen«, fährt Caroline fort, als das Gemurmel sich gelegt hat. »Es steht Ihnen jedoch frei, das Rekreationszentrum auf dem Dach zu nutzen. Den Park werden Sie nur unter Aufsicht betreten.«

Vor meinem inneren Auge erscheint die Form des Zentrums, wie wir sie bei unserer Ankunft von der Anhöhe aus gesehen haben: eine liegende Acht mit zwei kreisrunden Gebäuden – eins für die Mädchen, eins für die Jungen. *Warum wohl haben sie diese Aufteilung so still und heimlich vorgenommen?*, frage ich mich. Damit der Trennung keine große Aufmerksamkeit zuteilwird? Wenn ich die aufgelösten Gesichter um mich herum betrachte, ist dieses Ziel glanzvoll misslungen.

»Ich rate Ihnen«, erhebt Caroline ihre Stimme über das erneut aufkommende Gerede, »diese Regeln sehr ernst zu nehmen. Von heute an ist Ihnen jegliche Interaktion mit den männlichen Expektanten strengstens untersagt, dazu zählen Treffen genauso wie Nachrichten oder Ähnliches.«

Die Mädchen, die gerade noch hoffnungsvoll auf ihren Smartphones herumgetippt haben, lassen enttäuscht die Handys sinken. Dabei ist im Zentrum wie schon im Zug sowieso kein Signal zu bekommen. Im Gegensatz zu den anderen atme ich erleichtert aus. Wenigstens werde ich neben den Testungsaufgaben nicht auch noch Elias aus dem Weg gehen müssen!

»Als wären wir eine hormongesteuerte, willenlose Horde, die beim Anblick eines männlichen Wesens sofort den Verstand verliert.« Luce schüttelt missbilligend ihr helles Haar. »Und ich dachte, wir sind hier, weil wir schon für ach so erwachsen gehalten werden.«

»Wir verstehen, dass das Zentrum und seine Regeln neu für Sie sind. Aber unserer Erfahrung nach gewöhnen sich die Expektanten schneller ein, als Sie es sich jetzt vielleicht vorstellen können.« Caroline schließt mit einem Lächeln, das wohl Mitgefühl ausdrücken soll. Ein paar der Mädchen wenden sich zum Ausgang des Saals, als könnte Caroline unmöglich noch mehr Überraschungen bereithalten. »Bevor ich es vergesse«, lässt die für eine Frau ungewöhnlich tiefe Stimme der Testleiterin sie jedoch noch einmal innehalten. »Morgen nach dem Frühstück erhalten Sie Ihre ersten Ergebnisse. Seien Sie pünktlich.«

Erst herrscht Stille, als diese Information in ihrer ganzen Tragweite einsinkt, dann überschlagen sich die Stimmen um mich herum. »Was wollen die denn jetzt schon bewerten?«, fragt Tonya und stützt die Hände in die Hüften.

Ich beiße mir auf die Lippe und auch ein paar der anderen Mädchen bleiben stumm. Wir Getesteten wissen, dass die Zugfahrt ins Zentrum nicht bloß eine Reise war.

Kaum jemand hört Caroline noch zu, die uns auffordert, nun

die Schlafsäle aufzusuchen. Über die Köpfe der Mädchen hinweg versuche ich, einen Blick auf den Testleiter mit den blonden Locken zu erhaschen, doch sein Platz neben der Statue ist leer. Er wusste also die ganze Zeit, dass Jasmine den Zug nie verlassen hat. War es seine Aufgabe zu verhindern, dass ich aus dem Zug falle? Ich schüttle den Kopf, als ich daran denke, wie rau er mit mir umgegangen ist. Beinahe, als hätte mein emotionales Handeln ihn wütend gemacht …

»Willst du bis morgen früh hierbleiben?« Luce deutet in Richtung der Flügeltüren, vor denen sich eine Schlange gebildet hat, und zieht mich mit sich. »Es war die richtige Entscheidung, Jasmine zu helfen«, sagt sie aufmunternd, als wir uns einreihen.

Für dich vielleicht, denke ich bitter. Keine Rationale hätte riskiert, aus einem fahrenden Zug zu fallen, wenn sie ein vermisstes Mädchen genauso gut einem Testleiter melden konnte. Aber darüber habe ich nicht nachgedacht, als Angst und Adrenalin von mir Besitz ergriffen, genau wie in der Nacht am See. Ich denke an die Warnung des Testleiters: *Kümmere dich im Zentrum um deine eigenen Angelegenheiten. Zumindest, wenn du es mit dem richtigen Buchstaben verlassen willst.* Der Fehler im Zug kann mich um weit mehr bringen als bloß um meinen ersten Kuss.

»Smartphone und persönliche Gegenstände, die nicht von praktischem Nutzen sind.« Beim Klang seiner Stimme spüre ich wieder, wie mir der Fahrtwind des Zuges ins Gesicht peitscht. Ich bin die Letzte in der Schlange, bis auf ihn und mich ist der Saal nun menschenleer.

»Davon stand nichts im Bescheid«, stottere ich und denke an das Polaroidfoto in meinem Rucksack. Lieber würde ich sterben, als mich seinem Spott auszusetzen!

»Im Bescheid stand auch nichts von Bezirk F und trotzdem sind Sie hier, Miss Anderson.«

Miss Anderson jetzt also, denke ich. Schluss mit der beinahe vertraulichen, wenn auch ruppigen Art aus dem Zug. Das heißt, seine deutliche Warnung gehörte keineswegs zum Protokoll! Mein Blick bleibt an dem Namensschild unter seiner silbernen Anstecknadel hängen. *Alexander.*

Ohne Vorwarnung nimmt er meine Hand, schiebt meinen Ärmel hoch und legt mir vorsichtig ein silbernes Armband um das rechte Handgelenk. Bevor ich mich darüber wundern kann, wie sanft sich seine Berührung anfühlt, lässt ein statisches Zwicken meinen Arm zurückzucken.

Alexander grinst, bevor seine Gesichtszüge wieder ernst werden. »Der Check braucht eine Weile, um sich an Ihren Körper anzupassen, danach spüren Sie ihn nicht mehr. Er funktioniert wie ein Smartphone, nur besser und hier drinnen natürlich ohne Internetzugang.« Als er meine Verwirrung bemerkt, fügt er hinzu: »Die Expektanten haben das Privileg, die neuste technische Entwicklung der Gläsernen Nationen zu testen. Die Checks sind der ganze Stolz des Kristalls und werden neue Standards hinsichtlich Cybersicherheit und Digitalleben setzen.« Er rattert diese Sätze herunter, als hätte er sie auswendig gelernt. »Sehen Sie es also als eine Ehre, den Check tragen zu dürfen.«

Das schlanke silberne Armband hat während Alexanders Rede seine Form verändert. Es wird langsam breiter, bis es mehrere Zentimeter meines Unterarms bedeckt, und ich erkenne das gleiche Gerät, mit dem er selbst im Zug den Alarm gestoppt hat.

»Der Check ist nützlicher, als man glaubt«, sagt Alexander, als er meinen Blick bemerkt.

Ist es möglich …?

»Was bewerten die Ergebnisse, die wir morgen bekommen?«, wage ich zu fragen. *Hast du gemeldet, was ich getan habe?*

Alexander wirft einen Blick über seine Schulter, bevor er sich zu mir beugt. »Das solltest du dir doch selbst zusammenreimen können, Serenity.«

»Woher –« Ich stocke. Wer mein Vater ist … wo ich zur Schule gehe … Was weiß der Testleiter sonst noch über mich?

»Glaubst du, wir hätten keine Akten über unsere Expektanten?«, fragt er belustigt, als hätte er meine Gedanken gelesen. »Schlafsaal 4, der Aufzug ist neben der Tür, die Treppen sind links.« Alexander nimmt mir mein Smartphone aus der Hand, an dem ich mich bis jetzt festgeklammert habe wie an einem Teil meiner alten Normalität, und legt es in eine Box zu den anderen. »Gute Nacht, Miss Anderson«, sagt er dann ein wenig milder und weist mir geradezu galant den Weg durch die geöffnete Tür, bevor ich die Chance habe, weitere Fragen zu stellen.

Noch lange, nachdem ich den Schlafsaal in der zweiten Etage gefunden habe, liege ich wach im unteren Teil des Stockbetts, das ich mir mit Luce teile. Um mich herum ist es still bis auf die leisen Schlafgeräusche von zweiundzwanzig Mädchen. Ein paar Betten weiter leuchtet ein Check auf. Wenigstens bin ich nicht die Einzige, die von Schlaflosigkeit geplagt wird. Das Gesicht des Mädchens sieht sorgenvoll aus im Licht seines Checks. Nach allem, was heute geschehen ist, kann ich es ihm nicht verdenken.

Ich drehe mich zum vorhanglosen Fenster um und betrachte die schwach leuchtende Mauer des Athene-Zentrums in einiger Entfernung. Fünf Aufgaben, in denen ich zeigen muss, dass meine Gefühle mich nicht beherrschen. Vier Wochen.

Ich vergrabe mein Gesicht in meinem Kissen und wünschte, ich hätte einen See, an den ich fliehen könnte, und einen Jungen, der mich wieder atmen lässt.

13

Die Hand bitte einmal zur Faust ballen.« Die Krankenschwester zieht das Band enger um meinen Oberarm, und ich drehe schnell den Kopf in die andere Richtung, als sie die Nadel in meine Armbeuge sticht. »Das sind aber ordentliche Blutergüsse«, bemerkt sie beim Anblick der inzwischen lila verfärbten Flecken auf meinen Schultern, die zum Glück nicht mehr als Fingerabdrücke zu erkennen sind.

»Ich bin ein bisschen tollpatschig«, murmele ich.

Die Krankenschwester klebt mir lächelnd ein kleines Pflaster auf die Einstichstelle. Ich werde immer besser darin, die Wahrheit zu verschweigen.

Nachdem ein eigentümliches Surren des Checks mich heute Morgen geweckt hat, blieb mir nur Zeit, einen ziemlich kurzen Bademantel über das Nachthemd zu ziehen, das gestern für mich bereitlag. Dann wurde mein gesamter Schlafsaal auch schon in den dritten Stock hinaufgescheucht. Die oberen Etagen des Zentrums legen sich wie Tortenringe um den Athene-Saal, auf den man durch eine gläserne Innenwand hinuntersehen kann. Höhenangst sollte man hier wohl besser nicht haben.

Seitdem ich den Vitalitätsflügel betreten habe, wurde mein Gewicht notiert, meine Größe gemessen und mein Blut entnommen. Die Krankenschwester mit dem netten Lächeln beschriftet meine Probe und hält mir ihren Check vor die Nase. »Bitte einmal mit neutralem Gesichtsausdruck auf das Kreuz gucken.«

Bevor ich reagieren kann, hat sie ein Foto von mir gemacht und öffnet die Tür zum Flur, auf dem eine lange Reihe gähnender Mädchen wartet.

»Du kannst jetzt zum Frühstück gehen. Der Check zeigt dir, wo du hinmusst.«

Ich nicke und laufe auf die Treppe zu, die mich zurück zur Etage der Schlafsäle bringt. Im ganzen Zentrum ist es wie gestern Nacht strahlend hell, obwohl es nach der Anzeige meines Checks gerade einmal sechs Uhr ist. Wann werden sich meine Augen wohl an den eigenartigen Schimmer der Wände und Böden gewöhnen, die aus flüssigem Milchglas gegossen zu sein scheinen? Zu spät merke ich, dass ich nach der letzten Treppe eine falsche Abzweigung genommen habe. Der Gang, in dem ich mich nun befinde, ist enger als die breiten Flure, von denen man hinunter in den Athene-Saal blicken kann. Das ist nicht der Weg zu meinem Schlafsaal! Hinter mir ertönen rasche Schritte und ich suche fieberhaft nach einer Erklärung für meine Anwesenheit.

»Entschuldigung …«, beginne ich, drehe mich um – und spüre, wie mir das Herz in die Hose rutscht. Verlegen verschränke ich meine Arme vor der Brust und komme mir in dem kurzen Bademantel auf einmal nackt vor.

»Es gehört schon ein erstaunliches Talent dazu, sich in einem Gebäude aus Glas zu verlaufen«, schmunzelt Alexander.

Macht er sich über mich lustig oder will er bloß die Situation auflockern? Hastig trete ich zur Seite, um ihn vorbeizulassen, während er auf dieselbe Seite ausweicht. Beinahe wären wir zusammengestoßen. Seine Locken sehen kürzer aus als gestern, als hätte jemand sie geschnitten. *Schade*, denke ich, bevor mein Verstand zurückkehrt und Hitze in meine Wangen schießt.

»Du solltest dir etwas anziehen.« Er drängt sich an mir vorbei. »Heute ist schließlich der Tag der ersten Ergebnisse!«

Alexander zwinkert mir zu, als würde es bloß um ein belangloses Spiel gehen.

»Blödmann«, murmele ich vor mich hin, während ich in die entgegengesetzte Richtung davonstürme.

Ich werfe einen Blick auf die Uhr meines Armbands und höre wieder, wie er mir zuraunt: *Der Check ist nützlicher, als man glaubt.* Wenn ich etwas aus dem Informatikkurs behalten habe, dann, dass jedes System Schlupflöcher hat. Es ist also nicht die Frage, *ob* Alexander mein emotionales Verhalten löschen kann, sondern, *warum* er so etwas tun sollte. Er, ein Testleiter! Die Uhr springt auf 7:30 und ich spüre mein Herz heftig pochen. In weniger als einer Stunde werde ich wissen, ob er mich verraten hat.

In dem schmalen Schrank neben unserem Bett finde ich ausnahmslos weiße Faltenröcke und Oberteile, erstaunlicherweise alle in meiner Größe. Sogar Kosmetikartikel entdecke ich, wenn auch nur das Nötigste. Unsere Koffer, die wir an Bord des Zuges gelassen haben, werden in der Zwischenzeit für uns aufbewahrt, wie uns nach dem Aufstehen erklärt wurde. Es soll der Wäscherei Aufwand ersparen und mich stört es nicht besonders, schließlich bin ich an Schuluniformen gewöhnt. Frisch umgezogen, mache ich mir im Waschraum vor dem Spiegel einen Dutt, der mich in Kombination mit der komplett weißen Kleidung selbst ein wenig wie eine Krankenschwester aussehen lässt – obwohl die hier im Zentrum Grau tragen, wie alle anderen, die nicht kristallisiert werden. Eine kriechende Bewegung an meinem Unterarm lässt mich zusammenfahren, aber es ist nur der Check, der seinen Bildschirm so weit vergrößert, dass ich die eingehende Meldung lesen kann: **Eisenzufuhr empfohlen, sonstige Blutwerte im Normbereich.**

Bitte begeben Sie sich zum Frühstück und folgen Sie anschließend Ihrem Stundenplan.

Bewundernd sehe ich zu, wie sich das Armband ganz ohne sichtbare Scharniere mühelos ausdehnt und zusammenschrumpft, als bestünde es aus flüssigem Metall, das sich nahtlos um mein Handgelenk schmiegt. Wenn die Testphase in den Zentren vorbei ist und die Checks auf den Markt kommen, werden die Leute vor den *TechMania*-Läden Schlange stehen, so viel ist sicher!

Ich werfe einen letzten Blick auf mein Spiegelbild und hole zwei Mal tief Luft, während ich mir einzureden versuche, dass noch immer alles gut werden kann. Ein einziger Fehler wird schließlich nicht mein ganzes Schicksal besiegeln. Oder?

Als ich zurück in den Schlafsaal komme, finde ich Luce auf den Knien vor unserem Schrank vor, der Inhalt ist großflächig auf dem Boden verteilt.

»Ich frage wohl besser nicht?«, grinse ich und lasse mich auf meine Matratze fallen, froh über die Ablenkung von meinen Sorgen.

»Röcke, nichts als Röcke!« Luce springt auf und stopft die Sachen ebenso unachtsam zurück, wie sie sie herausgenommen hat. »Soll ich mir vielleicht auch noch zwei Zöpfe flechten?«

Ich deute auf das oberste Fach, das seiner Ordnung zufolge von ihrem Frust unberührt geblieben ist.

»Da habe ich ein paar Jogginghosen gesehen. Die sind wahrscheinlich für abends gedacht, aber –«

Luce hat sich bereits eine der weißen Trainingshosen geschnappt und hält sie sich prüfend an. »Immerhin besser als das hier«, befindet sie und befördert den letzten herumliegenden Rock mit einem Tritt zurück in den Schrank. »Was ist, bereit für den ersten Tag?«

»Ungefähr so bereit wie Schrödingers Katze«, seufze ich und folge ihr an ein paar Mädchen vorbei, die sich lautstark über unsere anstehenden Bewertungen unterhalten. Ich erinnere mich, drei von ihnen an der Serenity gesehen zu haben, und würde meine Hand dafür ins Feuer legen, dass jede Einzelne einen Testleiter verständigt oder die Notbremse gezogen hätte, anstatt wie Indiana Jones beinahe aus einem fahrenden Zug zu springen. *Impulsiv.* Ich versuche, die Übelkeit hinunterzuschlucken, die in mir aufsteigt.

»Schrödingers was?«

Luce und ich treten aus der Tür des Schlafsaals auf den breiten Flur. Durch die gläserne Innenwand werfe ich einen Blick hinunter in den Athene-Saal und versuche, nicht daran zu denken, was mich dort nach dem Frühstück erwartet.

»Wenn du eine Katze in einer Box einsperrst, ist sie weder lebendig noch tot, solange du nicht nachschaust«, erkläre ich, während wir die Treppe hinuntergehen. »Sie ist gewissermaßen beides.«

Genau wie ich. Solange ich meine erste Bewertung noch nicht kenne, bin ich auch noch nicht in Schwierigkeiten.

»Und wer sollte so etwas tun?«, fragt Luce entgeistert.

»Erwin Schrödinger, ein Physiker. Aber er hat nicht wirklich Katzen gequält, es war bloß ein Gedankenexperiment.« Ich lache halbherzig.

»Und du behauptest, an der Beauvoir hätten sie uns unnützes Wissen beigebracht«, murmelt Luce.

Wir erreichen das Erdgeschoss. Nach einem Blick auf ihren Check deutet Luce nach links. »Da geht's zum Frühstück.«

Wir gehen an der verschlossenen Tür des Athene-Saals vorbei, wo Alexander mir gestern Abend meinen Check umgelegt hat. Er kann meine kopflose Rettungsaktion unmöglich *nicht* als impulsiv bewertet haben. Vielleicht ist es aber auch besser so. Einen emotionalen Fehltritt kann ich ausbügeln, aber alles in mir sträubt sich dagegen, ausgerechnet in seiner Schuld zu stehen. Resigniert folge ich Luce den Gang hinunter, durch den ein vielversprechender Duft nach frischen Pfannkuchen zieht. Vorerst werde ich mich wohl damit begnügen müssen, tot *und* lebendig zu sein.

»Das ist mal etwas anderes als die Schulcafeteria!«, entfährt es mir.

Gläserne Schiebetüren führen vom Flur in einen Wintergarten, wo eine Anzahl runder Tische von einem meterlangen Buffet eingerahmt wird. Auf den weißen Stoffdecken stapeln sich Körbe mit Obst, Brötchen und Warmhalteplatten. Trotz des nervösen Knotens in meinem Magen belade ich meinen Teller mit allem, was in meiner Reichweite steht, immerhin habe ich seit dem Muffin im Zug gestern nichts mehr gegessen. Nachdem ich einen dritten Pfannkuchen auf meinen Teller befördert habe, halte ich Ausschau nach Luce, die ich im Gewusel vor den Croissants aus den Augen verloren habe.

»Skye? Hier drüben!« Sie winkt mich zu einem Zweiertisch direkt neben der gläsernen Außenwand, die uns vom Park trennt. Vorsichtig balanciere ich den Turm auf meinem Arm zu ihr ins Sonnenlicht, das warm in den Wintergarten fällt.

»Ich wette, ich bekomme einen Bluterguss.« Luce betrachtet ihre Armbeuge unglücklich. »Drei Mal hat der Typ gestochen, bevor er endlich die Vene gefunden hat! Und der soll Krankenpfleger gelernt haben. Ich war schon kurz davor, ihm die Nadel aus der Hand zu nehmen und es selbst zu machen.«

Luce streicht Marmelade auf ihr Croissant, doch der Anblick des Parks hinter den Scheiben des Wintergartens lenkt mich von ihren nicht abreißenden Beschwerden über Unfähigkeit und Körperverletzung ab. Über den sanft geschwungenen Hügeln liegen morgendliche Nebelschwaden. Die Anlage ist menschenleer, denke ich zunächst, was mich nicht weiter wundert, schließlich dürfen wir den Park nicht unbeaufsichtigt betreten. Doch dann entdecke ich gar nicht weit entfernt zwei graue Gestalten, die uns den Rücken zukehren. Eine der beiden, ihrem dunklen Pferdeschwanz nach zu urteilen eine Frau, zeigt auf die Mauer und sagt etwas, dann drehen beide sich um. Ich erkenne Alexander neben ihr. Er lacht über einen Kommentar der Testleiterin, der sogar diese kastige Laborjacke steht. Alexander fährt sich durch die Haare, wenn er lacht – als hätte er vergessen, dass ihm seine Locken nicht mehr in die Stirn fallen.

»Porzellan kann man nicht essen, weißt du?«

»Was?« Verwirrt gucke ich Luce an, die in sich hineingrinst, und bemerke erst jetzt, dass mein Messer den Pfannkuchen um mehrere Zentimeter verfehlt. Hastig lege ich das Besteck zur Seite.

Draußen beginnt in diesem Moment eine Sprenkleranlage, Wasser über den Rasen zu spritzen. Ich pruste in meinen Früchtetee, als Alexander und die andere Testleiterin erschrocken zurückspringen.

Wer von uns beiden steht jetzt da wie ein Idiot?, denke ich schadenfroh. Doch das Lachen vergeht mir, als Alexander seinen Arm schützend um die Schultern seiner Kollegin legt und mit ihr gemeinsam zur Außentür des Wintergartens sprintet, die sie mit ihrem Check öffnet. Die beiden stolpern durchnässt mitten vors Buffet, und das Gesumme der Stimmen verstummt, als hätte jemand die Hintergrundmusik ausgeschaltet. Alexander gießt Kaffee in zwei Tassen und greift nach einem Toast.

»Weitermachen!«, ruft er nach einem belustigten Blick in die erstaunten Gesichter um ihn herum und folgt der Dunkelhaarigen hinaus auf den Flur.

»Vielleicht sollten sie lieber *ihn* vor uns wegsperren«, sagt das rothaarige Mädchen laut, das im Zug die Zeitung gelesen hat, und spielt mit dem Strohhalm in seinem Orangensaftglas. Der Nachbartisch bricht in Gekicher aus. Kopfschüttelnd wende ich mich meinem Teller zu. So gut sieht Alexander nun auch wieder nicht aus!

»Ich habe es befürchtet.« Luce leckt Milchschaum von ihrem Löffel. »Das mit den hormongesteuerten Willenlosen stimmt vielleicht doch. Zumindest für manche von uns.«

Ein Vibrieren an meinem Arm lässt mich zusammenzucken. **Bitte finden Sie sich umgehend im Athene-Saal ein.** Wortlos legen Luce und ich unser Besteck neben die halbleeren Teller und stehen auf.

»Was für eine Hektik, mein Kakao war noch nicht mal kalt genug zum Trinken«, stöhnt sie und folgt mir durch die Schiebetür des Wintergartens.

Das Geräusch Hunderter Schritte hallt gespenstisch von den hohen Wänden des Flurs wider. Impulsiv. Kontrolliert. Impulsiv … Ich weiß, was ich im Zug getan habe. Aber weiß es auch das Konsilium? Ich schüttle den Kopf über mich selbst. Alexander ist mir nichts schuldig. Es gibt nichts, was uns zusammenschweißt. Für ihn bin ich bloß eine von neunzig Expektantinnen, die es zu testen gilt. Ein Job, nichts weiter.

Als wir vor den Türen des Athene-Saals ankommen, straffe ich meine Schultern. Es ist, wie Dad bei unserer Verabschiedung am Bahnhof gesagt hat: Ich schaffe alles, was ich mir vornehme. Ich brauche keine Hilfe. Und wenn ich für mein R kämpfen muss, werde ich es tun.

14

Die steinernen Göttinnen wirken am Tag nicht weniger einschüchternd als gestern Abend. Aufgereiht zwischen den Statuen, erwarten uns fünf Testleiter. Ich weiche Alexanders Blick aus. Seine Haare sind noch ein wenig nass von den Wassersprengern, aber seine Laborjacke hat er gegen eine trockene getauscht.

»Guten Morgen.« Carolines Stimme hat die Wirkung eines kalten Waschlappens und ich zwinge mich zuzuhören. »Wie Sie wissen, dient der Zentrumsaufenthalt Ihrer möglichst fehlerfreien Kristallisierung. Die Daten, die wir hier über Sie sammeln, werden dem Konsilium zu einer genauen Einschätzung Ihrer Persönlichkeit verhelfen. Am Ende dieses Monats bekommen Sie bei der Kristallisierungszeremonie einen von zwei möglichen Traits zugewiesen. Diese basieren bekanntlich auf fünf grundlegenden Persönlichkeitsmerkmalen.«

Caroline erweckt die Wand hinter der Bühne mit einem Befehl ihres Checks zum Leben. Anstelle von Chloe Cremontes Gesicht strahlt uns heute ein Diagramm entgegen. Ich betrachte seine fünf waagerechten Balken, deren Mitte von einer dünnen Linie markiert wird, und frage mich, was es bedeuten soll. Die Darstellung offenbart jedoch ihren Sinn, als in jedem der Balken ein Wort auftaucht.

»Extraversion, Zielstrebigkeit, Neurotizismus, Temperament und Verträglichkeit«, liest die Testleiterin die Begriffe von oben nach unten vor. »Das sind die fünf Trait-Dimensionen. Ihre persönliche Ausprägung in jeder einzelnen wird durch Aufgaben getestet. Ihre Ergebnisse weisen dabei entweder in die rationale oder in die emotionale Richtung.«

Ich betrachte die beiden Worte, die rechts und links die Extrempole der Balken markieren.

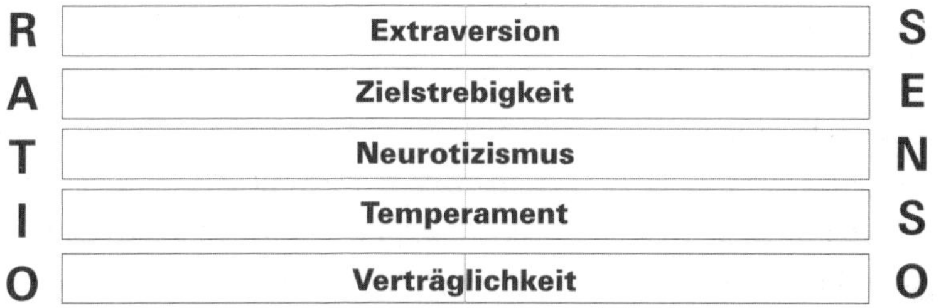

»Kein Mensch auf dieser Welt ist ausschließlich rational oder ausschließlich emotional. Wir tragen beide Pole in uns, aber die Frage ist, welcher in den entscheidenden Situationen überwiegt. Ihr Spiegel«, erklärt Caroline weiter und deutet auf das Balkendiagramm hinter sich, »wird dem Konsilium dabei helfen, Sie dem richtigen Trait zuzuweisen.«

Ratio oder Senso.

Ich denke an die Zugfahrt, an Jasmines aufgerissene Augen vor meinem Fenster. An den See und Colins Gewicht, das mich unter Wasser zieht. Mein Magen beginnt zu rebellieren. Ratio oder Senso. Die Cremonte-Universität und ein Job bei CCN – oder ein Leben voller Gefühle, die ich nicht spüren will. Ich weiß doch, wer ich bin! Oder wenigstens, wer ich sein *will* …

Die strahlend weiße Wand des Athene-Saals verdunkelt sich, als nun jeder Zentimeter von kleineren Balkendiagrammen eingenommen wird. Über jedem steht ein Name. Unsere Spiegel.

Was auch immer das erste Ergebnis ist, du kannst es wieder geradebiegen. Du musst!

Auf der Suche nach meinem Namen bleibt mein Blick automatisch an den Bewertungen der anderen hängen. In den meisten Spiegeln haben sich nur ein oder maximal zwei der Balken schon mit goldener Farbe gefüllt. Neurotizismus, Temperament, Verträglichkeit. Welche Aufgaben wurden diesen Mädchen im Zug gestellt? Mein Blick springt von Spiegel zu Spiegel. Fast alle goldenen Balken strecken sich nach rechts in Richtung *Senso,* und ein Kloß formt sich in meinem Hals, als ich endlich bei meinem eigenen Namen angelange. Mit klopfendem Herzen wandert mein Blick über die Balken, doch dann hätte ich beinahe laut aufgelacht: Vier der Balken sind noch leer, der mit dem Titel *Temperament* leuchtet dagegen golden. Ich sehe drei Mal hin, um sicherzugehen, dass der Balken sich wirklich in Richtung *Ratio* verschoben hat und ich mich nicht bloß verguckt habe.

Aber es besteht kein Zweifel.

Eine heiße Welle der Erleichterung durchströmt mich. Mein Blick fliegt zu dem blonden Testleiter, doch er hat uns den Rücken zugekehrt und studiert ebenfalls die Balkendiagramme.

Ratio.

Aber wie kann das sein? Mein Check vibriert. Auch er zeigt mir meinen Spiegel, doch hier sind die Endpunkte der Balken neben *Ratio* und *Senso* zusätzlich mit weiteren Begriffen versehen. Ich berühre den schmalen goldenen Balken, der sich zu dem Urteil *beherrscht* hin streckt.

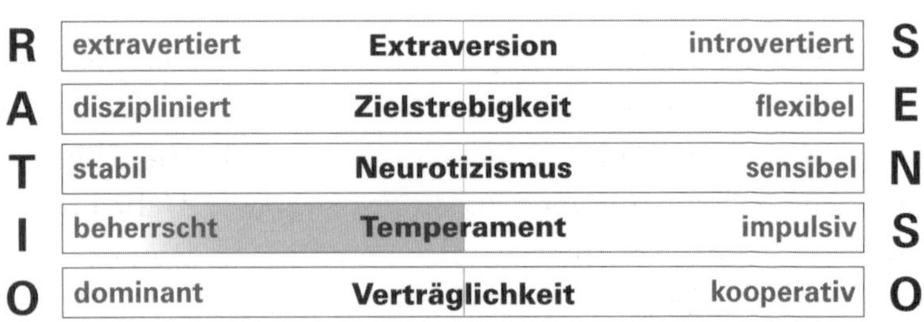

»Siehst du, ist doch alles gut gelaufen!« Luce drückt meinen Arm, doch meine anfängliche Erleichterung ist verschwunden.

Beherrscht, behauptet mein Spiegel. Die emotionale Seite der Temperament-Dimension ist leer geblieben, der goldene Balken in sicherer Entfernung vom zerschmetternden *Impulsiv*. Ich sollte mich freuen. Aber diese Bewertung kann nicht stimmen! Vor meinem inneren Auge sehe ich erneut, wie ich die Zugtür aufreiße, den Alarm auslöse und beinahe auf die Schienen stürze. Ein Musterbeispiel von Impulsivität! Als ich aufblicke, kreuzt sich mein Blick mit dem von Alexander, meinem einzigen Zeugen. Er legt einen Zeigefinger an seine geschlossenen Lippen. Was für alle anderen bloß ein Zeichen sein mag, endlich ruhig zu sein, beweist mir, dass es wahr sein muss: Alexander hat mir nicht nur das Leben gerettet, sondern auch eine falsche Bewertung bei meiner ersten Prüfung abgegeben. Doch da ist kein Funke von Dankbarkeit in mir. Er hat seinen Job für meinen Trait riskiert und uns damit beide in Gefahr gebracht. Ich reiße meinen Blick von ihm los. Warum auch immer Alexander entschieden hat, sich in meine Testung einzumischen – es darf kein zweites Mal vorkommen.

»Ich dachte, ich wäre für die Evaluation eingeteilt?«

»Das sind Sie auch«, erwidert die oberste Testleiterin knapp. »Aber dieses Problem kann nicht warten.«

Ich folge Caroline, die mich ungeduldig die letzten Treppenstufen hinunter in den Keller winkt, wobei diese Bezeichnung für die Testleiter-Etage des Zentrums beinahe eine Beleidigung ist. Auch hier erstrahlt von allen Seiten taghelles Licht, und allein die fehlenden Fenster weisen darauf hin, dass wir uns unter der Erde befinden.

Caroline führt mich in einen rondellartigen Raum, der genau unter dem Athene-Saal liegen muss – Form und Größe sind jedenfalls identisch.

»Unser Kontrollzentrum«, erklärt sie und weist auf einen der weißen Ledersessel, die sich um einen ringförmigen Tisch verteilen.

Die freie Fläche in seiner Mitte ist leer und so groß, dass ich rufen müsste, damit mein Gegenüber mich versteht. Ich nehme in dem eleganten Sessel Platz. Sogar die interaktive Wand um uns herum gleicht der des Athene-Saals. Ich betrachte die Bilder der Mädchen, die sich anders als im Stockwerk über uns nicht mit ihren Spiegeln abwechseln. Über jedes müde Gesicht zieht sich eine zarte waagerechte Linie. Sie ist so fein, dass ich sie fast übersehen hätte, wäre sie nicht von einem auffallenden Hellblau, das beinahe elektrisch wirkt. Was hat diese Linie zu bedeuten? Wieder einmal verfluche ich Beth im Stillen. Ich sollte alle Informationen über das Zentrum haben, die ich brauche, zu Skyes und meiner eigenen Sicherheit. Stattdessen Checks, Testungen im Zug und jetzt diese Fotos mit den seltsamen Linien. Sieht ganz so aus, als hätte das Zentrum sich verändert, seit Beths Informanten es zum letzten Mal von innen gesehen haben. Seufzend fahre ich mir durch die Haare. Ich bin also mal wieder auf mich allein gestellt.

»Sie kennen sich mit den Checks aus, oder nicht?« Caroline beugt sich vor und stützt ihre Hände neben mir auf dem Tisch ab. Sie trägt exakt dieselbe Frisur wie gestern, und ich würde wetten, dass sie mit hochgestecktem Haar schläft, wenn nicht jedes einzelne perfekt an seinem Platz läge. Ihre Frage klingt wie immer nach einem Befehl.

Ich bemühe mich um einen gleichgültigen Gesichtsausdruck. »Wie kommen Sie darauf?« Dank jahrelangem Training ist meiner Stimme keine Spur eines verräterischen Zitterns anzumerken. Wenn mein Gegenüber meine Unsicherheit spürt, habe ich bereits verloren.

»Nun, Ihre hervorragenden Informatikkenntnisse standen in Ihrer Bewerbung.« Caroline deutet auf die zwölf hauchdünnen Bildschirme, die in den ringförmigen Tisch vor mir eingelassen wurden. »Und diese Technikaffinität macht Sie zur Lösung für mein Problem.«

Sie lächelt dünn und ich entspanne mich. Caroline hält mich für die Lösung ihres Problems. Sie hat keine Ahnung, dass ich der Verursacher bin.

Es war erstaunlich leicht, meinen Check gestern Nacht in das Kontrollnetzwerk des Zentrums einzuschleusen. Fast so leicht, wie Skyes Impulsivität an Bord des Transregion zu vertuschen.

Caroline tippt ein paar Befehle in den Computer vor uns. Auf dem Bildschirm taucht ein Mosaik aus verschiedenen Videoaufnahmen auf. Mädchen in Weiß, die wartend im Athene-Saal auf und ab gehen, Jungen beim Frühstück und über allem ein gedämpftes Stimmengewirr. Ich betrachte den eigenartigen Winkel und die wackelnden Bilder und begreife, dass die Aufnahmen von den Checks stammen. Wie konnte ich übersehen, dass dieses verdammte Ding auch noch eine Kamera hat? Verstohlen suche ich das glatte Metallband an meinem eigenen Arm nach einer Linse ab, doch das Einzige, was das gleichmäßige Silber unterbricht, ist ein winziger stilisierter Kristall.

»Persönliche Überwachung ist der einzige Weg zum wahren Charakter eines Menschen«, erklärt Caroline, die meinen Blick bemerkt hat. »Bei Ihnen und mir ist natürlich keine Verglasung mehr nötig.« Sie deutet auf die Traitmarks auf unseren Handgelenken.

Ich nicke, obwohl mich das keineswegs beruhigt. Nicht eine

Sekunde lang glaube ich Caroline, dass die Kameras und Mikrofone der Testleiter ausgeschaltet sind. In Zukunft werde ich noch vorsichtiger sein müssen. Ich atme tief durch. Mit einer Überwachungssoftware habe ich zwar gerechnet und das Mikro des Checks auch schnell gefunden, als ich meinen eigenen zum ersten Mal untersucht habe. Aber das hier grenzt schon an Big-Brother-Spionage. *Verglasung* nennen sie diese Rundum-Überwachung also. Ich schnaube innerlich. Wohl eher Schikane!

Das Mosaik auf dem Computerbildschirm wird durch die wacklige Aufnahme eines Mädchens mit schwarzem Dutt ersetzt.

»Skye Anderson«, liest Caroline vom Bildrand ab. »Wahrscheinlich bloß ein einfacher Fehler am Check. Ihre Kamera funktioniert, wie Sie sehen, aber aus irgendeinem Grund ist das Mikrofon ausgefallen. Insgesamt sind die Checks von drei Expektantinnen betroffen.«

Ich nicke und versuche auszusehen, als würde ich mich bereits auf die Lösung des »Fehlers« konzentrieren. Natürlich hatte ich gehofft, dass der Ausfall ihres Mikros erst später auffliegen würde. Aber wenigstens sind Skyes Worte so in den ersten zwölf Stunden der Abhörung entgangen.

»Kein Problem«, sage ich knapp und tue so, als müsste ich mir die Namen der anderen beiden Mädchen einprägen, deren Daten Caroline nun aufruft. Dabei habe ich sie mir selbst ausgesucht. Nur Skyes Check zu manipulieren, hätte zu viel Aufmerksamkeit auf sie gezogen. »Ich bringe das in Ordnung, ohne dass die Expektantinnen etwas merken.«

»Das war es, was ich hören wollte.« Caroline lächelt zufrieden. »In der T-Kontrolle darf nichts untergehen, kein einziges Wort. Denken Sie an mich, mit Worten hat es bisher jedes Mal angefangen.«

Ich schaue zur Wand des Kontrollzentrums. Wenn die waagerechten Linien über den Gesichtern vorhin noch stillstanden, so verlaufen sie seit Carolines Eingaben ungleichmäßig gezackt. *Tonspuren.* Ein ungutes Gefühl macht sich in mir breit. Als ich das Mikrofon fand, habe ich angenommen, dass die Gespräche der Mädchen stichprobenartig kontrolliert werden. Aber die eisblauen Linien sehen so aus, als würde ihnen kein einziger Atemzug entgehen. Ich werfe Caroline einen Blick zu. Wonach sucht die T-Kontrolle in den Worten der Mädchen? Nach Hinweisen auf ihre Traits? Nichts anderes ist schließlich für das Konsilium von Bedeutung. Doch im nächsten Moment verwerfe ich diese Idee wieder. Wenn die T-Kontrolle Traits erkennen könnte, dann wären die Testungsaufgaben überflüssig. *Verdammt, Beth, warum habe ich diesen Begriff noch nie zuvor gehört?*

Ich nicke Caroline zu, die mit klappernden Absätzen das Kontrollzentrum verlässt. Fragen kann ich hier niemanden, das würde für einen Testleiter verdächtig unwissend erscheinen. Ich werde allein herausfinden müssen, wozu das Konsilium die Mädchen lückenlos abhört. Und zwar bald.

15

Eine halbe Stunde später bin ich eins der Mädchen, die noch immer nicht aufgerufen worden sind.

»Wir werden Sie mithilfe der gleich stattfindenden Evaluation in fünf Testungsgruppen einteilen«, hat Caroline angekündigt. »Ab morgen unterziehen Sie sich dann in Ihrer jeweiligen Gruppe den Aufgaben Ihrer ersten Dimension. Die Gruppen werden parallel in unterschiedlichen Dimensionen getestet. Es ist Ihnen daher strengstens verboten, die Inhalte der Aufgaben an Mitglieder anderer Gruppen weiterzugeben.« An dieser Stelle warf Caroline uns einen durchdringenden Blick zu. »Nehmen Sie diese Regel ernst. Wir werden wissen, wenn sie jemand verletzt.«

Ich sehe mich beunruhigt in dem inzwischen halb leeren Saal um, aber an den nackten Wänden sind keine Kameras zu erkennen. Wahrscheinlich versuchen sie bloß, uns einzuschüchtern.

Der Platz neben mir ist leer, denn Luce war eine der Ersten, deren Name auf der Wand hinter der Bühne erschien. Sie und vier andere Mädchen sind längst durch die Tür verschwunden. Bisher ist noch keine von ihnen zurückgekommen. Ich sinke im Schneidersitz auf den kühlen Saalboden und betrachte die Spiegel, die noch immer von der Wand strahlen. Was, wenn das Konsilium von der Fälschung meines Spiegels erfährt? Ich erwische mich dabei, wie ich an meinen Fingernägeln kaue, und lasse meine Hand sofort sinken. *Wenn bis jetzt noch niemandem aufgefallen ist, was Alexander getan hat, bist du in Sicherheit.*

»Oh Gott!« Die hochgewachsene Rothaarige, über die Luce und ich beim Frühstück die Augen verdreht haben, schlägt sich erschrocken die Hand vor den Mund. Ich folge ihrem Blick und erkenne, warum: »Das sind doch die Fotos von heute Morgen! Wenn ich das gewusst hätte … Wir hatten ja nicht einmal Zeit, uns die Haare zu machen, bevor wir in den Vitalitätsflügel mussten!«

Ich ignoriere ihre Stimme und sehe erstaunt zu, wie sich unsere Spiegel auf der Wand des Saals um ihre eigene Achse drehen und nun schwarz-weiße Porträtaufnahmen von uns zeigen. Ich erhasche einen Blick auf mein eigenes ernstes Gesicht, das die Krankenschwester heute in aller Frühe fotografiert hat, bevor das Bild sich auch schon wieder wendet und mein Spiegel zurück ist.

»Beruhig dich mal, Mira. Wir sind hier schließlich in keiner dieser gruseligen Topmodel-Shows.« Ein Mädchen mit kaffeebrauner Haut, die sich ausgesprochen hübsch von der weißen Bluse abhebt, schüttelt genervt seinen Lockenkopf.

»Zum Glück«, murmele ich, während sich die Balken der Spiegel um uns herum im Sekundentakt mit unseren Porträts abwechseln. Das Mädchen dreht sich zu mir um. Hastig tue ich so, als würde mich die Animation an der Wand faszinieren, aber sie hat mich durchschaut. »Ich meine … da würden wir sicher keine Pfannkuchen zum Frühstück bekommen«, füge ich mit einem vorsichtigen Lächeln hinzu.

»Du sagst es!« Das Mädchen lässt seine beiden Freundinnen stehen und setzt sich neben mich auf den Boden. »Ich stelle mich jeder Aufgabe der Welt, solange ich dafür diese göttlichen French Toasts bekomme.«

»Vergiss nicht das Rührei.«

Wir kichern. Die nächsten Namen werden aufgerufen, und unsere Blicke folgen den fünf Mädchen, die durch die Tür des Athene-Saals verschwinden. Auf einmal ist mir nicht mehr nach Witzen zumute.

»Es macht einen fertig, nicht zu wissen, was sie mit uns anstellen«, seufzt das Mädchen.

Ich betrachte meine Sitznachbarin genauer, und endlich fällt mir auf, warum sie mir so bekannt vorkommt. »Du konntest gestern Nacht auch nicht schlafen, oder?«, frage ich und erkläre verlegen: »Unsere Betten stehen fast nebeneinander. Ich habe deinen Check leuchten sehen.«

Warum kannst du dich nicht einfach vorstellen wie ein normaler Mensch?

»Und ich dachte schon, ich sehe so fertig aus, wie ich mich fühle.« Meine Nachbarin lacht und streift eins der beiden Haargummis von ihrem Handgelenk, um ihre Locken in einen Zopf zu zwängen. Sie flucht, als das Gummi platzt und ihre Haare sich wie ein Heiligenschein um ihren Kopf ausbreiten. Während ihres zweiten Versuchs erfahre ich, dass sie Bea heißt und aus dem Süden kommt, wo ihre Eltern eine Farm haben.

»Wir bauen hauptsächlich Mais an, aber wir haben auch Pferde, zumindest seitdem meine Schwester Bell und ich Dad überreden konnten, endlich den alten Stall auszubauen.«

Fasziniert höre ich ihr zu, als sie von den Reiterferien berichtet, die Bell und sie in den Sommern organisieren. Bea muss in dem futuristischen Bau des Zentrums noch größeres Heimweh haben als ich. »Und dann hat Quincy, der Sättel noch nie leiden konnte, mich eiskalt von seinem Rücken geworfen. Mitten in den Wassertrog.«

Ich muss lachen, als ich mir Bea in ihrer eleganten Expektantinnen-Uniform im Wassertrog vorstelle, und achte nicht auf die Blicke der anderen. Manche von ihnen laufen nervös auf und ab, andere versuchen, sich irgendwie auf die Evaluation vorzubereiten. *Zwecklos,* denke ich.

»Ich würde dir gern ein Bild von Quincy zeigen, er ist wirklich eine Schönheit! Aber leider«, Bea hält theatralisch ihr rechtes Handgelenk hoch, »musste ich mein Handy ja gegen dieses Ding hier eintauschen. Echt nutzlos ohne Internetzugang.« Sie streicht über ihren Check, und ich sehe dabei zu, wie das Armband sich auf Beas Kommando beinahe bis zur Mitte ihres Unterarms ausbreitet, genau wie mein eigenes heute Morgen im Waschraum.

»Wie machst du das?«, frage ich.

Bea zeigt mir, wie man zwischen seinem Spiegel, dem Raumplan des Zentrums und tausend anderen Seiten, von denen die meisten jedoch wie angekündigt gesperrt sind, hin und her springt.

»Habe ich mir gestern Nacht beigebracht«, grinst sie schulterzuckend und erklärt auf meinen erstaunten Gesichtsausdruck hin: »Mein Dad will mich unbedingt überreden, Informatikerin zu werden. Aber das ist mir echt zu eintönig.«

Ich probiere aus, was Bea mir gezeigt hat. »Es ist, als würde er einfach fließen. Man sieht keine einzige Kante«, sage ich, als ich meinen Check zurück auf Armbandgröße schrumpfe.

»Und ich dachte schon, nur ein Landei wie ich fände so etwas faszinierend«, lacht Bea.

Ich schüttle den Kopf. »Oh nein! Ich komme aus New York und, glaub mir, ich habe noch nie etwas gesehen, das den Dingen in diesem Zentrum auch nur ansatzweise ähnelt.«

Bevor Bea etwas erwidern kann, leuchten die nächsten fünf Namen auf der Wand hinter der Bühne auf: Bea Summerton, Kyoko Takahashi, Sadie Walsh, Jasmine Alderville, Skye Anderson.

Ausgerechnet! Ich sehe zur Tür des Athene-Saals, wo Jasmine ihr Haar selbstbewusst über die Schulter wirft. Ihre makellosen Züge sind frei von Furcht, die ich gestern noch so deutlich in ihnen gesehen habe. *Natürlich.* Die echte Jasmine hat sich auf der Zugfahrt nie in Gefahr gebracht. Im Gegensatz zu mir.

»Was auch immer da drinnen bereitsteht, es wird nicht besser, wenn wir die Testleiter warten lassen.« Bea streckt mir ihre Hand entgegen und ich ziehe mich hoch.

Mit steifen Bewegungen gehe ich neben ihr her und vorbei an den Statuen. Ihre steinernen Augen scheinen mich ebenso scharf zu mustern wie Jasmines lebendige.

Zwei Tassen Kaffee später sitze ich in einem schmerzhaft hellen Raum in der ersten Etage des Zentrums. Die nächsten fünf Mädchen treten ein und steuern auf die glänzend weißen Tische zu, hinter denen wir sie erwarten.

»Ich übernehme dann mal unsere Miss Universe da vorne«, raunt Tamika mir zu und deutet mit dem Kinn auf Jasmine, die mit wie immer rot geschminkten Lippen auf uns zustolziert. Sie muss einen der Testleiter bestochen haben, ihr den Lippenstift aus ihrem Koffer zu besorgen. Ich schüttle verächtlich den Kopf.

»Viel Vergnügen«, antworte ich, drehe mich um - und blicke ohne Vorwarnung in Skyes misstrauisches Gesicht.

Sie sieht sich vergeblich nach einem anderen freien Tisch um. Ich kann ihr nicht verübeln, dass sie mich zu meiden versucht, so wie ich sie behandelt habe. Aber was blieb mir anderes übrig? Weder Caroline noch das Konsilium dürfen bemerken, dass ich ein Auge auf sie habe. Je mehr Skye also auf Abstand zu mir geht, desto besser.

»Scannen Sie bitte Ihren Check«, sage ich kühl. Wenn ich das Arschloch spielen muss, um uns beide sicher hier rauszubringen, komme ich damit klar.

Sie hält ihr Armband über den in der Tischplatte eingelassenen Monitor, und ich sehe auf meinem eigenen Check, was ich schon längst weiß: Name, Alter, Heimatstadt, Schule. Zum dritten Mal an diesem Tag drücke ich den Startbefehl und eine Reihe dreidimensionaler Körper erscheint auf dem Bildschirm in der Tischplatte.

»Bitte tippen Sie auf das Rechteck, das die rotierte Variante der eingekreisten Form darstellt.«

Ohne eine Sekunde nachzudenken, wählt sie das richtige aus, dann noch einmal und noch einmal, obwohl die Rotationen mittlerweile so kompliziert sind, dass ich hoffnungslos verloren bin. Skye geht in den verschiedenen Bestandteilen des Intelligenztests dagegen förmlich auf und einmal erwische ich sie sogar mit einem Lächeln auf den Lippen. Es verschwindet allerdings sofort, als sie merkt, dass ich sie ansehe.

Viel zu schnell schließt sich das Fenster mit den Fragen zur räumlichen, mathematischen und sprachlichen Intelligenz, auf die sie ohne Zweifel getrimmt wurde, und zwingt mich dazu, riskanteres Terrain zu betreten. Tamika hat mir erklärt, dass die Evaluation dazu dient, Gruppen mit möglichst unterschiedlich intelligenten Mädchen zusammenzustellen. Doch nachdem ich die Natur der Fragen gesehen habe, die uns im kommenden Teil erwarten, bezweifle ich, dass das ihr einziger Zweck ist.

»Nennen Sie die Grundsätze der Rationalen Ordnung«, lese ich vor, was mein Check mir ausspuckt.

Auf einmal durchfahren mich Zweifel. Was, wenn Skye doch nicht die treue Kristallisierungsanhängerin ist, für die ich sie halte? Wenn sie sich längst von Samuels Einfluss gelöst hat? Klug genug dazu wäre sie allemal ...

Skye räuspert sich. »Die Träger des rationalen Traits sind dazu fähig, ihren Verstand in jeder Situation glasklar einzusetzen. Sie handeln besonnen, auch im Angesicht von Gefahr oder in Krisen, ganz gleich, ob diese sie persönlich oder andere betreffen. Sie verpflichten sich, ihre Fähigkeiten und Anstrengungen dem Fortschritt der Gläsernen Nationen zu widmen.«

Wie aus der Pistole geschossen, denke ich. Zum letzten Mal habe ich diese Worte kurz vor dem zweiten Kristallfest gehört. Beth rollte den alten Fernseher in den Lesesaal der ehemaligen Bibliothek, obwohl sie den Worten des Nachrichtensprechers gar nicht richtig zuhörte.

»Sie haben es geschafft«, murmelte sie. *»Die Kristallisierer haben jetzt auch noch allen Ernstes die absolute Mehrheit im Parlament.«* Etwas, das wir uns bis dahin geweigert hatten zu glauben. *»Damit ist jetzt wohl endgültig Schluss mit der Gewaltenteilung.«*

Doch Beth klang nicht so verzweifelt, wie ich mich fühlte. Vielleicht war sie froh, mein und ihr eigenes Leben zumindest nicht grundlos zerstört zu haben.

Ich schüttle den modrigen Geruch der alten Bibliothek aus meiner Erinnerung. Beth zählt darauf, dass ich bleibe, wenn dieser Auftrag vorbei ist. Aber anders als ihr selbst ist mir das, was der Ring tut, schon lange nicht mehr genug. Und dank Skye wird sie mich endlich gehen lassen müssen.

»Nennen Sie einen Verstoß gegen die Emotionale Ordnung«, sage ich und blicke von meinem Check auf. Das dürfte interessant werden.

»Die Träger des emotionalen Traits entscheiden sich, allen Risiken zum Trotz ihren Gefühlen und nur ihren Gefühlen zu vertrauen.« Dieses Mal spricht Skye beinahe widerwillig, als müssten sich die Worte erst aus ihr herauskämpfen.

Ich glaube nicht daran, dass es Menschen gibt, die bedingungslos überlegt handeln, und andere, die ihre Emotionen niemals kontrollieren können. Ich glaube, dass es Menschen gibt, die die Welt in ein Muster zwängen wollen - und solche, die nicht hineinpassen. Ich ziehe eine Augenbraue hoch. »Das ist kein *Verstoß*, Miss Anderson.«

Skye wirft mir einen wütenden Blick zu, als hätte ich sie unterbrochen. »Das Verlassen der Gläsernen Nationen ohne vorherige Reisegenehmigung ist gegen die Emotionale Ordnung. Träger des emotionalen Traits dürfen außerdem nur bestimmte Fächer studieren.«

»Weshalb?« Diese Frage steht nicht auf meinem Check, aber ich muss wissen, ob Skye bloß abspult, was ihr eingeredet wurde, oder ob sie diesen Propaganda-Unsinn tatsächlich glaubt.

»Emotionale sind ihren Gefühlen schonungslos ausgeliefert und stellen damit unter Umständen eine Gefahr für sich und andere dar. In den Gläsernen Nationen gibt es Regeln, die sie beschützen. Notfalls auch vor sich selbst.«

Ich suche in den Tiefen ihrer eisblauen Augen nach einem Hinweis darauf, dass sie diese Worte nicht ernst meint. Irgendeine Regung, die mir zeigt, dass dies nicht ihre eigene Meinung ist. Aber Skye erwidert meinen Blick kühl und ruhig, als hätte sie gerade erklärt, warum man Kindergartenkinder nicht mit Feuer spielen lassen sollte.

»Sie selbst wollen nach Ihrem Abschluss an der Cremonte-Universität studieren?«, frage ich. Skye nickt. »Wie stehen Sie zu den Aufnahmebedingungen?«

»Ich halte es für absolut richtig, dass an einer so hochkarätigen Universität ausnahmslos Rationale angenommen werden. Immerhin bietet die Cremonte sowieso nur Studiengänge an, die später in sehr verantwortungsvolle Jobs münden. Und im Moment herrscht ja ein Mangel an Fachkräften, wie ich gehört habe.«

Weil dein verehrter Kristall Tausenden von Emotionalen ge-

kündigt hat, denke ich grimmig. Aber das weiß Skye natürlich nicht. Wie sollte sie auch – bei der gleichgeschalteten Medienblase, in der sie in New York lebt, und mit einem Vater wie Samuel Anderson, der töten würde, um zu verhindern, dass die dunkle Seite des Neuanfangs ans Licht kommt. *Der getötet hat*, korrigiere ich mich bitter.

»Halten Sie es auch für richtig, dass Jugendliche, deren Eltern die Kristallisierung ablehnen, ihre Zulassung für jede höhere Schule verlieren?« Die Frage platzt aus mir heraus, bevor ich sie zurückhalten kann.

Skye richtet sich auf. »Die Gläsernen Nationen lassen jedem Menschen seinen freien Willen«, beginnt sie, ohne den Blick zu senken. »Aber der Rat hat recht: Wir müssen die Ressourcen des Landes in diejenigen stecken, die bereit sind, unsere Gesellschaft voranzubringen. Und die darin von ihren Familien unterstützt werden.«

Unterm Tisch ballt sich meine Hand zur Faust. Ich sollte froh über Skyes eindeutige Antworten sein, immerhin spielt ihr perfektes rationales Benehmen meinem Auftrag genau in die Karten. Aber ich bin es nicht. Stattdessen suche ich in jeder von Skyes Bemerkungen nach dem mutigen Mädchen aus dem Zug, dem Regeln egal waren. Als ich Skye dort im peitschenden Fahrtwind auf den Stufen der Tür stehen sah, habe ich geglaubt, dieses Mädchen mögen zu können. Vielleicht sogar, in ihr eine Verbündete zu finden. Ich schüttle über mich selbst den Kopf. Skyes Regierungstreue sollte mich nicht enttäuschen, immerhin sind wir keine Freunde. Sie ist ein Job, nichts anderes.

Mein Check beginnt, auffordernd zu blinken. Ich reiße mich zusammen und lese die nächste Frage vor: »Also nehmen Sie für die Durchsetzung von Traits in Kauf, dass Unkristallisierten Chancen verwehrt werden?«

Aha. Das Konsilium interessiert sich nicht mehr nur für Skyes persönliche Einstellung, diesen Test hat sie bestanden. Jetzt geht es darum, wie gnadenlos sie bereit ist, die Freiheit der Bürger einzuschränken.

»Ich bin mir sicher, dass die Kristallisierungsgegner die Vorteile der Traits bald erkennen werden«, erwidert Skye, ohne mit der Wimper zu zucken. »Die Sanktionen existieren zu ihrem eigenen Wohl. Die Kristallisierung kann schließlich nur funktionieren, wenn wir alle geschlossen hinter der Idee der Traits stehen.«

»Tun Sie das denn?«, frage ich und ignoriere die Anweisungen meines Checks zum zweiten Mal. Ein unvernünftiger Teil von mir will Skyes rationale Fassade wackeln sehen, egal wie gefährlich das für uns beide wäre. *Wenn es denn überhaupt eine Fassade ist.*

»Natürlich.« Skyes Augenbrauen ziehen sich verwirrt zusammen. »Die Traits machen unsere Gesellschaft zu einer perfekten Symbiose.«

»Einer Symbiose aus zwei ungleichen Gruppen.«

Skye antwortet nicht, stattdessen beißt sie sich auf die Lippe. Mein Blick wandert zu ihren Händen, die sich in ihrem Schoß verkrampfen.

»Wie würden Sie darauf reagieren, einen anderen Trait als ihr Umfeld zugewiesen zu bekommen?«, frage ich, beinahe schon flehentlich. »Täte es Ihnen nicht weh zu sehen, wie Sie und Ihre Freunde unterschiedliche Wege einschlagen müssten?« *Siehst du nicht, dass in den Gläsernen Nationen bald niemand mehr in Freiheit lebt?*

»Es ist der logische Weg!« Endlich schimmert ein Hauch von Röte in Skyes blassem Gesicht. Ein Beweis für die Gefühle, die sie so gern verbannen würde? »Menschen passen besser zusammen, wenn sie die gleichen Vorstellungen davon haben, was im Leben wichtig ist.«

Bitte sag mir, dass du lügst, denke ich, doch Skye hält meinem Blick stand, zurück in der Rolle der Eiskönigin - von der ich mir nicht mehr sicher bin, ob sie sie bloß spielt. Mein Check stellt sich aus. Unsere Zeit ist abgelaufen.

»Keine weiteren Fragen«, murmele ich und sehe zu, wie sie erhobenen Hauptes den Raum verlässt.

16

Bea hält ihr Gesicht der Sonne entgegen. »Das fühlt sich schon eher an wie zu Hause.«

Wir stehen auf einem breiten Streifen aus grünem Rasen, der sich ringförmig um die riesige Dachterrasse zieht. Zu meiner Linken wartet ein Schwimmbecken auf uns und auf der anderen Seite erkenne ich – eine Trackbahn! Vor Freude macht mein Herz einen kleinen Hüpfer.

»Mein Name ist Tamika«, stellt sich die Testleiterin mit dem dunklen Pferdeschwanz in diesem Moment vor. Nach der Evaluation wurde uns der Rest des ersten Tages zur freien Verfügung gegeben, und Bea und ich haben uns der Gruppe angeschlossen, die auf die Dachterrasse geführt wurde. »Das hier ist unser Rekreationszentrum«, erklärt Tamika, »zu dem Sie jederzeit Zugang haben. Allerdings müssen Sie aus Sicherheitsgründen mindestens zu dritt sein. In den Umkleiden finden Sie alles, was sie an Kleidung und Zubehör benötigen.«

Ich sehe Tamika nach, als sie durch die Tür zurück ins Zentrum verschwindet. Sie war es, mit der Alexander heute Morgen durch den Park spaziert ist. Ob sie wohl etwas an ihm findet? Ich stoße ein kurzes Schnauben aus. Soll sie doch auf seine Gentleman-Fassade hereinfallen. Mich jedenfalls täuscht er damit nicht! Wie wütend er bei der Evaluation geworden ist, als er gemerkt hat, dass ich seine Hilfe nicht brauche, um eine Rationale zu werden! Ich mag nicht viel Erfahrung mit Männern haben, aber die Sorte, die sich als Beschützer aufspielen muss, um sich stark zu fühlen, kann mir wirklich gestohlen bleiben.

Trotzdem nagt ein seltsamer Zweifel an mir, wenn ich an ihn denke. Woher weiß Alexander von meiner Angst vor den Veränderungen, die mir bevorstehen, wenn ich mit einem E zurück nach Hause fahre? *Aber du bist keine Emotionale,* weise ich mich selbst zurecht. Und Alexander hat wahrscheinlich bloß einen verdammt guten Riecher für die Selbstzweifel der Expektanten, er ist ja nicht umsonst Testleiter geworden. Ich mache mir eine mentale Notiz, in seiner Gegenwart zukünftig noch vorsichtiger zu sein.

Während die anderen Mädchen schon nach Badeanzügen wühlen, ziehe ich eine weiße Shorts und ein Top aus einem der Fächer, das mir am nächsten liegt.

»Willst du nicht mit rein?« Als ich aus der Umkleide trete, spritzt Bea mir einen Schwall Poolwasser entgegen.

Ich schüttle den Kopf. »Später vielleicht.«

Bea zuckt mit den Schultern und beginnt, ein paar Bahnen zu ziehen. Ich jogge zur Trackbahn hinüber. Luce mag die Serenity vielleicht für ihren Fokus auf Wettkampf verspotten, aber das jahrelange Training hat mir eine unvergleichlich effektive Möglichkeit geschenkt, um Stress abzubauen. Ich atme die frische Luft in tiefen Zügen ein und genieße die Gewohnheit meiner Bewegungen. Nur die brennende Sonne auf meiner Haut erinnert mich daran, dass ich nicht zu Hause in New York bin. Doch wenn ich die Wärme ausblende, habe ich gleich die hohe Tribüne unseres Stadions vor Augen, Coach Verse, der mir Befehle zuruft und …

Und Elias, der auf der vierten Bank am Rand der Tribüne darauf wartet, nach dem Training mit mir den Bus nach Upperlake zu nehmen. Ich beiße die Zähne zusammen und laufe schneller.

»Trainierst du für Olympia?« Luce grinst mich vom Rand der Trackbahn aus an und ich laufe zu ihr hinüber.

»Ich dachte schon, du wärst verschwunden!«, keuche ich.

»Wieso das?«

»Weil ich dich nach der Evaluation nirgendwo gesehen habe, vielleicht? Könnte ja sein, dass du schon nach dem ersten Tag Fluchtpläne schmiedest.«

Meine beklemmende Nervosität von heute Vormittag hat sich in Luft aufgelöst, und zum ersten Mal, seitdem ich aus dem Zug gestiegen bin, fühle ich mich wirklich in der Lage, Witze zu reißen. Klar sind der Check an unseren Handgelenken und die Mauer um uns herum ein bisschen gewöhnungsbedürftig – aber bisher hat mich noch niemand auf einen Überlebensmarsch geschickt oder mir irgendetwas in die Venen gespritzt.

»Skye! Wollt ihr auch einen Orangensaft?« Bea deutet auf einen kleinen Kühlschrank neben den Liegen des Pools.

Luce reckt ihren Daumen hoch und hakt sich bei mir unter. Während wir in der Sonne auf die Liegen zulaufen, komme ich mir mehr und mehr vor wie eine Idiotin. Wie konnte ich den Schauergeschichten über das Zentrum auch nur einen Funken Glauben schenken?

Alexander, Sie kommen gerade rechtzeitig. Haben Sie sich um die Mikrofone dieser Mädchen gekümmert? Lilly Carmichael, Ann Smith und ... und das der Dritten?«

Ich nicke, erleichtert, dass Caroline Skyes Namen wieder vergessen hat, und schließe die Tür zum Kontrollzentrum hinter mir. »Es lag nicht am Gerät, sondern bloß an einem Fehler der Systemsteuerung«, erkläre ich widerstrebend. »Ich konnte ihn von hier aus beheben, ohne dass die Expektantinnen etwas mitbekommen haben.«

»Gut so«, erwidert Caroline. »Wir können keine Lücken bei der Verglasung gebrauchen.«

Wollen wir wetten, dass ich es noch einmal schaffen würde, welche zu finden? Dabei werde ich dieses Wissen wohl kaum brauchen. Skye spricht, als sei sie Chloe Cremonte höchstpersönlich! Mein Kiefer presst sich verbittert zusammen. Es gibt keinen Grund, warum ihr das Konsilium nicht zuhören sollte.

Caroline winkt mich näher an den Tisch heran. »Dann ist für das erste Ranking ja alles bereit. Na ja, fast.« Sie deutet auf die drei Boxen vor sich, und ich erkenne darin die Smartphones, die ich den Mädchen gestern Abend abgenommen habe. »Ich bezweifle, dass die Amateursoftware in diesen Dingern uns mehr verrät als die Anzahl von Tierbabyvideos, die unsere Damen sich in ihrer Freizeit ansehen. Aber für das Ranking benötige ich jede noch so kleine Information, die Sie auftreiben können. Niko kann Ihnen beim Scannen helfen.«

Ranking? Schon wieder ein Begriff, mit dem ich nichts anfangen kann. Aber mein Gefühl sagt mir, dass er etwas mit der T-Kontrolle und ihren blauen Tonspuren zu tun hat.

Niko, der milchgesichtige Testleiter, der wie ein folgsamer Hund hinter Caroline aufgetaucht ist, nimmt die Handys beflissen aus den Kartons. Er mag kaum älter sein als ich, aber wir könnten uns nicht stärker unterscheiden. Mit seiner Unterwürfigkeit und dem peinlichen Stolz auf seine wohlplatzierte silberne Anstecknadel bin ich mir sicher, dass er vor fünf Jahren einer von denen war, die auf den Demonstrationszügen Bilder von Chloe Cremonte hochhielten und Plastikkristalle warfen. In ihrer Begeisterung für ein neues, gerechteres Amerika erkannte keiner von ihnen, dass die Traits der Anfang vom Ende sein werden. Die Kristalle prallten an den Fenstern der aufgelösten Bibliothek ab wie Hagelkörner, während die Massen unter mir jubelnd zurück in die Unmündigkeit marschierten. Wie naiv ich gewesen bin zu glauben, dass all diese Leute mit ihren *Klarheit durch Traits*-T-Shirts einfach wieder verschwinden würden!

Ich betrachte die Bilder an der Wand des Kontrollzentrums. Anders als heute Morgen, als die Unterhaltungen der Mädchen noch stockend waren, steht nun kaum eine Tonspur still. Blaue Zacken durchschneiden die schwarz-weißen Gesichter, schlagen nach oben aus, wenn die Mädchen lachen. Ich will mich schon zu Niko und den Kisten umdrehen, als eine der blauen Linien sich auf einmal rot verfärbt und das Gesicht eines Mädchens namens Fiona gruselig aussehen lässt. Fast, als würde sie bluten. Für den Bruchteil einer Sekunde flackert eine rote 4 über ihrem Gesicht auf, dann wird die Tonspur wieder blau und die Zahl verschwindet.

»Schieb mal die nächste Kiste rüber«, bittet Niko.

»Werden die Mädchen ihre Handys nicht zurückhaben wollen?«, frage ich, als er die bereits gescannten Modelle in einen Müllvernichter wirft.

»Die *Expektantinnen*«, korrigiert Niko, »werden diese Geräte nicht mehr brauchen. Sie dürfen die Checks nach der Kristallisierungszeremonie als Geschenk behalten.«

Wie großzügig! Also soll demnächst die ganze Nation lückenlos überwacht werden. Eigentlich ein Wunder, dass das nicht längst passiert. Aus den Augenwinkeln erkenne ich erneut ein rotes Aufflackern, diesmal über einem anderen Gesicht.

»Und die T-Kontrolle speichert alles, was die Mädchen so sagen?«, taste ich mich unauffällig voran.

»Nur die Inhalte, die für das Ranking relevant sind. Die kannst du dir hier unten immer wieder anhören. Einfach auf die Tonspuren tippen.« Niko tritt vor die Wand und berührt eine der gezackten Linien. Über dem Gesicht eines dunkelhäutigen Mädchens leuchtet eine blaue Null auf. »Bea Summerton hat also nichts Interessantes zu sagen«, stellt Niko fest und wendet sich von der Bilderwand ab. »Nicht gesicherten Gesprächen kannst du nur zeitgleich zuhören, die verschwinden sofort wieder. Wir können schließlich nicht das ganze Geplapper speichern. Die Livefunktion für Ton und Video musst du über deinen Check aufrufen.« Er hält mir sein eigenes Armband hin und tippt auf Beas Miniaturporträt, das darauf erschienen ist. Wir sehen ihr durch die Kamera ihres Checks dabei zu, wie sie aus dem Pool klettert und sich auf eine der Liegen in die Sonne legt. Ihr zuvor hoher Puls senkt sich. »*TechMania* hat über zwei Jahre gebraucht, aber jetzt können wir nicht nur hören und sehen, was die Checkträger tun, sondern auch alle anderen Aktivitäten abrufen. Herzschlag, Stress, Hautleitfähigkeit.« Bea Summertons Übertragung schaltet sich aus, als sie sich erhebt und auf den Weg zu den Duschen macht. »Ethikrichtlinien«, erklärt Niko. »In ganz privaten Situationen schaltet sich die Kamera aus und wir hören nur noch die Übertragung des Mikrofons. Wir müssen uns gegen Datenmissbrauch absichern, immerhin haben wir die Verantwortung für das Wohl der Expektantinnen. Deshalb wird das Videomaterial auch nicht gespeichert.«

Gut zu wissen!

»Und das macht die Regierung demnächst nicht nur mit den Mädchen hier, sondern mit jedem von uns?«, frage ich harmlos.

Niko lacht ein geräuschloses Lachen, bevor er mich todernst ansieht. »Expektantinnen.«

»Jaaa, richtig. Expektantinnen.« Ich schwöre, dieser Kerl macht mir Angst.

»Es wird ein riesiger Aufwand, aber die Administration bereitet sich vor«, erklärt Niko und wendet sich wieder dem Scannen der Smartphones zu. »Überleg mal, wie einfach alles sein wird:

Gesundheitskontrolle, soziale Netzwerke und Unterhaltung, alles in einem!« Seelenruhig schiebt Niko Handy für Handy durch den Scanner und wühlt mit seinen plumpen Fingern im Privatleben von Fremden herum, als hätte er irgendein Recht dazu.

Aber das hat er, erinnere ich mich dumpf. Hasserfüllt betrachte ich das R auf seinem Handgelenk, das einem Mann wie Niko Macht verleiht, die ihm nicht zusteht. So läuft es eben für diejenigen, die auf der richtigen Seite landen.

»Die Checks kommen zu einem Spottpreis auf den Markt, wenn wir die Förderung durchkriegen, warte es ab. Dann sind wir endlich sicher vor den Idioten, die das Ausmaß von Cremontes Genialität nicht verstehen.«

Während Niko weiter über die Vorteile der *Verglasung* faselt, entdecke ich ein schwarzes Smartphone mit einem winzigen Sprung im Display im Karton. Ich ziehe es heraus und stecke es unbemerkt in meinen Ärmel. Skye wird nichts auf dem Handy haben, was ihr R gefährdet - aber sicher ist sicher.

»Die Gläserne Stunde geht gleich los«, sagt Niko und schiebt den Müllvernichter auf den Ausgang des Kontrollzentrums zu.

Was zum Teufel hat es nun damit wieder auf sich? Ich spule in Gedanken zu Beths und meinem letzten Gespräch über das Zentrum zurück, aber bei diesem Begriff klingelt es nirgendwo. Ich folge Niko, während sich meine Finger fest um Skyes Smartphone schließen. Ich muss das Rätsel dieses Mädchens lösen, das Chloe Cremontes Lehren mit steinerner Miene verteidigt und im nächsten Moment aus fahrenden Zügen springt, um ihre Feindin zu retten. Ich muss es lösen, bevor die Kristallisierer es tun. Denn auch wenn mein Verstand nach der Evaluation das Gegenteil von mir verlangt: Ich bin noch nicht bereit, sie aufzugeben.

17

Ich dachte, wir haben nach dem Abendessen frei«, stöhnt Bea, die zwischen Luce und mir über den Flur geht. »Was soll das überhaupt bedeuten, Gläserne Stunde?«

»Wahrscheinlich sind die Ergebnisse der Evaluation da«, vermutet Luce, und ich hoffe im Stillen, wenigstens mit einer von meinen neuen Freundinnen in einer Testungsgruppe zu landen.

Wir treten durch die Türen des Athene-Saals, aus dem uns schon halblautes Stimmengewirr entgegenschallt – und bleiben gleich darauf wie angewurzelt stehen. Der Saal ist nicht wiederzuerkennen. Sein Boden ist nicht mehr ebenerdig, sondern fällt in amphitheatergleichen Sitzreihen nach unten ab. Die Bühne ist ebenfalls verschwunden. An ihrer Stelle ist eine kreisförmige Vertiefung eingelassen, in die man von den Sitzen hinunterschaut wie in einen Orchestergraben. Dort, mehrere Meter unter uns, finde ich auch die beiden Statuen der Athene wieder. Es ist nicht so, als wäre ich außergewöhnliche Bauwerke oder die neueste Technik nicht aus dem ruhelosen New York gewohnt – aber sich verschiebende Böden, Displayarmbänder und fluoreszierende Wände übersteigen wirklich alles, was ich bisher gesehen habe!

Auch Luce und Bea neben mir sind sprachlos. Wir gehen eine der breiten Treppen herunter und rutschen in eine gläserne Sitzreihe, in der noch Plätze frei sind. Ich schaue hinab in die Vertiefung. Statt des Rednerpults, das zuvor auf der Bühne gestanden hat, befindet sich ein mannshoher Würfel in der Mitte. Er ist aus demselben milchigen Glas, aus dem im Zentrum alles zu bestehen scheint. Über unseren Köpfen kann ich die Spiegel erkennen, die sich auf der Wand des Saales im Takt von wenigen Sekunden mit unseren Porträts abwechseln.

»Zumindest wissen wir jetzt, warum es in der Beauvoir seit Jahren von der Decke tropft«, sagt Luce trocken, als das Licht des Milchglases gedämmt wird und der Würfel unter uns grellweiß aufleuchtet. »Das alles hier muss ja ein Vermögen gekostet haben!«

Wie von unsichtbaren Seilen gezogen, erhebt sich der Würfel vom Boden. Das Stimmengewirr um uns herum verstummt schlagartig. Auch ich halte den Atem an, als seine Oberfläche auf einmal von einem der schwarz-weißen Fotos eingenommen wird, die auf der Wand über uns flackern.

»Ist das nicht –«, flüstert Luce mir verwundert ins Ohr.

Ich nicke. Von allen Seiten des Würfels strahlt uns Fionas rundliches Gesicht entgegen. Ein Wispern geht durch die Reihen, als sich beinahe hundert Mädchen nach ihr umdrehen.

»Fiona Timmon!«, hallt eine Stimme durch den Saal.

Auf der freien Fläche, die der Würfel hinterlassen hat, wartet nun ein hölzerner Stuhl, der inmitten der Glasbänke eigentümlich fragil wirkt. Die Testleiter haben einen Kreis um den Stuhl gebildet und drehen uns den Rücken zu. Sie sehen nicht auf, als ein Mann die Treppen hinunterschreitet, dessen kurz geschnittenes, weißes Haar mich an die älteren Kollegen meines Vaters erinnert. Die goldfarbene Tunika, die seine hagere Gestalt eher hervorhebt, statt sie zu kaschieren, raschelt, als er in den Kreis tritt. Er lässt seinen Blick über unsere Reihen wandern.

»Fiona Timmon!«, wiederholt er, fordernder diesmal.

Ich habe Bilder von Männern in solchen Tuniken im Fernsehen gesehen. Sie sind das Zeichen des Konsiliums.

Ein Geräusch lässt mich und alle anderen herumfahren. Mit

zusammengepressten Lippen sehe ich zu, wie Fiona, die auf der Treppe gefallen sein muss, mit hochrotem Kopf wieder aufsteht. Keins der Mädchen in ihrer Nähe hilft ihr hoch. *Als wäre sie auf einmal eine Aussätzige geworden,* denke ich grimmig. *Als könnte das eigene Bild auf dem Würfel auftauchen, wenn man sich aus dem Schutz der Masse hervorwagt.*

Zu meiner Überraschung ist es ausgerechnet Alexander, der sich aus dem Kreis der Testleiter löst und die Treppenstufen nach oben eilt. Anstelle von Fionas Porträtfoto zeigt der Würfel inzwischen eine Liveaufnahme ihres ängstlich verzerrten Gesichts, doch Alexander schirmt sie auf dem restlichen Weg bis hinunter zum Stuhl vor der Kamera ab, sodass nur seine eigene, ernste Miene zu sehen ist.

»Setzen Sie sich, Miss Timmon.«

Im Kreis der Testleiter angelangt, nimmt Fiona stocksteif auf dem Stuhl Platz, ohne sich anzulehnen. Mit einem Kloß im Hals frage ich mich, ob sie etwas angestellt hat.

»Miss Timmon – oder darf ich Fiona sagen?«

Die Fistelstimme des Konsiliars klingt zu meiner Überraschung freundlich, nicht so, als ginge es hier um einen Strafprozess, und ich entspanne mich etwas. Fiona nickt wortlos.

»Gut. Fiona, haben Sie eine Ahnung, was Sie heute Abend auf diesen Stuhl führt?«

»Nein.«

Neben mir hat Luce aufgehört zu lächeln. Mit ausdruckslosem Blick starrt sie an die Wand des Saals, als wollte sie Fiona wenigstens eins von neunzig neugierigen Augenpaaren ersparen.

»Das wäre auch fatal, denn das würde ja bedeuten, dass wir einen Maulwurf im Zentrum hätten«, schmunzelt der Konsiliar und wirft Fiona über die dicken Gläser seiner Hornbrille hinweg einen aufmunternden Blick zu.

Will er sie beruhigen oder in falscher Sicherheit wiegen? Die Testleiter lachen leise, während all die furchtbaren Geschichten über die Zentren zurück in meinen Kopf strömen. Als wäre auf einmal ein Damm gebrochen, wird mein Verstand überschwemmt von Bildern festgeschnallter Gliedmaßen in einer MRT-Röhre.

»Eine Gläserne Nation erfordert bei all ihren Vorteilen eine einzige Sache von jedem Bürger«, fährt der Konsiliar fort. »Fiona?«

Stumm erwidert sie seinen Blick.

Vertrauen, denke ich und sehe Fiona an, als hätte ich telepathische Kräfte. Sie beginnt, unter den Augen des Konsiliars zu schwitzen, und ich erinnere mich an die zahllosen Male, als die begabte Fiona stumm vor uns im Klassenzimmer an der Tafel stand. Obwohl sie die Lösung weiß, wird sie kein Wort herausbringen.

Der Konsiliar dreht sich zu unseren Reihen um. »Eine Antwort, irgendjemand?«

Hitze fährt durch meine Glieder. *Kümmere dich um deine eigenen Angelegenheiten.* Das war Alexanders Ratschlag im Zug, oder vielmehr sein Befehl. *Aber vielleicht macht er sich auch bloß einen Spaß daraus, uns zu verunsichern?*

Fiona rutscht auf ihrem Stuhl hin und her. Es ist nicht richtig, sie da unten im Stich zu lassen, wenn ich diese unangenehme Stille genauso gut beenden könnte. Ich spüre den Blick des Konsiliars auf mir, als ich tief einatme und mein Gewicht den wackligen Puddingstangen anvertraue, zu denen meine Beine geworden sind.

»Eine Gläserne Nation erfordert gläserne Bürger und somit das Vertrauen der Menschen in ihr Land.«

Das Echo meiner Stimme verklingt erst, als ich den Mund schon längst geschlossen habe.

»Und zudem das Vertrauen des Landes in Sie alle.« Der Konsiliar nickt, wie um seine eigenen Worte zu bestätigen.

Ich sinke zurück auf meinen Platz zwischen Luce und Bea, die mir verwunderte Blicke zuwerfen.

»Vertrauen Sie den Gläsernen Nationen?«, richtet der Konsiliar sich wieder an Fiona, die auf ihrem Stuhl zu schrumpfen scheint.

»Ja«, antwortet sie tonlos.

Im selben Moment fällt buntes Licht von oben auf uns herab und ich schaue auf. Fionas Gesicht ist von der Oberfläche des Würfels verschwunden. Stattdessen erkenne ich die lilafarbene Startseite von *Tell Your Story*, dem Handytagebuch, das mir in der siebten Klasse die beste Freundin ersetzt hat. Ich bin wohl doch nicht die Einzige, die es noch immer nicht über sich gebracht hat, das Programm zu löschen.

Der Konsiliar schiebt seine Brille zurecht, und ich frage mich, woher er den Zugang zu Fionas privatesten Dateien hat. Und ob ihre die einzigen sind, die das Konsilium kennt …

»In der Innenstadt wird jetzt einiges umgebaut, damit die Regierung nach New York umziehen kann«, beginnt er zu lesen. Die vertrauten, wie Papier aussehenden Seiten der App werden simultan für jede von uns auf dem Würfel sichtbar. *»Ich bin mir nicht ganz sicher, was ich von all dem halten soll«*, fährt der Konsiliar fort. *»Fast das ganze Land hat für Chloe Cremonte und ihre Kristallisierung gestimmt. Ein Erdrutschsieg, hieß es auf CCN, aber woher sollen wir wissen, ob mit den Traits wirklich alles besser wird?«* Der Konsiliar blickt auf, und auch meine Augen ruhen auf dem Mädchen mit den blonden Korkenzieherlocken, das ich kenne, seitdem ich krabbeln kann. Und über das ich, wie mir in diesem Moment bewusst wird, überhaupt nichts weiß. Der Konsiliar räuspert sich. »Sie haben sich ja in einem äußerst jungen Alter für Politik interessiert. Wie alt waren Sie, als Sie das hier verfasst haben?«

»Ich war elf«, antwortet Fiona.

Elf … Meine Gedanken fliegen zurück. Der Sommer des großen Skandals und des Wahlsiegs. Der letzte Sommer mit meiner Mutter, bevor sie spurlos verschwand.

»Sollte sich eine junge Dame nicht mit anderen Dingen beschäftigen?«, fragt der Konsiliar in einem Ton, als würde er mit seiner Enkeltochter beim Sonntagsessen sprechen. »Dingen, von denen sie mehr versteht?«

»Ich … ich glaube, ich wusste nicht wirklich, wovon ich rede. Ich habe damals viele düstere Bücher gelesen.« Fiona stockt, und ich erinnere mich wieder an die grauenvollen Weltuntergangsromane, die sie früher in jeder Pause verschlungen hat. »Heute weiß ich, dass solche Dinge im richtigen Leben nicht geschehen. Dass sie hier bei uns nicht geschehen.« Sie redet ein wenig zu schnell, um überzeugend zu wirken.

Ich beiße mir auf die Lippe. Wird Fiona ab jetzt einen Nachteil haben, weil sie an Chloe Cremonte gezweifelt hat? Ich schüttle den Kopf über mich selbst. Die Gläsernen Nationen sind doch keine Diktatur!

»Fiona, haben Sie heute immer noch eine so unbändige Vorstellungskraft?«, fragt der Konsiliar.

Sie schüttelt den Kopf, so heftig, dass ihre Locken fliegen.

Eine neue Seite von *Tell Your Story* erscheint auf dem Würfel. Der Konsiliar sieht dieses Mal davon ab, sie laut vorzulesen, aber unsere Augen folgen dem Eintrag Wort für Wort. Es ist, wie wenn man an einer Unfallstelle vorbeikommt. Man will nicht hinsehen, aber Katastrophen ziehen Blicke beinahe magisch an.

Ich würde es ihm nie sagen, doch manchmal wünschte ich, Elias würde mich nur halb so bewundernd anschauen, wie er Skye ansieht. Diese Tagträume müssen unbedingt aufhören. Was wäre ich sonst für eine Freundin?

Ich spüre die Hitze von vorhin zurück in meine Wangen schießen, intensiver diesmal. Fiona ist in Elias verliebt?

»Machen Sie das bitte aus«, sagt Fiona leise.

Ich sehe bis hierhin die Tränen in ihren Augen schimmern, während ein hässlicher, selbstsüchtiger Teil von mir dem Himmel dankt, nicht an ihrer Stelle zu sein.

Was würde das Konsilium über mich herausfinden, wenn es nur tief genug graben würde? Und wie viel wäre ich fähig zu verheimlichen?

»Meine Güte, die sollen das abschalten!« Luce stemmt ärgerlich ihre Hände in die Hüften.

Ich suche Fionas Blick. Ich wünschte, ich könnte den Ring aus Testleitern durchbrechen und ihr sagen, dass es mir leidtut, wie meine vermeintlichen Freunde sie an der Serenity behandelt haben. Und dass ich gern ihre Freundin sein würde, ganz egal, was sie in ein Tagebuch geschrieben hat, das niemand außer ihr selbst jemals lesen sollte.

Als hätte der Konsiliar Luces Protest gehört, wird die Tagebuchseite auf dem Würfel wieder durch die Live-Ansicht von Fionas gerötetem Gesicht ersetzt. Dabei gefällt es ihr wohl kaum besser, wenn ein Plenum voller Mädchen sie nun in Großaufnahme weinen sieht, denke ich wütend.

»Fiona?«, sagt der Konsiliar sanft. »Sie haben meine letzte Frage noch nicht beantwortet.«

Im Saal herrscht Totenstille.

Als Fiona den Kopf hebt und der blonde Vorhang ihrer Locken den Blick auf ihr Gesicht freigibt, liegt Entschlossenheit in ihren Augen.

»Ja, ich habe anscheinend noch immer ein gutes Vorstellungsvermögen. Aber es freut Sie sicher zu sehen, dass es sich von den Schreckensszenarien meiner Bücher auf ein anderes Thema verlagert hat.«

Ich denke an all die Male, als Elias und ich auf einem der Flure der Serenity in Fiona hineingelaufen sind – ganz zufällig, obwohl wir gerade mal zwei Kurse gemeinsam belegt haben.

»Ganz so, wie es sein soll.« Der Konsiliar tritt einen Schritt zurück. »Danke für Ihr Vertrauen, Fiona.«

Der Kreis der Testleiter öffnet sich, und Fionas Gesicht verschwindet vom Würfel, als sie zu ihrem Platz zurückgeht.

»Willkommen zur Gläsernen Stunde!« Der Konsiliar breitet seine Arme aus, als hätte gerade eine Showeinlage den Auftakt des Abends markiert. In den Gesichtern um mich herum wechselt sich Verwirrung mit blanker Empörung ab. »Hier im Zentrum zelebrieren wir die höchsten Güter der Gläsernen Nationen, Offenheit und Vertrauen, durch die Klärung, die Sie gerade miterlebt haben.«

Das Gemurmel im Saal verstummt.

»Ich möchte Ihnen das etwas genauer erklären«, sagt der Konsiliar mit seiner eigenartigen Fistelstimme. »Stellen Sie sich Geheimnisse vor wie Krebszellen. Unbehandelt breiten sie sich aus, verwachsen und werden zu einem kranken Geschwür im Körper eines Staates. Damit das nicht geschieht, brauchen wir aufrechte, ehrliche, nennen wir es gläserne Menschen.«

Ich denke an die Geheimnisse, die die ehemaligen Vereinigten Staaten von Amerika in den Ruin getrieben haben. Den großen Skandal. Nur Offenheit kann eine solche Katastrophe verhindern.

»Im Gegenzug für Ihre Ehrlichkeit erhalten Sie in der Gläsernen Stunde natürlich auch die des Konsiliums.« Der Konsiliar deutet auf den erneut aufleuchtenden Würfel und tritt zurück, als würde er ihm die Bühne überlassen.

»Aber die Spiegel mit unseren Ergebnissen stehen doch sowieso ununterbrochen an der Wand«, flüstere ich Luce verwundert zu, doch sie scheint mich nicht zu hören. Mit zusammengezogenen Augenbrauen starrt sie den Würfel an, auf dem in diesem Moment Ziffern erscheinen.

»Skye, da!« Bea zupft an meinem Ärmel und deutet auf den Würfel, der nun ganz langsam zu rotieren beginnt.

Ranking, lautet die Überschrift in klobigen Lettern. Darunter erscheinen Namen:

1. Raven, Mira
2. Lopez, Celia
3. Alderville, Jasmine
4. Mansour, Colette
5. Anderson, Skye

Die Aufzählung setzt sich fort. Weiter und weiter fließen die Nummern und Namen in einem nicht abreißenden Strom, den ich nicht begreife. Bei der Kristallisierung gibt es nur zwei Optionen: rational oder emotional. Wofür braucht das Konsilium ein Ranking? Doch der Konsiliar verlässt den Kreis ohne weitere Erklärungen und einer der Testleiter öffnet die Tür des Athene-Saals. Die Gläserne Stunde ist vorbei.

»Sie müssen die Ränge anhand der Evaluation vergeben haben«, vermutet Bea, während wir uns in den Stau auf der Treppe einreihen.

Vielleicht hat sie recht. Aber nach der geheimnisvollen Rede des Konsiliars über Vertrauen und Offenheit glaube ich nicht, dass die Evaluation alles ist, was hinter den Rangplätzen steckt. *Verteidige deinen Platz,* ertönt die Stimme meines Vaters in meinem Kopf.

Ich betrachte die Seiten des Würfels, auf denen die Liste von Namen immer weitergeht. Bea hat es auf einen nicht üblen neunzehnten Platz geschafft, während ich Luces Namen in der Aufregung nicht finde.

Um uns herum summen Gespräche in der Luft und jedes einzelne dreht sich um Fiona. Manche der Stimmen klingen mitleidig, andere spöttisch. Die meisten Mädchen aber scheinen einfach nur froh zu sein, nicht selbst in ihrer Haut zu stecken.

Wir gelangen an das Ende der Treppe, und ich bemerke, dass die Zahlen des Rankings nun auch unter unseren Porträts stehen. Die kleine 5 unter meinem Gesicht fegt die aufwühlenden Ereignisse der Gläsernen Stunde aus meinem Kopf und lässt nichts als Erleichterung zurück. Irgendetwas muss ich ja richtig machen, wenn das Konsilium mich besser bewertet als 86 andere Mädchen!

Keine Sorge, Dad, denke ich, als sich das Foto mit meinem Rang dreht und die fünf Dimensionen meines Spiegels erscheinen. Soweit ich es erkennen kann, bin ich die Einzige, deren goldfarbener Balken zielstrebig auf *Ratio* zuläuft. *Hier wird niemand an mir und meiner Bestimmung zweifeln.*

18

Ich liege auf dem Rücken im unteren Bett und starre auf die Matratze über mir. Den ganzen Weg die Treppen hinauf und bis in den Schlafsaal hat Luce nicht aufgehört, sich über die Klärung aufzuregen.

»Der kann mir viel von Vertrauen erzählen! Das ist einfach nur Missachtung von Privatsphäre, wenn ihr mich fragt!«

Die Konsiliare müssen alles über uns wissen, was es zu wissen gibt, um bei der Kristallisierung keinen Fehler zu begehen. Aber das habe ich nicht gesagt, denn in diesem Augenblick lief Fiona an uns vorbei, ihr blasses Gesicht noch immer rot gefleckt. Niemand hätte während der Klärung mit ihr tauschen wollen, auch ich nicht. Ganz egal, wie sinnvoll dieses Konzept auch sein mag.

Ich ziehe meine Decke bis zum Hals, obwohl mir eigentlich warm ist, und schließe die Augen. Für einen Moment spüre ich meinen Körper schwer in die Matratze sinken. Doch statt endlich einzuschlafen, beginnen meine Gedanken nun, mit schmerzhafter Präzision alles zu sezieren, was ich jemals in mein Handytagebuch getippt habe. Fionas schüchternes Geständnis ist dagegen ungefähr so schockierend wie die Geheimnisse einer Klosterschülerin.

Mein Team hat heute gegen die Edison High gewonnen! Elias hat mich mitten im Stadion vom Podest gehoben und einfach nicht mehr losgelassen, obwohl Coach Verse und alle anderen um uns herumstanden.

Das habe ich erst vor zwei Wochen geschrieben. Als ich die Bezirkswettkämpfe noch wichtig fand und glaubte, Elias und ich würden für immer unzertrennlich sein.

In solchen Augenblicken kann ich einfach nicht anders, als mir vorzustellen, wie es wäre, ihn zu küssen, ihn zu berühren. Und zwar nicht nur aus Versehen …

Hitze strömt in meine Wangen, als ich mich an den Rest dieses Eintrags erinnere. Unter keinen Umständen darf ich zulassen, dass meine geheimsten Wünsche auf dem Würfel erscheinen! Bei dem Gedanken an Jasmines höhnisches Lachen wird mir jetzt schon schlecht. Oder an den Spott in Alexanders Augen … Aber vielleicht hat er meine Einträge ja auch schon längst gelesen, meine Fotos durchgesehen und zusammen mit Tamika herzlich darüber gelacht. Wenn sie Fionas Tagebuch gelesen haben, warum dann nicht auch meins?

Weil du ihnen keinen Grund dazu gibst, an dir zu zweifeln.

Ich beruhige mich mit dem Gedanken an die kleine schwarze 5 unter meinem Foto an der Wand des Athene-Saals. Mich wird niemand auf diesen Stuhl holen. Nicht, wenn ich die perfekte Expektantin bin. Ich drehe mich zum Fenster, durch das ich die sanft erleuchtete Parkanlage sehen kann. Elias liegt keine fünfzig Meter von mir entfernt in seinem Bett, fast wie zu Hause in Upperlake. Bei dem Gedanken an ihn durchfährt mich ein Stich. Trotz allem, was seitdem geschehen ist, brennt der Schmerz ebenso frisch wie an unserem letzten Schultag. Meine Finger malen unsichtbare Muster auf die Bettdecke. Wer von den Jungs heute Abend wohl seine tiefsten Geheimnisse vor allen anderen verraten musste? Einen kurzen Moment denke ich an Colin und den zerrissenen Pullover, schiebe die Nacht am See aber schnell wieder aus meinem Kopf. Es gibt keine Beweise dafür, was wir getan haben, und Colin würde sich eher die Zunge abbeißen, als sein R zu gefährden. Unsere Fehler liegen im schwarzen Wasser begraben, und solange mein Rang mich vor der Klärung schützt, werde ich hoffentlich dafür sorgen können, dass es so bleibt.

Rastlos setze ich mich auf. Nun bin ich endgültig wach. Ich strecke mich und ziehe meinen Rucksack unter dem Bett hervor. Er ist leer bis auf das Ladekabel für mein Smartphone, das ich nicht mehr brauche. Fast leer. Wie von selbst schiebt sich meine Hand in die Seitentasche und tastet nach dem festen Fotopapier. Ich ziehe das Polaroid aus seinem Versteck und setze mich mit angezogenen Beinen ans Kopfende des Bettes. Mein Zeigefinger fährt über Elias' Gesicht. Ich hätte das Mädchen auf diesem Bild sein können. Warum bin ich weggelaufen? Ich denke an meine Beine, wie sie durch das Wasser stolperten. Mitten in dem einen Moment, der seit Wochen meine Träume beherrschte, hatte ich plötzlich das Gefühl zu ersticken.

Die Matratze über mir bewegt sich und ich schrecke zusammen.

»Pscht.« Luce hält sich ihren Zeigefinger vor die Lippen und macht es sich am Fußende meines Betts bequem. Dann greift sie unter ihre Matratze und fördert eine Packung Kräcker vom Buffet zutage.

Ich lächle ihr zu und schlucke die Tränen herunter.

»Denkst du über deine Freundin nach?«, fragt sie leise.

»Nicht direkt«, sage ich mit einem Anflug von schlechtem Gewissen.

Luce rutscht ein Stückchen näher an mich heran und vergewissert sich mit einem Blick in Richtung der anderen Betten, dass die Mädchen um uns herum schlafen. »Es ist immer noch *unser* Leben, okay?«, flüstert sie. »Kein Traitmark und kein Rang können darüber bestimmen, wenn wir es nicht zulassen. Außerdem bist du mit dem fünften Platz ja sowieso aus dem Schneider.«

»Wie meinst du das?« Weiß Luce mehr über den Zweck des Rankings als ich?

Sie mustert meinen verwirrten Gesichtsausdruck und schüttelt den Kopf, als hätte sie zu viel gesagt. »Vergiss es.« In unbekümmertem Ton fügt sie hinzu: »Deiner Bewerbung für diese superexklusive Uni schadet es auf jeden Fall nicht, wenn du als *aufrechter Mensch* angesehen wirst.« Bei den letzten Worten äfft sie die Fistelstimme des Konsiliars nach. »Im Ernst«, flüstert sie, »hier drin ist alles moderner als in jedem *TechMania*-Laden auf der Fifth Avenue und dann kommen sie mit nach Geschlechtern getrennten Gebäuden, verstaubten Statuen und Psychologen in albernen Gewändern?«

Gegen meinen Willen muss ich grinsen und greife nach einem Kräcker. Luce nutzt die Gelegenheit, um mir das Foto aus der Hand zu nehmen. Zu müde, um zu protestieren, sehe ich ihr dabei zu, wie sie die Knitterspuren über Elias' und Jasmines Gesichtern glatt streicht.

»Verstehe«, sagt sie schlicht und betrachtet die beiden noch ein bisschen länger.

Und plötzlich brechen die Geschehnisse vom See im Flüsterton aus mir heraus, ohne dass ich sie zurückhalten kann. Nur Colin lasse ich aus dem Spiel. »Ein einziger Kuss!«, ende ich schließlich. »Ich habe es einfach nicht fertiggebracht – und ein einziger Kuss hat alles für ihn ruiniert? Es war immer meine größte Angst, in diesem ganzen Gewirr unsere Freundschaft zu verlieren. Jetzt ist genau das passiert.«

»Und dafür gibst du *dir* die Schuld?«, unterbricht Luce mich mit großen Augen. Ich senke den Blick. »Skye, du warst nach dem Bescheid doch völlig durch den Wind! Wenn Elias dir mal einen Moment lang wirklich zugehört hätte, dann wäre ihm klar geworden, dass das nicht der richtige Augenblick ist, um dich so zu überrumpeln.« Sie streicht über meinen Arm. »Du hattest Angst, ihn zu verlieren, wenn du Nein sagst, oder?«

Ich deute auf das Polaroidfoto zwischen uns. »So war es dann ja auch.«

Luce schüttelt energisch den Kopf. »Aber das ist *seine* Schuld! Es ist ja wohl keine Selbstverständlichkeit, dass du zu jedem Zeitpunkt das Gleiche willst wie er.« Sie wartet, bis ich sie ansehe. »Es ist völlig egal, wie sehr du ihn vorher gewollt hast und was er deshalb gedacht haben könnte. Der Moment hat sich für dich falsch angefühlt, also war es die einzig richtige Reaktion zu gehen.«

Zum ersten Mal seit der Nacht am See komme ich mir wegen meines Rückzugs nicht kindisch vor. Dankbar drücke ich ihre Hand.

Luce nimmt das Foto von der Matratze und sieht es sich noch einmal genauer an. »Wenn Elias Jasmine geküsst hat, um sich für deine Zurückweisung zu rächen, dann ist er ein Mistkerl«, sagt sie nach einer Weile. »Aber … für mich sieht das eigentlich gar nicht so aus. Im Gegenteil. Wenn du mich fragst, wirkt *er* hier zur Abwechslung mal ziemlich überrumpelt.«

Sie schiebt mir das Bild zu. Von Elias' Gesicht ist nicht viel zu sehen. Aber man erkennt, dass seine Augen offen sind – und seine Hand könnte mit etwas Fantasie auch in einer abwehrenden Geste erhoben sein. *Ich habe einen Fehler gemacht, aber nichts ist so gewesen, wie es aussieht.*

»Wer hat das Foto überhaupt geschossen?«, fragt Luce. »Noch dazu mit einer Polaroidkamera. Habt ihr an der Serenity nicht eh alle Smartphones?«

Ich nicke. »Schon …«

Die Dringlichkeit in Elias' Stimme auf dem Bahnsteig kommt mir erneut in den Sinn. Wie aufgewühlt er gewirkt hat, als er meinen Arm umklammerte.

»Meinst du, der Kuss mit Jasmine war … ein Missverständnis?«, frage ich langsam.

»Du kennst ihn«, erwidert Luce. »Und ich spüre, wie wichtig er dir ist. Allein deshalb kann er schon kein kompletter Mistkerl sein.« Sie legt den Arm um meine Schultern und drückt mich sacht an sich. Es tut so gut, dass ich fast wieder zu weinen anfange. »Redet miteinander! Bisher ist noch keine Beziehung an offener Kommunikation gescheitert.«

»Offene Kommunikation, hm?« Ich sehe sie an. »Ist das der Grund, weshalb du so wütend über unsere Trennung von den Jungs bist? Weil es da jemanden gibt, mit dem du reden willst?«

Ich spüre, wie Luce sich neben mir anspannt, bevor sie mit einem nicht wirklich überzeugenden Lächeln antwortet: »Mach dir um mich mal keine Sorgen. Ich regle meine Angelegenheiten schon irgendwie.«

Sie legt das Foto in meinen Schoß, bevor sie leise zurück auf die obere Etage unseres Stockbetts klettert.

Nachdenklich schaue ich in die Dunkelheit. Wenn Luce bereit ist, mir mehr zu erzählen, wird sie es schon tun. Ich warte, bis ihre regelmäßigen Atemzüge mir verraten, dass sie wieder eingeschlafen ist, dann steige ich aus dem Bett und lehne meine Stirn gegen das kühle Glas der Fensterscheibe. Jeder einzelne Sommer am See, jeder haltlose Lachanfall auf unserem Felsen, jede Stunde auf der Fensterbank werden in meiner Erinnerung lebendig.

Luce hat recht. Was zwischen Elias und mir war, ist zu wertvoll, um es wegzuwerfen, ohne die ganze Wahrheit zu kennen. Ich betrachte die schimmernde Mauer des Zentrums, die uns erst in vier Wochen wieder freigeben wird. Vier Wochen, in denen uns jeder Kontakt mit den Jungen strengstens verboten ist. Mein Blick wandert durch den stillen Park zu meinen Füßen. Und dann fasse ich in der nächtlichen Stille von Schlafsaal 4 einen waghalsigen Entschluss.

19

Wir sollten uns beeilen.« Luce gähnt und schlüpft in ihre Jogginghose, während ich den Reißverschluss meines Rocks zuziehe. »Ich will heute zumindest in Ruhe meinen Kakao austrinken, bevor sie uns wieder aufscheuchen.«

Keine von uns erwähnt das Gespräch von gestern Abend, und ich bin froh, dass Luce nicht fragt, was ich vorhabe. Ich würde sie ungern in Schwierigkeiten bringen.

Das Zentrum, das bei unserer Anreise auf mich gewirkt hat, als würde ich mich darin nie zurechtfinden, erscheint mir mit seinen ringförmig übereinanderliegenden Fluren inzwischen beinahe übersichtlich. Für den Weg zum Wintergarten brauchen wir heute nur wenige Minuten.

Bea winkt Luce und mich an einen großen Tisch direkt in der Mitte unter der gläsernen Kuppel, wo sie mit zwei anderen Mädchen sitzt. »Das sind Colette und –«

»Mira«, stellt sich die Größere der beiden selbst vor und wirft ihre roten Locken zurück.

Sie war es, die sich gestern im Athene-Saal so über die unvorteilhaften Fotos aufgeregt hat – aber das ist es nicht, weshalb ich an ihrem Namen hängen bleibe.

»Mira Raven«, stelle ich fest. »Du hast es auf den ersten Platz geschafft.«

Sie nickt, bevor sie mich genauer in Augenschein nimmt. »Und du auf den fünften. Gleich hinter Colette.«

Miras Nachbarin lächelt mir zu und steckt eine verloren gegangene Haarsträhne zurück unter ihr Kopftuch. »Das Mädchen von Platz 3, Jasmine oder so, kommt aus New York«, sagt sie dabei. »Ich bin echt neidisch auf alle, die in der Hauptstadt leben!«

»Mich würde viel mehr interessieren, wer diese Celia Lopez ist«, wirft Mira ein. »Niemand weiß irgendetwas über sie. Und immerhin ist sie Zweite.«

Mira wirft mir einen fragenden Blick zu, doch ich zucke nur mit den Schultern. »Zu unserem Schlafsaal gehört sie jedenfalls nicht.«

Luce zieht zwei Stühle für uns heran und gießt sich Kakao ein. »Wollen wir vielleicht auch noch unsere Spiegel vergleichen?«, fragt sie, aber nur Bea erwidert ihr Grinsen.

»Ich finde nichts falsch daran, herausfinden zu wollen, was es mit dem Ranking auf sich hat«, sagt Mira ernst. »Nur so können wir dafür sorgen, dass wir an der Spitze bleiben.«

Luce runzelt die Stirn. Doch Colette nickt, und ich beschließe, die beiden nicht gleich nach meinem ersten Eindruck im Athene-Saal abzuschreiben. Die unkomplizierte Bea wäre ja wohl kaum mit Mira und Colette befreundet, wenn sie wirklich so oberflächlich wären, wie sie gestern gewirkt haben. Und außerdem scheinen sie zu verstehen, was mich beschäftigt.

»Ist euch auch aufgefallen, dass erstaunlich wenige Spiegel rational sind?«, frage ich und streiche Butter auf meinen Toast.

»Ich habe gestern im Athene-Saal durchgezählt«, sagt Mira. »Im Moment sind es elf.«

»Nur elf?«, rutscht es mir heraus.

»Bea, reichst du mir mal den Sirup?«, fragt Luce und schneidet, bevor Mira und ich uns weiter über die Spiegel unterhalten können, ein neues Thema an: »Woher kommt ihr eigentlich?«

Der Südstaatenakzent der Mädchen verrät, dass sie nicht wie Luce und ich an der Ostküste leben.

»Houston«, sagt Colette mit dem Mund voll Toast, und Bea kichert, als sie sich verschluckt.

Mit hochgezogenen Augenbrauen sieht Mira ihre Freundinnen an, die sofort zu lachen aufhören. Luce entfährt ein Schnauben. Sie sucht meinen Blick, doch als mein Check vibriert, vergesse ich alle Spannungen am Tisch. Auf einen Schlag wird mir wieder bewusst, dass heute der Beginn der Aufgaben ansteht. Welche Dimension mich wohl als erste erwartet? Mit nervösen Fingern streiche ich über die Oberfläche des Checks, wie Bea es mir gestern gezeigt hat.

Testungsgruppe 1. Bitte begeben Sie sich in Raum 08.

»Noch jemand von euch in Gruppe 1?«, fragt Mira.

Luce, Colette und ich nicken.

»Oh, zum Glück!« Mira lächelt, ehrlich erleichtert. »Ich habe nämlich überhaupt keine Ahnung, wie ich hier irgendetwas außer dem Weg zu meinem Schlafsaal finden soll.«

Zu viert laufen wir wenig später den Gang entlang und vorbei am Athene-Saal, dessen Flügeltüren heute geschlossen sind. Ich denke an unsere Porträts auf der anderen Seite der Wand und an heute Abend, wenn eins von ihnen wieder zur Klärung auf dem Würfel erscheinen wird. Es kann unmöglich meins sein, nicht bei meinem hohen Rang – trotzdem zieht sich mein Magen nervös zusammen.

»Was ist denn da los?« Luce deutet auf eine Traube von Mädchen, die sich am Fuß der Treppe versammelt hat und die leuchtende Außenwand des Athene-Saals anstarrt.

»Ich kenne keine von beiden«, höre ich ein Mädchen mit kurzen Haaren schulterzuckend sagen. »Wie soll ich mich da für eine entscheiden?«

Ich schiebe mich durch die Menge und erstarre, als ich sehe, worum es geht. Zwei der schwarz-weißen Fotos aus dem Saal strahlen uns von der Wand entgegen. Anders als drinnen, wo keine unserer Aufnahmen mehr Platz einnimmt als ein Zeichenblatt, reichen die beiden überdimensionalen Porträts hier fast bis zur Decke. Ich erkenne das Piercingmädchen aus dem Servicewagen und links neben ihr –

»Luce!«

Doch meine Freundin hat ihr Gesicht schon längst entdeckt und sieht es mit undurchdringlicher Miene an.

Der Satz unter den beiden Aufnahmen lässt keinen Zweifel am Zweck dieser Abstimmung: **Wessen Offenheit wollt ihr testen?**

Nacheinander treten die Mädchen um uns herum vor und tippen auf eines der beiden Fotos. Für jede Stimme fliegt ein winziger Kristall über die Wand, was mich an die Likes auf meinem Smartphone erinnert. Mir wird übel, als ich an den Stuhl in der Mitte des Saales und die Fistelstimme des Konsiliars denke. Das darf Luce nicht passieren – Offenheit und Transparenz hin oder her!

»Wir stimmen einfach alle für sie«, sage ich fest und deute auf das Foto des Piercingmädchens.

»Oder du siehst es als Chance«, schlägt Mira an Luce gewandt vor. »Wenn du dich nicht so katastrophal anstellst wie dieses Mädchen gestern und der Konsiliar dir nicht alles aus der Nase ziehen muss, könnte die Klärung deinen Rang verbessern.«

»Und sich dafür vor allen hier blamieren? Auf gar keinen Fall«, sage ich und stelle mich kampfeslustig vor Luces Bild.

Mira hebt die Hände. »Ich wollte nur helfen. Klar stimme ich für die andere, wenn es das ist, was ihr wollt.«

»Wir könnten alle Mädchen aus unserem Schlafsaal überreden –«, beginnt Colette, doch Luce schüttelt den Kopf.

»Nein, lasst nur. Ich habe keine Lust auf so einen Zickenkrieg.« Bevor ich sie aufhalten kann, tritt sie vor und tippt auf ihr eigenes Foto. »Und außerdem habe ich nichts zu verbergen.«

Luce hakt sich bei mir unter, während Mira und Colette sie mit offenem Mund ansehen. »Wir sollten uns beeilen. Die erste Aufgabe ist schließlich wichtiger als die Frage, wessen Schwarm hier heute Abend enthüllt wird.«

Ich laufe neben Luce die Treppe hinauf und bin froh, dass sie den Aufzug neben den Stufen einfach ignoriert. Allein der Gedanke an die Enge da drinnen lässt wieder einen Hauch der alten Beklommenheit in mir aufsteigen. Ob das Konsilium von meinen Ängsten weiß? Von den Albträumen und den Panikattacken, die mich noch bis vor einem Jahr regelmäßig gequält haben? Ich beiße mir auf die Lippe, als ich an die Worte des Konsiliars denke. Vertrauen. Offenheit. Das ist es, was sie von uns verlangen. Und das ist es, was meinem hohen Rang zum Verhängnis werden könnte, denn selbst wenn die Psychologen keine Ahnung von der Nacht am See und der Rettung der falschen Jasmine haben – im Kreis der grauen Testleiter wäre ich niemals fähig zu verschweigen, was ich getan habe. *Oder was ich plane zu tun.*

»Da vorne nach links«, reißt Colette mich aus meinen Gedanken. Mittlerweile haben wir den Flur des ersten Stocks erreicht.

»Nummer 8«, verkündet Mira und bleibt vor einer der weißen, nichtssagenden Türen stehen, während sie noch einmal die Angabe auf ihrem Check überprüft.

Jetzt geht es also wirklich los. Meine Handflächen beginnen zu schwitzen. Die absurden Gerüchte über die Testung schleichen sich zurück in meine Gedanken, die Bilder von Kabeln und Lügendetektoren. *Sie wollen uns nur helfen zu erkennen, wer wir wirklich sind!*

Luce greift gerade nach der Klinke, als die Tür zu Raum Nummer 8 so schwungvoll aufgerissen wird, dass sie zurückstolpert.

»Da sind Sie ja. Miss Anderson, Miss Raven, Miss Mansour und Miss –« Die oberste Testleiterin mit den ordentlich zurückgesteckten Haaren wirft einen zweiten Blick auf ihren Check. »Miss Vaillant?« Ohne auf eine Antwort zu warten, scheucht sie uns in den Raum, in dem schon zwei lange Reihen weiß gekleideter Expektantinnen auf nicht wirklich bequem wirkenden Stühlen warten. Mit dem unangenehmen Gefühl, die Letzten zu sein, verteilen wir uns schnell auf die verbliebenen freien Plätze. Ich stöhne innerlich auf, als ich Jasmine in der ersten Reihe sitzen sehe. Jetzt werde ich mich nicht nur auf die Aufgaben konzentrieren müssen, sondern auch darauf, dieser Schlange aus dem Weg zu gehen.

»Hi!« Jemand tippt mir auf die Schulter und ich drehe mich um.

»Sadie, Clara!« Ich lächle erleichtert, als ich meine alten Laborpartnerinnen aus der Serenity hinter mir erkenne. »Ich habe euch am Bahnhof gar nicht gesehen«, wispere ich, froh darüber, die Zwillinge in meiner Gruppe zu haben.

»Wir waren mal wieder spät dran, du kennst ja Mum.« Sadie verdreht die Augen.

Mit den Jahren habe ich gelernt, die beiden anhand winziger Feinheiten auseinanderzuhalten: Das Muttermal an ihrer linken Schläfe sagt mir, dass es Clara ist, die winzige Lücke zwischen ihren Schneidezähnen verrät Sadie. Es ist erstaunlich, wie ähnlich Menschen aussehen, die unterschiedlicher nicht denken könnten!

»Nun, da wir vollzählig sind, kann es ja losgehen. Sie werden heute den ersten Aufgabenteil der Ihnen zugeteilten Dimension absolvieren.« Beim Klang von Carolines Stimme drehe ich mich nach vorne. »Die Testung ist anders als jede Prüfung, die Sie jemals abgelegt haben. Hier können Sie nicht gut oder schlecht abschneiden, Sie werden lediglich eingeordnet.«

»Und wozu dient dann das Ranking?«

Ich wende mich um und bin nicht überrascht, dass es Tonya ist, das Mädchen mit dem Piercing, das ungefragt dazwischengesprochen hat. Caroline richtet ihre silberne Anstecknadel. »Das Konsilium benötigt jede Information, um Ihre Persönlichkeit so präzise wie möglich zu kristallisieren. Unsere Methoden dafür sind sehr unterschiedlicher Art.« Ihr Blick schweift zurück zum Rest von uns, als wäre Tonyas Frage damit beantwortet. »Die Testung ist anstrengend, da will ich Ihnen nichts vormachen; aber dafür erwartet Sie nach diesem Monat ein Leben in Klarheit und der Gewissheit, wie Sie den Gläsernen Nationen den größtmöglichen Nutzen erbringen können. Ein Leben, das Sie glücklich machen wird. Vertrauen Sie unserer Einordnung, denn nach den Aufgaben werden wir Sie besser kennen als Sie sich selbst.«

Meine Finger spielen mit dem Bund meiner hohen Strümpfe. Ich wünschte, ich könnte mich genauso vertrauensvoll auf die Testung einlassen, wie Caroline es uns rät. Aber dafür weiß ich zu genau, was für mich auf dem Spiel steht. Miras angespannter Gesichtsausdruck verrät mir, dass sie dasselbe denkt.

»Wenn es keine weiteren Fragen gibt, würde ich gern beginnen. Stehen Sie bitte auf und räumen Sie die Stühle an die Seite.«

Als die Mitte des Raums frei ist, erkenne ich einen breiten, grell leuchtenden Streifen auf dem Boden, der den Raum in zwei Hälften teilt. Zusammen mit den anderen Mädchen trete ich ein paar Schritte zurück.

»Was soll dieser Streifen?«, höre ich Mira zu Colette sagen, als ohne jede Vorwarnung ein durchdringender Gong ertönt. Ich fahre zusammen, aber die militante Glocke war bloß der Anfang.

Hinter Carolines kerzengerader Silhouette an der Kopfseite des Raumes erscheint eine Frage an der Wand. **Was würden Sie tun?**, steht dort in der gleichen Schrift, die uns aufgefordert hat, zwischen Luce und dem Piercingmädchen zu wählen. Ich schaue mich um. Während Mira links von mir jede Lockerheit verloren hat, lehnt Luce, allem Anschein nach unbeeindruckt von der Spannung im Raum, geradezu lässig an der Wand. Ich hingegen fühle mich, als stünde ich mitten in einem Ameisenhaufen, dessen Bewohner langsam an mir hochkrabbeln. Jeder Zentimeter meines Körpers scheint mir sagen zu wollen, dass ich das, was jetzt kommt, auf keinen Fall vermasseln darf.

Die Frage verschwindet von der Wand und wird durch das schemenhafte Bild eines Mädchens ersetzt. **Sie verraten Ihrer Freundin ein persönliches Geheimnis, von dem kurz darauf die ganze Schule weiß. Wie verhalten Sie sich?**

Darunter stehen sich zwei Antworten gegenüber. Auf dem Boden zwischen ihnen verläuft der leuchtende Streifen. Wieder ertönt die durch Mark und Bein gehende Glocke und auf der Wand erscheint die Zahl 30. Ich sehe klopfenden Herzens zu, wie die Sekunden heruntergezählt werden. Es geht also um Schnelligkeit.

»Na, da bin ich aber mal gespannt auf deine Wahl«, flüstert Luce mir ins Ohr. »Obwohl dein Geheimnis bei mir natürlich sicher ist.«

Einen Moment lang frage ich mich, ob ich Luce doch in meinen im Dunkel der Nacht geschmiedeten Plan einweihen sollte, verwerfe die Idee aber gleich wieder. Was ich vorhabe, ist auch so schon riskant genug.

Ich stehe über dem, was geschehen ist, und verzeihe meiner Freundin.

Wie die meisten anderen Mädchen wählen Luce und ich diese Antwort, während Mira und Colette sich als einzige uns gegenüber auf die andere Seite des Streifens stellen: **Ich kann keine Freunde gebrauchen, die mir gegenüber nicht loyal sind.**

Die Zeit ist um. Caroline schreitet unsere Reihen ab, und ich bilde mir ein, ihren scharfen Blick auf mir zu spüren. Mit klopfendem Herzen überfliege ich die beiden Antwortalternativen noch einmal und schnappe nach Luft, als ich verstehe, worum es hier wirklich geht. Zu früh schlägt der Gong und kündigt die nächste Frage an.

Sie beobachten zufällig den Partner Ihrer Mitbewohnerin mit einem anderen Mädchen. Wie verhalten Sie sich?

Die Sekunden verrinnen, aber mein Körper ist auf einmal wie gelähmt. Zwei Antworten. Zwei Traits. Ich darf mich nicht noch einmal für den falschen entscheiden.

Wie gehen Sie mit einem Betrug um? Das ist es, was das Konsilium eigentlich wissen will. **Ich sage ihr erst einmal nichts, immerhin ist das eine Sache zwischen ihr und ihrem Partner**, lese ich die Antwort auf der linken Seite und schüttle den Kopf. Verheimlichung kann nicht die Antwort einer Rationalen sein, so viel ist sicher. **Ich erzähle meiner Freundin, was ich gesehen habe**. Ich springe nach rechts.

Als die Zeit abgelaufen ist, tritt Caroline wieder auf den Streifen zwischen uns, wo sie ungefähr zum zehnten Mal an diesem Morgen ihre Anstecknadel richtet. Ich erwarte den Gong und eine neue Frage, doch die Wand bleibt leer. Unsere Testleiterin mustert uns der Reihe nach.

»Warum verheimlichen Sie den Betrug?«, fragt sie das Piercingmädchen.

Tonya steht gemeinsam mit Luce und ein paar anderen Mädchen auf der linken Seite des Streifens. Trotz Carolines strengem Blick wirkt sie ziemlich gelassen. Entweder ist sie eine gute Schauspielerin, oder Caroline, die mich trotz ihrer schmalen Statur an eine Bulldogge erinnert, schüchtert sie tatsächlich nicht ein.

»Es würde sich nicht richtig anfühlen, eine Freundin zu verletzen«, antwortet Tonya.

»Also ziehen Sie den Schutz Ihrer eigenen Gefühle der Wahrheit vor?«

Neben mir schüttelt Mira stumm den Kopf. Ich weiß, was sie denkt – aber nicht für jede von uns ist die emotionale Antwort die falsche.

»Ja«, erwidert Tonya selbstsicher und Caroline nickt.

»Danke, Miss Laswig.« Ohne ein weiteres Wort wendet sie sich um und schreitet weiter unsere Reihe ab. »Und warum sind Sie bereit, Ihre Freundin zu verletzen?«

Ich schlucke, als die schwarzen Schuhe der Testleiterin direkt vor mir stehen bleiben.

»Etwas zu verheimlichen, was man mit Sicherheit weiß, ist eine Lüge und verstößt somit gegen die Rationale Ordnung.« Sadie nickt bestätigend, und ich versuche, nicht daran zu denken, dass Jasmine hinter mir nur darauf wartet, dass ein falsches Wort meine Lippen verlässt. »Ich glaube nicht an Lügen.«

Caroline unterzieht mich einem letzten prüfenden Blick, bevor ich vom Gong erlöst werde. Meine Hände sind schweißnass. In Gedanken gehe ich die fünf Traitdimensionen durch: Extraversion, Zielstrebigkeit, Temperament, Verträglichkeit und Neurotizismus. Zu welcher von ihnen gehört diese Aufgabe? Doch ich habe keine Zeit, länger darüber nachzudenken, denn schon erscheint die nächste Frage an der Wand: **Sie erfahren von der Krebserkrankung Ihrer Mutter, die bis jetzt ahnungslos ist. Wie verhalten Sie sich?**

Um mich herum laufen die Mädchen hektisch von links nach rechts, entscheiden sich um, stoßen gegen mich, aber ich starre nur auf das Wort *Mutter*. So selbstverständlich gewählt, als würde jede von uns eine haben. Ich lasse mich von Luce nach links ziehen, nur Sekunden bevor die Zeit abgelaufen ist. Mit einem unguten Gefühl im Bauch lese ich die Lösung, für die ich jetzt geradestehen soll: **Ich schütze meine Mutter, indem ich sie so lange wie möglich im Ungewissen lasse.**

Dieses Mal macht Caroline keine Anstalten, sich von ihrem Beobachterposten an der Kopfseite des Raumes wegzubewegen, aber sie behält uns mit einer Gründlichkeit im Auge, als würde sie jede einzelne Positionierung registrieren. Schweißperlen bilden sich in meinem Nacken. Wenn der Balken meines Spiegels heute Abend nicht in Richtung *Senso* zeigen soll, müssen mir die Blicke der anderen jetzt egal sein. Ich setze einen Fuß in Richtung des Streifens, dann den nächsten. Jemand räuspert sich und ich höre Getuschel, aber ich rette mich weiter Schritt für Schritt auf die richtige Seite: **Ich überlege in Ruhe, welche Maßnahmen ergriffen werden müssen, nachdem ich meine Mutter in Kenntnis gesetzt habe.**

Das ist es, was eine Rationale tun würde. Ich werfe Caroline einen unsicheren Blick zu, immerhin waren meine dreißig Sekunden Entscheidungszeit bereits abgelaufen. Aber sie achtet nicht auf mich. Die Wand präsentiert uns die nächste Frage: **Sie haben gegen die Ordnung Ihres Traits verstoßen. Wie verhalten Sie sich?**

Meine Augen flackern zur rechten Seite, zu der die meisten Mädchen laufen: **Ich melde meinen Fehler freiwillig bei der Administration und entsage meinem Trait, wenn es sein muss.**

Ich bezweifele, dass sich auch nur Eine von ihnen stellen würde, aber natürlich behaupten sie es unter Carolines wachsamen Augen, die uns bei dieser Frage noch schärfer beobachten als zuvor. Etwas an der Einfachheit dieser Lösung lässt mich jedoch zögern, es den anderen gleichzutun.

Ich warte ab und melde den Ordnungsbruch nicht.

Keine Einzige steht auf der linken Seite. Alles an dieser Antwort klingt falsch, wenn nicht sogar verbrecherisch.

Sieben, sechs, fünf …

»Skye!« Diesmal ist es nicht Luce, sondern Mira, die mir einen durchdringenden Blick zuwirft und mir bedeutet, mich neben sie und Colette zu stellen. **Ich entsage meinem Trait.** Aber das kann nicht die Lösung sein!

Vier, drei, zwei …

Als der Gong ertönt, stehe ich noch immer auf dem Streifen

zwischen den beiden Feldern. Carolines Absätze klappern auf dem hellen Boden, als sie langsam auf mich zukommt.

»Glauben Sie nun doch an Lügen, Miss Anderson?«, fragt sie mit schief gelegtem Kopf. »Oder wie darf ich Ihre Zurückhaltung verstehen?«

Mir wird übel von dem süßlichen Parfümduft, der von Caroline ausgeht. Habe ich einen Fehler gemacht? Nein. Wenn sie Ehrlichkeit von uns verlangen, werde ich mich nicht verstellen.

»Keine der beiden Lösungen trifft auf mich zu«, sage ich mit gesenktem Blick. »Zwar würde ich mich stellen, aber einem Trait zu entsagen, ist unmöglich. Der Trait ist kein Status, sondern eine angeborene Disposition. Wer einen Fehler begeht, muss bestraft werden, aber wir können uns nicht von dem trennen, was wir sind. Außer natürlich, bei der Kristallisierung wäre ein Fehler gemacht worden.« Endlich finde ich den Mut, die Testleiterin anzusehen. Zum ersten Mal fallen mir die feinen silbernen Strähnen auf, die sich durch ihr dunkles Haar ziehen. »Aber deswegen sind wir schließlich hier«, füge ich hinzu. »Damit wir uns für immer sicher sein können, wer wir sind.«

»Sehr gut, Miss Anderson.« Ich traue meinen Augen kaum, als Caroline ihre Lippen zu einem Lächeln verzieht und sich von mir abwendet. »Der Rest von Ihnen beschäftigt sich während der Archivzeit lieber noch einmal mit dem Konzept der Traits.« Sie streicht liebevoll über das R auf ihrem Handgelenk. »Merken Sie sich eins: Wir sind von Geburt an Emotionale oder Rationale. Und wir werden es bleiben – was auch immer wir tun.«

20

»Und – wie sind die Mädchen in eurer Gruppe so?« Bea steht hinter uns in der Schlange vor dem Buffet, wo Reis, Ofengemüse und Lasagne auf uns warten. »Ich würde ja zu gerne wissen, was ihr machen musstet, aber ich will mal lieber keinen Tadel riskieren«, wispert sie mit einem Seitenblick auf die Testleiterin, die an der Tür des Wintergartens steht.

»Nur so viel«, lächle ich, »es war nichts im Vergleich zu den Schauergeschichten, die manche bei uns an der Schule herumerzählt haben.« Ich stelle einen Teller Lasagne auf mein Tablett. »Und von den anderen Mädchen in unserer Gruppe kenne ich drei. Die gehen in New York mit mir auf die Serenity.«

Prompt rattert Mira die Namen unserer restlichen Mitstreiterinnen samt einer erstaunlich treffenden Beschreibung ihres Aussehens und ihrer Ränge herunter.

»Du solltest deine Bewerbung für den Geheimdienst schreiben«, sagt Luce trocken und nimmt sich eine Flasche Wasser.

Die Tür, die hinaus in den Park führt, steht offen, und wir balancieren unsere Tabletts auf eine kleine Terrasse. Alle Tische in der Sonne sind jedoch bereits besetzt.

»Dürfen wir das Essen mit rüber zu den Bäumen nehmen?«, wende ich mich an die rothaarige Testleiterin, wegen der Bea am Buffet die Stimme gesenkt hat.

»Klar«, sagt sie mit einem breiten Lächeln. »Während des Mittagessens und danach habt ihr sowieso Parkzeit, wisst ihr das nicht? Eigentlich sollte der zuständige Testleiter euch das gesagt haben. Ihr habt insgesamt zwei Stunden, bevor –« Sie stockt, als hätte sie uns schon zu viel verraten.

»Ja?«, fragt Mira und zieht das kleine Wort nervtötend in die Länge.

»Seid einfach in zwei Stunden zurück im Zentrum, dann beginnt die Archivzeit. Und keine Minute später!«

Der freundliche Ton der Testleiterin ist verschwunden, und wir nicken gehorsam, bevor wir uns, so schnell es mit den vollen Tabletts geht, auf den Weg zu einer der Baumgruppen machen.

»Was die schon wieder für eine Laune hat!«, stöhnt Mira, obwohl wir noch nicht einmal außer Hörweite der Terrasse sind. Ich werfe ihr einen überraschten Blick zu. »Was?«, fragt sie schulterzuckend. »Marlene ist meine Schwester.«

Wir setzen uns mit den Tabletts auf dem Schoß ins Gras und lehnen uns gegen die Baumstämme. Von diesem Punkt aus kann ich das Zentrum der Jungen sehen, die andere Hälfte des Gebäudekomplexes. Ich denke an Marlenes abgebrochenen Satz. Wenn unsere Parkzeit vorbei ist, muss die der Jungen anfangen. Elias wird unter den gleichen Bäumen sitzen wie ich …

Vielleicht ist mein Plan doch nicht so aussichtslos, wie ich bisher gedacht habe.

»Und deine Schwester darf im gleichen Zentrum arbeiten, in dem du kristallisiert wirst?«, wendet Luce sich an Mira.

»Sie ist drüben bei den Jungs eingeteilt, wenn es um die Aufgaben geht. Mit meinen Ergebnissen hat Lene nichts zu tun, ist also wirklich keine große Sache.« Mira schiebt sich eine Gabel Lasagne in den Mund und folgt meinem Blick, der noch immer auf dem Gebäude der Jungen ruht. »Sag bloß, unsere kleine Überfliegerin hat einen Freund!«

Etwas an ihrem Tonfall lässt die Bemerkung herablassend klingen, als wäre eine Beziehung etwas Verwerfliches. Ich trinke einen Schluck, um nicht direkt antworten zu müssen. War Elias mein Freund? Ist er es noch? Ich fahre mit der Hand über den Baumstamm hinter mir und ertaste einen kleinen Hohlraum. Wenn alles gut geht, werde ich es bald herausfinden.

»Ich habe mit Tristan Schluss gemacht, bevor ich hierherkam«, erklärt Mira, als ich weiter schweige. »Immerhin haben wir im Augenblick Wichtigeres zu tun, als über Jungs nachzudenken. Er hat es leider ziemlich schlecht aufgenommen und mich geradezu angefleht, ihn nicht zu verlassen. Aber das sagt ja sowieso schon alles.« Mira schraubt ihre Flasche auf, als würde nichts von dem, was sie uns gerade erzählt hat, sie auch nur im Geringsten bewegen.

»Was sagt es denn?«, fragt Luce abwesend, während sie sich im Park umschaut.

»Dass er ein Emotionaler ist, natürlich«, erwidert Mira. »Und seien wir mal ehrlich, wer will schon einen emotionalen Kerl?«

Luce zieht die Augenbrauen hoch, verkneift sich aber eine Antwort.

»Meine Eltern haben es sowieso nicht gern gesehen, dass ich mich von Beziehungen ablenken lasse«, fährt Mira fort. »Man wird schließlich nicht einfach so an der Cremonte-Uni angenommen.«

»Du willst auch nach Long Island?« Ich höre den alarmierten Ton meiner Stimme selbst und schiebe hastig ein Lächeln hinterher.

Nur fünfhundert Absolventen aus den gesamten Gläsernen Nationen dürfen jedes Jahr nach den Sommerferien ihre Koffer mit der berühmten grünen Uniform packen. Ich denke an Jasmines pausenlose Intrigen, um an der Spitze unseres Jahrgangs zu bleiben. Ihre Mittel haben mich schon immer abgestoßen, aber die nagende Angst, nicht gut genug zu sein, ist auch mir nicht fremd.

»Mein Zimmer ist schon seit Monaten mit den Broschüren tapeziert. Ich habe jeden Kurs belegt, der mich für ein Jurastudium qualifiziert.« Mira schließt die Augen, den Rücken an einen der Baumstämme gelehnt.

»Ich hoffe, du wirst angenommen«, sage ich und befehle der fordernden Stimme in mir, endlich die Klappe zu halten. Der Druck ist so schon hoch genug, da kann niemand von uns auch noch einen feindseligen Konkurrenzkampf gebrauchen.

Als wir mit dem Essen fertig sind, stapeln wir die Tabletts übereinander und legen uns ins weiche Gras. Über unseren Köpfen ist nichts als der wolkenlose Himmel zu sehen, nur durchbrochen von den zarten Ästen der Bäume. Ich höre dem Wind zu, der die Blätter zum Wispern bringt.

»Selbst die Bäume sehen perfekt aus«, bemerke ich. »Beinahe, als hätte sie jemand passend zum Zentrum entworfen.«

Luce, auf deren Beinen mein Kopf liegt, brummt zustimmend.

»Das sind Silberpappeln. Wir wollten selbst mal welche anpflanzen, weil sie so hübsch aussehen. Zu Hause auf unserem Hof vertrocknen sie allerdings bloß«, sagt Bea und zupft eins der Blätter ab, das tatsächlich aussieht wie aus Silber gegossen.

Mira wirft einen Blick auf ihren Check. »Ich will die kleine Botanikstunde ja nicht unterbrechen, aber wir sollten langsam mal los, wenn wir meine Schwester nicht gegen uns aufbringen wollen.« Sie streckt sich und steht auf.

»Wir haben doch noch zwanzig Minuten!« Luce blinzelt unwillig ins Sonnenlicht.

»Ich will schon mal ins Archiv gehen. Auskundschaften, was es damit auf sich hat«, erwidert Mira und sieht mich auffordernd an. »Kommst du mit?«

Ich überlege einen Moment, dann schüttle ich den Kopf. »Geht ruhig schon vor, wir treffen euch später.«

Bea, Colette und Mira verschwinden über den Sandsteinweg zurück im Wintergarten.

»Gute Entscheidung«, sagt Luce. »Lass dich von denen bloß nicht unter Druck setzen.«

»Leicht gesagt«, murmele ich und setze mich auf. »Ich bin nur froh, dass du nicht auch noch auf die Cremonte-Uni willst. Ich würde natürlich gern mit dir zusammen studieren«, füge ich rasch hinzu. »Es gibt bloß so verdammt wenig Plätze.«

Luce lacht auf. »Glaub mir, du wirst mich niemals einen Fuß in dieses Gebäude setzen sehen. Selbst dann nicht, wenn man mir einen Platz schenken würde.«

»Auch nicht, um mich zu besuchen?«, frage ich grinsend, doch Luces Gesichtsausdruck wird auf einmal ernst. Auf der Terrasse höre ich die anderen Mädchen ihre Tabletts zusammenräumen. »Okay«, sage ich versöhnlich, »dann wage *ich* mich eben auf fremdes Territorium und treffe dich in irgendeinem verrückten Künstlerloft in der City.«

»Falls es bis dahin nicht eine Ordnungserweiterung gibt, nach der Emotionale und Rationale ganz offiziell nicht mehr befreundet sein dürfen«, sagt Luce hart.

Erschrocken schaue ich sie an.

»Unsinn«, erwidere ich mit gerunzelter Stirn. »Was hätte das denn mit der Kristallisierung zu tun?«

Erst auf dem Weg zurück zum Wintergarten wird mir klar, dass ein solches Verbot gar nicht nötig ist. Ein anderer Trait bedeutet andere Interessen, andere Jobs, andere Freiheiten. Zum ersten Mal weckt der Gedanke an die unterschiedlichen Lebenswelten der Rationalen und Emotionalen noch eine andere Furcht in mir als die, Elias zu verlieren. Ich sehe zu Luce hinüber, die ihr helles Haar im Gehen zu einem lockeren Zopf bindet. Werden wir uns voneinander entfernen, wenn am Ende dieses Monats ein R auf meinem und ein E auf ihrem Handgelenk prangt?

Nicht, wenn du es nicht zulässt, muntere ich mich im Stillen auf.

Bei Luce und Bea fühle ich mich tausendmal wohler als in der Gesellschaft meiner garantiert rationalen Serenity-Clique. Vielleicht haben die beiden Traits einfach mehr gemeinsam, als ich immer geglaubt habe …

Luce bleibt eigentümlich still. Ob mehr hinter ihrer wütenden Bemerkung über das mögliche Freundschaftsverbot steckt? Ich werde das Gefühl nicht los, dass meine einzige richtige Freundin hier im Zentrum etwas zu verbergen hat. Nur was?

Als ich die Türen zum Park öffne, komme ich mir vor wie ein Zoowärter vor der Löwenfütterung.

»Zwei Stunden, dann seid ihr wieder hier. In Ordnung?« Ich grinse über die Widersinnigkeit meiner neuen Rolle als Aufpasser und sehe zu, wie sich die weißen Uniformen der Jungen wie Pilze auf der grünen Wiese verteilen. In dem weitläufigen Park könnte man fast vergessen, wo wir sind, wenn nicht jeder Grashalm so abscheulich makellos aussähe.

Die meisten Jungen gehen mir aus dem Weg, als ich an ihnen vorbeistreife, aber sie irren sich, wenn sie glauben, so würde ich nichts von ihren Gesprächen mitbekommen.

»… leichter, als ich gedacht hätte.«

»Und ich habe einen echten Horrortrip erwartet!«

Ich brauche nicht mal die speziellen Funktionen meines Checks, um Leute auszuspionieren, obwohl sie die Sache natürlich deutlich einfacher machen. Nach wie vor behandle ich das Armband jedoch mit beinahe peinlicher Vorsicht, denn ich bin nicht naiv genug, Caroline zu glauben. Irgendwo werden meine Worte registriert, genau wie die der Expektanten.

Unter einer Baumgruppe liegen zwei vergessene rote Tabletts. In einer Anwandlung von Pflichtbewusstsein bücke ich mich und sammle sie auf. Noch kommt das Zentrum ihnen allen vor wie ein Feriencamp mit Picknicks im Park und Schwimmbecken auf dem Dach, aber das wird nicht mehr lange so bleiben, so viel weiß selbst ich. Während ich den Weg zum Wintergarten der Mädchen einschlage, stoße ich versehentlich mit einem schlaksigen blonden Jungen zusammen, der wie die meisten Sechzehnjährigen einer lebenden Bohnenstange ähnelt. Nein, in diese Zeit wünsche ich mich weiß Gott nicht zurück, vor allem, weil ich sie zum Großteil im Keller einer modrigen Bibliothek verbracht habe.

»Tut mir leid!«, entschuldigt der Junge sich hastig, als er meine graue Testleiterjacke und die Anstecknadel auf meiner Brust bemerkt. Er kommt aus dem hinteren Teil des Parks, der um die Mittagszeit normalerweise menschenleer ist, weil das Zentrumsgebäude dort seinen gigantischen Schatten auf die Rasenfläche wirft.

»Meine Schuld«, gebe ich zurück und lächle ihm aufmunternd zu. »Ist alles okay?«

Außer Skye sollten mir die Expektanten egal sein, aber der Junge hat etwas Verzweifeltes an sich, an dem ich nicht einfach vorbeigehen kann.

»Ja, klar. Ich ... Eine Menge Druck, das ist alles.«

Ein paar Expektanten in weißen Shorts ziehen lachend an uns vorbei und klopfen sich gegenseitig auf die Schultern. Ich würde einen Hunderter darauf verwetten, dass jeder einzelne von ihnen, der mit einem R hier rausgeht, seine Freunde fallen lassen wird wie eine heiße Kartoffel, wenn sie sich als Emotionale entpuppen. Kopfschüttelnd wende ich den Blick ab. Irgendwo zwischen Skandalen und Kristallen sind die Bürger der Gläsernen Nationen blind für die Wirklichkeit geworden.

»Es ist echt viel Druck«, stimme ich dem Jungen zu, obwohl der Kleine keine Ahnung davon hat, was Druck überhaupt bedeutet.

»Colin! Wo zum Teufel bist du gewesen?«, ruft einer seiner Freunde zu uns herüber. Ich nicke dem Blonden zu und deute auf die Tabletts in meiner Hand. »Geh schon, ich hab hier noch was zu erledigen.«

Ich sehe zu, wie er sich den anderen Jungen anschließt, und erkenne Skyes Freund unter ihnen. *Elias*, korrigiere ich mich, denn immerhin ist er nicht mehr ihr Freund. Vielleicht sollte ich mich schuldig für die Rolle fühlen, die ich dabei gespielt habe, aber das tue ich nicht. Noch kann seine Rückgradlosigkeit Skye bloß das Herz brechen, aber bald wird Elias sich in das gleiche Monster verwandeln wie Samuel Anderson. Und dann könnte er für das mutige Mädchen aus dem Zug ernsthaft gefährlich werden.

Ich drehe mich zum Wintergarten, um endlich die blöden Tabletts wegzubringen. Meine Aufsicht heute mit Marlene zu tauschen, hätte ich mir wirklich sparen können. Ich hatte gehofft, im Zentrum der Jungen mehr über die T-Kontrolle herauszufinden, aber stattdessen hänge ich in diesem künstlichen Park fest. Ich überlege gerade, wenigstens noch schnell eine meiner geschmuggelten Zigaretten zu rauchen, als ich ein Gesicht hinter den Scheiben des Wintergartens erkenne.

Ihr Gesicht.

Das ist nicht gut. Sie sollte schon längst nicht mehr irgendwo sein, wo sie Zugang zu einem Fenster hat. Unverwandt haften Skyes blaue Augen auf mir und ich spüre Wärme in mir aufsteigen. Abrupt drehe ich mich um. *Du kannst ihr nicht vertrauen. Nicht, bevor du weißt, auf wessen Seite sie wirklich steht.*

Ich trete die Flucht zurück zum Zentrum der Jungen an und

stolpere fast über Elias, der sich keinen Zentimeter von der Stelle gerührt hat, als wäre er auf einmal mit dem Boden verwachsen. Und dann verstehe ich.

Skye hat nicht mich angestarrt, sondern *ihn.* Ihn, der sie bei dem winzigsten Anzeichen von Gefahr einfach aufgegeben hat. Ihn, der sich viel zu einfach von Jasmine überrumpeln ließ!

Ohne nachzudenken, beschleunige ich meine Schritte. »Zurück ins Zentrum!«, herrsche ich die Gruppe der Jungen an.

»Was? Unsere Pause hat doch gerade erst angefangen!«

Ich lasse die Tabletts polternd auf den Weg fallen und weise in Richtung des Jungen-Gebäudes. »Wenn ich sage, dass die Parkzeit vorbei ist, dann ist sie verdammt noch mal vorbei, okay?«

Elias hebt beschwichtigend die Hände. »Kein Problem, wir sind schon drinnen.«

»Gut. Gut so.«

Ich schaue ihnen nach, um mich zu vergewissern, dass sie wirklich zurück ins Zentrum gehen. Dann drehe ich mich noch einmal um. Skye ist verschwunden, aber das beruhigt mich nicht. Ich habe ihren Blick gesehen. Das Blau ihrer Augen war nicht wie sonst aus purem Eis. Es hatte die Farbe von Kornblumen. So sieht man niemanden an, den man sich aus dem Kopf geschlagen hat.

21

Das grelle Licht des Zentrums kommt mir nach der Sonne im Park noch unnatürlicher vor als sonst. Luce ist schon ins Archiv gegangen, aber das habe ich kaum wahrgenommen. Nicht, nachdem Elias mich angesehen hat, als wäre ich alles, was er je wollte. Genau wie in der Nacht am See …

Ich zucke zusammen, als mein Check vibriert. **Bitte stimmen Sie ab, bevor Sie sich ins Archiv begeben.**

Schlagartig wandern meine Gedanken von Elias zu dem einsamen Holzstuhl im Athene-Saal, auf dem heute Abend ein weiteres Mädchen seine Offenheit beweisen muss. **Stimmen Sie ab.** Das ist ein Befehl, keine Bitte.

Ich zwinge meine Füße, den ringförmigen Flur hinunterzugehen. An der Treppe starren die Gesichter der beiden Mädchen, für die wir abstimmen sollen, von der Außenwand des Athene-Saals auf mich herunter. Ich beiße mir auf die Lippe. »Ist nicht persönlich gemeint«, murmele ich und tippe auf Tonyas Gesicht. Was auch immer Luce mir verschweigt – ich werde nicht zulassen, dass sie ihr Geheimnis vor dem gesamten Zentrum preisgeben muss.

Das Archiv liegt im ersten Stock, und ich bin erstaunt, zur Abwechslung mal einen viereckig geschnittenen Raum in diesem Gebäude zu betreten. Die große Fläche in seiner Mitte wird von einer ganzen Armada von Einzeltischen belegt. Neben dem Athene-Saal ist dies vermutlich der einzige Ort im Zentrum, der für alle neunzig Mädchen auf einmal Platz bietet. An den sonst überall kahlen Wänden ziehen sich hier bis unter die Decke meterlange Regale, und in einem von ihnen entdecke ich die eine Sache, die ich ausgerechnet im Athene-Zentrum am wenigsten erwartet hätte.

»Bücher«, flüstere ich und lasse meine Finger verwundert über die ledergebundenen Rücken gleiten.

Auf anderen Regalbrettern stapeln sich nach Datum sortierte Zeitungen und auf den vorderen Tischen stehen Computer. Die meisten Mädchen sitzen mit Kopfhörern im Ohr vor den Bildschirmen oder haben ein Tablet vor sich liegen, doch meine Augen werden von den Büchern magisch angezogen.

»Wie ich dem pünktlichen Teil Ihrer Gruppe bereits erklärt habe, befinden Sie sich hier im Archiv.«

Eine hohe Fistelstimme lässt mich herumfahren. Unwillkürlich läuft mir ein kalter Schauer über den Rücken, als Fionas Geheimnisse wieder durch meinen Kopf hallen, vorgelesen von dem Mann, der nun vor mir steht.

Der hagere Konsiliar deutet mit einer ausladenden Geste auf die Regale. »Sie nutzen die Archivzeit, um sich besser mit der Gründung der Gläsernen Nationen und dem Konzept der Traits vertraut zu machen. An diesem Ort ist die gesamte Geschichte unseres Landes gesammelt. Es kommt erstaunlich viel zusammen für die fünf kurzen Jahre, die es uns gibt. Finden Sie nicht?«

Sein freundliches Lächeln löst die Spannung in mir. Vielleicht sind die Methoden des Zentrums gewöhnungsbedürftig, aber schließlich muss das Konsilium ja auch dafür sorgen, dass wir kein Leben in der falschen Persönlichkeit führen.

»Dabei habe ich gehört, dass Sie sich mit Cremontes Theorie der Traits bereits bestens auskennen, Miss Anderson.« Durch die

Gläser seiner dicken Hornbrille sieht mich der Konsiliar interessiert an.

»Ich habe den *Silberstreif* gelesen«, antworte ich nicht ohne Stolz. »Chloe Cremonte ist für mich die klügste Frau unserer Zeit.«

Der Konsiliar nickt mir zu und wie bei Carolines Lob im Testungsraum verspüre ich ein eigenartiges Glühen im Bauch. Dad hat immer eine Rationale in mir gesehen – und nun überzeuge ich schon das Konsilium. Es scheint, als wäre ich selbst wirklich die Einzige, die aufhören muss, an mir zu zweifeln.

»Dann wird es Sie bestimmt besonders freuen, dass wir hier im Zentrum Zugang zur Jubiläumsausgabe des *Silberstreif* haben.« Der Konsiliar lächelt mir verschwörerisch zu. »Und das schon vor dem offiziellen Erscheinungstermin zum Kristallfest! Warten Sie hier, ich hole sie Ihnen!« Er verschwindet hinter den Regalen und eine Erinnerung durchfährt mich wie ein Blitz.

»Wenn du ein bestimmtes Buch suchst, fragst du einfach den Bibliothekar, in Ordnung, mein Schatz?« Der Geruch nach bedrucktem Papier, der über dem Archiv liegt, versetzt mich zurück in einen anderen Saal voller Bücherregale. In eine andere Bibliothek, die ihre Tore mittlerweile schon seit Jahren geschlossen hat.

»Wohin gehst du, Mum?«

»Bloß in … in eine andere Abteilung. Dahin, wo die Bücher für Erwachsene stehen. Aber ich bin bald zurück. Wenn du liest, vergeht die Zeit wie im Flug, du wirst sehen.«

Es hat mich nie gestört, wenn Mum mich ein paar Minuten in dem großen Lesesessel allein ließ. Vielleicht waren es auch Stunden. Aber ich wusste, dass sie nicht nur wegen der Bücher in die Bibliothek ging. Manchmal sprach sie zwischen den Regalen im Flüsterton mit Leuten, die ich nicht kannte. Worüber, das habe ich sie nie gefragt. In diesem Moment trifft es mich wie ein Schlag ins Gesicht. Der Artikel!

Ich stürme zu dem Regalbrett, auf dem sich die Zeitungen stapeln. Wenn hier wirklich alles über die Kristallisierung archiviert ist, dann zweifellos auch der Artikel, den Mum damals in der *Times* veröffentlicht hat. In dem sie die Traits infrage stellt … Ich durchforste die Stapel in fieberhafter Eile. Wenn dieser Artikel hier herumliegt, dann muss ich dafür sorgen, dass er verschwindet, bevor irgendjemand anders ihn zu Gesicht bekommt! Ich ziehe alle Ausgaben heraus, deren Erscheinungstermin passen könnte. Doch nirgends finde ich den Namen meiner Mutter. Mit einem erleichterten Seufzer lasse ich die letzte Zeitung sinken. *Die Leute, mit denen Mum sich in der Bibliothek getroffen hat, können unmöglich Kristallisierungsgegner gewesen sein*, beruhige ich mich. Meine Mutter hat sicher viele Fehler, aber sie ist nicht dumm. Sie weiß, dass die Gläsernen Nationen Amerikas einzige Chance auf eine gesunde Demokratie sind. Und sie hätte niemals etwas getan, um uns diese Chance zu nehmen. Die dünnen Zeitungsseiten rascheln, als ich sie wieder zusammenfalte. Mums Artikel war kritisch, keine Frage. Aber das ist schließlich auch die Aufgabe von Journalisten in einem freien Land!

Und die Namen der vier Frauen auf der Rückseite? Recherchearbeit, nichts weiter. Wahrscheinlich war die Liste bloß ein weiteres ihrer unvollendeten Projekte, das Mum zurückgelassen hat.

Genau wie mich.

Seufzend ordne ich die Zeitungsausgaben. Meine Mutter war vielleicht keine Kristallisierungsgegnerin, aber Dad kann nicht umsonst gewollt haben, dass wir sie vergessen.

»Es gibt insgesamt nur drei Exemplare im Zentrum.«

Ich zucke zusammen. Über meiner Grübelei habe ich den Konsiliar nicht zurückkehren hören, doch an seinem arglosen Lächeln erkenne ich, dass ich lange nicht so aufgewühlt aussehe, wie ich mich fühle. Mit beinahe zärtlicher Vorsicht legt er mir ein Buch mit weißem Umschlag in die Hand, das sich bedeutend leichter anfühlt als die Ausgabe des *Silberstreif*, die Dad und ich zu Hause haben.

»Es verbindet sich automatisch mit Ihrem Check«, erklärt der Konsiliar stolz. »So bewahren wir das unvergleichliche Gefühl, ein Buch in der Hand zu halten, während den Lesern gleichzeitig ein interaktives Erlebnis geboten wird. Vielleicht bekommen wir mit dieser Ausgabe auch weniger engagierte Bürger als Sie dazu, das gesamte Werk zu lesen.«

»Hoffentlich«, erwidere ich und streiche ehrfürchtig über den glänzenden Buchdeckel.

Der Konsiliar legt mir seine knochige Hand auf die Schulter. »Sie finden mich hinten, wenn Sie noch Fragen haben.«

Er dreht sich um und lässt mich mit dem *Silberstreif* zurück. Ich setze mich auf den nächsten freien Stuhl, klappe den Buchdeckel auf und blättere die erste Seite um. Das Rascheln durchbricht die Stille um mich herum wie ein Flüstern.

Begleiten Sie mich auf meinem Weg zu Klarheit und Gleichheit! Einem Weg der Opfer, aber auch des Fortschritts und des Vertrauens.

Unter dem Vorwort ist ein Bild des Kristalls abgedruckt. Chloe Cremonte hat dieses Buch nur wenige Wochen nach dem großen Skandal geschrieben. Ich fahre mit dem Finger über ihr Bild, über die kinnlangen, stahlblonden Haare und die grauen Augen, in denen nichts von der Unbeschwertheit einer normalen jungen Frau Anfang zwanzig liegt. Kein Wunder nach allem, was geschehen musste, um sie zu ihrer Idee der Traits zu führen. Die Enge in meiner Brust verschwindet. Ich bin nicht die Einzige, die von ihrer Mutter enttäuscht worden ist. Und genau wie Chloe werde ich daran nicht zerbrechen. **Begleiten Sie mich auf meinem Weg zu den Gläsernen Nationen.**

Ich war elf, als ich diesen Begriff zum ersten Mal hörte und Dad fragte, warum unser Land ab jetzt anders heißen wird.

»Weil die Menschen bei den *Vereinigten Staaten von Amerika* mittlerweile an ein fehlerhaftes, gefährliches Land denken«, sagte er und setzte sich neben mich auf die Couch. »Weißt du, warum ich dir zum Beispiel schon mit sechs Jahren ein eigenes Handy gekauft habe?« Ich schüttelte den Kopf. »Damit du mich anrufen kannst, wenn in deiner Schule jemand beginnt, mit einer Waffe zu schießen.«

Damals habe ich Dad für verrückt gehalten. Aber als ich ein paar Jahre später im Internet nach Statistiken suchte, wusste ich, dass er nicht übertrieben hatte. Ich erinnerte mich an Proteste, bei denen Jugendliche die Namen ihrer erschossenen Mitschüler verlasen, an Mahnwachen und an Mum, die den Fernseher ausstellte, damit ich keine Angst bekam. Erst dann begriff ich, dass der große Skandal bloß der Gipfel gewesen war. Der Gipfel von stetig steigender Gewalt, von Hass und Unsicherheit.

Ich blättere um, obwohl ich weiß, was Chloe Cremonte auf den folgenden Seiten beschreiben wird. Doch bevor ich wie gewohnt zum Wahlsieg der Kristallisierer springen kann, fordert mein Check mich dazu auf, mir Kopfhörer aufzusetzen. Verwirrt blicke ich mich um, bis ich das winzige Paar Ohrstöpsel bemerke, das in den Buchdeckel des *Silberstreifs* eingelassen ist. Ich löse es vorsichtig heraus. Kaum habe ich die Ohrstöpsel eingesetzt, höre ich die hohe Stimme eines Mädchens, die fünf Jahre zuvor durch alle Nachrichtensender ging.

»Ich bin im Audimax der Long-Island-Universität. Hier wird geschossen, bitte kommen Sie schnell!«

»Können Sie sehen, welcher Ihrer Kommilitonen die Waffe trägt?«

»Es ist kein Student. Das hier ist kein Amoklauf.« Die Telefonverbindung wird schlechter, und ich zucke zusammen, als es im Hintergrund knallt. **»Es sind mehrere Schützen, sie tragen Uniform.«** Es knackt in der Leitung, das Gespräch endet. Zu dem Zeitpunkt wusste noch niemand, dass diese Worte von Chloes kleiner Schwester Emma ihre letzten waren.

Es hatte Gerüchte um gefälschte Wahldaten gegeben. Die letzte Regierung Amerikas wies alle Anschuldigungen ab. Doch ein Journalist der *Times* wollte sich die Story seines Lebens um keinen Preis entgehen lassen. Er suchte sich einen Weg, um an die echten Wahlergebnisse zu kommen, und nutzte dafür die einzige Schwäche, die das Weiße Haus zu bieten hatte: die Muttergefühle von Jessica Cremonte, der Außenministerin und engsten Vertrauten des damaligen Präsidenten. Die Entführung ihrer ältesten Tochter Chloe vorzutäuschen, war unkompliziert. Als Studentin lebte sie nicht mehr bei ihrer Familie, und der Journalist schaffte es, jegliche Telefon- und Internetverbindung zwischen Mutter und Tochter zu kappen. Chloe war scheinbar unerreichbar und modifizierte Tonaufnahmen ihrer Stimme brachen die letzten Zweifel ihrer Mutter. Am Ende war Ministerin Cremonte überzeugt, dass ihre Tochter sich in der Gewalt von Regierungsgegnern befand.

Bis heute hat niemand erfahren, ob die Präsidentschaftswahlen tatsächlich eine Fälschung waren. Nach dem Sommer vor fünf Jahren verlor diese Frage jegliche Bedeutung. Hätte Jessica Cremonte auf die Anweisungen der Polizei gehört, die ihr riet, Ruhe zu bewahren, wäre niemandem etwas geschehen. Die Außenministerin hätte früher oder später entdeckt, dass die Entführung ihrer Tochter eine reine Behauptung war, und alles wäre weitergegangen wie zuvor. Doch ihre nächste Entscheidung löste eine Lawine von Ereignissen aus, die niemand voraussehen konnte.

»Ich war in meinem Wohnheimzimmer. Den Mann, der mich entführt haben soll, habe ich nie gesehen.« Auf meinem Check sehe ich Chloe Cremonte im Interviewsessel einer Talkshow. **»Die Agenten des US Secret Service vermuteten mich und meinen vermeintlichen Entführer auf dem Campus, da von dort aus das Signal seines Handys geortet wurde. Sie stürmten das Audimax, in dem gerade die Begrüßung der Erstsemester stattfand. Ich habe Emma kurz vorher selbst hingebracht. Sie hatte Angst, nicht den richtigen Raum zu finden.«** Chloe schließt kurz die Augen, bevor sie gefasst weiterspricht. **»Sie müssen wissen, dass es Brauch an der Universität ist, den Neulingen Streiche zu spielen. Als die Agenten sie also anwiesen, den Hörsaal für eine Durchsuchung mit erhobenen Händen zu verlassen, haben viele dies nur für einen geschmacklosen Scherz der älteren Semester gehalten. Sie sind einfach sitzen geblieben. Auch …«**

»… auch Emma?«, ergänzt der Interviewer fragend.

Chloe Cremonte nickt. **»Wie hätte sie denn auch wissen sollen, dass der Secret Service den Befehl hatte, bei jeglichem Widerstand zu schießen?«**

»Ein Befehl, den Ihre eigene Mutter gegeben hat.«

Der Interviewer kündigt einen Einspieler an. Ich ziehe scharf Luft ein, als ich verlassene Hefte und Bücher betrachte, deren Besitzer unter weißen Überwürfen auf dem Boden des Audimax aufgebahrt liegen. Jessica Cremonte betritt den Hörsaal und fällt neben der Leiche ihrer jüngeren Tochter auf die Knie. Diese Bilder gingen damals um die Welt.

»Das ist richtig«, antwortet Chloe. **»Meine Mutter glaubte, ich sei in der Gewalt von Erpressern. Aber nichts rechtfertigt ihre impulsive Entscheidung, die 49 Erstsemester das Leben gekostet hat.«**

»Also trifft die Schützen des Secret Service keine Schuld?«

Chloe schüttelt energisch den Kopf. **»Sie haben nur ihre Befehle ausgeführt. Es sind die Menschen in der Kommandostufe,**

über deren Eignung wir uns Gedanken machen müssen. Impulsivität kann Menschenleben kosten. Und genau das ist der Grund, warum die Führung eines Landes denjenigen überlassen werden muss, die ihre Gefühle zurückstellen können.«

Ich blättere die Seite um und Chloe und der Interviewer verschwinden von meinem Check. Ich wische einen Bericht über den Journalisten zur Seite, dessen Name bis heute unter Verschluss gehalten wird. Er hat sich tatsächlich auf dem Campus der Universität befunden – und sich selbst das Leben genommen, als er die Schüsse hörte. Das einzig Gute an der ganzen Sache war, dass die Kristallisierer als erste Amtshandlung die Macht der korrupten Medien gebrochen und mit CCN eine Quelle geschaffen haben, der wir vertrauen können.

Der Tod meiner Schwester und ihrer Kommilitonen war eine Tragödie. Aber er hat uns aufgeweckt und Amerika dazu veranlasst, der Kristallisierung Gehör zu schenken, schreibt Chloe Cremonte am Ende des ersten Kapitels.

Ich klappe den *Silberstreif* zu und stütze mein Kinn in meine Hände. »Auf eine klare Zukunft ohne Geheimnisse«, lautete die Parole bei der ersten Parade nach dem Sturz der alten Regierung. Nie wieder sollten Menschen in Führungspositionen sein, die ihre Gefühle nicht in jeder Situation unter Kontrolle haben.

Eine Zukunft ohne Geheimnisse. Verdienen Elias und ich das nicht auch? Mein Blick wandert zu den Zeitungen auf dem Regalbrett neben mir, während der Plan in meinem Kopf Gestalt annimmt. Ich sehe mich um. Dann nehme ich unauffällig eine Seite aus dem Innenteil einer Zeitung heraus und falte sie so klein zusammen, dass sie gerade in die winzige Tasche meines Rocks passt. Vielleicht bin ich zu unvorsichtig nach dem, was Fiona gestern Abend passiert ist. Aber das Konsilium kann mir nur das zum Vorwurf machen, wovon es überhaupt erfährt.

22

An diesem Abend höre ich nur mit halbem Ohr zu, als Bea und Mira sich beim Essen lebhaft unterhalten.

»Du hast so viel Potenzial!« Mira schüttelt verständnislos den Kopf. »Ich meine, du hast die besten Chancen, um an einer Uni zu studieren und von eurem Hof wegzukommen.«

Bea sieht Mira nachsichtig an. »Nicht jede will unbedingt trockene Gesetzestexte in irgendeinem verstaubten Betonklotz auswendig lernen«, erklärt sie und nimmt sich noch ein Sandwich. »*Mein* Job wird jedenfalls nicht jeden Funken Lebensfreude in mir auslöschen – und deshalb werde ich auch nicht zweimal im Jahr ins Ausland verschwinden müssen, um mich von allem zu erholen.«

»Ich halte das mit deinem Reiterhof für eine super Idee«, erklärt Luce, bevor ihr Blick zum Eingang des Wintergartens wandert.

Ich drehe mich um. Fiona betritt den von der Sonne erwärmten Raum unter der Glaskuppel und nimmt sich am Buffet einen Teller. Ihre Augen sind geschwollen, als hätte sie geweint.

»Marisa aus unserem Schlafsaal hat erzählt, dass diese Fiona während ihrer Aufgabe zusammengebrochen ist«, wispert Colette. »Ich weiß natürlich nichts Genaues, aber es war wohl noch peinlicher als gestern Abend. Stellt euch vor, sie hat *geweint!*«

Mira wirft ihr einen mäßigenden Blick zu, aber es ist zu spät. Luce stellt ihre Tasse mit etwas zu viel Schwung auf dem Tisch ab, sodass sich eine Milchpfütze zwischen den Tellern ausbreitet. »Ich würde dich gerne mal auf diesem Stuhl sehen!«, sagt sie laut und wirft Colette ein zynisches Lächeln zu. »Und bis dahin hoffe ich, deinen Voyeurismus nicht mit meinem langweiligen Leben zu enttäuschen, sollte ich heute Abend unter dem Würfel landen.«

Sie erhebt sich und rauscht, ohne sich noch einmal umzudrehen, aus dem Wintergarten. Ich schaue zu Fiona hinüber und schiebe meinen Stuhl ebenfalls zurück. Doch ehe ich aufstehen kann, legt Mira mir eine Hand auf den Arm.

»Das würde ich lassen«, sagt sie leise. Ihr Blick ist meinem gefolgt. Fiona steht wie angewurzelt am Buffet. »Hast du ihren Rang nicht gesehen? Sie ist auf Platz 85. Wenn sie nicht aufpasst, wird sie noch Letzte. Weit entfernt davon ist sie ja nicht mehr.«

»Na und?«, erwidere ich. Plötzlich habe ich das Gefühl, Fiona schützen zu müssen. »Wir wissen doch noch nicht einmal genau, was das Ranking bedeutet!«

Dabei habe ich längst eine Vermutung. *Was auch passiert, verteidige deinen Platz.* Der Rat meines Vaters, dem meine Rationalität wichtiger ist als alles andere, klingt in meinen Ohren. Ich denke an die fünf Namen an der Spitze des Rankings. Es gibt nur eine Sache, die Mira, Colette, Jasmine und ich gemeinsam haben: Unsere Spiegel sind rational. Zumindest bis jetzt.

Am Buffet stößt Fiona mit lautem Klirren eine Suppenterrine um. Ausgerechnet sie, die noch nie verheimlicht hat, dass sie sich für eine Emotionale hält, strandet am Ende der Liste … Es passt alles zusammen. Fiona verlässt den Wintergarten mit hochrotem Kopf, und ich sehe ihr hinterher, während Mira lächelnd auf meinen Teller deutet. »Also, willst du das noch essen?«

Im Athene-Saal entdecke ich Luce in der gleichen Sitzreihe wie gestern. Ihre Stirn liegt in tiefen Falten, und ich frage mich, ob sie nicht doch Angst davor hat, dass es ihr Name sein könnte, den der Konsiliar gleich aufruft. Die beiden übergroßen Fotos sind draußen von der Wand verschwunden, dafür werden wir im Inneren des Saals wieder von unseren eigenen Porträts empfangen. Meines entdecke ich anders als gestern Abend rechts neben der Tür, direkt neben dem von Colette. Von hier aus zieht sich der Ring aus Gesichtern einmal um den ganzen Saal. Ich folge den darunter stehenden Rängen mit den Augen, bis ich an Fionas hängen bleibe. Ich starre auf ihr Foto zwischen zwei Mädchen mit den Nummern 84 und 86, die ich nicht kenne, dann denke ich an ihre geschwollenen Augen und Miras Warnung. Aber emotional oder nicht, Fiona ist meine Freundin. Mit einem entschuldigenden Blick in Luces Richtung eile ich die wenigen Stufen hinunter zu Fionas Reihe, an der alle anderen vorbeigehen.

»Danke fürs Freihalten«, sage ich und setze mich neben sie.

Fiona hebt den Kopf. »Du …?« Erstaunt sieht sie mich an. »Du bist nicht sauer? Ich meine, wegen gestern Abend?«

Ich denke an das, was sie über Elias geschrieben hat. Und über mich. »Ich hätte keinen Grund dazu«, erwidere ich. *Schließlich hast DU ihn nicht geküsst.* Ich taste nach dem Stück Zeitungspapier in meiner Tasche. Bald werde ich wissen, was Elias mir am Bahnsteig so dringend sagen wollte.

Ohne Vorwarnung erhebt sich der Würfel wieder in die Höhe und verdrängt jeden Gedanken, der nichts mit der Klärung zu tun hat, aus meinem Kopf. Luce richtet ein paar Reihen unter uns den Kragen ihrer Bluse und mein Magen zieht sich zu einem Knoten zusammen.

»Ich bin eigentlich ganz froh, es schon hinter mir zu haben«, flüstert Fiona. »Wenigstens muss ich mich so nicht fragen, wer von den anderen für mich gestimmt hat.«

Sie sieht sich argwöhnisch um und ich seufze. Die Klärung sollte doch dafür sorgen, dass wir uns gegenseitig vertrauen, weil niemand mehr Geheimnisse hütet! Ein sinnvolles Konzept, zumindest in der Theorie.

Die Testleiter, die zuvor aufgereiht an der Wand des Saals gestanden haben, schreiten nun langsam die Treppen zwischen den Reihen hinunter. Ein seltsames Kribbeln durchfährt mich und ich blicke auf. Alexander sieht mich unverwandt an. Als er auf der Höhe meiner Sitzbank angelangt ist, schüttelt er beinahe unmerklich den Kopf. Was soll das nun schon wieder bedeuten? Ich werfe einen schnellen Blick zu Fiona, doch sie schaut starr geradeaus. Wenigstens hat sie nichts bemerkt. Ich knete meine Hände. Alexander soll mich in Ruhe lassen! Ist ihm denn nicht klar, dass seine Spielchen mein ganzes Leben ruinieren können? Die Testleiter haben den Fuß der Treppen erreicht und stellen sich wie gestern im Kreis um den Stuhl auf. Im nächsten Moment geht ein Raunen durch die Reihen. Auf dem Würfel erscheint das Gesicht eines Mädchens mit kurzen Ponyfransen, und ich kann nicht anders, als erleichtert auszuatmen.

»Tonya Laswig«, hallt eine Stimme durch den Saal. Diesmal ist es nicht der hagere Konsiliar mit der Fistelstimme, der den Kreis der Testleiter betritt, sondern ein deutlich jüngerer Mann. Er ist kräftiger gebaut als der Konsiliar aus dem Archiv, sodass die goldfarbene Tunika an ihm weniger an Gelehrte des alten Griechenlands denken lässt als vielmehr an ein menschliches Bonbon.

In der Mitte der Sitzreihen erhebt sich ein Mädchen – Tonya. Ihre Schritte sind nicht zögerlich wie Fionas, sondern hallen geradezu selbstbewusst durch den Saal, bis sie den Kreis der Testleiter betritt und vor dem Konsiliar stehen bleibt.

»Setzen Sie sich.«

Neben mir versteift sich Fiona beim Anblick des Stuhls. Zögerlich strecke ich meine Hand nach ihrer aus und drücke sie.

»Sie kommen aus New York, ist das richtig?«, beginnt der Konsiliar.

Tonya nickt. Ihre schulterlangen Haare wippen im Takt der Bewegung.

»Und dort gehen Sie auf eine künstlerisch orientierte Highschool?«

»Ich möchte Musiktherapeutin werden«, bestätigt Tonya. »Die Beauvoir High ist eine der wenigen Schulen, an der Musik noch im Abschlusszeugnis stehen darf.«

»Das bedeutet, Sie schätzen Ihre Schule.«

Tonya nickt erneut.

»Wie kommt es dann, dass Sie regelmäßig den Unterricht schwänzen?«

Zum ersten Mal zieht ein Schatten über Tonyas große Augen, und ich sehe ihr förmlich an, wie sie abwägt, was sie sagen soll.

»Lassen Sie mich das präzisieren. Am 2. April dieses Jahres haben Sie sich mit ihrer Freundin Maxeni auf der New Yorker High Line aufgehalten, obwohl es offiziell keinen Unterrichtsausfall gab. Ist das richtig?«

Bevor Tonya antworten kann, verschwindet ihr Gesicht vom Würfel und ein wacklig gefilmtes Video erscheint. Ein Rauschen erfüllt den Athene-Saal.

»*Der Wind ist viel zu laut hier oben!*«, ruft Tonya in die Kamera und läuft mit ausgestreckten Armen über die High Line, die frühere Güterzugtrasse im Westen Manhattans, die heute als Erholungsgebiet dient. Eine Windböe bläht ihre Jacke auf, sodass es aussieht, als würde sie gleich vom Boden abheben, wenn sie sich nicht am Metallgeländer festhalten würde.

»Sind Sie das, Miss Laswig?«, fragt der Konsiliar und hält das Video an.

»Ja«, erwidert Tonya, ohne sich anmerken zu lassen, ob es sie verstört, dass ihr Handy auf der Suche nach Material wie diesem durchforstet wurde.

Das Video läuft weiter. Jetzt dreht sich die Kamera und zeigt das Gesicht eines anderen Mädchens. Es lacht so breit, dass ich die mürrische Brünette aus dem Servicewagen auf den ersten Blick gar nicht erkenne.

»*Was wolltest du mir sagen?*«, ruft sie und die Kamera schwenkt zurück auf Tonya.

»*Ich liebe dich*«, erwidert sie. Das Bild der Handykamera beginnt zu wackeln und nur noch ein Gemisch aus blonden und braunen Haaren ist zu sehen.

Im Gegensatz zu Fiona wird Tonya auf dem Stuhl weder rot noch blass. Stattdessen sieht sie den Konsiliar beinahe kampfeslustig an.

»Halten Sie es für rational, den Unterricht und so manche Prüfung zu verpassen, um –« Der Konsiliar wirft einen langen Blick auf das letzte Bild des Videos.

Überrascht bemerke ich einen abfälligen Zug in seinem teigigen Gesicht. Liegt es an dem Kuss? Aber das kann nicht sein, denn Fionas Geständnis über ihre Gefühle für Elias hat der Konsiliar gestern geradezu wohlwollend aufgenommen. Vielleicht liegt es daran, *wen* Tonya geküsst hat? Nein. Die Gläsernen Nationen verachten Diskriminierung.

»Ich halte Schwänzen definitiv nicht für rational«, unterbricht Tonya meine Gedanken. »Aber ich habe mich auch noch nie als Rationale gesehen. Ich werde meine Gefühle immer in den Vordergrund stellen.«

»Sind Sie sich der Aufgaben bewusst, die eine Emotionale erwarten?«

Den Rationalen nicht im Weg stehen, während sie das Land leiten, denke ich und bin im gleichen Moment froh, die Worte nicht laut ausgesprochen zu haben. In Gesellschaft von Elias' und meiner alten Clique an der Serenity wäre das ein witziger Kommentar gewesen, aber seitdem ich Luce, Bea und Tonya kenne, beginne ich, Emotionale in einem anderen Licht zu sehen. Nur, weil auf den Schultern der Rationalen die größere Verantwortung lastet, ist die Aufgabe der Emotionalen in der Gesellschaft ja nicht zwangsläufig weniger wichtig.

»Ich will mein Leben damit verbringen, anderen zu helfen. Deshalb glaube ich, dass der emotionale Trait meiner Veranlagung entspricht«, erklärt Tonya ebenso ruhig wie heute Morgen im Testungsraum. Ihre Augen beginnen zu glänzen, als sie fortfährt: »Es ist die Pflicht unserer Generation, die Kristallisierung weiter auszubauen. Rationale und Emotionale müssen sich gegenseitig unterstützen, wie Chloe Cremonte es im *Silberstreif* beschreibt. Wenn wir annehmen, wer wir sind, und unseren Traits folgend handeln, werden wir eine klare Welt schaffen. Eine Gesellschaft, in der jeder weiß, wohin er gehört und was er leisten kann, um nützlich zu sein. In der wir geschützt sind vor Diskriminierung und Ungleichheit. Und vor allem eine Gesellschaft, in der wir glücklich werden können.«

Eine Weile ist es still im Saal. Dann beginnt eins der Mädchen, auf die gläserne Sitzreihe zu klopfen, wie wir es in der Schule nach gelungenen Präsentationen tun. Nach ein paar Sekunden ist die Luft erfüllt von dem Getrommel, das mich an das Geräusch von Regen auf einer Fensterscheibe erinnert.

»Danke für Ihr Vertrauen, Tonya«, sagt der Konsiliar.

Tonya erhebt sich und geht zurück zu ihrem Platz. Währenddessen erscheint das neue Ranking. Erst verschieben sich die Porträts an der Saalwand wie die Bausteine bei einem Tetris-Spiel, dann leuchtet, Name für Name, die Liste auf den Seiten des Würfels auf. Hinter mir höre ich einen überraschten Laut. Ich drehe mich um und sehe, wie Mira entgeistert auf den Würfel starrt. Neben der Nummer eins erscheint ein neuer Name. Statt ihres eigenen steht dort nun ausgerechnet der des Mädchens, an dessen Emotionalität niemand im Saal mehr zweifeln kann.

Tonya Laswig.

Ich habe Mühe, mit Tamika Schritt zu halten, deren Füße die Treppenstufen in halsbrecherischer Geschwindigkeit heruntereilen. »Ich hatte recht, schon wieder!«

Im Kontrollzentrum zieht sich derselbe Streifen mit Porträts über die Wand, der auch im Athene-Saal zu sehen ist. Bloß die gezackten Tonspuren flimmern ausschließlich hier unten über die schwarz-weißen Gesichter. Ich gehe zum Beginn des Bilderstreifens und berühre Skyes blaue Linie, wie Niko es gestern bei Bea Summerton getan hat. Sofort schimmert eine hellblaue Null über Skyes Gesicht auf. Ich nehme meinen Finger von der Tonspur und die Zahl verschwindet. Mein Blick wandert die Reihe entlang, einmal um das Rondell herum bis zu den Bildern der Mädchen, die im Ranking ganz unten stehen. Rote Zahlen erscheinen unter meinen Fingern, als ich ihre Fotos berühre. Hier eine Drei, dort eine Vier und über Fiona Timmons Bild eine blutrot flimmernde Zwölf. Ich gehe zurück zu Skyes Foto. Was haben die blauen und roten Zahlen zu bedeuten?

»Schade, dass ihr falscher Umgang sie heute direkt zwei Plätze gekostet hat.« Tamika stellt sich neben mich und betrachtet den Rang Nummer sieben unter Skyes Bild mit schief gelegtem Kopf. »Aber wenn sie so treu ist, wie das Konsilium vermutet, wird sie schon von selber drauf kommen, mit wem sie sich in Zukunft besser nicht mehr abgibt.«

Ich denke daran, wie Fionas Tonspur an meinem ersten Morgen im Kontrollzentrum für ein paar Sekunden von Blau zu Rot wurde. Ich habe gleich vermutet, dass das nichts Gutes bedeuten kann ...

»Mal wieder die Erste.« Marlene und Niko lehnen außer Atem im Türrahmen und reißen mich aus meinen fieberhaften Gedanken. »Du nimmst diese blöde Wette echt zu ernst, Tami!«

»Du findest sie nur blöd, weil du immer falschliegst!« Tamika grinst. »Seht ihr, ich habe doch gesagt, dass die Lesbe heute aufsteigen wird. Ihr Plädoyer für die Kristallisierung war echt mitreißend. Das hätte der Kristall selbst nicht besser formulieren können.« Tamika deutet auf Tonya Laswigs Bild, unter dem eine schwarze Nummer eins ihren neuen Rang anzeigt. »Wenn ihr nicht aufpasst, habe ich gewonnen, bevor die zweite Dimension losgeht.« Sie holt ein zerknittertes Blatt Papier aus der Tasche ihrer Laborjacke und malt einen Strich hinter ihren Namen. Ich spähe ihr über die Schulter. Tamika hat vier Striche, Marlene zwei und Niko keinen. Was für eine Wette soll das sein?

»So wie ich das sehe, müssen die Jungs sich mal ein bisschen ranhalten«, meint Marlene. »Und außerdem hast du Alexander vergessen.«

»Wie konnte ich nur!« Tamika zwinkert mir zu, während sie den Namen, der nicht mir gehört, mit Kugelschreiber auf das Blatt kritzelt. »Caroline würde Wetten um das Ranking bestimmt nicht gutheißen«, raunt sie mir zu und deutet auf Papier und Stift. »Wir halten das Ganze deshalb lieber inoffiziell und, du weißt schon – nicht nachvollziehbar.«

Also hatte ich recht mit meiner Vermutung, dass auch die Checks der Testleiter ausspioniert werden. Umso besser, dass ich Skyes Smartphone vor dem Schredder bewahrt habe. Vielleicht werde ich es noch brauchen.

»Hey, den Abstieg gestern habe ich aber auch vorhergesagt!« Mit gespielter Empörung deutet Marlene auf Fionas Gesicht.

»Kommt schon, die zählt doch kaum, so offensichtlich war das.« Tamika lacht.

Niko tritt vor und tippt auf Fionas Tonspur. Wieder flimmert die Zahl Zwölf rot über ihrem Gesicht auf. »Die nimmt ja wirklich kein Blatt vor den Mund«, murmelt er. Niko dreht sich zu Tamika und Marlene. »Freie Auswahl! Welchen Mitschnitt wollt ihr hören?«

»Nummer vier!«, ruft Tamika.

Niko tippt die Nummer in seinen Check. Sofort erfüllt Fionas hohe Stimme das Kontrollzentrum.

»So toll ist New York jetzt auch wieder nicht.«

»Aber bekommt ihr da nicht oft die Chance, den Kristall zu sehen?« Das sagt ein anderes Mädchen. Ich muss mich anstrengen, es zu verstehen, während Fionas Stimme laut und klar ist.

»Vor allem bekommt man Viertel zu sehen, die sich langsam, aber sicher in Slums verwandeln«, hören wir sie weiterreden. *»Die Jobs, die Emotionale noch ausüben dürfen, werden noch mieser bezahlt als Hilfsarbeiten, und die meisten von uns ziehen in schlechtere Gegenden, weil wir uns unsere Wohnungen nicht mehr leisten können.«* Fiona lacht kühl. *»Es heißt, Emotionale seien problematisch. Sie würden schneller depressiv, schneller gewalttätig und schneller drogenabhängig. Aber wir ruinieren uns nicht selber. Das übernehmen die Ordnungserweiterungen schon ganz von selbst.«*

Ich muss aufpassen, nicht beifällig zu nicken. Endlich ist jemand mutig genug, die Wahrheit zu sagen! Zwar leiden Emotionale unter der neuen Ordnung nicht so stark wie Unkristallisierte, denen noch härtere Beschränkungen auferlegt werden. Aber die Regeln, die sie – angeblich zu ihrem eigenen Schutz –

befolgen müssen, machen sie trotzdem zu Bürgern zweiter Klasse.

Doch mein triumphierendes Lächeln verschwindet, als ich in die drei Gesichter um mich herum blicke. Marlene hat die Augenbrauen zusammengezogen, Tamika schüttelt abfällig den Kopf und und Niko verschränkt die Arme vor seiner Brust. Der Spaß an ihrer kranken Wette um die Plätze der Mädchen scheint ihnen vergangen zu sein.

»Diese Undankbarkeit!«, empört Niko sich. »Manchmal frage ich mich, wie sie eine wie die überhaupt wieder hinbekommen wollen.«

Marlene nickt düster.

»Ach, Leute. Verderbt mir nicht den Abend.« Tamika hält ihnen die Liste hin. »Für den Abstieg dieser Fiona gebe ich uns allen einen Strich, okay? Obwohl ich als Erste gesagt habe, wo sie landen wird.«

»Ruh dich nicht auf deinem Glück aus.« Marlene nimmt ihren Blick von der Wand und ihre Gesichtszüge glätten sich. »Ich freue mich schon auf die Einladung zum Pizzaessen, wenn ich gewinne.«

Während die drei zurück beim Thema Wetteinsätze sind, folgen meine Augen den Zacken der Tonspuren über den Gesichtern der Mädchen um mich herum. Jedes Mal, wenn sich eine blaue Spur rot verfärbt, flackert kurz eine neue rote Zahl über dem betreffenden Bild auf. Fiona hat es gewagt, die Gläsernen Nationen zu kritisieren. Ich brauche mir keinen der anderen aufgezeichneten Gesprächsmitschnitte mehr anzuhören, um zu wissen, was alle von ihnen gemeinsam haben.

Nikos Antwort vom Tag der Evaluation kommt mir wieder in den Sinn. *»Die T-Kontrolle speichert nur Inhalte, die für das Ranking relevant sind.«*

Das T steht also nicht für Ton-Kontrolle, wie ich bisher geglaubt habe. Es steht für Treue-Kontrolle!

Meine Kehle schnürt sich zu, als mir klar wird, was das bedeutet: Das Konsilium ist auf der Suche nach Untreuen.

»Können wir langsam los? Mein Feierabend hat schon längst angefangen, und ich würde gern verschwinden, bevor Caroline uns in die Finger kriegt«, meckert Marlene und steckt Tamikas Wettliste ein. »Alexander, kommst du?«

Ich nicke mechanisch, obwohl ich mich fühle, als hätte ich Beton geschluckt. *Vertrauen Sie den Gläsernen Nationen?* Schon als der Konsiliar Fiona diese Frage gestellt hat, hätte es mir klar sein müssen. Im Ranking geht es nicht um Traits, sondern einzig und allein um Treue.

Bevor ich die Tür des Kontrollzentrums schließe, werfe ich einen letzten Blick zurück auf die ernsten Gesichter der Mädchen. Ich habe heute Abend viel herausgefunden, aber die wichtigste Frage bleibt noch zu lösen: *Was passiert mit den Expektantinnen am Ende des Rankings?*

23

Ich schrecke hoch. Meine Bettdecke hat sich um meinen Körper gewickelt wie ein Fischernetz. Die halbe Nacht habe ich kein Auge zugetan. Tonya ist auf dem ersten Platz, die emotionale Tonya! Aber wenn das Ranking nicht unsere Trait-Zugehörigkeit bewertet, nicht unsere Rationalität einstuft – was dann? Und was habe ich falsch gemacht, um zwei Plätze nach unten zu sinken?

Draußen wird der Himmel schon heller. Ich schließe die Augen und versuche, zurück in meinen Traum zu finden, doch er rinnt mir durch die Finger wie das Seewasser, in dem ich wieder mit Elias gestanden habe. Unter meinem Kopfkissen taste ich nach dem Zeitungspapier und Mums Kohlestift. Vielleicht hat Elias Antworten.

Die Tür zu Raum 8 fällt mit einem Knall ins Schloss und lässt einen Windstoß durch meine offenen Haare fahren. Hastig wende ich meinen Blick vom Fenster ab, durch das ich unsere Baumgruppe beobachtet habe. Von hier aus ist er nicht zu sehen, aber im Stamm der vordersten Silberpappel verbirgt sich ein Hohlraum. Bei dem Gedanken an das, was ich tun werde, steigt Hitze in mir auf.

»Herzlich willkommen zum zweiten Teil der Aufgaben Ihrer ersten Dimension.«

»Das ist aber nicht Caroline«, bemerkt Luce.

Sadie neben mir schmunzelt, während mein Herz schneller gegen das unter meiner Bluse verborgene Zeitungspapier zu schlagen beginnt. Hoffentlich verändert Alexanders Anwesenheit nicht den heutigen Tagesablauf, denn ich darf auf keinen Fall zu spät in den Park gelangen. Wenn die anderen Mädchen erst einmal die Wiesen bevölkern, habe ich keine Chance mehr.

»Die Neurotizismus-Dimension zeigt uns, wie robust Ihr Nervenkostüm ist. Bringen Gefühle Sie aus der Ruhe, oder bleiben Sie stabil, ganz egal in welcher Situation Sie sich befinden?«

Alexanders Blick bleibt an mir hängen und ich sehe zu Boden. Der Leuchtstreifen ist erloschen, stattdessen erwarten uns heute schwarze Kabinen in der Mitte des Raumes. Sie erinnern mich an grimmig aussehende Versionen des Spielhäuschens, das ich als Kind unbedingt haben wollte. Heute lösen sie nur eins in mir aus: das Bedürfnis, ganz weit weg von ihrer stickigen Enge zu sein.

»Ihr Spiegel zeigt Ihnen jeden Abend Ihr Ergebnis für den vergangenen Tag. Nach dem Abschluss einer Dimension treffen wir daraus eine vorläufige Einordnung Ihres Traits. Aus diesen fünf sogenannten Zwischenergebnissen, eins für jede getestete Dimension, bestimmt das Konsilium dann Ihre endgültige Traitzuteilung.«

Ich drehe meinen Arm und betrachte den schmalen goldenen Balken der Neurotizismus-Dimension auf meinem Check, der sich schon gestern ein Stück in Richtung *stabil* geschoben hat.

»Haben Sie dazu noch Fragen?« Alexanders Blick wandert über unsere Köpfe, und ich habe das Gefühl, dass er wieder einen Moment länger an mir haftet. Niemand rührt sich. »Gut. Auch wenn Sie den Zweck der Dimensionen nun kennen, wäre es selbstverständlich sinnlos, sich absichtlich verstellen zu wollen. Wir haben die Aufgaben konzipiert, um genau dieses Vorhaben zu entlarven. Aber selbst wenn Sie es schaffen sollten, die Testung auszutricksen«, fährt er fort und grinst schief, »kann ich Ihnen nur den bescheidenen Rat geben, kein Leben im falschen Trait anzustreben.«

Dieses Mal bin ich mir sicher, dass er mich ansieht. Ich hebe das Kinn und erwidere seinen Blick. Soll er doch wissen, dass er es nicht schafft, mich einzuschüchtern! Ich weiß, wohin ich gehöre, und mein Spiegel beweist es.

Und was ist dann im Zug geschehen?

Ich schlucke. Ein Wort aus Alexanders Mund genügt, um das Konsilium an meiner Rationalität zweifeln zu lassen. Wenn ich mich nicht in Gefahr bringen will, muss ich mich von ihm fernhalten.

»Ich wusste ja, dass du über Elias hinwegkommen würdest«, flüstert plötzlich eine Stimme in meinem Nacken.

Ich fahre herum und blicke in dieselben mandelförmigen Augen, aus denen nie etwas anderes als Verachtung oder Triumph zu mir gesprochen hat. Oder beides.

Die anderen Mädchen verteilen sich bereits nach Alexanders Anweisungen auf die Kabinen. Jasmine mustert ihn, dann wandert ihr Blick zurück zu mir. »Ich hätte bloß nicht damit gerechnet, wie schnell du dir Ersatz besorgst. Und dann gleich ein Testleiter …«

Ungläubig starre ich sie an.

»Miss Anderson?«

Ich zucke zusammen. Alexander winkt mich zu einer der noch freien Kabinen.

»Verbrenn dich nicht, wenn du mit dem Feuer spielst, kleine Skye«, wispert Jasmine in mein Ohr, doch ich lasse sie und ihr künstliches Lächeln wortlos stehen. Diese Sticheleien kann ich jetzt wirklich nicht gebrauchen.

»Ihr seid befreundet?«, fragt Mira leise, die vor der Kabine neben mir wartet.

Anstelle einer Antwort richte ich meinen Blick stur auf Alexander, der in diesem Moment zu sprechen beginnt.

»Die Kabinen sind schallgeschützt. Aber machen Sie sich keine Sorgen. Sollte irgendetwas passieren, werde ich die Situation sofort für Sie auflösen.«

»Das nenne ich beruhigend«, flüstert Mira anzüglich und Colette unterdrückt ein Kichern.

Hoffen wir mal lieber, dass es nicht dazu kommt. Ich schiebe die Tür meiner Kabine entschlossen beiseite. Alexander soll merken, dass ich keine Angst habe. Und dass ich ganz sicher nicht von ihm gerettet werden muss.

In dem winzigen Viereck ist gerade einmal Platz genug für einen Tisch und einen Drehstuhl. Die Dunkelheit beschleunigt meinen Puls, kalter Schweiß beginnt, meine Haut zu überziehen. *Konzentrier dich!*, herrsche ich mich an. Ich berühre die Wände der Kabine. Sie sind dünn, aber trotz der siebzehn anderen Mädchen in Raum Nummer 8 höre ich nichts als das Pochen meines eigenen Herzens.

Ich lasse mich auf den Stuhl sinken und versuche, meine Atmung unter Kontrolle zu bringen. *Ruhe bewahren,* befehle ich mir selbst, während ich den riesigen Bildschirm vor mir betrachte. Er ist leicht nach innen gebogen und nimmt drei Seiten der Kabine fast vollständig ein.

Jemand schiebt die Tür zur Seite und für einen kurzen Moment strömt Licht in das Halbdunkel. Alexander betritt die schwarze Box. Er legt ein Paar weißer Handschuhe auf den Tisch vor mir sowie vier kleine Elektroden, deren Kanten unangenehm scharf aussehen. Ungeschickt zieht er die transparenten Schutzfolien ab. Ich frage mich, wo die dazugehörigen Kabel sind, bis mir klar wird, dass die Geräte in einem Zentrum, wo Wände und ganze Säle ein Eigenleben entwickeln, wohl auch ohne funktionieren.

»Schließen Sie bitte die Augen«, sagt Alexander ohne eine Regung in seiner Stimme und greift nach der ersten Elektrode. Auf ihrem metallenen Kopf blinkt ein weißes Lämpchen. Alexander beugt sich zu mir herunter. Ich mustere sein kantiges Gesicht, nur Zentimeter von meinem eigenen entfernt. Sein Kiefer ist angespannt, als würde er die Zähne zusammenbeißen, und ich denke an das unmerkliche Kopfschütteln im Athene-Saal. Wovor wollte er mich warnen?

Alexander streicht meine Haare zurück. Seine Hände fühlen sich rau an, wie die Hände von jemandem, der nicht am Schreibtisch arbeitet, als er den kleinen Saugnapf auf die empfindliche Haut unterhalb meiner Wimpern klebt. Obwohl meine Lider zittern, lasse ich die Augen geöffnet. Alexander wiederholt die Prozedur auf der anderen Seite, bevor er die beiden größeren Saugnäpfe auf meine Schläfen setzt. Ob er bemerkt, wie flach ich atme? Ich zwinge mich, nicht mehr in sein Gesicht zu sehen. Der Ärmel seines Kittels rutscht hoch und ich erkenne ein Tattoo auf seinem Unterarm. Blaue, etwas unordentliche Buchstaben formen sich zu Worten. *Reden ist Silber, Schweigen ist Gold.*

»Ungewöhnliche Wahl«, sage ich und deute auf den merkwürdigen Schriftzug. Im selben Augenblick verfluche ich mich. Was ist daraus geworden, mich von ihm fernzuhalten?

»Vielleicht ein bisschen veraltet«, gibt er zu. »Aber die Botschaft könntet ihr euch alle mehr zu Herzen nehmen. Ich bekomme von dem ständigen Geplapper hier noch Kopfschmerzen.«

Ich schnaube und schüttle den Kopf, sodass eine der Elektroden abreißt. »Frauen sollten also am besten einfach die Klappe –«

»Ziehen Sie die Handschuhe an«, übertönt Alexander mich harsch und setzt die Elektrode zurück an meine Schläfe. »Die Testung beginnt, sobald alle Expektantinnen vorbereitet sind.«

»Und wann ist sie vorbei?«, frage ich kühl.

»Das werden Sie spüren.« Er rollt seinen Ärmel herunter. Im fahlen Licht des Bildschirms erkenne ich blaue Flecken auf dem Stoff seiner Laborjacke. Er hat die Worte nur auf seine Haut geschrieben! *Aber warum sollte er das tun? Warum sollte er mir eine Botschaft zukommen lassen?* Doch höchstens, um … Gänsehaut zieht sich über meine Arme. Um mich zu warnen. Wie er mich schon zuvor gewarnt hat.

»Ist dann alles klar?« Alexander steht schon an der Schiebetür.

Ich will ihn fragen, was er mir sagen will. Was das Ranking zu bedeuten hat. Warum ich zwei Plätze abgefallen bin und was das für meine Chancen an der Cremonte-Uni bedeutet. *Schweigen ist Gold.* Wortlos nicke ich, und Alexander verlässt meine Kabine, während die Elektroden an meinem Kopf bereits ihre Arbeit aufnehmen. Jetzt ist nicht der Moment, um über irgendetwas anderes nachzudenken als die rationale Wertung, die heute Abend auf meinem Spiegel stehen muss. Ich setze mich gerade hin und warte klopfenden Herzens auf den Beginn der Aufgabe. Das hier fühlt sich anders an als die Evaluation oder Carolines Fragespiel.

Das hier fühlt sich ernst an.

Der Bildschirm erwacht zum Leben, und vor mir erscheint eine Landschaft, die mir nur allzu bekannt vorkommt. Ein quer liegender Baumstamm, von dem sich die Rinde gelöst hat, und direkt vor mir die Figur eines Mädchens mit langen, dunklen Haaren. Adrenalin strömt durch meine Adern. Weiß das Konsilium, was in dieser Nacht geschehen ist? *Unmöglich.* Die Sperrzone des Sees wird nicht überwacht, sonst hätten die Ordnungswahrer nach dem Fund des Pullovers ja nicht nach einem toten Jungen gesucht, den es nie gab. Meine Hände tasten nach den Elektroden an meinem Kopf und ein unbehagliches Gefühl macht sich in mir breit. Bis jetzt dachte ich, dass die kleinen Saugnäpfe bloß zusätzliche Daten über unsere Stabilität liefern. Stress lässt sich durch minimale Muskelbewegungen erkennen … Aber vielleicht dienen die Elektroden einem ganz anderen Zweck. *Vielleicht braucht das Konsilium gar keine Kameras, um zu sehen, was ich getan habe.*

Die Darstellung ist so naturgetreu, dass ich für einen Moment glaube, wieder den moorigen Geruch des Sees einzuatmen. Ich hebe die Hand auf der Suche nach einem Touchpad oder irgendetwas, womit ich den Computer steuern kann. Die Hand des Mädchens auf dem Monitor hebt sich mit meiner. Ich kann die Bilder kontrollieren!

Rechts von mir ertönt ein Rascheln. Alarmiert blicke ich mich um, aber die Kabine ist leer. Woher kam dieses Geräusch? Ein Ast bricht unter der Last rennender Füße, und mein Avatar fährt herum, als ich begreife, dass ich höre, was mein Bildschirm-Ich hört. Wir starren auf den Waldweg, der zum Steilufer führt. Ich weiß, wessen Füße auf die tückischen Klippen zustürmen.

Ein Schrei ertönt, der sich nie mehr aus meinem Gedächtnis löschen lassen wird. Ich erinnere mich an die Kopflosigkeit, mit der ich mich in die Strömung gestürzt habe, die mich fast besiegt hätte. Die uns beide fast besiegt hätte. Aber ich darf mich nicht noch einmal von meinen Gefühlen überwältigen lassen. Es kann nur eine Sache geben, die hier von mir verlangt wird: Ich muss meinen Fehler wiedergutmachen.

Dreh dich um.

Ich starre meinem Avatar ins Gesicht, das meinem bis auf das kleinste Muttermal gleicht. Die Augen des Mädchens auf dem Bildschirm sind panikgeweitet, doch mich selbst durchströmt plötzlich eine entschlossene Ruhe. Rationale blenden ihre Gefühle aus. Sie bleiben stabil, ganz egal in welcher Situation.

Lauf nach Hause, so schnell du kannst.

Ich sehe einen Wirbel aus Farben an mir vorbeifliegen, ziehe mich über den Baumstamm und lande unsanft auf dem Boden. Es dauert keine Minute, bis ich auf unserer Veranda stehe. Ich würde kostbare Zeit verschwenden, wenn ich durch mein Zimmerfenster klettern würde, um unentdeckt zu bleiben. Also stürme ich durch die Haustür. Meine Finger in den weißen Handschuhen wählen den Notruf auf dem Bildschirm des Synchrons.

»Ich muss einen Unfall melden. Jemand ist in den Upperlake-See gefallen und droht zu ertrinken.«

»Bleiben Sie zu Hause und kehren Sie auf keinen Fall in die gesperrte Zone zurück, Miss«, plärrt eine Stimme aus dem Telefon.

Schließ die Haustür. Geh in dein Zimmer.

Ich atme aus. Ein Schriftzug zieht sich waagerecht über den Bildschirm wie bei diesen billigen Computerspielen, die Dad mir niemals erlaubt hat: **Rationale Reaktion**.

Ich schließe die Augen und ein Lächeln breitet sich auf meinem Gesicht aus. Ich habe meinen Fehler behoben. Ich habe dem Konsilium gezeigt, dass ich die richtige Wahl treffen kann. Mit einem Kloß im Hals hoffe ich, dass meine Entscheidung hier und heute die einzige ist, die zählt.

Im nächsten Moment bleibt mir keine Zeit mehr, über die Reichweite des Wissens des Konsiliums nachzugrübeln, denn anstelle von meinem Zimmer sehe ich nun eine riesige Halle vor mir. Ich sitze an einem Einzeltisch und trage einen lindgrünen Pullover mit dazu passendem Faltenrock. Als ich meinen rechten Arm drehe, sehe ich ein fein gestochenes R auf dem Handgelenk meines Avatars. Ich sehe mich in der Halle um: Es besteht kein Zweifel, wir befinden uns in einem Hörsaal der Cremonte-Universität.

Obwohl ich nicht wirklich dort bin, flößt mir das alte Gemäuer sofort wieder den gleichen Respekt ein wie damals, als wir den Campus mit der Schule besucht haben. Hier werden die klügsten Köpfe unseres Landes ausgebildet. Hier haben sich meine Eltern kennengelernt, an derselben Universität, an der Jahre später Chloe

Cremonte studierte. Und hier werde auch ich in zwei Jahren als Erstsemester anfangen. *Solange ich diese Aufgabe nicht vermassle.*

Ich höre, wie ein Professor uns willkommen heißt. Er erklärt, dass wir kurz davorstehen, unser erstes Examen zu schreiben. Ein Assistent legt ein Blatt Papier auf meinen Tisch. Ich sehe meiner Doppelgängerin dabei zu, wie sie Fragen über den großen Skandal und die internationale Rolle der Gläsernen Nationen beantwortet, ohne den Sinn dieses Szenarios zu verstehen. Am See war mir klar, was ich tun muss, aber das hier ist niemals wirklich passiert.

Eine Weile beobachte ich still, wie mein Avatar Frage für Frage beantwortet. Wie will das Konsilium so überprüfen, ob ich meine Gefühle im Griff habe?

»Skye?«

Jemand wispert meinen Namen. Ich drehe meinen Kopf zur Seite und blicke in Beas Gesicht. Ist das der Test, soll ich mich nicht ablenken lassen?

»Du musst mir helfen!«, flüstert Bea.

Mein Avatar bleibt stumm, bis mir einfällt, dass ich für mein virtuelles Ich sprechen muss.

»Wobei?«, flüstere ich zurück und komme mir in der leeren Kabine dabei auf einmal komisch vor.

»Ich schaffe das Examen nicht – nicht allein.« In Beas Stimme schwingt ein flehender Unterton mit. »Du weißt, dass ich rausfliege, wenn ich noch einmal durchfalle. Gib mir dein Blatt, es ist die einzige Lösung. Bitte!«

Der Professor streift durch die Reihen, doch gerade jetzt dreht er uns den Rücken zu. Ich habe schon meine Hand nach dem Papierbogen vor mir ausgestreckt, als ich innehalte. Ich blicke auf die Hand meines Avatars mit dem filigranen R, die das Papier zwischen den Fingern hält, bereit, es Bea zu reichen. Aus Mitgefühl, aus Freundschaft. Nicht aus einer klaren Überlegung heraus.

Ich lege das Blatt wieder hin und lehne mich zurück, überzeugt davon, die Situation rational gelöst zu haben. Doch dieses Mal erscheint kein Schriftzug auf meinem Bildschirm. Die Aufgabe ist noch nicht vorbei. Ratlos sehe ich mich um.

»Komm schon, Skye!« Bea hält mir auffordernd ihre Hand entgegen.

Und endlich verstehe ich, als ich ihr Traitmark sehe. Es geht nicht um das Examen, es geht um etwas viel Größeres! Im *Silberstreif* schreibt Chloe Cremonte, dass die Traits gleichwertig sind. Aber ihre Träger sind nicht *gleichberechtigt.* Wie könnte das auch anders sein bei den angeborenen Unterschieden zwischen Rationalen und Emotionalen? Ich hebe die Hand und warte, bis der Professor auf uns zukommt.

»Sie sollte nicht hier sein«, sage ich laut und deutlich. Der Professor sieht mich fragend an und ich drehe ihm Beas Handgelenk entgegen. »Emotionale gehören nicht an diese Universität.«

Rationale Reaktion.

Game on. Ich sollte mich freuen, aber meine Wangen brennen vor Scham. Bea ist meine Freundin. Und ich habe sie verraten. Ein neuer Gedanke schießt mir durch den Kopf: Was sieht das Konsilium? Die Souveränität, mit der ich getan habe, was eine Rationale tun muss – oder mein schlechtes Gewissen danach?

Ich reiße mich zusammen, als Beas Gesicht und der Hörsaal der Cremonte-Uni verschwinden und durch einen Raum ersetzt werden, der mir wiederum allzu bekannt vorkommt. Mein Avatar steht im Schlafsaal des Athene-Zentrums. Um mich herum sind alle Betten leer. Ich bin allein.

Sieh aus dem Fenster. Mein Avatar reagiert auf meinen Befehl. Draußen ist es dunkel, doch weite Teile des Parks werden von den schimmernden Mauern des Zentrums erleuchtet. Automatisch sucht mein Blick nach der Baumgruppe, die ich als Versteck gewählt habe. Aber darum kann es hier nicht gehen. Niemand weiß, was ich auf das Zeitungspapier gekritzelt habe. Niemand kennt meine Botschaft an Elias, niemand ahnt, wann und wo ich ihn bitten will, mich zu treffen. *Es wusste ja auch niemand vom See,* denke ich mit einem nagenden Gefühl im Bauch. Die Elektroden haften trotz der Schweißperlen fest an meiner Stirn und ziehen unter ihren winzigen Saugnäpfen meine Haut zusammen. *Niemand wusste von den Dingen, die ich hier sehe. Und trotzdem …*

Im bläulichen Licht der Mauer erkenne ich eine Bewegung in dem virtuellen Park unter mir und halte den Atem an. Der Schatten zwischen den Bäumen kommt näher, und ich trete an die Fensterscheibe heran, bis die Nasenspitze meines Avatars das kalte Glas berührt. Wie elektrisiert springe ich zurück. Ich habe mich nicht geirrt: Der Schatten im Park ist niemand anders als Elias.

Lauf!

Die Beine meines Avatars fliegen die Treppen hinunter, den Flur entlang und durch den Eingang des Wintergartens. Ich stürme durch den Essraum zur Terrassentür. Elias muss verschwinden, bevor ihn jemand entdeckt! Als ich den Ort für unser Treffen auswählte, habe ich nicht an die Fenster gedacht, durch die man uns im Licht der Mauer viel zu gut erkennen kann. Meine Hand liegt schon auf der Türklinke – doch dann ziehe ich sie zurück, als hätte ich mich verbrannt. Draußen laufen zwei grau gekleidete Gestalten auf die Baumgruppe zu. Einer der Testleiter nimmt Elias am Arm und führt ihn zurück ins Zentrum der Jungen. Ich kann nicht hören, was sie zu ihm sagen, ich kann es mir nur vorstellen. Seine Chancen auf ein R sind dahin, und er hat Glück, wenn das die einzige Folge davon bleibt, Chloe Cremontes Regeln zu brechen. Ich stehe am Fenster und rühre mich nicht.

Rationale Reaktion.

Game over.

Auf dem Tisch der dritten Schallschutzkabine liegen noch immer die Elektroden, die Skyes Gedanken und Gefühle in Pixel verwandelt haben. In Szenarien, in denen sie sich dem schlimmsten aller Gegner stellen musste: sich selbst. Ich lasse mich auf ihren Stuhl sinken. Skye hat schneller als die anderen Mädchen begriffen, was diese Aufgabe von ihr fordert. Angst, Liebe, Scham, Trauer. Die wenigsten konnten so schnell die Kontrolle über ihre Gefühle zurückerlangen wie Skye. Ich öffne die Testleiteransicht auf ihrem Bildschirm und sehe noch einmal zu, wie sie Bea Summerton verrät und nichts unternimmt, als Elias abgeführt wird. Rational, ganz so, wie sie sein soll. Ich spule zum Anfang der Aufgabe zurück. Skye steht in einem Wald. Jemand stürzt in den angrenzenden See und sie läuft nach Hause, um den Vorfall zu melden. Bis hierhin unauffällig, aber irgendetwas stört mich an diesem Szenario. Ich überprüfe ihre Vitalwerte auf meinem Check. Herzschlag und Atmung sind ruhig, sie schwitzt nicht. Entweder ist das Szenario ihr völlig gleichgültig oder ...

Oder sie hat es schon einmal erlebt. Ich greife nach einem der Saugnäpfe und drehe ihn nachdenklich zwischen meinen Fingern. Die Elektroden sollen sich an die tiefsten Gefühle der Mädchen herantasten, um zu prüfen, wie leicht sie aus dem Gleichgewicht zu bringen sind. Ich bin davon ausgegangen, dass es sich bei den Computerszenarien, die daraus entstehen, um Hirngespinste und Fantasien handeln würde. Aber der See muss echt gewesen sein. Ich fahre mir durch die Haare, als mir klar wird, was das bedeutet. Was *wirklich* am See geschehen ist - und zwar in derselben Nacht, in der ich Skye gefolgt bin.

Vor dem Loch in der Hecke habe ich gewartet, und erst als ich von meinem Beobachtungsposten aus auch Elias hindurchschlüpfen sah, bin ich gegangen. Aber er kam viel später, bestimmt eine halbe Stunde. Genug Zeit für jemanden, vom Kliff zu stürzen – und genug Zeit für Skye, eine gefährliche Entscheidung zu treffen. Auf dem Bildschirm sehe ich ihrem Avatar dabei zu, wie er zurück nach Hause stürmt und Hilfe holt. Doch wenn Skye das in jener Nacht wirklich getan hätte, wäre sie mir an der Hecke begegnet. Vor meinem inneren Auge setzt sich zusammen, was am Abend des Bescheids passiert sein muss: Sie hat jemanden in den See fallen gehört. Aber die ach so regierungstreue Skye Anderson hat lieber ihr eigenes Leben riskiert, als den Behörden der Gläsernen Nationen zu vertrauen.

»Scheiße«, murmele ich, als ich zusehe, wie ihr Avatar sich auf das Bett legt, ruhig und kontrolliert.

Wenn die Konsiliare diese Bilder sehen, werden sie genau wie ich an die Schlagzeilen über den vermissten Jungen aus New York denken. Sie werden Skye am See beobachten und wissen, dass in dieser Nacht nicht nur ein Serenity-Schüler in der gesperrten Zone war. Und wenn sie verstanden haben, warum kein Verletzter gefunden werden konnte – dann werden sie sich fragen, weshalb Skye einen Atemzug lang an den *Gläsernen Nationen* gezweifelt hat. Den Atemzug, den sie brauchte, um in den See zu springen.

Sie suchen nach Untreuen.

Meine Finger trommeln auf die Tischplatte. Ich muss etwas unternehmen, denn dieser Atemzug des Zweifelns wird ausreichen, um Skye in Verdacht geraten zu lassen. Caroline hat nicht gesagt, wann genau die Aufnahmen der Szenarien runter ins Kontrollzentrum geschickt werden, aber es kann nicht mehr lange dauern. Wenigstens auf das hier bin ich jedoch vorbereitet. Letzte Nacht habe ich mich mit dem Programm vertraut gemacht, das die elektrische Aktivität unter den Saugnäpfen in Signale auf dem Bildschirm umwandelt. Erstaunlicherweise hat es die üblichen Schwachstellen. Ich brauche 26 Sekunden, um mich einzuschleusen. *Zu blöd für die Konsiliare, dass sie ihren Testleitern vertrauen.* Jetzt muss ich nur noch Skyes erstes Szenario löschen, damit es wirkt, als sei der Verrat an Bea ihre erste Prüfung gewesen.

»Komm schon!«, stoße ich zwischen zusammengebissenen Zähnen hervor.

Der See löscht sich Bild für Bild, es dauert ewig. Nervös überprüfe ich die Uhrzeit und feuere den Computer innerlich an. Wenn das hier gut geht, wird niemand je erfahren, dass Skye nicht die treue Rationale ist, die sie zu sein vorgibt. Niemand außer mir.

Wir sind beinahe am Ziel, als mein Check vibriert. **Sendung der Ergebnisse der Testungsgruppe 1.** Nein! Skyes Avatar steht mit geröteten Wangen vor dem Baumstamm. Zwar ist es das einzige übrig gebliebene Bild dieses Szenarios, aber es verrät zu viel! Vor meinen Augen wird der Bildschirm von einem Grauschleier überzogen. Ich sehe ein Szenario nach dem anderen verschwinden und mit ihnen die unbewegte Skye in der Sperrzone des Upperlake-Sees. Mir bleibt nur eine Lösung: Ich muss ins Kontrollzentrum gelangen, bevor dieses Bild es tut.

24

Die Tür gibt erst dann schwerfällig nach, als ich mich mit meinem vollen Gewicht dagegen stemme. Ich sollte bei den anderen im Wintergarten sitzen, aber im Augenblick will ich einfach nur allein sein. Ich gehe am Pool und dem kleinen Häuschen mit den Duschen vorbei bis zum Rand der Dachterrasse. Meine Fußspitzen schweben meterhoch über der grünen Wiese des Parks, nur ein hüfthohes Geländer trennt mich vom Abgrund. Drüben auf dem Dach des Jungenzentrums strecken sich Solarmodule dem Himmel entgegen. Mit einem großen Schritt würde ich hinüberkommen, aber anders als bei uns gibt es dort offenbar weder Freizeitmöglichkeiten noch eine Tür, die hinunter ins Gebäude führt.

Ich ziehe den Brief an Elias unter meiner Bluse hervor. Die Kohlestift-Buchstaben sind verwischt, aber lesbar. Sorgfältig zerreiße ich das Zeitungspapier in winzige Schnipsel. Ich darf unsere Traits nicht gefährden, so schwer es mir auch fällt. Mein Blick bleibt am Parkeingang des Jungenzentrums hängen, aus dem in meinem Szenario die Testleiter gekommen sind, um Elias abzuführen. Widerstrebend öffne ich meine Hand und sehe zu, wie ein Windstoß die Papierfetzen mitnimmt. Bis zum Ende der Testung werde ich keine Ahnung haben, warum Elias getan hat, was er getan hat. Und ob seine Gründe gut genug sind, um ihm zu verzeihen. Vier Wochen lang wird mein bester Freund glauben, er hätte mich verloren. Und es sind erst zwei Tage vergangen.

»Hier bist du!« Luce schiebt sich seitwärts durch die Tür der Dachterrasse. Als sie bei mir ankommt, drückt sie mir eine Tüte mit Schokokeksen in die Hand. »Anstrengende Aufgabe heute, was?« Sanft geleitet sie mich weg von der Kante, und ich glaube, Besorgnis in ihrem Blick zu erkennen.

»Ich brauchte bloß ein bisschen Zeit zum Nachdenken.«

Nebeneinander setzen wir uns auf eine der Liegen am Pool. Ich schiebe mir einen Keks in den Mund. Hoffentlich fragt Luce nicht, was die Elektroden aus meinen Gedanken zusammengesponnen haben. Sie würde nie verstehen, welche Entscheidungen ich treffen musste. Meine Finger schließen sich um mein Handgelenk. Der Neurotizismus-Balken meines Spiegels wird sich heute Abend noch ein Stück weiter in Richtung *stabil* schieben, aber das freut mich nicht so sehr, wie es sollte. Wenn mein Rang gestern gefallen ist, warum dann nicht auch heute? Und weshalb will uns niemand sagen, wozu das Ranking überhaupt da ist?

Neben mir sieht Luce gedankenverloren hinunter in den Park, und ich erinnere mich an unser nächtliches Gespräch im Schlafsaal, bevor ich ihr von Elias erzählt habe: *Es ist immer noch unser Leben, okay? Kein Traitmark und kein Rang können darüber bestimmen, wenn wir es nicht zulassen.*

Wieder beschleicht mich die Ahnung, dass Luce mehr über die Vorgänge hier weiß, als sie zugibt. Ich will gerade zu einer Frage ansetzen, als mir Alexanders falsches Tattoo wieder in den Sinn kommt. *Schweigen ist Gold.* Eine Warnung, genau wie die von Coach Verse und meinem Vater. Aber wovor?

»Ups, ich glaube, wir müssen langsam los.« Luce deutet auf ihren Check. **Beginn der Gläsernen Stunde in 15 Minuten.**

»Für wen hast du gestimmt?«, frage ich.

Heute kannte ich nur eins der beiden Mädchen, die für die Klärung zur Wahl standen.

»Marisa.« Luce grinst und ich denke daran, dass unsere Schlafsaalgenossin mit Colette über Fiona hergezogen hat. »Ich halte ja nichts von diesen Spielchen«, sagt Luce achselzuckend. »Aber wenigstens können wir dafür sorgen, dass es die Richtigen trifft.«

Sollten Sie nicht längst den Athene-Saal vorbereiten?« Ertappt bleibe ich stehen. Ich habe den Konsiliar hinter dem runden Tisch im Kontrollzentrum gar nicht bemerkt. »Entschuldigen Sie, Sir. Aber da ist ein Fehler in den Daten der Testungsgruppe I. Wenn Sie mich die Szenarien noch einmal durchsehen lassen -«

Ich verstumme, als der Konsiliar mit der Hornbrille die Hand hebt. Er geht zu einem der zwölf Computer und tippt etwas ein. Vor meinen Augen erscheinen wieder die geröteten Wangen von Skyes Avatar, umgeben von der täuschend echt aussehenden Wildnis um den Upperlake-See.

»Wir haben den Ausfall schon bemerkt. Ihr Testungscomputer muss während des ersten Szenarios abgestürzt sein.« Der Konsiliar streicht sich über sein Kinn.

Ich versuche, ruhig und unbeteiligt zu wirken. Skye hat in dieser Nacht ihr Leben in Gefahr gebracht, anstatt den Notruf zu wählen und auf das System der Gläsernen Nationen zu vertrauen. Wahrscheinlich wollte sie während der Aufgabe heute bloß ihre Impulsivität verschleiern, aber ich weiß, welchen Schluss der Konsiliar aus ihrem Zweifel ziehen wird. *Untreu.*

»Ich habe versucht, das komplette Szenario zu rekonstruieren, aber das war leider nicht möglich«, behaupte ich lahm und hoffe, dass der Konsiliar die Sache damit auf sich beruhen lässt.

Er mustert mich durch die dicken Gläser seiner Brille, und

für einen Moment habe ich das Gefühl, dass er weiß, was in mir vorgeht.

»Dann erzählen Sie mir doch einfach, was Sie gesehen haben.«

Wie bitte? Meine Gedanken rasen. Das hier ist meine Chance, diesen Riss in Skyes perfekter Fassade ein für alle Mal zu vertuschen. Ich darf jetzt nichts Falsches sagen.

Auf dem Bildschirm sind Skyes Szenarien inzwischen vorangeschritten. Gerade sieht sie zu, wie Elias abgeführt wird. Beim Anblick seines breitschultrigen Avatars kommt mir eine Idee. Skyes Mikrofon war in der ersten Nacht deaktiviert, aber in der zweiten hatte Caroline mich längst gezwungen, diesen »Fehler« zu beheben. Pech und Glück in einem, wie sich nun herausstellt. Ein Anflug von schlechtem Gewissen überkommt mich. Skyes geflüsterte Worte waren allein für ihre Freundin bestimmt, sie waren privat. Es war nicht fair, sie zu belauschen, aber ich musste unbedingt erfahren, wie sie auf die erste Klärung reagiert. Und was ich dabei mit angehört habe, ist nun vielleicht unsere einzige Chance. Ich hole tief Luft und hoffe, dass Skye nie herausfindet, was ich jetzt tue.

»Erstaunlich«, sagt der Konsiliar, als ich fertig bin. »Sie hat sich also heimlich mit dem Jungen getroffen, weil der Vater die Beziehung nicht gutheißt.«

»In einem Park«, füge ich noch hinzu, doch der Konsiliar achtet nicht auf mich.

»Dann bekam sie ein so schlechtes Gewissen, dass sie nach Hause zurückkehrte?«

Ich bestätige diese unschuldige Romeo-und-Julia-Version der Ereignisse vom See mit einem knappen Nicken.

Der Konsiliar legt den Kopf schief. »Und trotz ihrer starken Gefühle für diesen Jungen hat Miss Anderson sich im dritten

Szenario nicht zu einem Regelbruch hinreißen lassen. Die meisten Mädchen hätten versucht, die Testleiter aufzuhalten.«

»Sie handelt sehr rational«, stimme ich ihm zu.

Der Konsiliar nickt. »Außergewöhnlich rational. Aber viel wichtiger ist ihre makellose Treue. Rational, klug und treu. Zweifellos könnte sie den ersten Platz im Ranking erreichen.«

Mir gefällt der Ausdruck seiner Augen nicht. Sie glänzen, als hätte er gerade einen seltenen Edelstein entdeckt. »Ich hätte es mir zu gern selbst angesehen«, sagt er leise, wie zu sich selbst.

»Sie wissen jetzt alles, was auch ich gehört habe, Sir«, erwidere ich. »Das Gespräch der Mädchen war nicht weiter aufschlussreich.«

Noch im selben Moment, in dem diese Worte meine Lippen verlassen, könnte ich mich ohrfeigen.

Der Konsiliar hebt eine Augenbraue.

»Gespräch? Zwischen zwei Mädchen?« Er sieht mich an wie eine Schlange die Maus. »Haben Sie mir nicht gerade von Miss Andersons erstem Szenario berichtet?«

Mein Augenlid zuckt. *Du Idiot! Wie konntest du dich nur selbst verraten!*

»Selbstverständlich habe ich das.« Ich setze ein gewinnendes Lächeln auf. »Aber Elias Craft muss Miss Anderson wirklich stark beschäftigen. Er ist nicht bloß in ihren Szenarien aufgetaucht, sie hat auch mit ihrer besten Freundin über ihn geredet. Rein zufällig habe ich zu diesem Zeitpunkt die Livefunktion meines Checks getestet und das Gespräch mit angehört.«

Der Konsiliar bedenkt mich mit einem langen, prüfenden Blick.

»Umso besser«, sagt er schließlich. »Verschaffen Sie mir den Tonmitschnitt von dem Gespräch der Expektantinnen.«

Ich blicke von dem Computerbildschirm auf. »Die T-Kontrolle

speichert doch nur die für das Ranking relevanten Tonspuren, oder nicht?«, frage ich verwirrt. *Oder besser gesagt, die verdächtigen.* »Der Inhalt ließ keinen Zweifel an Miss Andersons absoluter Treue!«

»Natürlich nicht«, erwidert der Konsiliar ungeduldig. »Es ging um einen Jungen, absolut triviales Geplänkel, das die T-Kontrolle offiziell nicht sichert. Aber ich möchte dieses Gespräch hören, egal ob die Tonspur dazu blau oder rot ist. Es gibt immer Wege, die Richtlinien des Datenschutzes zu umgehen. Gerade Sie mit Ihrem Informatiktalent sollten das doch wissen.«

Ich nicke. Ich will das nicht tun. Aber ist ein Geheimnis zu verraten nicht ein kleiner Preis dafür, Skye aus dem Fokus der Psychologen herauszuhalten?

Während ich ihre Tonspur berühre und meine Gewissensbisse ignoriere, erhebt sich der Konsiliar. »Ach, und löschen Sie die heutigen Abstimmungsergebnisse, wenn Sie hier fertig sind. Ich möchte hören, was Miss Anderson selbst zu ihrer Leistung im Kampf gegen ihre Gefühle zu sagen hat.«

Was?

Panik breitet sich in mir aus wie ein Lauffeuer. »Aber Sir, die Expektantin ist auf Rang sieben! Sie ist treu. Ich bin mir sicher, dass eine Klärung bei ihr nicht nötig sein wird.«

»Mein Junge.« An der Tür des Kontrollzentrums dreht der Konsiliar sich noch einmal um. »Untreue ist bei Weitem nicht das Einzige, was uns interessiert. Finden Sie den Mitschnitt dieses Gesprächs. Und dann beeilen Sie sich. Diese Gläserne Stunde wollen Sie nicht verpassen.«

Hilflos sehe ich zu, wie er die Tür hinter sich schließt, und stütze den Kopf in meine Hände.

»Da ist ja das neueste Mitglied der Wettrunde.«

Ich springe auf, als die Tür sich wenige Minuten später erneut öffnet. Tamika schüttelt ihre langen Haare und dreht sich zu den drei Männern hinter sich um. »Das sind John und Kadir. Niko kennst du ja. Du hast die beiden wahrscheinlich schon einmal gesehen, aber sie sind zu schüchtern, um sich selbst vorzustellen.«

»Von wegen schüchtern«, grummelt John und schüttelt mir herzlich die Hand. »Also, welches Mädchen ist heute dran?«, fragt er an Tamika gewandt, die mich schelmisch angrinst.

»Vielleicht fragst du besser Alexander. Immerhin hat *er* gerade in letzter Sekunde die Kandidatin für die Klärung ausgetauscht. Na, gib es schon zu«, lacht sie. »Du hast auf die Kleine gesetzt, und jetzt wolltest du sichergehen, dass sich bei ihrem Rang noch etwas tut, oder nicht? Schwarze Haare, Typ Schneewittchen?«

Meine Hände ballen sich zu Fäusten, als ich endlich verstehe, was sie mir unterstellt. Tamika merkt jedoch nichts davon.

»Absturz oder Aufstieg?«, fragt sie und holt die Wettliste heraus. »Ihr Rang, Alexander! Du musst schon noch sagen, auf welche Richtung du tippst.«

Es tut mir leid, denke ich, als könnte Skye mich hören. Als würde das irgendetwas ändern. Ich atme tief durch.

»Aufstieg«, sage ich bloß, bevor ich sie alle stehen lasse und die Treppen hoch ins Erdgeschoss renne. Ich muss Skye warnen, bevor es zu spät ist.

25

Luce und ich rutschen in eine der obersten Reihen. Wir haben den ganzen Weg zum Athene-Saal geschwiegen, jede in ihre eigenen Gedanken versunken. Ich bezweifle, dass Luces so beängstigend sind wie meine eigenen. Um uns herum füllen sich die Reihen mit schnatternden Mädchen und ich beiße mir auf die Lippe. *Schweigen ist Gold.* Aber Chloe Cremonte hat die Testung eingeführt, um uns eine bessere Zukunft zu schenken! Wenn es im Zentrum nicht mit rechten Dingen zugehen würde, hätte das doch schon längst einen öffentlichen Aufschrei gegeben. In den Gläsernen Nationen vertrauen wir einander. Wofür wäre der Umsturz sonst gut gewesen? Der Würfel schwebt nach oben, die Testleiter versammeln sich um den Holzstuhl.

»Skye?«

Luce tippt mir auf die Schulter, doch ich schaue angestrengt auf die Saalwand, wo mein Foto sich gerade dreht und durch meinen Spiegel ersetzt wird. Wir haben zwar erst die zweite Aufgabe unserer ersten Dimension hinter uns, aber mein goldener Neurotizismus-Balken ist schon jetzt nur noch eine Haaresbreite vom rationalen Urteil *stabil* entfernt. Wenn ich mich doch auch nur ansatzweise so fühlen würde …

»Skye!«

Ein alarmierter Unterton in Luces Stimme reißt mich aus meinen Gedanken. Um mich herum wird Gemurmel laut und endlich verstehe ich den Grund für Luces Aufregung.

Der Würfel strahlt das Gesicht eines blassen Mädchens mit langen, dunklen Haaren in den Athene-Saal.

Mein Gesicht.

»Sie stand doch gar nicht zur Wahl!« Luce ist aufgesprungen, doch die Testleiter sehen nicht einmal zu uns herauf. Ein paar der Mädchen um uns herum werfen ihr pikierte Blicke zu. »Das ist nicht fair«, sagt Luce leiser und dreht sich zu mir. »Weigere dich! Das können sie nicht machen.«

»Ich fürchte, sie können machen, was sie wollen«, erwidere ich nüchtern. Wenn das Konsilium meine Geheimnisse erfahren will, wird kein Abstimmungsergebnis der Welt es davon abhalten.

Obwohl jede Faser meines Körpers sich dagegen sträubt, stehe ich auf und gehe langsam die Stufen hinunter. Meine Knie sind wacklig, aber ich versuche, ruhig zu wirken. Im Kreis der Testleiter weiche ich Alexanders Blick aus. Von hier unten wirkt die Formation noch einschüchternder als von oben, und mir wird klar, wie allein ich auf dem Holzstuhl bin. Ein kleiner weißer Fleck inmitten von Grau.

Ich denke an Fionas gefallenen Rang, aber auch an Tonyas ersten Platz. Was auch immer das Ranking bedeutet, ich weiß, mit welchem Ergebnis ich den Athene-Saal heute Abend verlassen muss. Ich setze mich und schlage meine Beine übereinander in der Hoffnung, dass niemand ihr Zittern bemerkt.

»Skye, wie geht es Ihnen hier im Zentrum?« Der hagere Konsiliar, der das Archiv betreut, schreitet auf mich zu.

Ich versuche, Luces Gesicht in der Menge zu finden, aber alles, was ich sehe, ist der graue Ring aus Testleitern um mich herum. Ich öffne den Mund, doch es kommen keine Worte heraus.

Was hat der Konsiliar mich gerade gefragt?

»Uns interessiert, wie es Ihnen bei uns geht«, wiederholt die Fistelstimme geduldig.

»Gut!«, stürzt es aus mir heraus. Viel zu schnell, als hätte ich nicht darüber nachgedacht.

Der Konsiliar wirft mir einen freundlichen Blick zu und ich entspanne mich ein wenig. Sicher gibt es eine ganz einfache Erklärung dafür, dass ich in letzter Minute für die Klärung ausgetauscht wurde. Vielleicht finden sie mich so gut, dass sie meinen Rang anheben wollen.

»Absolute Offenheit ist ein wesentlicher Bestandteil der Kristallisierung. Macht Ihnen der Gedanke an Offenheit Angst, Skye?«

»Nein, Sir.« *Woher wissen Sie, ob ich die Wahrheit sage?*

»Dann haben Sie also noch nie ein Geheimnis gehabt oder gelogen?«

Während meine Gedanken rasen, spüre ich die Sekunden zwischen meinen Herzschlägen vergehen. Der See. Colin. Elias. Der Brief.

»Ich glaube nicht an Lügen«, wiederhole ich, was ich am ersten Testungstag bereits zu Caroline gesagt habe.

Der Konsiliar nickt mir zu, und für einen winzigen Moment hoffe ich, meine Klärung schon überstanden zu haben, als auf einmal meine eigene Stimme den Saal erfüllt, lauter als die des Konsiliars. Lauter als alles, was ich je gehört habe.

»Wir sind schon seit Ewigkeiten die besten Freunde, aber dann wurde etwas anders.«

Ich erstarre, als meine blechern klingenden Worte mich an den zweiten Abend im Zentrum zurückversetzen, als ich mit Luce auf meinem Bett im Schlafsaal saß. Diese Tonaufnahme hat das Konsilium nicht von meinem Handy …

»Wenn er mich zufällig berührt, kann ich auf einmal nicht mehr klar denken.«

Ich höre mir an, dass ich lächle, und will den Konsiliar bitten, es zu stoppen. Aber mir ist klar, dass er die Tonaufnahme abspielen wird, bis wir alles gehört haben. Meine Hände umfassen die Armlehnen des Stuhls und drücken zu, als meine Stimme weiterspricht.

»*Vor diesem Abend hätte ich kaum zu hoffen gewagt, dass Elias auch nur ansatzweise so fühlen könnte wie ich. Und dann hat er seine Hände um meine Taille gelegt. Er hat mich angesehen wie noch nie vorher. Aber als er mich zu sich heranzog –*« Hier bricht meine Stimme. Ich erinnere mich daran, wie Luce mir verständnisvoll ihre Hand auf die Schulter legte. »*Ich wollte ihn, mehr als alles andere.*« Meine Stimme ist nur noch ein Flüstern. »*Trotzdem hat mich etwas zurückgehalten.*«

Irgendwo kichert jemand und meine Wangen flammen auf.

Der Konsiliar räuspert sich. »Sie haben eine ziemlich klare Vorstellung davon, wie Ihr Leben verlaufen soll, nicht wahr?«, fragt er.

Ich hebe den Blick und treffe Alexanders. Der Schmerz in seinem Gesicht ergibt keinen Sinn für mich.

»Ja«, antworte ich leise. Die Augen des Konsiliars wirken hinter seinen fingerdicken Brillengläsern eigentümlich groß. Sie wollen alles sehen, was in mir ist. »Ich habe nie daran gezweifelt, eine Rationale zu sein.«

Lüge!

»Weil Sie Elias Craft für einen Rationalen halten, oder weil Sie glauben, es entspricht Ihrer Persönlichkeit?«

Die Worte verhallen im Saal.

»Ich richte mein Verhalten nicht nach einem Jungen«, sage ich und setze mich gerader hin.

»So sieht's aus!«, tönt Luces triumphierende Stimme aus den oberen Reihen zu mir herunter und ich muss lächeln.

Ich hole tief Luft. »Ich bin überzeugt davon, dass es mir in den Genen liegt, Verantwortung zu tragen. Und das ist es schließlich, was Rationalität ausmacht.« Dieses Mal glühen meine Wangen nicht vor Scham, sondern weil ich mich selbst daran erinnere, wofür ich das alles über mich ergehen lasse: nicht für Elias, sondern weil mir als Rationale alle Türen offen stehen. Ich werde mich nur noch entscheiden müssen, durch welche ich gehen möchte. *Und damit zurechtkommen, welche Opfer ich zurücklasse.* Ich schüttle Beas flehenden Gesichtsausdruck im Hörsaal der Cremonte-Uni aus meiner Erinnerung.

»Und wenn ich Ihnen sage, dass Mr. Craft als emotional erkannt wurde? Würden Sie immer noch eine Rationale sein wollen? Oder würden Sie versuchen, zu seinem Trait zu wechseln?«

»Ich verstehe die Frage nicht ganz«, sage ich und runzle die Stirn. Der Konsiliar weiß ebenso gut wie ich, dass es nicht möglich ist, seinen Trait zu wechseln wie ein dreckiges Hemd. Aber selbst wenn: Erwartet er ernsthaft, dass ich jeden meiner Träume für einen Jungen aufgeben würde? »Die Traits sind angeboren. Auch wenn ich es wollte, könnte ich meine Bestimmung nicht verändern. Für niemanden.«

»Also haben Sie keine Angst davor, durch die hohe Arbeitsbelastung und die Verantwortung einer Rationalen als Partnerin vielleicht …« Der Konsiliar fixiert mich. »… unattraktiv zu werden? Fürchten Sie nicht, dass ein Mann Sie als zu dominant wahrnehmen könnte, um sich in Sie zu verlieben?«

»Stellen Sie den Jungen dieselbe Frage?«, bricht es aus mir heraus.

Jegliche Wärme weicht aus dem Blick des Konsiliars. »Ihrer Äußerung entnehme ich, dass Sie der Kristallisierung und dem Urteil des Konsiliums über das, was Ihnen angeboren ist, vertrauen.«

Der warnende Unterton seiner Stimme entgeht mir nicht. *Zumindest habe ich dem bisher vertraut.* Ich denke an die Tonaufnahme meiner Stimme und Alexanders Warnung. *Reden ist Silber, Schweigen ist Gold.* Es gibt nur eine Möglichkeit, wie das Konsilium von dem Gespräch zwischen Luce und mir erfahren haben kann.

Ich hebe den Blick und sehe dem Konsiliar in die Augen. »Voll und ganz.«

Er lächelt zufrieden. »Dann freue ich mich darauf, Ihnen in den kommenden Wochen weiter dabei zuzusehen. Danke für Ihr Vertrauen, Skye.«

»Ich habe damit nichts zu tun!«, flüstert Luce, als ich neben sie auf die gläserne Sitzbank rutsche. Wie ich die Stufen hinauf und zurück zu meinem Platz gekommen bin, ist mir ein Rätsel.

»Ich weiß«, sage ich und betrachte das silberne Armband, das sich so sanft um mein Handgelenk schmiegt wie eine zweite Haut. Unverdächtig. Dabei steckt irgendwo in dem hauchdünnen Metall ein Mikrofon.

Die Testleiter steigen die Stufen hinauf und Alexander sucht meinen Blick. Seine Augen sind grün, bemerke ich. Für einen Moment sehe ich dieses Grün vor mir, an einem anderen Ort. Doch die Erinnerung verschwindet so schnell, wie sie gekommen ist. Der Würfel strahlt das Ranking in den Saal und ich wende mich ab.

1. **Laswig, Tonya**
2. **Lopez, Celia**
3. **Anderson, Skye**
4. **Raven, Mira**
5. **Alderville, Jasmine**

Dritte. Langsam beruhigt sich mein rasender Puls. Es mag nicht gerade korrekt sein, private Gespräche zu belauschen. Andererseits dient alles, was das Konsilium tut, unserer akkuraten Kristallisierung. Das muss ich einfach glauben – denn was wäre die Alternative?

»Das wird ihr aber gar nicht gefallen«, murmelt Luce.

»Was?«, frage ich und reiße meinen Blick von meinem Namen neben der Nummer drei los.

Luce deutet auf Mira, die weiter links in unserer Reihe fassungslos auf das Ranking starrt.

»Willkommen im Team E«, höre ich Colette sagen. »Aber mach dir nichts draus, ich habe es ja auch überlebt. Und für das Konsilium zählen doch erst die Zwischenergebnisse.«

Ich suche Miras Spiegel an der Saalwand und öffne überrascht den Mund. Ihr Neurotizismus-Balken streckt seinen goldenen Arm klar Richtung Senso: Sensibel. Ein emotionaler Spiegel und ein Absturz im Ranking. Kein Wunder, dass Mira aussieht, als würde sie gleich in Tränen ausbrechen.

»Komm, lass uns diesen Abend einfach vergessen«, sagt Luce.

Wir stehen auf und gehen mit den anderen zum Ausgang. Ich fühle mich, als hätte jemand seit meiner Klärung einen Scheinwerfer auf mich gerichtet. Die Augen der anderen Mädchen kleben förmlich an mir, und ich versuche, mir krampfhaft einzureden, dass ihr Gekicher nicht dem gilt, was sie heute Abend mit angehört haben.

»Skye.«

Ich bleibe wie angewurzelt stehen. Alexander nimmt hastig seine Hand von meiner Schulter, als er meinen Blick bemerkt.

»Ist alles in Ordnung?«

Der Spruch auf seinem Arm ist verschwunden, als hätte er nie versucht, mich zu warnen. Wer ist dieser Testleiter, der selbst jede Regel bricht? Ein beängstigender Gedanke schleicht sich in meinen Hinterkopf: *Was, wenn auch Alexander eine Aufgabe ist?* Wenn er vom Konsilium darauf angesetzt wurde, Zweifel in mir zu säen – und anschließend zu berichten, wie ich reagiere?

»Natürlich«, erwidere ich schnell und schiebe mich an ihm vorbei durch die Tür. Ich darf keine Zweifel zulassen, sonst werde ich hier drinnen noch verrückt.

Luce wartet am Fuß der Treppe. Bevor sie etwas sagen kann, stürmt Mira aufgelöst an uns vorbei. Ein schlankes Mädchen holt sie ein und nimmt sie verständnisvoll in den Arm.

»Ich verstehe das neue Ranking doch auch nicht!«, höre ich Jasmines honigsüße Stimme sagen. »Aber es kann eben nicht jede von uns den Bonus für besondere Beziehungen bekommen. Oder, Skye?« Sie wirft einen bedeutungsvollen Blick zurück zur Tür des Athene-Saals, in der immer noch Alexander steht.

»Ich habe nicht um meine Klärung gebeten«, sage ich kalt.

»Dein Rang hat allerdings einen ganz schönen Schub bekommen.« Jasmine lächelt mich falsch an. »Zu schade, dass die Jungs nicht hier sind. Sonst könnte Elias sich mit eigenen Augen davon überzeugen, dass du wirklich *alles* tust, um eine Rationale zu werden.«

Als ich zu unserem Bett ganz am Ende des Schlafsaals gehe, friert das Gewisper ein, nur um hinter mir wieder einzusetzen.

»Ich wollte ihn, mehr als alles andere.«

Ich beiße die Zähne zusammen und werfe den Mädchen vernichtende Blicke zu. Haben sie denn noch nie etwas von Solidarität gehört? Schließlich hätte jede von uns auf dem Stuhl landen können.

Unter der rettenden Bettdecke atme ich zitternd aus. Ja, ich wollte Elias. Doch vor sein Gesicht schieben sich in der Dunkelheit Alexanders grüne Augen, der unerklärliche Schmerz in ihnen. Ich denke an den sanften Ton, mit dem er nach der Gläsernen Stunde meinen Namen sagte. Als wäre ich eine Freundin. *Als wäre ich mehr als das.* Ich schüttle den Kopf. Was für ein absurder Gedanke! Alexander ist ein Testleiter, der sich aus irgendeinem Grund entschieden hat, mir zu helfen – und der mich mit seiner ungebetenen Unterstützung noch um mein R bringen wird. Er ist ein Hindernis, eine Gefahr …

Und warum vertraust du dann seiner Warnung? Warum fällt es dir so schwer, dich von ihm fernzuhalten? Verzweifelte Tränen steigen mir in die Augen, und ich stopfe mir einen Zipfel der Bettdecke in den Mund, damit niemand hört, wie Skye Anderson die Beherrschung verliert.

26

Ich verlasse den Freizeitraum der Testleiter unter dem lahmen Vorwand, müde zu sein. Niko und die anderen hätten aber nicht einmal aufgeblickt, wenn ich behauptet hätte, draußen wäre ein Raumschiff gelandet, so gebannt hängen sie an Chloe Cremontes blassen Lippen. Der Kristall hat soeben in den Abendnachrichten eine weitere Ordnungserweiterung verkündet: Neu verheirateten Paaren wird ab sofort ein zinsfreier Kredit angeboten. Zusätzlich steht ihnen bei der Geburt jedes ehelichen Kindes ein kostenloser Sparvertrag zu, der die spätere Ausbildung sichern soll. Natürlich gilt diese Starthilfe nur für Kristallisierte.

Ich schüttle den Kopf. Die Schlinge um den Hals derer, die nicht ins neue Weltbild passen wollen, zieht sich immer weiter zu, bis die Kristallisierungsgegner an der wachsenden Zahl von Ordnungserweiterungen ersticken werden. Und trotzdem feiert der Rest der Bevölkerung jedes Jahr zum Kristallfest Freiheit und Gleichheit. Es ist erstaunlich, wie blind Menschen werden, wenn sie die Wahrheit nicht sehen wollen.

Aber was ist die Wahrheit? Ich bezweifle, dass Chloe Cremonte und der Präsident drohende Kinderarmut im Sinn hatten, als sie die neue Erweiterung beschlossen haben. Eine Steigerung der Eherate muss dem Präsidenten und seinem Kristall nutzen, bloß wie? Ich kaue auf meiner Unterlippe herum. Hinter diesem konservativen Vormarsch steckt mehr als ein neuer Schlag gegen die Kristallisierungsgegner. So viel ist sicher. Grübelnd gehe ich den Flur hinunter.

»Ich sage, wir beginnen heute Nacht. Bei mindestens sieben Mädchen ist es so offensichtlich, dass ich keinen Sinn darin sehe zu warten.«

Jemand hat die Tür zum Kontrollraum nachlässig einen Spalt offen gelassen.

»Trotzdem stehen die Zwischenergebnisse für die erste Dimension bisher nicht endgültig fest.«

Ich spähe durch den Türspalt und erkenne alle zwölf Konsiliare, die sich um den runden Tisch versammelt haben. Manchmal muss ich mich selbst daran erinnern, dass auch sie nur einfache Menschen sind, die zuvor als Psychologen in Praxen oder Forschungseinrichtungen gearbeitet haben. Ihre goldenen Tuniken verleihen ihnen hier drinnen beinahe etwas Mystisches – die Aura von Halbgöttern, deren Urteil über die menschliche Persönlichkeit nicht infrage gestellt werden darf.

»In diesem Zentrum halten wir uns an die Vorschriften. Der Transport wird morgen Nacht stattfinden, ganz wie geplant.« Der Mann, der jetzt spricht, streicht sich über seinen grauen Ziegenbart. »Caroline wird die Vorbereitungen übernehmen.«

»Caroline?«, zweifelt der Konsiliar, der Skye verhört hat. »Sind Sie sicher, dass einer Frau der Transport anvertraut werden sollte?«

»Ich bin der Letzte, der bei diesem Thema Nachsicht walten lässt, aber Caroline genießt das Vertrauen des Präsidenten persönlich. Sie steht genauso hinter dem Programm wie jeder von uns.«

Ein Vibrieren lässt meine Hand zu Skyes altem Handy in meiner Hosentasche fahren. Ich habe darauf einen Tracker installiert, der mir jeden Ausreißer ihrer Vitalwerte sofort meldet. Ich schlucke, als mir ein rotes Warnsymbol vom Display entgegenblinkt. Das kann nur eins bedeuten: Skye ist in Gefahr.

»Warum kommen Sie nicht herein, Alexander?«

Ich friere in meiner Bewegung ein.

Als ein Team von sechs Ordnungswahrern bei einem Auftrag für den Ring meinen Lieferwagen anhielt, habe ich sie mühelos davon überzeugt, nichts weiter als Heuballen nach Montana zu bringen. Als ich in drei Bezirken gesucht wurde, bin ich durch die Kontrollen gekommen, ohne mit der Wimper zu zucken. Und als ich meine Mutter tot auf dem Asphalt des Highways liegen sah, habe ich es geschafft, mich umzudrehen und sie zurückzulassen. Aber alles, was mein Körper jetzt zustande bringt, ist paralysierte Erstarrung.

»Wenn ich mich nicht irre, sind Sie dieses Jahr erst zu uns gestoßen.« Der Konsiliar mit der Hornbrille sagt das, als wäre ich das neuste Mitglied einer gemütlichen Stammtischrunde. Er winkt mich herein.

»Ich habe zuvor schon für kurze Zeit in C gearbeitet«, wiederhole ich Alexander Domes Lebenslauf.

Während ich nervös nach einer Erklärung für meine Anwesenheit suche, drängt sich mir eine schreckliche Vorstellung auf: Was ist, wenn Skye sich etwas angetan hat? Ich habe sie heute im Stich gelassen, genau wie vor vier Jahren. Wie alle anderen habe auch ich einfach entschieden, was das Beste für sie ist, ohne mich darum zu scheren, ob es sie verletzen wird.

»Richtig, in C wurde das Ranking erst dieses Jahr eingeführt. Kommen Sie, kommen Sie herein!«

Widerstrebend lasse ich mich zu einem der weißen Ledersessel führen. Ich *muss* Skye finden, bevor es zu spät ist. Sie wäre nicht die Erste, die dem Druck im Zentrum nicht standhält.

»Ich wollte keine internen Gespräche belauschen«, erkläre

ich, während ich fieberhaft überlege, wie ich am schnellsten hier weg und zu ihr gelangen kann.

Der Konsiliar schüttelt meine Worte mit einer Handbewegung beiseite. »Wir haben nichts zu verheimlichen, besonders nicht gegenüber dem jungen Mann, dem wir die bisher interessanteste Klärung zu verdanken haben. Warum begleiten Sie Caroline nicht morgen Abend? Es wäre Ihre Chance, den Zweck unserer Arbeit hier mit eigenen Augen zu sehen. Das ist doch sicher spannend für einen Neuling wie Sie.«

Ich höre mich eine Zustimmung murmeln, während das Smartphone in meiner Tasche ein zweites Mal vibriert.

»Also kann ich jetzt gehen?«

Der Konsiliar nickt, und ich muss mich beherrschen, um nicht aufzuspringen. Gemäßigten Schrittes gehe ich zur Tür, die ich sorgsam hinter mir schließe. Dann sprinte ich los.

Ich wache auf, weil ich träume, ich würde ersticken. Panisch strample ich meine Bettdecke auf den Boden, bevor ich nach Luft schnappend zurück auf meine Matratze falle. Es war derselbe Traum, der mich im Zug hierher heimgesucht hat. Derselbe Traum, der mich nach Mums Verschwinden monatelang nicht schlafen ließ. Mein Körper fühlt sich heiß an, und allein der Gedanke daran, zurück unter die stickige Decke zu kriechen, lässt Übelkeit in mir aufsteigen. Als ich es nicht mehr aushalte, setze ich meine nackten Füße auf den kühlen Boden und ignoriere die Stimme in mir, die mich warnt, dort zu bleiben, wo ich sein soll. Ich stehe auf und betrachte Luces friedliches Gesicht inmitten ihrer wirren Haare. Ich könnte sie wecken; ich weiß, dass sie jederzeit für mich da sein würde.

Aber heute Nacht muss ich allein sein. Ich betrachte meinen rechten Arm. *Ganz* allein.

Obwohl wir die Anweisung bekommen haben, die Checks Tag und Nacht zu tragen, grabe ich meine Fingernägel zwischen Haut und Metall und ziehe das dünne Armband von meinem Handgelenk. Es liegt eng an, doch schließlich schaffe ich es. Hastig stopfe ich den Check unter mein Kissen. Dann lasse ich mich von dem gespenstischen Schimmer der Wände aus dem Schlafsaal geleiten.

Entgegen meiner Erwartung ist die Tür zum Dach unverschlossen, und nichts hindert mich daran, die hölzernen Dielen zu betreten, die den Pool säumen. Das Wasser leuchtet blau in die Nacht und beruhigt mein pochendes Herz mit seiner Helligkeit. Meine letzte Panikattacke ist Jahre her, trotzdem fühle ich mich sicherer, wenn die Dunkelheit um mich herum nicht zu mächtig wird.

In den Fächern der Umkleidekabine stapeln sich saubere Handtücher und Bademäntel für morgen. Sie versuchen wirklich viel, damit wir uns wohlfühlen – wenn sie nicht gerade dafür sorgen, uns komplett zu demütigen. Automatisch greife ich zu den weißen Turnschuhen, aber dann erinnere ich mich an das dumpfe Trommeln meiner Füße auf der Trackbahn. Seufzend lege ich die Schuhe zurück. Wenn ich nicht den gesamten Vitalitätsflügel unter der Dachterrasse wecken will, kann ich jetzt unmöglich laufen gehen. Mein Blick fällt auf die Badeanzüge.

Unter Wasser kann ich einfach alles vergessen. Elias' Worte klingen in meinen Ohren, als ich meinen Pyjama zu Boden fallen lasse und in einen der Badeanzüge aus den Fächern schlüpfe. Ich laufe über das feuchte Holz zum Beckenrand. Bis auf den Luftzug eines sanften Windes ist es still hier oben. Vorsichtig lasse ich mich ins Wasser gleiten, erst bis zum Knie, dann bis zur Taille. Einen Atemzug lang verharre ich am Beckenrand, bevor ich loslasse.

Luftblasen steigen vor meinen Augen an die Oberfläche. Ich

warte auf das Gefühl von Colins leblosem Körper in meinen Armen, doch alles, was ich spüre, ist mein Herz, das Blut in jede Fingerspitze pumpt, bis ich mich vollkommen ausgefüllt fühle. Colin und der See sind weit weg. Alles ist so schön ruhig hier unten. Das Gewicht auf meiner Brust löst sich langsam auf, genau wie die Worte, die für niemanden außer Luce bestimmt waren. Meine Geständnisse während der Klärung haben sich so fremd angehört, als wäre es nicht ich, die dort über Elias spricht. Als hätte ich mich verändert.

Ich schwimme mit wenigen Zügen an die Oberfläche und lasse mich mit geschlossenen Augen treiben. Das Einzige, was ich im Athene-Saal gespürt habe, war Scham. Demütigung, nichts weiter. Dabei sollte die Erinnerung an die Nacht am See doch ganz andere Dinge in mir auslösen! Sehnsucht nach ihm, nach uns … Ich hole tief Luft und lasse mich zurück unter Wasser sinken. Ich sollte an Elias denken, doch seit der Gläsernen Stunde füllt nur ein einziges Wort meinen Kopf aus, immer und immer wieder: mein Name aus Alexanders Mund. Viel zu weich, um nichts zu bedeuten –

Plötzlich wird mein schwereloser Körper nach oben gerissen. Zwei Arme schlingen sich um meinen Oberkörper und bugsieren mich auf die blauen Kacheln des Beckenrands. Hustend richte ich mich auf. Vor Schreck habe ich einen ganzen Schwall Chlorwasser eingeatmet und mein Körper krümmt sich in dem verzweifelten Versuch, die brennende Flüssigkeit herauszuwürgen. Als ich erkenne, wer da mit panischem Gesichtsausdruck vor mir kniet, richte ich mich auf.

»Was –« Ich schaffe es nicht, meinen Satz zu vollenden, weil mich ein neuer kräftiger Husten schüttelt. Sterne tanzen vor meinen Augen. »Was tust du hier?«, bringe ich endlich heraus.

Alexander greift hinter sich und hält mir ein Handtuch hin. »Dasselbe könnte ich dich fragen.« Aus den kantigen Zügen seines

Gesichts ist der Schock noch nicht ganz verschwunden. »Geht es dir gut?«

Ich nehme das Handtuch und wickle es um meinen zitternden Körper. »Großartig«, erwidere ich knapp. Wie soll es mir gehen, nachdem er mich zu Tode erschreckt hat? Nachdem ich vor neunzig Mädchen bloßgestellt wurde und erfahren habe, dass ein Team von Psychologen seit Tagen meine Gespräche belauscht? Mein Blick flackert zu Alexanders Check.

»Keine Sorge. Ich habe einen Weg gefunden, die Überwachung auszuschalten. Allerdings nur für ein paar Minuten.« Er ignoriert meinen erstaunten Blick und deutet auf mein leeres Handgelenk. »Das solltest du allerdings lassen. Jeder Testleiter, der dein Profil kontrolliert, bemerkt sofort den fehlenden Herzschlag.« Er schweigt eine Weile und schaut zu Boden. »Es tut mir übrigens leid, was heute Abend passiert ist.«

Ich kann nur den Kopf schütteln. Hat er das gerade wirklich gesagt? Er, der keine Situation auslässt, um sich über mich lustig zu machen?

»Schon in Ordnung. Es war ja nicht deine Schuld«, antworte ich.

Ich wickle das Handtuch enger um mich und sehe zu, wie sich sein Mund öffnet und wieder schließt.

»Ist dir kalt?«, fragt er schließlich und ich nicke. Er greift nach seiner Laborjacke, die er ausgezogen haben muss, um mich aus dem Wasser zu ziehen, und hält sie mir hin. Ich schlüpfe hinein. Der Stoff fühlt sich weicher an als erwartet. Als ich aufschaue, steht Alexander am Rand der Dachterrasse und blickt in die Nacht. Langsam, als würde ich mich einem wilden Tier nähern, trete ich neben ihn.

Warum willst du mir helfen? Wer bist du überhaupt?

»Wie weit ist es?«, höre ich mich stattdessen fragen.

»Wie weit ist was?«, fragt er zurück.

»Bis zur nächsten Stadt, bis irgendwohin. Wir könnten hier genauso gut auf dem Mond sein.«

Er kneift die Augen zusammen. Als ich ihn von der Seite ansehe, fällt mir auf, wie lang seine hellen Wimpern sind.

»Vielleicht wäre der Mond gar nicht so schlecht.« Alexander setzt sich auf die Kante und lässt seine Beine über dem Abgrund baumeln.

Ich könnte jetzt zurück in den Schlafsaal gehen und so tun, als wäre das hier nie passiert. Es ist nicht meine Sache, was ein Testleiter gegen das Zentrum hat. Es wäre *vernünftig*, jetzt zu gehen.

Ich setze mich neben ihn.

»Alles okay?«, frage ich.

Alexander lehnt sich zurück, stützt sich auf seine Ellenbogen und sieht mich an. Dann schüttelt er grinsend den Kopf. »Ausgerechnet du fragst mich, ob alles in Ordnung ist? Wer von uns ist denn gerade fast ertrunken?«

»Genau genommen bin ich nur deshalb fast ertrunken, weil du mich erschreckt hast«, stelle ich klar. »Bis dahin habe ich sehr friedlich im Wasser eines Pools geschwebt.«

»Die Grenze zwischen friedlich und leblos ist schmal. Nach allem, was heute passiert ist …«

»Du hast dir Sorgen um mich gemacht.« Ich sehe ihn forschend an und kann mir ein Lächeln dabei nicht verkneifen. Im fahlen Licht des Zentrums hebt sich die Narbe über seiner Augenbraue stärker ab als sonst. Ich unterdrücke den Drang, sie zu berühren.

»Da draußen ist meilenweit nichts als Einöde«, sagt Alexander nach einem Moment der Stille. »Es dauert eine ganze Weile bis zum nächsten Küstenort.«

»Also sind wir in der Nähe vom Meer?«

Der Gedanke gefällt mir. Ich liebe den Geruch von Salzwasser und das gleichmäßige Rauschen der Wellen. Wenn ich mein R habe und reisen kann, wohin ich will, werde ich in den ersten Semesterferien meinen Rucksack packen und an einen Ort am Wasser fahren. Vielleicht nach Rio de Janeiro. Oder nach Barcelona.

»Nicht direkt in der Nähe«, antwortet Alexander, »aber man erreicht es in ein paar Stunden. Allerdings gibt es rund um das Zentrum weder Straßen noch Schilder. Es ist nicht leicht, sich zu orientieren.« Verwundert sehe ich zu, wie er zum Nachthimmel deutet. »Das Licht des Zentrums macht es schwer, etwas zu erkennen, aber siehst du den Großen Wagen? Die sieben hellen Sterne dort?« Ich nicke. »Denk dir von seiner Achse eine Linie nach oben und verlängere sie fünfmal, dann findest du einen großen Stern, viel größer als die anderen. Das ist der Polarstern. Er zeigt immer nach Norden. Vielleicht der einzige Richtungsweiser da draußen.«

Ich lege den Kopf in den Nacken und folge Alexanders ausgestrecktem Finger. Beinahe genau über uns funkelt ein auffallend heller Stern.

»Dann weiß ich ja jetzt, wie ich eine Episode von *Surviving the wild* überlebe.«

»Ich hoffe, dass deine Freunde nicht so mies wären, dich für eine dermaßen bescheuerte Fernsehserie anzumelden.«

Alexanders schiefes Lächeln nimmt dem Ausdruck seiner Augen für einen Moment die Melancholie. Dahinter erkenne ich den sympathischen Menschen, der er vielleicht ist, wenn er nicht gerade in der grauen Uniform des Zentrums steckt. Ich will ihn fragen, warum sie uns das antun. Warum sie uns bloßstellen, uns gegeneinander aufhetzen. Aber dann würde er wieder zu dem unnahbaren Testleiter werden. Und ich will den Alexander, der Scherze macht und mir seine Jacke leiht, noch nicht gehen lassen.

»Die ersten Orte kommen in Richtung Süden«, sagt er nun. »Ich würde nicht den Zugschienen folgen, sie führen durch die

Großstädte.« Die Genauigkeit dieser Beschreibung, die fast nach einer Anweisung klingt, lässt mich stutzen.

»Ich hatte nicht vor, nach New York zurück zu *laufen.*«

»Natürlich nicht.« Alexander sieht mich an, als wollte er noch etwas anderes sagen. Doch stattdessen steht er auf und geht ein paar Schritte weg von der Kante.

»Auf der Cremonte-Uni kannst du das aber nicht gelernt haben«, sage ich und trete neben ihn.

Alexanders Miene verdunkelt sich. »Habe ich auch nicht«, erwidert er knapp.

»Ich dachte immer, Testleiter müssten dort studiert haben.«

Alexander schüttelt mit einem enttäuschten Lachen den Kopf. »Für dich dreht sich wirklich alles um diese verdammte Uni, oder?« Das Grün seiner Augen hat aufgehört zu leuchten. Einen Augenblick lang stehen wir uns stumm gegenüber, dann deutet er auf seine Laborjacke. »Die solltest du lieber nicht mit in den Schlafsaal nehmen. Könnte deinem Ruf als Musterschülerin schaden.«

Fassungslos sehe ich ihn an. Ich muss mich ja wohl nicht dafür entschuldigen, wer ich bin!

»Die Cremonte bedeutet mir einiges, genau wie mein Trait«, sage ich kühl. Ich drücke ihm die graue Jacke in die Hand und sammle meinen Pyjama auf. »Und jetzt entschuldige mich. Streberinnen gehen früh schlafen.«

Meine Haare kleben nass an meinen Schultern, als ich mich umdrehe und auf die Tür zulaufe.

»Skye?«

Ich habe die Klinke schon in der Hand, doch sein Tonfall lässt mich innehalten. Bittend und beinahe ängstlich.

»Den Ausfall deiner Vitalwerte hat es nie gegeben, okay? Das Konsilium wird nichts erfahren.« Er geht auf mich zu und ich öffne die Tür hinter mir. »Aber du darfst auf keinen Fall mit jemandem sprechen, auch nicht mit Luce.«

Ich hebe abwehrend meinen Arm. »Ich will deine Hilfe nicht!«, bringe ich heraus.

Alexander weicht erschrocken zurück, und mir wird klar, wovor er Angst hat. Wenn ich diese Geschichte falsch erzähle, könnte er für das, was heute Nacht geschehen ist, seinen Job verlieren. So etwas traut er mir also zu?

»Und worüber sollte ich überhaupt reden, wenn es nichts zu berichten gibt?«, füge ich leise hinzu.

Bevor ich noch etwas anderes sagen kann, drehe ich mich um, laufe die Treppenstufen hinunter und kümmere mich nicht um die Tropfen, die meine nassen Haare auf dem Boden hinterlassen wie farbloses Konfetti.

27

Als das Surren des Checks mich weckt, bemerke ich als Erstes Luce, die ich normalerweise in letzter Sekunde aus dem Bett zerren muss. Sie steht angezogen vor unserem Schrank, einen Stapel weißer Klamotten in den Händen.

»Willst du schnell ins Bad, bevor es da drinnen zugeht wie an einem afrikanischen Wasserloch?«, fragt sie mit unnatürlich hoher Stimme.

»Warum bist du schon so wach?«, stöhne ich, während die Ereignisse von gestern Nacht langsam zurück in mein Bewusstsein sickern.

»Immerhin steht heute der letzte Aufgabenteil der Neurotizismus-Dimension an. Zwischenergebnisse, schon vergessen? Da bin selbst ich ein bisschen aufgeregt.« Sie plappert weiter, während ich widerstrebend aufstehe. »Beeil dich, sonst kommen wir zu spät zum Frühstück.«

Luce drückt mir meine Klamotten in die Hand und lächelt mich an. Sie hat sich die ganze Zeit über keinen Millimeter zur Seite bewegt. Ich versuche, an ihr vorbei auf den Schrank zu sehen. Ein Ausrufezeichen lugt hinter ihrer rechten Hand hervor, direkt neben dem silbernen Griff der Tür. Ich lege den Rock und die Bluse, die sie mir herausgesucht hat, auf mein Bett und verschränke die Arme vor der Brust.

»Was ist hier los?«

Luce schiebt ihre Hand hastig vor das rote Ausrufezeichen, doch es ist zu spät. Was auch immer da auf unseren Schrank geschmiert wurde, muss an mich gerichtet sein.

»Geh ins Bad, Skye. Ich kümmere mich darum.« Als ich mich nicht rühre, seufzt sie. »Okay, aber ich habe dich gewarnt.«

Luce tritt zur Seite und gibt den Blick auf das Kunstwerk aus rotem Lippenstift frei. Großbuchstaben ziehen sich quer über die linke Schranktür, meine Seite, und brennen sich einzeln in mein Gehirn.

SCHLAMPE!

Zögernd legt Luce eine Hand auf meine Schulter, doch ich schüttle sie ab. Erst jetzt bemerke ich, dass ich noch immer in dem Badeanzug von gestern Nacht stecke, und greife hastig nach einem Bademantel, bevor ich zu den Toiletten stürme und mit zwei Händen voller Taschentücher zurückkomme. Ich bemühe mich, das Getuschel der Mädchen im Schlafsaal zu ignorieren, während ich über die roten Buchstaben reibe.

»Dieser gut aussehende Testleiter …«

»Gestern hat sie mit ihm gesprochen, nach der Klärung …«

Ich spüre, wie sich Blicke in meinen Rücken bohren, und beiße die Zähne zusammen, während ich mit robotergleichen Bewegungen die Schmiererei beseitige.

»Hör einfach nicht hin. Es glaubt doch niemand im Ernst, dass du dumm genug wärst, etwas mit einem Testleiter anzufangen. Ausgerechnet du!« Luce hält mir frische Tücher hin, doch ich stoße sie weg.

»Geh einfach!«, fahre ich sie an.

Ausgerechnet du. Ausgerechnet die kleine Skye. Die Musterschülerin, die mit niemandem etwas anfangen würde. Viel zu fest schrubbe ich über den Schrank. Und mit der eh niemand etwas anfangen würde.

Als sich der Schlafsaal endlich geleert hat, lasse ich meine Hände sinken. Es ist *seine* Schuld. Das alles ist seine Schuld. Er hatte kein Recht, mir dauernd seine Hilfe aufzudrängen und es so aussehen zu lassen, als wäre irgendetwas zwischen uns passiert. *Denn es ist rein gar nichts passiert. Und das*, denke ich bitter, *ist auch gut so.*

SCHLAMPE. Das Ausrufezeichen habe ich schon abbekommen.

Ich verbrauche noch drei Hände voll Taschentücher, bis die Schranktür endlich lippenstiftfrei ist, und sinke schließlich zwischen den roten Papierfetzen zu Boden. Ich kenne nur eine einzige Person, die selbstverliebt genug ist, um Schminke ins Zentrum zu schmuggeln – aber das hier ist nicht Jasmines Werk. Ich habe sie an der Serenity genügend Gegner ausschalten sehen, um zu wissen, dass sie sich niemals selbst mitten in der Nacht in einen fremden Schlafsaal schleichen würde. Ihr Stil ist es viel eher, Verzichtbare für die Drecksarbeit zu rekrutieren. Und zufällig gibt es seit der letzten Gläsernen Stunde jemanden, auf dessen Revancheliste ich ganz oben stehen muss.

»Neurotizismus beschreibt, wie anfällig jede von Ihnen für psychischen Stress ist. Wie stabil oder eben sensibel Sie also in Situationen reagieren, die Ärger, Angst oder andere Gefühle in Ihnen hervorrufen.«

Ich quetsche mich durch die Tür von Testungsraum Nummer 8 und setze mich neben Luce, die mir einen aufmunternden Blick zuwirft. Sie hat mir meinen Ausbruch im Schlafsaal also nicht übel genommen. Ich erwidere ihr Lächeln, dankbar, mich nicht erklären zu müssen.

Anstatt zum Frühstück zu gehen, habe ich eine halbe Stunde unter der Dusche gestanden und danach eine von Luces Jogginghosen aus dem Schrank gezogen. Ich trage kurze Uniformröcke, seit ich elf Jahre alt bin, doch heute ist der erste Tag, an dem meine nackten Beine mir das Gefühl gegeben haben, schutzlos zu sein.

Jasmine sitzt neben Colette und Mira am anderen Ende des Raums, und ich erwische mich bei der Frage, ob sie lange dafür gebraucht hat, Mira gegen mich aufzubringen. Aber vielleicht wollte die ehemalige Nummer eins des Rankings Jasmines Gerücht ja auch nur zu gern glauben.

»Gestern haben Sie sich den verschiedenen Gefühlen gestellt, die Sie persönlich am schnellsten aus dem Konzept bringen«, fährt Alexander fort. »Heute hingegen konfrontieren wir Sie alle mit der einen Emotion, die uns Menschen Studien zufolge gleichermaßen destabilisiert.«

Um mich herum wird Gemurmel laut, während mich die Erinnerung an Alexanders Nähe in der Nacht wie ein Blitz durchfährt. Warum bekomme ich ihn einfach nicht aus meinem Kopf? *Er ist ein Testleiter*, beschwöre ich mich selbst. *Ein arroganter, sich für allmächtig haltender Testleiter, der –*

Der mich zum Lachen gebracht hat. Der mir für einen Moment das Gefühl gab, wieder ein ganz normales Mädchen zu sein und keine Expektantin, die auf jedes ihrer Worte achten muss.

Ich blicke zu den schwarzen Kabinen, in denen das Gefühl wartet, gegen das meine Rationalität heute gewinnen muss. Hoffentlich ist es nicht das, woran ich denke.

»Sie werden also all Ihre Energie brauchen, um einen klaren Kopf zu behalten – oder eben auch nicht.«

Bei diesem Zusatz hebt Tonya stolz das Kinn. Sie sieht es nicht als Versagen an, für instabil gehalten zu werden, und zum ersten Mal wird mir klar, dass Mut nicht allein den Rationalen vorbehalten ist. Emotionale können dieses Chaos in sich nicht einfach wegschieben, so wie ich es tue. Stattdessen entscheiden sie sich dafür, ihre Gefühle zuzulassen – so schmerzhaft das auch sein mag.

Dieses Mal zucke ich nicht zusammen, als die Tür meiner Kabine aufgeschoben wird. Ich muss nur noch diesen einen Vormittag hinter mich bringen, dann ist die Neurotizismus-Dimension vorbei und ein anderer Testleiter übernimmt hoffentlich unsere Gruppe. Ich atme tief durch und versuche, mir einzureden, dass ich bei diesem Gedanken ausschließlich Erleichterung empfinde. Ich drehe mich um. Doch es ist gar nicht Alexander, der meine Kabine betreten hat.

»Heute lege ich die Elektroden an.« Die hübsche Testleiterin zieht ihren Pferdeschwanz straff. »Es schien uns angebracht, dass eine Frau diese Aufgabe übernimmt.«

Ich verstehe, was sie meint, als sie mich bittet, mein Shirt auszuziehen. Mit einer Hand halte ich meine Haare hoch, während sie mir viereckige Netzpflaster neben meine Wirbelsäule, unter meine Armbeugen und an den Ansatz meiner Brüste setzt. Ausnahmsweise bin ich froh, dass es so dunkel in der Kabine ist. Wenigstens kann Tamika so mein glühendes Gesicht nicht sehen.

»Das war's schon«, lächelt sie und drückt zwei letzte Netzpflaster rechts und links neben meinen Bauchnabel. Sie sehen anders aus als die kabellosen Elektroden, die zusätzlich wieder an meinem Haaransatz und unter meinen Augen kleben. Aber mittlerweile weiß ich, dass es besser ist, nicht zu fragen, wofür sie gut sind.

Als ich wieder angezogen bin, setzt Tamika mir noch eine leichte, kaum spürbare Brille auf. »Bereit für den letzten Durchgang?«

Ich betaste das neueste Virtual-Reality-Modell, das sicher der Stolz eines jeden Gamers wäre, und nicke, obwohl ich mich alles andere als bereit fühle. Es kann nur ein Gefühl geben, das alle Menschen gleichermaßen durcheinanderbringt.

»Na, dann viel Glück!«

Tamika verschwindet elegant durch die Tür meiner Kabine, und ich denke daran, wie sie und Alexander lachend vor dem Wassersprenger davongerannt sind. Ich kann schon sehen, was er an Frauen wie ihr findet.

Heute bin ich vorbereitet. Der Testleiter-Computer steht hinter einem einfachen Paravent in Raum 8 und zeigt mir ein Mosaik aus achtzehn kleinen Bildausschnitten, doch meine Augen sind nur auf einen einzigen gerichtet.

»Man könnte denken, du säßest selbst in einer dieser Kabinen, so verzweifelt, wie du aussiehst.« Tamika wischt sich das Gel der Elektroden von den Händen. »Hast du alles im Griff?« Ich nicke. »Gut so, ich habe nämlich noch einen Haufen zu tun. Caroline hat den Ablaufplan geändert.«

»Ach, wirklich?« Ich versuche, nicht alarmiert zu klingen, während sich meine Gedanken überschlagen. Seit ich den kleinen »Fehler« im Abhörsystem unter Carolines wachsamen Augen selbst beheben musste, ist es schwieriger für mich geworden, Kamera und Mikro an Skyes Check zu kontrollieren – ganz zu schweigen vom internen Planungssystem. Doch trotz des Risikos habe ich mich in das verschlüsselte Netzwerk geschleust, um sicherzustellen, dass Skyes Gruppe als Nächstes in der ungefährlichen Extraversions-Dimension getestet wird. Fragebögen und Skalen sind nichts im Vergleich zu dem, was in anderen Aufgaben auf sie wartet.

»War eine Anweisung des Konsiliums.« Tamika sieht sich zwischen den schwarzen Kabinen um. »Die Mädels hier sind dann die nächsten, die wir runterschicken.«

Runter. Das kann nur eins bedeuten. *Nein!* Ich fluche innerlich. Ich brauche Zeit, um Skye auf die Verträglichkeits-Dimension vorzubereiten! Skye - und mich.

»Die Aufgabe unten bringt ihre dunkelste Seite zum Vorschein. Vielleicht solltest du also noch mal über deine Tipps für das Ranking nachdenken.« Tamika zieht die Wettliste aus ihrer Kitteltasche, doch ich schüttle nur den Kopf.

Übelkeit steigt in mir auf, als ich an die starren Gesichter der Gruppe denke, die bereits hinter sich hat, was Skye nun als Nächstes bevorsteht. Ich habe alles getan, um ihr Zeit zu erkaufen. Aber es hat nichts genützt.

»Ach ja.« Tamika hat sich mit ihrer Liste schon zum Gehen gewandt und dreht sich in der Tür noch einmal um. »Pass auf die Schmerzskala auf. Wir wollen, dass es real wirkt, aber es sollte niemand ernsthaft verletzt werden. Das hier ist ja schließlich nicht Amerikas Alcatraz.«

Nach allem, was ich über die kommende Dimension gehört habe, wäre die felsige Gefängnisinsel wohl sicherer als das Zentrum, aber ich verkneife mir eine Bemerkung.

Die Bildschirme erwachen vor meinen Augen zum Leben. Auf einem erscheint eine hohe Brücke, auf dem nächsten eine Armada von Spinnen. Angst bedeutet für jeden von uns etwas anderes. Ich fokussiere Skyes Bildschirm und versuche, meine eigene zu unterdrücken. Ihr Szenario fährt hoch. Es geht los.

28

Zuerst verstehe ich nicht, wo ich bin. Dann erkenne ich die silbernen Knöpfe an der Wand und die schwach leuchtenden Neonröhren an der niedrigen Decke. Anders als gestern erscheint jedoch kein Avatar auf dem Bildschirm – ich *bin* der Avatar. Mit den Händen taste ich nach den Lehnen des Schreibtischstuhls, um mich davon zu überzeugen, dass mein realer Körper weiterhin in der schwarzen Kabine sitzt. Was auch immer ich gleich sehen werde, mir kann nichts passieren.

Dreh dich um.

Genau wie gestern reagiert das Bild vor meinen Augen auf meine Gedanken, ohne dass ich mich bewegen muss. Meine Umgebung zieht einmal an mir vorbei. Nun besteht kein Zweifel mehr daran, wo ich mich befinde, obwohl es Jahre her ist, seitdem ich zum letzten Mal einen Aufzug von innen gesehen habe. Enge, Dunkelheit. Angst ist also das Gefühl, das mich heute den Kopf verlieren lassen soll.

Ruhig bleiben, befehle ich mir selbst.

Das ist es, was die nette Therapeutin gesagt hat, die Dad und mir damals von der Beratungsstelle empfohlen wurde. Ich bin ein paar Mal hingegangen, heimlich allerdings. Dad hat mir eingebläut, selbst Elias nichts von diesen Terminen zu erzählen. Mithilfe von Dr. Quinn wurden die Panikanfälle seltener. Dunkelheit löst zwar noch immer eine seltsame Unruhe in mir aus, aber ich kann sie kontrollieren. *Ich muss.* Dad sagt, psychische Probleme sind eine Sache für Emotionale. Wir hingegen können steuern, was in uns vorgeht.

Alles, was ich tun muss, ist, ruhig zu bleiben.

Das fahle Licht im Aufzug flackert. Neben den Knöpfen für die Stockwerke finde ich den Alarmknopf und drücke auf die gelbe Glocke, doch nichts passiert. Nichts passiert, und ich frage mich, warum zur Hölle die Aufzugwände nicht aus Glas sind, wie doch sonst alles im Zentrum. Ich spüre, wie die Wände auf mich zukommen, und zwinge mich, die Augen offen zu halten. Einen festen Punkt zu fixieren. Der Aufzug verändert sich nicht. Das hier tue ich mir selbst an. *Mein Kopf ist eben ein besserer Horror-Regisseur als jedes Programm des Zentrums.* Mir entfährt ein hysterisches Lachen. Es wird immer enger hier drinnen. Ich schnappe nach Luft. *Was ich sehe, ist nicht real.* Es hilft nichts. Mein Körper verlangt nach Sauerstoff, nach Licht. Ich will mir die verdammte Brille vom Gesicht reißen – aber dann werde ich meinen Neurotizismus-Balken heute Abend auf der Senso-Seite sehen.

Ich muss hier raus!

Die Türen des Aufzugs gehen noch immer nicht auf. Ich blicke nach oben und schätze die Distanz zur Decke ab, dann mustere ich den Handlauf, der den Aufzug von drei Seiten umgibt.

Steig auf die Stange, denke ich.

Schwindel überrollt mich, als die Kabine vor meinen Augen zu wackeln beginnt. Was ich sehe, passt sich meinen Gedanken an, und auf einmal ist es, als würde ich meinen Fuß wirklich auf die eine Seite des Handlaufs setzen, mich an den Wänden abstützen und mich dann nach oben ziehen.

Jetzt der andere.

Ich stelle meinen zweiten Fuß auf die Stange an der angrenzenden Wand und schaue nach oben. Meine Beine beginnen zu zittern. Panisch schließe ich die Augen und warte, bis ich die reale

Stuhllehne in meinem Rücken und meine echten Füße auf dem Boden der Kabine wieder spüre.

Weiter.

Ich strecke meine Hände aus, die wieder in den weißen Handschuhen stecken, und taste die Luft über meinem Kopf nach Schrauben ab. Aus der Actionfilmphase unserer Clique weiß ich, dass Aufzugdecken von innen abnehmbar sind. Wie ich durch den Schacht klettern soll, überlege ich später. Hauptsache, ich komme aus diesem Käfig heraus. Meine Finger tasten weiter durch die Luft … und finden einen Hebel. Das Metall bohrt sich in meine Handfläche. Entgeistert lasse ich los. Was hat das zu bedeuten? Gestern konnte ich die Hand meines Avatars zwar mit meiner bewegen, aber wenn ich nach dem Prüfungspapier oder einer Türklinke griff, habe ich in der Realität stets ins Leere gefasst. Gerade jedoch war es, als hätte ich einen echten Hebel in der Hand gehabt. Ich habe das Metall richtig gespürt! Mit einem mulmigen Gefühl schaue ich nach unten. Was passiert, wenn ich jetzt falle?

Mach weiter. Ich strecke meine Hand wieder nach dem Hebel aus, doch in derselben Sekunde, in der meine Fingerspitzen ihn zu fassen bekommen, kippt der Aufzug vor meinen Augen. Ich bin abgerutscht! Meine virtuellen Füße finden keinen Halt mehr und ich stürze mit einem hässlichen Krachen zu Boden.

Ein stechender Schmerz schießt von meiner Wirbelsäule in meine Brust, und ich beiße mir fest auf die Lippe, um nicht laut aufzuschreien. Was geht hier vor? Schließlich bin nicht *ich* gefallen, das war bloß eine Simulation des Szenarios! Doch dann denke ich an die Netzpflaster, die Tamika auf meinem Oberkörper verteilt hat, und begreife, warum ich vor Schmerzen kaum atmen kann. Heute *sehe* ich nicht nur, was die virtuelle Skye sieht, heute *spüre* ich auch, was sie fühlt.

Vorsichtig schiebe ich meine Hand unter mein Shirt und taste nach dem Pflaster auf meinem Rücken. Jeder Atemzug sticht, als hätte ich mir im Fallen eine Rippe gebrochen – aber das kann nicht sein. In der Realität saß ich doch die ganze Zeit über auf einem Stuhl! Ich will das Netzpflaster herunterreißen, das meine Nerven verrückt spielen lässt, aber der Versuch allein verschlimmert den Schmerz nur noch. Ich warte keuchend, bis das Stechen abklingt. Es gibt nur eine Möglichkeit, das hier zu beenden: Ich muss diese Aufgabe bestehen.

Aufsetzen, befehle ich mir und ziehe scharf Luft ein, als das Szenario Folge leistet und meine Schmerzen schlagartig stärker werden. Der Aufzug kippt zurück ins Senkrechte. Ich stehe. Angespannt sehe ich mich um. Wenn es falsch war, die Actionheldin zu spielen, muss ich meine klaren Sinne wohl durch Ruhebewahren beweisen. Ich lehne mich gegen die Wand und zähle meine Atemzüge. Gerade als ich glaube, die Enge hier drinnen aushalten zu können, beginnt die schwache Neonröhre über meinem Kopf erneut zu flackern.

Nein! Mein Herz setzt einen Atemzug lang aus, bevor es zu rasen beginnt. Mit einem Surren gibt das spärliche Licht den Geist auf. Im Aufzug ist es mit einem Mal stockdunkel. *Du musst es kontrollieren*, beschwöre ich mich, während tausend andere Stimmen in mir schreien, verdammt noch mal von hier abzuhauen. Ich kriege keine Luft.

Türenschlagen. Stimmengewirr. Dunkelheit. Der Geruch nach Benzin betäubt meine Atemwege, während sich meine Gedanken durch dichten Nebel in mein Bewusstsein kämpfen. Ein Knall ertönt.

»Ich komme zurück, ich verspreche es.«

Wo bin ich? Auf einmal ist alles still, und ich frage mich, ob ich mir den gellenden Schrei gerade nur eingebildet habe. Ich will, dass der Junge bei mir bleibt, aber er hat mich alleingelassen. Der Boden, auf dem ich liege, fängt auf einmal an zu vibrieren. In meinem Kopf gewinnt der Nebel, und irgendwann höre ich auf, gegen ihn anzukämpfen.

Hände greifen nach meinen Schultern, jemand wimmert. Die Hände streichen über meine Wange, und ich merke, dass ich es bin, die diese Laute ausstößt. Es ist nicht der physische Schmerz der Sensoren, der mir die Tränen in die Augen treibt, ihn kann ich mir erklären. Es ist die Art, mit der mein Puls in der Dunkelheit rast. Etwas geschieht mit mir – und es macht mir Angst. Die Bilder in meinem Kopf sind keine Albträume. Ich hatte genügend Albträume in meinem Leben, um zu wissen, dass sie sich nicht so verdammt real anfühlen.

»Scheiße!«

Alexander richtet mich auf und versucht, mich dabei möglichst wenig zu berühren. Ich habe nicht bemerkt, dass ich vom Stuhl gefallen bin. Um mich herum erkenne ich langsam wieder die schwarzen Wände der Kabine, den Schreibtisch und den Monitor, der das Bild des Aufzugs zeigt. Die Brille, die mich in dieses Szenario transportiert hat, liegt neben mir. Alexander wendet sich ab und tippt auf dem Bildschirm herum, der auf jede seiner Berührungen reagiert. Seine Finger ersetzen das Bild des Aufzugs durch eine Reihe von Buchstaben und Zahlen. Dieser Codedschungel ist mir fremd, aber Alexander löscht Zeichen und ersetzt sie durch andere Befehle, als wäre das hier seine Muttersprache. Als er fertig ist, fährt er den Computer herunter und sieht mir zum ersten Mal ins Gesicht.

»Geht es wieder? Kannst du aufstehen?«

Die Eindringlichkeit in seiner Stimme verrät mir, dass *Nein* die falsche Antwort ist. Ich kneife die Augen zusammen und warte darauf, dass der Schwindel vergeht. Nachdem Mum uns verließ, bekam ich regelmäßig solche Panikanfälle. Doch an die Traumfetzen aus diesen Ohnmachten habe ich mich nie erinnert – bis jetzt.

Jedes Detail meines Ausflugs in die Welt der Dunkelheit schwirrt durch meinen Kopf. Der Knall, der Schrei … Ich taste nach den Elektroden an meinen Schläfen. Alexanders besorger Blick zeigt mir, dass er alles gesehen hat, was auch ich gesehen habe.

»Ich muss Sie in den Vitalitätsflügel bringen, Miss.« Da ist es wieder. *Miss*. Ein einziges Wort, das mich daran erinnert, dass wir nicht allein sind. Nicht wirklich. »Ihre Schmerzskala übersteigt den Maximalwert, wir müssen Ihren Zustand überprüfen.«

Alexander streckt mir seine Hand entgegen und ich ziehe mich hoch. In diesem Augenblick kümmert es mich nicht, welche Konsequenzen es für meinen Spiegel haben wird, wenn er die Aufgabe jetzt abbricht, solange ich diese Schmerzen nicht länger ertragen muss.

Der Flur vor Raum 8 ist wie immer hell erleuchtet und menschenleer. Ich sauge das Licht in mich auf. Im Vitalitätszentrum werden sie mich endlich von den Sensoren befreien. Ich werde ruhiger, bis ich erkenne, dass Alexander auf die Treppe zuläuft, die hinunter zum Athene-Saal führt. Wie angewurzelt bleibe ich stehen.

»Zum Vitalitätsflügel geht es da entlang.« Ich deute auf die Treppe nach oben. »Wir müssen in den dritten Stock!«

Alexander dreht sich um und nimmt meinen Arm, bevor ich noch ein Wort sagen kann. Reflexartig will ich mich losreißen, doch dann bemerke ich, dass er seine Hand um meinen Check gelegt hat.

»Ich muss mit dir sprechen. Allein. In den Kabinen gibt es zusätzliche Mikros. Skye, ich bin der Einzige, der hier auf deiner Seite ist.«

Ich weiche seinem drängenden Blick aus. Kann ich Alexander trauen? Und kann ich dem Teil von mir trauen, der mit ihm gehen will, obwohl ich auf keine meiner Fragen eine Antwort habe?

Danke für Ihr Vertrauen, Skye, flüstert die Fistelstimme in meinem Kopf.

Es wäre vernünftig, sein Verhalten dem Konsilium zu melden. Das ist es, was eine Rationale tun würde. Ich sehe Alexander an. Etwas in seinen grünen Augen hält mich zurück. Auf einmal stehe ich wieder neben Luce im Servicewagen und spüre, wie sein Blick an mir hängen bleibt. Höre die Alarmglocke in mir schrillen. Warum haben meine Albträume nach Jahren der Ruhe ausgerechnet in genau der Stunde wieder begonnen, in der ich Alexander zum ersten Mal gesehen habe?

»Skye!« Sein Griff wird fester, sein Blick drängender. Angst blitzt in seinen Augen auf. Alexander weiß, dass ich ihn ausliefern könnte. Aber er ist bereit, dieses Risiko einzugehen. Und wenn ich Antworten will, dann muss ich dasselbe tun.

»Also gut«, sage ich knapp.

Alexander lässt mein Handgelenk los. Bevor ich mich wehren kann, hebt er mich hoch. »Mit den Sensoren bist du zu langsam«, murmelt er, während er mich die Treppe hinunterträgt.

Ich will protestieren, doch bei jeder Stufe durchzuckt ein heftiger Schmerz meinen Rücken. Ich klammere mich an seinen Nacken, dankbar und zugleich wütend – über meine eigene Hilflosigkeit, vor allem aber auf die Testung, die mir diese Schmerzen zufügt.

»Es wird besser, wenn du dich hinsetzen kannst. Die Sensoren werden durch Bewegungen getriggert«, flüstert Alexander in mein Ohr.

Neben dem Eingang zum Athene-Saal bleibt er stehen. Er setzt mich behutsam ab und drückt mit der flachen Hand gegen das milchige Glas neben der Tür. Ich traue meinen Augen kaum, als sich ein Teil der Mauer zur Seite schiebt und den Blick auf einen schmal geschnittenen Raum freigibt. Eingeschlossen in der bläulich leuchtenden Wand, wirkt die winzige Kammer wie ein Verlies im Schloss der bösen Schneekönigin.

Alexander tritt ein und bedeutet mir, ihm zu folgen. Doch alles in mir sträubt sich dagegen, mich mit ihm in das Zentrumsäquivalent einer Besenkammer einzuschließen. »Wir werden nur ein paar Sekunden da drinnen sein, versprochen.«

Schritte nähern sich auf dem Gang. Alexander sieht mich beschwörend an. Wer auch immer da auf uns zukommt, eins ist mir klar: Wenn ich während der Testungszeit vor diesem Raum aufgegriffen werde, der ganz sicher nicht für die Augen einer Expektantin bestimmt ist, wird Alexander nicht der Einzige sein, der dem Konsilium Rede und Antwort stehen muss. Ich setze einen Fuß in die Kammer und Alexander zieht mich hastig zu sich hinein.

Reglos wie Statuen verharren wir, so nah beieinander, dass ich seinen Herzschlag spüren kann. Als sich die Wand nahtlos hinter mir geschlossen hat, tritt Alexander einen Schritt zurück.

»Das ist ja gerade noch einmal gut gegangen«, seufzt er.

Auf einem Display an der hinteren Wand erscheint eine Namensliste. Mit fliegenden Fingern tippt er einen vierstelligen Code unter seinen eigenen. Meine Augen bleiben an der Zahlenfolge hängen. 0406.

Der vierte Juni.

Der Tag, an dem meine Mutter verschwand. Ich starre auf Alexanders Hinterkopf. Ein bloßer Zufall?

»Zugang erteilt«, verkündet eine Frauenstimme. Die Wand schiebt sich zur Seite und gibt den Durchgang zu einer Treppe frei.

Ich unterdrücke ein erneutes Wimmern, als Alexander mich die steilen Stufen herunterzieht. Der Treppenabgang ist zu schmal, als dass er mich tragen könnte, und uns kann nicht mehr viel Zeit bleiben, bis die Aufgabe in Raum 8 zu Ende ist.

Am Fuß der Treppe hebt Alexander mich wieder hoch und

stürmt mit mir einen ringförmigen Flur entlang, der exakt so aussieht wie der, den wir im Erdgeschoss verlassen haben. Aus den Augenwinkeln erkenne ich rechts von uns einen schnurgeraden Tunnel, doch Alexander läuft zielstrebig daran vorbei.

»Wir sind gleich da«, keucht er, als hinter uns plötzlich eine Tür geöffnet wird. Ich spüre, wie seine Muskeln sich anspannen. Vorsichtig setzt er mich ab und presst seinen Zeigefinger auf seine Lippen.

»Sagen Sie Alexander, dass ich ihn um Mitternacht vor dem Athene-Saal erwarte«, erklingt eine Stimme auf der anderen Seite der Wand.

Mein Herzschlag hämmert in meinen Ohren. *Ich hätte in meiner Kabine bleiben sollen. Ich hätte ihm niemals folgen dürfen.*

Eine zweite Stimme erwidert etwas.

»Seien Sie nicht albern, Niko. Alexander ist dieser Aufgabe gewachsen. Er ist vollkommen vertrauenswürdig.« Erst jetzt erkenne ich, dass es Caroline ist, die sich dort in dem Kellerraum befindet.

Alexander nimmt meine Hand und wechselt in Zeitlupe mit mir auf die gegenüberliegende Seite des Flurs.

»Schließlich haben wir nur seinetwegen den einzigen Angriffspunkt gefunden, den Miss Anderson zu bieten hat. Mädchen in diesem Alter und ihre Schwärmereien sind so unglaublich vorhersehbar.«

Nur mühsam unterdrücke ich einen Aufschrei, als Alexander mich durch eine schmale Tür zieht und sie lautlos hinter uns schließt. Draußen entfernen sich die Stimmen in Richtung der Kellertreppe.

Der Schmerz pocht in meinem Rücken. Ich stütze mich an der Wand des kleinen Raums ab, in dem nicht mehr als ein schlichtes Bett und ein Schrank stehen. In der Ecke befindet sich ein Waschbecken. Alexander hat mich in sein Zimmer gebracht.

»Ist das wahr?«, frage ich leise. Siedend heiß fällt mir sein Gesichtsausdruck in der Nacht meiner Klärung wieder ein. War es Schuldbewusstsein, was mir da aus dem Kreis der Testleiter entgegengeblickt hat?

Anstelle einer Antwort schüttelt Alexander den Kopf. Er tippt etwas in seinen Check, flucht kurz und lächelt dann grimmig, als ein leises Piepen ertönt. »Wir haben fünf Minuten ohne Mikrofone und Kameras«, verkündet er und will schon weitersprechen, als er meinen Gesichtsausdruck bemerkt.

»Hast du dieses verdammte Ding durchkämmt?« Ich hebe meinen Arm mit dem Check und zucke nicht zusammen, obwohl die Bewegung schmerzt. »Hast du dafür gesorgt, dass das ganze Zentrum dabei zuhört, wie ich vom schrecklichsten Moment meines Lebens erzähle?«, frage ich bedrohlich leise.

»Es war meine einzige Möglichkeit, dir zu helfen –«

»Indem du mich bloßstellst?«, rutscht es mir heraus. Ich schüttle heftig den Kopf – ein Fehler.

Hilflos sieht Alexander mich an. »Bitte setz dich, die Sensoren –«

»Ich setze mich garantiert nicht!« Stechen. Ziehen. Und ein Brennen in meiner Brust, für das keine Sensoren verantwortlich sind.

»Hör mir zu, Skye.« Die Ernsthaftigkeit in seiner Stimme lässt mich die Worte zurückhalten, die mir auf der Zunge liegen. »Es geht hier um mehr als einen Buchstaben. Das Zentrum ist nicht sicher.«

»Aber der Kristall –«, setze ich an, doch Alexander kommt mir zuvor.

»Bis jetzt habe ich es immer geschafft, in deiner Nähe zu sein. Aber übermorgen beginnt eine neue Dimension und ein anderer Testleiter übernimmt eure Gruppe. Weißt du, was dich in der Verträglichkeitsaufgabe erwartet?«

»Woher sollte ich das denn wissen! Niemand von uns weiß etwas, denn mit uns redet ja keiner«, fauche ich ihn an.

Alexander sieht zu Boden, als würde er dort nach Worten suchen. »Ich kann dir nur sagen, dass es gefährlich wird. Da unten sind keine Schmerzsensoren nötig.«

Kälte macht sich in mir breit und schluckt meine Wut. Als ich aufsehe, erkenne ich meine eigene Angst in seinem Blick.

»Du wirst Entscheidungen treffen müssen. Sei egoistisch, Skye. Achte auf dich selbst. Und egal, was du tust: Versprich mir, keine Aufmerksamkeit mehr auf dich zu ziehen. Das Konsilium ist nicht nur hier, um eure Traits zu bestimmen.«

Was?

Ich mustere Alexanders angespannte Gesichtszüge. Suche nach einem Zeichen, dass er mich in die Irre zu führen versucht, aber da ist nichts. *Pass auf dich auf*, hat Coach Verse gesagt. Meinte er damit etwa gar nicht die Aufgaben, sondern das Konsilium? Ich setze mich auf Alexanders Bett, ohne dass er mich dazu auffordern muss. »Das kann nicht sein.« Das Laken fühlt sich rau an unter meinen Fingern.

»Wenn du mir nicht vertraust, dann vertrau wenigstens den Fakten«, sagt Alexander leise. »Diese Männer sind erfahrene Psychologen. Meinst du, die Regierung hätte sie hierhergeschickt, um ein paar Szenarien auszuwerten? Sie sind dazu ausgebildet, Menschen zu lesen, sie zu kategorisieren.«

»In Traits.« Meine Stimme schwankt.

»Wenn es hier nur um Traits gehen würde, wären die Konsiliare überflüssig. Verstehst du denn nicht? Testleiter führen die Aufgaben durch, Testleiter registrieren die Ergebnisse. Deshalb sind sie schließlich hier!«

Ich blicke auf. *Sie?* Für einen Moment denke ich weder an das Konsilium noch an Coach Verse. »Und warum bist *du* hier?«

Alexander setzt sich neben mich und starrt die Wand auf der anderen Seite an. »Du willst nicht wissen, wer ich wirklich bin.«

0406. Ich sehe seine Finger die Zahlen eintippen. Aufmerksam betrachte ich sein Profil. Die blonden Bartstoppeln seiner Wange verdecken eine zweite Narbe, feiner als die über seiner Augenbraue. Sie zieht sich bis hinunter zu seinem Kinn wie ein Riss in einer Fassade, durch den Licht in die Dunkelheit dringt. Ich taste nach seiner Hand.

»Und was, wenn doch?«, flüstere ich.

Ein Kribbeln fährt durch meinen Körper, als wir uns berühren. Doch im nächsten Moment zieht Alexander seine Hand zurück. Er wirft einen Blick auf seinen Check und springt auf.

»Unsere Zeit läuft bald ab.« Der Ausdruck seiner Augen ist auf einmal abweisend. »Du musst wieder in der Kabine sein, bevor Tamika zurückkommt, um euch die Sensoren abzunehmen. Warte dort, bis die Aufgabe zu Ende ist.« Nur für einen Wimpernschlag sieht er mich an. »Es wird dir nichts mehr passieren, ich habe das Szenario angehalten. Und mach dir keine Sorgen um dein Ergebnis für heute, darum kümmere ich mich noch.«

Als wir im Erdgeschoss an den Fotos der beiden Mädchen vorbeigehen, die heute für die Klärung zur Wahl stehen, denke ich mit einem Kloß im Hals wieder an Alexanders Worte über das Konsilium. Wenn es wahr ist, was er sagt, und die Psychologen nicht nur an unserem Trait interessiert sind – woran dann noch?

29

Mein Gesicht spiegelt sich in der Fensterscheibe, die den Schlafsaal von der dunklen Nacht da draußen trennt. Hinter mir wirft Luce sich schlafend im Bett hin und her. Wir haben nicht über das gesprochen, was wir in den Kabinen gesehen haben, aber Bea und Luce waren den ganzen Nachmittag über ungewöhnlich still. Wenigstens musste ich so nicht erklären, was gerade in mir vorgeht, denn meine Gedanken kreisen nicht wie die aller anderen um die Zwischenergebnisse. *Es geht hier um mehr als einen Buchstaben. Das Zentrum ist nicht sicher.*

Ich drehe die kleine, runde Pille zwischen Daumen und Zeigefinger, die mir die nette Krankenschwester aus dem Vitalitätsflügel gegeben hat. Damit ich schlafen kann, hat sie gesagt, schließlich war die Aufgabe heute besonders anstrengend. Ich stecke die Tablette in den Bezug meines Kopfkissens. Ich will mich nicht betäuben, so dringend ich den Schlaf auch bräuchte. *Das Zentrum ist nicht sicher.* Kann Alexander recht haben? Ich lehne meinen Kopf an die kalte Scheibe. Die Testung wurde entwickelt, um *eine fehlerlose Kristallisierung in geschützter Umgebung zu gewährleisten.* Das waren die Worte, mit denen Ratsmitglied Edward McCarty das Verfahren damals vorgestellt hat. Ein Verfahren, das von Chloe Cremonte selbst entwickelt wurde, um für Fairness in einer unfairen Welt zu sorgen.

Mir wäre in diesem Aufzug nichts passiert. Natürlich nicht! Früher oder später hätte Tamika mich von den Schmerzsensoren erlöst, die nun mal nötig waren, damit ich mich so verhalte, wie ich es auch tun würde, wenn mehr als nur Pixel in Gefahr sind. Das hier ist der Weg des Konsiliums herauszufinden, ob ich die Konsequenzen meines Handelns wie eine Rationale tragen kann.

Aber aus welchem Grund sollte Alexander, ein Testleiter, mich dann vor genau diesen Leuten warnen? *Und wenn er mich nur auf eine falsche Fährte locken soll?* Wenn er wirklich eine weitere Aufgabe ist, so wie Jasmines Gestalt auf dem Bahnsteig eine speziell auf mich ausgerichtete Aufgabe war?

Während der Mond über dem nächtlichen Park seinen Zenit erreicht, denke ich daran, wie einfach es für Alexander gewesen ist, mich aus dem Testungsraum und hinunter in sein Zimmer zu bringen. Niemand hat uns aufgehalten. *Zu einfach.* Ich stelle mir vor, wie der Konsiliar mit der Fistelstimme irgendwo vor einem Bildschirm saß und beobachtet hat, welche Wirkung Alexanders Behauptungen auf mich hatten. Würde ich mich von Gefühlen dazu verleiten lassen, seinen wahnsinnigen Verdächtigungen zu glauben? Würde ich entgegen all meiner Überzeugungen die Gläsernen Nationen verraten?

Mein Herz schlägt schneller, als ich an die Nähe zwischen uns denke. Ich will glauben, dass der Moment, in dem wir uns berührten, echt war, dass seine Sorge um mich und seine Verletzlichkeit keine bloße Masche waren, die eine Aufgabe ihm vorschrieb.

Aber selbst dann kann er unmöglich recht damit haben, dass irgendjemand hier drinnen in Gefahr ist.

»Sagen Sie Alexander, dass ich ihn um Mitternacht vor dem Athene-Saal erwarte.« Carolines Worte drängen sich zurück in meine Gedanken. Standen wir wirklich aus Zufall genau zur richtigen Zeit auf dem Flur, um dieses Gespräch im Keller mitzuhören?

»Alexander ist vollkommen vertrauenswürdig.«

Ich denke daran, wie er mich in der Kabine aus meiner ganz

persönlichen Dunkelheit zurück in die Realität geholt hat. An seinen Blick, nachdem die Elektroden ihm gezeigt haben, was ich in meiner Panikattacke gesehen habe. War es nur Mitleid? Und ich denke an den Code. 0406. *Wer bist du wirklich?*

Ich drehe mich um und greife nach meiner Jacke. Ich muss wissen, ob das Zentrum tatsächlich noch einem anderen Zweck als unserer Kristallisierung dient. *Um Mitternacht vor dem Athene-Saal.* Laufe ich geradewegs in eine Falle? Doch selbst wenn, für mich gibt es kein Zurück mehr. Entschlossen ziehe ich den Reißverschluss über meinem hämmernden Herzen zu. Das Treffen der Testleiter ist der einzige Weg, um herauszufinden, wer mich belügt – Alexander oder der Kristall.

Obwohl uns niemand verboten hat, nachts den Schlafsaal zu verlassen, schrecke ich bei jedem Windhauch zusammen, der an mir vorbeistreicht. Die Uhr meines Checks zeigt 23:56. Dieses Mal habe ich das Armband nicht abgenommen, damit meine fehlenden Vitalfunktionen keine Aufmerksamkeit erregen. Ich schlüpfe in den Athene-Saal, dessen Boden sich längst wieder in eine ebene Fläche verwandelt hat. So menschenleer wie jetzt wirkt er mit seinen bläulich schimmernden Wänden nicht mehr wie ein architektonisches Musterbeispiel moderner Eleganz, sondern geradezu gespenstisch. Ich schaudere unter dem musternden Blick der Statuen und drehe ihren steinernen Körpern den Rücken zu, nur um geradewegs in die schwarz-weißen Gesichter von neunzig Mädchen zu sehen. Die Porträts werden also selbst nachts nicht ausgeschaltet. Ich betrachte mein eigenes Bild mit der Nummer fünf – dem Mittelwert meiner bisherigen Ränge. Mein erstes Zwischenergebnis. Luce blickt mir arglos vom Ende des Rankings entgegen. *Das Konsilium ist nicht nur hier, um eure Traits zu bestimmen.* Was, wenn Alexander die Wahrheit sagt?

Als draußen Schritte erklingen, verberge ich mich hastig am Rand des Saals.

»Sie übernehmen die Schlafsäle 1 und 2.« Ich halte den Atem an, als ich die gedämpften Worte vor der Tür höre. »Wir treffen uns in genau zehn Minuten im Park.«

»Und was ist, wenn eins der anderen Mädchen aufwacht?«, antwortet die Stimme, auf die ich gewartet habe.

»Bei der Dosierung der Schlaftabletten unwahrscheinlich«, erwidert Caroline kurz angebunden.

Alles in mir zieht sich zusammen, als ich an das Lächeln der Schwester und die runde Pille in meinem Kissenbezug denke. Irgendetwas geschieht heute Nacht, von dem niemand etwas mitbekommen soll. Ich warte, bis die Schritte auf der Treppe verklungen sind, dann husche ich aus dem Saal – nicht ohne Luces Porträt auf Rang 71 noch einen beunruhigten Blick zuzuwerfen.

Die Türen des Haupteingangs sind unverschlossen. Ich halte mich abseits des Weges im Schatten der Bäume und setze vorsichtig einen Fuß nach dem anderen auf den feuchten Rasen. Jeden Moment rechne ich damit, von einer Flutlichtanlage enttarnt zu werden. *Das hier ist kein Gefängnis,* erinnere ich mich und suche den Park nach einem Versteck ab. Schließlich bleibe ich im Schutz derselben Baumgruppe stehen, unter der wir am ersten Testungstag zu Mittag gegessen haben. Ich schmiege mich dicht an den Stamm der breitesten Silberpappel und warte. Fünf Minuten vergehen, dann zehn. Langsam glaube ich, Carolines gedämpfte Anweisung falsch verstanden zu haben, als ich plötzlich in der Nähe der Mauer eine Bewegung registriere. Ich kneife die Augen zusammen und erkenne Tamika. Sie läuft auf und ab, als warte sie auf etwas, dann bleibt sie stehen. Das schimmernde Glas der Mauer beginnt, sich wie am Tag unserer Ankunft zusammenzuschieben. Dieses Mal verbirgt sich hinter dem Durchgang jedoch kein Zug voller Expektanten, sondern ein einziger schwarzer Transporter. Ich presse mich enger an den Baumstamm und vergewissere mich, dass mein Ärmel meinen schwach leuchtenden Check verdeckt.

Hinter mir fallen die hohen Doppeltüren des Zentrums mit einem knirschenden Geräusch ins Schloss. Lautlos drehe ich mich um. Wenige Meter von mir entfernt führt Caroline eine Gruppe von sechs Mädchen durch den Park, die sich gegenseitig verwunderte Blicke zuwerfen. Sie tragen Pyjamas und hastig übergeworfene Jacken, und ihre verschlafenen Gesichter zeugen von der Hast, mit der sie aus ihren Betten geholt wurden.

»Von Nachtwanderungen stand nichts im Programm, sonst hätte ich meinen Parka mitgenommen«, höre ich eine hochgewachsene Dunkelhäutige aus Beas Gruppe murren, die heute Abend für die Klärung ausgewählt wurde. Sie hat einen Haufen unsinniger Dinge erzählt. Traits wären nicht für mehr Klarheit eingeführt worden, sondern um ein Volk zu klassifizieren. *»Und jede Art von Klasse führt zu Diskriminierung«*, hat sie gesagt und selbstbewusst ihre Brille zurechtgerückt.

Dabei hat sie die Kristallisierung einfach nicht verstanden. Die Traits sorgen für Gleichheit zwischen Hautfarben, Geschlechtern und Religionen. Das ist es, was mein Vater mir beigebracht hat und wofür die ganze Welt uns feiert. Der Gedanke an Dad beruhigt mich. Er hätte mich niemals ins Zentrum gehen lassen, wenn hier irgendjemandem Gefahr droht.

»Wahrscheinlich ist das hier einfach unsere nächste Aufgabe«, höre ich eine andere Stimme sagen.

Die Mädchen laufen jetzt direkt an meinem Versteck vorbei. Im Schutz der Dunkelheit versuche ich, so flach wie möglich zu atmen.

»Wenn das hier eine Aufgabe wäre, hätten sie unsere ganze Gruppe geholt«, erwidert ein anderes Mädchen grimmig. »Und es fehlen Josie und Mai-Lin.«

»Aber worum geht es dann?«

In diesem Moment sehe ich Alexander aus dem Zentrum treten. Er hat ein paar Nachzüglerinnen im Schlepptau und sein Gesichtsausdruck im schwachen Schein der Mauern ist unlesbar. Mit langen Schritten eilt er den Mädchen voraus zu den beiden Testleiterinnen, die mittlerweile zusammen am Transporter stehen. Tamika lacht über eine Bemerkung von Caroline, aber ich kann nicht hören, was sie sagen. Hastig sehe ich mich im Park um. Die Mädchen trotten müde auf den wartenden Transporter zu. Wenn ich erfahren will, was hier vor sich geht, muss ich mich jetzt trauen.

So schnell ich kann, sprinte ich geduckt über die Wiese und nutze die Schatten der hüfthohen Hecken, bis ich eine weitere Baumgruppe in der Nähe der Mauer erreiche. Vorsichtig werfe ich einen Blick zwischen den tief wachsenden Ästen hindurch. Ein bulliger Mann in der Uniform der Ordnungswahrer steigt gerade aus der Fahrerkabine des Transporters und wendet sich an Caroline.

»Sind das die Untreuen?« Er deutet auf die Mädchen.

»Der erste Trupp«, erwidert Caroline, während ich mich fest gegen den Baumstamm presse, der mich verbirgt.

Untreue? Alexanders Worte hallen durch meinen Kopf. *Das Konsilium ist nicht nur hier, um eure Traits zu bestimmen.*

Meine Finger graben sich in die Baumrinde, während ich an die kleinen Zahlen unter unseren Gesichtern denke. An das Ranking und die Klärungen, deren Zweck uns konsequent verschwiegen wird. Auf einmal ergibt alles einen Sinn. Tonyas Aufstieg nach ihrer Rede darüber, wie sie ihr Leben dem Wohle der Nationen widmen will; der niedrige Rang von Fiona, die Chloe Cremonte kritisiert hat; mein eigener Fall, nachdem ich mich zu ihr gesetzt habe.

Untreu.

Aus dem Mund des Ordnungswahrers klingt dieses Wort gefährlich. Nach Rebellion und Diktatur. Und ganz sicher nicht nach meiner Heimat. Jetzt nähern sich auch die Nachzüglerinnen dem Transporter und ich beiße mir auf die Lippe. Ich muss sie warnen! Angespannt überfliege ich die Gesichter der Mädchen. Nicht alle wurden schon einer Klärung unterzogen – also kann die Befragung während der Gläsernen Stunde nicht die einzige Methode sein, mit der unsere Treue bewertet wird. Ich taste nach dem Check unter meinem Ärmel, über den das Konsilium unsere Gespräche abhört. *Reden ist Silber, Schweigen ist Gold.* Worte können gefährlich werden, wenn es die falschen sind.

Neben meinem Versteck kommt die Reihe der Nachzüglerinnen urplötzlich zum Stehen und ich erstarre. Wenn eine von ihnen mich entdeckt, werde ich am eigenen Leib erfahren, was mit denen passiert, die nicht ins Muster der Gläsernen Nationen passen. Ich suche nach der Ursache der Verzögerung und schnappe lautlos nach Luft, als ich bemerke, dass Fionas Augen auf meinem Gesicht ruhen. Sie ist abrupt stehen geblieben, ohne darauf zu achten, dass ihre übermüdete Nachfolgerin deshalb gestolpert ist. Ich erkenne das Mädchen, das auf die Knie gefallen ist. Es hat sich an unserem ersten Testungstag mit Fiona auf der Dachterrasse unterhalten. *»Die Emotionalen ruinieren sich nicht selber. Das übernehmen die neuen Ordnungserweiterungen schon ganz von selbst.«*

Ich habe die beiden für verrückt gehalten. Die Ordnung sorgt für das Wohlergehen aller! *Zumindest sagen das die Rationalen*, denke ich mit einem Kloß im Hals. Die hoch bezahlte Berufe erlernen und verreisen dürfen, ohne einen Antrag zu stellen. Die ins Parlament gewählt werden können und über unsere Gesetze entscheiden.

Vertrauen Sie den Gläsernen Nationen? Mit einem bitteren

Geschmack im Mund frage ich mich, woran ich seit fünf Jahren wirklich glaube.

»Können wir jetzt mal weiter?«, drängt eins der Mädchen.

Fiona sieht mich an und deutet mit dem Kinn zurück zum Zentrum. *Geh, solange du noch kannst!*

Ich zucke zusammen, als der Ordnungswahrer geräuschvoll die Schiebetür des Transporters öffnet. Im Schein der Mauer erkenne ich seitliche Sitzreihen mit einem dreieckigen Gurt an jedem Platz. Alexander drückt dem ersten Mädchen gerade einen schwarzen Overall in die Hand. Sie betrachtet das unförmige Kleidungsstück argwöhnisch, zieht es aber über ihren Schlafanzug. Auf dem Ärmel erkenne ich eine rote Zahl: 90. Sie war also die Letzte im Ranking – und das hier ist der Preis für ihr mangelndes Vertrauen. Sie steigt in den Transporter, ohne dazu aufgefordert werden zu müssen. Als Alexander ihren Gurt geschlossen hat, wendet er sich der nächsten zu, und ich erkenne die Beauvoir-Schülerin mit dem mausbraunen Haar und der Tätowierung. Maxeni, erinnere ich mich. Tonyas Freundin. Sie weicht einen Schritt zurück, als Tamika nun einen Kofferwagen heranschiebt und beginnt, das Gepäck der Mädchen zu verladen. Ich begreife, was Fiona schon längst klar gewesen sein muss: Diese Expektantinnen werden nicht zurückkehren.

»Wo bringen Sie uns hin?«, fragt Maxeni laut.

»An einen Ort, der Ihren besonderen Bedürfnissen angepasst ist«, sagt Caroline knapp und bedeutet ihr mit einer ungeduldigen Handbewegung, den Einsteigeprozess nicht weiter aufzuhalten. Als Maxeni sich nicht von der Stelle rührt, wirft Caroline Alexander einen auffordernden Blick zu.

»In den Transporter.« Seine Stimme schneidet durch die Nacht wie ein Messer.

Maxeni wirft einen letzten Blick zurück auf das schlafende Zentrum, und ich frage mich, ob sie an Tonya denkt, die in diesem

Moment betäubt in ihrem Bett liegt und nicht wissen kann, was hier unten vor sich geht. Alexander stößt Maxeni in einen Sitz. Ich presse mir eine Hand auf den Mund, als er ihre Arme verdreht, bis sie aufgibt und sich still festschnallen lässt. Ist das derselbe Alexander, der mir noch vor wenigen Stunden besorgt über die Wange gestrichen hat?

Die Ränge 88, 87 und 86 steigen nun ohne Widerstand in den Wagen. Als auch Fiona und die übrigen Mädchen eingestiegen sind, zieht der Ordnungswahrer die Schiebetür zu. Caroline händigt ihm eine Liste aus, der Mann steigt ein und startet den Motor. Als der Transporter davongefahren ist, tippt Tamika etwas in ihren Check, woraufhin sich die Öffnung in der Mauer wieder nahtlos schließt – und mich mit Alexander, Caroline und den lauernden Augen und Ohren des Konsiliums hier drinnen einsperrt.

»Das war der größte Ersttransport, den wir je hatten«, sagt Caroline mit einer Zufriedenheit in der Stimme, bei der sich meine Nackenhaare aufstellen. »Wir werden wachsam sein müssen, wenn wir keine übersehen wollen.«

Als Alexander nichts erwidert, fügt Caroline spitz hinzu: »Ich hoffe, Sie vergessen nicht, dass wir diesen Mädchen nur helfen.«

»Keine Sorge.« Als sie an mir vorbeigehen, sehe ich, wie Alexander Caroline zunickt. »Sie wissen, wem meine Treue gehört.«

Ich lasse mich auf die feuchte Erde sinken und lehne meinen Kopf gegen den Baumstamm, bis ich den Mond über mir sehen kann. Alexander hat mich nicht belogen. Seine Warnung war kein Test – aber ich hatte recht damit, ihm zu misstrauen. Denn an einer Sache lässt diese Nacht keinen Zweifel: Alexander gehört selbst zu der Gefahr, die den Untreuen droht.

30

Sie geben uns einen Tag zur Erholung, bevor die zweite Dimension beginnt. Im Gegensatz zum Rest des Schlafsaals 4 breche ich bei dieser Nachricht jedoch nicht in Jubel aus. Stattdessen starre ich auf die drei Betten, von denen die Namensschildchen bereits entfernt worden sind. Manche Mädchen rätseln offen darüber, was mit ihren Besitzerinnen passiert ist, aber die meisten halten wie ich den Mund.

»Du bist still für jemanden, der es auf den fünften Platz geschafft hat«, bemerkt Bea auf dem Weg zum Frühstück.

Ich erwidere nicht, dass mein hoher Rang keineswegs irgendeine Fähigkeit widerspiegelt, wie wir alle gedacht haben, sondern einzig und allein meine Treue gegenüber den Gläsernen Nationen. Ich streiche über mein Handgelenk. Seit Jahren lebe ich in der Überzeugung, dass Traits unsere Welt verbessern. Kann ich das noch glauben, nach allem, wovon ich gestern Nacht Zeugin geworden bin?

Das Licht im Wintergarten ist eigentümlich gedämpft. Ich hebe den Blick und bemerke, dass kein Sonnenstrahl mehr durch das Glas der Kuppel fällt. Stattdessen verdecken graue Platten die Sicht in den Park. Zum ersten Mal seit unserer Ankunft sind die großen Lampen an der Decke eingeschaltet.

Luce sieht sich fassungslos um. »Was ist denn hier passiert?« Doch niemand beantwortet ihre Frage.

Die Pfannkuchenberge und Stapel von Toast am Buffet sehen

auf einmal gar nicht mehr so appetitlich aus. Ich greife nach der Thermoskanne. Mein Magen, der sich seit gestern Nacht anfühlt, als hätte ich Säure geschluckt, scheint zu mehr als heißem Tee nicht wirklich fähig zu sein. Ich ziehe einen Stuhl zurück und setze mich gegenüber von Luce an einen Tisch, als ein Mann in der Uniform der Testleiter neben mir auftaucht. Er war einer von denen, die während meiner Klärung die graue Mauer um mich gebildet haben. Als ich geschworen habe, den Gläsernen Nationen treu zu sein – als das sogar noch stimmte. Ich stelle meine Tasse klirrend zurück auf die Tischplatte und verschütte dabei etwas Tee. Wurde ich gestern Nacht gesehen? Ein feiger Teil von mir wünscht sich, ich hätte einfach wie alle anderen die verdammte Schlaftablette genommen.

»Miss? Sie müssen etwas essen«, sagt der Testleiter freundlich.

Ich starre ihn an, als würde er eine andere Sprache sprechen. Er ist nicht gekommen, um mich zu Caroline zu bringen? Oder zu dem Konsiliar mit der Hornbrille? *Vertrauen Sie Ihrer Regierung, Miss Anderson? Stehen Sie hinter der Kristallisierung?*

Nichts davon.

»Wie bitte?«, stammle ich und der Testleiter deutet auf das Buffet.

»Sie haben noch genau sechzehn Minuten Zeit, um ein Frühstück von mindestens fünfhundert Kalorien zu sich zu nehmen.«

Erst jetzt bemerke ich die übrigen Testleiter, die sich am Rand des Wintergartens rund um die frühstückenden Mädchen verteilt haben. In ihren Laborjacken verschmelzen sie beinahe nahtlos mit den grau verkleideten Wänden. Als der Testleiter keine Anstalten macht, sich von der Stelle zu rühren, stehe ich auf und gehe langsam zum Buffet, lege zwei Toastscheiben und einen Löffel voll Rührei auf einen Teller und hoffe, nicht gleich alles auf seine polierten Schuhe zu übergeben.

Auf dem Weg zurück zu meinem Platz bleibe ich wie angewurzelt stehen, als auf einmal die Titelmelodie von *CrystalClear News* erklingt. Die leisen Gespräche um mich herum verstummen. **»Testungsverfahren zur Kristallisierung erhält großen Zuspruch auf internationaler Konferenz.«**

Über dem Buffet strahlen uns jetzt Bilder von Staatsoberhäuptern entgegen, die unserem Präsidenten die Hand schütteln. Dafür sind die grauen Platten also da.

»Deutschland und Schweden denken über eine Einführung des von Chloe Cremonte entwickelten Konzepts im kommenden Jahr nach«, sagt ein Sprecher.

Auf einmal habe ich das Gefühl zu ersticken. Niemand würde mir glauben. Die Augen der Welt sind auf die Gläsernen Nationen gerichtet, aber sie sehen nur, was die Kristallisierer ihnen zu zeigen bereit sind.

»Alles in Ordnung?« Luce ist aufgestanden und nimmt mir den Teller aus der zitternden Hand. »Vielleicht gehen wir mal einen Moment an die frische Luft.« Sie wendet sich zu der Terrassentür, durch die wir mittags in den Park gelassen werden, doch Tamika stellt sich ihr in den Weg.

»Die Mahlzeiten werden im Wintergarten eingenommen.«

Luce verdreht die Augen. »Meinetwegen verzichten wir auf unsere Parkzeit heute Mittag. Aber meiner Freundin geht es nicht gut, und wir möchten einen Moment nach draußen, wenn uns schon die Sicht im Dienste der Dauerbeschallung verbaut wird.«

Tamika hebt ihre sorgsam nachgezogenen Augenbrauen, und ich denke an die Selbstverständlichkeit, mit der sie gestern Nacht die Koffer in den Transporter geladen hat. Und daran, dass auf uns noch vier Dimensionen warten, bis wir das Zentrum verlassen dürfen. Das bedeutet vier Zwischenergebnisse und vier Nächte, in denen die fürsorgliche Krankenschwester Schlaftabletten verteilen wird. Der Transporter hat gestern nicht zum letzten Mal vor der Mauer gehalten.

»Sie haben mich nicht verstanden, Miss Vaillant. Die Mahlzeiten werden *nur* noch im Wintergarten eingenommen – auch heute Mittag.«

»Gibt es hier ein Problem?«

Ich versteife mich beim Klang seiner Stimme. *Sie wissen, wem meine Treue gehört.*

»Wir wollen wissen, warum wir nicht mehr nach draußen dürfen«, sage ich ruhig, ehe Luce etwas erwidern kann.

In Alexanders Augen blitzt Wut auf. Wut darüber, dass ich sein Schweigegebot nicht befolge, nicht unauffällig mit der Masse verschmelze? Aber was wäre ich für ein Mensch, wenn ich es täte!

»Die Parkzeit wurde gestrichen, damit Sie sich besser auf die anstehenden Aufgaben konzentrieren können«, entgegnet er.

Ich höre Luce etwas von Freiheitsberaubung murmeln und stoße ihr verstohlen meinen Ellenbogen in die Seite. Ich muss sie warnen, bevor meiner Freundin ihre lose Zunge zum Verhängnis wird.

»Sind wir hier fertig?«, fragt Tamika ungeduldig.

Ich sehe Alexander an und suche nach einer Spur von Reue in seinem Gesicht. Einem Flackern in seinem Blick, das mir verrät, dass er Maxeni nicht aus freien Stücken in diesen Transporter gestoßen hat. Aber da ist nichts. Alexanders irritierend grüne Augen sehen durch mich hindurch, als würde er mich nicht einmal wahrnehmen.

»Ja«, sage ich eisig. »Wir sind hier fertig.«

Am Nachmittag steigen Luce und ich die Treppen zu unserem Schlafsaal hinauf. Stillschweigend haben wir uns von unserer

Gruppe abgesondert, die nach dem Mittagessen gehorsam zurück ins Archiv getrottet ist.

»Sag mal«, beginnt Luce zögerlich. Fragend schaue ich sie an. »Dein Vater ist ein richtiges Parlamentsmitglied, oder?«

Ich nicke überrascht. »Ja, er wurde vor drei Jahren gewählt.«

Wir erreichen unseren Schlafsaal. Ich blicke durch das Fenster hinaus in den verlassenen Park, in dem wir normalerweise jetzt unter den Bäumen liegen würden.

»Heißt das, er kennt Chloe Cremonte? Weiß er, was die Regierung plant?«

»Kennen ist zu viel gesagt«, antworte ich. »Die einfachen Parlamentarier sehen den Kristall höchstens mal bei einer Abstimmung, anders als der Rat gehören sie nicht zum inneren Kreis. Und was die Pläne der Regierung angeht …«

Weiß Dad, zu welchem Zweck die Testung missbraucht wird? Unmöglich. Aber was ist mit der Regierung? Weiß der Rat – weiß der Kristall, was in den Zentren wirklich geschieht?

Ich schüttle stumm den Kopf. Irgendwer muss die Jagd auf Untreue steuern, so systematisch und sorgfältig, wie das Zentrum dabei vorgeht. Bloß weigere ich mich zu glauben, dass diese Befehle von Chloe Cremonte stammen. Als Vorsitzende der Kristallisierungspartei ist sie die mächstigste Frau der Gläsernen Nationen, doch auch sie untersteht der Autorität des Präsidenten. Ich rufe mir das Bild des hageren Mannes in Erinnerung, der nur selten öffentlich auftritt. Weiß Chloe Cremonte vielleicht gar nicht, was Teile der Regierung bereit sind, für eine geeinte Nation zu tun? Oder noch schlimmer: Wurde sie dazu gezwungen, ihre Ideale zu verraten?

»Tonya?«

Luces Stimme holt mich aus meinen Gedanken, und ich bemerke, dass wir nicht mehr allein sind.

»Das hier ist doch gar nicht dein Schlafsaal«, sagt Luce verwirrt und geht Tonya entgegen, die zwischen den Stockbetten stehen geblieben ist.

Ich denke an Maxeni und die rote Nummer auf ihrem Oberarm. Tonya schaut uns abwechselnd an, bringt aber kein Wort heraus. Luce und ich tauschen einen Blick.

»Ich bringe dich rüber«, biete ich an und führe Tonya hinaus. Schweigend gehen wir nebeneinander über den ringförmigen Flur. »Schlafsaal 3, oder?«, frage ich.

Tonya nickt. Die Fransen ihres Ponys fallen ihr strähnig in die Stirn, ihr Gesicht ist kalkweiß. »Sie ist nicht hier«, flüstert sie. »Ich habe das ganze Zentrum abgesucht, aber Maxeni ist nicht hier.«

Die Betten um uns herum, identisch zu denen in Schlafsaal 4, sind verlassen. Tonya hält sich an einem der metallenen Pfosten fest und ich drücke sie sanft auf die Matratze.

»Maxeni hat geredet. Über die Verträglichkeits-Dimension.«

Ich lasse mich neben sie auf das gestärkte Laken sinken. Tonya und ihre Freundin waren in verschiedenen Testungsgruppen. Es muss ihnen besonders schwer gefallen sein, sich nicht über die Aufgaben unterhalten zu können.

»Ich habe ihr gesagt, dass wir nicht darüber sprechen dürfen, aber es war ihr egal. Sie ist nicht damit fertig geworden.«

»Womit ist sie nicht fertig geworden?«, frage ich zaghaft.

In Tonyas leerem Blick erinnert nichts mehr an das lebenslustige Mädchen aus dem High-Line-Video.

»Mit dem, was sie gezwungen war zu tun.« Eine Weile hängen ihre Worte in der Luft. »Du glaubst nicht, dass ihr etwas passiert sein könnte, oder?« Tonya sieht mich an. »Max hat mich gewarnt, aber ich habe ihr nicht zugehört«, flüstert sie.

Mein Blick fährt zu Tonyas Check. Sie darf so nicht weitermachen – und ich auch nicht.

»Wir sind hier sicher«, sage ich so ruhig wie möglich und lege ihr eine Hand auf den Rücken. »Die Aufgaben sind extrem, aber das ist nötig, um unsere Traits zu bestimmen.« Ich verstärke den Druck meiner Hand. »Du hast doch gemerkt, wie die Schmerzen verschwanden, sobald uns die Sensoren abgenommen wurden, oder nicht?« Tonya nickt. »Siehst du. Im Zentrum kann uns nichts passieren.« Ich halte still, als sie ihren Kopf an meine Schulter lehnt. Durch die Fensterfront betrachte ich die Mauer im grellen Nachmittagslicht. Im Zentrum kann uns nichts passieren. *Zumindest nicht, bis wir gezwungen werden, es zu verlassen.*

Beim Abendessen fehlt Luce. Ich stochere lustlos in meinen Nudeln herum und zucke zusammen, als mein Check vibriert. **Abschluss der Neurotizismus-Dimension.** Bea, Sadie und Clara starren ebenfalls auf ihre Checks.

»Das ist eine Datei«, sagt Bea verwundert.

Ich öffne den Ordner und wünschte im selben Moment, es nicht getan zu haben. Auf meinem Check beginnt ein Video abzulaufen. **Testungsgruppe 1, Expektantin 1.**

»Sind das unsere Szenarien?«, höre ich ein Mädchen am Nebentisch fragen.

Hastig sehe ich mich um und bemerke, dass alle Mitglieder meiner Gruppe auf ihre Checks starren. *Bitte nicht!* So weit kann das Konsilium doch nicht gehen! Aber die Bilder auf meinem Check beweisen, dass sie genau das tun. Da ist mein Avatar im Hörsaal der Cremonte-Universität. Mir wird schlecht, als ich mich daran erinnere, was ich noch vor zwei Tagen bereit war, für meinen Trait zu opfern.

»Bea –«, beginne ich, als meine eigene Stimme mich aus zwölf

Checks im Raum gleichzeitig unterbricht: *»Sie sollte nicht hier sein. Emotionale gehören nicht an diese Universität.«*

Niemand an unserem Tisch sagt ein Wort. Auf den Checks wird mein Avatar durch Sadies ersetzt, aber darauf achtet keiner mehr. Alle Augen sind auf mich gerichtet.

»Jetzt tut doch nicht so überrascht«, sagt jemand hinter mir in die Stille hinein. Ich bemerke ein grobschlächtiges Mädchen aus unserer Gruppe, mit dem ich bisher noch kein einziges Wort gewechselt habe. »Jede andere Rationale hätte das Gleiche getan. Verdammt, *ich* hätte das Gleiche getan! Und ausgerechnet bei ihr sollte sich wirklich niemand wundern.«

»Rita!«, sagt eins der Mädchen an ihrem Tisch mahnend.

»Was? Sie ist die, die was mit einem der Testleiter angefangen hat. Und das, nachdem du im Athene-Saal das Unschuldslamm gespielt hast«, fügt sie an mich gewandt hinzu. »Wenn das nicht pure Berechnung ist, weiß ich auch nicht.«

Wie bitte? Es ist etwas anderes, von einer Lippenstiftschmiererei beleidigt zu werden, als diese Anschuldigungen mit eigenen Ohren zu hören.

»Da musst du jemanden verwechseln«, sagt Sadie sachlich, während Clara aufgebracht nickt.

Rita schweigt, aber ihre verächtlich hochgezogenen Augenbrauen sprechen aus, was sie und ihre Freundinnen denken: *Daher kommt ihr hoher Rang. Das erklärt alles.*

»Ich habe keinen Appetit mehr«, bringe ich heraus und schiebe meinen Stuhl zurück. An Beas Platz bleibe ich stehen. »Bitte, lass mich erklären –«

In diesem Moment rauscht Luce durch die Tür des Wintergartens. Ihr wütender Gesichtsausdruck lässt keinen Zweifel daran, dass auch sie gesehen hat, wovon gerade alle Mitglieder unserer Gruppe Zeuge geworden sind.

»Ich habe dir vertraut!«, speit sie mir entgegen. »Ich habe gedacht, du wärest anders als sie, trotz deines Vaters und all dem Quatsch, den du zwischendurch erzählst. Aber du bist durch und durch eine eiskalte Rationale, nicht wahr?« Sie funkelt mich wütend an und kümmert sich nicht um die Blicke der anderen. Bea sitzt noch immer still am Tisch.

»Was auch immer ihr jetzt glaubt –«, beginne ich.

»Oh, ich glaube nicht, ich weiß«, fährt Luce mir über den Mund und zieht Bea neben sich. »Du hast sie verraten. Ohne mit der Wimper zu zucken, hast du sie verraten.«

Nein! Ich wollte nur dem Trait gerecht werden, zu dem alles gehört, was mir etwas bedeutet. Oder was mir etwas bedeutet hat.

Ich schlucke, als ich an die Rationalen denke, die Fiona und Maxeni in den Transporter verfrachtet haben. Handeln so Menschen, die ihre Gefühle natürlicherweise unterdrücken können? Ist das Verantwortungsbewusstsein? Oder antrainierte Grausamkeit, die nichts mehr mit einer biologischen Veranlagung zu klarem Denken zu tun hat?

Pure Vernunft. Pures Gefühl. Zum ersten Mal frage ich mich, ob die strikte Trennung zwischen den Traits zu weit geht.

»Nichts davon war real!«, sage ich leise. Es ist die einzige Entschuldigung, die ich zustande bringe.

»Ach nein?«

Luce starrt mich an, bis ich die Augen senke. Habe ich Bea verraten? Und was ist mit Fiona? Ich war dort, und ich habe geschwiegen, um mich selbst zu schützen, ganz wie eine eiskalte Rationale es getan hätte.

»Dachte ich es mir doch.«

Um uns herum ist es totenstill, als Luce mit einer zerknirschten Bea im Schlepptau den Wintergarten verlässt, ohne dass ein Testleiter sie aufhält.

31

Heute Nacht warte ich, bis die anderen Mädchen schon im Bett sind, bevor ich unseren Schlafsaal betrete. Es versetzt mir einen Stich, als ich bemerke, dass die obere Matratze unseres Stockbetts leer ist. Ich schlüpfe unter meine kühle Bettdecke. Wie kommt es, dass ich mich ausgerechnet hier, wo ich keine Sekunde lang allein bin, so unendlich einsam fühle? Ich starre auf den Lattenrost über mir und wünsche mir mehr als je zuvor, wieder in meinem eigenen Bett zu liegen, das Rollen von Dads Bürostuhl auf dem Parkett nebenan zu hören und zu wissen, dass ich nur aus dem Fenster sehen muss, um mit meinem besten Freund reden zu können. Elias … Wie lange ich schon nicht mehr an ihn gedacht habe! Seit dem Brief, seit meiner Klärung ist so viel geschehen. Grüne Augen tauchen in meiner Erinnerung auf, doch ich verbanne sie zurück in die dunkle Ecke, in der ich sie seit gestern Nacht verschließe. Ich darf Alexander nicht vertrauen. Ich darf niemandem hier vertrauen, niemandem erzählen, was ich gesehen habe.

Eine Welle von Sehnsucht überkommt mich. Sehnsucht nach Vertrautheit und danach, nicht jedes meiner Worte kontrollieren zu müssen. Sehnsucht nach Elias. Ich vergrabe mein Gesicht in meinem Kissen und lasse unsere Abende auf der Fensterbank vor meinen geschlossenen Augen wieder lebendig werden. Elias, der immer wusste, wie es mir geht, ohne zu fragen. Der wie ich nie geglaubt hätte, dass unser gläsernes Paradies eine Schattenseite haben könnte. *Wir konnten nichts ahnen.*

Unkristallisierte müssen sich ab sofort bei der Administration registrieren lassen. Gegen diese Ordnungserweiterung hat es Demonstrationen in der Innenstadt gegeben, um die fünfzig Menschen wurden verhaftet. Mein Vater hat sich über die unpünktlichen U-Bahnen beschwert, die von den Kristallisierungsgegnern blockiert wurden. Und ich habe an meinem Schreibtisch gesessen und ausgerechnet, wie gut meine Noten bis zum Abschluss sein müssen, damit ich eine Chance an der Cremonte-Uni habe.

Vielleicht wollten wir auch nur nichts ahnen.

Meine Bettdecke raschelt, als ich sie zur Seite schiebe und meine Füße auf den kalten Boden setze. Ich muss Elias finden. Ich muss mit ihm sprechen – dem Einzigen, dem ich mich hier noch anvertrauen kann.

Während ich mir eine Jacke überziehe, denke ich an die Nacht vor unserer Abreise, in der ich vergeblich am See auf ihn gewartet habe. Aber dieses Mal wird Elias mich nicht im Stich lassen. Nicht, sobald er versteht, dass es hier um mehr geht als das, was in einem anderen Leben zwischen uns schiefgelaufen ist.

Ich glaube, meinen Herzschlag von den gläsernen Wänden widerhallen zu hören, während ich so leise wie möglich zur Treppe laufe. Vor meinem inneren Auge erscheint der unterirdische Tunnel im Keller des Zentrums, an dem wir auf dem Weg zu Alexanders Zimmer vorbeigekommen sind. Der einzige gerade Gang, den ich in diesem Gebäude jemals gesehen habe. Er muss die Zentren der Mädchen und der Jungen miteinander verbinden, dessen bin ich mir sicher. Das Geräusch fremder Schritte lässt mich innehalten. Blitzschnell verschwinde ich im Eingang des Schlafsaals 3 und warte, bis der Testleiter an mir vorbeigegangen ist. Was ich hier tue, ist gefährlich. Aber ich brauche meinen besten Freund. Vorsichtig werfe ich einen Blick in den Flur und sehe die Laborjacke des Testleiters die Treppe hinunterwehen. Sie laufen also Patrouille. Das ist gut, denn es bedeutet, dass wenigstens die Wände im Zentrum keine Augen haben. So schnell, wie es die Vorsicht erlaubt, eile ich die Stufen hinunter und presse mich gegen die Außenwand des Athene-Saals.

»In den Schlafsälen ist alles ruhig.«

Ich fahre zusammen, als eine dunkle Männerstimme an mein Ohr dringt, und drücke, ohne lange nachzudenken, meine Hand in die Versenkung, in die Alexander gestern seine gelegt hat. Einen Atemzug lang fürchte ich, dass Sensoren meine Fingerabdrücke prüfen könnten, aber dann schiebt sich die Wand zur Seite, und ich verschwinde spurlos in den Mauern des Zentrums.

Und was jetzt?

Ich werfe einen Blick auf meinen Check, der viel zu oft unter meinem Ärmel hervorlugt. Kurzerhand stütze ich mich an der Wand der winzigen Kammer ab und ziehe meinen linken Schuh aus. Um mich nicht zu verraten, muss mein Check die Vitalwerte meines Körpers senden können. Aber niemand sagt, dass er dafür an meinem Handgelenk sitzen muss! Mühsam ziehe ich das enge Metallband von meinem Arm und schiebe es über meinen Fuß. Bea hätte mit ihrer Begabung für Technik bestimmt eine elegantere Lösung gefunden, aber wenigstens wird das Konsilium jetzt unmöglich verstehen können, was ich Elias zu sagen habe.

Ich ziehe meinen Strumpf wieder über die Hilfskonstruktion und zwänge alles zurück in den Schuh. Ich trete vor das Display, in das Alexander seinen Zugangscode getippt hat. Diese Zahlen könnte ich nicht vergessen, selbst wenn ich es wollte. *0406*. Ich atme tief durch, gebe den Code ein und ignoriere die Stimme in meinem Kopf, die mich anfleht, umzukehren.

Die Wand vor mir schiebt sich ebenfalls beiseite und gibt den Blick auf die leere Treppe frei. Auf einmal fühle ich mich furchtbar unvorbereitet. Mein gesamter Plan, falls man dieses halsbrecherische Unterfangen überhaupt so nennen kann, beruht auf einem geraden Tunnel, der hoffentlich ohne weitere Codes und Komplikationen zum Zentrum der Jungen führt. Ich weiß noch nicht einmal, wie ich Elias dort finden soll. Falls ich das angrenzende Gebäude überhaupt erreiche, ohne einem Testleiter zu begegnen. Denn wenn nicht … Dann werde ich es sein, die nach den nächsten Zwischenergebnissen in einen schwarzen Overall gesteckt wird, falls das Konsilium überhaupt so lange wartet. Werden sie meinem Vater nach dem Ende der Testung erzählen, ich hätte einen Unfall gehabt, um mein Verschwinden zu vertuschen? Und wird er wissen, dass das eine Lüge ist? *Es würde rauskommen, wenn sie den Untreuen etwas antun*, weise ich mich zurecht. Doch dann sehe ich wieder vor mir, wie Alexander Maxeni in den Transporter stößt. Höre die raue Art, mit der Caroline und der Fahrer über die Mädchen sprechen, als wären sie Objekte und keine Menschen.

Ich ignoriere das mulmige Gefühl in meinem Magen und gehe Stufe für Stufe hinab in den Keller. Am Fuß der Treppe angelangt, stehe ich wieder auf dem ringförmigen Flur, an den der Tunnel rechts von mir grenzt wie ein Verbindungsstück. Ich folge seinem geraden Verlauf mit den Augen. Die Richtung stimmt. Er *muss* einfach ins Zentrum der Jungen führen! Ich will mich schon auf den Weg machen, als mein Blick an einer halb offenen Tür hängen bleibt. Derselben Tür, hinter der Caroline bei meinem letzten Besuch hier unten den Transport der Untreuen plante. Ich mache einen Schritt auf den Raum in der Mitte des Kellers zu. Es wäre vernünftig, so schnell wie möglich ins Gebäude der Jungen zu verschwinden. Doch das hier ist vielleicht meine einzige Chance zu erfahren, was das Zentrum vor uns verbirgt.

Eng gegen die Wand gedrückt, schiebe ich mich Zentimeter für Zentimeter näher an die offene Tür heran. Es ist nichts zu hören, also riskiere ich einen Blick. Der kreisrunde Raum ist menschenleer. Er muss sich direkt unter dem Athene-Saal befinden – und er scheint ein genaues Abbild dessen zu sein. Wie im Erdgeschoss blicken mir auch hier die schwarz-weißen Porträts von der Wand entgegen, doch meine Augen bleiben an den hellblauen Linien hängen, die sich hier über jedes einzelne Foto ziehen. Die meisten verlaufen gerade, nur zwei sind gezackt.

T-Kontrolle, lese ich die auf die Wand projizierte Überschrift und denke an den Check an meinem Fuß und das gut versteckte Mikrofon in seinem Inneren. Meine Augen folgen den Linien, die sich über jedes einzelne Porträt ziehen. Bis auf … Ich hole scharf Luft, als ich das blutrote U über Maxenis Gesicht entdecke. *U wie Untreue.* Jetzt verstehe ich, was die Linien bedeuten. Und warum Maxeni keine mehr braucht.

Meine Hand fährt zu meinen Lippen. Jedes unserer Worte, seitdem wir das Zentrum betreten haben, entscheidet also über treu oder untreu, einen hohen Rang oder einen niedrigen. Bleiben oder Transporter.

Ich stoße die Luft aus, die ich vor Empörung angehalten habe. Bis jetzt habe ich in den Tiefen meines Herzens noch auf ein furchtbares Missverständnis gehofft, auf eine simple Erklärung. Aber die gibt es nicht. Wut steigt in mir auf, als ich an unseren Präsidenten denke, der nur durch die Unterstützung der prominenten Kristallisierungspartei ins Amt gewählt wurde. Hat er sich von Chloe Cremonte an die Spitze bringen lassen – und missbraucht ihre Idee der Traits jetzt für seine Gier nach Macht? So muss es sein, denn der Kristall schuf die Traits, um unser Land zu vereinen, nicht, um es zu spalten. Und ganz sicher plante Chloe Cremonte nie, Unschuldige zu entführen, nur weil sie anderer Meinung sind!

Meine Hände ballen sich zu Fäusten. Vielleicht sollte ich umkehren, nach oben in die Schlafsäle gehen und die Mädchen aufwecken. Sie hier runterbringen und ihnen zeigen, wofür uns das Konsilium wirklich durch das halbe Land in dieses Zentrum gebracht hat, fernab der Zivilisation und ohne Kontakt zu unseren Familien. Sie können unmöglich alle verbliebenen achtzig Mädchen in Transporter verladen!

Und was, wenn doch? Ich muss mich an der glatten Wand festhalten, als ich an die Athene-Zentren überall in den Gläsernen Nationen denke – und wer weiß, wie viele in diesem Moment in Kanada errichtet werden. Was macht Kristallisierungsgegner für unsere Regierung so bedrohlich, dass eine systematische Jagd nach ihnen stattfindet? Ich werfe einen letzten Blick auf Maxenis Gesicht. *Ich werde herausfinden, wohin sie euch gebracht haben,* verspreche ich ihr stumm. Aber das schaffe ich nicht allein. Ich drehe mich um und schleiche zurück über den Flur. Wenn ich Elias finden will, muss ich mich beeilen.

Der Tunnel besteht aus dunklem Beton anstelle des üblichen Milchglases. Noch ein möglicher Hinweis darauf, dass ich mich im Durchgang zu dem anderen Zentrumsgebäude befinde. Es sollte mich erleichtern, doch stattdessen schlägt mein Herz schneller, je weiter ich mich in den schwach beleuchteten Gang vorwage. Ich beginne, im Takt meiner Schritte von hundert rückwärts zu zählen. Hier unten kann ich mir nicht erlauben, ohnmächtig zu werden. 98, 97, 96. Ich muss Elias finden. Mit irgendjemandem muss ich über die Ungeheuerlichkeit sprechen, von der ich Zeugin geworden bin. 81, 80, 79. Die Enge in meiner Brust verschwindet, je besser mein Gehirn es schafft, die Schatten um mich herum auszublenden. Ich hebe den Blick und erkenne ein paar Meter vor mir schon das vertraute Leuchten der gläsernen Wände. Das Zentrum der Jungen! Gleich habe ich es geschafft.

»So spät noch wach?«

Eine Frauenstimme hallt durch den Keller und ich drücke mich instinktiv gegen die raue Betonwand des Tunnels.

»Ja.«

Schritte erklingen. Vor dem Eingang zu meinem Tunnel bleiben sie stehen.

»Niko und die anderen gucken noch einen Film.« Das ist Tamika. Ich riskiere einen Blick.

»Nicht heute Abend«, sagt Alexander einsilbig. Er steckt die Hände in seine Taschen.

»Ach, komm schon. Wir haben sogar Popcorn organisiert!«

Tamika geht ein paar Schritte in meine Richtung und ich blicke mich hektisch um. Doch es gibt hier keine Türen. Keinen Schlupfwinkel, keinen Ausweg aus meinem Versteck, das nun zur Falle wird.

Alexander schweigt.

»Na gut, dann bis morgen«, sagt Tamika, hörbar enttäuscht, und betritt den Tunnel.

Ich halte den Atem an, als könnte mich das davor retten, entdeckt zu werden.

»Warte!« Panik liegt in Alexanders Stimme und Tamika wendet sich erstaunt zu ihm um.

»Ja?«

»Ich sollte Niko einen Pullover aus seinem Zimmer mitbringen.« Alexander deutet hinter sich.

»Ich kenne mich im Jungstrakt aber noch nicht so gut aus – weißt du, welches seins ist?«

Ich atme langsam aus, als Tamika aus meinem Sichtfeld verschwindet. Doch dann spüre ich Alexanders Blick. Ein paar Sekunden lang ruhen seine grünen Augen auf mir, bevor er sich umdreht und Tamika folgt, ohne mich zu verraten.

Mir bleibt keine Zeit, mich zu fragen, warum er mich verschont hat. In fliegender Eile lege ich das letzte Stück des Tunnels zurück und scanne meine Umgebung. Ich hatte erwartet, dass der Keller des Jungenzentrums die Bauweise unseres Kellers wiederholt, mit einem ringförmigen Flur um einen kreisrunden Raum herum. Doch hier ist nur eine weitläufige Halle. An ihrer Außenwand zieht sich eine Reihe von Türen entlang. Hinter einer von ihnen, nicht weit von mir entfernt, sind Alexander und Tamika verschwunden, um Nikos Pullover zu holen. Es kann nicht mehr lange dauern, bis sie zurückkommen. Ich richte meinen Blick auf die Treppe am anderen Ende der Halle, die ins Erdgeschoss des Jungenzentrums führen muss. Sie erscheint mir unendlich weit entfernt. Es gefällt mir nicht, den riesigen Kellerraum einfach so zu durchqueren, viel zu sichtbar und viel zu ungeschützt. Aber wenn ich Elias sprechen will, bleibt mir keine andere Möglichkeit. So schnell und so leise ich kann, sprinte ich auf die andere Seite und versuche zu ignorieren, was für eine leichte Beute ich bin.

»Ich hab ihn. Den ohne Kapuze, richtig?«

Die Tür zu Nikos Zimmer öffnet sich im selben Moment, in dem ich meinen Fuß auf die erste Treppenstufe setze. Ich erstarre mitten in der Bewegung. Langsam, ganz langsam drehe ich mich um. Auf der anderen Seite der Halle hat Alexander seinen Arm um Tamika gelegt und führt sie zum Eingang des Tunnels. Sie wenden mir den Rücken zu. Habe ich mir seinen Blick vorhin nur eingebildet? Ich denke daran, wie er Maxeni in den Transporter stößt. Warum sollte Alexander mich schützen, wenn er zu ihnen gehört? Wenn auch er auf der Jagd nach Untreuen ist? Andererseits – warum hätte er mich dann warnen sollen?

Rückwärts gehe ich Stufe für Stufe nach oben, langsam und leise, denn wenn ich jetzt renne, wird Tamika sich umdrehen. Wenn ich jetzt –

Ein falscher Schritt. Ich strauchele und kann mich gerade noch am Geländer festhalten. Alexanders Blick flackert zu mir, nur für den Bruchteil einer Sekunde, doch dieses Mal bin ich ganz sicher, dass er mich gesehen hat. Zitternd ziehe ich mich hoch.

»Hast du das gehört?« Tamikas Stimme hallt durch den Keller.

»Keine Ahnung, was du meinst.« Alexander führt die Testleiterin in den Schatten des Tunnels. »Ich bringe dich noch rüber, aber wir sollten uns beeilen. Die anderen warten bestimmt mit dem Film auf dich.«

Er wirft einen letzten Blick zu mir zurück, als wollte er sich vergewissern, dass mir nichts passiert ist. Dann dreht er sich um und verschwindet im Tunnel.

Mehr als jemals zuvor sehne ich mich nach einer Zigarette, als ich durch den Tunnel zurück ins Zentrum der Jungen haste. Marlene und Tamika wollten mich nicht gehen lassen, aber ich habe die Standardausrede der Müdigkeit vorgeschoben. Es ist noch nicht einmal eine Lüge, denn ich kann mich nicht daran erinnern, wann ich zum letzten Mal länger als zwei Stunden am Stück geschlafen habe.

Ich durchquere den Keller des Jungenzentrums mit langen Schritten und streiche über das Geländer, an dem Skye sich festgehalten hat. Ich *muss* sie finden.

Zum Glück ist das zweite Zentrum identisch mit dem der Mädchen – bis auf das Kontrollzentrum im Keller und die geheime Kammer in der Wand des Versammlungssaals. Ihr Fehlen auf dieser Seite ist der Beweis dafür, dass das Zentrum ursprünglich nicht für eine getrennte Testung angelegt wurde. Ich navigiere mich problemlos durch die Flure, in denen ich ab morgen eingesetzt werde. Ausgerechnet jetzt, wenn Skyes Gruppe sich der gefährlichsten Dimension stellen muss, die das Zentrum zu bieten hat, versetzt das verdammte Konsilium mich hierher!

»Sie leisten außergewöhnlich gute Arbeit, Alexander«, hat der Psychologe mit der unangenehm hohen Stimme gesagt. »Niemand von uns zweifelt an Ihrer Moral, allerdings müssen Sie unsere Vorsicht verstehen. Mädchen in diesem Alter sind eben vielleicht doch ein wenig leicht abzulenken, wenn Sie wissen, was ich meine.«

Wie betäubt habe ich das Kontrollzentrum verlassen und meine Sachen gepackt, um in eins der Zimmer im Keller der Jungen umzuziehen. War ich denn nicht unendlich vorsichtig mit den Trackern und den Systemabstürzen? Habe ich ein Muster hinterlassen? Aber diese Fragen sind unwichtig. Alles, was zählt, ist, Skye als Rationale durch die kommenden vier Dimensionen zu bringen. Wenn sie denn die nächste übersteht ...

Vor der Tür zum Schlafsaal 2 bleibe ich stehen. Es gibt nur einen einzigen Grund, warum Skye sich nachts in das Zentrum der Jungen schleichen sollte. Wut durchströmt mich, auf sie, auf ihn, aber am allermeisten auf mich selbst. Mit meiner Warnung vor dem Konsilium habe ich Skyes Welt zum Einsturz gebracht. Und jetzt sucht sie Trost bei dem einzigen Menschen, dem sie hier noch ansatzweise vertrauen kann. *Zumindest glaubt sie das.* Seufzend fahre ich mir durch die Haare und bilde mir ein, wieder den Hauch von Vanille wahrzunehmen, der Skyes Nähe begleitet. Ich denke an die Art, mit der ihre blauen Augen mich gestern Nachmittag in meinem Zimmer angesehen haben. Nicht misstrauisch, nicht kühl. Für einen Moment war mir, als hätte Skye hinter meine Fassade gesehen, hinter meinen Auftrag und das Schauspiel, das ich hier für Beth an den Tag legen muss. Als hätte sie *mich* gesehen. Ich lehne meine Stirn gegen die Schlafsaaltür und versuche, mir einzureden, dass ich nichts fühle. Keine Angst um sie, keine Eifersucht. Wenn alles gut geht, wird Beth mit Skye verschwinden, sobald ich sie mit einem R auf dem Handgelenk in New York abgeliefert habe. Das ist der Plan. Ich muss das seltsame Ziehen in meiner Brust ignorieren, wenn ich diesen letzten Auftrag überstehen will.

»Was tust du hier?« Elias' dunkle Stimme bestätigt meinen Verdacht.

»Ich musste dich sehen.«

Nein, ist der einzige Gedanke, zu dem ich fähig bin.

32

Elias sieht sich hektisch um, doch keiner der anderen ist von unseren gedämpften Stimmen aufgewacht. Unter den Decken erkenne ich ein paar der Schwimmer aus dem Serenity-Team. Wer von den Jungen gestern Nacht wohl abtransportiert worden ist? Colin? Die Angeber aus meiner Laufmannschaft? Nein, mit Sicherheit würde keiner von ihnen der Untreue verdächtigt werden. Doch das heißt noch lange nicht, dass sie in Sicherheit sind. Niemand von uns ist mehr in Sicherheit.

»Wie bist du hierhergekommen?«

Statt einer Antwort deute ich stumm auf die Tür zum Waschraum. Als Elias sie hinter uns geschlossen hat, lasse ich mich neben dem Waschbecken auf den Boden sinken.

»Ist alles in Ordnung?«, fragt er besorgt und geht vor mir in die Hocke. Wortlos deute ich auf seinen Check. »Was ist damit?«

Der verwirrte Ausdruck in seinem Gesicht verrät mir, dass Elias nichts von dem Raum im Keller weiß, wo unser eigentliches Schicksal entschieden wird. Kurzerhand greife ich nach seinem Handgelenk und ziehe das widerstrebende Metall von seiner Haut.

»Dreh den Wasserhahn auf«, befehle ich knapp, strecke den Arm aus und lege den Check auf die Ablage neben dem leise rauschenden Hahn.

Ich denke an die Zeit, die es gedauert hat, bis Alexander mich im Pool fand. Wir haben etwa zehn Minuten, bis seine fehlenden Vitalwerte auffallen werden.

»Skye?« Elias sieht mich an, als sei ich verrückt geworden.

»Wir müssen reden«, bringe ich heraus.

Seine Züge werden sanfter. »Ich wollte es dir schon am Bahnhof sagen. Jasmine hat mich geküsst, nicht andersherum, gleich nachdem dein –«

Ich schüttle den Kopf. »Das ist jetzt nicht wichtig. Elias …«

Wie erkläre ich ihm, dass die Gläsernen Nationen eine Lüge sind? Ich denke an die Horrorschlagzeilen aus aller Welt, die CCN uns täglich präsentiert. Berichte über Korruption, verschleppte Mädchen und allmächtige Diktatoren. Leid aus fernen Ländern, das uns zeigen soll, wie glücklich wir uns schätzen können – während es in Wirklichkeit wohl nur davon ablenken soll, was direkt vor unseren Augen geschieht. »Fiona ist verschwunden«, bricht es aus mir heraus. »Ich weiß nicht, was ich tun soll. Wenn das Konsilium erfährt, wovon ich weiß, dann bringen sie mich auch weg. Aber wenn ich so weitermache wie bisher –« Ich presse meine Faust gegen meine Lippen. Wenn ich so weitermache wie bisher, dann bin auch ich schuld.

»Was meinst du mit *sie*?« Elias zieht die Augenbrauen zusammen.

»Das Konsilium«, flüstere ich. »Die Psychologen. Sie bringen die Untreuen weg. Oder lassen sie wegbringen.«

Elias setzt sich umständlich neben mich auf die Fliesen und legt seinen Arm um mich. Es ist eine Erleichterung, die Last dieses Wissens endlich nicht mehr allein tragen zu müssen. Zusammen werden wir einen Weg finden. Haben wir das nicht immer getan?

Elias sieht mich an und schüttelt sachte den Kopf. »Was für ein Unsinn.«

»Unsinn?«, wiederhole ich verständnislos. Ich entziehe ihm meine Schultern und erkläre noch einmal, was geschehen ist.

»Ach, Skye.« Ein herablassendes Lächeln liegt auf seinen Lippen, das ich dort noch nie gesehen habe. »Es ist nur natürlich, dass du die Nerven verlierst bei dem ganzen Druck während der Testung.«

»Elias, es verschwinden Mädchen!«, fahre ich ihn an, bevor ich mich mühsam zu einem ruhigeren Ton zwinge. »Nach jeder Dimension. Die Testleiter bringen sie weg, verstehst du?« Eindringlich starre ich ihn an. Ich will ihn schütteln, irgendetwas tun, um diese ekelhafte Selbstgefälligkeit von seinem Gesicht zu wischen.

»Ich wundere mich, dass du überhaupt davon weißt.« Elias deutet auf den klobigen Ring an seinem Zeigefinger, der mir vorher nicht aufgefallen ist. Auf dem flachen Stein prangt ein Kristall aus Silberfäden. »Selbst unter uns wurden nur die Vorsteher eingeweiht. Das Konsilium hat aus jeder Gruppe einen ausgewählt. Einen, dem sie zutrauen, besondere Verantwortung zu tragen.« Versonnen betrachtet er den Ring. »Sie können es also unmöglich auch dir erzählt haben«, sagt er wie zu sich selbst. Er sieht mich forschend an. »Du hast doch nicht etwa die Regeln gebrochen?«

»Hörst du mir denn nicht zu?« Meine Stimme klingt schrill.

»Beruhige dich«, herrscht Elias mich an. Sein sanfter Ton ist verschwunden. »Diesen Mädchen passiert nichts, im Gegenteil! Ihnen wird jetzt geholfen.«

Geholfen. Ich frage mich, worin diese Hilfe besteht, und ein Schauer läuft mir über den Rücken.

»Sobald du eine Rationale bist, werden sie auch dich einweihen«, fährt Elias fort, »aber bis dahin müssen wir euch gegenüber vorsichtig sein. Du wirst noch verstehen, wovon ich rede.«

Wir. Euch. Ich verstehe rein gar nichts.

»Was passiert mit den Jungen auf den letzten Plätzen?«, frage ich und spüre, wie ich langsam die Geduld verliere. »Wird ihnen auch *geholfen*?«

Elias schüttelt wieder den Kopf, missbilligend dieses Mal. »Von uns wird niemand dem Programm im Weg stehen.« Er steht auf, nimmt seinen Check und öffnet die Tür zum Schlafsaal. »Ich freue mich, dich nach der Kristallisierungszeremonie wiederzusehen«, sagt er steif.

Ich springe auf, stelle mich ihm in den Weg und drücke die Tür zu. So nah waren wir uns seit der Nacht am See nicht mehr – doch der Junge, der im Haus nebenan wohnte, könnte nicht weiter von mir entfernt sein.

»Die Wahrheit ist nicht so einfach, wie wir sie uns wünschen, Elias!«, wiederhole ich die Worte seiner Mutter. »Aber zusammen können wir das alles vielleicht noch aufhalten –«

Zum ersten Mal an diesem Abend regt sich etwas in seinem Gesicht. Bloß nicht das, worauf ich gehofft habe.

»Ich kann vergessen, was du gesagt hast – das Konsilium wird es nicht.« Halb ärgerlich, halb flehend greift Elias nach meiner Hand. »Mach nicht alles kaputt, was wir haben können! Erinnerst du dich an die Cremonte-Uni, die Reitstunden auf Long Island und alles andere, was wir vorhatten?«

Ich versuche, mich wieder in das Mädchen hineinzuversetzen, das sich an all diesen Dingen festgeklammert hat. Doch es ist eine Fremde geworden.

»Alles, was *du* für uns vorhattest«, sage ich leise und ziehe meine Hand aus seiner. Die scharfe Kristallkante seines Rings hinterlässt einen kleinen Riss zwischen meinen Fingern.

Elias vertraut dem Konsilium also mehr als seiner besten Freundin, mehr als dem Mädchen, in das er verliebt sein will. Aber ist er das überhaupt? War er das je? Ich denke daran, wie er mich am See angesehen hat, so sanft und … bewundernd. Aber Elias hat nicht mich bewundert, sondern eine makellose Version von mir. Er hat nicht mich gesehen, sondern die perfekte Partnerin für ein perfektes Leben an seiner Seite. Auf einmal muss ich an Dad denken, der meine Mutter bis heute vermisst. Obwohl er es nie zugeben würde – und trotz dem, was sie uns angetan hat. Liebe ist nicht logisch. Sie lässt sich nicht in die Richtungen lenken, die wir uns aussuchen. Liebe ist nicht rational.

»Du darfst jetzt nicht aufgeben, Skye«, drängt Elias. »Du musst ihnen zeigen, dass du kein typisches Mädchen bist, sondern eine Ausnahme. Wir beide an der Cremonte-Uni, das war doch der Plan!«

Ich zucke zurück, als er mir eine Haarsträhne aus dem Gesicht streichen will. Was hat das zu bedeuten, eine Ausnahme?

»Wir könnten als Rationale so viel bewegen, gerade mit der Position deines Vaters im Rücken«, redet Elias weiter. In seinen Augen liegt dieser Glanz, den sie immer dann annehmen, wenn er von seiner Zukunft als Parlamentsmitglied spricht.

Ich trete einen Schritt von der Tür zurück. War ich ebenso beherrscht von Ehrgeiz wie er, bevor wir ins Zentrum aufbrachen? Ich beiße mir auf die Lippe. Wie oft bin ich nachts ins Bett gefallen, völlig erschöpft von einem Tag, an dem ich mich in jeder Sekunde zu Höchstleistungen angetrieben habe. Wie oft prasselte das heiße Wasser der Dusche nach dem Training auf mein Gesicht, während ich mich fragte, wie lange ich diesen Marathon der Fehlerlosigkeit noch durchhalten würde. Nur noch bis zum Abschluss. Nur noch bis zur Cremonte-Uni. Nur noch, bis ich einen Job bei CCN ergattert habe … Ja, vielleicht hätten Elias und ich gut zusammengepasst. Als ich noch versucht habe, jemand zu sein, der ich nicht bin.

»Auf Wiedersehen, Elias.«

Ich öffne die Tür. Seine Augen weiten sich überrascht, als würde er mich zum ersten Mal wirklich wahrnehmen. In dem gewittrigen Grau ist kein Funken der Wärme mehr zu erkennen, die ich früher in ihnen gesehen habe.

Meine Stimme ist nicht mehr ganz so fest, als ich mich ein letztes Mal zu ihm umdrehe. »Ich hoffe nur, dass du irgendwann aufwachst.«

Damit quetsche ich mich durch den Türspalt und warte gar nicht ab, ob Elias mir folgt. Ich weiß, dass er es nicht tun wird.

Meine Beine fühlen sich bleischwer an, als ich mich die Treppe zum Mädchenzentrum hinaufschleppe. Kurz habe ich auf dem Rückweg geglaubt, auf der Seite der Jungen in der Falle zu sitzen, bis ich an der Tür zum Keller das Display entdeckte. Alexanders Code hat mich eingelassen. Keine verborgene Kammer, keine Verriegelung von beiden Seiten. Irgendwie habe ich es durch den Tunnel geschafft, während mir Elias' herablassende Worte durch den Kopf schwirrten. *Ich wundere mich, dass du überhaupt davon weißt.* Das ist es, was ihn schockiert hat, nicht das Verschwinden von zehn Mädchen. Aber ihnen wird nicht *geholfen.* Dann würde das Konsilium den Rest von uns doch nicht mit Tabletten ruhigstellen, damit wir nichts mitbekommen. Dann wären die Mädchen nicht in Overalls gesteckt worden, die sie zu einer Nummer degradieren.

An meinem Finger brennt der kleine Schnitt von Elias' scharfkantigem Ring. *Gruppenvorsteher. Einer, dem sie zutrauen, besondere Verantwortung zu tragen.* Elias ist endlich dort angekommen, wo er schon immer hinwollte. Deirdres Abschiedsworte hallen durch meinen Kopf. *Vergiss da drinnen nicht, wer du wirklich bist.* Ich wische mir mit der Hand über die Wange. Ist es der Preis der Rationalität, seine Freunde zu verraten? Schuldbewusst denke ich an Bea und Fiona. Wenn ja, dann werde ich ihn nie wieder bezahlen.

Wie unvorsichtig ich mich durch den Keller bewegt habe, wird mir erst klar, als ich auf der letzten Treppenstufe auf einmal die Wärme eines anderen Körpers hinter mir spüre. Ich erstarre, während mein Gehirn verzweifelt die Möglichkeiten analysiert. Flucht nach vorne? Es ist unwahrscheinlich, dass sich die Wand zum verborgenen Raum schnell genug öffnen wird.

Langsam drehe ich mich um.

»Skye.«

Eine wilde Mischung aus Gefühlen stürmt auf mich ein. *Sei nicht dumm!* Er mag mich vor Tamika gerettet haben, aber ich darf ihm nicht vertrauen. »Folgst du mir, weil du mich jetzt auch in einen deiner Transporter stecken willst?«

Alexanders Gesicht ist meinem so nah, dass ich jede der hellen Wimpern zählen könnte. Seine Augen weiten sich.

»Du hast es gesehen«, sagt er und ich nicke.

Ich habe gesehen, wie er Maxeni ruhiggestellt hat. Wie er, ohne zu zögern, dabei half, zehn Mädchen von hier fortzubringen.

»Was passiert mit ihnen?«, frage ich. Ich versuche, Abstand zwischen uns zu bringen, doch hinter mir ist die Wand.

»Ich weiß es nicht.« Alexander tritt eine Stufe zurück nach unten, als er mein Unwohlsein bemerkt. Nach einem Blick auf mein Handgelenk, an dem der Check fehlt, fährt er mit gepresster Stimme fort: »Skye, du musst mir glauben. Dieser Mann im Park war nicht ich.«

»Aber wer bist du dann?«, rufe ich verzweifelt. Schon wieder landen wir bei dieser Frage, deren Antwort er um jeden Preis vor mir verheimlichen will.

Alexander wirft einen nervösen Blick hinter sich. »Ich bin hier, um dir zu helfen«, sagt er leise. »Die Dimension, die morgen auf dich wartet, bringt jede von euch an eure Grenzen. Ich weiß nichts Genaues, aber nach der Verträglichkeitsaufgabe hat das Konsilium

Maxeni und Fiona als Untreue erkannt. Denk an das, was ich dir gesagt habe. Entscheide egoistisch. Und sag nichts Falsches. Du musst jetzt sehr, sehr vorsichtig sein.«

Alles in mir will glauben, dass Alexander auf meiner Seite steht. Ich betrachte die goldenen Flecken seiner Iris. In seinen Augen liegt ein Ausdruck, den ich noch bei keinem anderen Menschen gesehen habe. Der mich dazu bringt, ihn verstehen zu wollen.

»Du bist hier, um mir zu helfen«, wiederhole ich seine Worte. »Tust du … Tust du das aus demselben Grund, weshalb du –« Meine Stimme stockt. … *weshalb du mir auf dem Dach deine Jacke geliehen hast? Weshalb ich das Gefühl habe, als würden wir uns nicht erst seit ein paar Tagen kennen?*

Alexander steigt die beiden Stufen hinauf, die uns trennen, und streift sanft meine Haare zurück. Meine Haut prickelt an den Stellen, die er berührt. Ich spüre seinen warmen Atem, als er mir kaum hörbar ins Ohr flüstert: »Das solltest du dir doch selbst zusammenreimen können, Serenity.«

Es sind dieselben Worte, die er am ersten Abend im Zentrum zu mir gesagt hat, und an seinem schiefen Grinsen erkenne ich, dass das kein Zufall ist. Hitze strömt in meine Wangen, und ich weiß, dass ich rot werde. Aber anders als sonst ist es mir völlig egal. In diesem Moment ist mir alles egal – alles bis auf die Nähe zwischen uns. Ich hebe die Hand und fahre vorsichtig mit dem Finger über die helle Narbe unter seinen Bartstoppeln.

Sein Blick wird weich und ich halte den Atem an. Aber statt mich zu küssen, legt er seine Hand auf meine und hält sie einen Moment fest. Dann zieht er sie von seiner Wange. Etwas Kaltes presst sich in meine Handfläche, und ich zucke zurück, doch Alexander schließt seine Finger fest um meine.

»Du musst die nächste Dimension bestehen, und zwar als Rationale. Das Konsilium darf nie erfahren, was du weißt.«

Er öffnet die verborgene Kammer.

»Und was passiert sonst?« *Warum riskierst du alles für ein Mädchen, das du noch nicht mal wirklich kennst?*

Alexander schüttelt den Kopf. »Das ist alles, was ich dir sagen kann. Du musst mir vertrauen, Skye. Und du musst wie eine Rationale handeln.«

»Das kann ich nicht mehr«, bricht es aus mir heraus. Mein Innerstes ertrinkt in Gefühlen, die ich nicht länger fähig bin zu ignorieren.

Alexander schiebt mich in die Kammer. »Du musst. Genau wie ich.«

»Sag mir wenigstens, welche Entscheidungen das sind, vor die wir gestellt werden!«

Die gläserne Wand beginnt, sich zwischen uns zu schließen. Alexander kämpft mit sich.

»Die Aufgabe ist für jede Gruppe anders. Ich konnte nicht herausfinden, was genau euch bevorsteht, aber am Ende –« Es ist nur noch ein kleiner Spalt offen. »Morgen früh, bevor es losgeht«, stürzt es aus ihm heraus. »Warte auf mich!«

In letzter Sekunde ziehe ich meine Finger aus seinen und starre auf die milchig weiße, unnachgiebige Mauer zwischen uns, bis meine Augen vor Helligkeit schmerzen. Ich öffne meine Hand und finde ein schlankes Etui aus Silber darin. Der Druck meines Zeigefingers lässt eine kleine Messerklinge hervorschießen. Mit klopfendem Herzen starre ich auf die Waffe in meiner Hand. Was wird das Konsilium in der nächsten Aufgabe von uns verlangen?

33

Ich sehe zu, wie Gruppen von Mädchen zu den verschiedenen Testungsräumen laufen. Der Flur vor dem Athene-Saal leert sich, während meine Finger mit Alexanders Messer in meiner Tasche spielen. *Warte auf mich.* Er hat versprochen, mich zu finden, bevor die nächste Dimension beginnt. Jetzt ist es schon fast neun.

»Miss Anderson?«

Ich zucke zusammen, als Caroline sich vor mir aufbaut. *Tamika hat mich im Tunnel gesehen*, ist das Erste, was mir durch den Kopf schießt. *Alexander wurde festgenommen, weil er mir geholfen hat.* Lähmende Angst durchfährt mich. Doch die Angst gilt nicht mir. Sie gilt ihm.

»Miss Anderson, auf Ihrem Check dürfte stehen, dass Ihre Gruppe sich *im* Saal zu versammeln hat, nicht davor.«

Ich nicke hastig und werfe einen letzten Blick den Gang hinunter. *Wo bist du?*

Caroline schließt die Tür des Saals hinter mir, und ich versuche, meine aufsteigende Panik hinunterzuschlucken. Niemand hat uns beobachtet, sonst wäre ich jetzt nicht hier. Aber ich muss die nächste Aufgabe ohne Alexanders Antworten schaffen – und dieses Mal erwartet uns wohl nicht bloß ein Computer.

»Luce Vaillant.« Carolines tiefe Stimme hallt durch den Saal, und Luce tritt nach vorne, ohne mich auch nur anzusehen.

Ich presse die Lippen zusammen, als ich an Bea denke, deren Freundschaft ich für einen Trait verraten habe. Luce hatte recht damit, mir Grausamkeit vorzuwerfen. Seit ich Elias' Kälte gespürt habe, weiß ich erst, wie viel ich davon selbst in mir trug. Und obwohl dadurch nichts wieder gut werden würde, wünschte ich, sie alle wüssten, dass ich jetzt eine andere bin.

Tamika greift nach Luces rechtem Arm, tippt etwas in ihren Check und bedeutet ihr, sich an die Seite zu stellen.

»Mira Raven.«

Auf Miras sommersprossigem Gesicht liegt ein Lächeln, als sie ebenfalls vortritt und Tamika ihren Arm reicht. Von der Wand leuchten ungerührt unsere ersten Zwischenergebnisse herab. Doch mein fünfter Platz erfüllt mich nicht länger mit Stolz. Wir werden mit unterschiedlichen Veranlagungen geboren, die darüber entscheiden, was für ein Leben zu uns passt. Das schreibt Chloe Cremonte im *Silberstreif* und daran habe ich immer geglaubt. Aber einer Führung gegenüber, die eiskalte Gefühllosigkeit als rationales Ideal verkauft, kann ich doch nicht treu sein!

Ich konzentriere mich wieder auf die Zwischenergebnisse. Tonya ist von der Spitze auf Platz 58 gefallen und Miras Name prangt nun wieder auf dem ersten Rang. Ihre Beziehung zu der untreuen Maxeni muss Tonya ihren tadellosen Ruf gekostet haben. Auf dem dritten Platz ist Jasmines kämpferisches Gesicht gelandet. Mira sollte sich an der Spitze nicht zu wohl fühlen – Jasmine ist nicht dafür bekannt, ihren Anhängerinnen den Vortritt zu lassen. Während Sadie und Clara nacheinander aufgerufen werden, starre ich auf Luces Rang mit der Nummer 71, bis die Gesichtszüge auf ihrem Foto vor meinen Augen verschwimmen. In der Nacht der ersten Zwischenergebnisse wurden zehn Mädchen von neunzig abgeholt. Beim nächsten Mal wird Luce dabei sein, wenn sie es nicht schafft, sich hochzukämpfen. Ich werde bei dieser Aufgabe nicht nur auf mich selbst aufpassen müssen.

»Skye Anderson.«

Tamika streckt fordernd die Hand nach meinem Check aus. Ich gebe mir einen Ruck. Ihre blau lackierten Fingernägel tippen ein paar Befehle ein, dann wird die Anzeige meines Checks schwarz bis auf einen leuchtenden Kreis und die Buchstaben N, O, S, W. Ein Kompass.

»Testungsgruppe 1 komplett«, meldet Tamika, als wir alle in einer Reihe stehen.

Dreizehn Mädchen sind noch übrig von den achtzehn, die erwartungsvoll auf den Stühlen in Raum 8 Platz nahmen. Während wir den beiden Testleiterinnen stumm aus dem Athene-Saal folgen, denke ich an Alexanders Worte, bevor sich die Wand zwischen uns schloss. Warum muss ich um jeden Preis als rational bewertet werden? Ich werfe einen letzten hoffnungsvollen Blick den Flur hinunter, aber er ist weiterhin menschenleer. In meiner Tasche taste ich nach dem Messer. Ich werde wohl erst diese Dimension hinter mich bringen müssen, bevor ich Antworten bekomme.

Als Caroline vor dem Aufzug neben den Treppen stehen bleibt, rutscht mir das Herz in die Hose. Sie drückt auf den Pfeil nach unten und die Türen öffnen sich.

Atmen. Alles wird gut.

Ich betrete den Aufzug als Letzte und konzentriere mich auf die Lampen über meinem Kopf. Sie werden nicht ausgehen. Das hier ist kein Testungsszenario, es ist nicht auf meine Ängste zugeschnitten. Die Türen schließen sich hinter mir. Der Aufzug sinkt hinab. Er sinkt und sinkt, und ich wundere mich, wie tief die Kabine uns unter die Erde bringt. Ich dachte, die Ebene des Kontrollzentrums sei die tiefste Etage des Zentrums, aber ich muss mich getäuscht haben. Nach ein paar Minuten wird der Aufzug endlich langsamer. Seine Türen schieben sich geräuschlos auseinander. Als ich aus der Kabine trete, erblicke ich anstelle des üblichen leuchtend weißen Bodens rote Erde unter meinen Füßen. Bis auf einige Laternen an der nackten Felswand ist es dunkel um uns herum. Mein Puls beschleunigt sich. Das hier ist kein Teil des Zentrums mehr.

Ich lehne an der Wand der Agora, wie der Versammlungsraum der Jungen hochtrabend genannt wird. Er ist kleiner als der Athene-Saal drüben und lange nicht so spektakulär. Die Mädchen haben bei der Aufteilung des Zentrums ohne Frage den architektonisch raffinierteren Teil bekommen. Meine Finger trommeln ruhelos gegen die Wand, während ich versuche, nicht darüber nachzudenken, was in diesem Augenblick unter dem Zentrum der Mädchen geschieht. Ich habe versucht, noch rechtzeitig zu Skye zu gelangen, doch vor dem Kontrollzentrum bin ich ausgerechnet Caroline in die Arme gelaufen. Sie hat mich kühl an meine Versetzung erinnert. Danach blieb mir nichts anderes übrig, als durch den Tunnel zurückzugehen.

»Vor Beginn der Kristallisierung war die Arbeitslosenquote unter Berufseinsteigern wie Ihnen erschreckend hoch. Jeder Sechste bekam trotz eines guten Highschool-Abschlusses keinen Job.«

Die Jungen hören John aufmerksam zu. Betont gleichgültig trinke ich einen Schluck Kaffee, um die quälende Unruhe in mir zu überspielen. Ich hätte Skye gestern die ganze Wahrheit über ihr R sagen sollen. Über Beths Plan, von dem dieser Buchstabe der wichtigste Teil ist. Beth würde mir natürlich den Hals umdrehen, aber Skye sollte die Wahl haben. Wilde Gedanken schießen mir durch den Kopf. Vielleicht ist es ein Fehler, hierzubleiben und weiter Beths Schoßhund zu spielen. Vielleicht sollte ich Skye bitten, mit mir aus dem Zentrum abzuhauen. Irgendwohin, wo die Chefin des Rings uns nicht findet ...

John, der bis jetzt in seiner grauen Testleiterjacke auf und ab marschiert ist, bleibt stehen und dreht sich zu seinem Publikum um.

»Chloe Cremonte wird dieser Verschwendung von wertvollem Potenzial im Zuge des Programms ein Ende bereiten!« *Was für ein Programm?* Doch John spricht weiter, bevor ich darüber nachdenken kann. »Die Kristallisierer sorgen schon jetzt für neue Jobs in anspruchsvollen Berufsfeldern, sodass jedem rationalen Absolventen zukünftig ein fester Arbeitsvertrag zusteht. Sollten Sie Probleme haben, eine Stelle zu finden, wird Ihnen die Administration bei der Suche behilflich sein.«

Die Jungen, die sich wohl schon alle mit einem R auf dem Handgelenk sehen, klopfen anerkennend auf ihre Tischplatten, während ich ein lautloses Schnauben ausstoße. Der Kristall schafft keine Arbeitsplätze, er stiehlt sie!

Emotionale werden reihenweise aus ihren bisherigen Jobs entlassen. Kündigungsgrund? **Unpassendes Tätigkeitsfeld für den bei Ihnen festgestellten Trait.** Doch selbst die so frei gewordenen Arbeitsplätze würden nicht ausreichen, um auf einmal jedem rationalen Absolventen einen Job zu garantieren, zumindest nicht bei den derzeit niedrigen Kristallisierungsquoten unter Erwachsenen. Vor meinem inneren Auge stapeln sich die neuen Ordnungserweiterungen. Kredite für Kristallisierte, verbaute Bildung für die Kinder von Verweigerern. Zuckerbrot und Peitsche, um die Erwachsenen in die Administration zu zwingen. Denn mehr Kristallisierte bedeuten auch mehr Emotionale, die den Platz frei machen.

Stirnrunzelnd denke ich an die Menge von emotionalen Spiegeln im Zentrum der Mädchen. Nur eine Handvoll hat noch die Chance auf einen rationalen Trait. Wenn es so weitergeht, werden wir bald mehr Emotionale haben, als Pflegepersonal, Erzieher, Pädagogen und Sozialarbeiter gebraucht werden. Wieso nimmt Chloe Cremonte die hohe Arbeitslosigkeit unter den Emotionalen in Kauf, unter gut ausgebildeten Leuten? War ihr nicht klar, dass durch die neue Regelung ein Ungleichgewicht entstehen würde? *Nein,* denke ich mit einem unguten Gefühl im Bauch. *Eine so intelligente Person wie der Kristall macht keine Fehler, erst recht keine so großen.* Es muss eine andere Absicht hinter all diesen Entwicklungen stecken. Und ich werde herausfinden, welche.

Nach einer halben Stunde ist Johns Vortrag beendet und die Jungen verlassen die Agora. Überrascht stelle ich fest, dass sie sich lachend unterhalten - kein Vergleich zu der ängstlichen Stille im Athene-Saal.

»Spielen wir nachher Billard?« Ein hochgewachsener Expektant schiebt sich an mir vorbei und wirft mir einen entschuldigenden Blick zu, als er mich dabei anrempelt.

»Meinetwegen«, antwortet einer seiner Freunde und wendet sich an einen Jungen mit blonden Haaren, die an den Seiten ein wenig kürzer geschoren sind. »Was ist mit dir, Colin?«

Er kommt mir bekannt vor. Ich rätsele einen Moment, wo ich ihn schon einmal gesehen habe, bis mir meine Aufsicht am zweiten Tag wieder einfällt, die ich mit Marlene getauscht hatte.

»Erst nach der Parkzeit«, antwortet Colin. »Danach bin ich dabei.«

»Du immer mit deinem Park. Ich weiß zwar nicht, was du da jeden Nachmittag willst - aber Hauptsache, du bist später dabei. Noch so einen langweiligen Abend im Schlafsaal ertrage ich nicht.«

Ich horche auf. Irgendetwas stimmt hier nicht. Einem spontanen Einfall folgend, schließe ich zu Colin auf.

»Sie sind in der dritten Testungsgruppe, oder?« Eine Alibifrage, doch sie erfüllt ihren Zweck. Als Colins Freunde sehen, dass er von einem Testleiter aufgehalten wird, lassen sie uns allein.

»Ja«, antwortet er verwirrt.

»Und Ihre ... Ergebnisse?«, bohre ich nach.

»Auf der rationalen Seite«, erwidert er.

Ich suche nach dem Haken, bis mir auffällt, was mich stutzen lässt. Die Jungen ärgern sich über langweilige Abende im Schlafsaal? Im Zentrum der Mädchen ist nach der Klärung niemand mehr zu Treffen aufgelegt. »Die Gläserne Stunde macht Sie gar nicht nervös?«, taste ich mich voran und ernte einen verwirrten Blick. »Die Ergebnisverkündung. Wo Sie Ihre Spiegel erhalten, zusammen mit dem Ranking.«

»Mit was?«

»Ach, nichts«, sage ich schnell und deute in Richtung der Testungsräume. »Viel Glück.«

Colin nickt, dann dreht er sich um und geht seinen Freunden hinterher, während ich mich auf den Weg in den Keller mache. Irgendetwas stimmt hier ganz und gar nicht. Ich werde das Gefühl nicht los, dass alles, was ich heute Vormittag erfahren habe, auf eine Weise miteinander zusammenhängt, die ich verstehen muss, wenn ich die Kristallisierer aufhalten will.

34

Als der Aufzug alle Mädchen der Testungsgruppe 1 ausgespuckt hat, schließen sich die Doppeltüren mit einem unnachgiebigen Klack. Ohne ein Wort der Erklärung deutet Caroline auf die Laternen, die an der Felswand hängen, und wartet ungeduldig, bis jede von uns eine in der Hand hält. Sie selbst nimmt die letzte, als wäre es etwas völlig Selbstverständliches, mit nichts weiter als dieser mittelalterlichen Ausrüstung durch einen unterirdischen Tunnel zu marschieren. Der kalte Schein der Petroleumlampe ist schwach, aber schon bald bin ich dankbar für das spärliche Licht, denn als wir um die nächste Ecke biegen, verschwinden selbst die wenigen Lampen, die am Aufzug noch in regelmäßigem Abstand von der Decke hingen.

Unsere Schritte hallen dumpf von den Wänden des engen, in den Fels gehauenen Ganges. Niemand sagt ein Wort, während wir Carolines eleganten Lackschuhen durch die Biegungen des unterirdischen Tunnels folgen. Zuerst versuche ich, mir vorzustellen, wo unter dem Zentrum wir uns gerade befinden, aber in dem immer gleich aussehenden Gang verliere ich bald jegliche Orientierung. Links, rechts, geradeaus, links. Es hat keinen Zweck. Als wir an die erste Kreuzung gelangen, besteht kein Zweifel mehr daran, was das hier ist.

»Ein Labyrinth«, flüstere ich.

Das Wort wirkt fremd, ein Relikt aus Spielplatzzeiten. Doch anders als die Irrgärten im Central Park fühlt sich das hier bedrohlich an. Vor meinem inneren Auge sehe ich das Zentrum vor mir. Der Grundriss allein ist riesig – und wenn die unterirdischen Gänge bis unter den Park führen, sinkt unsere Chance, hier ohne Hilfe wieder rauszufinden, auf null …

Caroline bleibt stehen. »Willkommen zu Ihrer zweiten Dimension.« Ihr Gesicht wirkt gespenstisch in dem fahlen Licht der Petroleumlampe, die Tamika in die Höhe hält. »Hier unten testen wir Ihre Verträglichkeit oder anders gesagt, Ihr Verhalten im zwischenmenschlichen Bereich. Uns interessiert sowohl Ihre Fähigkeit, im Team zu agieren, als auch die Frage, ob Sie Probleme auf sich alleingestellt lösen können.«

Tonya beginnt zu zittern, und ich greife nach ihrer Hand, bevor ich merke, dass auch Luce ihren Arm um Tonyas Schultern gelegt hat. Stumm nickt sie mir zu, doch das Misstrauen in ihrem Blick bleibt. Ob Luce weiß, was Maxeni ihrer Freundin anvertraut hat? *Sie ist nicht damit fertig geworden. Damit, was sie gezwungen war zu tun.*

»Es gibt keinen Grund zur Sorge«, fährt Caroline fort. »Sie befinden sich zu jedem Zeitpunkt in absoluter Sicherheit. Jeder Ihrer Atemzüge wird von uns verfolgt, und dem Konsilium wird nichts entgehen, sollte der höchst unwahrscheinliche Fall einer Notlage eintreten. Das versprechen wir Ihnen.« Die Kälte in Carolines Augen verwandeln ihre Worte in eine Drohung. »Sehen Sie sich nun Ihren Kompass an. Sie erkennen Ihre Teamzugehörigkeit anhand des blauen oder gelben Kreises. Ihr oberstes Ziel ist es, den Kristall zu finden. Das Team, dem das als erstes gelingt, gewinnt. Haben Sie das verstanden?«

Die meisten Mädchen nicken.

»Was gewinnen wir denn?«, fragt Rita.

Sie ist eine der wenigen mit einem rationalen Spiegel, und das begierige Glänzen in ihren Augen verrät mir, dass sie hier unten alles tun wird, damit das so bleibt. Unwillkürlich umklammere ich Alexanders Messer in meiner Tasche ein wenig fester.

»Finden Sie es heraus«, sagt Caroline. Das Lächeln, mit dem sie zur Seite tritt und uns den Weg in einen breiten Gang freigibt, lässt mich frösteln. »Viel Glück.« Caroline nickt uns zu. »Und vergessen Sie nicht, weswegen Sie hier sind.«

Tamika folgt ihr, als sie mit schnellen Schritten zurück in dem Gang verschwindet, durch den wir gekommen sind. Einen Moment lang überkommt mich der kindliche Drang, ihnen einfach hinterherzulaufen, als hätte meine Mutter mich allein an der Supermarktkasse stehen lassen. Ich schaue mich um und blicke in ratlose Gesichter.

»Jetzt macht euch mal nicht in die Hosen. Die wollen höchstens ein bisschen Spannung in die ganze Sache bringen.« Jasmine hebt ihren Arm. »Team blau?«

Ich schaue auf meinen eigenen Check und registriere innerlich stöhnend, dass das Schicksal wirklich nicht auf meiner Seite steht. Widerstrebend stelle ich mich neben Jasmine, die sich mühelos in die Rolle der Teamkapitänin wirft. Sadie tritt ebenfalls vor. Ihr folgen Tonya, ein zurückhaltendes Mädchen namens Lea und Rita, die ihre Freundin aus dem Wintergarten hinter sich herzieht. Seufzend binde ich meine Haare zu einem Pferdeschwanz. Das kann ja heiter werden!

»Also, was machen wir jetzt?«, ertönt Luces helle Stimme hinter mir.

Ihr Check strahlt einen gelben Kreis in die Dunkelheit um uns herum und ich schlucke. Ihr Rang ist unter den letzten zehn. Wie kann ich Luce aus der Gefahrenzone bringen, wenn wir gegeneinander antreten müssen?

»Sieht so aus, als müssten wir erst mal zusammenbleiben. Ich sehe hier keine Gabelung.« Mira drängt Luce zur Seite, um in den dunklen Gang vor uns zu spähen, den einzigen Weg, der sich uns bietet.

»Dann los.«

Immer drei von uns passen nebeneinander, als wir durch den Gang laufen. Ich lande zwischen Jasmine, die mit zusammengezogenen Augenbrauen nachdenkt, und Tonya, die stumm auf den Boden starrt. Der Schein unserer Lampen reicht nur wenige Meter weit, dahinter wartet das schwarze Maul der Dunkelheit.

Ich drehe mich um und sehe Luce nur wenige Meter hinter mir gehen. Trotz Carolines deutlicher Warnung muss ich mit ihr sprechen, egal wie.

»Was ist das?«

Nicht weit vor uns erkenne ich zwei Säulen, die in einigem Abstand zueinander vor einer Weggabelung stehen. Rita drängelt sich an mir vorbei, und auch die anderen Mädchen scharen sich um die Pfeiler, auf denen zwei verschiedenfarbige Rucksäcke thronen. Mir ist egal, was das zu bedeuten hat – jetzt ist vielleicht meine letzte Gelegenheit. Bevor irgendjemand bemerkt, was ich vorhabe, greife ich nach Luces Arm und ziehe sie zurück in den Gang, aus dem wir gekommen sind.

»Was soll das!«, fährt sie mich an und versucht, sich zu befreien.

Doch ich schüttle nur den Kopf. Erst als wir außer Hörweite der anderen sind, drehe ich mich um und lasse ihren Arm los. »Ich muss mit dir reden.«

Vielleicht ist es die Verzweiflung in meiner Stimme, vielleicht ist es auch mein Check, den ich im selben Moment unter einem losen Felsbrocken verschwinden lasse – es bringt Luce jedenfalls dazu, sich nicht einfach umzudrehen und zurückzugehen. Stattdessen zieht sie sich ihren Check ebenfalls vom Handgelenk.

»Ich höre.«

So schnell und leise ich kann, berichte ich alles, was ich herausgefunden habe. Den Abtransport. Die Suche nach Untreuen. Die Lügen der Regierung. Und dass Alexander auf unserer Seite steht.

»Bist du dir da sicher?«, fragt Luce, als sie seinen Namen hört.

Ich nicke. »Luce«, sage ich eindringlich. »Nachdem die Zwischenergebnisse der ersten Dimension bekannt gemacht wurden, sind die Mädchen von den letzten zehn Plätzen verschwunden. In zwei Tagen wird das Gleiche noch einmal passieren. Wenn dein Rang nicht steigt …« Meine Stimme stockt. *Wenn dein Rang nicht steigt, wirst du eine von ihnen sein.*

Als ich aufblicke, lächelt Luce mich an.

»Du glaubst nicht, wie froh ich bin, nicht länger sauer auf dich sein zu müssen. Nach der Sache mit Bea war ich mir nicht mehr sicher, auf wessen Seite du stehst.«

Ich greife nach ihrer Hand. Darum geht es jetzt nicht mehr. »Verstehst du denn nicht, sie werden dich wegbringen!«, sage ich flehend. »Und wer weiß, was mit den Untreuen passiert!«

»Ich verstehe sehr wohl.« Luce wirft einen Blick zurück, aber noch scheint niemand nach uns zu suchen. »Aber genau das muss ich herausfinden.«

Verwirrt blicke ich sie an.

»Ich muss herausfinden, was mit den Untreuen passiert. Deswegen bin ich hier.« Sie greift unter ihre Bluse und holt die geschliffene Glasscherbe an dem schwarzen Lederband hervor, die mir schon im Zug aufgefallen ist. »Meine Mum verlor ihre Arbeit noch am selben Tag, an dem sie sich kristallisieren ließ. Als Chirurgin hatte sie immer mehr verdient als mein Dad, aber das E auf ihrem Handgelenk erklärte sie auf einmal für unfähig, die Verantwortung für Menschenleben zu tragen. Langsam, aber sicher veränderte sie sich, traute sich immer weniger zu. Heute verlässt sie kaum noch das Haus. Wenn ich in ihr Gesicht sehe, erkenne ich keine Spur mehr von der Powerfrau, die mich in dem Glauben erzogen hat, alles werden zu können, was ich will. Und Dad … er unternahm nichts. Im Gegenteil, ich glaube, er genießt es richtig, endlich der Chef der Familie zu sein.« Luce lacht bitter. »Ich habe es zu Hause kaum noch ausgehalten. Es war, als hätte Mums Trait sie in eine Fremde verwandelt. Dabei wollte ich unbedingt eine Emotionale werden. Ich wollte meinen Gefühlen folgen. Bis ich gemerkt habe, was ein E bedeutet.«

Ich beiße mir auf die Lippe. Ist es wirklich richtig, Emotionalen Tätigkeiten zu verbieten, die sie ihr ganzes Leben lang erfolgreich ausgeführt haben? *Vielleicht war Luces Mutter trotz ihrer Emotionalität eine gute Ärztin.* Etwas in mir rebelliert gegen diesen Gedanken, denn wenn das stimmt, was bedeutet das dann für die Idee der Traits?

»Eine Woche nach ihrer Kristallisierung hat Mum versucht, einen Reiseantrag nach Europa zu stellen, nur für sich und mich«, fährt Luce fort. »Aber ohne die Zustimmung ihres rationalen Ehemannes hat die Administration ihr die Ausreise nicht erlaubt. Mum sagte, sie wolle einen letzten Urlaub mit mir verbringen, bevor ich erwachsen werde und keine Lust mehr auf Reisen mit ihr hätte. Aber *ich* glaube, dass es ihr letzter Versuch war, aus den Nationen rauszukommen.« Ein paar Atemzüge lang herrscht Stille zwischen uns, bevor Luce weiterspricht. »Ich fand alles so sinnlos. Literatur war der einzige Kurs an der Schule, den ich nicht schwänzte. Es war mein Lehrer, Mr. Jeffrey, der mich dann vor einem Jahr zu einem Treffen der *Sonne* einlud.« Beinahe zärtlich streicht Luce über die Scherbe an dem Lederband.

»Sonne?«, hake ich nach.

»Eine Organisation, deren Existenz geheim ist. Noch. Wir wissen, dass aus den Zentren Menschen verschwinden, und zwar nicht erst seit dieser Testung. Als mein Bescheid kam, haben mir mindestens vier Leute angeboten, mich zu verstecken.« Luce lächelt bei der Erinnerung an ihre Freunde. »Aber das konnte ich nicht annehmen. Lieber will ich hier meinen Beitrag leisten.«

»Du willst dich absichtlich fortbringen lassen«, stammle ich. Meine Stimme hallt hohl von den Tunnelwänden wider.

»Bevor ich ende wie meine Mutter, würde ich lieber sterben«, sagt Luce ernst. »Aber das wäre selbst für unsere Regierung eine etwas übertriebene Lösung.« Luce räuspert sich, um das Zittern in ihrer Stimme zu vertreiben. »Irgendjemand muss herausfinden, was mit den Untreuen passiert. Und ich habe nichts mehr zu verlieren.«

»Aber warum hast du dich ausgerechnet mit mir angefreundet?«, frage ich. »Ich war –«

»… das Ebenbild einer treuen Rationalen und damit genau das, was ich brauchte. Die *Sonne* hat mir einiges über die Position deines Vaters berichtet. Und dann bin ich auch noch zufällig am Bahnhof in dich hineingelaufen.«

Ich bin froh, dass Luce in der Dunkelheit des Tunnels die Enttäuschung nicht sehen kann, die mich bei diesen Worten durchfährt.

»Du wolltest Informationen, ich verstehe«, sage ich nüchtern. »Dann habe ich mit meinem Gerede über Elias wohl deine Zeit verschwendet.«

Luce nimmt meine Hand und ich sehe sie an. »Meinst du, ich hätte es geschafft, dir die ganze Zeit etwas vorzuspielen? Es stimmt, ich habe dich nur angesprochen, um mehr über die Agenda der Regierung zu erfahren. Aber dann –« Bittend sieht sie mich an. »Ich habe mich geirrt, das wusste ich von dem Moment an, in dem du Jasmine zurück in den Zug ziehen wolltest. Es tut mir leid«, fügt sie hinzu, als ich nichts erwidere.

»Gibt es noch mehr von euch im Zentrum? Von der *Sonne*?«

Einen Augenblick lang scheint Luce abzuwägen, ob sie mir

dieses Wissen wirklich anvertrauen soll. »Ja«, sagt sie schließlich. »Aber ich habe keinen Kontakt zu ihm.«

Ich denke an Luces Wutausbruch, als die Trennung unserer Zentren verkündet wurde. Also doch keine Jungsgeschichte, wie ich geglaubt habe. Es scheint mir, als wären seit unserem Gespräch auf meinem Bett Jahre vergangen.

»Die separaten Zentren müssen irgendetwas mit den Abtransporten zu tun haben«, überlege ich. »Auch wenn die Trennung erst dieses Jahr eingeführt wurde.« Ich denke an Elias und die anderen – wie hat er sie genannt? – Vorsteher der Jungen. Sie scheinen etwas zu wissen, das uns verheimlicht wird. Dort drüben muss es Zugang zu anderen Informationen geben. Informationen über das, was mit den Untreuen geschieht. Ich hole tief Luft. Im Zentrum der Jungen könnte der Schlüssel für das größte Geheimnis dieses Landes liegen. »Ich kann dich zu ihm bringen«, flüstere ich.

Luces Augen blitzen auf. »Das heißt, du verzeihst mir?«, fragt sie.

»Unter einer Bedingung«, erwidere ich und Luce sieht mich erwartungsvoll an. »Von jetzt an sagen wir uns die Wahrheit über alles, was wir vorhaben. Was auch immer in diesem Zentrum passiert – wir werden es nicht allein herausfinden.«

Luce nickt und ich drücke ihre Hand, froh, nicht nur eine Freundin, sondern auch eine Verbündete zurückzubekommen.

»Also, was machen wir jetzt?« Ich werfe einen Blick in Richtung der Weggabelung mit den beiden Säulen.

»Wir bringen diese Aufgabe hinter uns«, sagt Luce. »Und dann werde ich tun, wozu ich mich bereit erklärt habe.«

Ich greife nach ihrem Arm. »Du musst das nicht tun«, sage ich. Was auch immer sie jetzt behauptet, niemand opfert sich ohne Angst. »Wir können einen anderen Weg finden!«

Luce schüttelt den Kopf. »Es ist die einzige Möglichkeit.«

Ich nicke resigniert.

Dann räume ich den Schutt über unseren Checks beiseite, doch Luce hält mich noch einmal zurück. »Skye?« Ich blicke auf. »Sei vorsichtig.«

Wortlos reiche ich ihr den Check mit dem gelb leuchtenden Kreis. Als Luce in Richtung der Weggabelung verschwunden ist, flüstere ich: »Du auch.«

Rationale Reaktion. Die Meldung erscheint auf achtzehn winzigen Bildschirmausschnitten gleichzeitig. Halbherzig beobachte ich die Szenarien der Jungen, als auf einmal ein Warnton erklingt. Ich hole den betreffenden Avatar mit einem Klick näher heran. Er steht an einem Steilufer, und die digitale Zeitanzeige am Bildschirmrand verrät mir, dass er schon eine ganze Weile unentschlossen dort verharrt. Das ist also das Problem, hier geht es nicht weiter. Ich will mich schon auf den Weg zu der Kabine des Jungen machen, als mein Blick am Bildschirm hängen bleibt. Mit einem Mal bin ich hellwach. Ich kenne diesen See. Schon einmal habe ich ihn in einem Szenario gesehen – in Skyes. Meine Gedanken überschlagen sich. Skyes Szenario, in dem sie sich davon abhalten musste, einen Verunglückten zu retten.

Ich sehe mir den Avatar des Jungen genauer an. Blondes Haar, sportliche Statur. Er bewegt sich, schaut kurz über seine Schulter. Es reicht, damit ich mir sicher bin. Dort am virtuellen Steilufer steht derselbe Junge, dem ich schon zwei Mal hier im Zentrum begegnet bin. Colin, ein Freund von Elias. Ich beuge mich vor. Er war es also, der in dieser Nacht in den See gestürzt ist. Aber warum zögert er jetzt? Sein Szenario ist einfach! Was auch immer ihn in dieser Nacht dazu gebracht hat, die Beherrschung zu verlieren – jetzt kann er zeigen, dass er seine Gefühle unter Kontrolle hat. Doch Colin tut nichts dergleichen. Ich reiße die Augen auf, als sich sein naturgetreues Abbild geradewegs in die Tiefe stürzt. Mit voller Absicht, daran habe ich keine Zweifel.

Rationale Reaktion.

Ich runzle die Stirn und drücke auf die Wiederholungstaste. Habe ich mich verguckt? Nein, da springt Colin von der Klippe, in der Zeitlupe erkenne ich sogar, wie er sich abstößt. Klar und deutlich lesbar folgen die Worte: **Rationale Reaktion.** Über die Kamera seines Checks sehe ich den echten Colin in seiner Kabine sitzen. Der stoische Gesichtsausdruck, mit dem er seinen Avatar von der Klippe springen ließ, ist verschwunden. Stattdessen blickt er sich verwirrt um, ganz so, als wüsste er selbst, dass hier etwas nicht stimmt.

Sein nächstes Szenario zeigt den Rasen eines Stadions. Ich kneife die Augen zusammen. Das ist nicht irgendein Stadion, sondern das der Serenity. Colins Avatar sprintet zusammen mit anderen über das Grün, und ich beobachte, wie ein Lächeln auf seinem realen Gesicht aufblitzt. Auch diese Situation ist ihm also nicht fremd. Ich muss aufpassen, dass ich vor Überraschung keinen Laut von mir gebe, als ich sehe, wie eine Figur geradewegs auf die Läufergruppe zusteuert. Ihre Beine fliegen über den Boden und sie beißt sich auf die Lippe. *Wie immer, wenn Skye sich konzentriert.* Colin wirft einen Blick nach rechts und links, während Skye weiter auf die undurchdringliche Mauer aus Läufern zuläuft. Sie wird mit irgendwem zusammenstoßen, wenn sie nicht ausweicht. Doch dann lässt Colins Avatar sich auf einmal zurückfallen. Die Stimme des Coaches brüllt, dass er seinen Rekord aufs Spiel setzt. Aber er wird unbeirrt langsamer, bis Skye schließlich mühelos durch die Lücke passt, die er ihr hinterlassen hat.

Rationale Reaktion.

Ich schüttle den Kopf und klicke auf die Bewertung, die an das Konsilium gesendet wird: **Expektant Holland entscheidet mit klarem Verstand, seine außergewöhnlich gute Laufzeit mit Absicht zu verschlechtern, um einen Unfall zu vermeiden, bei dem er selbst verletzt werden könnte. Damit agiert er rational.**

Ich schnaube abfällig. Colin hat sich entschieden, seinen eigenen Erfolg auf der Strecke zu lassen, um jemand anderem zu helfen! Er hat getan, was jeder Emotionale tun würde. Ich versuche, ein Fenster auf dem Bildschirm zu öffnen, um meine gegenteilige Einschätzung neben die automatische zu tippen. Aber anders als an meinem Computer in Raum 8 lässt sich kein Feld öffnen.

Zugriff verweigert. Automatische Evaluation._

»Was zur Hölle ist hier los?«, murmele ich und stehe auf, nur um fast gegen den Konsiliar mit der Hornbrille zu prallen.

»Kommen Sie zurecht?«, fragt er unverblümt.

»Das Programm schätzt diesen Jungen falsch ein«, sage ich und deute auf den Testleiterbildschirm. »Er trifft ausschließlich emotionale Entscheidungen, aber seine Bewertung ist –«

»Alexander«, unterbricht mich der Konsiliar in einem beinahe väterlichen Ton und bedeutet mir, mich zu setzen. »Sie sind neu hier, nicht wahr? Für viele Testleiter ist die Umstrukturierung des Verfahrens gewöhnungsbedürftig. Jungen und Mädchen getrennt, verschiedene Befehle. Auch das Konsilium hat die Trennung zu Beginn nicht für nötig gehalten, aber es stellte sich heraus, dass wir bei Jungen und Mädchen mit unterschiedlichen Voraussetzungen arbeiten.« Abwartend sieht er mich an, und ich nicke, obwohl ich nichts verstehe. Der Konsiliar deutet auf Colins Avatar. »Es gibt wenige wie ihn. Fehlgeleitete Jungen, wahrscheinlich ohne Vater aufgewachsen.

Aber uns beiden ist doch klar, was ihre wahre Bestimmung ist.« Seine knochigen Finger greifen nach meinem Handgelenk und fahren über mein falsches R. »Emotionale Jungen sind meiner Meinung nach ein Mythos, ein Produkt verweichlichter moderner Erziehung. Irgendwann werden sie ihre wahre Bestimmung annehmen - aber wenn dann ein E als Ergebnis jugendlichen Leichtsinns auf ihrem Arm steht, ist es zu spät. Wir dürfen ihrer Zukunft und der Zukunft der Nationen nicht im Weg stehen, das sehen Sie doch sicher genauso.«

Er klopft mir auf die Schulter und ich zwinge mich zu einem bestätigenden Lächeln. Meine Gedanken rasen. Was soll das heißen, der Zukunft der Nationen nicht im Weg stehen?

Als der Konsiliar den Testungsraum verlassen hat, lehne ich mich mit einem flauen Gefühl im Magen in meinem Drehstuhl zurück. Die Trennung der Jungen und Mädchen hat nichts mit der möglichen Ablenkung durch das andere Geschlecht zu tun. In Wahrheit geht es darum zu verschleiern, wer wirklich getestet wird - und wessen Trait offenbar schon feststeht, bevor er das Zentrum überhaupt betreten hat.

Ich rufe Skyes Profil auf meinem Check auf und betrachte ihren makellos rationalen Spiegel.

Untreue ist bei Weitem nicht das Einzige, was uns interessiert. Das hat der Konsiliar gesagt, als er Skyes Klärung befahl. Mein Inneres gefriert zu Eis. Die Ergebnisse emotionaler Jungen werden vertuscht. Aber drüben passiert nichts dergleichen mit den rationalen Mädchen. Die Spiegel von Skye, Jasmine und Mira strahlen unverfälscht von der Wand des Athene-Saals. *Was hat das Zentrum mit rationalen Mädchen vor?* Ich springe auf und stürme aus dem Testungsraum, als mir klar wird, dass ich Skye gestern Nacht den falschen Rat gegeben habe.

35

Als ich zurück auf die Weggabelung trete, haben sich unsere Gruppen in verschiedene Ecken zurückgezogen und stecken die Köpfe zusammen. Ich schaue hinüber zu Luce. Meine stets fröhliche beste Freundin hat sich als Mitglied einer Untergrundorganisation entpuppt. *Die Sonne hat mir angeboten, mich zu verstecken.* Das klingt nicht nach einer Handvoll rebellischer Teenager, sondern nach einer ernst zu nehmenden Sache. Doch anders als noch vor ein paar Tagen macht mir der Gedanke an Kristallisierungsgegner keine Angst mehr. Was mir Angst macht, ist die Frage, wer in diesem Land die wahre Bedrohung ist.

Sadie rückt ein Stück zur Seite, als ich in den Kreis der blauen Gruppe trete, und gibt mir die Sicht auf ein ausgebreitetes Blatt Papier und sieben Wasserflaschen frei, die sich im Inneren des blauen Rucksacks befunden haben müssen.

»Das Team, das den Kristall als erstes findet, gewinnt. Ist dieses Team nicht vollständig, so werden jedem Spieler Punkte abgezogen, die während der Aufgaben individuell gesammelt werden. Je schneller ein Spieler zum Kristall gelangt, desto mehr Punkte erhält er.« Jasmine lässt das Blatt sinken.

»Also können wir auch allein gewinnen«, stellt Rita fest. »Wenn man nur schnell genug ist, schafft man es, egal wie viele zurückbleiben.«

»Aber darum geht es doch gar nicht«, erwidere ich säuerlich. »Wir sollen zeigen, wie gut wir im Team zurechtkommen.«

Jasmine wirft mir einen Blick zu. »Warst du schon die ganze Zeit da?«

»Klar.« Verwundert neige ich den Kopf, als würde ich mir über ihre Wahrnehmungsfähigkeit Gedanken machen. »Also, was steht da noch?«

Jasmine dreht den Zettel um. »Nichts weiter, außer dass es uns ab jetzt verboten ist, mit Mitgliedern des gelben Teams zu sprechen. Wir sollen einen Weg wählen, dann beginnen die Aufgaben.«

Ich wickle meine Jacke enger um mich, denn die Kälte der Felswände kriecht langsam unter meine Haut.

»Rechts oder links?«, fragt Sadie.

Ich laufe ein paar Schritte voraus und leuchte mit meiner Laterne in beide Gänge hinein, doch sie sehen exakt identisch aus. »Links?«, schlage ich vor und die anderen nicken.

Ich warte an der Gabelung, bis auch Tonya in unserem Gang verschwunden ist, dann werfe ich einen letzten Blick zurück zu Luce.

»Wir sehen uns heute Abend«, sage ich, wie um mich selbst davon zu überzeugen, und sie nickt mir zu. Dann drehe ich mich um und folge den hallenden Schritten meiner Gruppe.

Was für Aufgaben kann das Konsilium in diesen Gängen versteckt haben? Ein Wassertropfen löst sich von der niedrigen Decke und landet auf meinem Scheitel. Ich zucke zusammen, während mir die Filme in den Sinn kommen, für die Kelly und Zahra uns nach der Schule ins Kino geschleppt haben, als die Examen noch so einfach waren, dass keiner von uns ernsthaft für sie lernen musste. Wenn ich an diesen Abenden eins verstanden habe, dann, dass es nie gut ausgeht, eine Gruppe von Jugendlichen in einem Labyrinth auszusetzen. Ich schrecke aus meinen Gedanken auf, als ein gellender Schrei durch den Gang schallt und meine Glieder durchfährt. So schnell ich kann, hole ich die wenigen Meter zu den anderen auf. Rita beugt sich über ihre am Boden kniende Freundin.

»Was ist passiert?«, frage ich und hebe meine Lampe. »Ist sie verletzt?«

Rita schüttelt den Kopf. »Na, sag's ihnen selbst!«, raunzt sie.

»Es war eine Fledermaus«, gesteht die Freundin kleinlaut und rappelt sich auf. »Guck nicht so!«, fährt sie Sadie an, die sichtlich bemüht ist, nicht loszulachen. »Die hätte Tollwut haben können.«

»Wir haben Besseres zu tun, als uns zu benehmen wie Zwölfjährige in der Geisterbahn«, sage ich und schiebe mich an Rita und ihrer missmutigen Freundin vorbei, als die beiden auf einmal verwundert ihre Arme heben. Ich betrachte mein eigenes Handgelenk. Auf meinem Check leuchtet eine blaue Null in die Dunkelheit.

»Das müssen unsere Punkte sein«, sagt die stille Lea.

Ich nicke. Mir fällt auf, dass ich die Einzige bin, deren Konto leer ist.

»Du hast mit einer Gelben geredet, bevor wir losgegangen sind«, sagt Jasmine trocken. Auf ihrem Check leuchtet eine zehn.

»Luce«, korrigiere ich. »Sie heißt Luce.«

»Wie auch immer. Wenn ich du wäre, würde ich ab jetzt die Regeln befolgen.«

Wütend stecke ich die freie Hand in meine Rocktasche. Ich spüre Alexanders Messer zwischen meinen Fingern. *Du musst die nächste Dimension bestehen, und zwar als Rationale.*

»Worauf warten wir noch?«, sage ich und marschiere gleichzeitig mit Jasmine los.

Es ist eng nebeneinander im Gang, doch keine von uns beiden ist bereit, der anderen den Vortritt zu lassen. Wir halten unsere Laternen mit ausgestreckten Armen nach vorne, um so weit wie möglich in die Finsternis sehen zu können. Aber außer der endlosen Felswand ist nichts zu erkennen. Gerade als ich mich frage, ob wir vielleicht einen Hinweis übersehen haben, ertönt in unserem Rücken ein eigenartiges Grollen. Ich bleibe stehen und lausche.

»Hört ihr das auch?«, fragt Sadie mit gerunzelter Stirn.

In Jasmines Augen flackert blanke Furcht auf. Sie erinnert sich, genau wie ich.

»Lauft!«

Meine Stimme wird von dem näher kommenden Donnern übertönt, doch ich muss niemanden mehr auffordern, als Staubwolken die Lichtkegel unserer Laternen trüben. Hustend sprinte ich los. Es gibt nur eine einzige Möglichkeit, dem zu entkommen, was dort herannaht.

Als wir die Cremonte-Universität im letzten Sommer besichtigt haben, durften wir auch mit ihrer Laufmannschaft trainieren. Nicht in einem Stadion, sondern in Simulatoren. Ich bin damals zusammen mit meinem Team vor einer Lawine davongerannt und habe, angespornt von den Bildern der Videobrille, die beste Sprintzeit meines Lebens hingelegt. Die herabfallenden Steine ließen meine Beine immer schneller werden, obwohl ich keine Luft mehr bekam. Adrenalin, erklärte der Trainer hinterher, treibt Menschen zu Höchstleistungen an. Ich kann nur hoffen, dass unsere Höchstleistungen heute ausreichen.

Jasmines und meine Füße rasen nebeneinander über den Boden, während wir verzweifelt versuchen, in den profillosen Schuhen nicht auszurutschen. Das Krachen fallender Erdbrocken kommt immer näher, und ich zwinge mich krampfhaft, nicht nach hinten zu sehen. Die Wände unseres Ganges werden enger. Ich werfe einen Seitenblick zu Jasmine, die eine Handbreit hinter mir liegt.

»Mach schon!«, brüllt sie und deutet nach vorne.

Ich befehle meinem Körper zu fliegen, denn so fühlt es sich an, wenn ich nichts mehr spüre außer der Illusion, mich der Schwerkraft zu widersetzen. Ich ignoriere das Ziehen meiner Muskeln und verdränge die Angst vor dem Preis, den ich zahlen werde, wenn ich jetzt zu langsam bin.

Der Schein meiner Laterne erleuchtet eine neue Weggabelung. Ich drossele mein Tempo. Der rechte Gang ist breit und sieht stabil aus, während der Boden des linken mit Geröll übersät ist. Keine gute Idee. Ich wende mich nach rechts. Zahlreiche Biegungen später wird das Geräusch der herabstürzenden Felsbrocken hinter uns endlich leiser und ich schnappe erleichtert nach Luft. Wir haben es geschafft! Mit wackligen Beinen stütze ich mich an der Wand ab und huste den feinen roten Staub aus meinen Lungen.

»Das Bergungsteam sollte sich mal lieber beeilen«, keucht Jasmine. »Die Testleiter können froh sein, wenn keine von uns den ganzen Laden hier verklagt. Miras Vater ist Richter, und meine Eltern werden auch nicht gerade begeistert sein, wenn sie hören, dass wir in ein marodes Tunnelsystem geschickt wurden. Da hätte ernsthaft was passieren können!«

Ich antworte nicht. Stattdessen betrachte ich meinen Check, auf dem in diesem Moment eine bläuliche zwanzig über einem kleinen R aufleuchtet. Der Einsturz des Tunnels war kein Unfall. Niemand wird kommen, um uns zu bergen. Diese Flucht war eine Aufgabe – und ich habe sie bestanden. Fassungslos drehe ich mich um und blicke in Sadies weit aufgerissene Augen. Sie muss ebenfalls verstanden haben, was ich noch immer nicht wirklich wahrhaben will.

Das geht zu weit, selbst für diesen Ort.

Kalte Panik breitet sich in mir aus. Das hier wäre keine Aufgabe, wenn es nur darum gehen würde, vor einstürzenden Decken davonzulaufen. Im Zentrum geht es um Entscheidungen. Das Blut rauscht in meinen Ohren, als ich hastig die Mädchen zähle, die in der Sicherheit des Ganges angelangt sind. Das Ergebnis ist, wie ich es befürchtet habe: sechs. Eine von uns fehlt. Tonya!

»Rührt euch nicht von der Stelle, sonst finden wir uns nie wieder.«

Ich nehme meine Laterne, kehre den fragenden Gesichtern meiner Gruppe den Rücken zu und sprinte den Gang zurück, so schnell mich meine schmerzenden Beine tragen. Ich kann niemanden hier unten im Stich lassen, egal, was Alexander sagt oder was das Konsilium davon hält.

Niemand sollte zu so etwas fähig sein.

Atemlos stürme ich auf die Weggabelung. Der Gang, aus dem wir vor wenigen Minuten geflohen sind, ist bis zur Decke von Erde und Steinbrocken verschlossen. Ich versuche, den Schutt mit bloßen Händen beiseitezuräumen, aber es hat keinen Zweck. *Bitte, bitte nicht!*

»Tonya!«, rufe ich.

Erschrocken schlage ich mir die Hand vor den Mund, als meine Stimme von den Wänden widerhallt. Ich darf keinen Lärm machen! Doch dann fällt mir ein, dass der Gang nicht durch natürliche Ursachen zum Einstürzen gebracht wurde.

Was jetzt? Ich drehe mich einmal um meine eigene Achse. Von der Gabelung führen drei Gänge ab, der verschüttete und die beiden, zwischen denen ich mich vorhin entscheiden musste. Mit grimmiger Entschlossenheit wende ich mich dem linken zu und halte den Blick auf den Boden gerichtet, um nicht über die Geröllbrocken zu stolpern. Ich kann nur hoffen, dass Tonya, anders als der Rest unserer Gruppe, diese Abzweigung genommen hat. Die andere Möglichkeit ist so schrecklich, dass ich sie gar nicht in Betracht ziehen will.

»Tonya!«, rufe ich wieder, verzweifelter diesmal. Wenn sie verschüttet wurde, ist das meine Schuld.

Warum bin ich nicht an der Gabelung zurückgeblieben, um auf die Nachzüglerinnen zu warten? Ich wäre als Einzige schnell genug gewesen, um den Rückstand wieder aufzuholen. Ich laufe durch den linken Tunnel, folge ihm Biegung um Biegung.

»Skye?«

Mir entfährt ein Laut zwischen Lachen und Weinen, als ich Tonya auf dem Boden kauern sehe. Grenzenlos erleichtert falle ich neben ihr auf die Knie.

»Ich war noch nie so froh, jemanden zu sehen!«, sage ich halb erstickt.

Tonya umarmt mich stumm. Ein paar Meter entfernt sehe ich ihre Laterne liegen, das Glas ist zerbrochen. Ich hocke mich neben Tonya und lehne mich mit dem Rücken an die Felswand. Und während wir so nebeneinander auf dem kalten Boden sitzen, wird mir mit einem Mal etwas klar: Ich bin nicht nur das zielstrebige Mädchen, das Probleme logisch löst. Ich bin nicht nur die ehrgeizige Wettkampfsportlerin, die ihrem Erfolg alles andere unterordnet. Ich bin auch das Mädchen, das in den See springt, wenn jemand in Gefahr ist – ohne über die Strömung nachzudenken. Das Mädchen, das Alexander vertraut, obwohl nichts dafür spricht außer einem Gefühl. Ich bin nicht nur rational. Und seltsamerweise löst diese Feststellung keine Panik mehr in mir aus, sondern Trotz. Warum muss ich mich für eine der Seiten entscheiden?

Tonya streicht sich ihre Ponyfransen aus der Stirn. »Du hättest meinetwegen nicht umkehren müssen. Ihr verliert Zeit.«

Ich zucke mit den Schultern. »Wer weiß, wovon das gelbe Team aufgehalten wurde.«

Dieser Gedanke weckt neue Unruhe in mir. Was ist mit Luce passiert, mit Mira und den anderen? Während ich vor der Steinlawine davonrannte, habe ich keinen Gedanken an das gelbe Team verschwendet, immerhin sollten sie in ihrem Bereich des Labyrinths in Sicherheit sein. Das habe ich zumindest geglaubt, bevor mir klar wurde, dass hier unten niemand von uns in Sicherheit ist.

»Wir sollten zurück zu den anderen gehen«, sage ich und stehe auf. »Nicht, dass sie sich Sorgen machen.«

Obwohl ich bezweifle, dass diese Gefahr besteht – außer Sadie wird mich kein Mitglied des blauen Teams vermissen, und Rita ist genau wie Jasmine sowieso egal, was aus Tonya und mir wird, solange sie gewinnt.

Doch Tonya schüttelt den Kopf. »Ich meinte es ernst. Geh allein. Irgendein Testleiter wird mich schon abholen, wenn die Aufgaben vorbei sind.«

Erst jetzt fällt mir die seltsame Haltung auf, mit der Tonya ihren linken Fuß von sich streckt. Ich greife nach meiner Laterne und sehe, dass das Gelenk angeschwollen ist. Vorsichtig öffne ich die Schnürsenkel und ziehe den Schuh von Tonyas Fuß. Ihr entfährt ein Wimmern.

»Schon gut«, murmele ich und streife vorsichtig ihren Strumpf ab. Der Knöchel ist jetzt schon blau angelaufen. Aus einer Schramme an ihrem Schienbein läuft helles Blut.

»Ich versuche, vorsichtig zu sein, okay?«, sage ich zu Tonya, obwohl ich in Wahrheit keine Ahnung habe, was zu tun ist.

»Okay.«

Sie zuckt nicht einmal zusammen, als ich meine kühlen Hände um ihr Gelenk lege. Wenigstens fühlt es sich nicht gebrochen an. Ich gehe meine Möglichkeiten durch. Ideal wäre irgendeine Art von Schiene, aber da es hier unten nichts als Staub und Steine gibt, ziehe ich kurzerhand meine eigenen Kniestrümpfe aus. Wasser wäre gut, um den Knöchel zu kühlen, aber unsere Flaschen sind im blauen Rucksack auf Sadies Rücken. Ich wickle die Strümpfe, so fest ich kann, um Tonyas Fuß, in der Hoffnung, das Gelenk zumindest ein wenig zu stützen. Währenddessen lausche ich angestrengt, ob nicht von irgendwo Hilfe herbeieilt – eine Krankenschwester aus dem Vitalitätsflügel oder ein Testleiter. Ich denke daran, was Alexander in seinem Zimmer zu mir gesagt hat: *»Bis jetzt habe ich es immer geschafft, in deiner Nähe zu sein.«*

Wo bist du jetzt? Wo warst du heute Morgen?

Ich starre auf meinen Check. Wenigstens eine Nachricht, dass unsere Notlage bekannt ist und sich umgehend jemand darum kümmert, müssten sie uns doch schicken! Aber nichts passiert, und Tonyas Vertrauen in meine dürftigen medizinischen Fähigkeiten beweist, dass auch sie mittlerweile an einer Rettung zweifelt, bevor wir nicht den Kristall gefunden haben.

Ich schrecke auf. War das nicht wieder ein Grollen in der Ferne? Tonya und ich blicken uns an. Mit zitternden Fingern ziehe ich ihren Strumpf über den notdürftigen Stützverband und schiebe ihren nutzlosen Schuh zur Seite. Das dumpfe Grollen verhallt nach wenigen Sekunden. Vielleicht nur ein Nachbeben in dem verschütteten Tunnel? Ich hoffe es.

»Gut. Bereit, es zu versuchen?«

Ich gehe in die Hocke und gemeinsam hieven wir uns auf die Beine. Tonya stützt sich auf meiner Schulter ab und humpelt tapfer neben mir her. Wir weichen Stalagmiten aus und bewegen uns Meter für Meter, Biegung um Biegung zurück in Richtung der Weggabelung. Wenn alles gut geht, sind wir in ein paar Minuten zurück bei unserer Gruppe im rechten Gang.

»Wart ihr auch schon mal in einer dieser Salzhöhlen, die –« Meine Frage verklingt im Nichts, als sich der schwache Schein meiner Laterne an einer Wand aus lockerer Erde bricht, die schräg vor uns aufragt. Es sieht aus, als hätte ein gigantischer Bagger sie im Eingang unseres Tunnels abgeladen. Und sie versperrt den Weg viel zu exakt, um durch ein natürliches Nachbeben ausgelöst worden zu sein.

»Sie haben uns hier eingesperrt«, sagt Tonya tonlos.

Heiße Verzweiflungstränen steigen in mir auf. Die Gabelung hinter dem Erdwall werden wir nie wiedersehen.

36

Hätte mir gestern jemand gesagt, dass mein sehnlichster Wunsch bald sein würde, ausgerechnet Jasmine wiederzufinden – ich hätte ihn für verrückt erklärt.

»Wir können nicht einfach hier stehen bleiben«, sage ich nach Minuten des Schweigens. »Wenn wir Glück haben, führt uns dieser Gang zum Kristall und wir kommen endlich hier raus.« Ich werfe einen zweifelnden Blick auf Tonyas Fuß. »Schaffst du das?«

Tonya tritt vorsichtig auf. »Es bleibt mir ja wohl nichts anderes übrig.«

Ich umklammere den Griff meiner Laterne und Tonya stützt sich wieder auf meine Schulter. Wir kommen nur langsam voran. Eine Weile ist das Geräusch unserer Schritte das einzige, was zu hören ist.

»Ich glaube nicht, dass du dir gerade einen Gefallen tust«, sagt Tonya schließlich und bleibt stehen. »Rationale riskieren nicht den Sieg der Gruppe für einen einzelnen Verletzten.«

»Ich schon«, sage ich knapp und bin selbst überrascht, keine Angst mehr vor dem Mikrofon in meinem Check zu verspüren. Soll das Konsilium mich doch als emotional bewerten! Mir ist nicht länger wichtig, welcher Buchstabe auf meinem Arm landet – solange ich nur lebend hier rauskomme, um allen die ungeheuerliche Geschichte des Zentrums zu erzählen.

»Du wirfst ganz schön viel weg«, erwidert Tonya nachdenklich. »Dein Spiegel ist doch bis jetzt rational, oder nicht?« Ich nicke.

»Es wird immer gesagt, dass die Traits gleichwertig sind, dass Rationale und Emotionale sich ergänzen und dass in den Gläsernen Nationen jeder seinen Traum leben kann. Ich habe das geglaubt, weil ich es glauben wollte. Aber ich habe in letzter Zeit viel nachgedacht. Für Emotionale ist in Wirklichkeit alles verloren, oder?«

Mühsam geht sie weiter und ich folge ihr hastig.

»Weshalb sollte für euch alles verloren sein?«, frage ich.

Was Luces emotionaler Mutter passiert ist, klang in der Tat schlimm. Aber wenn ich darüber nachdenke, wie sie auf ihre Kündigung reagiert hat, ist sie ihren Gefühlen vielleicht wirklich zu sehr ausgeliefert, um eine gute Chirurgin zu sein. Bestimmt wäre sie glücklicher geworden, wenn sie eine der ihr angebotenen Jobalternativen angenommen hätte. Und ist nicht statt ihres Traits viel mehr ihr Mann schuld an ihrem Unglück, der sie nicht so unterstützt, wie er sollte?

Tonya lacht bitter. »Du hast wirklich keine Ahnung, was hinter dem ganzen Gerede des Kristalls steckt, oder? Hinter dem ach so genialen E-Care-System und der Symbiose aus Führern und Geführten? Beantworte mir eins, Skye: Wenn die Gläsernen Nationen so großartig sind, wie der Kristall behauptet, warum müssen sie dann die Hälfte der Bürger mit Reiseanträgen und Flughafenkontrollen daran hindern, das Land zu verlassen?«

Nervös werfe ich einen Blick auf meinen Check. Wir sollten nicht über solche Themen reden. Nicht, während unsere Worte abgehört und auf Treue untersucht werden.

»Maxeni hat gesagt, dass Traits die Emotionalen zu Menschen zweiter Klasse machen«, fährt Tonya fort.

Das reicht. Ich halte meinen Arm mit dem Check hoch und schüttle energisch den Kopf. Doch Tonya zuckt bloß mit den Schultern, und mir wird klar, dass sie nicht nur von dem versteckten Mikrofon weiß – Tonya will gehört werden.

»Max glaubte, dass unsere Entscheidungen uns zu dem machen, was wir sind. Nicht irgendein angeborener Trait.«

»Und was glaubst du?«, frage ich.

»Ich glaube, dass wir mehr sind als ein Buchstabe.«

Tonyas Blick ist starr geradeaus gerichtet. Sie hat nicht mehr die geringste Ähnlichkeit mit dem regimetreuen Mädchen, das bei seiner Klärung den Gläsernen Nationen die Treue schwor. Ich bin nicht die Einzige, die sich im Zentrum verändert hat.

Je tiefer der enge Gang uns unter das Zentrum führt, desto unwohler fühle ich mich. Mit der verbliebenen Laterne richten wir nicht viel aus gegen die Dunkelheit, aber noch mehr beunruhigt mich der Gedanke, dass wir uns immer weiter von unserem Team entfernen. »Der Kristall könnte überall sein«, sage ich. Was, wenn unser Gang eine Sackgasse ist?

Tonya untersucht zum hundertsten Mal den Kompass ihres Checks. Hier unten zeigt das Armband nur ihn und unseren Punktestand, egal, was wir ausprobieren. »Irgendwann müssen sie uns doch einen Hinweis geben«, murmelt sie.

So langsam bezweifle ich das. Ich glaube, dass wir genau da sind, wo das Konsilium uns haben will. Jetzt müssen sie unsere Gefühle nicht mehr mit Computerszenarien hervorrufen, sie bekommen sie auf einem Silbertablett serviert. Panik, Erleichterung, Zusammenhalt, Hass. Live und in Farbe.

»Sieh mal!«, ruft Tonya plötzlich.

Ich drehe mich um und weiß im selben Moment, dass das ein Fehler war. Mein Fuß stolpert über einen flachen Felsen und wir landen beide auf dem Boden.

»Alles in Ordnung?«, fragt Tonya.

Meine Körperteile fühlen sich zum Glück heil an. Ich öffne die Augen – doch ich hätte sie genauso gut geschlossen halten können. Um uns herum ist es stockdunkel. *Nein!*

»Bei dir auch?«, höre ich mich zurückfragen.

Mit zittrigen Fingern taste ich nach meiner Lampe und stoße einen Schmerzenslaut aus, als ich das Glas berühre, unter dem bis gerade noch die weiße Flamme gebrannt hat. Der schwache Lichtkreis unserer Kompasse ist nicht genug, um etwas erkennen zu können. Ich spüre den wohlbekannten Schwindel herannahen.

»Wir brauchen Feuer. Das Glas ist noch heil.«

Ich konzentriere mich auf Tonyas Stimme. *Atmen. Du darfst den Schatten nicht nachgeben!* Ich befehle mir selbst, aufzustehen, als ich spüre, wie sich ein länglicher Gegenstand im Inneren meiner Tasche gegen meinen Oberschenkel drückt. Alexanders Messer! Hoffnung glimmt in mir auf. Ich betaste das kalte Metall und fühle verschiedene Funktionen, bis ich tatsächlich das vertraute Rädchen eines Feuerzeugs finde. Ich lasse es aufflammen und muss unwillkürlich lächeln. Alexander kennt meine größte Angst, und ich verstehe, dass nicht das Messer die Waffe ist, mit der ich mich hier unten schützen soll. Es ist das Licht.

Tonya stellt keine Fragen, sondern wickelt sich den Ärmel ihres Shirts um die Finger und nimmt das Glas ab, sodass ich die Flamme ans Ende des Dochtes halten kann. Mir fällt ein Stein vom Herzen, als das Petroleum Feuer fängt.

»Danke«, flüstere ich stumm.

Dann richte ich mich auf und helfe Tonya auf die Beine. Hinter der nächsten Biegung wird unser Gang auf einmal breiter. Der Schein meiner Laterne erleuchtet eine lang gezogene Grotte, und für einen Moment atme ich auf – bis mir klar wird, was das bedeutet.

»Wir sitzen in der Falle.« Das Blut ist aus Tonyas Gesicht gewichen. »Hier gibt es keinen Ausgang!«

Mein Verstand weigert sich, das zu glauben. Wortlos gehe ich an der Felswand entlang und leuchte jeden Zentimeter ab – ohne

Erfolg. Rundherum nichts als massiver Stein. Der Gang hat uns geradewegs in eine Sackgasse geführt. Oder? Mein Blick wandert die steile Wand hinauf und ich entdecke ein Licht über unseren Köpfen, wärmer als das meiner Laterne.

»Nein!«, flüstere ich. Die Kante des Felsens hoch über uns, das Licht dort oben und der versperrte Tunnel in unserem Rücken fügen sich zu einer Anweisung zusammen, die klarer nicht sein könnte. »Wir müssen da hoch.«

Aber wie?

»Benutz dein rechtes Bein«, weise ich Tonya an, die reglos neben mir steht. »Ich bleibe die ganze Zeit neben dir, damit du dich abstützen kannst. Wenn wir es langsam angehen lassen, müsste es klappen.«

Im Schein der Laterne erkenne ich die etwas zu gleichmäßigen Kerben im Felsen. Sie wurden zweifellos hineingeschlagen, um das Klettern zu erleichtern.

»Bereit?«

Schweren Herzens stelle ich die Laterne auf dem Boden ab. Ich habe keine Hand für sie frei, das Licht über unseren Köpfen muss zum Klettern ausreichen. Ich setze meinen rechten Fuß in eine Vertiefung in der Höhe meiner Hüfte und stoße mich ab. Als ich sicher stehe, reiche ich Tonya die Hand, und sie zieht sich neben mich. Ich taste nach der nächsten Kerbe. Jedes Mal, wenn Tonya den verletzten Fuß belasten muss, halte ich inne, damit sie sich auf meiner Schulter abstützen kann. Langsam, ganz langsam gewinnen wir an Höhe.

Doch nach den ersten Minuten wird Tonya schwächer und stützt sich bald stöhnend auf meine Schulter. Ich beiße die Zähne zusammen und versuche, nicht an den von Geröll und Stalagmiten übersäten Boden der Grotte zu denken, der mit jedem Zug tiefer unter uns zurückbleibt. Eine schweißnasse Hand oder ein unvorsichtig gesetzter Fuß genügen, damit wir beide abstürzen. Mit aller Kraft ziehe ich uns auf einen Felsvorsprung, der breit genug ist, damit wir sicher darauf stehen können. Endlich fließt das Blut zurück in meine kribbelnden Arme.

»Nicht mehr lange«, keuche ich. Ich lehne mich an die Felswand und versuche, meinen Atem zu kontrollieren. »Oben finden wir die anderen, und dann kommen wir schneller wieder hier raus, als du denkst.«

»Und dann?« Tonyas Gesicht ist grau. Ihr gesundes Bein zittert vor Anstrengung.

»Wir sind schon fast oben, okay? Bald haben wir es geschafft.«

»Haben wir das?« Dunkle Schleier liegen über ihren Augen, genau wie am Tag nach Maxenis Transport.

»Ja!«, sage ich schnell. »Und im Zentrum finden wir eine Lösung. Für alles.«

Ich stocke und denke an die Tonspuren im Kontrollzentrum, die untreue Gesprächsfetzen sammeln. Kein einziges verräterisches Wort darf meine Lippen überqueren, sonst wird das Konsilium mich abtransportieren. Dann erfährt zu Hause niemand die Wahrheit darüber, was hier drinnen vor sich geht. Nicht Dad, nicht Coach Verse … Und Alexander werde ich nie wiedersehen.

»Du darfst jetzt nicht aufgeben«, sage ich leise und überlege einen Moment, bis mir das einzige Argument einfällt, das sie vielleicht noch wachrüttelt. »Glaubst du, Maxeni würde das wollen?«

Tonya schließt die Augen und atmet aus. Dann setzt sie ihren Fuß wortlos in die nächste Kerbe.

Die letzten Meter sind beschwerlicher als der Anfang, trotz Tonyas neu gewonnener Energie. Als ich mich endlich über die Felskante schiebe, weiß ich nicht, ob ich mich noch eine Sekunde länger an der steilen Wand hätte halten können. Tonya klammert sich eine Armeslänge unter mir noch immer an den Stein. Vorsichtig robbe ich auf dem Bauch vor, bis ich zurück in die schwindelerregende Tiefe blicke.

»Nimm meine Hand!«

Tonya wirft einen Blick über die Schulter.

»Nicht! Nicht nach unten sehen!«, beeile ich mich zu rufen.

Tonyas Augen finden meine. Sie macht sich bereit zum letzten Zug hinauf auf die Kante, steigt auf einen Felsvorsprung – und schreit auf, als er unter ihren Füßen wegbricht. Das Geräusch des fallenden Gesteins ist nicht laut, nur ein zartes Prasseln, wie wenn Kinder Steine die Straße hinunterrollen lassen. Tonya verliert den Halt und greift in letzter Sekunde nach meinem ausgestreckten Arm. Ein Ruck zieht mich nach vorne, und ich klammere mich mit meiner freien Hand an einen Tropfstein, der links von mir in die Höhe ragt. Der Felsvorsprung zerschellt auf dem Boden der Grotte in tausend Teile.

»Lass – nicht – los!«, presse ich hervor.

Tonya hängt über dem Abgrund, unsere Hände, die sich panisch in den Arm der anderen krallen, sind unsere einzige Verbindung. Ein verzweifelter Laut entfährt mir, als Tonyas Körper mich noch ein Stück weiter in Richtung der Kante zieht. Jedes Mal, wenn sie versucht, mit ihrer freien Hand einen der Vorsprünge zu ergreifen, rutsche ich dem Abgrund näher entgegen. Der fragile Stalagmit, um den ich meinen Arm geschlungen habe, gibt leise Knackgeräusche von sich.

»Ich kann das nicht«, keucht Tonya. Tränen laufen ihr über das Gesicht und tropfen von ihrem Kinn.

»Du musst dich nur an mir festhalten«, beschwöre ich sie. »Bald wird uns jemand zu Hilfe kommen.«

Tonya nickt, doch ihr Arm gleitet Millimeter für Millimeter durch meine schweißnassen Finger. Meine Nägel hinterlassen rote Striemen auf ihrer sonnengebräunten Haut. Ich denke an das strahlende Mädchen auf der High Line und schlucke schwer. Lange werde ich sie nicht mehr festhalten können. Wo zum Teufel bleibt Caroline? Hat der eingestürzte Tunnel sie aufgehalten? Wenn ich nichts unternehme, wird Tonya fallen! Ich werfe einen Blick hinter mich und verkeile meine Füße zwischen zwei Felsbrocken.

»Versuch, mit dem gesunden Bein wieder Halt an der Wand zu finden!«, rufe ich.

Tonya sieht hinunter auf den Boden und ich spüre ihren Herzschlag rasen.

»Konzentrier dich!«, brülle ich und kralle meine Hand noch fester um ihren Arm, während ich bete, dass die Felsbrocken hinter mir unser Gewicht halten können. Tonya schwingt vor, doch ihr Fuß rutscht an der steilen Felswand ab.

»Da kommt keiner, Skye.« Ihre Stimme zittert. »Warum kommt da keiner?«

Ich werfe einen verzweifelten Blick zu dem gähnenden Maul des Tunnels, der uns in diese Grotte geführt hat. Das hier ist nicht bloß ein verstauchter Fuß, kein kleiner Unfall! Wo um alles in der Welt also bleiben die Testleiter?

»Ich weiß es nicht, aber ich kann dich nicht mehr lange halten«, bricht es aus mir heraus. »Wir ziehen dich jetzt hoch.«

Mir bleibt nichts anderes übrig, denn Tonya hat recht: Niemand kommt, um uns zu retten. Ich versuche zu ignorieren, dass sie größer und schwerer ist als ich.

»Auf drei greifst du auch mit deiner freien Hand nach meinem Arm, hast du verstanden?«

Entschlossenheit blitzt in Tonyas Augen auf. Ich zähle bis drei, dann holt sie aus und ich stemme mich mit aller Kraft gegen ihr Gewicht.

»Gut so«, keuche ich, obwohl ihre Hand mich verfehlt hat.

Bei jedem neuen Versuch rutscht Tonyas Arm ein wenig weiter

aus meinem Griff, bis meine Finger sich nur noch um ihr Handgelenk klammern. Die steinige Felskante unter mir gräbt sich in meine Brust, aber ich spüre es kaum, als Tonya noch einmal ausholt. Ihre freie Hand streift meinen Arm im selben Moment, in dem ihre Finger meinen endgültig entgleiten.

»Nein!«

Ich werfe mich nach vorne und greife mit beiden Händen nach der, die ich verloren habe, aber es ist zu spät. Der Ruck war zu viel für die schwache Verbindung unserer Hände. Und auf einmal ist da kein Gewicht mehr, das mich über den Abgrund zu ziehen droht.

37

Ich spüre Tonyas Hand, obwohl sie meiner längst entglitten ist. Zwischen meinen gekrümmten Fingern hindurch sehe ich ein Mädchen auf dem Boden der Grotte liegen, ihre Glieder in eigenartigen Winkeln aufgefächert. Es könnte eine Puppe sein, die ein wütendes Kind in die Ecke geworfen hat – nur dass sich unter dem Kopf einer Puppe kein See aus Blut ausbreiten würde. Ich will nicht hinsehen, aber mein Körper scheint die Fähigkeit verloren zu haben, sich zu bewegen.

»Ist das nicht –«

Schritte erklingen hinter mir. Sie kommen, um uns zu helfen, aber jetzt ist es zu spät. *Es ist zu spät.*

»Skye!«

Normalerweise nennen die Testleiter mich Miss Anderson. Alle, bis auf Alexander. Aber die Stimme, die nach mir ruft, gehört einer Frau.

»Was macht sie da?«, fragt jemand anders barsch, und mir wird bewusst, dass ich noch immer auf dem Bauch vor der Felskante liege.

»Weißt du eigentlich, was wir alles hinter uns haben, seitdem du dich aus dem Staub gemacht hast?« Jasmine klingt zornig. »Mitten in einen verdammten See ist unser Gang gemündet, aus dem du dich so klug gerettet hast!«

Langsam, wie in Zeitlupe, drücke ich die Hände in den Boden, richte meinen Oberkörper auf und ziehe meine Beine zu mir heran. Es ist, als müsste mein Körper erst wieder lernen, wie man sich bewegt.

»Deinem Konto hat dieser Alleingang wenigstens nicht allzu gut getan.« Jasmine deutet auf meinen Check, auf dem eine blaue Fünfzig leuchtet. Das R darunter ist verschwunden, stattdessen steht nun ein unmissverständliches E unter meiner Punktzahl.

»Wo ist das Piercingmädchen, für das du zurückgegangen bist?« Jasmine sieht sich suchend um, wütend über die Verzögerung.

Ich öffne den Mund, aus dem jedoch keine Worte kommen wollen. Eine Ahnung legt sich wie ein Schatten auf Jasmines makellose Züge. Stumm tritt sie einen Schritt auf die Felskante zu und schiebt mich zur Seite, nicht herrisch diesmal, sondern beinahe beschützend.

»Mein Gott!« Sie stolpert zurück und sieht mich mit weit aufgerissenen Augen an. »Ist sie gefallen?«

Mein Schweigen ist Antwort genug. Jasmine senkt den Kopf, und im Licht der Laternen erkenne ich verwundert, wie sie die Hände faltet. Ihre Lippen bewegen sich lautlos.

»Können wir jetzt mal weiter? Das hier ist kein Kaffeekränzchen, falls ihr es vergessen habt.« Rita steht in der Mitte der Höhle und hat die Hände in die Hüften gestützt. Als ich mich zu ihr umdrehe, sieht sie mich herausfordernd an. »Spiel ruhig weiter die Heldin.« Sie hebt ihren Arm, sodass ich von dem Punktestand über dem R auf ihrem Check geblendet werde. »Aber den rationalsten Spiegel hast du ab heute jedenfalls nicht mehr.«

Mein Körper erwacht aus seiner Apathie, und bevor ich weiß, wie mir geschieht, stürme ich auf Rita zu wie eine Furie.

»Hast du immer noch nicht verstanden, worum es hier wirklich geht?«, explodiere ich und schüttle sie. Die anderen Mädchen starren mich an wie eine tickende Zeitbombe. Ich ziehe Rita zur Felskante und zwinge sie, über den Rand zu sehen, während Tränen der Wut und der Fassungslosigkeit gnädig meine eigene Sicht verschleiern. »Hat denn keine von euch verstanden, was hier passiert?«

Rita reißt sich von mir los. Sie stolpert zurück und übergibt sich in eine Ecke. Das Echo meiner Stimme hallt von den Wänden wider und Jasmine öffnet die Augen. Nach einem letzten Blick in den Abgrund lässt sie ihre Hände sinken. »Es tut mir leid.« Es ist das Einzige, was es zu sagen gibt.

»Mir auch«, bringe ich mühsam heraus. »Wir sollten weitergehen. Wir haben eine Aufgabe zu lösen.«

Meine Stimme ist tonlos, aber trotzdem scheinen mich alle gehört zu haben. Wie auf Kommando drehen die Mädchen dem steilen Abhang den Rücken zu.

»Mir auch«, flüstere ich noch einmal, bevor ich Tonya auf dem Boden der Grotte zurücklasse.

Mittlerweile muss es Abend sein, vielleicht sogar Nacht. Wenn ich es nicht besser wüsste, würde ich glauben, dass wir schon Tage im Labyrinth verbringen. Menschen das Zeitgefühl zu nehmen, ist eine Foltermethode, und langsam verstehe ich auch, warum.

Sadie hat ungefragt die Führung unseres Teams übernommen. Die Laternen an den Wänden haben uns erst hoffnungsvoll gestimmt, aber bis auf die bessere Beleuchtung gibt es hier oben keinen Unterschied zu dem Tunnelsystem, durch das wir zuvor geirrt sind. Neben mir hört Jasmine nicht auf, unablässig ihre Fäuste zu öffnen und wieder zu schließen. Bis auf kurze Wortwechsel über die Frage, welche Abzweigung wir nehmen, schweigen wir. Doch als wir zum zweiten Mal an derselben Gesteinsformation vorbeikommen, wird uns klar, dass wir im Kreis laufen.

»Wir müssen einen Hinweis übersehen haben«, sagt Sadie und betrachtet nachdenklich den Kompass an ihrem Handgelenk. Eine Erinnerung durchzuckt mich wie ein Blitz.

Ich fahre mit den Fingerspitzen über den blauen Kreis mit den vier feinen Spitzen auf meinem Check.

»Warum wird die Skulptur ausgerechnet im Norden der Nationen errichtet und nicht in der neuen Hauptstadt?«

»Es erscheint mir passend, den Kristall am Ort meiner Geburt aufzustellen.«

Jasmine und ich kommen gleichzeitig zum selben Schluss.

»Nach Norden«, flüstere ich, während sie bereits ihren Kompass ausrichtet.

»Mr. Selmans Politikstunde?«, fragt sie.

Ich nicke. Der Vormittag, an dem wir uns das Interview über die Errichtung der ersten Kristallskulptur im Unterricht ansahen, fühlt sich unendlich weit weg an.

»Komm. Lass uns aus diesem Höllenlabyrinth verschwinden«, sagt Jasmine.

Solange wir noch können, füge ich stumm hinzu.

Jetzt, da ich weiß, wohin wir gehen müssen, verlieren die Tunnel ihren Schrecken. An den oft identisch aussehenden Abzweigungen müssen wir nicht mehr auf unser Bauchgefühl vertrauen, sondern folgen dem blau leuchtenden N, das uns in immer breitere Gänge mit immer höheren Decken führt. Nach einiger Zeit biegen wir um eine Ecke und bleiben wie angewurzelt stehen. Wir befinden uns in einem von zahlreichen Lampen hell erleuchteten Felsensaal, in dessen Mitte ein riesiges Gebilde aus Glas thront.

»Der Kristall!«, flüstert Jasmine.

Sadie läuft auf die mannshohe Nachbildung einer Kristallskulptur zu, wie sie in den vergangenen Jahren überall in den Gläsernen Nationen aufgestellt wurden. Früher bin ich gerne stehen geblieben, um mir den glitzernden Kristallbrunnen im Central Park anzusehen, aber jetzt erinnern mich die scharfen Kanten bloß an die stilisierten Umrisse auf den Türen des Transporters.

»Hallo?«, ruft Rita hoffnungsvoll und dreht sich einmal um sich selbst. Als nichts geschieht, ziehen sich ärgerliche Falten über ihre Stirn. »Wir haben ihn doch gefunden!«

Sadie tritt näher an den Kristall heran und untersucht seine glänzende Oberfläche. »Vielleicht müssen wir noch mehr tun, um die Aufgabe abzuschließen. Hast du schon versucht, das Ding zu drehen?«

Gemeinsam stemmen sie sich gegen das massive Glas, das sich jedoch keinen Millimeter bewegt.

»Aber das Team, das den Kristall als erstes findet, gewinnt doch!«, beschwert sich Rita.

»Ist das alles, was dir wichtig ist?« Ich schüttle den Kopf, angewidert von ihrer Taktlosigkeit.

»Nicht jede von uns hat spezielle Freunde unter den Testleitern«, faucht Rita, »die bestimmt nur allzu gern ein paar Fehler ausbügeln, wenn sie darum gebeten werden.«

Wortlos drehe ich mich um und gehe zum anderen Ende des Felsensaals. Dort setze ich mich auf den Boden und lehne mich mit dem Rücken an die Wand. Sollen die anderen einen Weg finden, uns hier rauszuholen. Mir ist diese verdammte Aufgabe egal. Ich lege meinen Kopf auf meine angezogenen Beine und sehe Alexanders alarmiertes Gesicht vor mir, bevor die gläserne Wand in der verborgenen Kammer ihn von mir getrennt hat. Wusste er, was hier unten geschehen könnte? Und warum hat er heute Morgen nicht nach mir gesucht, so, wie er es versprochen hat? Vor meinem inneren Auge sehe ich, wie Caroline Alexander die silberne Anstecknadel der Testleiter entreißt und ihn in einen schwarzen Transporter stößt. Bei der Jagd auf Untreue wird das Konsilium selbst die eigenen Reihen nicht verschonen. Und einer Expektantin zu helfen, ist alles andere als treu.

Ich lasse das Feuerzeug aufflammen. Alexander kennt mich, mein richtiges Ich. Nicht die Version, die ich dem Rest der Welt vorspiele. Und obwohl ich ihm diese Seite von mir nicht freiwillig gezeigt habe, schäme ich mich vor ihm nicht für meine Ängste. Ich denke an seine Narben, an den gejagten Ausdruck, der seine grünen Augen nie verlässt. Auch er hat Ängste, das spüre ich.

»Trink was.«

Ich blicke auf. Jasmine hält mir eine Flasche entgegen, und ich denke an das Wasser, nach dem ich mich gesehnt habe, um Tonyas Knöchel zu kühlen. Mir wird schlecht. Das Konsilium kann unsere Notlage und ihren Absturz unmöglich übersehen haben. *Ihren Tod,* korrigiere ich mich. Ein Mädchen ist ums Leben gekommen, aber es scheint, als wäre das kein Grund, die Aufgabe abzubrechen.

»Trink. Ich werde hier nicht deinen bewusstlosen Hintern retten.« Jasmine drückt mir die Flasche in die Hand und geht zurück zur Gruppe.

Das Wasser schmeckt metallisch, wie Blut. Ich höre zu, wie Jasmine noch einmal die Regeln dieses absurden Spiels vorliest.

»Das Team, das den Kristall als erstes findet, gewinnt«, schließt sie. »Kommt schon Leute, Ideen?«

Der besorgte Blick, den sie in meine Richtung wirft, straft den harten Zug um ihren Mund Lügen. Und sie hat recht damit, uns anzutreiben. Wir müssen hier rauskommen, auch wenn Tonya das nicht mehr hilft. Ich stehe auf und gehe zu den anderen hinüber.

»Gewinnen muss nicht bedeuten, dass sie uns auch hier rausholen«, spricht Sadie aus, was jede von uns denkt. »Ich frage mich nur, warum Clara und ihr Team noch nicht hergefunden haben.«

In diesem Moment wird mir klar, warum wir noch immer hier unten stehen. »Die anderen!«, stoße ich hervor. »Nach den

Regeln hat unser Team vielleicht gewonnen, aber auf dem Zettel steht nicht, dass die Aufgabe damit beendet ist. Uns fehlt das gelbe Team. Nur zusammen lassen sie uns hier raus.«

Rita hebt abwehrend die Hände. »Ich gehe garantiert nicht in diese Gänge zurück.«

»Ich gehe«, schneidet Sadie ihr das Wort ab. »Wenn jemand meine Schwester findet, dann ich.«

»Ich begleite dich«, sage ich.

Doch bevor ich weitersprechen kann, lässt ein Schrei uns schlagartig verstummen.

»Clara!« Sadie stößt Rita zur Seite und stürzt auf den Tunnel hinter dem Kristall zu.

Jasmine und ich folgen ihr auf dem Fuß. Kaum haben meine Augen sich an das Dämmerlicht gewöhnt, sehe ich geradewegs in Luces erleichtertes Gesicht. Ohne Umschweife drückt sie mich an sich.

»Clara ist ausgerutscht, aber es sieht nur nach einem aufgeschürften Ellenbogen und einem gewaltigen Schreck aus«, sprudelt Luce hervor. Sie lässt mich los und mustert mein Gesicht. »Was ist passiert?«

Ich schiebe ihr Haar zur Seite und tue so, als würde ich sie ein zweites Mal umarmen, während ich ihr ins Ohr flüstere, was an der Felskante geschehen ist. Als ich fertig bin, hat sich der Druck ihrer Arme um meine Taille verkrampft.

»Wenn ich nur mehr Kraft gehabt hätte, um sie zu halten«, wispere ich. »Ich hätte sie hinaufziehen müssen.«

»Unsinn«, schneidet Luce mir das Wort ab. Sie hat aufgehört zu flüstern und deutet mit zornesroten Wangen auf den riesigen Kristall, der vor der Tunnelöffnung leuchtet. »Es ist *ihre* Schuld! Das alles ist ihre Schuld.«

Ich zucke zusammen. Anders als die übrigen Mädchen weiß ich, wie das Konsilium Luces Worte auffassen wird: als Geständnis einer Untreuen. Ich nehme ihre Hand. Sie mag sich ihr Schicksal selber ausgesucht haben, aber ich kann nicht zulassen, dass Luce verschwindet.

Wir gehen gemeinsam zurück in den Felsensaal, in dem nun nach und nach auch die anderen Mädchen aus Luces Gruppe eintreffen. Viele haben ihre Schuhe und Strümpfe ausgezogen, ihre Uniformen kleben ihnen nass an den zitternden Körpern. Ich denke an den See, von dem Jasmine gesprochen hat. Also hat auch das gelbe Team ihn durchqueren müssen – und sich dabei offenbar weniger geschickt angestellt als meine eigene Mannschaft. Wachsam beobachte ich ihre Gesichter, doch in ihren Augen ist nichts Schlimmeres als Müdigkeit zu erkennen. Als Letzte treten Sadie und Clara vor den Kristall. Sadie hat den Arm um ihre Zwillingsschwester gelegt.

»Und jetzt?«, fragt Rita in die Stille hinein.

Ich bin nicht die Einzige, die zusammenfährt, als an der Wand des Felsensaals das ebenmäßige Gesicht von Chloe Cremonte erscheint.

»Herzlichen Glückwunsch! Beide Teams haben es zum Kristall geschafft. Sie erreichen somit den finalen Teil der Verträglichkeitsaufgabe.« Obwohl sie lächelt, sind ihre Züge eigentümlich emotionslos, als wäre sie selbst aus Glas gegossen. Zum ersten Mal schleichen sich kalte Zweifel in meinen Glauben an den Kristall. Wie viel von dem, was hier passiert, geschieht auf Chloe Cremontes Befehl? Weiß sie doch von den Transporten? »Um zurück ins Zentrum zu gelangen, müssen Sie noch eine letzte Entscheidung treffen.« Die Worte hallen durch den Felsensaal, und ich balle meine Hände zu Fäusten, als ich an die Entscheidung denke, die das Konsilium getroffen hat. Uns nicht zu helfen, war für Tonya die letzte.

Chloe Cremontes Stimme fährt fort: »Sie sehen den Kristall in der Mitte des Saales. Er fährt ein einziges Mal ins Zentrum hinauf. Der andere Weg nach oben führt zurück durch die Gänge. Sie haben die Wahl.« Chloes blasse Lippen verziehen sich zu einem Lächeln. »Teamplayer oder Einzelkämpfer? Wir sind gespannt auf Ihre Entscheidung.«

Mit diesen Worten verschwindet ihr Gesicht von der Wand. Das Deckenlicht erlischt, und ich kneife geblendet die Augen zusammen, als der riesige Kristall mit einem Mal zu leuchten beginnt. Fasziniert beobachte ich, wie sich die Kanten an der Mittellinie voneinander lösen und der untere Teil sanft zu Boden sinkt. Im Inneren erwarten uns kreisförmig angeordnete Sitze.

Jasmine legt zweifelnd den Kopf in den Nacken. »Und wie soll das Ding da hochkommen?«, fragt sie.

Sadie deutet wortlos hinauf zur steinernen Decke, die sich nun über unseren Köpfen zur Seite zu schieben beginnt. Feine Geröllsplitter regnen auf uns herab und ich halte meine Hände schützend über meinen Kopf.

»Vorsicht!«, ruft jemand.

Ein massiver Metallstab beginnt, sich von der Decke herabzusenken. Er erreicht die Spitze des Kristalls, die eine Öffnung haben muss, denn der Stab schiebt sich durch sie hindurch. Ein magnetisches Klacken ertönt, dann ist alles still.

»Los, kommt!«, ruft Sadie und setzt einen Fuß auf die gläserne Rampe. »Kommt schon. Ich will keine Sekunde länger hier unten bleiben als nötig.« Sie betritt das Innere des Kristalls und lässt sich auf einen der Sitze fallen.

Elf Sitze sind es, doch in ihrem Kreis klafft eine Lücke, als wäre einer in letzter Sekunde entfernt worden. Ein Eisklumpen rutscht in meinen Magen. Elf Sitze. Ich muss nicht nachzählen, um zu wissen, dass es einer zu wenig ist.

»Das wollte ich nicht!«

Sadie springt auf, als sie zu derselben Erkenntnis kommt, doch in diesem Moment ertönt der gleiche markerschütternde Gong wie an unserem ersten Testungstag. **Sie haben sich entschieden!**, leuchtet es uns nun von der Wand entgegen. Sadies Name erscheint über einem R und ihrer neuen Punktzahl 60. Sie ist eine Einzelkämpferin.

Der Rest von uns steht unschlüssig um den Kristall herum.

»Clara?« Sadie und ihre Zwillingsschwester sehen sich an und brauchen wie früher keine Worte, um sich zu verständigen. Bevor jemand von uns einen klaren Gedanken gefasst hat, sprintet Clara los und wird von Sadie ins Innere des Kristalls gezogen. Die beiden klammern sich aneinander fest, während Sadies Blick meinen trifft. »Sie ist meine Schwester«, sagt sie entschuldigend, als der zweite Gong ertönt und die beiden ihre Plätze einnehmen.

Rita und ihre Freundin stoßen mich beinahe um, als sie nun ebenfalls auf die Öffnung des Kristalls zustürzen. Zwei weitere Gongs. Zwei weitere rationale Entscheidungen, auch wenn sie weniger R-Punkte dafür erhalten als Sadie. Ich wende mich um und sehe Lea bewegungslos an der Wand stehen.

»Geh«, flüstere ich. »Bevor das hier hässlich wird.«

Eine von uns wird übrig bleiben – und Lea würde es niemals allein durch die Gänge schaffen. Nacheinander verschwinden Colette und Mira im Inneren des Kristalls, anschließend zwei weitere Mädchen aus dem gelben Team, die ich nicht kenne. Lea ist die Letzte. Nur noch Luce, Jasmine und ich bleiben vor dem Kristall zurück. Ein paar Sekunden lang sagt niemand etwas, während Luce Jasmine feindselig ansieht.

»Warum bleibst du nicht hier und denkst in den Tunneln ein bisschen darüber nach, warum man keine Gerüchte über andere in die Welt setzt?«

»Hör auf«, sage ich leise. Jasmine und ich wechseln einen Blick.

Etwas hat sich zwischen uns verändert, seitdem sie mich von der Felskante zurückgezogen hat.

Entscheiden Sie sich jetzt. Die Wand leuchtet ihre Botschaft in die Schatten um uns herum, und mein Herz beginnt, wie verrückt zu pochen. Ich will nicht allein hier unten zurückbleiben! Doch dann kommt mir eine Idee. Ich wende mich an Jasmine und nicke zu dem Kristall hinüber.

»Geh du.«

Vehement schüttelt sie den Kopf. »Ich bin schneller als sie.« Mit einer Spur ihrer alten Hochnäsigkeit deutet Jasmine auf Luce. »Und du –«

Sie muss den Satz nicht zu Ende sprechen. Ich werde es niemals schaffen, an der Felskante vorbeizukommen. Meine Gedanken überschlagen sich. Rational betrachtet, ist Jasmine von uns dreien am ehesten in der Lage, sich noch einmal durch das Labyrinth zu kämpfen. Aber wenn ich jetzt in den Kristall steige, bin ich nichts weiter als eine Spielfigur in den Händen des Konsiliums. Ich denke an Alexanders dringliche Worte. *Sei egoistisch.*

»Nein!«, bekräftige ich. »Ich nehme die Tunnel. Aber ich gehe nicht allein.« Fragend sehe ich Luce an.

Das Konsilium will uns zu einer Entscheidung zwischen unserer eigenen Sicherheit und der unserer Freunde zwingen. Aber wir müssen nicht nach ihren Regeln spielen. Als Luce die Bedeutung meiner Worte versteht, breitet sich ein Lächeln auf ihrem Gesicht aus.

»Zusammen können wir es schaffen«, füge ich hinzu und werde von einem Gefühl der Überlegenheit durchströmt. Sie wollen, dass wir uns gegenseitig opfern. Was gibt es für eine bessere Art, zwischen Rationalen und Emotionalen zu unterscheiden? Aber das Konsilium hat vergessen, dass wir mehr sind als nur ein Buchstabe.

»Also gut. Wenn ihr euch sicher seid.« Jasmines Schritte klingen hell durch den Saal, als sie über die gläserne Rampe schreitet und sich auf den vorletzten freien Platz im Kristall setzt.

»Am besten nehmen wir den Gang, durch den wir hierhergekommen sind«, sagt Luce. »Der See ist machbar, und ich schätze, dass uns dort weniger Überraschungen erwarten als auf dem Weg, den du genommen hast.«

Ich nicke und greife nach einer der zurückgelassenen Petroleumlampen, während Colette und Jasmine bereits die Rampe nach oben ziehen.

»Dann mal los«, sage ich und schlucke meine Angst vor dem, was in den düsteren Tunneln auf uns warten mag, hinunter.

Wir gehen gemeinsam auf den dunklen Gang zu, als ein ohrenbetäubendes Krachen uns herumfahren lässt. Die Rampe ist zurück auf den Boden gefallen. Der Kristall hat sich keinen Zentimeter nach oben bewegt. Luce und ich werfen uns einen beunruhigten Blick zu, als ein seltsames Ticken ertönt. Auf der Wand leuchtet ein Kreis auf, von dem bereits ein Viertel fehlt. **Entscheiden Sie sich jetzt!**, blinkt es darunter.

Panik steigt in mir auf. Das Konsilium lässt sich nicht austricksen. Im Kristall gibt es einen Platz zu wenig – *ein* Mädchen soll allein im Labyrinth zurückbleiben, nicht zwei. Luce drückt meine Hand, sie weiß, was mir durch den Kopf geht: Das Konsilium will sehen, wie eine von uns die andere zurücklässt. Mir wird schlecht, als ich mir vorstelle, wie die Männer in den goldenen Tuniken in diesem Moment jede unserer Bewegungen auf ihren Bildschirmen verfolgen und wie Geier auf unsere Entscheidung warten.

»Wir werden uns nicht trennen!« Ich greife nach Luces Arm, aber sie schüttelt den Kopf.

»Willst du wirklich herausfinden, was passiert, wenn wir es nicht tun?«

Tick. Tack.

Ich sehe den Transporter vor mir, die schwarzen Overalls, die Blutlache unter Tonyas Haar. Die Hälfte unserer Zeit ist bereits abgelaufen. Luce reißt sich von mir los und geht auf den Kristall zu. Kurz vor der Rampe bleibt sie stehen, als würde sie im letzten Moment doch zögern. Ich lasse meine Laterne im Eingang des Tunnels stehen und laufe auf sie zu.

»Geh. Such Alexander, wenn du oben bist«, flüstere ich ihr ins Ohr, während wir uns ein letztes Mal umarmen. »Und sag ihm, dass er sich um mich keine Sorgen zu machen braucht.«

Luce drückt mich an sich.

»Sag es ihm selbst«, flüstert sie und stößt mich mit einer Kraft, die ich ihr niemals zugetraut hätte, ins Innere des Kristalls.

38

»Schwierig.« Der Konsiliar mit der Hornbrille hält die Aufnahme an der Stelle an, die seit der letzten halben Stunde auf jedem Bildschirm im Kontrollzentrum zu sehen war. Skyes vor Schreck geöffnete Augen, als sich die Rampe des Kristalls schließt, ihre gegen das Glas gepressten Hände.

»Sie wäre zurückgeblieben, hätte Miss Vaillant ihr die Wahl gelassen. Für mich ist das emotionales Handeln«, sagt ein anderer Konsiliar, dessen kugelförmiger Bauch gegen die Tischkante stößt, wenn er einatmet.

»So ist die Aufgabe konzipiert, aber trotzdem halte ich Miss Anderson für eine Rationale«, widerspricht die Hornbrille. »Sie hat heute mehrmals die Führung übernommen - und nicht viele wären nach dem Vorfall fähig gewesen, sich weiterhin so kühl und entschlossen zu verhalten.« Er spult zurück und holt Skyes blutleeres Gesicht vor dem Hintergrund der Felskante näher zu uns heran.

»Wir sollten weitergehen. Wir haben eine Aufgabe zu lösen.«

Bei dem Gedanken an den Schmerz, den Skye empfinden muss, zieht sich alles in mir zusammen. Ich hätte meine Aufgaben im Zentrum der Jungen eher beenden müssen. Ich hätte hier sein müssen, als es passierte! Aber woher sollte ich wissen, wie weit das Konsilium gehen würde?

»Ich sage ja nur, dass wir vorsichtig sein müssen, welche Mädchen wir in die Institute schicken.« Der dicke Konsiliar räuspert sich. »Der Kristall hat strikte Anweisungen zur Auswahl der Mädchen gegeben.«

Marlene bemerkt meinen verwirrten Blick und lehnt sich zu mir herüber. »Es sollen drei Institute werden, alle im Großraum New York«, flüstert sie. »Der Kristall will die rationalen Mädchen direkt in der Hauptstadt ausbilden.«

»Und wenn sie das gar nicht wollen?«, frage ich leise.

Marlene schüttelt erstaunt den Kopf. »Es ist eine Ehre, ausgewählt zu werden! In den Instituten gibt es natürlich klare Regeln, vielleicht auch Einschränkungen, was die Freizeit oder Besuche der Mädchen angeht, aber immerhin werden sie für die höchsten Positionen des Landes ausgebildet.«

Mein Magen verwandelt sich in einen Stein, als ich begreife, dass meine schlimmste Vermutung wahr ist: Skyes perfekt rationales Verhalten hat sie nicht in Sicherheit gebracht, wie ich so lange geglaubt habe. Es hat sie einer neuen Gefahr ausgesetzt, denn wenn sie erst einmal in einem dieser Institute steckt, werde ich sie dort niemals wieder herausholen können.

»Aus unserem Zentrum kommen bisher erst vier Mädchen klar infrage«, fügt Marlene hinzu. »Rationale Spiegel reichen eben nicht aus, der Rang muss auch hoch genug sein.«

Doch ich höre nur noch die hohe Stimme des Konsiliars, der sich in diesem Moment an seine Kollegen wendet. »Skye Anderson ist klug, außergewöhnlich klug, wenn ich das richtig sehe. Zudem außergewöhnlich treu. Sie wäre ein Gewinn für den Kristall. Und ihre Rationalität hat sie nun schon mehrfach bewiesen.«

Unter dem Tisch taste ich nach Skyes Handy in meiner Tasche und tippe mit fahrigen Fingern die Nummer ein, die mir während meiner Zeit beim Ring nicht nur einmal das Leben gerettet hat.

»Entschuldige mich«, sage ich zu Marlene und schiebe meinen Stuhl zurück. »Ich muss etwas Dringendes erledigen.«

Die Tür des Kontrollzentrums hat sich kaum hinter mir geschlossen, da drücke ich auf *Wählen* und bete, dass sie abnimmt. Ich sollte dafür sorgen, dass Skye mit einem R zurück nach New York kommt. Aber auf Beths Anweisungen kann ich jetzt keine Rücksicht mehr nehmen.

»Hunter! Was ist los?«

Die Verbindung ist schlecht und ich presse das Handy an mein Ohr. Dieser Anruf ist meine einzige Chance, Skye aus dem Zentrum zu bekommen, bevor sie in den Fängen der Regierung verschwindet - ob ihr Handgelenk nun ein Traitmark trägt oder nicht.

Ich streiche abwesend über die gestärkten weißen Falten meines Rocks, den die Krankenschwester mir zusammen mit einer sauberen Bluse und neuen Strümpfen gegeben hat. Sie hat meine Haare gewaschen und mir ein wenig Rouge auf die Wangen gerieben. Uns wurde angeboten, mit einem der Konsiliare zu sprechen, wenn wir mit Tonyas »bedauerlichem Unfall« nicht zurechtkommen. Die Männer seien schließlich Psychologen.

Nur Lea und Clara haben das Angebot angenommen, während der Rest von uns stumm zu Boden sah. Sadie, Jasmine und Rita wollten zweifellos ihre rationalen Spiegel nicht gefährden. Rationale behalten einen kühlen Kopf – egal in welcher Situation. Und ich? Ich wusste, dass das Konsilium nur herausfinden will, ob Tonyas Tod unsere Treue beeinflusst hat. Also blieb auch ich still. Sobald die Schwester den Raum verlassen hatte, habe ich mich auf den sterilen weißen Boden übergeben.

»Sie ist stark.« Jasmine, die neben mir im Athene-Saal sitzt, sieht mich beschwörend an.

»Ich weiß«, murmele ich und denke an Luce, die immer noch unter dem Zentrum durch die Gänge irrt. Wie lange ist es her, dass wir mit dem Aufzug ins Labyrinth gebracht wurden? Zehn Stunden. Es kommt mir vor wie eine Ewigkeit.

Die leisen Gespräche um uns herum verstummen, als sich der Würfel für die Gläserne Stunde erhebt. Ich lasse meinen Blick über die Reihen der Mädchen schweifen. Den anderen Gruppen gegenüber haben wir Stillschweigen über den Vorfall zu bewahren, das hat uns die Krankenschwester eingeschärft. Die Ergebnisse dürfen nicht verzerrt werden. Aber ich *muss* einen Weg finden, jede Einzelne sehen zu lassen, was ich gesehen habe.

Als hätte Jasmine meine Gedanken gelesen, stößt sie mich an und deutet auf die uns gegenüberliegende Seite des kreisrunden Saals. »Siehst du das Mädchen in der dritten Reihe, mit den kinnlangen Haaren und dem Muttermal über dem Mund?« Ich nicke. »Das ist die Tochter des Gouverneurs von New York. Daneben sitzt Crystal Jefferson. Sie hat sich umbenennen lassen, als die Kristallisierer die Wahl gewannen.« Jasmine wendet mir den Kopf zu. »Niemand von denen würde dir zuhören«, wispert sie. »Wir müssen hier durchkommen, Skye, und dann zurück nach Hause gehen.«

»Und da?«

»Da müssen wir vergessen«, beantwortet Jasmine meine Frage im selben Moment, als der Würfel vor unseren Augen zu leuchten beginnt und die Testleiter die Treppen hinunterschreiten. Ich drehe mich um und hoffe, Alexander zu sehen, doch stattdessen blicke ich in Tamikas regungsloses Gesicht. *Wo ist er?*, würde ich ihr am liebsten entgegenwerfen. Alexander hätte sein Versprechen, vor der neuen Dimension noch einmal mit mir zu sprechen, niemals freiwillig gebrochen … Aber ich halte den Mund. Es würde mir sowieso niemand antworten.

Als die grauen Laborjacken im Kreis unter dem Würfel angelangt sind und sich um den hölzernen Stuhl aufstellen, muss ich unweigerlich an meine Wut über Fionas Bloßstellung zurückdenken, damals in der ersten Gläsernen Stunde, als der Konsiliar ihr Tagebuch vorlas. Etwas Schlimmeres, als vor neunzig Mädchen derart gedemütigt zu werden, konnte ich mir kaum vorstellen. Ich blicke an mir herunter. Dieselben Arme mit genau drei Muttermalen auf jeder Seite, dieselbe blasse Haut, die selbst die stärkste Sonne nicht bräunt, dieselben pechschwarzen langen Haare. Und trotzdem ist von dem Mädchen, das vor knapp einer Woche aus dem Zug gestiegen ist – besessen von Elias und einem Platz an der Cremonte-Universität – nichts mehr übrig.

»Ich wollte ihn übrigens gar nicht küssen.« Überrascht drehe ich mich zu Jasmine, die unverwandt auf den Würfel starrt. »Das war … sagen wir, nur ein Deal. Ich habe vieles gemacht, um dich zu verletzen, aber der Kuss mit Elias gehört nicht dazu. Jetzt guck nicht so!« Für einen Moment kehrt ihr herrischer Ton zurück.

»Ich dachte, du wärst –«

»In ihn verliebt?« Jasmine schüttelt den Kopf. »Nein. Ich habe ihn fast so sehr gehasst wie dich. Und wer könnte es mir verdenken, so ekelhaft perfekt, wie ihr beide wart?«

»Aber warum hast du es dann getan?«, frage ich, als ein Porträt auf dem Würfel erscheint.

Jasmine erhebt sich wortlos, noch bevor der Konsiliar mit der Hornbrille ihren Namen aufrufen kann. Ich sehe zu, wie sie die Stufen hinuntergeht und auf dem Stuhl Platz nimmt. Vielleicht sind Elias und ich einmal perfekt gewesen. Bis unsere heile Welt auseinanderbrach und ich erkannt habe, wer er wirklich ist. Und wer ich bin.

»Ihre Familie hat an den Kristallisierungsmärschen teilgenommen«, beginnt der Konsiliar. Es ist mehr eine Feststellung als eine Frage, aber Jasmine bejaht sie trotzdem.

Ich denke an die nicht enden wollenden Menschenströme, die im Sommer vor fünf Jahren durch New Yorks Straßen zogen. *Für Klarheit und Weitsicht.*

»Wie alt waren Sie damals?«

»Ich war elf.«

»Sie haben mit elf Jahren erkannt, dass Amerika eine neue Führung und wir alle eine neue Chance brauchen?«

»Allerdings.«

Ein neues Foto erscheint auf dem Würfel, es zeigt einen vielleicht neunzehnjährigen Jungen, der mit einer albernen Geste auf die Aufschrift seines T-Shirts deutet: *Klarheit durch Traits!*

»Können Sie uns sagen, wer das ist?«

Jasmines eben noch so lockeres Lächeln gefriert auf ihrem Gesicht. »Das ist mein großer Bruder Aaron, Sir«, sagt sie, und ich höre, wie ihre sonst so klare Stimme bricht.

Jasmine hat einen Bruder? Ich betrachte die Aufnahme genauer, aber den Jungen auf dem Bild habe ich noch nie gesehen.

»Und Ihr Bruder hat mit Ihnen und Ihren Eltern demonstriert?«

Jasmine nickt langsam. »Zumindest am Anfang. Aarons bester Freund ist im großen Skandal umgekommen, bei der Schießerei im Audimax. Erschossen von der eigenen Regierung.« Jasmine schüttelt den Kopf, bevor sie sich wieder fasst. »Mein Bruder wollte verhindern, dass Emotionalität an der falschen Stelle noch einmal Menschenleben gefährdet. Aber dann –«

»Was ist dann passiert?« Das dünne Lächeln des Konsiliars zeigt, dass er genau weiß, was mit Jasmines Bruder geschehen ist.

»Aaron geriet bei einem der Kristallisierungsmärsche in eine Schlägerei«, antwortet Jasmine leise. »Er hat sich nicht provozieren lassen, aber die Kristallisierungsgegner sind trotzdem auf ihn losgegangen.«

Das Foto des lächelnden Aaron wird durch das Bild eines ernsten jungen Manns im Rollstuhl ersetzt. Ein Pflaster klebt quer über seinem rasierten Schädel und das T-Shirt mit dem Wahlspruch der Kristallisierer wirkt jetzt viel zu groß für seinen abgemagerten Körper.

»Vor diesem Vorfall hat Ihr Bruder an der Cremonte-Universität studiert, ist das richtig?«

Jasmine nickt wieder. »Er war einer der ersten Jura-Stipendiaten.«

»Können Sie uns sagen, wie es Aaron heute geht?«

Einige Sekunden lang herrscht Stille im Athene-Saal.

»Er leidet noch immer unter starken Konzentrationsstörungen, und wir arbeiten daran, dass er seine volle Sprachfähigkeit zurückerlangt«, bringt Jasmine heraus. Der Würfel zeigt nun ihr Gesicht in Nahaufnahme. »Die Ärzte nennen das posttraumatische Hirnleistungsschwäche. Aber wir haben Glück gehabt, denn Aaron kann sich orientieren und seit einem Jahr auch wieder laufen.«

Als sie lächelt, strahlen ihre Augen eine Wärme aus, die ich noch nie zuvor in ihnen gesehen habe. Ich denke an die Opfer, die Jasmine in Kauf genommen hat, um Jahrgangsbeste zu werden, und beiße mir auf die Lippe. Unsere ganze Schulzeit lang habe ich sie für ihren übertriebenen Ehrgeiz und ihre Gemeinheiten verabscheut, während sie wohl nur versucht hat, den perfekten Sohn zu ersetzen, der ihren Eltern genommen wurde.

»Glück ...«, wiederholt der Konsiliar mitfühlend, bevor er sich an den schweigenden Saal wendet. »Mutige Kristallisierer wie Aaron Alderville sind Opfer derjenigen geworden, die vor nichts zurückschrecken. Die vernichten wollen, was jeder von uns, jede von Ihnen aufbaut. Sie nennen sich Kristallisierungsgegner, aber wir nennen sie Untreue. Die Regierung konnte Aarons Angreifer in Gewahrsam nehmen und ihrem Zerstörungswahn ein Ende bereiten. Doch damit wir vor Menschen wie ihnen geschützt bleiben, brauchen wir die Hilfe jedes Einzelnen. Bilden wir an der Seite des Kristalls eine geeinte Front gegen solche, die bereit sind, für ihre radikalen Zwecke das Leben eines jungen Mannes zu ruinieren.« Er betrachtet Aarons Bild, das nun wieder auf dem Würfel zu sehen ist. »Wehret den Anfängen, so wurde schon oft in der Geschichte gewarnt. Lassen *Sie* diesem Spruch Taten folgen. Tolerieren Sie nicht, dass die Ideale unserer friedlichen Gesellschaft von Untreuen verraten werden.«

Ein Schauer läuft über meinen Rücken, als sich zustimmendes Gemurmel in den Reihen um mich herum breitmacht.

»Untreue?«, flüstert ein Mädchen neben mir. »Ich hab davon noch nie was gehört.«

»Das sind diese Verrückten, die glauben, wir waren ohne die Gläsernen Nationen besser dran. Die wollen das alte Amerika zurück.« Die Nachbarin des Mädchens lacht bitter. »Das großartige Amerika, das meinen Vater von heute auf morgen nach Kolumbien abgeschoben hat, nachdem er sich dreißig Jahre lang für die USA abgerackert hat. Dass ich mich nicht einmal von ihm verabschieden konnte, war der Einwanderungsbehörde egal. So was ist nicht wichtig bei einem *Indocumentado* wie Dad.«

»Es tut mir so leid, Celia«, flüstert das Mädchen neben ihr.

Ich hebe den Kopf. Celia? Die Celia auf dem zweiten Platz des Rankings? Ich beuge mich vor und betrachte sie. In ihren dunklen Augen glimmt Wut. Wut auf die ehemaligen Vereinigten Staaten, die ihr den Vater weggenommen haben. Auf die Untreuen, die die Kristallisierung aufhalten wollen. Ich presse meine Finger gegen meine Schläfen, um das kämpferische Stimmengewirr um mich herum auszublenden. Ja, es hat während der Wahlen Ausschreitungen gegeben. Aber Maxeni ist keine Extremistin und Fiona keine Schlägerin! *Seht ihr denn nicht, dass er euch manipuliert?* Ich will schreien, doch aus meiner Kehle dringt kein Laut.

Der Konsiliar räuspert sich. »Angenommen, Sie könnten die Zeit zurückdrehen«, wendet er sich an Jasmine. »Würden Sie wieder zum Spiegelkarree kommen, um für eine bessere Welt zu demonstrieren?«

Jasmine öffnet den Mund und schließt ihn. Sie hat im Labyrinth gesehen, wozu unsere neue Welt fähig ist. Ich weiß, welche Antwort sie eigentlich geben will. Aber dann sehe ich ihre Mutter vor mir, die der Kristallisierungspartei angehört, und ihren Vater, der durch Jasmine hindurchschaut, als sei sie unsichtbar.

Als Jasmine stumm nickt, kann ich sie fast verstehen. Vielleicht würde auch ich einfach nur vergessen wollen, wenn ich die Chance dazu hätte.

»Danke für Ihr Vertrauen, Jasmine.«

39

Am nächsten Morgen erwache ich von dem hässlichen Surren des Checks und frage mich, wann ich eingeschlafen bin. Die Matratze über mir ist immer noch leer und mein Mut sinkt.

»Wo bleibst du nur?«, flüstere ich, während sich die Angst zurück in mein Herz schleicht, die mich die halbe Nacht lang wach gehalten hat. Um Luce, um Alexander. Darum, die wenigen Menschen zu verlieren, die mir noch etwas bedeuten. Nach Jasmines Klärung habe ich vor dem Athene-Saal gewartet, um einen der Testleiter abzufangen und mich nach Luce zu erkundigen. Sadie hat mich jedoch wortlos hinter sich hergezogen, die Treppe hoch und bis in unseren Schlafsaal. Weder Lea noch Clara sind von ihren Gesprächen mit dem Konsilium zurückgekehrt. Es ist keine gute Idee, Fragen zu stellen.

Im Waschraum drehe ich den Wasserhahn auf und trinke ein paar Schlucke, bevor ich mir das Gesicht kühle. Als ich tropfnass in den Spiegel sehe, erschrecke ich beim Anblick der dunklen Ringe unter meinen Augen. Meine Wangenknochen treten schärfer als sonst aus meinem Gesicht hervor. Ich sehe buchstäblich aus wie ein Schatten meiner selbst.

»Und ich dachte, *meine* Nacht wäre anstrengend gewesen.«

Mein Gesicht friert mitten im Gähnen ein und ich fahre herum. Vor mir steht Luce, atmend und lebendig und mit ihrem üblichen, leicht ironischen Grinsen im Gesicht.

»Wie konntest du mir das antun!« Ich drücke sie an mich, so

fest, dass ich ihr vor Erleichterung beinahe die Luft abschnüre. »Ist alles in Ordnung?« Ich betrachte meine Freundin von oben bis unten. Luce nickt. »Wie hast du es ganz allein geschafft?«

»Das habe ich nicht.« Luce wirft hastig einen Blick über ihre Schulter. Wir sind die Einzigen im Waschraum. »Ich hatte Hilfe«, flüstert sie mir ins Ohr. »Jemand hat Anweisungen auf meinen Check geschickt. Hinweise, welchen Gang ich nehmen soll. Zuerst habe ich gedacht, das gehöre zur Aufgabe, aber Caroline war von meiner frühen Ankunft so überrascht, dass sie unmöglich etwas davon gewusst haben kann. Was ist?«

Ich schüttle nur den Kopf und klammere mich an den Rand des Waschbeckens. Vor meinen Augen dreht sich alles. *Jemand hat ihr geholfen.* Jemand, der sich damit auskennt, in das Computersystem des Zentrums einzugreifen. Ich schmecke salzige Tränen. Wahrscheinlich sehe ich aus, als sei ich verrückt geworden, wie ich da in meinem Schlafanzug vor dem Waschbecken stehe und gleichzeitig lache und weine, aber das ist mir egal. Alexander ist in Sicherheit. Nichts anderes interessiert mich.

Ich stoße gegen mindestens drei Jungen, die verspätet zu ihren Testungsräumen schlendern, während ich mich mit einer Hand am Treppengeländer um die Ecke schwinge und die Stufen hinuntereile.

Kommt zu den Seaview Hills, meidet die Straßen. Angela erwartet euch. Viel Glück. Ellinor, die Koordinatorin, hatte schon immer eine Schwäche für mich. Ich kann also darauf vertrauen, dass sie meine Bitte um eine sichere Wohnung vor Beth geheim halten wird. Wenn der Ring mir eins gebracht hat, denke ich bitter, dann sind es Kontakte.

Es ist mir egal, ob es verdächtig wirkt, wenn ich nicht in meinem Testungsraum auftauche. Ich muss Skye finden und ihr sagen, dass wir von hier verschwinden. So bald wie möglich, vielleicht schon morgen. Wenn wir bleiben, wird das Konsilium sie unweigerlich für dieses Institut ins Visier nehmen. Sie reden von einer Ausbildungsstätte für zukünftige Anführerinnen der Nationen, aber ich habe den gierigen Schimmer in den Augen des Konsiliars nicht vergessen, als er von Skyes Rationalität und ihrer Treue sprach. Irgendetwas ist da faul.

Ich streiche über das täuschend echt aussehende R auf meinem Handgelenk. Beths Anweisungen für diesen Auftrag waren deutlich. Sie will Skye mit ihrem R. Aber ich bin mir sicher, dass die knallharte Chefin des Rings auch so einen Weg finden wird, sich und ihre Tochter außer Landes zu schmuggeln. Bei dem Gedanken daran, Skye nie wiederzusehen, wird mir ganz anders. Ich schüttle den Kopf. Über Beths Plan kann ich jetzt nicht nachdenken. Erst muss ich uns beide sicher hier rausbringen.

Ich haste den Flur entlang, als aus der Agora eine tiefe Stimme ertönt. Sie lässt mich mein Tempo drosseln und die Tür des Versammlungsraums vorsichtig einen Spalt aufschieben. Die Gruppenvorsteher der Jungen sitzen auf den Bänken und richten ihre Blicke auf den Konsiliar, der über die Aufgabe des Mannes in der modernen Gesellschaft spricht. Über seine naturgegebene Verantwortung, was auch immer das heißen soll. Ich denke an Colins gefälschte rationale Ergebnisse und die Worte des Konsiliars mit der Hornbrille, die aus dem letzten Jahrhundert stammen könnten: *Fehlgeleitete Jungen, wahrscheinlich ohne Vater aufgewachsen. Aber uns beiden ist klar, was ihre wahre Bestimmung ist.*

Ich schnaube unhörbar und schließe die Tür. Dann bin ich

wohl eine Art Mutation, denn sonst wäre ich nicht so verdammt unfähig, meine Gefühle zu ignorieren.

»Alexander?«

Ich fahre herum und stehe dem Konsiliar mit der Hornbrille gegenüber. Mit einer Handbewegung bedeutet er mir, ihm in einen leeren Testungsraum zu folgen. Als er die Tür hinter uns geschlossen hat, drückt er mir ein Blatt Papier in die Hand, auf dem das Wasserzeichen der Regierung schimmert. Ein stilisierter Kristall, was sonst.

»Wir haben ein kleines Problem.«

Ich muss mich zu ihm herunterbeugen, um seine gedämpfte Stimme zu verstehen. »Ja?«

»Im Licht der letzten Ereignisse hat das Konsilium sich entschieden, einige ... sagen wir, besonders wertvolle Expektantinnen früher als üblich zu entlassen.«

»Sie meinen, wegen des Mordes an Tonya Laswig?«, frage ich kalt und beobachte mit einer gewissen Genugtuung, wie der Konsiliar kurz zusammenzuckt. Er hätte die Aufgabe abbrechen können, doch stattdessen hat er zugesehen, wie das Mädchen um sein Leben kämpfte. Und verlor.

»Miss Laswigs Tod war ein tragischer Unfall«, betont der Konsiliar und fährt eilig fort: »Wir haben für die Mädchen auf der Institutsliste ein Arrangement getroffen.«

Ich überfliege die Namen, die mittlerweile ein Gesicht bekommen haben: Mira, Celia und Jasmine, die aktuellen Nummern eins bis drei des Rankings. Es folgen Sadie, ebenfalls aus Skyes Gruppe und im Ranking an Position sieben, sowie die Mädchen von den Plätzen elf und sechzehn. Hinter jedem der Namen steht ein kleines R.

Treue und Rationalität sind die Voraussetzungen, um zu Chloe Cremontes Elite erwählt zu werden, hat Marlene gesagt.

Mir fällt das hartherzige Mädchen aus Skyes Gruppe ein, das ebenfalls einen der wenigen rationalen Spiegel hat - Rita. Sie ist dem Konsilium wohl nicht treu genug, um infrage zu kommen. Nicht alle Rationalen beweisen gleichzeitig auch Vertrauen ins System.

Mein Blick wandert über die Namen, bis ich beim letzten ankomme: Skye. Die außergewöhnlich treue und rationale Skye, noch immer auf Rang fünf. Ich könnte mich dafür ohrfeigen, die Hornbrille je auf sie aufmerksam gemacht zu haben.

Der Konsiliar tippt auf das Blatt. »Bereiten Sie den Transport vor. Wir bringen die glücklichen Auserwählten morgen nach dem Frühstück in die Hauptstadt.«

»Morgen früh?«, stürzt es aus mir heraus, bevor ich mich beherrschen kann.

Der Konsiliar seufzt. »Eigentlich sollten sie erst nach Abschluss ihrer Testung in die Institute gebracht werden, aber das ist dem Kristall nun zu riskant. So ungehalten wie bei unserem Krisengespräch heute Morgen habe ich sie noch nie erlebt. Mit gutem Grund, leider. Wir brauchen diese Mädchen, Alexander. Und wir brauchen sie ohne das Gespenst einer toten Expektantin im Hinterkopf.«

Ich sehe wieder die schwarzen Overalls der Untreuen vor mir und ahne auf einmal, dass es keinen Unterschied macht, ob der Transporter die Mädchen in die Institute bringt oder dorthin, wo man sich um *die besonderen Bedürfnisse* der Untreuen kümmert. Eins haben sie gemeinsam: Wir hier draußen werden sie vermutlich nie wiedersehen.

»Kann ich mich auf Sie verlassen?«

Ich falte das Blatt mit der Liste zusammen und nicke ihm zu. »Ich kümmere mich um alles, Sir.«

Als der Konsiliar den Raum verlassen hat, zerknülle ich das

Papier in meiner Faust. Skye und ich müssen von hier verschwinden, und zwar noch heute Nacht.

Während die anderen Mädchen zum Mittagessen in den Wintergarten strömen, zieht Luce mich beiseite. Sie legt eine Hand über ihren Check und die andere über meinen.

»Ich muss jemanden treffen«, wispert sie. »Er hat etwas, ohne das ich meinen Plan nicht durchziehen kann. Ich sollte es hier im Zentrum bekommen, aber dann sind wir getrennt worden.« Sie holt tief Luft. »Du hast gesagt, du kennst einen Weg ins Zentrum der Jungen?« Ich nicke. »Gut. Erklär mir, was ich tun muss. Und verbirg meine Abwesenheit, so gut es geht.«

»Du kannst da nicht ohne mich hin!«, protestiere ich mit unterdrückter Stimme. »Du brauchst mich.«

»Skye, was ich vorhabe, ist gefährlich. Wenn uns jemand erwischt, wirst auch du abtransportiert.«

»Glaubst du, das wüsste ich nicht?«, entgegne ich. *Vielleicht bekomme ich drüben mehr heraus,* denke ich. *Vielleicht finde ich Alexander.* »Wir gehen heute Nacht. Zusammen.«

Luce sieht mich prüfend an. »Also gut. Aber bis heute Nacht kann ich nicht warten.«

Bevor ich etwas erwidern kann, hakt sie sich bei mir unter und zieht mich in den Wintergarten, wo wir uns jede einen Teller mit Hühnchen und Reis auf ein Tablett stellen. Ich versuche, die CCN-Schlagzeilen an den verkleideten Wänden zu ignorieren, und folge Luce zu einem Tisch. Ausgerechnet direkt neben einem der Aufsicht führenden Testleiter nimmt sie Platz. Ich setze mich ihr gegenüber und stochere schweigend in meinem Essen herum. Warum besteht Luce darauf, dass wir uns am helllichten Tag ins

Zentrum der Jungen wagen? In der Nacht wäre es zwar noch immer gefährlich, aber zumindest kein Selbstmordkommando mehr.

Luce trinkt etwas Wasser und gibt hustend vor, sich verschluckt zu haben.

»Spiel mit!«, flüstert sie und legt sich beide Hände auf den Magen, bevor sie ihr Tablett angewidert von sich schiebt. »Mir ist so übel«, stöhnt sie. Ich werfe dem Testleiter neben unserem Tisch einen nervösen Blick zu. »Ehrlich, das muss das Hühnchen sein.«

An den Tischen um uns herum legen ein paar Mädchen zögerlich ihr Besteck zur Seite. Der Testleiter mit der Halbglatze starrt stur weiter geradeaus, während Luce sich stöhnend auf ihrem Stuhl windet. Endlich verstehe ich, was sie vorhat, und springe auf.

»Hier.« Ich drücke ihr eine der Servietten vom Buffet in die Hand und streiche ihr besorgt die Haare aus dem Gesicht. Luce würde mich nicht grundlos in zusätzliche Gefahr bringen. Wenn sie nicht länger warten kann, dann muss ich ihr vertrauen. Herausfordernd fange ich den Blick des Testleiters auf. »Die Mittagspause dauert noch ein wenig, du Arme.« Ich tätschle Luce beruhigend die Schulter. »Versuch einfach, dich nicht zu übergeben, in Ordnung?«

Der Testleiter holt hörbar Luft. »Vielleicht gehen Sie besser jetzt schon in den Vitalitätsflügel«, sagt er schnell, als Luce sich die Serviette vor den Mund presst, und scheucht uns in Richtung des Ausgangs.

»Sind Sie sicher?«, frage ich mit einem unschuldigen Augenaufschlag. »Wir wurden angewiesen, unseren Stundenplan auch an den Tagen zwischen den Dimensionen genauestens zu befolgen.«

Sein Gesicht nimmt einen grünlichen Schimmer an, als Luce zu würgen beginnt. »Sie sind für heute von allen weiteren Aktivitäten entbunden. Sie beide.«

Als Luce und ich schon den Flur entlanglaufen, ruft er uns noch hinterher: »Und lassen Sie sich Ihr Abendessen im Vitalitätsflügel geben!«

Hinter der Kurve bleiben wir atemlos vor Lachen stehen. »Ich dachte schon, ich müsste mir den Finger in den Hals stecken, damit der uns endlich rauslässt!«

Einen Moment lang fühlen wir uns so albern und ausgelassen wie Sechstklässler, die es geschafft haben, dem Unterricht zu entkommen. Aber als wir den Athene-Saal passieren, werden wir schlagartig wieder ernst.

»Also, was ist der Plan?«, fragt Luce.

Ich deute auf meinen Check, sehe mich um und streife ihn von meinem Handgelenk, bevor ich ihn um meinen Fuß lege und meinen Schuh wieder darüberziehe. Luce tut es mir gleich.

»Der einzige Weg führt durch den Keller«, sage ich.

»Und wie kommen wir da runter?« Als ich nicht antworte, wedelt sie ungeduldig mit der Hand vor meiner Nase herum. »Skye!«

Ich schlucke trocken, während Caroline mich über Luces Schulter hinweg schmallippig anlächelt.

»Wenn ich mich nicht irre, sollten Sie in diesem Augenblick im Wintergarten sitzen.« Caroline legt den Kopf schief und mustert uns. Geistesgegenwärtig ziehe ich meinen rechten Ärmel über mein Handgelenk, um meinen fehlenden Check zu verbergen. »Und nach der Mittagspause steht für Ihre Gruppe Archivzeit auf dem Plan. Dass die Verträglichkeits-Dimension kürzer ausfällt als die anderen, bedeutet für Sie noch lange keine Freizeit, meine Damen.«

Stumm starre ich in ihre dunklen Augen, die gesehen haben müssen, wie Tonya in den Tod gestürzt ist. Ich kann nicht antworten, ich kann nichts anderes denken, als dass Caroline sie hätte retten können. Aber das Leben eines Mädchens war nicht wichtig genug. *Nein,* korrigiere ich mich selbst, als ich an Tonyas Worte im Tunnel denke. *Das Leben einer Untreuen war nicht wichtig genug.*

Wie durch Watte höre ich Luce etwas erwidern, bevor sie erneut zu würgen beginnt. Caroline deutet auf die Treppe, die hoch zum Vitalitätsflügel führt.

»Das war knapp«, stöhnt Luce, als die Testleiterin sich mit klappernden Absätzen entfernt.

Sie schüttelt ihren rechten Arm aus, den sie hinter ihrem Rücken verborgen hat, und ich lasse meinen Ärmel los.

Das Lachen ist uns vergangen. Stumm bedeute ich Luce, mir zu folgen.

Ich schiebe mich an der Wand des Athene-Saals entlang, bis ich die kaum spürbare Vertiefung in meinem Rücken ertaste. Ohne zu zögern, presse ich meine Hand gegen das kalte Glas, und wir stolpern in die verborgene Kammer. Drinnen sieht Luce staunend zu, wie die Wand sich hinter uns wieder schließt und uns in ihrem Inneren verschwinden lässt. Stumm bete ich, dass Alexander seinen Zugangscode in der Zwischenzeit nicht geändert hat, und tippe ihn hastig in das Display. 0406. *Der vierte Juni.* Ein paar quälende Sekunden lang geschieht nichts, doch dann schiebt sich auch diese Wand lautlos zur Seite und enthüllt die Treppe, die ins Reich der Testleiter führt.

»Was ist, kommst du?«

Wir eilen die Stufen hinunter. Genau wie in der Nacht, in der ich nach Elias gesucht habe, ist der ringförmige Flur menschenleer. Wir folgen seiner Biegung und laufen durch den schnurgeraden Tunnel, der zum Zentrum der Jungen führt. Bevor wir jedoch aus seinem Schutz heraus in die kreisrunde Halle treten, bleibe ich stehen. Hier unten mag das Zentrum zu dieser Zeit wie ausgestorben wirken. Doch über unseren Köpfen wartet ein Ameisenhaufen. Wie sollen wir dort unentdeckt bleiben?

»Wo genau müssen wir denn überhaupt hin?«, frage ich, während ich mir vor meinem inneren Auge das Gebäude der Jungen aufrufe. Seine Flure gleichen unseren bis auf wenige Details, wir sollten uns also zurechtfinden. Den Code für unsere Rückkehr durch die Kellertür kenne ich auch. Aber uns wird nicht viel Zeit bleiben. Und wenn wir diesen Jungen erst suchen müssen …

»Er wartet jeden Nachmittag im hinteren Teil des Parks auf mich«, sagt Luce. »Die Absprache haben wir schon in New York getroffen, für den Fall, dass etwas schiefgeht. Wir hatten grobe Skizzen der Zentren bei der *Sonne*. Mauer, Park, Gebäude. Draußen erschien uns der sicherste Ort für ein Treffen zu sein. Hoffen wir, dass die Parkzeit der Jungen nicht auch gestrichen wurde.«

»Selbst wenn nicht«, werfe ich ein. »Woher weißt du, dass er immer noch jeden Tag zu eurem Treffpunkt kommt?«

»Ich weiß es eben nicht«, erwidert Luce gereizt. »Aber ich muss meinen Auftrag erfüllen, verstehst du? Das hier ist meine einzige Chance.«

Deine, denke ich, *und meine*. Elias wusste etwas, das uns verheimlicht wird. Im Zentrum der Jungen kann ich vielleicht endlich herausfinden, was es ist.

Luce seufzt. Ihr Blick wandert von meiner Bluse hinunter zu meinem weißen Rock. »Wir fallen da oben auf wie bunte Hunde«, murmelt sie.

Ich betrachte die Reihe unauffälliger Türen vor uns. Die Zimmer der Testleiter. Zimmer, in denen sich ein Bett befindet, ein Waschbecken … und ein Kleiderschrank. Kurz entschlossen ziehe ich Luce hinter mir her durch die Halle. Vor der erstbesten Tür bleibe ich stehen und lausche. Als auf der anderen Seite nichts zu hören ist, drücke ich die Klinke hinunter. Es ist riskant, aber alles ist besser, als völlig ungetarnt ins Zentrum der Jungen zu spazieren.

Wenig später blickt Luce kritisch an sich herunter. »Wenigstens haben wir das Zimmer einer Frau erwischt«, sagt sie und pflückt ein rotes Haar von dem Kragen ihrer Laborjacke. »Aber modisch sind die Dinger echt nicht. Ich sehe aus wie meine alte Chemielehrerin.« Sie wirft mir einen Blick zu. »Deinem Alexander stehen diese Kittel definitiv besser.«

Überrascht höre ich auf, an meinen zu langen Ärmeln herumzufummeln. »*Meinem –?*« Ich räuspere mich.

Luce grinst. »Ihre Gefühle sind ein offenes Buch, Miss Anderson! Aber keine Sorge, ich bin die Letzte, die das Recht hätte, die Männerwahl meiner Freundinnen zu kritisieren«, fügt sie seufzend hinzu. »Sei trotzdem vorsichtig. Er ist immer noch ein Testleiter.«

»Ich weiß.«

Ich sehe zu, wie Luce ihre hellen Haare im Nacken mit einer Klammer feststeckt. Ich würde ihr gern erzählen, wie Alexander versucht, mir zu helfen. In was für eine Gefahr er sich selbst dabei bringt – und dass ich in seinen grünen Augen eine Verletzlichkeit entdeckt habe, die mich ihm vertrauen lässt. Aber dann würde Luce Fragen stellen, die ich nicht beantworten kann. Fragen, die mir Angst machen. Denn wer riskiert schon sein Leben für das R eines Mädchens, das er erst seit ein paar Tagen kennt?

Nebeneinander steigen wir die Stufen zum Zentrum der Jungen hinauf und ich kreuze in der Tasche der fremden Laborjacke meine Finger. Wenn ich Alexander jemals wiedersehen will, dann dürfen wir jetzt nicht auffliegen.

40

Beim letzten Mal, als ich durch diese Flure lief, habe ich mich von der Stille der Nacht beschützt gefühlt. Jetzt machen die Stimmen, die aus den Räumen um uns herum dringen, unser gefährliches Spiel nur umso deutlicher. Luce und ich meiden offene Türen, und wenn es nicht anders geht, rauschen wir so schnell wie möglich an ihnen vorbei.

»Da vorne ist ihr Speisesaal.« Luce deutet den Gang hinunter. Den vollen Testungsräumen nach zu urteilen, ist die Mittagspause der Jungen jedoch schon vorbei. »Irgendwo hier müssen die Türen nach draußen sein«, flüstert Luce und zieht mich zur Seite, als uns zwei Jungen überholen.

»Wir müssen in den Park, bevor hier drüben der Ausgang anfängt«, dränge ich. Sobald die echten Testleiter die Flure bevölkern, sind wir geliefert.

Luce nickt und wiederholt die Worte, die sie schon im Wintergarten zu mir gesagt hat: »Spiel mit.« Dann beschleunigt sie ihren Schritt. »Die Parkzeit beginnt erst in zehn Minuten! Was machen Sie außerhalb Ihrer Testungsräume?«

Mein Atem stockt, als die beiden Jungen sich umdrehen und ich in Elias' überraschtes Gesicht blicke. Seine Augen wandern von Luce zu mir und verengen sich.

»Wir wollten nur auf die Toilette«, sagt sein rothaariger Freund, dessen breiter Akzent beweist, dass er nicht aus New York kommt. Elias starrt mich noch immer an, ohne mit der Wimper zu zucken.

Wenn ich dir je etwas bedeutet habe, denke ich flehend. *Wenn unsere Freundschaft dir je wichtig war, dann verrate uns nicht.* »Außerdem ist der Ausgang zum Park doch dahinten.«

Luce gibt ein kurzes Lachen von sich, das Carolines erschreckend ähnelt. »Glauben Sie etwa, das wüsste ich nicht? Die Anweisungen Ihres Checks sind strikt einzuhalten, das beinhaltet auch Pausenzeiten. Egal, wofür.« Der Rothaarige sieht verunsichert zu Elias. »Na los!«, sagt Luce schnell. »Jetzt, wo Sie schon einmal hier sind, beeilen Sie sich wenigstens!«

Der Rothaarige nickt hastig, er scheint Luce die Testleiterin tatsächlich abzunehmen. Mich hat er noch nicht einmal bemerkt, ganz im Gegensatz zu Elias. Er wirft mir einen letzten Blick zu, bevor er sich umdreht und seinem Freund den Flur hinab folgt.

»Du bist ja ganz blass«, zischt Luce mir zu, während wir in die entgegengesetzte Richtung eilen.

»Das war Elias«, stammele ich.

»Oh!« Luce bleibt stehen. »Ich habe ihn nicht erkannt, sonst hätte ich die Jungs natürlich nicht angesprochen ...« Sie beißt sich auf die Lippe. »Meinst du, er verrät dich?«

Ich denke an die Nacht in seinem Schlafsaal und die am See. Elias liebt mich nicht, dessen bin ich mir inzwischen sicher. Aber würde er mich in Gefahr bringen?

»Nein«, sage ich schließlich.

Luce nickt, und ich zwinge mich, meinen eigenen Worten zu glauben.

Erst als die warme Sommerluft meine Haut berührt, merke ich, wie sehr es mich bedrückt hat, tagelang hinter den Mauern des Zentrums festzusitzen. Ich folge Luce in eine abgelegene Ecke des

Parks. Sie stützt sich mit beiden Händen auf das steinerne Becken eines Springbrunnens, aus dem eine schwache Fontäne aufsteigt.

»Es müsste gleich drei sein«, sagt sie. »Unsere Pause ist jetzt zu Ende, das heißt, die Parkzeit der Jungs wird jeden Moment anfangen.«

»Und du bist dir sicher, dass wir am richtigen Ort sind?«, frage ich.

Luce nickt. »Dieser Teil des Parks ist unser Treffpunkt für Notfälle. Keine Bänke, Schatten. Hier macht niemand sonst Pause.« Sie wirft einen Blick zur Fassade des Zentrums. »Und niemand beobachtet uns aus irgendwelchen Fenstern.«

Gesprächsfetzen dringen an unsere Ohren. Die Jungen beginnen ihre Parkzeit. »Ich habe ein schlechtes Gefühl bei der Sache«, sage ich und drehe mich um. Vor Schreck stolpere ich einen Schritt zurück, als hätte ich einen Geist gesehen.

»Mein Aussehen hat immer diesen Effekt auf Frauen. Ich dachte bloß, du wärst immun gegen meinen Charme.« Colin grinst genau wie früher, doch von seiner übertriebenen Arroganz ist mit Ausnahme der großen Worte nichts übrig geblieben. Fassungslos beobachte ich, wie Luce auf Colin zugeht und ihn umarmt.

»Ich habe schon geglaubt, du kommst nicht mehr«, sagt sie und bedeutet ihm, seinen Check abzunehmen, während ich wie angewurzelt neben dem Brunnen stehen bleibe. Colin ist alles andere als ein Untergrundkämpfer!

»Du …« Mehr bringe ich nicht hervor.

Die beiden sehen mich an und Colins Lächeln verschwindet. »Ich habe die Rolle des treuen Rationalen wohl gut gespielt.«

»Wohl eher die des rücksichtslosen Mistkerls«, verbessere ich ihn.

Colin lacht auf. »Gibt es da einen Unterschied?« Er mustert mich wachsam. »Und du hast also die Seiten gewechselt?«

»Ohne Skye wäre ich nicht hier«, erklärt Luce. »Ich vertraue ihr.«

Colin nickt. Er lächelt mir zu, doch ich kann das Bild des rationalen, ehrgeizigen Colin, der für seinen Erfolg über Leichen gehen würde, einfach nicht aus meinem Kopf vertreiben. Kann ein Mensch sich jahrelang so gut verstellen?

»Woher weiß ich, dass wir dir vertrauen können?«, platzt es aus mir heraus.

»Colin ist schon länger bei der *Sonne* als ich«, beruhigt mich Luce. »Er hat sich als erster Junge freiwillig gemeldet, um herauszufinden, wohin die Leute aus den Zentren verschwinden. Bisher haben sich nur Mädchen für uns eingeschleust.«

»Aber der See!«, stottere ich. »Wenn du dich freiwillig gemeldet hast, warum bist du dann nach dem Bescheid in die gesperrte Zone gelaufen?«

»Keine Sorge, ich wollte mich wirklich nicht umbringen.« Colins Blick schweift ab. »Aber ich hatte Angst«, sagt er. »Nicht vor einem E, sondern vor meiner eigenen Courage. An diesem Abend wusste ich, dass es kein Zurück mehr geben wird, wenn ich erst einmal im Zentrum bin.«

»Seit Cremontes Wahlsieg vor fünf Jahren verschwinden Menschen«, fügt Luce ernst hinzu. »Journalisten, Mitglieder der alten Parteien oder einfache Bürger, die sich kritisch über die Traits äußern. Unsere Vermisstenliste wird immer länger.«

Ich muss an den Artikel in der *Times* denken, in dem meine Mutter nach den Konsequenzen der Kristallisierung fragte. Und an die handschriftliche Namensliste, die ich auf der Rückseite gefunden habe. Eine Liste, auf der ihr eigener Name stand.

»Jugendliche kehren unter fadenscheinigen Begründungen nicht von der Testung zurück«, fährt Luce fort. Ihre Stimme klingt kämpferisch, und es fällt mir nicht schwer, sie mir inmitten von Rebellen vorzustellen. »Die offiziellen Erklärungen sind jedes Mal die gleichen. Eine besondere Uni im Ausland oder ein dringend nötiger Psychiatrieaufenthalt wegen einer im Zentrum erkannten Depression. Nichts davon stimmt. Wir haben nach den Expektanten gesucht, aber sie sind wie vom Erdboden verschluckt.«

Der Park beginnt, sich vor meinen Augen zu drehen. Mum verschwand, genau wie die Mädchen aus unserem Zentrum verschwinden. Ich klammere mich an den Brunnenrand, als eine Frage in meinem Kopf auftaucht, die ich mir noch nie gestellt habe: Ist meine Mutter im Jahr nach dem Wahlsieg gar nicht freiwillig gegangen?

»Woher wusstest du davon?«, krächze ich und schaue Colin an. *Bin ich denn die Einzige, die nichts geahnt hat?*

»Mein Dad wurde als Rationaler kristallisiert«, beginnt er. »Aber als sie ihm das Traitmark tätowieren wollten, hat er gesagt, dass die Einschätzung nicht stimmen kann. Sie haben ihn gefragt, ob er gegen die Traits ist, und er hat Ja gesagt. Hat sogar zugegeben, dass er sich nur kristallisieren lässt, damit ich studieren darf.« Colin fixiert die Spitzen seiner Schuhe. »Am nächsten Tag ist er nicht von der Arbeit nach Hause gekommen.«

Luce streicht ihm über den Rücken. »Die *Sonne* glaubt an eine Art Säuberungsaktion«, übernimmt sie. »Wir denken, dass die Zentren dafür da sind, jugendliche Untreue systematisch herauszufiltern, bevor sie zu Erwachsenen werden, deren Einstellung man schwieriger überprüfen kann. Und die so leicht nicht mehr zu beeinflussen sind. Deshalb auch das Ranking.«

»Aber das ist es ja.« Colin sieht von mir zu Luce. »Die *Sonne* hat mich auf den Transport vorbereitet. Ich habe die Anweisung, mich in den Aufgaben emotional zu verhalten und im Ranking so weit wie möglich abzurutschen. Aber bei uns gibt es überhaupt kein Ranking! Und von uns wird auch niemand weggebracht, zumindest nie für lange.«

Luce runzelt die Stirn. »Aber die untreuen Jungen –«

»Welche untreuen Jungen?« Colin senkt seine Stimme, obwohl niemand in unserer Nähe zu sehen ist. »Marlon, ein Junge aus C, hat vor ein paar Tagen gesagt, Buchstaben auf einem Handgelenk wären kein Allheilmittel für die wirklichen Probleme auf der Welt. In der nächsten Nacht war er nicht im Schlafsaal, aber am Morgen darauf kam er zurück. Seitdem ist er Vorsteher und brennt mehr für die Kristallisierung als jeder andere. *Das* passiert mit untreuen Jungen.« Colin sieht uns an. »Ständig wird von einem Programm geredet, über das uns aber keiner mehr verraten will. Und noch etwas: Jeder einzelne verdammte Spiegel hier drüben ist rational. Egal, was ich tue, um emotionale Ergebnisse zu bekommen, ich lande auf der Ratio-Seite. Fast … als sollte es keine emotionalen Jungen geben.« Colin schüttelt den Kopf. »Wenn ihr mich fragt, dann ist das Verschwinden der untreuen Mädchen erst der Anfang.«

Ich denke an Elias' Worte auf dem Boden des Waschraums: *Niemand von uns wird dem Programm im Weg stehen.*

»Kann es sein, dass diese Vorsteher eingeweiht sind?«, frage ich.

»Zumindest haben sie eigene Versammlungen mit dem Konsilium«, erwidert Colin. »Und sie haben freien Internetzugang in einem eigenen Medienraum. Keine Ahnung, was da vor sich geht.«

Luce und ich wechseln einen Blick.

»Bring uns hin«, verlange ich. Wir sind schon länger im Zentrum der Jungen, als die Vorsicht erlaubt, aber in diesem Raum werden wir vielleicht endlich Antworten erhalten – über das Zentrum, über meine Mutter und über ihre Liste. Etwas sagt mir, dass die Namen dieser Frauen uns verraten können, welches Spiel die Regierung wirklich spielt.

Panik schnürt mir die Kehle zu, als die Krankenschwester lächelnd den Kopf schüttelt.

»Also haben Sie heute keine Mädchen mit Übelkeit behandelt?«, wiederhole ich meine Frage und versuche, an ihr vorbei einen Blick auf den Computerbildschirm mit dem heutigen Patientenprotokoll zu erhaschen.

Sie legt die Tabletten beiseite, die sie gerade in kleine Becher aufteilt. »Nein«, antwortet sie, nun ohne zu lächeln.

Ich lese die Aufschrift auf der Tablettenpackung in ihrer Hand, und mir wird schlecht, als ich dasselbe Mittel erkenne, mit dem die Mädchen vor dem letzten Transport betäubt wurden.

»Nur heute und morgen - und nur zur Beruhigung dieses Mal«, erklärt sie und deutet auf die zwölf Becher. »Wegen des Vorfalls. Wir mussten auf die Erlaubnis für außerplanmäßige Sedierung aus der Hauptstadt warten, aber jetzt können wir den armen Mädchen endlich helfen.«

Zwölf Pillen für zwölf Mädchen, deren Kameradin in den Tod gestürzt ist. Skye darf das Zeug auf gar keinen Fall schlucken. Sie braucht all ihre Sinne, wenn wir heute Nacht aus diesem Glasgefängnis entkommen wollen.

»Ich kann die beiden Expektantinnen als vermisst melden.« Die Schwester tippt auf ihren Check, doch ich schüttle hastig den Kopf.

»Nicht nötig! Ich habe mich vertan. Vergessen Sie, dass ich hier war.«

Mit diesen Worten stürme ich aus dem Vitalitätsflügel. *Was jetzt?* Das hier ist das Ende meiner einzigen Spur. Niemand hat Skye gesehen, seit Caroline sie höchstpersönlich zur Krankenschwester geschickt hat, bei der sie nie angekommen ist. Ich muss sie finden, bevor das Konsilium es tut.

41

Meine Mutter wusste etwas«, schließe ich. »Ihre Liste war nicht nur irgendein Rechercheprojekt, da bin ich mir jetzt ganz sicher.«

Luce, die mir mit zusammengezogenen Augenbrauen zugehört hat, wirft einen Blick zur Tür und nickt. Colin hat uns unentdeckt in den ersten Stock des Jungenzentrums geschleust, nur um gleich darauf wieder zu verschwinden. Obwohl er uns versichert hat, dass dieser Freizeitraum von den meisten nur abends genutzt wird, beginne ich, nervös zwischen den Tischkickern, Billardtischen und Spielekonsolen auf und ab zu gehen. So verbringen die Jungen also die Zeit, in der wir auf den gläsernen Bänken des Athene-Saals unsere Treue beweisen müssen! Schon von Anfang an kam mir die Klärung vor wie ein Verhör. Aber was macht uns Mädchen automatisch zu Verdächtigen?

Die Tür geht auf und mir bleibt fast das Herz stehen. Erleichtert atme ich auf, als Colin hereinschlüpft.

»Der Medienraum ist unbesetzt«, keucht er. »Kommt.«

Schweigend folgen Luce und ich Colin über den Gang. Vor einer mit einem Touchpad gesicherten Tür bleibt Colin stehen und beugt sich über das Display. Er beginnt, etwas einzutippen. *Elias-Vorsteher-Gr2-BzF*, lese ich. Kein Wunder, dass er an dieses Passwort herangekommen ist. Elias vertraut seinem besten Freund blind. So stolz, wie er auf seine Position ist, hat er Colin den Medienraum wahrscheinlich sogar selbst gezeigt.

»Mir fehlte bisher nur jemand, der Wache hält«, sagt Colin, der meinen Blick bemerkt hat. »Sonst hätte ich mich schon längst umgesehen.« Er drückt die Klinke hinunter und lässt Luce und mich eintreten. »Das Passwort für den Computer müsste dasselbe sein. Ich warte am Anfang des Flurs. Falls jemand kommt, verwickle ich ihn in ein Gespräch. Das sollte euch zumindest eine Minute geben, um zu verschwinden.«

Der Raum enthält drei schmale Schreibtische, auf denen jeweils ein Computerbildschirm steht. Luce zieht zwei Stühle vor den Tisch bei der Tür und schaltet den Rechner an, der sich mit einem surrenden Geräusch hochzufahren beginnt.

»Ich frage mich, wozu diese Vorsteher gut sind«, sagt sie nachdenklich, während ich das Passwort eingebe.

»Elias wusste Bescheid«, antworte ich. »Die anderen Jungen mögen ahnungslos sein, aber er wusste von den Transporten.«

Luce legt mir eine Hand auf die Schulter. »Ein Grund mehr, jetzt kein schlechtes Gewissen zu haben.« Sie stockt, als sich automatisch eine Maske öffnet.

»ReNet?«, lese ich, doch Luce zuckt bloß die Achseln. Sie will die Maske schon schließen, als ein leises Pling eine eingehende Nachricht ankündigt. »Das ist ein Chatforum.« Ich nehme ihr die Maus aus der Hand.

»Chatforum?« Luce grinst. »In so was war ich das letzte Mal mit zwölf unterwegs. Up to date ist das wirklich nicht.«

»Aber wir haben auf den Checks hier drinnen keinen Internetzugang«, erinnere ich sie. »Dieses Forum ist die einzige Möglichkeit, sich zu vernetzen.« Ich klicke auf die eingegangene Nachricht. Es ist ein Gruppenchat. Ich überfliege die Liste der Mitglieder. Alle männlich, alle aus verschiedenen Bezirken. Alle Vorsteher ihrer Zentrumsgruppen. Ich scrolle zu der letzten Nachricht, die Elias geschrieben hat.

Ich mache mir Sorgen um eine Freundin. Bis jetzt habe ich sie für eine Ausnahme gehalten, aber sie hat sich verändert. Sie vertraut dem Kristall nicht mehr so wie früher. Und mir auch nicht.

Ein Blick auf das Datum bestätigt mir, dass Elias die Nachricht am Morgen nach unserem Treffen geschrieben hat. Fünfzehn Antworten.

Typisch. Mein Rat: Such dir 'ne E.

Sehe ich genauso. Ausnahmemädchen sind unnatürlich. Den Kristall in allen Ehren, aber was mit der anfangen würde ich auch nicht. Die Kommentare der anderen Vorsteher verschwimmen vor meinen Augen.

Klingt mir fast wie eine Untreue. Pass auf dich auf.

Und dann Elias: *Danke, Jungs.*

»Genug.« Luce nimmt die Maus und schließt die ReNet-Maske.

»Was soll das heißen, Ausnahmemädchen?«, stammle ich. »Meinen die Rationale?« Ich denke daran, wie Elias mich im Waschraum angefleht hat, unsere Zukunft an der Cremonte-Uni nicht wegzuwerfen. Dabei ist es nicht die *eine Freundin*, die mich verletzt. *Ausnahmemädchen sind unnatürlich. Such dir 'ne E.*

Luce umfasst meine Schultern und dreht mich zu sich herum. »Das sind Idioten, okay?« Sie schaut mir fest in die Augen. »Aus denen ist garantiert nichts Sinnvolles herauszubekommen. Das hilft uns jetzt nicht weiter.«

Ich nicke und sie streicht über meine Arme. »So ist es richtig.« Sie zieht die Tastatur zu sich heran und öffnet eine Suchmaschine. »Also los. Erinnerst du dich noch an die Namen von der Liste?«

»An jeden einzelnen.« Ich schiebe Elias und ReNet aus meinem Kopf. Wenn ich Antworten will, muss ich herausfinden, was meine Mutter und diese Frauen gewusst haben. *Marike Donalds,* tippe ich in die Suchzeile. Mit klopfendem Herzen klicke ich auf *Suchen* – aber auf dem Bildschirm herrscht bis auf ein veraltet wirkendes Social-Media-Konto gähnende Leere. *Keine weiteren Ergebnisse.*

Luce greift nach der Tastatur. »Warte. Ich habe eine Idee.« Sie öffnet eine Seite, deren Namen ich noch nie gehört habe, klickt sich durch eine Reihe von Links und landet schließlich bei einer mir unbekannten Suchmaschine. »Versuch es mal hiermit«, sagt sie. »Darüber können auch gelöschte Artikel gefunden werden.«

Erneut tippe ich den Namen ein und eine Sekunde später füllt sich der Bildschirm mit Schlagzeilen.

Kampf der Richterkandidaten: Wer zieht als Nächstes in den obersten Gerichtshof ein?

Ich klicke auf den Artikel eines Politikmagazins, dessen Name mir nichts sagt. Das Foto zeigt eine Frau mit raspelkurzen Haaren, die selbstbewusst in die Kamera lächelt. Hier trägt sie eine Brille, doch ich erkenne ihr Gesicht von einem anderen Bild. Diese Frau war auf einem der Polaroidfotos, die ich am See gefunden habe.

Von den neun derzeitigen Mitgliedern wäre die 55-jährige Marike Donalds neben Nellie Sheridan, einer glühenden Verfechterin der Kristallisierung, die zweite Frau am obersten Gerichtshof. Wenn Donalds ernannt wird, prägt sie die Rechtsbeschlüsse unseres Landes auf Lebenszeit.

»Aber warum sollten sie diesen Artikel löschen?«, frage ich verwirrt und klicke auf die nächste Überschrift. Der dazugehörige Bericht erschien nur wenige Wochen später.

Der Anwalt Marcus Raven setzt sich im Rennen um den Posten am obersten Gerichtshof gegen die ehemalige Bundesrichterin Marike Donalds durch.

»Da hast du deine Antwort. Wenn ein gewöhnlicher Anwalt gegen eine Bundesrichterin gewinnt, riecht das doch nach einem abgekarteten Spiel.« Luce deutet auf das Bild des rothaarigen Mannes im Anzug. »Ist Raven nicht Miras Nachname?«

Ich nicke langsam, aber meine Augen hängen an einem Wort fest. Die *ehemalige* Bundesrichterin. Mit einem mulmigen Gefühl im Bauch suche ich das Datum der Veröffentlichung. Der 27. August vor fünf Jahren. Zwei Tage nach dem Datum, das meine Mutter hinter Marike Donalds' Namen notiert hat. Ich versuche, weitere Artikel über sie zu finden, aber allem Anschein nach hat ihre Laufbahn im August ein jähes Ende genommen. Nur noch der Social-Media-Account, den wir zuvor schon entdeckt haben, ist online. Also ist Marike Donalds selbst nicht verschwunden – wie die Kristallisierungsgegner, von denen Luce gesprochen hat. Bloß ihre Karriere. Doch was hat meine Mutter dann dokumentiert, wenn es nicht die Namen von Vermissten sind?

Ich tippe den nächsten Namen in die Suchzeile und der Bildschirm füllt sich mit Fotos einer strahlend schönen Frau in aufwendigen Kostümen.

»Eine Ballerina?«, fragt Luce zweifelnd, doch ich deute auf das Datum. Die Bilder der jungen Tänzerin sind fast vierzig Jahre alt.

»Hier, lies!«, sage ich und klicke auf einen Artikel, der im Frühling vor dem großen Skandal erschien.

»Die ehemalige Primaballerina Anna Nebrova wird Direktorin der Juilliard School der Künste«, heißt es dort. Mein Blick wandert zu dem Foto einer übermäßig schlanken, streng aussehenden Frau, deren Gesicht trotz der Falten unverkennbar das der Tänzerin auf den Bildern zuvor ist. Ich überfliege den nachfolgenden Beitrag aus dem November des gleichen Jahres.

»Anna Nebrova tritt auf eigenen Wunsch in den Vorruhestand«, lese ich verwundert.

»Wenige Monate, nachdem sie die Stelle bekommen hat?« Luce runzelt die Stirn.

Ich öffne ein neues Fenster und suche nach Sofia Smith-Carlson – Mutter dreier Kinder und CEO eines Milliardenkonzerns namens Campbell Atlantics, wie ich sogleich erfahre. In einem Video präsentiert sie stolz ihr frisch gestochenes Traitmark: *»Campbell Atlantics ist schon immer mit dem Fortschritt gegangen«*, sagt sie, *»und die Kristallisierung ist der größte Fortschritt, den dieses Land je errungen hat.«*

»Bist du sicher, dass sie auf der Liste stand?«, fragt Luce.

Ich nicke, während Sofia Smith-Carlsons Stimme uns erläutert, gleich gewusst zu haben, dass sie eine Emotionale ist. Ich stoppe das Video und klicke auf die nächste Schlagzeile.

»Entlassungswelle bei Campbell Atlantics: Sofia Smith-Carlson stürzt über folgenschwere Fehlentscheidung. Der Fall wirft erneut die Frage auf, ob Emotionale in die Führungsetage gehören.«

Der Artikel stammt aus dem Dezember vor fünf Jahren. Ich brauche die Liste meiner Mutter nicht vor mir zu haben, um zu wissen, dass das dort notierte Datum hinter Sofias Namen ebenfalls im Dezember liegt.

»Es gibt ein Muster«, flüstere ich. »Jede dieser Frauen hat eine führende Rolle gespielt, in der Wirtschaft, in der Politik oder Kultur. Und jede ist innerhalb weniger Monate nach dem großen Skandal von der Leinwand verschwunden.«

Mit zitternden Fingern tippe ich den vorletzten Namen ein, nur um zu lesen, was ich mir inzwischen schon zusammenreimen kann.

Luce blickt mir über die Schulter. »Also ist Sol Riviera aus der Redaktion der *Times* geworfen worden«, fasst sie zusammen.

»Ja. Hier steht etwas von Vertrauensbruch. *Der Fall Riviera zeigt selbst der konservativen Times, lange Zeit eine Bastion der Kristallisierungsgegner, dass der rationale Trait ein unverzichtbares Einstellungskriterium für eine leitende Position ist. Sol Riviera wird sich nach eigenen Angaben nun wieder stärker ihrer Familie und ihrem Sohn widmen, der in den letzten Jahren unter ihrer Vollzeitstelle als*

Chefredakteurin gelitten hat«, lese ich vor und vergrößere das Foto einer Frau in den Vierzigern, deren dunkler Teint nicht recht zu ihren smaragdgrünen Augen passt.

»Ich kenne sie!«, rufe ich aus und denke an die Abende, an denen die lebenslustige Kollegin meiner Mutter zum Abendessen vorbeikam. »Sol hat die Artikel zu den Fotos meiner Mum geschrieben. Sie haben im Team gearbeitet, bis –«

»Bis deine Mutter übernommen hat«, ergänzt Luce und deutet auf den Bildschirm. »Sol wurde im Januar entlassen, richtig?«

Ich nicke. Das erklärt, warum Mum auf einmal anfing, selbst Artikel zu schreiben. Mit zitternden Fingern gebe ich ihren Namen ein, den letzten auf ihrer Liste.

Elizabeth Anderson.

Wenn bisher je drei oder vier Suchergebnisse pro Namen erschienen, so explodiert der Bildschirm nun förmlich vor Treffern. Die meisten sind *Times*-Artikel mit Mums Unterschrift.

»Kristallisierung schreitet voran – Bewegung hält Amerika in Atem«

»Entlassungswelle: Entscheiden Traits demnächst über den Arbeitsplatz?«

»Wusstest du das?«, fragt Luce und ich schüttle den Kopf.

»Der emotionale Trait – Sackgasse der Träume?«

Luce wirft einen Blick auf die Bildschirmuhr. Schon sechs. Wir sind länger hier drinnen, als ich gedacht habe. »Wir sollten zurückgehen.« Sie schließt die Seite mit den gelöschten Artikeln und fährt den Computer herunter. »Was deine Mutter geschrieben hat, klingt genauso regimekritisch wie das, was die meisten Mitglieder der *Sonne* von sich geben«, sagt sie dabei. »Ihr Verschwinden ist also kein Wunder. Aber weswegen wurde der Rest zum Schweigen gebracht? Außer deiner Mutter hat sich keine von ihnen offen gegen die Kristallisierung gestellt.«

Nachdenklich drehe ich eine Haarsträhne um meinen Finger. Fünf Führungspositionen, fünf Entlassungen. Fünf Fälle, die nur eine Gemeinsamkeit haben.

»Nein«, antworte ich, während ich langsam zu verstehen beginne, was Mum die ganze Zeit über geahnt haben muss. »Aber sie sind Frauen.«

»Die Luft ist rein.« Colin winkt uns aus dem Medienraum und begleitet uns durch die leeren Flure. Die Pause der Jungen ist längst vorbei und noch ist keine Essenszeit. Sie müssen in ihren Testungsräumen sein. Vor der Treppe, die Luce und mich hinunter in den Keller und zurück zum Zentrum der Mädchen führen wird, bleiben wir stehen.

»Seid vorsichtig«, sagt Colin und sieht mich kopfschüttelnd an. »Dass ausgerechnet Skye Anderson das System stürzen will …«

»Menschen ändern sich«, erwidere ich.

»Wir müssen los«, sagt Luce. »Hast du es noch?«

Colin nickt und reicht ihr eine Schachtel. Luce hebt den Deckel an und nimmt ein Gerät heraus, das nicht länger ist als mein kleiner Finger und wie die Miniaturversion eines Funkgeräts aussieht. Sie drückt auf einen der beiden Knöpfe. »Test. Wollt ihr die Wahrheit über den gläsernen Käfig wissen, in dem wir leben? Dann empfehle ich euch dranzubleiben.«

Luce lässt den Knopf los und einen Moment später hallt ihre Stimme metallisch aus dem kleinen Diktiergerät.

»Es geht an jedem Detektor vorbei«, sagt Colin, »und auf der Rückseite ist eine Kamera.«

Luce lässt das Diktiergerät in ihrer Tasche verschwinden, während ich Alexanders Code in das Display neben der Tür tippe.

0406. Ausgerechnet die Zahlen, die meine Familie zerstört haben …

»Wir sehen uns in New York«, sagt Colin, bevor die Tür hinter uns ins Schloss fällt.

»Ich hoffe es«, murmelt Luce und hält die Glasscherbe an ihrer Kette umklammert wie einen Talisman.

42

Ich sehe zu, wie die Kammer in der Wand des Athene-Saals meine beste Freundin verschluckt.

»Wir treffen uns dann bei der Gläsernen Stunde«, hat Luce gesagt, nachdem ich ihr erklärt habe, warum ich noch nicht ins Zentrum zurückkehren kann.

Ich drehe mich um und eile die Treppe wieder hinunter. Es gibt nur einen Menschen auf der ganzen Welt, mit dem ich jetzt sprechen will.

Vor Alexanders unscheinbarer Tür bleibe ich stehen und hole tief Luft, bevor ich die Klinke nach unten drücke und in sein kleines Zimmer trete. Er ist nicht da. Die Erinnerung an alles, was geschehen ist, als ich hier mit Schmerzsensoren am Körper und einem verwirrenden Glühen im Bauch stand, überschwemmen mich. Ich streiche über die graue Bettdecke. Ein Hauch von Pfefferminze liegt in der Luft.

»Wo bist du?«, murmele ich.

Das Zimmer wirkt noch karger als beim letzten Mal, nicht einmal eine Zahnbürste liegt neben dem Waschbecken. *Haben sie ihn doch geholt? Weiß Caroline, wer Luce im Labyrinth geholfen hat?* Ich setze mich auf das Bett und warte. Überlege, ob man die Checks orten kann – aber dann hätte oben längst jemand bemerkt, dass Luce und ich den Nachmittag über nicht im Vitalitätsflügel waren. Kaue an meinen Fingernägeln, obwohl ich versuche, mir das abzugewöhnen. Die Zeit vergeht. Nach einer Weile ziehe ich meinen

Strumpf herunter und werfe einen Blick auf meinen Check. Schon gleich sieben. Jetzt gibt es im Wintergarten Abendessen. Mir bleibt nur noch eine Stunde, bis die Klärung im Athene-Saal beginnt. *Wo bleibst du nur?*

Schritte ertönen auf dem Gang und ich halte die Luft an. Leise schleiche ich zur Tür und öffne sie vorsichtig, nur einen winzigen Spaltbreit.

»Jetzt ist die letzte Chance, eure Tipps abzugeben, Leute!«, höre ich die Stimme eines Mannes rufen. »Abstieg oder Aufstieg, was wird es werden?« Seine Imitation eines Losverkäufers erntet Gelächter.

»Tamika schlägt sowieso niemand mehr«, erwidert Marlene, deren feuerroten Haarschopf ich durch den Spalt erkenne. »Aber was ist mit dir?«

»Ich fürchte, ich habe heute Abend andere Dinge zu erledigen.«

Beim Klang seiner Stimme stolpert mein Herzschlag. Ich lehne meine Stirn gegen den kalten Türrahmen und erlaube mir ein Lächeln. Alexander geht es gut. Gleich wird er das Zimmer betreten. Ich werde ihm erzählen, was ich herausgefunden habe. Und dann werden wir eine Lösung finden, zusammen …

»Willst du nicht noch einmal auf dein Schneewittchen setzen?«, fragt Tamika gerade in provozierendem Tonfall. »Sie hat sich ja gut geschlagen im Labyrinth. Wenigstens eine, die wegen dieser verrückten Emotionalen keinen Nervenzusammenbruch bekommen hat.«

Hinter der Tür schnappe ich nach Luft. Ich kann nicht glauben, was ich da gehört habe.

»Heute spiele ich nicht.«

Bei Alexanders Worten rutscht ein Eisklumpen in meinen Magen und verbreitet seine Kälte von dort in meinem ganzen Körper, bis ich unfähig bin, mich zu bewegen.

Dreh dich um, denke ich und starre auf Alexanders Rücken. Ich muss sein Gesicht sehen. Ich muss wissen, dass das nicht wahr ist.

»Das Konsilium hat mir die Liste der Mädchen gegeben. Ich habe noch einiges zu organisieren.«

Neid blitzt in Tamikas raubtierhaften Augen auf. »Dann wollen wir dich nicht länger aufhalten«, sagt sie spitz und wendet sich zu Miras Schwester um. »Komm, Marlene. Lassen wir Alexander allein, damit er den Transport organisieren kann.«

Ich stolpere von der Tür weg, als hätte sie jemand mit voller Wucht gegen mich gestoßen. Meine Wut über Alexanders Verrat ist nicht länger wichtig. Alles, woran ich jetzt denken kann, ist Luce, die glaubt, noch einen Tag lang in Sicherheit zu sein. Vor den Zwischenergebnissen morgen Abend sollte es ja schließlich auch gar keinen Transport geben!

»Und du willst uns wirklich nicht erzählen, welche Mädchen dabei sind?«, fragt Marlene neugierig, als wäre das hier eine Fernsehshow und sie könnte es gar nicht abwarten zu erfahren, welche Kandidaten es in die nächste Runde geschafft haben.

Hass wallt in mir auf, Hass auf sie alle.

»Anweisung von ganz oben«, höre ich Alexander antworten. »Aber ihr werdet es ja morgen früh merken.« Er räuspert sich. »Jetzt muss ich aber wirklich ins Kontrollzentrum, damit ich fertig werde, bevor die Gläserne Stunde anfängt.«

Ich warte, bis Tamika und Marlene auf der Treppe verschwunden sind, dann öffne ich die Tür ganz und gehe wie in Trance die wenigen Schritte hinüber zum Kontrollzentrum. Ich sollte auf der Stelle nach oben laufen und Luce warnen, aber meine Füße wenden sich nach rechts, ohne auf meinen Verstand zu hören. Reglos bleibe ich in der Tür zu dem Raum stehen, wo unsere Worte belauscht, unsere Treue kontrolliert und über unser Leben entschieden wird. Alexander sitzt an dem riesigen ringförmigen Tisch, doch statt auf den Bildschirm vor sich starrt er auf ein Smartphone in seiner Hand.

»Herzlichen Glückwunsch zur Beförderung.«

Er fährt zusammen und springt von seinem Stuhl auf.

»Skye! Ich habe überall nach dir gesucht. Verdammt, ich habe mir solche Sorgen gemacht.« Mit zwei Schritten ist er bei mir, doch ich hebe abwehrend meine Hand.

»Es gibt also einen Transport?«, frage ich. Meine Stimme ist frostig und Alexander prallt zurück.

»Nein«, flüstert er wie zu sich selbst, dann geht er zurück zum Tisch und schlägt Befehle in die Computertastatur. Die blauen Tonspuren der T-Kontrolle verschwinden von der Wand. Alexander dreht sich wieder zu mir um. »Wie viel hast du gehört?«

Ich trete ins Kontrollzentrum und Alexander schließt die Tür hinter mir. »Was davon wolltest du denn vor mir verheimlichen?«, frage ich. »Dass du Wetten über meinen Rang abgeschlossen hast oder dass du heute Nacht wieder dabei helfen wirst, Untreue wegzuschaffen?« Alexander sieht mich mit gequältem Blick an. »Sollte ich deswegen im Labyrinth eine Rationale sein? Damit du eine Wette gewinnst?« Heiße Wut ballt sich in mir zusammen. »War das alles nur ein Spiel für dich?«

»Du solltest mich besser kennen«, sagt er leise.

»Wie denn?«, explodiere ich. »Wie soll ich dich kennen, wenn du mir nicht sagst, wer du bist? Wenn du deine Mauern hochziehst, sobald es um dich geht?«

»Ich bin kein Testleiter.«

Sprachlos schließe ich den Mund.

»Mein Traitmark ist eine Fälschung, genau wie meine Identität. Ich habe mich hier eingeschleust, um zu garantieren, dass du eine Rationale wirst. Das R sollte dich in Sicherheit bringen. Aber da wusste ich noch nicht –« Er stockt.

Ich bin hier, um dir zu helfen. Er hat versucht, es mir zu sagen. Doch ich habe geglaubt, Alexander wäre ein Testleiter, der sich entschieden hat, für mich die Regeln zu brechen. Kein … Auftragsretter – oder was auch immer das Gegenteil eines Auftragskillers ist. Ich lasse mich auf einen der Stühle sinken.

»Dad muss zufrieden sein«, flüstere ich.

Alexander zieht sich einen Stuhl heran und nimmt meine Hand. »Das hier hat nicht das Geringste mit deinem Vater zu tun«, sagt er eindringlich.

Etwas an der Art seiner Erwiderung lässt mich aufhorchen. Wieder denke ich an seinen Zugangscode zum Keller. 0406.

»Was weißt du über meine Mutter?«, frage ich mit rauer Stimme.

Der Schreck in seinen Augen verrät mir, dass ich richtigliege.

»Ich verspreche, dir alles zu erklären, aber dafür haben wir jetzt keine Zeit. Es wird nicht mehr lange dauern, bis sie oben den Ausfall der T-Kontrolle bemerken. Skye – wir müssen noch heute Nacht von hier verschwinden. Du bist in Gefahr. Und wenn dir etwas passiert, sind wir beide erledigt.«

»Ich kann hier nicht einfach weg!«, erwidere ich. »Luce ist diejenige, die in Gefahr ist! Luce und wer weiß, wie viele Mädchen noch.« Ich werfe einen Blick auf den Bildschirm. »Irgendwo in diesen Computern muss doch dokumentiert sein, wohin der Transporter fährt.«

»Ich habe schon alles durchsucht.« Alexander senkt den Kopf. »Als ich herkam, dachte ich, es würde reichen, ein paar deiner Antworten zu fälschen«, fährt er fort. »Nie hätte ich mit den Verbrechen gerechnet, die hier passieren. Wenn mir klar gewesen wäre, was im Labyrinth geschehen kann, hätte ich dich niemals da runtergehen lassen. Egal, was das für deinen Trait bedeutet.«

Ich betrachte sein Gesicht, die Zerrissenheit in seinen Zügen.

»Wenn das so ist – hilf mir.« Alexander wurde angewiesen, mich sicher hier rauszubringen, aber das Glimmen in seinen Augen beweist, dass er ein Kämpfer ist. »Ich muss herausfinden, was mit den untreuen Mädchen geschieht – und was das Ganze mit diesem Programm zu tun hat. Und Luce …« Ich hole Luft. »Luce bleibt hier, ob sie auf dieser Liste steht oder nicht. Ich brauche sie.«

Alexander öffnet den Mund und schließt ihn wieder. Wortlos greift er hinter sich und reicht mir ein Blatt Papier, auf dem das Wasserzeichen der Regierung prangt. Ich überfliege die wenigen Zeilen. Es ist nicht Luce, deren Name auf dieser Liste steht.

Es ist meiner.

Im Kontrollzentrum ist es so still, dass ich Alexander atmen hören kann. Irgendwann beginnt er, mit leiser Stimme zu reden. Doch ich kann seinen Erklärungen über Institute, über rationale Spiegel und Treue kaum folgen. Immer wieder überfliege ich die Liste. Starre auf meinen Namen ganz am Ende.

»Wir haben Zeit bis morgen früh. Nach dem Frühstück kommt der Transporter und bringt euch nach New York«, sagt Alexander.

Ich lasse das Blatt sinken. »Sie bringen rationale Mädchen weg, genau wie die Untreuen?«, versichere ich mich.

Alexander nickt. »Es reicht allerdings nicht, eine Rationale zu sein. Ich habe eure Profile verglichen. Jede Expektantin auf dieser Liste hat neben einem ausnahmslos rationalen Spiegel einen IQ von mindestens 115 und liegt im Ranking unter den ersten zwanzig. In den Augen des Konsiliums seid ihr treu, intelligent und eiskalt. Und deswegen braucht die Regierung euch – für was auch immer sie vorhat.«

Ich lege die Liste auf den Tisch. »Es könnte eine Chance sein«, überlege ich, obwohl mir dieser Gedanke Angst einjagt wie kaum etwas zuvor in meinem Leben. »In diesem Institut würde ich herausfinden, wofür sie uns auf ihrer Seite wollen.«

Alexander schüttelt den Kopf. »Das kannst du nicht machen.«

»Warum nicht?« Ich verschränke die Arme vor der Brust. »Was, wenn es unsere einzige Möglichkeit ist, mehr über das *Programm* zu erfahren und diesen Wahnsinn hier aufzuhalten?«

Ich sehe die Verzweiflung in seinem Blick. »Skye, aus diesem Institut kommst du nicht wieder raus.«

»Ich weiß«, sage ich leise und denke an Luce, die bereit ist, dieses Opfer zu bringen.

Alexander tritt einen Schritt auf mich zu. Sanft streicht er über meine Schultern. »Es muss noch einen anderen Weg geben.« Er löst meine Hände aus ihrer Verschränkung und nimmt sie fest in seine, als wollte er mich so davon überzeugen, mit ihm zu fliehen. »Einen Weg, bei dem wir nicht aufgeben müssen, was gerade erst begonnen hat.«

Ich betrachte seine langen, hellen Wimpern und das Grübchen schräg über seinem Mund. Der Gedanke, Alexander nie wieder zu sehen, schnürt mir die Kehle zu.

Doch dann formt sich in meinem Kopf ein Plan. »Vielleicht habe ich eine Idee.«

Ich betrachte Skyes entschlossenes Gesicht. »Bist du sicher, dass das funktionieren wird?«, frage ich noch einmal, als wir hinaus in den Park treten. Die Sonne ist verschwunden und ich hebe den Blick zum wolkenverhangenen Himmel. Er taucht das Athene-Zentrum in ein düsteres Licht.

»Solange du es schlau genug anstellst.« Skye zuckt in gespielter Gelassenheit mit den Schultern.

»Wer würde es wagen, dich zu enttäuschen?«, gebe ich grinsend zurück.

Skyes Gesichtsausdruck wird mit einem Mal wieder ernst. Wir wissen beide, was sie tun wird, wenn ich meinen Teil des Plans nicht erfülle. Egal, was das für sie bedeutet.

Oder für uns.

»Vertrau mir. Sie wird reden. Und dann hauen wir von hier ab, okay?«

Skye nickt. Dann verschwindet sie wortlos zwischen den Bäumen. *Ich werde dich niemals wieder im Stich lassen.*

»Alexander.«

Ich höre die Überraschung in Marlenes Stimme und drehe mich um. »Ich hatte gehofft, dass du es schaffen würdest«, sage ich und werfe einen verstohlenen Blick in Skyes Richtung. Doch der Schatten der Bäume hat sie bereits verschluckt.

»Um ehrlich zu sein, dachte ich, du würdest eher Tamika um Hilfe bitten«, sagt Marlene. »Wenn überhaupt.«

»Und mir für immer anhören, dass man eigentlich ihr die Verantwortung für die Liste hätte übertragen sollen?« Ich zwinge mich zu einem lockeren Lachen. »Außerdem hätte sie niemals für mich die Gläserne Stunde geschwänzt.«

»Garantiert nicht.« Marlene grinst. »Dabei würde ich so eine Klärung auch gerne mal mitbekommen. Aber der Rest, das ganze E-Drama ... Das kann mir echt gestohlen bleiben. Bei den Jungs haben wir da definitv den entspannteren Job.« Sie schüttelt sich. »Mir reicht es schon, dass ich zusätzlich die T-Kontrolle betreuen muss. Aber was tut man nicht alles, um seine Kollegen zu entlasten. Da kannst du ja ein Lied von singen mit deinen Transporten, was?« Sie nimmt mir das Blatt aus der Hand und studiert aufmerksam die Namen der Mädchen, die morgen früh in die Institute gebracht werden sollen. Ihr Gesicht beginnt zu strahlen, als sie den Namen ihrer Schwester liest. Mit geröteten Wangen schaut sie mich an. »Am besten lässt du die Mädchen ins zentrale Institut bringen. Es liegt direkt in New York City, ganz in der Nähe vom Weißen Haus. Da haben sie bestimmt die besten Chancen, während der Ausbildung mal an einer Ratssitzung teilzunehmen.« Sie seufzt. »Die Institute sollen wirklich außergewöhnliche Orte sein. Unterricht in Politik, Wirtschaft, Diplomatie, Recht ... Und das alles unter der Leitung des Kristalls persönlich!«

Ich starre auf Skyes Namen unter dem Wasserzeichen der Regierung. Wenn ich nicht mehr aus Marlene herausbekomme, wird Skye sich in eines dieser Institute verschleppen lassen. Und ich werde sie nie wieder sehen.

»Du bist so still«, bemerkt Marlene und sieht mich forschend an.

»Bloß ein bisschen fertig von der Arbeit«, sage ich schnell.

Marlene lacht. »Glaub mir, das hier ist ein Zuckerschlecken im Vergleich zu Daliawood.«

»Daliawood«, wiederhole ich und versuche, mich daran zu erinnern, woher mir dieser Name bekannt vorkommt.

»Da habe ich vorher gearbeitet. Aber das war nichts für mich. Manche Mädchen sind in der ersten Zeit entsetzlich widerspenstig. Wir versuchen da wirklich, ihnen zu helfen, so gut es geht. Sie zu ihrem Platz in der Gesellschaft zurückzuführen - es kann nun mal nicht jede eine Ausnahme sein.« Marlene streicht über das R auf ihrem Handgelenk. »Aber viele weigern sich einfach zu verstehen, was gut für sie ist. Deshalb gibt es seit diesem Jahr auch die separaten Zentren. Jungen sind eben deutlich zugänglicher für die Lehren des Programms als die meisten Mädchen. Und ich kann mich tatsächlich kaum an einen männlichen Fall erinnern, den wir abtransportieren mussten.«

Wie ein Blitz durchfährt mich die Erinnerung an den Zielort auf der Bescheinigung, die ich dem Fahrer des schwarzen Transporters in die Hand gedrückt habe. *Daliawood.*

»Diese Orte kosten natürlich eine ganze Menge Personal, aber wir haben so hart für ReNatura gekämpft, da darf es nun nicht an ein paar rückwärtsgewandten Jugendlichen scheitern, die dem Fortschritt im Weg stehen.«

Dem Baum rechts von uns entfährt ein ersticktes Geräusch und ich täusche hastig einen Hustenanfall vor.

»Was wir unten in den Laboren erfahren haben, würde auch die militantesten Untreuen endlich wachrütteln«, erklärt Marlene mit glänzenden Augen. »Wenn das Experiment endlich beendet ist und wir offen über ReNatura sprechen können, werden alle erfahren, dass wir ein Teil von etwas Großem sind. Größer als alles, was dieses Land je erlebt hat.«

43

Ich schließe die Augen und lehne mich an den Stamm der Silberpappel, hinter der ich mich versteckt habe. Ich hatte recht, die Beseitigung der Untreuen ist nur ein Teil eines ganzen Komplotts. Und das ändert alles, was ich Alexander gerade noch versprochen habe. Auch wenn er es geschafft hat, den Ort herauszubekommen, an den Fiona und die anderen gebracht wurden, können wir jetzt doch nicht einfach fliehen! Nicht nach allem, was wir gerade gehört haben. Nicht nachdem so viel mehr als nur unsere Zukunft und die unserer Freunde auf dem Spiel steht. Schritte nähern sich vom Zentrum her, in das Alexander Marlene begleitet hat. Endlich! Ich drehe mich um.

»Also, wie kommen wir in diese Labore?«, frage ich.

»Woher wusste ich nur, dass du das sagen würdest?« Alexander lächelt.

Ohne lange darüber nachzudenken, versinke ich in seinen Armen. Für einen Moment bleiben wir so stehen, im Schutz der Bäume und im Arm des anderen.

»Ist das ein Nein zum Institut?«, flüstert er.

Der Stoff seines grauen T-Shirts fühlt sich weich unter meiner Wange an, und ich bin froh, dass er den Kittel im Zentrum gelassen hat.

Ich hebe den Blick und nicke. »Selbst wenn ich dort erfahren würde, was es mit dem Programm auf sich hat, könnte ich die Informationen nur schwer nach draußen bringen. Und außerdem …« Ich trete einen Schritt zurück. »Außerdem brauche ich dich an meiner Seite. Ich will dich nicht verlieren.«

In der Stille um uns herum höre ich mein Herz klopfen.

»Dann lass uns hoffen, dass es nicht dazu kommt.« Alexander atmet tief ein. »Wir verschaffen uns Zugang zu diesen Laboren. Wie wir danach aus dem Zentrum rauskommen, habe ich schon geplant.« Er hält einen Moment inne und umfasst meine Schultern. »Wenn mir etwas passiert, findest du Hilfe in den Seaview Hills. Frag dort nach Angela. Du weißt doch noch, was ich dir über die Orientierung anhand des Polarsterns gesagt habe?«

Zum ersten Mal wird mir bewusst, was wir im Begriff sind zu tun. Es geht nicht mehr nur darum, die Regeln des Zentrums zu brechen. Dieses Programm klingt nach einem Staatsgeheimnis, und wenn wir es entdecken, dann werden die Kristallisierer uns jagen.

»Sag mir lieber, wie wir die Nachtwachen ablenken können.« Meine Stimme klingt rau. Aber wenn ich das hier durchziehen will, dann darf ich jetzt nicht über die Folgen nachdenken.

»Ich habe dafür gesorgt, dass sie die für euch bestimmten Beruhigungsmittel nehmen.« Alexander grinst, als er meinen fragenden Blick bemerkt. »Carolines Partyzeiten sind wohl schon lange her. Sie erinnert sich nicht daran, dass man keine Drinks von Fremden annimmt – auch, wenn es sich dabei nur um Tee handelt.« Ernst fügt er hinzu: »In ein paar Minuten schlafen sie wie die Murmeltiere. Uns bleiben etwa drei Stunden, bevor die Wirkung langsam nachlässt.«

»Dann sollten wir uns eine Stunde geben, um die Labore zu finden«, erwidere ich und sehe ihn forschend an. »Du wirst mir nicht sagen, wie es weitergeht, wenn wir es erst einmal in die Seaview Hills geschafft haben, oder?«

Alexander senkt den Kopf. »Wenn du die Wahrheit darüber erfährst, werde ich für dich vielleicht nicht mehr derselbe sein.«

Ich trete einen Schritt näher an ihn heran. »Ich vertraue dir.« Alexander sieht mich gequält an. »Und ich bin mir sicher, dass du es verdienst«, füge ich hinzu, bevor er etwas erwidern kann. Vielleicht weiß ich nichts über Alexanders Vergangenheit. Aber ich kann einfach nicht glauben, dass sein Geheimnis schrecklich genug ist, um ihn wieder zu dem Fremden zu machen, der er für mich nie wirklich gewesen ist.

»Skye, du …«

»Ich werde dich nicht verlassen«, flüstere ich. »Egal, was es ist, das du mir jetzt nicht sagen kannst.«

Ich betrachte seine gebräunte Haut, die kleine Narbe über seinem rechten Auge, das unwesentlich kleiner ist als das andere, und auf einmal überkommt mich ein unglaubliches Verlangen danach, nur für einen Augenblick zu spüren, wie es ist, *wir* zu sein. Nicht der Testleiter und die Expektantin, nicht die beiden Menschen, in deren Händen die Zukunft der Gläsernen Nationen liegt. Sondern einfach nur wir.

»Vielleicht werden wir heute Nacht nicht das Privileg haben, darüber zu entscheiden, wer wen verlässt.« Das Zittern in Alexanders Stimme verrät mir, dass auch er Angst hat.

»Und selbst wenn –« Ich beiße mir auf die Innenseite meiner Wangen, um die bescheuerten Tränen zurückzuhalten. »Das hier ist mehr Glück, als ich je erwartet hätte.« Es gibt Tausende Dinge, die mir in diesem Moment im Kopf herumschwirren müssten. Das Programm, die Transporte, die Untreuen. Ich lege meine Hand in Alexanders Nacken und spüre die Wärme seines Körpers. Dann ignoriere ich jeden anderen Gedanken.

Meine Lippen suchen seine. Behutsam folge ich ihrem geschwungenen Verlauf, der sein schiefes Lächeln so unwiderstehlich macht, und … Alexander erstarrt unter meiner Berührung. Verwirrt öffne ich die Augen.

»Ich – entschuldige, ich wollte dich nicht überrumpeln.« Meine Wangen brennen. Sollte ich nicht wissen, wie es ist, zu etwas nicht bereit zu sein?

Alexander streicht mir sanft die Haare aus dem Gesicht. Sein schiefes Lächeln ist zurück.

»Überrumple mich noch einmal.«

Er zieht mich näher zu sich heran, so nahe, dass kein Lufthauch mehr zwischen uns passt. Und dieses Mal erwidert er meinen Kuss mit einer Heftigkeit, die mir den Atem raubt. Während mein Körper langsam implodiert, kann ich nur einen einzigen Gedanken fassen: *Bitte, wer auch immer mich hört – lass das nicht alles für uns gewesen sein!*

Ich weiß nicht, ob Minuten oder Stunden vergangen sind, als Alexander schließlich langsam seine Hände von meinem Rücken löst. Auf einmal spüre ich wieder die kühle Abendluft auf meiner Haut.

»Alexander –« Meine Stimme stockt, als mir klar wird, dass dies nicht sein richtiger Name sein kann.

Er lächelt. »Normalerweise stelle ich mich vor, bevor ich jemanden küsse. Oder geküsst werde.« Verlegen weiche ich seinem Blick aus. Alexander, der nicht Alexander ist, legt seine Hand unter mein Kinn und hebt mein Gesicht an.

»Ich kann dir nicht alles sagen, so gern ich das täte. Aber … mein richtiger Name ist Hunter«, bringt er heraus.

»Hunter«, wiederhole ich sanft und er nickt.

»Die wenigsten Leute nennen mich noch so. Seit Jahren benutze ich Codenamen. Das ist sicherer. Hunter klingt schon fast wie ein Überbleibsel aus einem Leben, das nicht mehr meins ist.« Er stockt. »Zumindest, wenn jemand es so sagt wie du.«

Das verräterische Schimmern in seinen Augen lässt auch mich schlucken. Was ist ihm geschehen, dass der Klang seines Namens allein ihm so wehtut? Er wendet sich ab, doch ich halte ihn fest.

»Du musst dich für nichts rechtfertigen«, flüstere ich mit einem Kloß im Hals.

Er atmet langsam aus. »Darüber sprechen wir noch einmal, wenn du weißt, wofür Codenamen nötig waren.«

Ich presse die Lippen zusammen und betrachte sein Gesicht, zurück hinter den Mauern, die er sich aufbauen musste. Ich habe gesagt, dass ich ihm vertrauen werde. Mein Blick wandert zu der echten Mauer, die uns umgibt, und ich befehle meinem Gehirn, wieder in den Überlebensmodus zu schalten. Wir sind jetzt auf das Vertrauen des anderen angewiesen. Egal, was für Dämonen im Schatten unserer Vergangenheit lauern.

Alexander – Hunter – räuspert sich. »Die Labore, von denen Marlene gesprochen hat, müssen sich noch unter dem Keller der Testleiter befinden«, sagt er. »Woanders wären sie mir aufgefallen.«

»Aber der Aufzug hat nur zwei unterirdische Stationen«, erwidere ich. »Den Keller und das Labyrinth.«

»Exakt.« Hunter runzelt die Stirn. »Also muss es irgendwo eine geheime Etage geben. Wenn wir Antworten wollen, müssen wir sie finden, und zwar schnell.«

Bei dem Gedanken an das, was uns dort erwartet, läuft mir ein kalter Schauer über den Rücken. Was kann so wichtig sein, dass Mädchen verschleppt werden, um es nicht zu gefährden? Doch plötzlich begreife ich, dass auch der Umkehrschluss stimmt: Was dort unten wartet, ist fragil genug, um gestürzt werden zu können. Wir müssen nur noch herausfinden, wie.

Ich denke an die *Sonne*, die alles daransetzt, die Kristallisierer von ihrem gläsernen Thron zu stoßen. An Luce, die bereit ist, ihr Leben zu riskieren. Luce …

»Natürlich!«, entfährt es mir.

Hunter, der im Schutz der Bäume das Zentrum beobachtet hat, dreht sich überrascht zu mir um.

»Luce ist durch die unterirdischen Gänge zurück ins Zentrum gelangt«, sprudelt es aus mir heraus. »Der Aufzug überspringt die geheime Etage auf dem Weg hinunter ins Labyrinth, genau wie der Kristall, der uns zurück nach oben gebracht hat. Aber die Gänge, die Luce genommen hat, müssen durch sie hindurchführen!«

»Als ich sie durch das Labyrinth gelotst habe, war auf der Karte meines Checks keine zusätzliche Etage zu sehen.« Hunter legt nachdenklich den Kopf schief. »Aber du hast recht. Wenn es sie gibt, dann muss Luce die versteckte Etage passiert haben.«

Bei dem Gedanken an meine beste Freundin durchfährt mich ein Stich. Bis jetzt ist mir gar nicht in den Sinn gekommen, was es für Luce bedeutet, wenn wir in den Laboren finden, wonach die *Sonne* sucht.

»Sie muss sich nicht opfern«, flüstere ich. Hunter hebt fragend eine Augenbraue. »Sie muss nicht nach Daliawood – nicht, wenn wir da unten erfahren, was mit den Untreuen passiert.« Hoffnung regt sich in mir. Vielleicht kann ich heute Nacht nicht nur Hunter und mich hier rausholen, sondern auch Luce. Meine beste Freundin, eine Kämpferin, eine Verbündete. Denn so viel ist sicher: Wir werden jeden einzelnen Kämpfer auf unserer Seite brauchen.

Zurück im Zentrum ziehe ich Skye ein letztes Mal in meine Arme. »Bereit?«, flüstere ich.

Wir passen auf, kein einziges Geräusch zu machen, obwohl wir Caroline und den Rest der Nachtwache auch mit einer Bombenexplosion nicht wecken könnten. Das Mikrofon und die Kamera unserer Checks habe ich stillgelegt. Nicht nur für fünf Minuten dieses Mal, sondern endgültig, denn ihr Ausfall wird niemandem mehr auffallen. Wenn sich die ersten grauen Laborjacken morgen früh im Kontrollzentrum einfinden, sind Skye und ich schon längst in den Seaview Hills. Ich streiche ihr übers Haar und sie sieht mich an.

»Nein, ich bin nicht bereit. Aber wir haben uns entschieden, nicht wahr?«

Ich nicke. Während ich zusehe, wie sie die Treppen hinauf zu den Schlafsälen sprintet, verstehe ich zum ersten Mal in meinem Leben, warum manche Leute zu einem Gott beten.

»Pass auf dich auf«, flüstere ich, bevor ich mich abwende. Irgendwo unter dieser Festung aus Glas verbirgt sich ein Geheimnis, für das Menschen sterben müssen. Und wir werden es finden.

Meine Finger legen sich um die Metallstäbe des oberen Stockbetts, auf dem Luce mit ausgestreckten Armen liegt und leise, aber hörbar schnarcht. Vorsichtig, um sie nicht zu erschrecken, tippe ich auf ihre Schulter.

»Luce?«

»Wa–« Ich presse meine Hand auf ihren Mund und sehe, wie die Angst langsam aus ihren Augen schwindet, als sie mich erkennt. »Verdammt, Skye! Weißt du, was ich mir für Sorgen gemacht habe?«, zischt sie, als ich sie loslasse.

»Ich weiß jetzt, was hier vorgeht«, flüstere ich. »Oder zumindest, wo wir mehr darüber herausfinden können. Es gibt eine geheime Etage, sie muss unter dem Keller der Testleiter liegen, aber über dem Labyrinth.«

Luce stützt sich auf ihren Ellenbogen. »Da unten war eine Tür«, sagt sie und reibt sich die Augen. »Ziemlich massiv sah die aus. Könnte ein Eingang gewesen sein.«

»Wie kommen wir zu ihr runter?«, frage ich eilig, als durch die geöffnete Schlafsaaltür auf einmal Schritte auf dem Flur erklingen.

»Wann genau haben Sie die Mädchen vor der Agora gesehen?«

»Heute Nachmittag.«

Mein Herzschlag setzt aus. Das ist Elias!

»Sind Sie sich sicher?« Der Konsiliar mit der Fistelstimme. Mein Körper erstarrt zu Eis, als mir klar wird, wie sehr ich mich getäuscht habe. Elias hat uns verraten.

»Todsicher, Sir. Das erklärt auch das unbefugte Eindringen in meinen Account.«

Wie gelähmt stehe ich neben unserem Bett im hintersten Winkel des Schlafsaals.

»Hast du eine Möglichkeit, hier rauszukommen?«, wispert Luce.

Mein Überlebensinstinkt kehrt zurück. Ich nicke. »Und du auch«, flüstere ich hastig. »Hunter, ich meine Alexander, hat einen Plan.«

Luce lässt sich vom Stockbett heruntergleiten. Ich spüre, wie sie mir etwas in die Rocktasche schiebt, und brauche nicht danach zu tasten, um zu wissen, dass es ihr Diktiergerät ist.

»Der Aufzug ist nicht der einzige Weg nach unten. Es gibt noch einen anderen Eingang zu den Tunneln, und zwar im Athene-Saal. Dort bin ich bei meiner Rückkehr aus dem Labyrinth zumindest herausgekommen – aber ich habe keine Ahnung, wie Caroline die Falltür geöffnet hat.« Sie drückt meine Hand. »Finde diese Tür, die ich da unten gesehen habe, Skye. Und das, was sie dahinter verstecken.« Sie holt tief Luft, bevor sie sich von mir abwendet und zielstrebig auf die Schlafsaaltür zugeht, durch die Elias und der Konsiliar in diesem Moment eintreten.

»Nein!« Ich halte sie am Arm fest, als ich begreife, was sie vorhat, doch Luce befreit sich.

»Du willst doch, dass die Verbrechen der Kristallisierer aufgedeckt werden, oder nicht?« Ich nicke. »Jede von uns muss ihr eigenes Opfer bringen. Das hier ist deins.« Sie umarmt mich so fest, dass ich kaum noch Luft bekomme. »Versprich mir, dass ich meins nicht umsonst bringe.«

Dann dreht Luce mir den Rücken zu und verschwindet zwischen den Stockbetten, bevor ich sie aufhalten kann.

»Sir! Da ist sie!«

Das Bettgestell verbirgt mich, aber durch die Metallstäbe kann ich sehen, wie Luce mit erhobenem Kopf auf Elias und den Konsiliar zugeht.

»Seien Sie leise, Sie dummer Junge!«, zischt der Konsiliar und wendet sich Luce zu. »Sie haben –«

»Ich habe mich ins Zentrum der Jungen geschmuggelt«, gesteht sie, bevor der Konsiliar weitersprechen kann. »Es ist mein Recht zu erfahren, warum Mädchen und Jungen bei der Testung unterschiedlich behandelt werden.«

Meine Schultern zucken, während in Luces Stimme nicht das geringste Zittern zu hören ist.

»Sie war nicht allein«, begehrt Elias auf, doch der Konsiliar fährt ihm über den Mund.

»Das war für heute Nacht ausreichend Aufruhr, Vorsteher. Wenn da noch ein zweites Mädchen war, wird Miss Vaillant uns das schon noch erzählen. Dafür haben wir Mittel und Wege.« Er schiebt Luce zur Tür.

»Dachtest du wirklich, ein Vorsteher würde nicht melden, wenn jemand seine Internetprivilegien für die Suche nach untreuen Inhalten missbraucht?« Ich höre die Selbstgerechtigkeit in Elias' Stimme bis hierhin und möchte am liebsten auf ihn losstürzen.

»Wohl eher für die Suche nach der Wahrheit!«

»Mach dir keine Sorgen, mein Kind«, unterbricht der Konsiliar Luce. Seine Worte klingen beinahe väterlich. »Es gibt Orte, an denen Mädchen wie dir geholfen werden kann.«

Die Stimmen der drei verklingen, als sich die Tür des Schlafsaals hinter ihnen schließt. Ich streiche über Luces zerwühltes Kopfkissen und kralle meine Finger in die Federn. Etwas Kaltes drückt sich in meine Handfläche, durchbricht die Taubheit in mir. Es ist die geschliffene Glasscherbe an dem Lederband. Das Zeichen der *Sonne* und des Widerstands. Ich lege mir Luces Talisman um den Hals und schwöre mir, ihn zu ihr zurückzubringen, was auch immer ich dafür tun muss.

44

Als ich auf den Flur trete, ist er da und schließt mich in die Arme.

»Ich habe im Kontrollzentrum nach Informationen über die Labore gesucht und plötzlich die Stimme des Konsiliars gehört. Ich dachte schon –«

»Sie bringen Luce weg«, sage ich erstickt und spüre, wie seine Schultern nach unten sacken. Elias hat uns verraten. Und Luce wird für das bezahlen, was wir begonnen haben.

Hunter löst unsere Umarmung und sieht mich an. »Wenn wir versuchen, Luce zu befreien, werden sie uns auch mitnehmen. Dann wird dieses Programm niemand mehr aufhalten!«

Laut ausgesprochen, klingt die Wahrheit noch grausamer als in meinen Gedanken. Ich taste in meiner Rocktasche nach Luces Diktiergerät und denke an ihre letzten Worte im Schlafsaal. *Versprich mir, dass ich mein Opfer nicht umsonst bringe.*

»Ich weiß«, sage ich. »Und ich weiß auch, wo der Eingang zu den Laboren liegt.« Hunter und ich haben eine Aufgabe. Ich nehme seine Hand und ziehe ihn hinter mir her die Treppe hinunter.

Im Athene-Saal begrüßen uns die toten Augen der Statuen. »Irgendwo hier muss es eine Falltür geben«, erkläre ich. »Durch sie ist Luce aus dem Labyrinth herausgekommen.«

»Und wenn diese Falltür ins Labyrinth führt, dann führt sie uns auch zu der geheimen Etage«, kombiniert Hunter, während er die Flügeltür des Saals hinter uns schließt.

Ich betrachte das glatte Milchglas unter meinen Füßen, das einer Eisfläche gleicht, undurchdringlich und kalt. »Was passiert mit dem Kontrollzentrum, wenn sich der Boden des Saals für die Gläserne Stunde absenkt?«, frage ich. *Warum habe ich noch nie darüber nachgedacht?* Der Athene-Saal befindet sich im Erdgeschoss des Zentrums. Aber wenn sich die Sitzreihen für die Gläserne Stunde bilden, sinkt sein Boden kesselförmig in die Tiefe. Wie ist das möglich, ohne den darunter liegenden Raum im Keller zu zerstören?

»Soweit ich weiß, wird das Kontrollzentrum für die Dauer der Gläsernen Stunde abgeriegelt.«

»Was du nicht sagst«, murmele ich und zähle die Schritte von der Saalmitte bis zum Rand. »Der Athene-Saal sinkt mindestens fünf Meter ab, wenn er umgewandelt wird«, verkünde ich.

»Also etwa genauso tief, wie das Kontrollzentrum unter uns liegt«, folgt Hunter meinem Gedankengang.

»Kannst du den Saal umwandeln?«

Hunter nickt. Er führt mich zu den beiden Athene-Statuen, deren Körperhaltung mir auf einmal kämpferisch vorkommt. Was bewachen ihre steinernen Speere?

Hunter hält seinen Check gegen die weißen Fliesen zu Füßen der Göttinnen, dann stellt er sich hinter eine der Statuen. Zögerlich trete ich hinter die andere.

»Du musst sie zur Seite drehen«, sagt Hunter.

Ich ahme seine Bewegungen nach, und der Stein beginnt, sich knirschend zu bewegen. Ich halte den Atem an, als der Boden unter unseren Füßen erzittert. Langsam sinkt er nach unten, während ich zusehe, wie um mich herum die Sitzreihen emporwachsen, als bestünden sie aus flüssigem Glas. Das alles dauert nur eine Minute, dann stehen Hunter und ich in dem Kreis, in dem abends die Klärungen stattfinden. Der gläserne Würfel thront in seiner Mitte.

Hunter geht einmal um den Würfel herum. Er tippt prüfend auf den Boden unter unseren Füßen, dann sieht er hoch zur Flügeltür, die nun mehrere Meter über uns liegt. »So tief, wie der Saal absinkt, müssten wir gerade eigentlich mitten im Kontrollzentrum stehen.«

Ich denke an den runden Tisch dort unten und die freie Fläche in seiner Mitte. Groß genug für den Kreis, in dem wir uns gerade befinden. Also dient der Kellerraum als doppelter Boden des Athene-Saals. Dafür kann es nur einen Grund geben!

»Die geheimen Labore liegen zwischen dem Keller und dem Labyrinth«, grüble ich. »Und damit jetzt direkt unter uns.« Ich gehe neben Hunter in die Knie und berühre das bläulich schimmernde Glas mit meinen Fingerspitzen.

»Du meinst –«, beginnt Hunter.

»Die Falltür muss von hier direkt in die geheime Etage führen.«

Wir beginnen, den Boden und die Bänke zu untersuchen. Schließlich rutsche ich auf Knien über den milchig weißen Glasboden, aber wir finden nichts. Keinen Hebel, keinen Knopf, keinen Scanner, nichts. Frustriert richte ich mich auf und blicke in Hunters besorgtes Gesicht.

»Was ist mit dem Würfel?«, frage ich. »Vielleicht müssen wir ihn hochschweben lassen wie in der Gläsernen Stunde.«

Hunter tippt Befehle in seinen Check und der gläserne Würfel beginnt zu leuchten. Langsam erhebt er sich und gibt den Stuhl frei, den er unter sich verbirgt. Ich berühre das dunkle Holz und denke daran, wie meine Hände sich während der Klärung um diese Lehnen geklammert haben. Ich versuche, ihn wegzuschieben, doch der Stuhl lässt sich keinen Millimeter verrücken. Das war wohl eine Sackgasse.

»Unsere Stunde ist abgelaufen«, sagt Hunter in die Stille hinein.

Wir wissen beide, was das bedeutet. Uns bleiben noch höchstens zwei Stunden, bis die Wirkung der Beruhigungsmittel nachlässt.

Ab dann könnten Caroline und der Rest der Nachtwache jederzeit aufwachen. Und nun endlich wird mir klar, warum wir den Eingang zum Labyrinth nicht finden.

»Caroline!«, platzt es aus mir heraus. »Caroline hat Luce erwartet, als sie hier ankam. Um die Falltür zu aktivieren, muss es so etwas wie Zugangsdaten geben.« Ich schüttle enttäuscht den Kopf.

Doch in Hunters Augen liegt mit einem Mal eine Entschlossenheit, die ich dort zuvor noch nie gesehen habe. »Marlene war schon mal in den Laboren. Auch sie muss wissen, wie wir dort runterkommen. Wir finden sie und dann –«

»Dann was? Fesseln wir sie, damit sie nicht noch in der Sekunde Alarm schlägt, in der du ihr den Rücken zukehrst? Du hast sie gehört, Hunter. Sie glaubt an dieses Programm auf fanatische Weise.«

Hunter läuft nervös auf und ab. »Wenn es sein muss, dann fesseln wir sie eben. Spätestens morgen früh werden alle nach ihr suchen! Es wäre nur eine Nacht, nichts weiter.«

»Nein.« Ich denke an Jasmines Klärung und das grausame Bild, das der Konsiliar von den Kristallisierungsgegnern gezeichnet hat. Wir dürfen nicht noch Wasser auf ihre Mühlen kippen, indem wir uns wie die Kriminellen verhalten, als die sie uns darstellen.

»Und was bitte fällt dir sonst ein?« Hunters wütende Stimme hallt durch den Saal und er presst die Lippen zusammen. »Entschuldige.«

Doch ich nicke nur abwesend. Meine Gedanken sind von Jasmine zu Mira gewandert. Mira, Marlenes kleiner Schwester. »Arbeitet Marlene wirklich nur bei den Jungen drüben?«, frage ich.

»Hauptsächlich, ja. Aber sie betreut zusätzlich auch die T-Kontrolle und gibt eure Spiegel für die Gläserne Stunde frei.«

Ich denke an unsere Mittagspause unter den Bäumen im Park zurück. An Miras Rechtfertigung, weil sie im gleichen Zentrum getestet wird, in dem ihre Schwester arbeitet. »*Sie ist drüben bei den Jungs eingeteilt. Mit meinen Ergebnissen hat Lene nichts zu tun. Ist also wirklich keine große Sache.«*

Entweder hat Mira uns angelogen, oder sie hatte tatsächlich keine Ahnung, dass ihre Schwester sehr wohl einen Einfluss auf die Ergebnisse der Mädchen hat.

»Gib mir die Liste!«

Hunter kramt das Papier aus seiner Tasche. Noch einmal lese ich die Namen der Mädchen, die morgen ins Institut gebracht werden sollen. »Und jede, die hier draufsteht, hat einen rationalen Spiegel?«, vergewissere ich mich.

Hunter nickt. Ich denke an Miras Ehrgeiz. Das Institut ist ein Ort für intelligente Rationale – und damit genau das, wo sie immer hinwollte. Doch ich erinnere mich auch an Miras Wut nach dem zweiten Tag der Neurotizismus-Dimension. Als sich der goldene Balken ihres Spiegels in Richtung Senso verschob …

Skyes Finger schließen sich um meine, als ich ihr mein altes Klapphandy reiche, das ich in New York zum Glück nicht weggeworfen habe.

»Marlene wird die Zugangsdaten kennen. Wenn ich innerhalb von fünfzehn Minuten nicht aus dem Keller zurück bin, musst du die Labore allein finden.« Ich sehe ihr fest in die Augen. »Versuch dann nicht, mich zu befreien. Das Programm ist jetzt wichtiger als alles andere.«

Skye nickt. Sie umarmt mich ein letztes Mal.

»Das hier ist nicht unser Ende«, flüstert sie in mein Ohr, bevor sie mich von sich schiebt. »Und wag es ja nicht, mich in diesem Irrenhaus allein zu lassen!«

Sie zwingt sich zu einem Lächeln und ich steige die Treppen

hinauf. Wenn ich es zu ihr zurückschaffe - wenn wir es zusammen hier rausschaffen, dann muss Skye erfahren, wer ich wirklich bin. Wird sie dann immer noch etwas für mich empfinden?

Ich öffne den Eingang der geheimen Kammer, laufe hinunter in den Keller und durch den Tunnel, bis ich vor Marlenes Tür stehen bleibe.

»Alexander?«

Ich muss Marlene mehrmals schütteln, bis sie endlich aufwacht. Mit vernebeltem Blick sieht sie von mir zu ihrer Zimmertür. Die Beruhigungspillen aus dem Vitalitätsflügel sind noch stärker, als ich dachte.

»Ist etwas passiert?«, fragt sie verwirrt.

Ich setze mich auf die Kante ihres Betts.

»Noch nicht«, sage ich und halte ihr die Liste unter die Nase. »Deine Schwester wird morgen früh ins Institut gebracht.«

Verschlafen bändigt Marlene ihre roten Locken. »Ich weiß. Als ich ihren Namen unter den Auserwählten gesehen habe, war ich so unendlich glücklich. Es war immer Miras Traum, auf die Cremonte-Uni zu gehen, aber das Institut ist der neue Ort für rationale Frauen.«

»Und deshalb musste Mira einfach auf die Liste«, sage ich gefährlich ruhig. »Du hast ihre Ergebnisse manipuliert, nicht wahr?«

Empört springt Marlene auf. »So etwas würde ich niemals tun!« Ihr Blick flackert zu ihrem Check.

»Gib dir keine Mühe. Das Konsilium ist zu beschäftigt, um uns zuzuhören.« Ich stehe ebenfalls auf. »Ich habe Miras Spiegel im Athene-Saal selbst gesehen, Marlene. Er war emotional. Komischerweise sagen die Daten im System, nach der die Liste erstellt wurde, aber etwas anderes. Und sie sagen auch, welcher Account direkt nach der Gläsernen Stunde eine Änderung an

Miras Spiegel vorgenommen hat.« Marlenes Gesichtsfarbe wechselt von Rot zu Weiß. »Ich hätte dir zeigen können, wie man sich spurlos im System bewegt, aber so steht deine Unterschrift unter dieser Fälschung.«

»Wenigstens habe ich das für meine Schwester getan und nicht für irgendeine Schlampe!«, bricht es aus Marlene heraus.

Einen Moment lang stehen wir uns stumm gegenüber, dann hebe ich meine linke Hand, in der Skyes Smartphone liegt. »Zu blöd, dass Skye unser Gespräch gerade mit anhört. Aber eigentlich brauche ich gar keine Zeugin, denn Smartphones zeichnen Telefonate auf. Niko hat da ja so einen Scanner. Also ...«, sage ich kühl. »Entweder du gibst mir die Zugangsdaten zu den Laboren, oder deine Schwester kann ihren Platz am Institut vergessen.«

Marlene hebt ihr rechtes Handgelenk, doch ich bin schneller. Das Handy fällt klirrend zu Boden, als ich nach ihrem Arm greife, bevor sie ihren Check berühren und um Hilfe rufen kann.

Marlene blitzt mich feindselig an. »Ich brauche meinen Check, um die Falltür zu öffnen«, erklärt sie mit mühsam gezügelter Wut in der Stimme. »Skye muss gleichzeitig im Athene-Saal den Code aussprechen.«

Mein Blick fährt zu meinem eigenen Check.

»Vergiss es.« Marlene schüttelt abfällig den Kopf. »Deiner hat nicht die nötige Autorisierung.«

Ich lockere meinen Griff keinen Millimeter. »Woher weiß ich, dass ich dir vertrauen kann?«

Marlene lächelt schwach. »Dir bleibt wohl keine andere Wahl.«

Ich umklammere Hunters altes Handy, als würde ich den Zugangscode verpassen, wenn ich auch nur eine Sekunde lang locker lasse.

»Skye?« Seine Stimme wird von einem unangenehmen Knistern unterbrochen.

»Ja!«, rufe ich, so laut ich mich traue, ins Handy. »Ja, ich bin hier.«

Hunter hat es geschafft! Wieder Rauschen.

»Semper fidelis.«

Ich presse das Handy gegen mein Ohr, unsicher, ob ich Hunter richtig verstanden habe, als der Empfang auf einmal besser wird.

»Das ist der Zugangscode. *Semper fidelis.*«

Immer treu. Im Hintergrund erklingt Marlenes Stimme: »Sie muss es sagen, während ich meinen Fingerabdruck –«

Ihre Worte brechen ab, dieses Mal ohne ein Knistern in der Leitung, und ich spüre, dass Marlene etwas anderes als die schlechte Verbindung die Sprache verschlagen hat. *Jemand* anderes.

Ein Knacken ertönt, dann höre ich Hunters Stimme. »Ich liebe dich.«

Mit diesen Worten legt er auf.

Die Zeit steht still. Hunter wurde festgenommen. Es ist vorbei. Ich sollte am Boden liegen, unfähig, mich zusammenzureißen. Aber mein Verstand scheint noch nicht begreifen zu wollen, dass wir verloren haben. Los jetzt! Ich räuspere mich.

»Semper fidelis!«, sage ich laut und deutlich.

Ich starre die Statuen an – in der Hoffnung, dass sie sich erheben und den Eingang zum Labyrinth freigeben oder dass etwas ähnlich Verrücktes passiert. Doch sie starren nur unbewegt zurück.

»Na los!«, schreie ich verzweifelt und wiederhole die Worte. *Semper fidelis, semper fidelis, semper fidelis.* Bittere Galle steigt in mir auf. *Immer treu.* Immer still. Immer fügsam. *Aber nicht mit mir!* Die Konsiliare können mich nach Daliawood bringen und dort mit mir anstellen, was sie wollen. Ich werde mir nicht mehr den Mund verbieten lassen.

Ein letztes Mal spreche ich den Zugangscode aus – doch wieder geschieht nichts. Niedergeschlagen wende ich mich ab. Jetzt bleibt mir nur noch eine Sache übrig. Ich muss Hunter suchen und mich gemeinsam mit ihm unseren Verfolgern stellen. Als ich auf die Treppen des Athene-Saals zulaufe, stoße ich den Holzstuhl um, doch das laute Krachen kümmert mich nicht. Ich bin die Hälfte der Stufen schon hinaufgelaufen, als ich plötzlich in meiner Bewegung verharre.

Der Stuhl, der gerade noch fest mit dem Boden verschmolzen schien, ist umgekippt. *Umgekippt*, nachdem ich den Zugangscode ausgesprochen habe! Ich sprinte die Stufen hinunter und zurück in den Kreis. Von den vier Punkten, an denen die Stuhlbeine standen, ziehen sich Linien durch den milchigen Glasboden, als hätte jemand ein Quadrat in das Eis eines zugefrorenen Sees geschnitten. Das muss die Falltür sein! Und das kann nur eins bedeuten: Hunter hat es irgendwie geschafft, Marlenes Fingerabdruck zu bekommen, bevor … Ich verbiete mir jeden weiteren Gedanken an das, was gerade im Keller der Jungen geschieht. Mit fahrigen Fingern betaste ich die scharfen Kanten im Boden und versuche, das Glas anzuheben. Mehrmals rutsche ich an der glatten Oberfläche ab. Ich schaffe es nicht! Verzweiflung breitet sich in mir aus, bis mir Hunters Messer wieder einfällt. Es hat mich schon einmal gerettet. Die silberne Klinge blitzt auf, als ich sie unter die Kante schiebe und die Falltür einen Spalt aufhebele.

»Ah!« Ein scharfer Schmerz durchzuckt meine Hand. *Nicht auf-*

geben! Ich ziehe die Falltür mit aller Kraft nach oben, dann sinke ich schwer atmend zurück. Die Klinge des Messers ist bei meiner Hebel-Aktion eingeklappt, aber die Wunde in meinem Handballen ist zum Glück nicht tief. Ich presse den Stoff meines Rocks fest auf den Schnitt und wage einen Blick durch das quadratische Loch im Boden. Die Falltür hat eine Leiter freigegeben, die hinunter in die Dunkelheit führt. Ich hole tief Luft.

»Jetzt oder nie«, flüstere ich und setze einen Fuß auf die erste Sprosse. Während ich ins Innere des Labyrinths hinabsteige, versuche ich, das Offensichtliche zu ignorieren: Wenn mir das Konsilium auf die Spur kommt, bin ich hier unten gefangen wie der Fuchs in der Falle.

45

Der Abstieg ist schneller vorbei, als ich erwartet habe. Ich springe das kurze Stück von der letzten Leitersprosse auf den Boden, als sich die Falltür über meinem Kopf schließt. Doch ich kann jetzt nicht darüber nachdenken, wie ich jemals wieder hier herauskommen soll, und sehe mich um. Im schwachen Schein weniger Lampen erkenne ich die nackten Felswände, die ich so gern vergessen würde.

Vor mir zeichnet sich der Umriss einer massiven Tür ab. Der in den Stein gezwungene Stahl sieht aus wie der Eingang zu einem Bunker. Anstelle einer Klinke prangt ein Rad auf der Höhe meiner Taille, das mich an das Steuerrad eines Bootes erinnert. Diese Tür muss Luce gemeint haben. Ich versuche, das Steuerrad zu bewegen, aber es rührt sich keinen Millimeter.

»Semper fidelis!« Meine Stimme hallt von den feuchten Wänden wider, und ich stolpere zur Seite, als das Rad sich mit einem ratternden Geräusch zu drehen beginnt. Die Tür schwingt auf und ich kneife geblendet die Augen zusammen. Anders als die Tunnel des Labyrinths ist der geradlinige Flur, der nun vor mir liegt, aus demselben hellen Glas wie der oberirdische Teil des Zentrums.

Zu meiner Linken befindet sich eine Reihe weiß lackierter Türen. Ich trete näher heran und lese die Aufschriften: Biopsychologie. Sozialpsychologie. Und an der dritten Tür: Allgemeinmedizin. Das müssen die Labore sein, von denen Marlene gesprochen hat. Ich spähe vorsichtig durch die kleine Fensterscheibe in der Tür des allgemeinmedizinischen Labors. Der Raum sieht verlassen aus. Ich öffne ungehindert die Tür und schiebe mich hinein. Ein riesiger Schreibtisch nimmt beinahe den gesamten Platz ein. Drum herum stehen weitere Tische und Regale. Verwundert schüttle ich den Kopf. Inmitten der technisierten Welt des Zentrums liegen Hunderte Zettel auf jeder verfügbaren Ablagefläche und bedecken sogar den größten Teil des Bodens. Ich taste mich durch das Chaos zum Schreibtisch vor und greife nach einigen zusammengehefteten Blättern, die nach wichtigen Unterlagen aussehen. Auf dem Deckblatt erkenne ich im Licht der schimmernden Wände die Überschrift **ReNatura-Programm**.

Mein Herz schlägt schneller, als ich hastig durch die Seiten blättere. Zwischen medizinischen Fachbegriffen und lateinischen Bezeichnungen suche ich nach Worten, die ich verstehe. Mein Blick bleibt an zwei Diagrammen hängen. Eins von ihnen zeigt eine einzige gerade Linie, während die Kurven des anderen sich kreuzen und überschneiden, Täler und Berge bilden wie bei einer Achterbahnfahrt. Begriffe wie Östrogen und Progesteron stehen unter den Linien, außerdem eine ganze Reihe von Abkürzungen, die mir nichts sagen. *Vergleich des Hormonspiegels zwischen den Geschlechtern während des Monatszyklus,* steht unter den Grafiken. Neben dem Diagramm, das exemplarisch den weiblichen Hormonhaushalt zeigt, klebt ein gelber Zettel, auf den jemand in unordentlicher Handschrift »möglicher Beweis« gekritzelt hat.

»Willkommen, Dr. Phineas McCarty.« Eine Computerstimme hallt durch das Labor. Erschrocken fahre ich zusammen. »Bitte identifizieren Sie sich, um die Auslösung des Alarms zu verhindern, oder verlassen Sie dieses Labor.«

Die Unterlagen fest an die Brust gedrückt, stürze ich aus der Tür und bleibe schwer atmend auf dem Flur stehen. Noch kann ich nicht gehen. Ich weiß noch nicht genug! Hektisch rüttle ich an den nächsten vier verschlossenen Türen. Ich werde herausfinden, was in den Zentren geschieht. Luces Gesicht erscheint vor meinem inneren Auge. Ich *muss.*

Die fünfte Tür öffnet sich, und ich habe den Raum kaum betreten, als ich wie angewurzelt stehen bleibe. Statt in einem Labor bin ich dieses Mal in einem Konferenzsaal gelandet. Er ist leer bis auf zwei Stuhlreihen – doch es sind die mannshohen Buchstaben vor der hinteren Wand, die meinen Blick auf sich ziehen. Als ich näher herangehe, bemerke ich, dass ein dünner Wasserfilm über ihre metallische Oberfläche fließt. Sie wirft ein erschreckendes Spiegelbild zurück: Meine Kleidung ist voller Erdflecken und über meine rechte Hand verlaufen Rinnsale aus getrocknetem Blut. Ich sehe aus wie die Kämpferin, zu der ich geworden bin.

Mein Blick folgt den Lettern, die dasselbe Wort ergeben, das auf dem Bericht aus dem Labor steht. »ReNatura«, flüstere ich. Ich hebe meine Hand und berühre das riesige R, als das Geräusch von Schritten mich in der Bewegung erstarren lässt.

»Wo auch immer Caroline bleibt, das Weiße Haus wartet nicht. Dieser Termin steht seit Wochen, und ich werde ihn nicht verpassen, weil unsere oberste Testleiterin ihre Pflichten schleifen lässt.«

Mein Magen zieht sich zusammen. Das ist nicht Hunter, der sich aus dem Keller des Zentrums befreit hat.

Nur eine Sekunde, nachdem auch der letzte Zipfel meines Ärmels hinter den Buchstaben verschwunden ist, strömen die Psychologen des Konsiliums in den Raum, dicht gefolgt von den Testleitern, die nicht für die Nachtwache eingeteilt sind.

Verwirrt sehe ich zu, wie sie auf den Stühlen Platz nehmen und ihre Blicke auf die Saalwand richten. Was geht hier vor sich, mitten in der Nacht?

»Herzlich willkommen zu Plenum Nummer 2«, ertönt die Computerstimme. »Bezirk F zugeschaltet.«

Auf der Wand beginnt ein Film abzulaufen: Menschen drängen sich mit verkniffenen Gesichtern und Aktentaschen in der Hand in überfüllte U-Bahnen. Eine Mutter schiebt vor der Tür eines Kinderhorts ihren weinenden Sohn von sich weg. Dann steigt die Kamera an der Fassade eines Hochhauses in die Höhe. Durch die Fenster filmt sie Männer, die allein am Esstisch sitzen, Kinder, die auf sich selbst aufpassen – und eine einsame Frau vor einer Wodkaflasche. Ich runzle die Stirn, als auf einmal Zahlen ins Bild fliegen: Depressionsraten mit steigenden Neuerkrankungen, Schüler mit Suizidgedanken, Kinder mit Bindungsstörungen, Abtreibungen pro Jahr. Gewalttaten an Frauen pro Stadt. Erst jetzt bemerke ich die melancholische Melodie, die die Bilder untermalt und mich traurig macht, ohne dass ich darüber nachgedacht habe. Was ist das für ein seltsamer Werbefilm?

»Wir sind überfordert«, sagt die mitfühlende Stimme einer Frau. Sie klingt, als würde sie über uns schweben. »Wir begehen Straftaten, wir entwickeln Krankheiten. Und das alles, weil unsere Welt aus dem Gleichgewicht geraten ist. Aber es gibt eine Lösung.« Die Szene wechselt zu einem ordentlichen Haus, das in Upperlake stehen könnte. Eine Mutter steht winkend in der Einfahrt und sieht ihrem Mann im Anzug hinterher, während sie ihrem Sohn über den Kopf streicht. Es ist die gleiche Frau, die zuvor ihr Kind bei der Betreuung abgegeben hat. Jetzt wirkt sie gelöst und zufrieden.

»Eine vollständige Kristallisierung haben wir bereits erreicht, aber der Kampf um Klarheit und Gerechtigkeit geht weiter. Kehren wir zurück zu unserer Natur!« Die charismatische Stimme der Sprecherin ist mir sofort bekannt vorgekommen. Aber bevor ich mich darüber wundern kann, warum Chloe Cremonte ihre Stimme einem Werbefilm leiht, stutze ich. Eine vollständige Kristallisierung ist erreicht? Das stimmt doch gar nicht! Noch immer gibt es Erwachsene, die sich der Kristallisierung verweigern … Und dann verstehe ich, dass der Film nicht in der Gegenwart spielt. Er soll die Menschen in der Zeit *nach* der vollständigen Kristallisierung von etwas überzeugen. Die Frage bleibt nur, von was?

»Bieten wir den Entwicklungen Einhalt, die unser Leben vergiften, und wenden wir uns der einen Sache zu, nach der wir alle streben: Glück.«

Der Schriftzug **ReNatura** leuchtet an der Wand auf, während sich ein flaues Gefühl in meinem Magen ausbreitet. In der ersten Reihe beginnt der Konsiliar mit der Hornbrille zu klatschen. Es dauert keine Sekunde, bis die anderen Psychologen und die Testleiter in seinen Applaus einfallen.

Auf der Wand erscheint erneut ein Video. Diesmal sehen wir einen großen Raum, der beinahe komplett von einem Tisch aus dunklem Holz eingenommen wird. Der Konferenzraum des Weißen Hauses. *Das hier ist kein weiterer Propagandafilm!* Mit zitternden Händen ziehe ich Luces Diktiergerät aus meiner Tasche.

»Alle Bezirke zugeschaltet«, meldet ein junger Mann dem Präsidenten, der an der Stirnseite sitzt.

Er nickt der ganz in Weiß gekleideten Gestalt neben ihm zu, und ich beobachte, wie sich der Kristall gemeinsam mit dem Rest der anwesenden Männer und Frauen erhebt. Wie auf ein Kommando hin stehen auch die Konsiliare und Testleiter auf.

»Wir schwören der Kristallisierung Treue«, beginnt Chloe Cremonte. Ihre rechte Hand liegt auf ihrem Herzen. »Wir verpflichten uns, vor keinem Hindernis zurückzuschrecken, um den Menschen zu seiner Natur zurückzuführen. Für ein Leben in Klarheit!«

»Für ein Leben in Klarheit!«, hallt es durch den Saal.

Chloe Cremonte senkt für einen Moment den Kopf, bevor sie direkt in die Kamera blickt, die uns mit dem Regierungssitz in New York verbindet. »Willkommen, Kristallisierer.«

Der Konsiliar mit der Hornbrille tritt vor und verneigt sich, bevor er spricht. Seine rechte Hand liegt noch immer auf seiner Brust. »Es ist dem Zentrum F wie immer eine Ehre, am Plenum teilzunehmen, mein Kristall. Und wenn ich das sagen darf: Der Demonstrationsfilm ist außerordentlich bewegend. Ich halte ihn aus psychologischer Sicht für hervorragend geeignet, um der Masse die Idee von ReNatura näherzubringen.«

Chloe Cremonte nickt ihm zu und nimmt ihren Platz zur Rechten des Präsidenten ein, der seine Ellenbogen tatkräftig auf den Tisch stützt.

»Wir sind uns einig, dass ReNatura weiterhin strikter Geheimhaltung unterliegt«, beginnt der hagere Mann, der seit dem Wahlsieg der Kristallisierer die Gläsernen Nationen führt. »Die bei diesem Testungsjahrgang erstmals erfolgte Einweihung der Gruppenvorsteher war ein sinnvoller Schritt, aber noch darf das Programm unter keinen Umständen an die Öffentlichkeit geraten. Die Gefahr für … Missverständnisse ist zu groß, solange unser Land noch nicht ausreichend auf die Rückkehr zur menschlichen Natur vorbereitet ist.«

Ich denke an die Hormonkurven in dem Bericht in meiner Hand und an die Bilder des Propagandafilms, in dem die glückliche Familie zur Lösung für alle Probleme wurde. *Rückkehr zur menschlichen Natur* … Nein, der Präsident kann damit unmöglich das meinen, was ich jetzt glaube. Ich fixiere Chloe Cremontes Lächeln. *Das würde sie nie zulassen.*

»McCarty, ich bitte Sie.« Der Präsident fordert den Anzugträger neben sich mit einer Handbewegung zum Sprechen auf.

Die vor Gel triefenden Haare und seine schmale Statur verleihen dem Mann mittleren Alters das Aussehen eines Otters und ich erkenne Edward McCarty, ein Mitglied des Rats. Er wurde zu einem unserer bekanntesten Politiker, als er vor vier Jahren an der Seite des Kristalls die Testung einführte. Mein Blick flackert zu dem Namen auf dem Bericht in meinem Arm. Dr. *Phineas* McCarty.

»Wir können in einer perfekten Symbiose leben, wenn wir unseren naturgegebenen Platz akzeptieren«, beginnt Edward McCarty mit leiernder Stimme. »Was geschieht, wenn wir diese natürliche Ordnung nicht anerkennen, haben wir soeben gesehen. Krankheiten –«

Der Präsident trommelt ungeduldig mit den Fingerknöcheln auf den Tisch. »Zum Programm, McCarty.«

»Sebstverständlich, Sir.« Der Otter räuspert sich. »Um die natürliche Ordnung wiederherzustellen, werden Mädchen die Schule demnächst mit dem mittleren Abschluss beenden. Einen Aufnahmestopp für das weibliche Geschlecht werden wir an Highschools und jeglichen Universitäten noch vor der Bekanntmachung von ReNatura in Gang setzen. Geeignete Ausbildungsplätze aus dem emotionalen Spektrum werden den Damen selbstverständlich weiterhin an separaten Einrichtungen zur Verfügung stehen. So ermöglichen wir ihnen die Ausbildung in einem für sie geeigneten Feld, ohne sie zuvor mit höherer Bildung zu belasten.« Edward McCarty macht eine kurze Pause, bevor er fortfährt: »Wir erwarten einen unmittelbar erfolgenden Rückgang von Depressionen und stressbedingten Erkrankungen, sobald Frauen wieder frei sind, sich ihrem natürlichen Lebensstil zuzuwenden. Zudem würde sich so auch das Problem der sinkenden Geburtenraten ganz von selbst lösen.«

Soll das ein Witz sein?

Ich sehe zu Tamika, der einzigen weiblichen Testleiterin im Saal, aber sie sagt kein Wort gegen diesen Unfug. Im Gegenteil: Sie nickt!

»Der Bildungssektor ist ein wunderbares Beispiel für die Fülle von Lösungen, die ReNatura uns bringt«, fällt der Präsident dem Ratsmitglied McCarty ins Wort. »Das weibliche Geschlecht ist allein schon hormonell bedingt dafür ausgelegt, zu versorgen und sich um andere zu kümmern. Ist es nicht so, Doktor McCarty?« Er wendet sich an einen Mann mit Schnurrbart, der bis auf sein fortgeschritteneres Alter wie eine detailgetreue Kopie des Otters aussieht. Also sind Phineas und Edward McCarty Brüder.

Der Arzt, dessen Bericht unter meinem Arm klemmt, legt den Kopf schief. »Nun, natürlich unterscheidet sich der Hormonhaushalt zwischen den Geschlechtern, aber da sprechen wir von ganz normalen Zyklushormonen. Das Bindungshormon Oxytocin, worauf Sie anspielen, Herr Präsident, wird lediglich in der Schwangerschaft und bei der Geburt vermehrt ausgeschüttet. Frauen haben bei der Kinderpflege keineswegs einen biologischen Vor–«

»So oder so«, unterbricht sein Bruder ihn hastig, »strahlen Frauen eine Art von Empathie aus, zu der wir Männer traurigerweise nie fähig sein werden.«

»Allerdings. Danke, McCarty.« Der Präsident steht auf. »Unsere Gesellschaft zwingt Frauen in ein Konzept, das nicht zu ihrer Veranlagung passt und diese wertvolle, empathische Seite zurückdrängt. Die größte Ungerechtigkeit Frauen gegenüber ist es doch, sie den Männern gleichzustellen. Verleumden wir damit nicht ihre Einzigartigkeit?« Er schaut auffordernd in die Runde. »ReNatura hingegen wird endlich dafür sorgen, die Diskriminierung der Vollzeitmütter zu stoppen. Wir werden Frauen von der Doppelbelastung aus Arbeit und Kindern befreien und die Familie wieder unter den besonderen Schutz des Staates stellen. Eine Frau, die sich ihrem biologisch vorgegebenen Lebensstil widmet, sollte sich dafür nicht schämen oder rechtfertigen müssen!«

Applaus. Das Lächeln des Präsidenten verrutscht, als er den verkniffenen Gesichtsausdruck des Arztes bemerkt. »Doktor McCarty, wir danken Ihnen. Sie haben Ihre Arbeit für uns erledigt.«

Der Arzt folgt dem unausgesprochenen Befehl und erhebt sich.

»Mein Kristall«, murmelt er in Richtung von Chloe Cremonte, bevor er mit eiligen Schritten den Raum verlässt.

»ReNatura wird die Gewalt an Frauen auf ein historisches Minimum sinken lassen. Wir erwarten vom rationalen Geschlecht, seine naturgegebene Verantwortung gegenüber den Frauen wieder wahrzunehmen.« Der Präsident lächelt, während sich mein Innerstes zusammenzieht. »Dank ReNatura werden unsere Frauen und Töchter nicht länger in Angst leben müssen. Dank der Rückkehr zur menschlichen Natur wird diese Welt wieder eine sichere werden.« Im Konferenzraum wird erneut geklatscht. »Unnatürliche Bewegungen wie der Feminismus«, spricht der Präsident weiter, »sind das eigentliche Problem. Feministen sprechen von Gleichstellung, aber die Ungleichheit der Geschlechter liegt in unserer Natur. Ergänzen wir uns also gegenseitig, anstatt biologische Barrieren zu bekämpfen. Erkennen wir das Konzept der Geschlechtergerechtigkeit an!«

Ich lasse beinahe das Diktiergerät fallen. *Damit werden sie nicht durchkommen*, beruhige ich mich. Doch dann fällt mein Blick auf Chloe Cremonte. Ein Lächeln umspielt ihre blassen Lippen, das jede Zuversicht in mir auslöscht. Die mächtigste Frau der Gläsernen Nationen steht hinter ReNatura. Warum verrät sie ihr eigenes Geschlecht? Warum geht sie mit diesem verrückten Programm nicht an die Öffentlichkeit? Wieder sehe ich vor mir, wie Chloe Cremonte ihre Hand auf ihr Herz legt. Diese Leute glauben, das Richtige zu tun. Und wenn uns die Geschichte eins gelehrt hat, dann, dass fanatischer Glaube ganze Länder auf seine Seite ziehen kann. Ich klammere mich haltsuchend an dem Buchstaben fest und spüre, wie das Wasser meinen Ärmel durchtränkt. Wenn wir die Kristallisierer nicht aufhalten, ist ReNatura nicht nur das Ende der Emanzipation, sondern auch das Ende unserer Freiheit.

46

Der Konsiliar hatte recht.« Niko richtet den Lauf seiner Pistole mit ruhiger Hand auf meine Stirn. »Du bist ein verdammter Untreuer, oder nicht?«

Marlene, die sich wimmernd neben ihrem Bett zusammengekauert hat, scheint er nicht einmal wahrzunehmen. »Aber du kannst nichts mehr aufhalten. In diesem Moment wird der Umsturz überall in den Nationen vorbereitet.«

Schweigend lausche ich Nikos glühendem Bericht über die Großartigkeit des Programms, doch die leeren Worthülsen beeindrucken mich nicht. Ich weiß, was er wirklich sagen will, wenn er von der Einzigartigkeit der Frau, von der Verantwortung der Männer und von einer naturgegebenen Symbiose spricht.

»Dann wird unsere Welt endlich wieder die sein, zu der sie bestimmt ist.« Niko schaut mich siegesgewiss an. »Dank Re-Natura.«

»Und wie genau wollt ihr diese kranken Ideen umsetzen?«, frage ich. »Verdammt, Niko, wach auf! Dieses Programm ist das Ende der Gleichberechtigung!«

»Es ist der Anfang der Geschlechtergerechtigkeit«, korrigiert mich Niko. »Frauen und Männer sind nicht gleich. Sie ergänzen einander.«

Auf einmal fügt sich in meinem Kopf alles zusammen. Emotionale dürfen ohne Genehmigung nicht das Land verlassen. Emotionale brauchen laut der Ordnung einen Bürgen, um ein

Konto zu eröffnen oder eine Wohnung zu mieten. Und Emotionale sind ausnahmslos Frauen. Ich knirsche mit den Zähnen, als ich begreife, wie die Kristallisierer es schaffen werden, die Zeit in den Gläsernen Nationen zurückzudrehen. Unter den kommenden Beschränkungen werden Frauen schon bald beginnen, an ihren eigenen Fähigkeiten zu zweifeln - jeder würde das, der nur noch an Grenzen stößt. Und in diesem Moment eilen die Kristallisierer mit ReNatura zur Rettung: einem Programm, das den Frauen die Verantwortung für ihr vermeintliches Scheitern nimmt. Wie sollte es ihnen auch gelingen, ein Leben zu führen, das die Natur nicht für sie vorgesehen hat? Die Kristallisierer haben den Widerstand moderner Frauen und Männer nicht nur bedacht, sondern auch den perfekten Weg gefunden, um ihn im Keim zu ersticken.

»Und all diejenigen, die noch einen klaren Blick haben, wird die Regierung dann längst fortgeschafft haben«, flüstere ich und vergesse für einen Moment die auf mich gerichtete Pistole.

»Das ist nicht wahr! Wir helfen den Mädchen in Daliawood, danach kommen sie zurück.« Marlene richtet sich auf und wischt sich über die Wangen. »Die Mädchen kommen doch zurück, oder?«

Sie darf nicht weitersprechen. Sonst erschießt Niko uns am Ende beide. »Sei still!«, zische ich ihr zu, als ich seinen schmalen Blick bemerke. Langsam wandern seine Augen von Marlene zurück zu mir und der abfällige Ausdruck in ihnen verschwindet.

»Siehst du jetzt, dass die Sentimentalität der Frauen sie unfähig macht, Großes zu vollbringen?« Niko lässt die Waffe sinken und ich erkenne meine einzige Chance.

Blitzschnell greife ich nach dem Lauf und schleudere die Pistole hinter mich. Ohne dass ich darüber nachdenken muss, führt mein Körper die Bewegungen aus, die er lernen musste, um zu überleben. Meine Faust trifft erst Nikos Schläfe und schmettert dann gegen seinen Kiefer. Niko fällt zu Boden wie eine Marionette, deren Fäden durchtrennt wurden. Als Nächstes die Pistole. Ich hebe das Ding auf, doch das hätte ich mir sparen können: ein Perso-Sensor, selbstverständlich. Niemand außer Niko kann sie abfeuern. Wie ausgerechnet er wohl an eine der seltenen Lizenzen gekommen ist? Aber das ist jetzt nicht wichtig. Ich lasse die nutzlose Waffe fallen und knie mich vor Marlene, die sich panisch an die Wand presst.»Sag, ich hätte dich zu allem gezwungen, wenn sie dich finden. Dir wird nichts passieren.« Dann ziehe ich ihr den Check vom Handgelenk, bevor ich den bewusstlosen Niko in den Schrank sperre, die Zimmertür von außen verriegle und die Treppen nach oben stürze.

Der Statusreport aus den Zentren, bitte.« Ich höre die Stimmen aus dem Konferenzraum des Weißen Hauses wie durch einen Tunnel.

»Unsere Testungsergebnisse decken sich mit denen, die wir gemäß ReNatura erwarteten, mein Kristall«, verkündet der Konsiliar mit der Hornbrille, als F aufgerufen wird. »Unsere Mädchen sind zu neunzig Prozent emotional, bei den Jungen erreichen wir eine Rationalenquote von knapp einhundert Prozent.«

Chloe Cremonte nickt und wirft einen Blick auf ihre Armbanduhr, während die anderen Bezirke ähnliche Zahlen nennen. Sie scheint gar nicht richtig zuzuhören. »Wie Sie sehen«, ergreift sie das Wort, »stützen die Daten aus den Zentren lückenlos die Trait-Separations-Hypothese. Nach Abschluss des Experiments steht der Traitzuteilung nach Geschlecht daher nichts mehr im Weg. So werden wir das aufwendige Testungsverfahren für den Großteil der Jugendlichen einstellen können.«

Ich umklammere das Diktiergerät so fest, dass es schmerzt. *Traitzuteilung nach Geschlecht.* Was wir hier durchmachen, soll den Leuten da draußen also bloß beweisen, dass eine Testung gar nicht notwendig ist! Dass ein einziges Chromosom bestimmt, welcher Trait der richtige ist: R für die Jungen, E für die Mädchen. Ich betrachte Chloe Cremontes blassgraue Augen. Der Kristall ist doch selbst das Gegenteil der empathischen Frau, die vorhin in den Himmel gelobt wurde!

»Was ist mit den Ausnahmen, die es schließlich in zehn beziehungsweise einem Prozent der Fälle gibt?«, spricht eine Frau im Konferenzraum des Weißen Hauses aus, was ich mich gerade selbst gefragt habe. »Wie erkennen wir sie bei einer pauschalen Traitzuordnung ohne Testung?«

»Das Verhalten der Jugendlichen im schulischen Umfeld gibt erste Hinweise auf unnatürliche Neigungen«, erklärt der Präsident. »Erzieher, Lehrer und Coaches werden zukünftig darin geschult, Ausnahmen frühzeitig zu erkennen. Zudem ist es möglich, selbst bei der Administration um Hilfe zu bitten. Fühlt ein Mädchen sich nicht als Emotionale, ein Junge sich nicht als Rationaler, so steht es ihnen weiterhin frei, zur Testung anzutreten und ihren Status als Ausnahme zu beweisen.« Er nickt Chloe Cremonte zu. »Ausnahmefrauen werden behandelt wie ihre männlichen Traitgenossen. Ihnen steht ein Studium an einem der vom Kristall persönlich geleiteten Institute zu – und eine Chance auf jeden Arbeitsplatz, den sie wünschen. Rationale Frauen sind wertvolle Leistungsträger. Wir müssen unser Bestes geben, um sie zu integrieren.«

Und was ist mit den anderen Ausnahmen?, denke ich aufgebracht. *Was ist mit emotionalen Jungen?*

Chloe Cremonte strafft ihren Blazer.

»Der Erfolg des Programms steht und fällt mit der Akzeptanz der Bürger. Zum Abschluss dieses Plenums möchte ich daher nochmals auf die Wichtigkeit der absoluten Geheimhaltung hinweisen.« Sie wirft einen Blick in die Runde, dann lächelt sie. »Ich verspreche Ihnen jedoch, dass der Programmstart näher rückt – vor allem, wenn wir weiterhin so gute Ergebnisse erzielen. Bald werden wir von unseren Bürgern und der ganzen Welt für ReNatura gefeiert werden.«

Wie kannst du das zulassen?, schreie ich in Gedanken.

Der Kristall erhebt sich. »Ich danke Ihnen allen für Ihr Vertrauen und Ihre Mitarbeit!«

Die Übertragung schaltet sich aus. Ich sehe zu, wie die Testleiter hinter dem Konsilium geschlossen den Saal verlassen. Als die Tür hinter der letzten grauen Laborjacke ins Schloss fällt und ich allein zurückbleibe, weicht jegliche Spannung aus meinem Körper. Wenn ich es nicht mit eigenen Ohren gehört hätte, würde ich nicht glauben können, dass so etwas wirklich geschieht. Nicht in einem Buch oder einem Film, nicht irgendwo in einem fernen Entwicklungsland, sondern hier. Jetzt. Unter den Blicken der ganzen Welt.

Luces Talisman fest in meiner Hand, drücke ich auf Wiedergabe und presse die Lippen zusammen, als die Stimmen des Rats noch einmal den Saal erfüllen. Der Präsident kann vielleicht Wissenschaftler kaufen und Untreue verschwinden lassen, rationale Frauen mit Quotenpositionen bestechen und weiter die heile Welt ausrufen, aber einen Schwachpunkt seines Plans will er nicht wahrhaben. Ich denke an Colin und Hunter, Männer, die für Macht nicht die Augen verschließen. An Frauen wie Luce oder Fiona, die niemals kampflos aufgeben werden. Gemeinsam werden wir das Glas zerbrechen, unter dem die Regierung uns alle zu ersticken droht.

Ich laufe die Stufen des Athene-Saals hinunter, bis ich zwischen den beiden Statuen angekommen bin, wo ich Skye zurückgelassen habe. Die Göttinnen starren unverändert ins Nichts. Ohne den Fingerabdruck eines autorisierten Testleiters komme ich nicht in die Labore. Hat Skye es hinuntergeschafft? Braucht sie meine Hilfe?

»Wo steckst du?«, murmele ich. Doch dann verschlägt es mir die Sprache. In Eile wäre es ein Leichtes, sie zu übersehen, aber als ich den Boden genauer mustere, bemerke ich die roten Schlieren. »Nein!« Das Blut ist bereits getrocknet. Kraftlos sinke ich unter dem schwebenden Würfel auf die Knie.

Ich schalte das Diktiergerät aus und verstaue es zusammen mit dem Bericht des Arztes in der Innentasche meiner Jacke. Wir werden dem Präsidenten keine Chance geben, seine Lügen langsam durch das Land sickern zu lassen. Diese Aufnahme wird einschlagen wie eine Bombe.

»Miss Anderson! Wer hätte es geahnt.« Die vertraute Fistelstimme lässt mich zu Eis erstarren. *Der Flur war doch leer!* Wie in Zeitlupe drehe ich mich um und blicke durch die dicken Brillengläser des Konsiliars direkt in seine unnatürlich großen Augen. »Ich war mir sicher, eine Hand hinter dem ReNatura-Brunnen erkannt zu haben.« Ich folge seinem Blick. Meine Wunde hat wieder angefangen zu bluten, doch ich spüre keinen Schmerz.

»Warum?«, schleudere ich ihm entgegen. »Warum wollt ihr uns zum Schweigen bringen? Was habt ihr davon, Frauen zurück in eine Rolle zu stoßen, in die wir nie gehört haben?«

Der Konsiliar legt den Kopf schief und betrachtet mich mit dem gleichen Interesse wie damals, als ich auf dem hölzernen Stuhl meinen eigenen Geständnissen zuhören musste. »Ich habe mich geirrt«, sagt er wie zu sich selbst. »Bis zum Schluss habe ich geglaubt, es sei Rationalität, die Sie antreibt. Aber da ist etwas anderes.«

»Warum?«, wiederhole ich, ohne seine Worte zu beachten.

»Gewissermaßen wegen Mädchen wie Ihnen«, antwortet der Konsiliar grimmig. »Sehen Sie sich an! Wütend und undankbar, das sind Sie, das seid ihr alle.« Er tritt einen Schritt näher auf mich zu und ich spüre seinen heißen Atem in meinem Gesicht. »Wir haben Frauen die Freiheit gegeben, Entscheidungen zu treffen – und was ist aus Ihrem Geschlecht geworden? Eine Horde von Feministinnen!« Er spuckt mir das Wort förmlich entgegen. »Frauen haben eine Aggressivität entwickelt, die den Frieden unserer Gesellschaft gefährdet. Ihr seid egoistisch geworden, reißt an euch, was die Natur eurem Geschlecht niemals zugestanden hat.« Seine Stimme wird ein wenig sanfter. »Ich gebe Ihnen keine Schuld. Sie und Ihre unnatürlichen Ideen sind nur das Produkt einer Gesellschaft, die von der Emanzipation an ihren Abgrund geführt wurde. ReNatura wird das alles wieder rückgängig machen.«

»Und wie viel Bestechungsgeld musste die Regierung zahlen, damit die Wissenschaftler ihr eine Begründung für diese Verschwörung liefern? Oder wurden ihnen einfach die Stellen ihrer Kolleginnen versprochen?«

Der eben noch nachsichtige Blick des Konsiliars wird wieder hart. »So viel Potenzial«, sagt er kalt. »Ich hätte Sie gerne im Institut gesehen, Miss Anderson. Sie hätten Großes erreicht. Aber anders als unsere Regierung, anders als ich verstehen Sie nicht, dass für eine Sache Opfer gebracht werden müssen.«

Es sind Luces Worte, und mir wird übel, als auf einmal alles einen Sinn ergibt. Die Trennung von den Jungen. Die beinahe ausnahmslos emotionalen Spiegel der Mädchen, während Colin zum Rationalen erklärt wird, egal was er dagegen unternimmt …

»Sie fälschen unsere Ergebnisse, nicht wahr?«, flüstere ich. »Sie geben absichtlich falsche Daten an das Weiße Haus, um zu beweisen, was völlig unmöglich ist. Die Testleiter glauben an die Spiegel, die Dimensionen und all das, aber *Sie* wissen von der Manipulation der Testungsdaten. Und trotzdem …«

Er lächelt, als ich verstumme. »Sie haben es erfasst, Miss Anderson. Trotz dieser kleinen … nun ja, Schönheitskorrekturen, die wir vornehmen, ist die Natur des Menschen nicht zu verleugnen. Deshalb schenken wir Ihnen Fakten. ReNatura ist der Schlüssel zu nichts Geringerem als dem Weltfrieden!«

Meine Wut macht mich mutiger, als ich bin. »In Wirklichkeit geht es doch bloß darum, dass ihr Angst vor uns habt.« Ich trete näher an den Konsiliar heran, der nicht viel größer ist als ich selbst. »Denn Sie irren sich: Frauen wurden keine Rechte gegeben – sie haben sie sich *genommen.* Und wir werden sie uns zurückholen, wenn man uns dazu zwingt.« Ich mache einen Schritt in Richtung des Aufgangs zum Athene-Saal. Ich muss Hunter finden, und zwar so schnell wie möglich. Wir müssen hier rauskommen – denn sonst wird niemand von ReNatura erfahren, bevor es zu spät ist.

»Die Falltür kann nur von außen geöffnet werden.« Die Stimme des Konsiliars lässt mich in meiner Bewegung innehalten. »Eine auf meinen eigenen Wunsch hin eingebaute Vorsichtsmaßnahme, schließlich wollen wir ungebetene Besucher möglichst vermeiden. Sie ziehen ja doch nur … Scherereien nach sich.«

Ich drehe mich um. Sagt er die Wahrheit, oder ist das bloß ein Versuch, mich aufzuhalten?

»Also sperren Sie mich hier unten ein, bis der nächste Transporter kommt?« Meine Stimme klingt fester, als mir zumute ist.

Der Konsiliar verzieht den Mund zu einem mitleidigen Lächeln. »Meine liebe, naive Miss Anderson. Einer jungen Frau mit Ihrem Verstand muss doch klar sein, dass Daliawood in Ihrem Fall keine

Möglichkeit mehr ist. Mit Ihrem Wissen sind Sie keine einfache Untreue mehr.«

Sondern eine potenzielle Verräterin, beende ich seinen Satz im Stillen. Kalte Angst durchfährt mich wie ein Schwert, als der Konsiliar mich mit erstaunlicher Kraft am Arm packt. »Arbeiten Sie mit, und ich werde sehen, was ich für Sie tun kann«, stößt er hervor, während er mich vor sich her über den Flur bugsiert. Weg von der Stahltür und der rettenden Leiter dahinter, in die entgegengesetzte Richtung, wo nichts als eine massive Glaswand auf uns wartet. Der Konsiliar bleibt vor ihr stehen und ein heller Lichtstrahl scannt seine Augen. Die Wand bewegt sich zur Seite. Dahinter taucht eine Treppe auf, die nach oben führt. »Nach Ihnen.«

Ich setze einen Fuß auf die unterste Stufe. Wer oder was erwartet mich an ihrem Ende? Der Griff des Konsiliars lockert sich. Er ist sich sicher, dass ich keine Chance habe, ihm und meinem Schicksal zu entkommen. Bei diesem Gedanken schießt Adrenalin durch meine Adern. Ich denke an Hunter, an unseren ersten Kuss und an die Macht des Diktiergeräts in meiner Tasche. Was auch immer die Regierung bereit ist, mit einer Verräterin anzustellen – ich darf nicht kampflos aufgeben.

Wir erreichen das Ende der Stufen. Schräg über uns mache ich die Umrisse einer Luke aus, größer als die Falltür im Boden des Athene-Saals. Ich vergleiche die Länge des unterirdischen Flurs mit dem Grundriss des Zentrums darüber. Und dann wird mir klar, dass dieser zweite Ausgang gar nicht im Gebäude münden kann. Dafür sind wir unten zu lange geradeaus gegangen. Diese Treppe führt in den Park! Mein Pulsschlag erhöht sich. Während der Konsiliar damit beschäftigt ist, die Luke zu öffnen, hole ich aus und stoße ihm meinen Ellenbogen in die Seite. Er taumelt zurück und ich dränge mich an ihm vorbei.

Mit letzter Kraft ziehe ich mich aus der Luke und stöhne erleichtert auf, als ich feuchtes Gras zwischen meinen Fingern spüre. Tief atme ich die Nachtluft ein, dann stemme ich mich hoch. Auf einmal presst sich eine kühle Hand auf meinen Mund.

»Wenn ich *jetzt* sage, rennst du los und hältst nicht an, bis du an der Mauer angekommen bist«, raunt eine Stimme an meinem Ohr.

Ich spanne meine Muskeln an und befreie mich mit einem kurzen, festen Tritt.

»Colin! Was tust du hier?«

Er keucht. »Kannst du mich etwa immer noch nicht leiden?« Hastig zieht er mich weg von der Luke in den Schutz der Bäume. »Als ich Elias aus dem Schlafsaal verschwinden sah, wusste ich, dass er euch verraten würde. Du musst dich in Sicherheit bringen!«

»Dann weißt du, dass Luce –« Meine Stimme bricht.

»Ich habe gehört, wie der Konsiliar mit Elias über sie geredet hat«, sagt Colin leise. »Skye, ich kann dir über die Mauer helfen. Ich bin groß genug, um –«

»Ich kann nicht gehen.«

Sein Blick fällt auf meine Hand, die schützend auf meiner Jackentasche liegt. »Du hast etwas herausgefunden, nicht wahr?« Seine Augen leuchten auf.

»Ja, ich habe alles auf dem Diktiergerät.«

»Dann *musst* du abhauen, Skye! Du bist jetzt unsere größte Hoffnung!«

»Colin!«, zische ich und sehe ihm fest in die Augen. »Ich gehe nicht ohne Hunter … Alexander«, berichtige ich mich. »Er ist kein Testleiter. Er steht auf unserer Seite.«

»Ich werde versuchen, ihn zu finden«, verspricht Colin. »Aber du und das Diktiergerät, ihr müsst hier raus, ganz egal, wer von uns zurückbleibt.«

Ein Geräusch lässt mich zusammenfahren. Ich blicke über Colins Schulter und sehe, wie der Konsiliar aus der Luke klettert. »Er wird uns verraten!«, rufe ich. Über seinen Check kann er mühelos Alarm schlagen. Dann kommt niemand von uns hier raus!

»Ich kümmere mich um ihn. Lauf!«

Colin stößt mich in Richtung der Mauer und ich renne los. Doch weit bin ich noch nicht gekommen, als ein Schrei durch die Nacht gellt. Ohne nachzudenken, drehe ich der Freiheit wieder den Rücken zu. Im schimmernden Licht des Zentrums sehe ich, wie Colin zu Boden fällt. Der Konsiliar lässt ein silbernes Gerät in seiner Tunika verschwinden – ein Elektroschocker, wie ihn die Ordnungswahrer tragen. Ich sprinte schneller als je zuvor in meinem Leben auf die Luke zu. Vielleicht ist meine Entscheidung nicht rational, aber ich werde heute Nacht keinen zweiten Freund im Stich lassen. Überraschung und Furcht blitzen in den Augen des Konsiliars auf, als ich Hunters Messer aus meiner Tasche ziehe.

»Sie können uns in Gefängnisse stecken oder umbringen«, sage ich scharf. »Aber jemand wird unseren Platz einnehmen. Die Regierung wird mit ReNatura nicht durchkommen, und der Präsident ist ein Idiot, wenn er glaubt, zwei Generationen moderner Frauen würden sich zu stillschweigenden Gebärmaschinen herabsetzen lassen.«

»Ach, halt doch endlich die Klappe, Mädchen!« Er wirft einen Blick in Richtung des Zentrums. »Du hast doch schon verloren.«

Sein giftiges Lächeln gefriert auf seinem Gesicht, als ich ihn nach hinten stoße, kräftiger als vorhin. Er stolpert, verliert am Rand der Luke das Gleichgewicht und stürzt die steile Treppe hinunter. Kurz bekommt er das Geländer zu fassen, doch dann rutscht seine Hand ab, und ich höre, wie sein Körper am Ende der Stufen aufschlägt.

Mit zusammengebissenen Zähnen hebe ich den Deckel an und

lasse ihn auf die Luke krachen. Auf einmal ist es still im Park. Ich schlage die Hände vor meinen Mund und spüre, wie mein Körper nach Luft ringt.

»Ich habe ihn umgebracht«, flüstere ich.

»Unwahrscheinlich.«

Bei dem vertrauten Klang seiner Stimme wirble ich herum.

»Du hast es geschafft!« Ich beginne zu lachen, als hätte ich den Verstand verloren, während Hunter mich fest an sich drückt. Erst nach einigen Augenblicken wird mir bewusst, dass ich weine.

»Sie wollen –«, beginne ich erstickt, doch ich finde keine Worte für das, was ich gehört habe.

»Ich weiß«, sagt er düster. »Niko hat mir alles über ReNatura erzählt. Aber das wird nicht passieren. Wir werden es nicht zulassen, Skye.«

Ich nicke, weil ich ihm glauben will.

»Dann solltet ihr von hier verschwinden, und zwar so schnell wie möglich«, sagt Colin und lässt sich von Hunter aufhelfen. Er sieht noch ein wenig blass aus, doch er steht stabil auf den Beinen.

Ich werfe einen Blick zurück zu der verschlossenen Luke. »Seid ihr sicher, dass ich ihn nicht –«

Hunter legt einen Arm um mich. »Wenn er ungünstig fällt, war der Stoß nicht ungefährlich. Aber du hast getan, was nötig war«, sagt er und zieht mich mit sich. »Niko und Marlene können jede Minute im Keller gefunden werden. Es ist höchste Zeit.«

Zu dritt laufen wir über den Rasen zur Mauer, die den Park umschließt. Ich berühre das schimmernde Glas, ungläubig, es tatsächlich bis hierher geschafft zu haben. Neben mir tippt Hunter, genau wie Caroline in der Nacht unserer Ankunft, einen Code in seinen Check. Er wechselt einen Blick mit Colin, als die Mauer beginnt, sich zur Seite zu schieben, und drückt ihm dann einen zweiten Check in die Hand.

»Marlenes«, sagt er, und zu mir gewandt: »Außer einem kleinen Schock ist ihr nichts passiert.«

Ich denke an die Begeisterung, mit der Miras Schwester von Re-Natura gesprochen hat. Wir müssen die Aufnahmen so schnell wie möglich an die Öffentlichkeit bringen, bevor die Propaganda der Regierung noch mehr Menschen auf die falsche Seite zieht.

Colin nimmt Marlenes Check. »Ich habe den Code schon eingegeben«, sagt Hunter. »Du musst ihn nur noch bestätigen, sobald wir draußen sind. Die Mauer schließt sich erst durch den Befehl von zwei Testleiterchecks. «

Ich sehe Colin an. Einer, der die Mauer öffnet, und einer, der im Zentrum bleibt, um sie zu schließen.

»Komm, Skye«, sagt Hunter sanft.

»Aber –«

»Es ist die einzige Möglichkeit«, sagt Colin. » Wenn die Mauer offen bleibt, werden sie sofort auf eure Flucht aufmerksam. Doch die Welt muss erfahren, was ihr herausgefunden habt. Vier Jugendliche können sie zum Schweigen bringen, aber nicht die ganze Nation.«

»Was wir herausgefunden haben«, wiederhole ich und taste nach dem Lederband mit der Glasscherbe an meinem Hals. Ich habe es Luce versprochen.

»Es war ein Fehler, dich zu unterschätzen, Skye Anderson.« Ich umarme Colin zum ersten und letzten Mal. Hunter wartet auf mich an der Schwelle zur Dunkelheit. »Du kannst das schaffen, Skye«, flüstert Colin. »Wer, wenn nicht du.«

Ich presse die Lippen zusammen. Wie viel sich doch zwischen uns allen verändert hat! »Das hier ist kein Abschied«, sage ich. »Nicht für immer.« Dann folge ich Hunter durch die Öffnung in der Mauer. Draußen verschränken sich unsere Finger.

Wir können es schaffen. Wir haben gar keine andere Wahl.

47

Die leuchtenden Mauern des Zentrums sind nur noch ein schwacher Schein in der Dunkelheit. Schweigend laufen wir nebeneinander her. Wir werden nicht verfolgt - noch nicht. Ich betrachte Skyes fest zusammengepressten Kiefer im Licht des abnehmenden Mondes und greife nach ihrer Hand.

»Wir sollten bald an der Küste sein«, sage ich, als die Landschaft um uns herum sich langsam verändert. Nach der Einöde rund um das Zentrum sprießen nun wieder Gräser zu unseren Füßen, hier und da erkenne ich in der Dunkelheit den mächtigen Stamm einer Pinie. »Von da aus ist es nicht mehr weit bis in die Seaview Hills, und wenn wir uns abseits der Hauptstraßen bewegen, werden wir niemandem auffallen.«

Skye erwidert nichts, und ich weiß, dass unser eigenes Schicksal nicht alles ist, was sie beschäftigt.

»All die Jahre habe ich geglaubt, das Ziel der Gläsernen Nationen wäre Gerechtigkeit«, sagt sie schließlich. »Aber die Traits sind nur eine Maske für das, was sie in Wahrheit wollen.«

Ich denke an meine Mutter und an Beth. An Jessica Cremonte, die ohne den großen Skandal vielleicht Präsidentin geworden wäre. Sie alle sind Frauen, die das System mit Macht zu verändern drohten und deshalb für manche Männer genau das darstellen: eine Bedrohung. Doch mundtot gemacht hat sie erst Chloe Cremonte. Eine aus den eigenen Reihen. Sogar die eigene Tochter.

»Du hättest hören sollen, wie der Konsiliar über mich gesprochen hat!«, unterbricht Skye meine Gedanken. »Vertritt ein Mann seine Meinung, macht ihn das entschieden und bewundernswert. Wir hingegen sind aggressiv, unattraktiv und undankbar.« Skye schüttelt wütend den Kopf. »Versteht Chloe Cremonte denn nicht, dass sie und ihre rationalen Ausnahmefrauen nur ein Mittel zum Zweck sind? Das Programm spielt uns gegeneinander aus, teilt uns in zwei Lager, die aufeinander herabschauen. Die rationalen Außenseiterinnen. Die emotionalen Schwachen. Diese Gruppen werden sich niemals verbünden.«

Wir kreuzen eine Straße, die erste, auf die wir seit unserer Flucht aus dem Zentrum treffen, und biegen auf einen Trampelpfad ein.

»Wenn du mich fragst, dann will Cremonte genau diese zwei Lager haben«, sage ich. Skye sieht mich an. »Mit ihrem Ausnahmestatus sichert sie sich ihren Platz - und vielleicht ist das alles, worauf es ihr ankommt.«

Der Pfad wird enger. Wir laufen nun hintereinander. Er sollte uns hinunter zum Strand führen, wenn ich mich nicht irre. Die Kristallisierer werden erst in den Bussen und Bahnen nach uns suchen, dann in den Großstädten ...

Der Pfad führt uns durch dichtes Gebüsch eine Anhöhe hinunter. Palmen wachsen rechts und links des Weges. Das Unterholz lichtet sich und gibt den Blick auf das Meer frei. »Hier können wir weiterlaufen, ohne in Kontrollen zu geraten«, sage ich.

Keine Antwort.

»Skye?« Mit einem unguten Gefühl drehe ich mich um. Der Pfad vor mir ist leer.

»Guck nicht so, Sol, ich habe ihr bloß Schlaftabletten gegeben. Es ist besser für sie.«

Ich werde sanft auf die Ablage eines Kofferraums gelegt.

»Ich bleibe bei ihr!«

Hände schieben mich vorsichtig zur Seite und ich spüre die Wärme eines anderen Körpers neben mir. Über uns schließt sich die Klappe. Der Motor springt an. Ich versuche, mich zu bewegen, aber es geht nicht. In der ersten Kurve rolle ich auf meinen Bauch, unfähig, mich abzustützen. Der Junge zieht mich zu sich und bettet meinen Kopf auf seinen Arm. Er hält mich in jeder Kurve fest, bis das Auto auf einmal ruckartig zum Stehen kommt. Meine Augenlider zu öffnen, erfordert beinahe übermenschliche Kräfte, doch durch den schmalen Spalt zwischen meinen Wimpern erkenne ich das besorgte Gesicht des Jungen. Aschblonde Locken fallen in seine Stirn.

»Das hier ist noch nicht Kanada«, murmelt er.

Seine Augen sind irritierend grün, denke ich benebelt. Er richtet sich auf, als plötzlich ein Knall ertönt. »Ich komme zurück, ich verspreche es«, sagt er, bevor er mich in meinem dunklen Gefängnis allein lässt.

Als ich auf dem sandigen Boden wieder zu mir komme, rast mein Herz. Doch dieses Mal liegt es nicht an dem Traum oder an der Dunkelheit.

»Du warst es«, flüstere ich und versuche, das Bild des Jungen in meinem Bewusstsein zu halten, bevor es wie Wasser im Sand verrinnt. Hunters Bild.

Der Junge mit den grünen Augen stürzt auf mich zu und kniet sich neben mich. »Skye! Für einen Moment habe ich geglaubt –«

»Warum bist du in meinen Albträumen?«, frage ich mit rauer Stimme.

Hunter holt tief Luft. »Erinnerst du dich an den Abend, als wir uns zum ersten Mal gesehen haben?«

»Du meinst damals im Servicewagen?«, frage ich schwach.

»Es war vor vier Jahren. Ich habe dich vor vier Jahren zum ersten Mal gesehen.«

Ich setze mich auf und lehne mich mit dem Rücken an eine Palme am Rand des Trampelpfads. »Was soll das bedeuten?«, bringe ich nach ein paar Sekunden heraus.

Hunter setzt sich neben mich in den Sand. »Meine Mum war Journalistin bei der *Times*«, beginnt er zögerlich. »Sie und Beth waren Kolleginnen.«

»Beth?«

»Elizabeth. Deine –«

»… meine Mutter«, flüstere ich.

Hunter nickt. »Ich habe erst spät von ihren Plänen erfahren, genau genommen am selben Abend, an dem sie fliehen wollten. Mum fuhr mitten in der Nacht mit mir nach Upperlake. Dein Vater war bei irgendeiner Sitzung des Parlaments und deine Mutter wartete in der Einfahrt mit zwei gepackten Koffern.«

Fliehen. Ich habe die Wut nicht vergessen, die ich empfand, als ich glaubte, meine Mutter hätte uns verlassen. Und auch nicht den Respekt, den ich im Zentrum verspürte, als ich herausfand, dass sie sich gegen die Kristallisierung gestellt hat. Jetzt soll sie eine Flucht geplant haben … Ich frage mich, wer diese fremd gewordene Frau wirklich ist. Ich blicke in Hunters Augen – dieselben smaragdgrünen Augen, die mir auch von einem der Polaroidfotos entgegengesehen haben.

»Deine Mutter ist Sol Riviera, nicht wahr?«, frage ich. Hunter nickt, und ich erzähle ihm von der Liste entlassener Frauen, auf der auch Sols Name stand.

»Die beiden wussten etwas«, murmelt Hunter, als ich fertig bin. »Es passt alles zusammen.« Er stützt seine Stirn auf seine Hände. »Ich glaubte die ganze Zeit, es ginge um die Traits. Dass sie fliehen wollten, um uns ein Leben in Freiheit zu ermöglichen, ein Leben ohne Buchstaben, die uns klassifizieren. Aber das kann nicht alles gewesen sein.«

»Du glaubst, unsere Mütter wussten von ReNatura?« Ich stelle mir vor, wie Mum bei ihren Recherchen auf die Wahrheit über die Kristallisierer gestoßen ist. Meine Mutter ist nicht einfach weggelaufen. Sie wollte kämpfen.

»Das würde zumindest erklären, warum wir nie in Kanada ankamen.« Trauer liegt in Hunters Blick, als er mich ansieht. »Und warum diese Nacht nicht nur dein Leben verändert hat.«

Ich schlucke, als ich an meine Albträume denke, die in Wahrheit Erinnerungen sind. Behutsam greife ich nach Hunters Hand. So weh es ihm tut, ich muss wissen, was im Sommer vor vier Jahren geschehen ist.

Samuel, lass uns das in Ruhe klären.«

»Das ist eine Sache zwischen mir und meiner Frau!«

»Ich fürchte, das ist eine Sache, die alle Frauen etwas angeht.« Türenschlagen.

Was ist da draußen los? Die Stimmen sind laut genug, um sie hier drinnen zu verstehen. Ich werfe einen Blick auf das betäubte Mädchen in meinem Arm. Skyes schwarze Haare sind verwuschelt, als hätte ihre Mutter sie direkt aus dem Bett geholt. Wahrscheinlich weiß sie noch weniger über das, was hier vorgeht, als ich.

»Halt dich da raus, Sol. Du warst schon immer eine dieser lästigen Frauen, die –«

»... eine Meinung haben?«, unterbricht die Stimme meiner Mutter Samuel Anderson harsch.

Skye bewegt sich.

»Elizabeth, komm zur Vernunft! Ihr habt keine Ahnung, was ihr anrichten könnt, wenn ihr damit an die Öffentlichkeit geht. Es ist zu früh!«

»Du wusstest es die ganze Zeit!« Skyes Mutter klingt fassungslos.

Vorsichtig schiebe ich die Abdeckung über dem Kofferraum zurück und setze mich auf, obwohl Mum mir befohlen hat, unten zu bleiben. Ich sehe meine Mutter auf der Straße stehen. Sie geht einen Schritt auf die Beifahrertür zu.

»Bleib stehen, wo du bist, Verräterin!«

Kalte Angst durchfährt mich, als meine Mutter die Hände hebt. Ihr Blick trifft meinen.

»Und jetzt vom Auto zurücktreten«, befiehlt Samuels Stimme.

Ich schließe die Augen.

»Wie kannst du dich nur selbst ertragen!«, zischt Elizabeth in der gleichen Sekunde, in der die Beifahrertür aufgerissen wird und ein Knall ertönt.

Ein paar Sekunden lang höre ich nur mein Herz schlagen. Ich taste mit steifen Fingern nach dem Nothebel, mit dem sich der Kofferraum von innen öffnen lässt. Ein letztes Mal sehe ich zu Skye hinunter, die vergebens gegen den Medikamentennebel ankämpft. »Ich komme zurück, ich verspreche es.«

Dann steige ich aus dem Kofferraum und schließe die Klappe, bevor ich um das Auto herumlaufe.

Meine Beine geben unter mir nach, als ich begreife. Elizabeth kniet neben dem Auto, ihre Hände sind rot von Blut. Blut, das aus der Wunde im Bauch meiner Mutter strömt, während das Leben aus ihren grünen Augen weicht.

Samuel lässt die Pistole auf den Asphalt fallen.

»Das wollte ich nicht. Ich konnte doch nicht zulassen –«, stammelt er.

Als Elizabeth mich bemerkt, entfährt ihr ein Schluchzen. Wir knien auf dem verlassenen Highway weit weg von der Innenstadt, reglos wie Schachfiguren, die auf die Anweisung der Spieler warten. In der Ferne ertönen Sirenen. Samuel ist der Erste, der wieder zu sich kommt. Er sprintet zu unserem Wagen, wendet und fährt mit quietschenden Reifen in Richtung Upperlake davon.

Und Skyes betäubter Körper mit ihm.

»Nein!« Elizabeth springt auf. »Komm zurück!«

Blut klebt an den Fingern, mit denen ich meiner Mutter die Augen schließe, während Elizabeth voller Verzweiflung dem davonfahrenden Auto hinterherjagt.

»Ich werde einen Weg finden, Mum.« Ich streiche über ihre Wange. »Ich werde die Kristallisierung aufhalten. Und wenn es das Letzte ist, was ich tue.«

Es ist totenstill um uns herum, selbst das Meer scheint nicht mehr zu rauschen.

Starr sitzt Skye neben mir.

»Hunter ...«

Gleich wird sie sagen, dass es ihr leidtut. Ich überwinde den Impuls, aufzuspringen und wegzurennen. Sie einfach wegzustoßen, so wie ich seit dieser Nacht jeden weggestoßen habe.

Nach einer Weile spüre ich, wie der alte Schmerz in mir nachlässt. »Beth zog mich von Mum weg«, erzähle ich weiter. »Wir durften schließlich nicht neben einer Leiche gefunden werden. Also ließen wir sie auf dem Highway zurück. All die Jahre habe ich geglaubt –« Ich schüttle den Kopf. »Ich habe geglaubt, dass dein Dad meine Mutter aus Zorn erschoss oder vielleicht, um Beth an eurer Flucht zu hindern. Aber sie starb, weil sie von Re-

Natura wusste.« *Weil Samuel Anderson klar war, dass meine Mutter niemals den Mund halten würde.*

Skye legt ihre Hand auf meinen Arm. »Du hättest ihren Tod nicht verhindern können.«

Ich schaue auf das Meer hinaus. Kleine Wellen schwappen an den Strand, ihre Schaumkronen glitzern in der Dunkelheit. *Eine Sache hätte ich sehr wohl verhindern können.*

»Ich bin nicht der Held dieser Geschichte, Skye.«

»Gut. Ich glaube nicht an Helden. Nur an Menschen, die tun, was sie für richtig halten.«

Skye senkt den Blick, und ich weiß, dass sie von sich selbst gesprochen hat. Vielleicht wird sie mich doch verstehen.

»Ich blieb bei Beth«, fahre ich nach einem Moment der Stille fort. »Es war nicht leicht für sie, mich in ihrer Nähe zu haben. Immerhin war ich schuld an deiner Entführung. Wenn ich dich nur rechtzeitig aus dem Kofferraum befreit hätte ...« Ich presse die Lippen zusammen. »Deine Mum setzte alles daran, um dich wiederzubekommen, und ich schwor, ihr zu helfen.« Ich suche Skyes Blick. »Beth ist überzeugt davon, dass du nur mit einem R sicher ausreisen kannst. Sie hat darauf bestanden, deine Testung abzuwarten, bevor sie dich zu sich holt.« *Denn ihre falschen Traitmarks waren ihr für die eigene Tochter wohl nicht gut genug.*

Eine ganze Weile lang sagt Skye nichts. »Mum ist davon ausgegangen, dass ich nach der Testung einfach so mit ihr das Land verlassen würde?«, fragt sie schließlich. »Noch vor ein paar Wochen hätte ich ihr kein Wort von ReNatura geglaubt. Ich hätte sie für verrückt gehalten!«

»Deswegen brauchte sie mich«, sage ich leise. »Um dich zu ihr zu bringen.« Ich denke an mein letztes Gespräch mit Beth. An den Ton in ihrer Stimme, als sie von Skye sprach – und von

Skyes R. Der Ring hat mir gezeigt, wozu Beth fähig ist, wenn sie etwas will. Und ihre Tochter will sie mehr als alles andere.

»Sie hat also zugelassen, dass du dein Leben für mich riskierst?«

»Ich wollte wiedergutmachen, was in der Nacht der Flucht geschehen ist. Und außerdem -« Ich stocke. *Außerdem hatte ich zu dieser Zeit schon zu viel Dreck am Stecken, um Beth eine Bitte abschlagen zu können.* Fluchthelfer, so nennt sie uns beim Ring. Aber in Wahrheit sind wir nichts anderes als Schlepper.

Der sanfte Meereswind wirbelt durch Skyes schwarze Haare.

»Wo versteckt sie sich - meine Mutter?«

»In der alten Bibliothek«, erwidere ich.

Skyes Wangen werden blass. »Sie war die ganze Zeit mitten in New York.« Bevor ich etwas sagen kann, springt sie auf und läuft über den Sand auf die Wasserkante zu. Ich beobachte, wie sie den Kopf in den Nacken legt, als hätte der dunkle Himmel die Antworten, nach denen sie sucht.

Leise stehe ich auf und gehe ihr hinterher.

»Weißt du, wie oft ich mich gefragt habe, was an mir so schrecklich war, dass meine eigene Mutter mich verlassen wollte?«, fragt Skye, als ich neben sie trete. Sie blickt auf das nachtschwarze Meer hinaus und schlingt ihre Arme um ihren Oberkörper. »All die endlosen Streits zwischen meinen Eltern, wenn ich im Bett war. Seit vier Jahren glaube ich, der Grund für Mums Verschwinden zu sein. Weil ich nicht die perfekte Tochter war, obwohl ich es so sehr versucht habe. Die perfekte Tochter, die perfekte Schülerin, die perfekte Freundin. Aber es war nie genug.«

Ich ziehe sie an mich und halte sie fest, bis ihre Schultern sich nicht mehr vom Weinen verkrampfen.

»Für mich bist du mehr als genug«, flüstere ich in ihr Haar.

Ich muss Skye die ganze Wahrheit sagen. Aber wird sie sich dann noch so an mir festhalten wie jetzt? Wird sie mir jemals wieder vertrauen, wenn sie weiß, in was wir die alte Bibliothek verwandelt haben? *Ich habe es für sie getan. Beth brauchte das Geld, um mit Skye zu fliehen. Sicher zu fliehen.*

Skye löst sich von mir. »Dann wirst du mich also nicht zu meiner Mutter bringen?«

Ich fahre mir über die Narben in meinem Gesicht, die Spuren meiner Arbeit. Ich bin vor nichts zurückgeschreckt, um meine Schuld aus der Nacht der Flucht zu begleichen. Aber Beths letzte und größte Forderung will ich nicht mehr erfüllen - was auch immer das für Skye und mich bedeuten wird. »Nicht, wenn du mich darum bittest, bei dir zu bleiben«, sage ich.

Statt einer Antwort stellt Skye sich auf die Zehenspitzen und küsst mich.

Es ist ein verzweifelter Kuss, voller Angst vor dem, was kommen wird, und voller Erinnerungen an den Horror, den wir durchlebt haben. Hunters Lippen schmecken so salzig wie der Meereswind. Ich lehne meinen Kopf gegen seine Brust und denke an Luce und Colin. An all die Untreuen, die in diesem Moment zu einem Programm bekehrt werden, das jeden Fortschritt unserer Gesellschaft zunichtemachen wird.

»Nichts von alldem wird umsonst gewesen sein«, flüstere ich und weiß, dass mich dieses Versprechen nie wieder loslassen wird, bis ich es erfüllt habe. Aber es gibt jemanden an meiner Seite. Ich hebe den Kopf und bemerke, dass Hunters Stirn in Falten liegt.

»Sobald Beth erfährt, dass wir aus dem Zentrum geflohen sind, wird sie nach uns suchen.«

»Das ist mir egal«, erwidere ich hart. Ich taste nach dem Diktiergerät in meiner Jackentasche. Wir werden der Welt zeigen, wofür die Kristallisierer zu töten bereit sind. Egal, wer versucht, uns aufzuhalten. »Wenn meine Mutter die Gläsernen Nationen ihrem Schicksal überlassen will, dann soll sie es tun, aber ohne mich.« Meine Stimme stockt.

Hunter sieht mich an. »Was ist los?«

Ich betrachte die goldenen Sprenkel in seinen Augen. »Und wenn alles vorbei ist? Was passiert, wenn wir es geschafft haben, ReNatura an die Öffentlichkeit zu bringen? Wir haben kein Zuhause, zu dem wir zurückkehren können. Deine Mutter ist tot, mein Vater ist ein Mörder, und meine Mutter wird abhauen, sobald ihr klar wird, dass es sinnlos ist, auf mich zu warten.«

Ein Zucken durchläuft Hunter bei meinen letzten Worten. »Du hast mich«, bringt er heraus. »Wir werden das zusammen durchstehen. Ich lasse dich nicht noch einmal zurück, Skye. Nicht freiwillig.«

Für einen schwerelosen Moment schlägt mein Herz gegen seins, bevor Hunter seine Hand in meinen Haaren vergräbt und mich mit einer Heftigkeit küsst, die uns umzuwerfen droht. Ich will nicht über die unerklärliche Furcht in seiner Stimme nachdenken, als er von Mum sprach. Nicht darüber, warum sein Versprechen wie eine Kampfansage klang. Zum ersten Mal in meinem Leben will ich nichts anderes, als diesen Moment zu spüren – so beängstigend Gefühle auch sein mögen.

NACHWORT

»Die Welt wird nicht bedroht von Menschen,
die böse sind, sondern von denen, die Böses zulassen.«
(Albert Einstein)

Ich bin auf dieses Zitat gestoßen, als Skyes Geschichte noch einzig und allein in meinem Kopf existierte, aber schon damals war mir klar, dass diese Worte die Botschaft meines Buches mitten ins Herz treffen. Die Recherche für *Falling Skye* hat mir gezeigt, wie dringend unsere Welt Menschen braucht, die das Böse nicht zulassen. Denn ReNatura ist kein fiktives Hirngespinst verrückter Fanatiker – ähnliche Programme existieren tatsächlich: In der Türkei, wo die Frauenorganisation Kadem »Geschlechtergerechtigkeit« statt Gleichstellung propagiert. In einem deutschen Parteiprogramm, das Frauen in Führungspositionen als Opfer von »falsch verstandenem Feminismus« darstellt. Und in den Köpfen der Menschen, die im Jahr 2020 noch immer glauben, dass Männer keine Gefühle zeigen dürfen, während es die einzige Aufgabe der Frauen ist, sich um andere zu kümmern. Die Prozesse, die den Kristallisierern den Weg geebnet haben, sind schon längst im Gang, was zeigt, wie wichtig es ist, für eine offene Gesellschaft zu kämpfen – an der Seite von Skye, Hunter, Luce und all den anderen Kindern der Zukunft, die die Konsequenzen tragen werden, wenn wir es nicht tun.

Dieses Buch zu schreiben, war ein großes Abenteuer, bei dem

mich viele Menschen begleitet haben. Dafür möchte ich allen voran meiner wundervollen Familie danken. Meinen Eltern Susanna und Andreas, die meine schlechte Laune bei Schreibblockaden liebevoll ertragen und die als Erste an mich geglaubt haben; sowie meiner Schwester Insa, die immer für mich da ist, wenn ich sie brauche. Ohne euch drei wäre dieses Buch nie zustande gekommen!

Ein riesiges Dankeschön gilt außerdem meiner großartigen Agentin Franziska Hoffmann, die Skye den Sprung von meinem Schreibtisch in ein Verlagshaus ermöglicht hat und die von Anfang an hinter meiner Geschichte stand, die zu jeder Tages- und Nachtzeit Krisen-Nachrichten beantwortet und einfach immer die richtigen Worte findet.

Ganz herzlich möchte ich mich natürlich auch bei dem gesamten Team vom Coppenrath-Verlag bedanken: Bei meiner Lektorin Frauke Reitze, die Skye auf der Buchmesse entdeckt und mir daraufhin das Angebot gemacht hat, das mein Leben verändern sollte. Bei Sara Mehring und Nicola Dröge für ihren scharfen Blick sowie bei Joana Bäumer aus der Presseabteilung. Ich hätte mir keine bessere Heimat für mein erstes Buch wünschen können!

Last but not least danke ich meinen »supportive Friends« Eri, Skadi, Meike und Pia. Wer hätte gedacht, dass aus fünf verlorenen Psychologie-Erstis einmal Freundinnen fürs Leben werden!

Die Autorin

Lina Frisch ist 22 Jahre alt. Sie kommt aus Flensburg und lebt mittlerweile in Osnabrück, wo sie Psychologie studiert. Ihre Liebe zu Geschichten entdeckte sie schon im Kindergarten – und schreibt selbst, seit sie einen Stift halten kann. »Falling Skye« ist ihr Debütroman.
Mehr auf Instagram:
linafrisch_autorin

© Anna Christina Neumann

Wie es weitergeht …

Rising Skye Bd. 2
ISBN 978-3-649-63366-2
Erscheint Herbst 2020

Um das Geheimprogramm ReNatura aufzuhalten, müssen Skye und Hunter die Pläne der Regierung so schnell wie möglich enthüllen. Doch nicht nur die Kristallisierer sind ihnen auf den Fersen … Eine atemlose Jagd durch die Gläsernen Nationen beginnt. Kann ihre Liebe den Kampf für Freiheit und Gleichheit überstehen? Was verbirgt Skyes Mutter Beth, die mächtige Chefin des Rings? Und wird Skye ihren Gefühlen jemals vertrauen können?

Teri Terry
Exit Now!
ISBN 978-3-649-63419-5
Auch als @book erhältlich:
ISBN 978-3-649-63374-7

Großbritannien nach dem Brexit: Die 15-jährige Sam lebt in einem goldenen Käfig. Hohe Mauern schirmen sie ab vor bettelnden Familien. Panzerglas schützt sie vor Bombenanschlägen. Auf Empfängen lächelt sie zu den Reden ihres einflussreichen Vaters.
Doch als Sam die zwei Jahre ältere Ava kennenlernt, erwacht sie aus ihrer Erstarrung: Wieso gibt die Regierung den Jugendlichen die Schuld am Terror im Land? Warum kontrolliert die Polizei plötzlich ihre Handys und jede ihrer Bewegungen?
Sam und Ava fühlen sich, als würde ihnen die Luft zum Atmen genommen und sie wollen sich wehren. Aber wie, wenn das ganze Land sich gegen sie wendet?

Das Prequel zu Teri Terrys erfolgreicher »Gelöscht«-Trilogie: packend und erschreckend aktuell!